# BLUNT
## LES TREIZE DERNIERS JOURS

## DU MÊME AUTEUR

*L'Homme trafiqué*. Roman.
  Longueuil : Le Préambule, 1987.

*L'Homme à qui il poussait des bouches*. Roman.
  Québec : L'instant même, 1994.

*La Femme trop tard*. Roman.
  Montréal : Québec/Amérique, Sextant 7, 1994.

*Caisse de retraite et placements* [C. NORMAND]. Essai.
  Montréal : Sciences et Cultures, 1994.

# BLUNT

## LES TREIZE DERNIERS JOURS

JEAN-JACQUES PELLETIER

ÉDITIONS ALIRE

**Données de catalogage avant publication (Canada)**

Pelletier, Jean-Jacques
Blunt – les treize derniers jours

ISBN 2-922145-00-X
I. Titre.

PS8581.E3983B58 1996      C843'.54      C96-940933-8
PS9581.E3983B58 1996
PQ3919.2.P3815B58 1996

Illustration de couverture
JEAN-PIERRE NORMAND

Photographie
IVAN BINET

Diffusion et Distribution pour le Canada
**Québec Livres**

Pour toutes informations supplémentaires
**LES ÉDITIONS ALIRE INC.**
C. P. 67, Succ. B, Québec (Qc) Canada G1K 7A1
Télécopieur: 418-667-5348
www.alire.com   (à compter du 15/12/96)

Dépôt légal: 3ᵉ trimestre 1996
Bibliothèque nationale du Québec
Bibliothèque nationale du Canada

10   9   8   7   6   5   4   3ᵉ MILLE

*À Lorraine,*
*qui aime les histoires compliquées*

# TABLE DES MATIÈRES

# BLUNT

# 1986

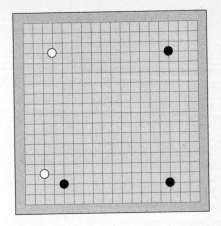

Le **go** se joue à deux sur un damier, appelé **goban**, composé de 19 lignes verticales et de 19 lignes horizontales

Les pions sont appelés des **pierres**. Il y a 181 pierres noires et 180 pierres blanches. Elles sont posées sur les 361 intersections des lignes.

Les pierres noires sont en ardoise et les blanches sont en coquillage. Elles ont la forme de lentilles biconvexes. Leur diamètre est de 22 mm et leur épaisseur, au centre, varie de 7 à 13 mm, selon leur qualité.

Les pierres doivent être prises entre le majeur et l'index, non pas entre le pouce et l'index, ce qui serait inélégant.

Les noirs et les blancs jouent à tour de rôle, en commençant par les noirs. Les pierres peuvent être posées sur n'importe quelle intersection vacante. Une fois jouées, elles ne peuvent pas être déplacées, à moins d'être capturées par l'adversaire.

Le but premier du jeu est de constituer des **territoires** et, dans la mesure où c'est utile pour les constituer, de capturer des pierres ennemies.

Désormais, il s'appellerait Horace Blunt. C'était sa seule chance de ne pas mourir. Pour un temps, du moins.

Car ils finiraient par le retrouver. C'était inévitable.

Avec les moyens dont ils disposaient...

Au début, il ne quitterait pas le chalet. Dans quelques mois, lorsque les événements de Venise se seraient estompés, la surveillance se relâcherait. Surtout au Canada. Il pourrait alors aller à Montréal.

C'était un des derniers endroits où ils s'attendraient à le retrouver – trop évident. Un professionnel comme lui ne ferait jamais ce genre de gaffe.

Bien sûr, ce ne serait pas complètement sans danger. Mais il n'avait pas le choix. S'il voulait entrer dans sa couverture...

Depuis qu'il avait pris la décision de disparaître, son existence avait acquis une étrange simplicité. Un seul objectif accaparait ses efforts: échapper à ceux qui le poursuivaient. Le reste n'était que stratégie. Comme dans une partie de go.

La légende qu'il s'était procurée constituait une amorce de territoire, mais uniquement une amorce: comme les pierres de handicap que l'on donne au joueur débutant et qu'il doit poser sur le *goban* avant que la partie ne commence.

Ce serait à lui de mettre cet avantage à profit, de développer l'ébauche de couverture que lui fournissait la légende. Chacun de ses gestes, chacune de ses décisions viserait à consolider la biographie fictive dont la légende constituait l'ossature. Ce serait le territoire à l'intérieur duquel il s'efforcerait de survivre...

À condition de contenir sa vie dans les limites de sa couverture, de ne pas commettre d'imprudences, il pouvait espérer quelques années de sursis. Peut-être davantage. Avec de la chance...

Sur la grève, le feu était en train de s'éteindre. Les voisines l'avaient invité. Une sorte de fête qu'elles organisaient, chaque année, à la fin des vacances : la Sauterie des sautés... Il avait abandonné son jeu de go pour se joindre à la troupe regroupée autour du feu.

Cette rencontre improvisée était la première pierre qu'il posait pour développer son territoire. Certains des participants de la fête venaient justement de la métropole. Au moment opportun, ils pourraient constituer des têtes de pont. À partir d'eux, il lui serait possible d'établir de nouvelles zones d'influence, construire de nouvelles relations pour donner plus de substance à sa couverture.

Mais, tout cela, c'était plus tard. Pour l'instant, il devait s'imprégner de sa légende. Jusqu'à ce qu'elle fasse partie de lui. Qu'elle forme la trame de ses réflexes les plus intimes.

Nicolas Strain n'était plus. Sa vie était abolie. Il devait bannir de sa mémoire la moindre trace de ce nom.

Dans les semaines à venir, il fallait qu'il devienne, jusque dans les moindres replis de son être, Horace Blunt.

## VENISE, 1ᴱᴿ SEPTEMBRE, 22 H 48

Le corps ressemblait à un cadavre de cinéma.

Tout y était : le sang, la position désarticulée des membres, la lumière crue du réverbère découpant la main crispée sur le ciment – rien ne manquait à la mise en scène classique. Sauf que le décor n'était pas « made in Hollywood ». Le corps était étendu sur la chaussée d'une petite rue étroite de Venise.

Quelques instants avant de sentir son crâne exploser, Guennadi Vorotnikov était sorti de La Fenice avec un large sourire. Son chef l'avait invité dans un des meilleurs restaurants de la ville pour lui annoncer sa promotion. En haut lieu, on avait particulièrement apprécié son travail. Il serait un des plus jeunes officiers du KGB à atteindre le rang de colonel...

Le sang de Vorotnikov coulait lentement sur la chaussée. Dans sa tête, il y avait dix-sept secondes que le visage de sa fiancée, Larissa, s'était émietté, au moment où la première balle explosive lui fracassait l'os pariétal.

À côté de lui, le contenu d'une petite mallette de cuir était répandu. Un gros livre à couverture bleue était demeuré partiellement à l'intérieur, comme s'il avait hésité au dernier moment à profiter de cette liberté accidentellement offerte. Son titre, clairement visible, s'étalait en caractères or surélevés : OXFORD RUSSIAN ENGLISH DICTIONARY.

## WASHINGTON, 1ER SEPTEMBRE, 17 H 04

Steve Michael, le directeur de la CIA, faisait deux mètres dix. Il portait sa fin de quarantaine avec une aisance cultivée depuis des années dans les différents gymnases de l'Agence. Habituellement, il n'arpentait pas son bureau de long en large comme il était en train de le faire.

— Aucune réponse. À aucun des numéros.

Il n'eut pas besoin d'en dire davantage : ses deux interlocuteurs comprirent immédiatement. Nicolas Strain avait disparu. On était sans nouvelles de lui depuis la veille.

Irving Klamm, médecin rubicond dont les yeux semblaient aspirés par le verre épais de ses lunettes, était responsable du projet « Silent Junk ».

John Tate, lui, occupait le poste de conseiller du Président en matière de sécurité nationale.

— Normalement, il devrait déjà être dans l'avion, dit-il.

— Il a peut-être été retardé, suggéra Klamm.

— Peu probable, répliqua Michael. Ou bien les « camarades » ont décidé de prendre eux-mêmes les choses en main...

Il hésita un moment avant de laisser tomber, avec un regard hostile en direction du médecin :

— ... ou bien le traitement n'a pas tenu.

— Impossible, répliqua celui-ci.

Il avait émis son avis sur un ton détaché. Clinique. Le regard des deux autres se fixa sur lui. Le médecin sentit l'obligation de se défendre.

— Il a peut-être effectivement été retardé, fit-il. Un ascenseur en panne, un embouteillage...

— Et si c'était le traitement qui avait foiré ? insista Michael. Il n'y a rien qui nous permet d'exclure cette hypothèse.

— Impossible, je vous dis.

Klamm avait supervisé lui-même le « traitement » dont avait bénéficié Nicolas Strain. Ce dernier avait été conditionné à l'avance, par hypnose et à l'aide de drogues, à oublier tous les événements liés à sa mission.

Lorsqu'il avait joint l'agent par téléphone, à Venise, il avait utilisé les mots qui devaient déclencher l'ordre posthypnotique de rentrer. Strain avait répondu avec le code prévu. Normalement, il aurait dû prendre le train jusqu'à Rome et, de là, revenir à Washington par le premier vol disponible. Normalement...

De toute évidence, quelque chose, quelque part, avait cafouillé. Et il était probable que ce quelque chose était Nicolas Strain lui-même. Klamm avait beau évoquer les embouteillages et les pannes d'ascenseurs, cela ne leurrait personne.

Chaque heure qui passait accroissait le risque d'une fuite. Il était crucial qu'on le retrouve au plus vite. Pour disposer de lui. De façon sécuritaire.

## VENISE, 1ER SEPTEMBRE, 22 H 51

Au sortir du restaurant, un homme l'avait abordé dans la rue pour lui demander du feu. Guennadi Vorotnikov s'était arrêté tout de suite. Il avait adressé un sourire à l'inconnu et porté la main à sa poche.

Les trois coups de feu que l'homme à la cigarette eut le temps de tirer éparpillèrent ce sourire sur le mur et le trottoir environnant.

L'assassin aurait bien poursuivi son œuvre, mais il n'était plus en état de le faire. Au troisième coup de feu, le pistolet avait explosé, lui déchiquetant à son tour la partie supérieure du corps.

Derrière la fenêtre d'un appartement situé au dernier étage, de l'autre côté de la rue, Lazarus Lubbock hocha imperceptiblement la tête, en signe d'approbation. Tout avait fonctionné comme prévu. La troisième balle était une mini-bombe. Guennadi Vorotnikov était définitivement réduit au silence. Quant à son assassin, un homme de main recruté à Milan dans la pègre locale, il était mort sans jamais soupçonner les motifs réels de cette élimination.

L'équipe spéciale du département S arrivait déjà sur les lieux. Ce département, à l'intérieur du KGB, s'occupait des opérations «musclées et délicates» : élimination discrète de dissidents connus, neutralisation « accidentelle » de transfuges à l'étranger, persuasion d'opposants politiques... Il s'occupait également du « nettoyage », lorsqu'il fallait couvrir les traces d'une opération.

Dans ce cas-ci, leur travail se résumait à deux choses : superviser la récupération des deux corps et voir à ce que l'enquête policière confirme en tous points la version officielle des événements – celle que Lubbock avait lui-même préparée. Les autorités locales ne feraient aucune difficulté. Les arrangements étaient déjà prévus. C'était le bon côté de l'Italie : tout le monde avait son prix.

Lubbock continuait de contempler la scène en massant de façon distraite la cicatrice sanguinolente qu'il avait sur le dessus d'une main. L'ébauche d'un sourire lui retroussa le coin gauche de la lèvre supérieure. Il venait de rendre service à l'homme le plus puissant de l'État. Et le plus prudent.

On ne refuse pas de rendre service à un tel homme. Pas si on pense à sa carrière.

Ou simplement à sa vie.

En échange de ce service, Lubbock serait promu à la direction de la ligne K. Sa tâche serait de coordonner les groupes terroristes contrôlés par Moscou, à l'échelle de la planète. Il y avait des années qu'il intriguait pour obtenir ce poste. Il serait enfin en position d'exercer sa vengeance.

Mais, pour l'instant, il devait se concentrer sur la deuxième partie du contrat: s'occuper de Nicolas Strain.

## WASHINGTON, 1ER SEPTEMBRE, 17 H 39

— Un de nos meilleurs agents! jeta avec une aigreur mal contenue le chef de la CIA.

Son regard était planté dans celui de Klamm.

— C'est la dernière fois que je vous laisse bricoler un de mes hommes, poursuivit-il. À l'avenir, vous prendrez vos cobayes dans les autres services.

— Je puis vous assurer que mes bricolages, comme vous dites, ne sont pas en cause. Je soupçonnerais plutôt vos... «camarades».

— Vous ne les croyez quand même pas assez stupides pour venir jouer dans nos plates-bandes!

Le conseiller en matière de sécurité nationale, John Tate, était au téléphone. Il avait suivi l'altercation entre les deux autres sans intervenir.

— On vient de recevoir la confirmation de Venise, annonça-t-il, en raccrochant. Leur interprète a été neutralisé.

— Je vous le dis, reprit Klamm, ils ont décidé de s'occuper eux-mêmes de Strain.

Tate enleva une poussière du revers de son complet à fines rayures grises.

— Qu'est-ce que tu en penses ? fit-il, en coulant un regard en direction de Michael.

— Il a peut-être raison, admit l'autre à contrecœur. C'est vrai qu'ils n'ont jamais approuvé notre façon de régler le problème...

— Vous ne pourriez pas le leur demander ? intervint Klamm.

— Pour qu'ils sachent que nous l'avons perdu ? ironisa Michael.

— Mais...

— Si on le faisait rechercher, ils l'apprendraient dans les heures qui suivent.

— Vous voulez dire que vous ne pouvez pas faire rechercher quelqu'un sans que le KGB l'apprenne ? s'étonna Klamm.

— Je veux dire qu'on ne peut pas rechercher personne sans que toutes les agences intéressées l'apprennent. Rechercher, ça veut dire poser des questions, parler à des gens, faire circuler des papiers... Même les Canadiens finiraient par s'en apercevoir !

— Sans le faire rechercher comme tel, on pourrait le mettre sur les listes régulières de contrôle, suggéra Tate. Déguiser ça en vérification de routine...

— On peut toujours essayer, concéda Michael.

Le ton de sa voix trahissait cependant son manque d'enthousiasme.

### VENISE, 2 SEPTEMBRE, 21 H 53

L'homme s'écrasa sur le bitume.

Sa figure absorba la plus grande part de l'impact, mais il ne ressentit rien. Pas plus que la jeune fille qui l'avait précédé quelques secondes plus tôt. Les deux corps avaient parcouru une trajectoire presque similaire et gisaient dans la position où ils étaient tombés.

Ils étaient morts avant d'arriver au sol.

Luigi referma la porte de la soute à bagages et rejoignit ses compagnons de combat à l'avant de l'appareil.

Cette exécution était nécessaire pour démontrer le sérieux de leurs revendications. Les autorités hésiteraient maintenant à déclencher une opération de secours : il y avait encore 122 otages à bord du Boeing 747 de la KLM. Ils seraient obligés de négocier.

Tous les membres du groupe étaient des militants indéfectibles, convaincus de la justesse de leur cause. Il y avait près d'un an qu'ils s'entraînaient pour cette opération.

Par mesure de sécurité, ils avaient appris le lieu et le moment exact de l'intervention quelques heures à peine avant son déclenchement. Seul Luigi connaissait le plan global dans lequel elle s'inscrivait. Il était leur unique contact avec le chef.

Ce dernier avait expliqué au responsable du groupe toute l'importance de leur geste. C'était pour cette raison que Luigi avait vérifié avec soin l'identité de l'otage avant de l'abattre. Son passeport avait confirmé qu'il s'agissait bien de l'Américain qu'il devait choisir : Nicolas Strain.

À plus de 700 mètres du lieu de la prise d'otages, Lazarus Lubbock observait avec des jumelles l'appareil immobilisé depuis deux heures au centre de la piste. Tout s'était déroulé comme prévu.

Il sortit une petite boîte de sa poche, la posa à côté de lui sur le siège de l'automobile. Avec la pointe d'un couteau, il gratta ensuite la surface de la cicatrice qu'il avait sur la main gauche, jusqu'à ce que le sang perle à travers l'épiderme. Il importait de ne pas oublier.

Puis, d'un geste tranquille, il ouvrit la petite boîte et appuya sur le bouton qu'elle abritait.

Tout le devant de l'appareil fut soufflé par une puissante explosion. Le ciel, qui commençait à s'assombrir, s'illumina d'une lumière crue.

Lubbock rangea la télécommande dans le coffre à gants de l'automobile et sortit un calepin noir de la poche intérieure de son veston. Les pages étaient couvertes de mots groupés en série, à la manière d'une liste d'épicerie. Il fit une croix à côté du dernier mot, en bas de la page : « Strain ».

L'exécution de cette partie du contrat avait été plus difficile. La cible n'avait pas respecté l'itinéraire prévu. Heureusement, une deuxième équipe d'intervention attendait à l'aéroport Marco Polo. Au cas où l'Américain change ses plans à la dernière minute. Après tout, c'était la façon la plus rapide de quitter Venise...

Après avoir été informé que Strain avait téléphoné à l'aéroport, il n'avait eu qu'à s'assurer du vol sur lequel ce dernier prévoyait partir et à déclencher l'opération « Survie ».

Il aurait été beaucoup plus simple de procéder de façon directe, comme pour Vorotnikov, mais l'élimination devait paraître totalement fortuite. Il ne fallait pas qu'on puisse faire le moindre lien, ni même en soupçonner un, avec les services secrets soviétiques. D'où l'idée de l'attentat : les Américains ne croiraient jamais qu'ils puissent avoir fait sauter tout un avion dans le seul but d'éliminer leur interprète.

Quelques heures plus tard, les médias annonçaient la mort de 117 des 122 otages. Seuls avaient survécu ceux qui étaient enfermés dans la soute arrière. Quant aux terroristes, qui avaient signé leurs messages : « Les rats de la survie », ils avaient tous péri lors de l'explosion. On ne connaissait toujours pas leur véritable identité.

## WASHINGTON, 2 SEPTEMBRE, 20 H 39

Dans la salle de conférences où Tate et Michael faisaient le point, le climat était à la catastrophe. Depuis le début de la matinée, les nouvelles s'étaient succédé, se contredisant les unes les autres.

On avait d'abord cru avoir retrouvé Strain à l'aéroport Marco Polo. Il avait réservé une place à son nom sur un vol en direction de Washington, avec une escale à Londres.

Michael avait alors sorti le cognac pour fêter l'événement.

— J'aurais pourtant dû le savoir ! répétait-il. J'aurais pourtant dû le savoir !

Bien que d'une efficacité constante, Strain avait la réputation de souvent prendre des libertés avec les directives qui lui étaient données, lorsqu'il jugeait pouvoir le faire sans compromettre sa mission. Cette disparition momentanée était sans doute une de ses nombreuses « improvisations » : il avait voulu s'offrir une journée de vacances avant de rentrer.

Le seul qui ne partageait pas entièrement cet optimisme était Klamm.

— Habituellement, la réponse est immédiate, fit-il. Dans toutes mes expériences, je n'ai jamais rencontré ce genre de... résistance.

— Vous n'avez jamais rencontré un agent comme Strain, ironisa Michael.

Maintenant que Strain était sur le chemin du retour, il était secrètement satisfait de voir qu'un de ses hommes avait pu résister en partie au conditionnement supposé parfait du bon docteur.

— Je vous répète qu'il a dû se passer quelque chose, insista Klamm. Dès son retour, je vais l'examiner en profondeur.

— Vous ne ferez rien de plus que ce qui était prévu, répliqua sèchement Michael. Je n'ai pas envie que vous le démolissiez pour satisfaire votre curiosité morbide.

Vers la fin de l'après-midi, l'antenne locale de la CIA, à Venise, leur annonçait la prise d'otages. Quelques heures plus tard, c'était l'exécution de Strain par les terroristes.

La mort d'un agent n'était jamais une occasion de réjouissances. Pourtant, la nouvelle provoqua un certain soulagement chez les participants de la réunion. C'était enfin terminé. Un poids important était enlevé de leurs épaules. Le Président cesserait de téléphoner aux deux heures pour s'informer des progrès de la situation.

Ils se séparèrent, laissant à Michael le soin de faire rapatrier le corps.

En fin de soirée, ils étaient de nouveau convoqués. Nicolas Strain n'était pas mort.

Le corps retrouvé sur la piste de l'aéroport avait une certaine ressemblance avec l'agent américain, mais les vérifications effectuées par les experts locaux de la CIA avaient rapidement révélé l'erreur : non seulement les empreintes digitales étaient différentes, mais l'individu était sensiblement plus petit que Strain, il pesait plusieurs kilos de moins et il avait les yeux brun foncé – et non pas noirs.

La photo du passeport avait été altérée pour correspondre davantage aux traits de l'individu.

Les autorités italiennes cherchaient à établir l'identité réelle de la victime, ce qui pourrait facilement prendre plusieurs jours, compte tenu de l'état de leur organisation administrative.

C'était le retour à la case départ.

## WASHINGTON, 10 SEPTEMBRE, 11 H 39

Une semaine plus tard, les recherches en étaient toujours au point mort. Un instant, on avait cru que Strain avait pu revenir à Washington sous une autre identité. On y avait alors concentré les recherches.

Pourtant, aucun cadavre, parmi les dizaines que produisait chaque semaine la ville, ne s'était avéré celui de Nicolas Strain. Aucune trace de son passage ne put être relevée. Hôtels, aéroports, agences de location d'automobiles... rien. Personne ne l'avait vu et aucune de ses cartes de crédit n'avait été utilisée.

Tate et Michael étaient réunis pour faire le point.

— Si ce n'est pas un coup des Russes, fit Tate, ça veut dire que...

Il ne compléta pas sa pensée. Il n'en avait pas besoin. Même si les deux hommes ignoraient les détails de l'opération à laquelle Strain avait participé, ils pouvaient sans difficulté en deviner l'importance. Le Président était intervenu en personne pour demander à Michael un de ses meilleurs agents : la personne choisie devait parler suffisamment bien le russe pour servir d'interprète, avoir une bonne expérience du terrain, pouvoir jouer le rôle de garde du corps, être absolument fiable et accepter de se soumettre à un traitement hypno-chimique qui garantirait sa discrétion.

Le chef de l'État n'avait pas jugé utile de fournir à Michael d'autres détails et ce dernier n'avait pas insisté. La sacro-sainte règle du cloisonnement de l'information s'appliquait aussi à lui. Autant voir les choses de façon positive : un service rendu au Président ne pouvait pas nuire à la progression de sa carrière.

Néanmoins, il avait essayé de se renseigner. Discrètement. Il avait fait jouer des contacts. En vain.

Et voilà que tout menaçait maintenant de sauter !

Depuis une semaine, ils attendaient. Un message arriverait sûrement, qui leur fixerait les conditions du chantage. Car c'était cela, la deuxième possibilité : d'une manière ou d'une autre, Nicolas Strain avait été déprogrammé.

À côté des révélations que l'agent était en mesure de faire, le scandale du Watergate ferait figure de fait divers. C'était tout ce que le Président avait consenti à dire.

Il était peu probable que Strain ait réussi à se déprogrammer lui-même. Toute la carrière du docteur Klamm plaidait à l'encontre de cette hypothèse. Les travaux qu'il avait effectués pour diverses agences de renseignements laissaient peu de doutes sur son habileté à manipuler le cerveau humain.

Bien entendu, il y avait parfois des accrocs. Il arrivait que des patients se retrouvent dans un état quasi végétatif après avoir été soumis à l'attention professionnelle du bon docteur. Mais jamais sans avoir d'abord réalisé ce que l'on exigeait d'eux.

Les cas les plus simples étaient les « inventaires » : il s'agissait de répertorier tout ce qu'un cerveau pouvait contenir d'informations pertinentes – habituellement le cerveau d'un agent ennemi ou d'un transfuge.

Les cas les plus complexes, eux, consistaient à implanter une personnalité de couverture à des agents avant de les envoyer en mission : grâce à une telle couverture, il était possible de passer l'épreuve du détecteur de mensonge et même de résister à un interrogatoire chimique standard. Règle générale, les agents parvenaient à maintenir l'identité de surface qui leur servait de couverture tout au long de leur mission. Eux-mêmes croyaient sincèrement à l'histoire personnelle qu'on leur avait implantée. C'était lors de la reconversion, au moment du retour à leur ancienne personnalité, que les problèmes se posaient. Souvent, cela provoquait ce que Klamm avait judicieusement baptisé : « implosion psychique ». Un effondrement simultané de toutes les structures intérieures. Mais, comme l'agent avait alors terminé son travail et qu'il se trouvait dans un sanctuaire de l'Agence, il s'agissait de problèmes qu'on avait les moyens de gérer.

Nicolas Strain, lui, n'avait pas bénéficié d'un traitement aussi radical. L'implantation s'était réduite à l'ordre de tout oublier de sa mission aussitôt qu'elle serait achevée et de revenir à Washington. On y avait ajouté de faux souvenirs concernant un voyage de pêche dans les Caraïbes. Un bricolage somme toute assez mineur, avait résumé Klamm. C'était pourquoi un accident était peu probable. Et pourquoi l'hypothèse du complot, elle, était d'autant plus inquiétante.

Le chef de la CIA songea alors au département F. Strain avait travaillé pour eux avant d'aboutir à l'Agence. Se pouvait-il que ce soit là qu'on l'ait trafiqué ?

Ce service plus ou moins officieux d'appui logistique à la présidence ne disait rien de bon à Michael : il était dirigé par une femme dont on ne connaissait que le pseudonyme, il bénéficiait de traitements de faveur incompréhensibles, ses fonds étaient sous le contrôle exclusif d'un comité de trois personnes connues uniquement du Président et, comble de la frustration, il n'avait toujours pas réussi à savoir ce qui s'y bricolait. Jusqu'à ce jour, toutes ses tentatives d'infiltration avaient échoué.

S'il fallait que ces gratte-papier soient mêlés à l'affaire...

# NEW YORK, 30 SEPTEMBRE, 11 H 39

Le bureau était presque vide. Une vraie bénédiction.

Depuis des mois, c'était la première fois que la directrice de l'Institut réussissait ce tour de force. Cela ne voulait pas dire pour autant qu'il n'y avait pas de travail. À l'extérieur, les aberrations quotidiennes de l'humanité continuaient d'exercer leurs ravages. Des ravages que l'Institut s'efforçait de contenir dans des limites acceptables. Ou, du moins, tolérables.

L'Institut avait pour nom officiel *International Information Institute*. Dans le milieu du renseignement, il était toutefois beaucoup plus connu sous l'appellation «département F». Il avait hérité de ce surnom à cause du pseudonyme de celle qui le dirigeait et de sa réputation d'avoir installé un système de sécurité aussi paranoïaque que ceux du KGB.

Le mandat officiel de l'Institut était de conseiller la présidence sur les questions de politique internationale à long terme. Son travail véritable, inconnu des autres agences de renseignements, était de s'occuper de ce qu'il était convenu d'appeler «les excès»: réseaux terroristes, trafic de drogue à l'échelle mondiale, groupes internationaux de crime organisé, espionnage industriel dans des domaines particulièrement sensibles... Bref, tout ce qui pouvait, à plus ou moins long terme et de façon importante, porter atteinte à la sécurité de l'État.

Mais, tout cela, la mécanique bien huilée de l'Institut pouvait s'en occuper. Le système de surveillance était parfaitement au point. Seuls les cas problèmes nécessitaient l'attention particulière de la directrice.

Des cas comme la disparition de Nicolas Strain.

Malgré toutes les appréhensions, malgré tous les scénarios élaborés pour prévoir les différentes possibilités de chantage, aucun message ne leur parvint. Il fallait se rendre à l'évidence: Strain avait tout simplement disparu.

Son nom demeurerait sur les listes de surveillance, avec la mention «CONTRÔLE DE ROUTINE» – rien de trop officiel, pour ne pas se trahir auprès des Soviétiques –

mais l'idée commençait à s'imposer qu'il avait dû être victime d'un accident. Un accident qui l'avait littéralement fait disparaître de la surface de la planète.

Pourtant, la directrice de l'Institut refusait de se résigner. Elle avait toujours détesté les coïncidences et, plus globalement, tout ce qui était inexplicable.

Elle inscrivit le nom de l'agent dans le fichier « Priorité I » de l'ordinateur central de l'Institut, avec la mention S.I.D. *Search. Interrogate (if possible). Destroy.*

La relation particulière qu'elle avait développée avec Strain ne pouvait pas lui faire oublier ses responsabilités. Elle n'avait pas le choix. Tout devait être fait pour qu'il ne puisse pas révéler ce qu'il savait.

L'éliminer était impératif.

C'était regrettable. Pire, c'était du gaspillage. Mais il fallait à tout prix s'assurer de son silence. Les motifs réels de la visite du Président à Venise devait absolument demeurer secrets. Quoi qu'il puisse en coûter. La garantie d'une période de paix relative et prolongée entre les deux grandes puissances en dépendait.

Strain ne serait pas le premier à être sacrifié sur cet autel.

## VENISE, 31 AOÛT, 16 H 47

Les deux chefs d'État échangèrent une poignée de main.

On demeurerait ennemis, on se ferait encore la guerre, mais de façon civilisée. Productive.

Il continuerait d'y avoir des pots cassés, mais on les casserait ailleurs que chez soi. Sur d'autres territoires. Et pas de n'importe quelle façon.

Certains moyens seraient exclus. Les risques intolérables ne seraient plus tolérés. Chacun disciplinerait ses éléments les plus instables.

Tel était l'accord.

Bien sûr, rien n'était écrit – officiellement.

L'entente ne serait jamais rendue publique et il n'existerait que deux copies du texte. Ces copies seraient la propriété exclusive des deux chefs d'État. Ou de leurs successeurs. Elles seraient attachées à leur fonction et ne circuleraient à aucun titre, si confidentiel qu'il fût. Aucun document ultrasecret n'y ferait même référence. Les quelques personnes qu'il faudrait informer de la teneur de l'entente le seraient de façon verbale et on prendrait les moyens nécessaires pour s'assurer de leur silence.

Cela aussi faisait partie de l'entente.

Car les risques étaient trop grands. Si jamais les termes de l'accord venaient à être connus, les conséquences politiques et militaires seraient catastrophiques. Pour les deux pays.

Comme garantie supplémentaire de leur bonne foi et, plus cyniquement, comme gage de leur intérêt réciproque à ne jamais rien divulguer, les deux hommes avaient échangé des preuves. Des preuves d'actes qui ne feraient jamais partie de l'histoire officielle. Dorénavant, chaque pays aurait intérêt à protéger l'autre pour ne pas s'exposer lui-même à des révélations dévastatrices.

Ainsi, les États-Unis ne révéleraient jamais la cause réelle de certains « accidents » qui avaient détruit plusieurs villes scientifiques en Sibérie, ni les raisons qui avaient forcé les Russes à déclencher eux-mêmes ces accidents ; les véritables causes de Tchernobyl et de quelques autres catastrophes ne s'étaleraient pas dans les journaux.

De la même manière, les Russes renonçaient à dévoiler l'appartenance d'un ex-président américain, de deux anciens vice-présidents et de huit sénateurs à des groupes racistes d'inspiration néo-nazie. On ne parlerait pas non plus du soutien secret accordé à la dictature haïtienne, en échange de son aide pour financer les opérations secrètes de la CIA ; on ne parlerait pas davantage de l'école de torture qu'on y avait mise sur pied, ni du trafic de drogue qu'on avait laissé les militaires effectuer en toute impunité, même si le principal débouché de ce trafic était les États-Unis.

Tous les documents relatifs à ces sujets seraient relégués au secret des archives pour un autre siècle.

Dans la petite salle prévue pour la signature des documents, les deux hommes étaient uniquement accompagnés de leurs interprètes personnels. Les quelques rares conseillers politiques et militaires qui les avaient assistés dans l'élaboration de l'accord montaient la garde dans des pièces adjacentes.

Même eux n'auraient jamais accès au texte. La seule confirmation qu'ils eurent que tout était ratifié fut, pour les uns, un bref signe de tête de la part du Président lorsqu'il les rejoignit et, pour les autres, l'esquisse d'un sourire sur le visage du Secrétaire général du Parti.

On pouvait amorcer la mise en application de l'entente.

La première disposition, que l'on n'avait pas jugé utile d'écrire, concernait l'élimination des risques de fuites. Elle avait été convenue des mois auparavant, lorsque les chefs respectifs des services de renseignements avaient discuté de la confidentialité des rencontres et du problème de sécurité que posait la présence obligée des interprètes. Chaque partie prendrait les moyens qu'elle estimerait nécessaires pour s'assurer de leur silence définitif. Il ne fallait à aucun prix que l'existence de l'opération *Home Sweet Home* ne soit révélée.

Pendant que les deux hommes d'État échangeaient une poignée de main déterminante pour la vie et la mort de millions de personnes, leurs sosies faisaient de même, à quelques kilomètres de là : ils présidaient conjointement un souper pour célébrer un accord d'échange culturel tripartite entre leurs nations respectives et l'Italie. Il fallait bien occuper les journalistes et les photographes. Pour une fois que la culture allait servir à quelque chose...

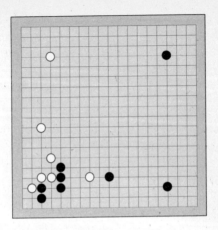

*Une pierre déposée sur une intersection dispose de quatre **libertés** : ce sont les quatre lignes qui la relient aux intersections adjacentes.*

*Si une pierre (disons noire) est posée sur une intersection, elle perd une liberté chaque fois qu'une pierre ennemie (blanche) est posée sur une des intersections adjacentes.*

*Une pierre qui n'a plus qu'une seule liberté est dite en échec (**atari**). Une pierre qui n'a plus de libertés est capturée. Elle est alors enlevée du jeu par l'adversaire, qui la conserve.*

## MONTRÉAL, 25 AOÛT, 2 H 53

Lorsque son corps toucha l'eau, Jacques Hesse perçut confusément le froid, mais son cerveau était trop imbibé d'alcool pour faire une évaluation juste de la réalité.

Quand il se mit à étouffer, il comprit que quelque chose allait décidément mal dans son corps, mais il était incapable de savoir exactement de quoi il s'agissait.

Il ignora jusqu'à la fin que ce qu'il avait dans la bouche était de l'eau, qu'il était en train de se noyer.

Debout sur la berge du fleuve, Lubbock sortit un calepin noir de la poche intérieure de son veston ainsi qu'un stylo lampe de poche. Il fit une croix à côté de la quatrième note de la première page : « disposer du coupe-piste ».

Avec cette élimination, tout danger de fuite était écarté. L'homme ne pourrait plus rien révéler sur les démarches qu'il avait effectuées, au cours des années précédentes.

Pour acquitter ses dettes de jeu, il avait accepté le rôle de courroie de transmission : lorsqu'il recevait un message de Lubbock, habituellement par téléphone, il relayait le message à l'adresse ou au numéro de fax que lui indiquait Lubbock. Parfois, il devait retransmettre les instructions par téléphone. Mais c'était plutôt rare.

Jusqu'au dernier moment, Jacques Hesse s'était estimé chanceux. C'était bien peu de chose qu'on lui demandait.

En échange, il pouvait profiter en paix de son penchant pour le jeu et s'offrir les substances «énergisantes» qui lui permettaient de continuer à paraître au meilleur de sa forme, dans les réunions et les chambres à coucher.

Comme tous les intoxiqués du pouvoir, il avait cru tout contrôler jusqu'à la fin. La certitude de son intelligence supérieure n'avait fait qu'aggraver ses fantasmes de toute-puissance. Littéralement, il était mort par manque d'imagination : il était incapable d'imaginer que quelqu'un puisse le manipuler, lui, Jacques Hesse. Que quelqu'un puisse l'utiliser comme un vulgaire instrument et le jeter aux rebuts après usage. Ce regard utilitariste qu'il jetait spontanément sur les autres, il ne concevait pas qu'on puisse le porter sur lui.

Il avait cru pouvoir monter un dossier sur celui qui l'utilisait. Il avait rédigé un compte rendu minutieux de la teneur des messages à transmettre, avec les dates et les numéros de destination. Il était même parvenu à établir certains recoupements. La dernière entrée, dans son cahier, indiquait la possibilité d'une contamination à grande échelle dans la région de Montréal.

Lubbock prit le temps de faire brûler le cahier page par page. Il éparpilla ensuite les cendres avec son pied.

Il était hors de question que de telles spéculations soient rendues publiques : les habitants de Montréal sauraient ce qui les attendait uniquement au moment où il le jugerait opportun. Au moment où la nouvelle aurait le plus grand impact.

Après être demeuré immobile un long moment, à guetter les bruits de la nuit, Lubbock rouvrit son calepin et révisa l'ensemble de la liste.

Elle s'étendait sur plusieurs pages. Tout était planifié dans les moindres détails. Il y avait même une deuxième colonne, en blanc, pour les dispositions imprévues qui devraient être prises, compte tenu du déroulement des opérations.

Un dernier coup d'œil lui confirma les tâches qui l'occuperaient dans les prochains jours. Elles tenaient en quelques mots :

◊ Montréal :      contamination : phase 1
                  (saupoudrage)
◊ Miami :         acheminer le matériel
◊ Montréal :      réserve de textes
                  contamination (piscine)
◊ Washington :    premier message

Lubbock prit à nouveau le temps de faire quelques pas, pour goûter le calme que dégageait le paysage nocturne. Les préparatifs étaient terminés. L'opération qu'il avait mis des années à monter entrait dans sa phase cruciale.

Au cours des semaines à venir, il en surveillerait le déroulement en personne. Dans les moindres détails. Il allait enfin goûter sa vengeance. Et il ne serait pas seul.

À travers les bouleversements qui allaient survenir, tout son peuple aurait l'occasion de venger ses humiliations passées et de faire valoir ses droits. Les accords entre les grands ne viendraient plus empêcher ses justes revendications. Les incidents de Montréal serviraient de déclencheur. Rapidement, le choc s'étendrait au reste de la planète. Et plus l'univers serait désorganisé, plus il y aurait d'avenir pour lui et les siens.

## QUÉBEC, 1ER SEPTEMBRE, 9 H 52

« Ma mère s'appelle Maurice ». Installé au fond du café, Horace Blunt n'arrivait pas à oublier le graffiti.

Tous les ans, avant de se rendre à la Sauterie des sautés, il passait une journée à Québec. Une manière de pèlerinage. Il n'y revenait qu'une fois par année. Pour limiter les risques...

Il parcourait les rues du quartier Saint-Jean-Baptiste, où il avait vécu jusqu'à l'âge de vingt-quatre ans. Par habitude, il faisait le bilan des maisons démolies, des nouveaux restaurants, des commerces qui avaient fermé. Mais son esprit revenait sans cesse au graffiti qu'il avait aperçu, le matin, sur une maison de la rue d'Aiguillon : « Ma mère s'appelle Maurice »...

Il avait d'abord pensé à un transsexuel. Puis à un père qui élevait seul son enfant. À moins que des gens n'aient réellement appelé leur fille Maurice et que celle-ci ait conservé son nom, même après avoir elle-même eu un enfant...

Curieux, cette façon qu'avait le graffiti de l'obséder. Il ne parvenait pas à garder son attention sur le jeu de go portatif ouvert devant lui. Les divers sens possibles de la phrase se bousculaient sans répit dans sa tête... S'agissait-il d'un enfant adopté par un homosexuel ? D'une femme utilisant un prénom masculin pour des raisons de métier ? Peut-être était-ce tout simplement un nom de famille. Ou encore, le poème instantané d'un jeune talent local...

Un psychiatre aurait eu plaisir à creuser cette obsession, songea-t-il. Quelque chose dans son inconscient sans doute. Un élément refoulé de son passé.

Il avait beau dos, le passé. Surtout le sien. Il aurait pu alimenter les fouilles de toute une armée de psychiatres ! Car il l'avait enterré. Depuis longtemps. Presque tout son passé avait disparu. Sauf les dernières années. Aucune chance que son passé ne puisse le rejoindre. Il n'y avait même plus de « lui » à rejoindre. Il n'existait plus. Enfin, plus de la même façon...

Blunt resta plusieurs secondes à fixer le fond de sa tasse d'un regard absent. Un tressaillement involontaire l'arracha à sa rêverie. Il commanda alors un autre café. Puis son regard revint au jeu de go et il fit un effort pour se concentrer sur son problème.

Des points blancs. Des points noirs. Des lignes de direction. Des liens qui s'esquissent, qui se brisent. Des territoires mouvants. Des lignes de force. Des initiatives, des défenses, des stratégies. Le jeu était à l'image de la vie.

Et sa vie à lui, à l'image du jeu.

Pour ne pas perdre la partie, il avait dû sacrifier un immense territoire. Tout le centre pratiquement. Mais cela lui avait permis de survivre. De maintenir son emprise sur les côtés, dans les coins. Depuis plus de neuf ans, la partie continuait. En périphérie. Mais, graduellement, le vide central érodait ses territoires. Il éprouvait de plus en plus souvent un sentiment d'absence, l'impression d'être étranger à ce qui l'entourait, comme si les choses et les événements n'avaient plus pour lui la même importance, la même réalité.

Comment un simple graffiti avait-il pu réveiller en lui toute cette agitation ? Surtout que sa mère ne s'était décidément jamais appelée Maurice !

Il se força à ramener son attention au jeu.

## WASHINGTON, 1ER SEPTEMBRE, 10 H 24

Le secrétaire d'État à la Défense, Milton Fry, relut pour la deuxième fois la lettre qui venait de lui parvenir : un ensemble de chiffres et de mots écrits en lettres carrées.

Normalement, il n'aurait pas hésité : elle aurait pris le même chemin que tous les autres « freaks ». Tous les hommes de son importance en recevaient, à un moment ou à un autre. C'était devenu une sorte de sport national. Les malades n'en avaient même plus l'exclusivité. La plus paisible des grands-mères pouvait décider un beau matin qu'elle en avait assez de tel ou tel homme politique et se mettre à l'inonder de lettres de menaces. Sans compter les illuminés en tous genres, les maniaques du graffiti au vitriol ainsi que tous les honnêtes citoyens subitement désireux de mettre un peu de délinquance dans leur vie.

Les services de sécurité effectuaient une vérification de routine puis transmettaient les documents à la banque centrale de données. Peut-être l'un d'eux resurgirait-il un jour, lié à des dizaines ou des centaines d'autres informations : il prendrait alors un sens. Mais, plus probablement, ces messages dormiraient dans une chambre forte jusqu'à ce que, dans cinquante ans, quelqu'un se décide à nettoyer les archives. Ils prendraient alors le chemin de l'incinérateur.

Sauf que cette lettre avait quelque chose de particulier.

Tout d'abord, il y avait la façon dont elle était parvenue au secrétaire d'État. Ce n'était pas un simple envoi anonyme par la poste : un enfant la lui avait remise en mains propres, à l'instant où il sortait de chez lui. Puis, aussitôt après lui avoir donné l'enveloppe, le jeune garçon s'était enfui.

Normalement, le secrétaire aurait demandé aux services de sécurité de faire enquête pour retrouver l'enfant. Toutefois, dans le cas présent, c'était exclu. Car le texte était accompagné de photos. Des photos de lui. Dans diverses positions. Des photos sur lesquelles il valait mieux ne pas attirer l'attention.

Pourtant le mystérieux expéditeur ne semblait pas vouloir le faire chanter. Du moins, pas au sens habituel du terme. Il lui demandait seulement de transmettre un message. Au président des États-Unis.

Autre fait troublant : la teneur particulièrement insolite du communiqué. Juste quelques mots : WATCH MONTREAL CLOSELY.

Suivait une série de chiffres semblant correspondre à des dates. À l'arrière d'une des photos, l'expéditeur avait ajouté, en lettres moulées : FOR THE PRESIDENT. QUICKLY OR ELSE…

La menace était claire : s'il n'obtempérait pas, les photos seraient rendues publiques. Sans doute l'auteur du message voulait-il se protéger. C'était pour cette raison qu'il le faisait transmettre par un intermédiaire qui aurait lui-même intérêt à brouiller les pistes, à ne pas révéler de quelle manière le message lui était parvenu.

Après avoir tergiversé jusqu'au milieu de l'avant-midi, le secrétaire à la Défense trouva finalement ce qui lui semblait être la meilleure façon de se couvrir.

Plutôt que d'en référer directement au Président, il allait refiler le message aux *saran wraps* de l'Institut. Il les appelait ainsi à cause de leurs cerveaux qu'il jugeait protégés de tout contact avec la réalité, exactement comme s'ils avaient été recouverts d'un emballage de polythène.

Quelques jours plus tard, lorsque l'occasion se présenterait, il en toucherait un mot au Président, pour être certain que l'information avait été transmise. Il mentionnerait la chose en passant, sur un ton anodin, comme un exemple des absurdités qu'il recevait tous les jours par le courrier.

Si l'affaire était importante, on ne pourrait pas lui reprocher de ne pas avoir transmis le message ; si elle ne l'était pas, ce ne serait pas lui qui importunerait le Président inutilement. Il serait couvert de toutes parts.

Avantage supplémentaire : ce n'étaient pas les *saran wraps*, perdus dans leurs papiers, qui pourraient remonter la filière à partir de la lettre et déterrer les photos.

Il la glissa dans une nouvelle enveloppe, sonna un messager et lui demanda de la porter au bureau de l'*International Information Institute*, spécifiant de demander un accusé de réception.

Dans les milieux politiques de la capitale, on disait que la seule habileté vraiment indispensable pour survivre était l'art du CYA, abréviation pudique de « cover your ass ». L'expression se voulait une ironie pesante à l'endroit de la CIA, dont on racontait que c'était devenu la seule occupation, depuis la vague de scandales qui l'avait ébranlée.

En bon politicien, le secrétaire d'État à la Défense ne ratait jamais une occasion d'appliquer les principes élémentaires du CYA.

## New York, 1ᴱᴿ septembre, 11 h 42

Au cours des derniers mois, il y avait eu épidémie de cas problèmes : nouvelle flambée de chantage à l'empoisonnement dans le secteur des produits alimentaires, tentative d'achat d'une vingtaine de sénateurs par un service de renseignements supposé allié, sabotage systématique de réacteurs nucléaires au profit d'un cartel d'industries du charbon, coup de force de la mafia russe pour rançonner les commerces des quartiers chics de New York, spéculation massive sur le dollar par un groupe financier afin de provoquer son effondrement et de réaliser des gains astronomiques sur l'or...

Puis l'agitation s'était calmée. Le calme plat. À croire que les spéculateurs, les terroristes et les services secrets étrangers prenaient tous leurs vacances en même temps. Depuis deux semaines, une seule information était parvenue sur le bureau de la directrice. Une information concernant une seule personne.

Nicolas Strain.

En terminant sa relecture du rapport de surveillance, la directrice avait encore peine à y croire. Ils l'avaient retrouvé. Aussitôt identifié, il avait été maintenu sous une surveillance continuelle. Sa couverture avait fait l'objet d'une enquête approfondie. Toutes ses relations avaient été identifiées. Il serait bientôt temps de procéder à l'exfiltration.

Selon le rapport, Strain paraissait mener une existence normale. Mais cela ne voulait rien dire : s'il avait été retourné, c'était précisément l'image qu'il se devait de maintenir. Pourtant elle ne croyait pas à cette hypothèse. De la même manière qu'elle n'avait jamais cru à sa mort. Sans raison nettement définie. Question de métier, sans doute. Une sorte d'instinct.

Elle se leva pour marcher de long en large.

Les dernières années ne l'avaient pas gâtée. L'excès de travail et la tension constante avaient laissé leurs marques. Son corps en payait le prix. Il devenait de plus en plus urgent qu'elle se remette de façon assidue au Nautilus.

Et il n'y avait pas que son corps qui se détériorait. Sa vie privée suivait la même pente. Elle avait dû renoncer presque complètement à l'identité sociale qui lui servait autrefois de couverture. Lorsque son service, le mythique département F, avait pris de l'expansion et qu'il était officiellement devenu le service d'information particulier de la présidence, il avait fallu qu'elle abandonne sa double vie. Madame Abigaïl Ogilvy s'était alors faite de plus en plus rare, au grand désespoir de ses amies. Ses visites dans le monde s'étaient de plus en plus espacées.

Les seuls ersatz de vie privée qui restaient encore à Lydia-Ann Davenport, alias Lady, alias Abigaïl Ogilvy, alias F, c'étaient les relations qu'elle entretenait avec ses plus proches collaborateurs. Ça et ses souvenirs... Et voilà qu'elle allait devoir trancher un des rares liens qui la rattachaient encore à son passé.

Nicolas Strain...

Que pouvait-elle bien faire de lui ? L'éliminer était la solution la plus simple. La plus logique. C'était ce qu'elle avait initialement décidé. Même s'il n'avait pas trahi, même s'il ne projetait pas de le faire, comme semblaient en témoigner ses neuf ans de silence, le risque qu'il représentait justifiait amplement cette mesure... Quel gaspillage !

Bien sûr, elle pouvait différer son exécution et le mettre sous surveillance. Le prétexte ne serait pas difficile à trouver : s'il avait été retourné, on pouvait essayer de s'en servir pour remonter jusqu'à ceux qui le contrôlaient. Mais cette solution ne ferait qu'un temps.

Une fois encore, elle se posa la question : avait-il réellement trahi ? Et pour quelle raison aurait-il bien pu le faire ?

À l'époque, elle avait d'abord cru à son élimination par les Russes. Mais, quand elle avait appris que ceux-ci étaient également à sa recherche, elle avait réalisé que quelque chose de tout à fait inhabituel se passait.

Si les Russes le recherchaient, ce n'était évidemment pas pour les mêmes motifs. Eux, ils croyaient que Strain avait été caché par les Américains. Et s'ils voulaient le retrouver, c'était à cause de leur conception plus rigoureuse de l'élimination des risques : ils désiraient s'assurer de sa discrétion d'une manière définitive.

La réapparition de Strain confirmait qu'il avait échappé aux « camarades ». Mais le mystère n'en devenait que plus inquiétant. Car il était pratiquement impossible qu'il ait pu réussir à disparaître tout seul. Quel autre service pouvait bien être impliqué ? Ils n'étaient pas nombreux à être capables d'une telle opération.

Mais cela, c'était uniquement dans l'hypothèse où Nicolas Strain avait « plongé ». Dans l'hypothèse où il était effectivement tombé sous la coupe d'un service étranger. Or, elle n'avait jamais pu s'en convaincre.

À vrai dire, elle ne comprenait toujours pas sa disparition. Il était un des meilleurs. Un des plus fiables. Sans cela, elle ne l'aurait jamais « prêté » à la CIA. À l'époque, elle était certaine qu'il monterait rapidement dans la hiérarchie et qu'il serait alors bien placé pour l'informer de ce qui s'y trafiquait.

## WASHINGTON-PARIS, 1ER SEPTEMBRE, 13 H 08

TRANSCRIPTION : CF56D-WASH-260989-13:24

Conversation téléphonique interceptée dans le cadre de l'opération « Phone Dust ».

NOTE DE L'OFFICIER RESPONSABLE DU CLASSEMENT

Aucune référence à un dénommé Lubbock dans le répertoire. Aucune identification positive dans la banque d'empreintes vocales. Sujet de la discussion non clairement identifié. Classer et conserver trois mois.

TEXTE DU MESSAGE

Paris :  Oui ?

Washington : Ici Lubbock.

Paris :  Où est-ce que vous étiez ?
Il  y a deux jours que je
cherche  à vous joindre !

Washington : Je suis encore à Washington.

Paris :  Quoi ? Mais c'est
demain que...

Washington : Mon avion décolle pour
Montréal dans quelques
minutes. Je serai sur place
comme prévu pour superviser
les opérations.

Paris :  De quelle manière les choses
se présentent-elles ?

Washington : Les préparatifs sont
terminés. Aux dernières
nouvelles, tout était en
ordre.

Paris :  S'il y a quoi que ce soit de
nouveau, je veux en
être  informé immédiate-
ment !

Washington : D'accord, je vous téléphone.

## NEW YORK, 1ER SEPTEMBRE, 15 H 07

La directrice de l'Institut n'arrivait pas à chasser Nicolas Strain de son esprit. Il n'y avait rien qu'elle détestait davantage que de ne pas comprendre. Comment un des agents les plus fiables de son équipe avait-il pu flancher de la sorte?

Par intérêt financier? À cause d'une histoire de sexe? Peu probable.

Par désir de pouvoir? Peu probable non plus: l'allergie de Strain aux organisations et aux luttes de pouvoir qui s'y déroulent était connue. C'était même à se demander comment il avait pu accepter l'encadrement d'une organisation comme l'Institut.

Chantage alors? Mais dans quel but? Les enquêtes régulières et minutieuses de la surveillance interne n'avaient jamais rien identifié qui puisse le rendre vulnérable aux pressions d'un service ennemi. Par ailleurs, tous les employés connaissaient la «compréhension» de l'Institut: les écarts de conduite de leur vie privée étaient tolérés dans la mesure où ils ne nuisaient pas au travail. Il s'agissait d'une politique visant explicitement à diminuer la vulnérabilité du personnel au chantage.

Argent, sexe, pouvoir, chantage: une fois de plus, elle avait fait le tour des causes majeures de défection. En vain. Restaient les principes. Ce n'était pas impossible. Mais de là à passer à l'ennemi...

Peut-être Nicolas Strain avait-il simplement voulu tout quitter, disparaître?... C'était l'explication qui s'accordait le mieux avec son tempérament. Mais c'était aussi la moins probable. Malgré son expérience et sa valeur, il n'était guère pensable qu'il ait réussi à s'évanouir dans le décor pendant neuf ans sans l'aide d'une organisation.

Elle s'était souvent reproché de ne pas avoir vu venir le coup. Pourtant, à plusieurs reprises, le caractère imprévisible de Strain lui avait valu des notes au dossier. Particulièrement à cause de la manie qu'il avait d'ignorer les procédures et de court-circuiter la hiérarchie pour s'adresser directement à elle. Avait-il décidé, cette fois, de court-circuiter l'organisation au complet?

Dès leur première rencontre, elle avait tout de suite décelé ce don de Nicolas pour l'inattendu. Il avait vingt-quatre ans, à l'époque. Il faisait un numéro d'acrobatie dans les rues. Elle avait mis cinq dollars dans son chapeau. Il avait souri, hoché la tête et dit : « À l'Anonyme. À six heures. C'est l'endroit parfait pour deux inconnus ».

Son premier mouvement avait été de refuser l'invitation. Après tout, pourquoi un homme de son âge, pour tout dire un garçon, s'intéresserait-il à une femme du sien ? Elle avait beau se savoir bien conservée...

Mais elle avait finalement accepté. Par curiosité. Principalement par curiosité. Et aussi parce que ça mettait un grain de folie dans une vie qui était dangereusement réglée. Ce n'était pas tous les jours que madame Ogilvy se payait une journée complète d'évasion. Autant profiter de son séjour à Québec...

— Les probabilités que vous veniez étaient de plus de 85 %. Un nombre chanceux.

C'était la première chose qu'il lui avait dite en levant les yeux de son jeu de go. Il avait ensuite précisé, en guise d'explication :

— Cent moins treize égale quatre-vingt-sept. L'anti-malchance.

Il lui avait alors parlé, mi-sérieusement, de l'étrange système statistique qu'il avait mis au point pour calculer la probabilité des événements de la vie courante.

— Et ça fonctionne ? avait-elle demandé, sans pouvoir cacher une certaine incrédulité tempérée d'amusement.

— Vous voyez bien !

Puis il avait ajouté, avec une réelle tristesse dans la voix :

— Malheureusement, il n'y a pas de fondement théorique qui tienne. Ça reste du bricolage. J'ai eu beau essayer...

Il lui avait expliqué qu'il était mathématicien à l'université. Un travail d'assistant de recherche. Mal payé. Il aurait pu gagner davantage, s'il avait choisi de travailler dans un domaine plus près des besoins de l'industrie : l'analyse numérique, par exemple. Mais il ne voulait rien savoir de la quincaillerie. Ce qui l'intéressait, c'étaient les mathématiques pures. Pour la même raison, il avait abandonné le jeu d'échecs malgré les progrès extrêmement rapides qu'il y avait faits. « Trop grossier, trop primitif ». Il préférait se consacrer au go. En moins de deux ans, il avait franchi tous les *kyu* pour ensuite accéder au quatrième *dan*.

Depuis quelques mois, il s'était désintéressé des mathématiques au profit de la linguistique et de la philosophie. Il était fasciné par les problèmes de langage, par les théories de la connaissance. Cela seul lui paraissait fondamental. Le reste...

— Les mathématiques, pour moi, c'est devenu comme une langue maternelle. Je vois un problème, puis je vois la solution. Des fois, j'aimerais m'installer devant une difficulté, travailler à la résoudre, avoir la joie de voir apparaître progressivement la solution... J'adore ne pas comprendre.

Le pire était qu'il avait l'air sincère.

Il lui avait ensuite expliqué que c'était pour la même raison qu'il avait monté le spectacle d'acrobatie avec un ami, pour la même raison qu'il donnait des cours de « break dancing » gratuitement à des enfants : parce qu'il voulait essayer autre chose. Et aussi parce qu'il en avait assez de la théorie.

— Pourquoi est-ce que vous me dites tout ça ? lui avait alors demandé la femme.

— Parce que vous pouvez comprendre.

Puis il avait ajouté, un éclair dans les yeux :

— Probabilité de 90 %.

— Et qu'est-ce que je suis censée faire ?

— Intéressez-moi.

Ils avaient ensuite plongé dans une discussion philosophique sur les enjeux de l'existence, discussion au terme de laquelle elle lui avait déclaré, par provocation, qu'il ne connaissait rien à la réalité.

— Je ne demande qu'à apprendre, avait-il simplement répondu, tout à fait sérieux.

— Ce n'est pas un jeu.

— Tout est un jeu. Certains sont plus intéressants que d'autres, mais...

— Plus dangereux, aussi. Qui tirent davantage à conséquences.

— Vous ne comprenez pas. Quand je parle de jeu, je parle de stratégies, de statistiques...

— De victoires, de défaites...

— Oh ça... ce sont des sous-produits.

Puis, retrouvant son air frondeur du début, il lui avait lancé :

— Alors, on se revoit ? Vous voulez bien continuer à m'intéresser ?

— Je veux bien, avait-elle répondu, après l'avoir fixé du regard un long moment, comme si elle cherchait à déchiffrer dans ses yeux une indication secrète.

Elle lui tendit une pochette d'allumettes sur lequel elle avait inscrit quelques mots.

— Présentez-vous à cette adresse. Dans deux semaines. Demandez F.

— New York ?

— New York.

— Et je demande F ?

— C'est ça. F.

— Rien que... F ?

— Si vous présentez cette pochette, ce sera suffisant.

Elle s'était ensuite levée, l'avait regardé avec un sourire à peine moqueur et lui avait lancé une dernière remarque.

— Il est temps que vous découvriez des jeux qui sont davantage de votre âge...

La directrice fut interrompue dans ses réflexions par un bip discret mais répété qui provenait de l'un des terminaux encastrés dans le mur. La « poubelle » venait d'identifier un recoupement.

Elle se dirigea vers l'écran de surveillance. Habituellement, elle ne s'occupait pas elle-même de « l'écrémage ». Mais, de temps à autre, elle faisait quelques heures de service pour garder la main.

La «poubelle» en question, c'était l'ordinateur central. Tout le personnel l'appelait ainsi à cause de l'abondance et de la diversité de ce qu'on y enfournait.

Son architecture en réseau neuronal et son alimentation en continu à partir de la plupart des grandes banques de données mondiales, y compris celles des agences de renseignements, lui permettaient d'effectuer un brassage d'informations dont aucun esprit humain n'aurait été en mesure de retracer l'ensemble des étapes.

La directrice enfonça le bouton de commande de l'un des écrans muraux. Deux éléments y furent aussitôt identifiés et reproduits.

Le premier était un message anonyme expédié au secrétaire d'État à la Défense. Le deuxième était une conversation interceptée dans une boîte téléphonique de Washington.

Pour des raisons connues uniquement de la machine, et qui ne devaient pas être étrangères aux milliers de paramètres d'analyse que lui avaient insérés les programmeurs, la quincaillerie avait décidé que la référence à Montréal, dans les deux éléments, était potentiellement intéressante.

Intriguée, la femme appuya sur une touche pour entendre la conversation dont elle venait de lire la copie. Le ton des voix la convainquit qu'il s'agissait effectivement d'un « bleu » : sujet digne d'intérêt, à suivre pour voir si de nouveaux développements demanderaient une analyse plus poussée... Est-ce que la foutue machine était devenue sensible aux intonations des voix ?

La directrice appuya sur les touches nécessaires pour que les deux voix soient enregistrées dans la banque d'empreintes vocales et que l'on procède dès que possible à leur identification. Tout nouvel enregistrement sur lequel apparaîtrait une des voix serait désormais compilé de façon automatique dans un dossier particulier.

Quelque chose se préparait à Montréal, s'il fallait en croire la «poubelle». Cela lui donna une idée... Peut-être accepterait-il ?

En tout cas, c'était pour lui une porte de sortie. La seule possible. Car on ne quittait pas l'Institut. Il était hors de question d'abandonner un agent dans le décor. Quelles que soient ses raisons. Spécialement si cet agent avait la possibilité d'envoyer en l'air le décor au complet.

Le réintégrer de façon temporaire était la seule solution – après le *debriefing* d'usage, cela allait de soi. S'il faisait preuve d'un minimum de bonne volonté, Nicolas pourrait s'en sortir. L'épreuve ne serait pas plaisante, mais c'était quand même mieux que la « révocation avec sanction maximale ».

Elle l'affecterait à cette affaire de Montréal. C'était probablement quelque chose de mineur qu'ils finiraient par refiler aux services réguliers. Mais, pour permettre à Strain de gagner un peu de temps, ce serait idéal. Pour le moment, elle ne pouvait faire davantage. Ensuite, ce serait à lui de mettre à profit ce délai, de trouver un moyen de sauver sa peau.

Elle donna les ordres pour que l'on prépare son exfiltration. « Aucune sanction », précisa-t-elle. « Je le veux opérationnel. J'insiste : totalement opérationnel. Prenez les moyens nécessaires. »

Ce serait à son tour à elle de lui demander de l'intéresser.

Elle avait hâte de savoir comment il s'y était pris pour disparaître. Comment il s'y était pris pour mettre la main sur sa nouvelle identité et devenir Horace Blunt.

# LES TREIZE
# DERNIERS JOURS

# JOUR 1

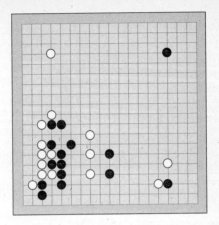

Il y a **connexion** lorsque deux pierres sont sur des intersections adjacentes, horizontales ou verticales.

Des pierres connectées constituent un **groupe**. Chaque pierre d'un groupe profite des libertés de toutes les pierres auxquelles elle est connectée. Un groupe peut être capturé seulement si toutes les libertés de toutes ses pierres sont occupées par des pierres ennemies.

Tant qu'un groupe dispose de libertés, il est **vivant**. Lorsque toutes ses libertés sont occupées par des pierres ennemies, il est **mort**.

Les territoires sont constitués d'intersections vides contiguës, entourées d'un groupe de pierres de la même couleur, qui sont connectées et que l'adversaire ne peut pas capturer.

Donald Celik avait une vue directe sur la scène du carnage. Deux corps étaient recouverts de serviettes de plage. Un troisième, plus petit, était caché sous un peignoir qu'on avait jeté sur lui. Plusieurs blessés étaient encore sur les lieux.

Assis par terre, le dos appuyé contre un arbre, un homme remuait la tête de façon rythmique, comme s'il était en transe. De sa main valide, il tenait le poignet de son autre main ensanglantée.

Une adolescente se débattait en hurlant pour échapper aux deux policiers qui essayaient de la maîtriser.

De l'intérieur de la maison provenaient d'autres cris, plus étouffés. Des traces de rouge parsemaient la cour.

La piscine était maintenant déserte.

Celik vida rapidement le chargeur de son appareil photo, s'efforçant de saisir tour à tour la situation d'ensemble et chacun des détails. Pendant qu'il prenait les photos, le voisin lui racontait ce qu'il avait entendu.

Il y avait une fête, une sorte de party de piscine. Un homme s'était subitement mis à crier, à engueuler les autres. Ensuite, il y avait eu un hurlement, comme quelqu'un en train de se faire égorger. Puis tout s'était déchaîné : les pleurs et les cris des enfants ; les hurlements des adultes, de plus en plus hystériques... Ils criaient qu'ils allaient se tuer. S'éventrer...

Après quelques minutes, le temps de se demander s'il ne s'agissait pas du tournage d'un film, le voisin avait appelé la police.

En arrivant, Celik avait tout de suite compris qu'il ne pourrait pas pénétrer sur les lieux du drame : les policiers s'affairaient déjà à installer des rubans jaunes pour en interdire l'accès aux curieux.

Après un bref coup d'œil sur les environs, il avait alors fixé son choix sur la maison du voisin de gauche. Celui-ci, un vieil Anglais, n'avait pas été difficile à convaincre : il aimait beaucoup les articles que le journaliste écrivait dans *The Gazette* et il était tout excité à l'idée de lui venir en aide.

Le balcon du deuxième étage, situé à l'arrière de la maison, s'était avéré un point d'observation idéal.

Celik prit le temps de remercier son hôte. Il échangea quelques commentaires avec lui sur la montée de la violence urbaine et s'excusa à nouveau d'avoir envahi sa maison. Il partit en promettant d'envoyer une copie autographiée de l'article qu'il publierait.

Son Acura blanche, garée devant la riche propriété de Notre-Dame-de-Grâce, partit précipitamment, évitant de justesse d'emboutir le car de reportage de Radio-Canada qui arrivait sur les lieux.

Restait à rédiger son article avant l'heure de tombée.

Un point le tracassait, toutefois. Qui pouvait bien être le mystérieux informateur qui l'avait prévenu ? Et comment avait-il fait pour l'avertir aussi rapidement ?

## NEW YORK, 15 H 43

La directrice de l'Institut écouta pendant un long moment sans rien dire. Lorsque son interlocuteur eut terminé son rapport, elle donna son assentiment d'un seul mot.

— D'accord.

Puis elle raccrocha.

L'exfiltration aurait lieu le soir même. Compte tenu de l'endroit choisi, les risques de contamination médiatique étaient minimes...

Chaque fois qu'elle pensait à ce dossier, la même question lui revenait à l'esprit. Qui avait bien pu aider Strain à disparaître ?

Le Mossad ?

Sûrement une possibilité. C'était tout à fait leur genre, que de l'avoir escamoté et de l'avoir gardé en réserve dans le but de s'en servir plus tard pour faire pression sur les États-Unis. Ils étaient spécialistes de ce style de chantage. Parmi les services supposés alliés, ils étaient certainement les plus dangereux. Avec de tels amis, pas besoins d'ennemis. La liste des hommes politiques qu'ils tenaient en laisse était impressionnante. Pas plus tard que l'hiver précédent, l'ambassadeur israélien avait menacé le Président de lâcher son « écurie » contre lui, s'il utilisait son veto pour bloquer une vente d'armes à Israël. Pendant trois semaines, on avait alors assisté à d'étranges coalitions contre la plupart des projets de lois avancés par la présidence, et cela, autant à la Chambre des représentants qu'au Sénat. Le chef du pays n'avait pas eu le choix. Il avait finalement annoncé qu'il renonçait à son veto. Les coalitions s'étaient aussitôt dissoutes comme par magie.

Donc, le Mossad. Probabilité : 50 %.

Il y avait aussi les Chinois.

Leurs agents étaient excellents, aucun doute là-dessus, et ils planifiaient à long terme. Cela avait toujours été leur force. Presque le quart de l'écurie du Mossad était également entre leurs mains. Une de leurs tactiques préférées consistait justement à suivre de près les mouvements du service secret israélien et, lorsqu'un homme politique tombait sous leur coupe, ils le faisaient chanter en menaçant de dévoiler ses liens avec le Mossad. En échange de leur silence, ils lui demandaient d'intervenir sur certains enjeux qu'ils jugeaient prioritaires. Leur objectif principal avait toujours été de se constituer un réseau d'agents d'influence plutôt que d'obtenir des informations sur les activités courantes. L'œuvre de tels agents était beaucoup plus pernicieuse et beaucoup plus difficile à dévoiler au grand jour.

Raison possible de leur implication ? Leur pays était celui qui avait le plus grand intérêt à influencer la politique extérieure des États-Unis : sa reconnaissance internationale et la croissance ordonnée de leur économie étaient largement tributaires de la bonne volonté américaine. Probabilité : 35 %.

Le MI-6 ?

Moins probable. Non que leurs services fussent aussi incompétents que le voulait la mythologie des romans populaires – mythologie qu'ils étaient d'ailleurs les premiers à entretenir – mais ils se risquaient rarement à intervenir de manière aussi directe dans les affaires américaines. Surtout sur le territoire même des États-Unis. Ce n'était pas comme le Mossad, qui était coutumier de ce genre de pratiques. Dans les services britanniques, quelque chose comme un certain résidu de fair-play handicapait un peu leur travail.

Probabilité : au plus 5 %.

Restaient les Français.

Malgré leur tendance à la bureaucratisation et la guerre interne qui ravageait sans arrêt leurs services, malgré leur chauvinisme souvent primaire, ils étaient parmi les plus redoutés par leurs adversaires... et leurs alliés. D'autre part, leur antiaméricanisme larvé en faisait des candidats tout désignés pour ce type d'opération. Mais ce n'étaient pas eux. La directrice de l'Institut en était pratiquement certaine. Son principal agent en France, qui venait juste d'être promu numéro deux de la nouvelle DGSE, le lui avait confirmé : aucune action d'importance dans le secteur yankee.

Par mesure de sécurité, elle les avait tout de même gardés sur la liste. Il pouvait s'agir d'une initiative secrète du numéro un.

Probabilité : 3 %.

Le reste, c'était l'impondérable. Les Japonais qui auraient saisi l'occasion de s'assurer un avantage dans de futures négociations commerciales. Les Palestiniens qui auraient récidivé malgré leurs déboires répétés dans ce genre d'opérations – le terrorisme leur réussissait décidément mieux. Les Sud-Africains...

Il y avait aussi les Sud-Coréens. Dans leur cas, ils avaient l'avantage de disposer d'un réseau à la grandeur des États-Unis, installé sous le couvert d'une secte religieuse dirigée par un ancien haut responsable de la Korean CIA.

Et puis, il y avait la horde. Le reste du troupeau...

Il y avait maintenant neuf ans qu'elle retournait ces questions sous tous les angles. Sans le moindre résultat. Toutes ses tentatives pour vérifier ses hypothèses avaient échoué. Sur la disparition de Strain, elle avait été incapable de recueillir la moindre bribe d'information...

Mais il était inutile de continuer à spéculer. Dans moins de vingt-quatre heures, le principal intéressé aurait répondu à toutes les questions.

## BEAUMONT, 18 H 04

Le vent commençait à lever sur le fleuve. Horace Blunt abandonna le jeu de go qu'il avait posé sur le sable, jeta un regard en direction de l'île d'Orléans et se dirigea vers le chalet.

La Sauterie des sautés battait son plein depuis le début de l'après-midi. Pour l'instant, tante Jeanne était au piano, Danièle au violon et Marie-France à la clarinette. Les autres faisaient chorus autour d'elles. Assis sur la plage, Blunt les avait écoutés de façon distraite, laissant son esprit flotter librement autour du problème de go qu'il étudiait.

La position de coin où se trouvait l'essentiel de son territoire était encore défendable. Les liens avec les régions adjacentes, sur les côtés du *goban,* pourraient probablement être maintenus. Mais la pression de l'immense territoire ennemi, qui occupait tout le centre du *goban*, était insidieuse. Pour la contenir, il ne disposait que d'une fragile succession de zones tampons. Plus la partie avancerait, plus s'accentuerait la menace d'une lente érosion de ses territoires par le centre.

Décidément, il avait le don de choisir des problèmes qui ressemblaient à sa vie. Sauf que, dans sa vie, c'était lui-même qui avait creusé un trou au centre de son territoire. Il avait dû s'y résoudre pour survivre. Et il en payait de plus en plus le prix.

En passant à côté des automobiles entassées dans l'entrée, il entendit une des radios qui était demeurée ouverte.

> « ... INTERROMPONS MOMENTANÉMENT NOS ÉMISSIONS POUR UN BULLETIN SPÉCIAL. UNE CATASTROPHE POUR LE MOINS INSOLITE A EU LIEU CET APRÈS-MIDI AU... »

Il ferma l'appareil en songeant qu'il y avait plus de neuf ans qu'il avait lui-même interrompu ses émissions.

## MONTRÉAL, 18 H 07

> « ... UN BILAN PROVISOIRE DE VINGT ET UN BLESSÉS, DEUX VIOLS ET QUATRE MORTS, DONT TROIS PAR NOYADE. PARMI LES BLESSÉS, DEUX REPOSENT DANS UN ÉTAT JUGÉ CRITIQUE. ON SE PERD EN CONJECTURES SUR CE QUI A PU PROVOQUER UN TEL ACCÈS COLLECTIF DE FOLIE MEURTRIÈRE.
> RESTEZ À L'ÉCOUTE POUR LES INFORMATIONS DE FIN DE SOIRÉE. UN REPORTAGE SPÉCIAL DE DIX MINUTES SERA CONSACRÉ À CE QUE L'ON APPELLE DÉJÀ LE "MYSTÈRE DE LA PISCINE SANGLANTE".
> NOUS RETOURNONS MAINTENANT À NOTRE PRO-GRAMMATION RÉGULIÈRE. »

Le sourire stéréotypé du présentateur s'estompa pour faire place à une réclame de crème solaire avec facteur de protection variable.

Lubbock coupa le son de la télé et décrocha le télé-phone. Après avoir composé l'interminable numéro lui permettant de joindre Paris, il attendit que le signal franchisse l'Atlantique et lui revienne sous la forme d'une voix bourrue.

On pouvait toujours compter sur l'Obèse pour répondre au téléphone : il demeurait chez lui vingt-quatre heures sur vingt-quatre.

— Oui, j'écoute.

— La première opération s'est déroulée comme prévu. Aucun problème.

Un jeu d'enfant, songea Lubbock. L'opérateur n'avait eu qu'à aller au bord de la piscine le soir précédent. Trois capsules. Solubles. Comme les médicaments à action prolongée. Douze heures plus tard, elles avaient commencé à déverser leur contenu. Le reste était une simple question de temps. De biochimie.

— N'oubliez pas de m'envoyer le dossier de presse, reprit la voix transatlantique. Y compris sur les premiers tests.

— Je m'en occupe. Mais, pour les prétests, il n'y a presque rien. Juste quelques articles sur l'engorgement inhabituel des urgences des hôpitaux. Ils n'ont pas encore fait de recoupement.

— Parfait. L'impact des prochains coups sera meilleur. Où est-ce que c'en est rendu ?

— La mise en place des opérations deux et trois est terminée.

— Et le scribe ?

— Il est parfait. Le messager a déjà pratiquement toutes les réserves de textes dont il a besoin.

— Je vous rappelle qu'il faut lui en dire le moins possible.

— Son rôle achève. Les dispositions le concernant sont déjà prises...

— Je ne vous parle pas du scribe ! Je vous parle du messager !

— Pour lui, inutile de vous inquiéter : je vous promets d'en prendre soin.

— Je vous le recommande. Dans votre propre intérêt.

— D'ici quelques semaines, tout sera terminé. Je suis certain qu'il va pouvoir tenir jusque-là.

— S'il arrive quoi que ce soit, je veux être averti immédiatement.

— Tout baigne dans l'huile.

— Puisque vous vous portez responsable de tout !

Un déclic mit fin à la conversation.

L'homme à la cicatrice raccrocha à son tour et sourit. Son interlocuteur de Paris avait beau jouer au petit chef, il continuait de tenir son rôle exactement comme prévu. Et sans même s'en rendre compte ! Il n'avait aucun moyen de savoir que c'était lui, Lubbock, qui contrôlait tout. Et il n'avait aucune idée de l'ampleur de ce qui allait être déclenché.

### PARIS, 23 H 14

Le déclic eut également pour effet d'arrêter un des nombreux magnétophones situés dans un édifice à bureau, au cœur du $1^{er}$ arrondissement. Tous les appels en provenance de l'étranger étaient automatiquement «filtrés». On les interceptait pour les comparer au répertoire d'empreintes vocales contenu dans la banque de données. Si l'une des voix était identifiée, l'appel était alors enregistré et une copie de la bande était expédiée à New York, à la centrale de données.

Cette fois, chacune des deux voix correspondait à une empreinte déjà répertoriée. Aucun indice de priorité ne leur était cependant attaché. Il s'agissait d'une opération de routine. La bande serait transmise pendant la nuit, avec le reste de ce qui serait recueilli pendant la journée.

À quelques kilomètres de là, une main potelée s'attarda quelques instants sur le récepteur. Son propriétaire la ramena ensuite sur le bras du fauteuil en laissant échapper un soupir, comme si l'effort lui avait coûté infiniment.

La température ambiante était de 29 degrés. Il transpirait abondamment. Ses vêtements étaient trempés et une odeur rance imprégnait la pièce.

Tout était pour le mieux, songea-t-il. L'opération se déroulait sans accrocs.

L'homme s'arracha avec difficulté au fauteuil et fit quelques pas pour se dégourdir les jambes. Puis il retourna péniblement à son siège et s'y laissa retomber. Sous le choc, une série de vagues agita ses multiples mentons.

Autour de lui, l'appartement était d'une propreté extrême. Aseptique. Deux enfants se tenaient debout près de la porte, à côté du bureau.

Il fit un signe en direction du plus jeune.

— J'ai le bras engourdi, dit-il.

Sans un mot, l'enfant s'avança et commença à lui masser les chairs. Ses doigts s'enfonçaient dans la graisse avec un mouvement de va-et-vient, repoussant des bourrelets qui réapparaissaient inexorablement l'instant d'après.

— Je sens mauvais, hein ? fit l'Obèse.

— Oh non, Monsieur !

— Pas besoin de faire semblant, je sais que je sens mauvais... J'aime qu'on me sente venir.

Il rit un instant de son mot d'esprit, puis sa voix redevint sérieuse.

— Ce n'est pas seulement un jeu, mon petit. Forcer les gens à faire des choses qui leur répugnent est une des seules véritables preuves du pouvoir qu'on a sur eux. C'est comme les faire souffrir, mais en moins risqué. Tu comprends ?

L'enfant acquiesça de façon embarrassée sans interrompre son massage.

— Prends l'homme qui est venu me voir l'autre jour, reprit l'Obèse. Celui qui a une cicatrice sur la main. Il se croit supérieur. Il me prend pour un illuminé. Et pourtant il supporte mon odeur, il me serre la main...

L'Obèse s'interrompit et se laissa aller quelques instants au plaisir du va-et-vient avant de poursuivre, sur un ton chargé de triomphe retenu :

— C'est ça, le pouvoir !

Les jeunes pages, comme il les appelait, étaient pour lui beaucoup plus qu'un divertissement. Ils étaient ses organes. Il leur confiait la moindre tâche manuelle : aller chercher un livre, lui approcher un cendrier, lui servir un verre... Ils remplissaient également le rôle d'interlocuteur muet, de public. Cela lui permettait de penser à voix haute sans le ridicule de parler seul : ils étaient un mur sur lequel il envoyait ses paroles pour qu'elles lui reviennent avec une plus grande impression de réalité. Avant de rencontrer un invité, il se pratiquait sur eux.

Autre avantage, le plaisir de sentir leurs petites mains le masser. Il ne s'en lassait jamais. Souvent, au terme d'un repas particulièrement raffiné, il s'organisait des séances de massage total. Il goûtait alors le plaisir de sentir une dizaine de petites mains hésitantes parcourir toute la surface de son corps. La progression de son plaisir croissait au même rythme que la répugnance qu'il traquait dans le regard des enfants.

Toute jouissance se résumait pour lui à ces trois choses : manger, se faire masser et répugner.

Victime de parents hypernourriciers qui l'avaient gavé dès le plus jeune âge, il était devenu un obèse précoce, phénomène qui avait masqué le développement non moins précoce de son intelligence et de sa sensibilité.

Après une enfance de persécutions anodines mais quotidiennes, après une adolescence solitaire à apprendre le rôle du bon gros, il avait fini par trouver un domaine où s'imposer : les manipulations financières.

Au fil des ans et de la réussite, il s'était de plus en plus isolé. « Laissez-moi cuver ma graisse », avait-il l'habitude de dire à ses rares intimes, lorsqu'il lui arrivait de se retirer pendant plusieurs jours.

Progressivement, sa condition de gros était devenue une obsession. Et, à mesure que se développaient ses ruminations solitaires, cette obsession s'était organisée en un véritable système. Puisqu'il était gros, il le serait jusqu'au bout. Il deviendrait le messie des gros. Ce serait en tant que gros qu'il imposerait le respect. Ou du moins qu'il imposerait son pouvoir. Car, avec les manipulations financières, celles des êtres humains avaient suivi. Encore plus intéressantes, celles-là.

— Assez, dit-il en congédiant le jeune page d'un geste.

Il faudrait bientôt les renouveler, songea-t-il. Le dégoût qu'il lisait dans leurs yeux s'atténuait. Tout finissait par s'user.

Par chance, l'approvisionnement ne posait aucun problème. Lubbock se chargeait à la fois de recruter les nouveaux et de disposer de ceux qui avaient fait leur temps. Malgré ses défauts, l'homme avait son utilité. Et maintenant que l'Obèse avait découvert certaines de ses activités les plus secrètes, il ne représentait plus un véritable danger.

## Montréal, 22 h 08

Lubbock patienta jusqu'à la septième sonnerie. Au moment où il allait raccrocher, une voix essoufflée se fit entendre, avalant à moitié le seul mot qu'elle parvint à dire.

— ... oui ?

— Qu'est-ce qui se passe ? Vous faisiez du jogging ?

— Non. J'étais... dans le corridor.

— Il y a un changement de programme.

— Ah...

Dans la voix, à l'autre bout du fil, Lubbock sentit poindre l'impatience. Il reprit.

— Demain, on déclenche l'opération numéro deux.

Après avoir raccroché, Lubbock cocha une nouvelle ligne dans son petit calepin noir et composa un second numéro.

Cette fois, une voix ferme et assurée lui répondit. Une voix où l'on sentait l'habitude de commander.

— Vous avez reçu le colis ? demanda Lubbock.

— Oui.

— Vous avez apprécié, j'espère ?

— Où est-ce que vous voulez en venir ?

— Vous aider. Enfin, quand je dis « vous »...

— En échange de quoi ?

— Presque rien. Mais, laissez-moi d'abord vous expliquer...

Quelques minutes plus tard, Lubbock concluait :

— Je vous rappelle demain. Dans la matinée. Nous pourrons alors procéder à notre premier échange d'informations.

— Et si je refuse ?

— Si vous refusez, vous refusez.

— Qu'est-ce que vous allez faire ?

— Moi ? Rien.

Il éclata de rire avant d'ajouter :

— Je ne ferai rien à moins que vous ne me le demandiez !

— Je vois... Et pour le « problème » dont nous avons parlé ? Ça prendrait combien de temps ?

— Aussitôt que vous acceptez ma proposition, je mets les choses en marche. C'est une question d'un jour ou deux.

— Si j'ai bien compris, vous voulez uniquement être informé de ce qui se passe ?

— Vous avez bien compris.

— Rien de plus ?

— Rien de plus... Je ne désire en aucune façon interférer avec votre travail. Je suis même prêt à vous fournir certaines informations concernant l'affaire, si ça se présente !

— Ce que je saisis mal, dans tout ça, c'est votre intérêt.

— Du moment que vous saisissez le vôtre.

Un long moment de silence suivit.

— Bon, d'accord, finit par laisser tomber l'interlocuteur. Vous pouvez... mettre les choses en marche.

Après avoir raccroché, son regard resta un long moment immobile, à regarder une photo sur le coin de son bureau.

### Beaumont, 22 h 49

Ils étaient presque tous autour du feu. Blunt était assis sur un tronc d'arbre, entre Claire et Danièle, un peu à l'écart. Ils discutaient de la sauterie.

D'une année à l'autre, l'atmosphère était imprévisible. Pourtant la formule ne variait pas : il s'agissait d'inviter, pour une fin de semaine, toutes sortes de gens qui ne s'étaient à peu près jamais rencontrés et qui avaient en commun d'aimer la musique – la plupart jouaient d'un instrument ou chantaient – et de connaître Danièle.

Cette année, le climat était relax. Après la partie de volley-ball de l'après-midi et le souper style auberge espagnole, tout le monde s'était retrouvé sur la plage.

La musique s'imposait facilement et sans heurts par-dessus le bruit des conversations à voix basse et le crépitement du feu.

Les sauteries étaient une évasion, songea Blunt. L'expression le fit sourire. Pouvait-il espérer faire relâche, quand toute sa vie était déjà une évasion ? Pouvait-on s'évader d'une évasion ?

Il pensa à son incognito si difficilement acquis, si minutieusement préparé. Au fil des ans, il était véritablement entré dans sa légende. Au sens le plus strict du mot. Elle faisait maintenant partie de lui. Elle « était » lui. Et lui...

Lorsque le bruit en provenance du fleuve finit par attirer leur attention, plusieurs individus en habits de plongée les encerclaient déjà. Certains sortirent du fleuve droit devant eux ; les autres avaient dû toucher terre plus loin et les avaient contournés. Ils avaient tous une arme, qu'ils gardaient cependant pointée vers le sol.

Le bruit s'amplifia jusqu'à ce que deux hélicoptères émergent du brouillard qui couvrait le fleuve. Ils s'immobilisèrent sur le sable, à la lisière de l'eau.

Avant que les participants de la sauterie, figés par la surprise, n'aient eu le temps de réagir, la porte de l'un des appareils s'ouvrit.

Deux hommes sautèrent sur la plage et s'approchèrent du feu. Le plus grand portait un uniforme militaire. L'autre portait son sourire comme un habit de combat et ressemblait à une réclame ambulante pour smoking.

— Veuillez excuser cette regrettable intrusion, fit l'homme aux tempes grises et aux habits faits sur mesure. Les circonstances nous ont en quelque sorte forcé la main. Nous devons absolument avoir un entretien avec l'un de vous. Sans délai... Rien de grave, soyez rassurés, mais il y a urgence : les intérêts supérieurs de la nation, comme on dit dans les mauvais films.

Son sourire s'élargit un peu, comme s'il était particulièrement satisfait de son trait d'humour, et il inspecta du regard l'ensemble des participants.

— C'est pour moi, fit doucement Blunt, en mettant la main sur le genou de Claire. Il faut que j'y aille.

Il se leva et se dirigea lentement vers l'homme à l'allure de diplomate.

En le voyant approcher, le sourire de ce dernier s'élargit.

— Mon cher Blunt ! Je ne croyais pas vous revoir.

Ce dernier accusa le coup. De s'entendre appeler ainsi le laissa sans réaction pendant quelques secondes. Puis il réalisa que c'était inévitable : s'ils l'avaient retrouvé, ils devaient forcément connaître sa nouvelle identité. Ce qui était intéressant, par contre, c'était qu'ils aient pris soin de protéger sa couverture.

— Moi non plus, finit-il par répondre.

— Je comprends, répliqua l'autre en éclatant de rire.

— Vous pouvez dire à vos gorilles de disposer, fit alors Blunt à voix basse. Je ne ferai pas d'histoires.

L'homme le considéra une seconde en lissant sa moustache, puis il fit signe au militaire qui l'accompagnait.

— *Game over*, fit alors ce dernier à l'endroit des autres. *Everybody in the chop-chop.*

Les hommes armés se dirigèrent aussitôt au pas de course vers le plus gros des deux hélicoptères.

Blunt se retourna vers les autres participants de la sauterie.

— Ce n'est rien, dit-il. Les ordinateurs de la sécurité nationale qui font des extravagances. Je dois y aller tout de suite.

— Il me semblait que tu ne voulais plus rien savoir de l'informatique ? fit Danièle.

— Moi, non. Mais c'est l'informatique qui ne veut pas me lâcher ! Ça fait partie du plaisir de se savoir indispensable !

Blunt se tourna ensuite vers l'homme en smoking, lui mit le bras sur l'épaule et entreprit de lui parler comme s'il s'agissait d'un vieil ami. Autant faire les choses professionnellement jusqu'au bout. Donner le change.

Ils se dirigèrent à l'écart, au bord du fleuve.

— Les ordres sont de vous récupérer totalement opérationnel, s'empressa de lui assurer la carte de mode.

— Je sais, je sais... Je ne ferai pas de vagues.

Il n'y croyait pas, mais il appréciait l'effort de l'autre homme pour lui rendre la transition plus facile. Plimpton avait toujours su y mettre les formes.

— Je vous le dis, ce sont vraiment les ordres.

— Vraiment? fit Blunt, incrédule. Et pourquoi toute cette... mise en scène?

— Les précautions du général, répondit le diplomate, avec un mouvement de la tête en direction de l'autre homme qui était descendu de l'hélicoptère avec lui... J'ai cru comprendre qu'il s'intéresse à vous depuis un certain temps déjà.

Blunt ne put réprimer un sourire.

Kordell était personnellement responsable de la sécurité des agents utilisés par Klamm et il avait la ténacité d'un pitbull. Il avait dû remuer ciel et terre pendant des années pour le retrouver.

— Je sais que c'est un peu exagéré, reprit le smoking. Personnellement, j'aurais préféré une approche plus discrète. Mais, étant donné les vieilles rancunes de votre ami ici présent... Je crois qu'il ne vous a pas pardonné d'avoir tenu son service de sécurité en échec pendant autant d'années.

— Elle est toujours là? demanda alors Blunt, à brûle-pourpoint.

— Lady? Oui, elle est toujours là.

— Toujours pareille à elle-même?

— Toujours pareille à elle-même.

— Ils devraient la faire breveter.

— Ils y ont pensé.

Après un moment de silence, l'homme au smoking se tourna vers le fleuve.

— Je crois qu'il serait maintenant raisonnable que nous y allions. J'ai une réception dans moins de deux heures. Un brunch de minuit. Je peux me permettre d'arriver en retard, mais je dois absolument y apparaître.

— Et pour eux ?

— Aucun problème, puisque vous nous suivez de votre plein gré... Comme vous l'avez remarqué, je vous ai appelé par votre nom de couverture.

— Et comment vous allez leur expliquer tout ce... cirque ?

— Pour ce qui est du « cirque », reprit la carte de mode, nous leur dirons que c'est pour votre protection. De possibles menaces terroristes. Rien de vraiment inquiétant, mais on préfère ne pas courir de risques. On a absolument besoin de vous pour nos précieux ordinateurs... Ça devrait aller, non ?

— Oui. Ça devrait aller...


Blunt prit rapidement congé de Claire et de Danièle, qu'il connaissait davantage, et retourna à l'hélicoptère. Avant de refermer la porte, il leur fit un signe de la main.

Il était certain de ne jamais les revoir.

Bien sûr, à très court terme, il ne risquait rien. On voudrait tout lui extraire. L'interroger en profondeur. Mais ensuite...

Le monde du renseignement est semblable à une religion, songea-t-il. On y prononce des vœux, on y suit des directives et on y défend une cause. Exactement comme une religion. On y consacre sa vie. À une différence près : il n'y a aucun moyen d'en sortir. Dans cet univers, on ne peut pas changer de religion. Ni même devenir athée. Et si, d'aventure, la situation se produit, la sanction est immédiate ; elle n'attend pas l'autre monde, elle vous y envoie.

Il n'y a qu'une seule façon de quitter l'univers très hermétique du renseignement : faire la démonstration qu'on est devenu totalement inoffensif. Et, pour cela, une seule preuve est acceptée : un certificat de décès en bonne et due forme.

En même temps qu'envahi d'une lourde tristesse, Blunt sentait un immense poids lui tomber des épaules. Il quittait les limbes. Et tant pis si c'était pour peu de temps, tant pis si c'était pour l'enfer : il allait peut-être enfin redevenir réel.

Au-dessus du fleuve, le bruit des hélicoptères s'étouffa dans les nappes de brouillard.

Le son de la clarinette s'éleva alors doucement à travers les crépitements du feu. Le *blues* avait toujours été la musique préférée de Marie-France.

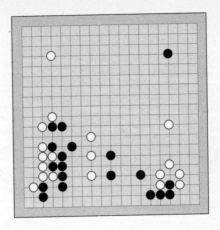

En début de jeu, chacun des joueurs tente de placer ses pierres de façon à contrôler une partie des territoires situés dans les coins et sur les bords. Cela donne lieu à des manœuvres stratégiques d'ouverture (**fuseki**) marquées par des séquences de coups classiques (**joseki**).

Les territoires situés dans les coins et le long des bords sont plus faciles à constituer et à défendre. Ils sont automatiquement protégés sur un ou deux côtés, car ils ne peuvent être attaqués de l'extérieur.

Les territoires centraux sont plus difficiles à défendre, car ils peuvent être attaqués de tous les côtés.

L'homme lança le nœud coulant par-dessus la poutre centrale qui traversait le salon, vérifia sa résistance avec deux ou trois coups secs et disparut du champ de vision.

Les jumelles traquaient le moindre déplacement de sa silhouette efflanquée.

— Quoi de neuf?

— Une pendaison. Il est encore à l'étape de la corde.

La jeune femme qui avait répondu posa les jumelles, s'installa au télescope et le fit pivoter vers une fenêtre de l'immeuble situé un peu en biais, de l'autre côté de la rue.

— Il revient, dit-elle, après avoir repéré sa cible... Maintenant, il installe un tabouret.

Cathy et Katie, de leurs vrais noms Cathryn et Kathleen Duval, avaient loué le dernier étage d'un immeuble à logements.

Leurs prénoms constituaient une concession à une mère irlandaise tandis que le nom de famille, Duval, était la seule chose qui leur restait d'un père décédé quelques jours après leur naissance.

Depuis qu'elles avaient loué cet appartement, le télescope était le passe-temps favori de Cathy. La grande fenêtre du loft dominait une bonne partie de la ville, incluant plusieurs tours d'habitation, ce qui fournissait un terrain d'observation abondamment diversifié.

— Ça y est presque, fit Cathy.

Une voix éraillée et curieusement stridente se mit à répéter : « Presque, presque ».

— La ferme ! répliqua la jeune femme.

« La ferme ! » poursuivit de plus belle la voix éraillée.

Cathy eut un soupir résigné et continua son observation. Assise à la table, sa sœur feuilletait le journal.

— Il vient de se passer la corde autour du cou, reprit Cathy, au bout d'un moment.

— Je prends la corde à 12 contre 1.

— Pas d'argent à perdre.

Du fond de l'appartement, la voix graveleuse continuait de pérorer de façon incohérente.

— Tu ne trouves pas que tu en as assez fait pour la journée ? s'impatienta Cathy. Si tu continues, tu vas avoir une invitation à souper !... Plumé et rôti !

Comme s'il avait compris le sens de la menace, le perroquet se tut.

Sa journée avait commencé très tôt. Un peu avant quatre heures du matin, il avait imité la sonnerie du téléphone. C'était seulement après avoir décroché pour la troisième fois que Cathy avait réalisé ce qui se passait. À ce moment, la vie de Jacquot Fatal n'avait tenu qu'à un fil. Mais le poids de l'effort nécessaire pour passer aux actes l'avait retenue. Allant au plus court, elle avait enfermé la cage dans la salle de bains.

— Alors, il saute ? demanda Katie.

— Tu veux regarder ?

Katie ignora la proposition.

Quelques minutes plus tard, après de nombreuses hésitations, l'homme sautait.

— Ça y est ! fit Cathy. Il a sauté.

— Pour vrai ?

— Regarde, fit-elle, en cédant la place à sa sœur devant le télescope.

L'homme avait effectivement sauté. Même qu'il continuait de sauter. Ses pieds touchaient le sol de façon rythmique, comme s'il sautillait au bout d'un gigantesque élastique.

— Le débile! J'aurais dû m'en douter.

En écho, la voix graveleuse du perroquet se mit à répéter: «Débile! Débile...»

— Débile toi-même! lui jeta Katie.

— La ferme! enchaîna l'oiseau, avec un à-propos qui les fit sourire.

Katie retourna au journal qu'elle avait abandonné sur la table et feuilleta quelques pages.

— Quelque chose d'intéressant? demanda Cathy.

— Toujours le même nouveau... Tiens, quelque chose dans tes cordes: un maniaque qui a coupé le pénis d'un enfant et qui l'a mangé.

— Les gens expriment leurs émotions comme ils peuvent. Tu ne sais pas apprécier la créativité humaine.

Katie, habituée à l'humour grinçant de sa sœur, ignora la remarque.

— Allez! fit-elle. Il faut s'y mettre.

Les deux femmes s'installèrent l'une devant l'autre pour répéter leurs mouvements de T'ai Chi. Elles faisaient leurs exercices face à face, en inversant les gestes, de sorte que chacune devenait le miroir de l'autre.

À la fin, elles se laissèrent choir sur le tapis d'exercice pour leurs dix minutes quotidiennes de relaxation et de pause-placotte.

Couchées sur le dos, sans parler, elles goûtaient toutes les deux le plaisir de s'abandonner au bien-être qui suivait immanquablement la fin de leurs exercices.

Cathy fut la première à rompre le silence.

— Sur quoi est-ce que tu travailles, ces temps-ci?

— Rien de spécial. Toujours les mêmes enquêtes de routine. Sauf que, depuis une semaine, ça n'arrête pas. Quand ce n'est pas une chicane de ménage, c'est une bataille dans un bar ou un party qui finit à coups de bouteilles. On dirait que tout le monde a décidé de piquer une crise de nerfs en même temps... Toi, de ton côté?

— Les clients habituels.

Cathy avait un bureau de consultation. Thérapie par le fantasme. Il s'agissait de donner aux clients l'occasion de verbaliser leurs obsessions et de les mettre en scène sur le mode imaginaire. Pour les évacuer.

Elle attirait par ce moyen une clientèle payante : disposer d'oreilles attentives et d'un regard complice était un luxe qui avait son prix. Autre avantage, elle pouvait satisfaire ses propres tendances de voyeuse. Une forme plus élaborée de télescope, en somme.

Cette pratique peu orthodoxe de la thérapie, de même que l'utilisation du télescope, mettait souvent sa sœur mal à l'aise. Travaillant pour le service de police de la Communauté urbaine de Montréal, celle-ci appréhendait les activités dont la conformité aux lois ou aux normes courantes de pratique n'était pas clairement établie.

— *Call-girl* pour esprits tordus, ironisa Katie.

— Si tu veux. Mais il y a quand même une différence.

— Laquelle ?

— Avec moi, tout se passe dans la tête du client.

— Pour les *call-girls*, tu es certaine que c'est différent ?

— Tu devrais essayer.

— *Call-girl* ?

— Me remplacer au bureau... C'est plus facile que tu penses.

— Non, merci.

— À ta manière, tu es bien une poule de luxe, non ?

— Si on veut, concéda Katie en souriant.

Elle travaillait pour le compte du poulailler central, selon les termes de sa sœur. Et, depuis qu'elle était devenue une femme-poulet, toujours selon les termes de sa sœur, on l'avait affectée presque exclusivement à des missions où son apparence (éminemment consommable, avait déclaré le directeur) jouait un rôle de premier plan : fausse call-girl, enquêtes clandestines dans des boîtes huppées...

À l'époque de leurs études, les deux femmes avaient pris l'habitude de changer de rôles : chaque fois que l'une des deux se trouvait un nouvel emploi, l'autre la remplaçait à quelques occasions. Assez pour se familiariser avec le travail et le milieu. Leur physique leur permettait facilement de le faire. Non seulement elles étaient jumelles, mais elles étaient de vraies jumelles. Issues du même œuf, quoi que de névroses différentes, comme avait l'habitude de dire leur mère.

Passer l'une pour l'autre avait toujours été un de leurs jeux préférés. Elles s'y adonnaient depuis leur plus tendre enfance. Elles n'arrivaient pas à se souvenir de toutes les blagues qu'elles avaient faites à leurs amis. Même leurs noms, Katie et Cathy, ajoutaient à la confusion, la plupart des francophones s'avérant incapables d'en saisir la vraie prononciation. À l'université, elles avaient pris l'habitude d'écrire leur nom en écriture phonétique pour s'assurer que les profs les prononcent correctement.

Il n'y avait qu'aux séances de fantasmothérapie que Katie avait toujours refusé de remplacer sa sœur.

Cathy, pour sa part, avait souvent participé à des enquêtes. Toujours pour le plaisir. Pourquoi se contenter d'une vie quand on peut en avoir deux ?

— Tu vois encore Serge ? demanda-t-elle.

— Non. Tu sais, moi, les *chums*…

— Tu devrais faire comme moi.

Ce n'était pas la première fois qu'elles abordaient ce sujet. Ni la dernière, s'il fallait se fier à la malchance soutenue qui semblait frapper Katie dans ses relations amoureuses. Alors qu'elle se retrouvait toujours empêtrée dans des relations impossibles, Cathy, elle, grâce à un système soigneusement contrôlé, semblait connaître une série ininterrompue d'heureuses rencontres.

— Qu'est-ce que tu en penses ? C'est parce que j'attire les hommes à problèmes, ou c'est moi qui leur en crée aussitôt que je les approche ?

— Tous les hommes sont à problèmes, trancha Cathy, sur un ton définitif. Il suffit d'apprendre à manœuvrer.

La réponse non plus n'était pas nouvelle. La psychologue avait sur le sujet une opinion qui se fondait sur quelques règles assez simples.

— Sérier ses besoins, reprit-elle : tel homme pour tel besoin, tel autre pour tel autre besoin. Et, surtout, ne jamais demander à un ce que seulement l'autre peut donner.

— Tu n'es jamais perdue, dans tes uns et tes autres ?

— Avec un bon agenda...

Katie ne put s'empêcher de sourire. Le cynisme bon enfant et les réactions « calculées » de sa sœur l'étonnaient toujours. C'était elle qui aurait dû travailler au poulailler !

Une voix jaillit brusquement de la radio, signalant la fin théorique de leur pause. Dans les faits, elles avaient encore quelques minutes de répit : le radio-réveil était réglé avec un peu d'avance, pour leur permettre de sortir lentement de la langueur où les laissait leur période de relaxation.

*« ... DANS LE CAFÉ-BAR ATTENANT À UN CLUB NAUTILUS. AU COURS DE LA MÊLÉE GÉNÉRALE QUI A SUIVI, PLUSIEURS INDIVIDUS ONT ÉTÉ GRIÈVEMENT BLESSÉS ET SIX D'ENTRE EUX REPOSENT DANS UN ÉTAT CRITIQUE... »*

— Ça continue, fit Katie, vaguement découragée.

— J'avoue que je préfère les folies de mes débiles d'en face, reprit sa sœur, avec un vague signe de tête en direction des édifices à logements. Les délires privés tirent moins à conséquence.

— Il ne faut quand même pas trop se plaindre : on gagne toutes les deux notre vie avec ça ! Toi, tu essaies de les récupérer avant ; moi, de les récupérer après.

— Rien de plus payant que la connerie, je l'ai toujours dit.

*« — ... COMPTE TENU DES ÉVÉNEMENTS DES DERNIERS JOURS, ON EST EN DROIT DE SE DEMANDER SI NOUS N'ASSISTONS PAS À UNE VÉRITABLE ÉPIDÉMIE. QU'EN PENSEZ-VOUS, MONSIEUR LE MAIRE ?*

*— IL NE FAUT PAS EXAGÉRER. EN SE BASANT SUR L'ÉVOLUTION DES STATISTIQUES AU COURS DES SEPT DERNIÈRES ANNÉES, NOUS SOMMES À PEINE EN AVANCE SUR NOS PRÉVISIONS ANNUELLES. CELA DIT, IL EST VRAI QUE LE CARACTÈRE PARTICULIER DE LA SITUATION A DE QUOI ÉTONNER*

*UN PEU. MAIS LES CITOYENS PEUVENT ÊTRE RASSURÉS : LES FORCES POLICIÈRES S'OCCUPENT ACTIVEMENT DE TOUS CES CAS.*
*— DONC, PAS D'ÉPIDÉMIE ?*
*— DANS LES CIRCONSTANCES, UNE TELLE AFFIRMATION SERAIT GRATUITE ET SANS FONDEMENT. JE DIRAIS MÊME... ALARMISTE. »*

— Ça veut dire quoi ? demanda Cathy.

— Probablement qu'ils ne savent rien. Il faut qu'ils donnent l'impression d'agir.

— Tu penses que c'est une vraie épidémie ?

— De quoi ? De débilité galopante ?

— Peut-être que tu vas travailler sur une de ces affaires ?

— Ça m'étonnerait. On dirait que le chef a décidé une fois pour toutes que j'étais juste bonne pour les rôles de poule de luxe, comme tu dis.

— Allez, « douche time ».

Les jumelles partageaient un loft. À chaque bout de cette immense pièce commune, elles avaient chacune leurs propres appartements personnels.

En passant devant le perroquet, Katie le gratifia d'un « Salut coco » auquel l'intimé répondit par un « salut poulette » prononcé exactement sur le même ton. À côté de la cage, une affiche proclamait : IL NE SUFFIT PAS DE FLASHER POUR ÊTRE BRILLANT. Une main y avait ajouté, au rouge à lèvres : « ... mais ça aide ».

Elles sortirent de leurs appartements respectifs quelques minutes avant neuf heures. Cathy jeta en passant un œil au télescope, ce qui déclencha chez le perroquet toute une série de « Presque ! »

— Comment va ton préféré ? demanda Katie.

— Toujours en train d'écrire.

— Tu crois qu'il va finir un jour par...

— M'étonnerait.

De tous ceux que Cathy surveillait quotidiennement à travers le télescope, c'était celui qui l'intéressait le plus : l'artiste des presque suicides. Par une curieuse association,

le perroquet en était venu à crier «Presque !» à tue-tête
aussitôt qu'il voyait Cathy approcher du télescope.

— Qu'est-ce que tu as mis ? demanda Katie.

Sa sœur lui montra le macaron qu'elle avait d'épinglé
à sa blouse : EXPENSIVE, BUT WORTH IT !

— Le tien ?

Katie lui montra le revers de son veston : ALL THIS
AND BRAINS TOO !

— Pour le repaire de mâles où je travaille, expliqua-
t-elle, c'est indispensable.

— Allez, « boulot time ».


## 9 H 47

« ... VOUS L'AUREZ VOULU. SI LES CONDI-
TIONS NE SONT PAS REMPLIES RAPIDEMENT,
VOUS SEREZ RESPONSABLES DES AUTRES ACCI-
DENTS QUI POURRAIENT SURVENIR... »

Drôle de commande, songea Thomas Quasi, en mor-
dillant le bout de son stylo. Le client ne voulait jamais
lui préciser le contenu exact des lettres qu'il lui demandait
d'écrire. Ses seules indications étaient de créer un climat
de menaces plus ou moins explicites, de chantage, en
faisant allusion à certains sujets. Pour cela, il lui fournissait verbalement une liste de mots clés. Par téléphone.
Car le client ne voulait pas qu'ils se rencontrent. Tous les
paiements arrivaient par courrier, une semaine à l'avance.
En liquide.

Drôle de client !... De toute façon, il faisait un drôle
de métier. « Thomas Quasi, écrivain public. Doléances,
récriminations et lettres de bêtises inc. »

Bien sûr, il lui arrivait d'écrire autre chose : des
adresses pour des mariages, de courts textes pour les
enterrements, des lettres d'amour, des allocutions pour
des clubs sociaux... Mais le titre frappait et amenait de la
clientèle à son échoppe d'écriture.

Son esprit dériva alors vers des idées de romans :
l'homme qui avait avalé un gouffre... l'homme que le
temps grugeait... C'était intéressant, ça : un homme qui

sentirait le temps passer à travers son corps. Qui sentirait physiquement l'usure du temps...

À tout propos, ses pensées dérivaient de la sorte. Son rêve était d'écrire un roman. Ou du moins des nouvelles. Mais il se contentait d'écrire des lettres pour les autres.

Il fit un bref effort pour revenir à la lettre, puis il se leva pour insérer un vieux Captain Beefheart dans le lecteur de disques. Ça mettrait de l'ambiance.

Se concentrer lui était toujours difficile. Il pensait par *flashes*. Presque uniquement par *flashes*. Dans son métier, c'était une véritable malédiction. Un quasi-écrivain affligé d'une quasi-pensée !

Thomas Quasi. Ce n'était pas un nom, c'était un programme de vie ! Enfin, presque...

De quasi-vie.

Il revint une fois de plus à la quasi-lettre de son curieux client.

## 13 H 17

Le maire tendit au directeur Boyd le message qu'il avait reçu. Une série de mots, écrits à la main sur du papier blanc, avaient été découpés puis collés les uns à la suite des autres sur une feuille rouge.

> *À force de nager dans les déclarations vagues, vous allez finir par vous noyer.*
> *Le Pouvoir Mou*

Le message était accompagné de deux photos. La première avait été prise à la fin des événements de la piscine sanglante ; l'autre, juste après le saccage du café adjacent au club Nautilus.

— Je suppose que vous allez pouvoir me dire ce que ça signifie ?

— Une blague, se défendit le policier. De mauvais goût, mais une blague.

— Curieux, non, que le photographe se soit trouvé les deux fois au bon endroit au bon moment ?

— En effet...

— Où est-ce que vous en êtes, avec cette épidémie ?

— Une équipe spéciale est affectée au dossier, tenta de temporiser le représentant de l'ordre. Nous avons des pistes intéressantes...

— Autrement dit, vous pataugez. On est en pleine crise et vous pataugez !

— Écoutez, les élections sont seulement dans trois ans ! explosa le policier. Vous avez une majorité confortable et l'opposition est en morceaux. Alors, c'est quoi, le drame ? Des débiles du genre, il y en a toutes les semaines. Jusqu'à maintenant, on a toujours réussi à les contrôler. Oui ou non ?

— Jusqu'à maintenant, oui.

— Laissez-nous faire notre travail et réservez vos sermons pour les campagnes électorales. Si vous continuez comme ça, vous allez ameuter la population. Tous les hystériques vont se mettre de la partie pour avoir leur tête à la télé et, là, vous allez l'avoir pour vrai, votre épidémie !

— Les élections sont peut-être dans trois ans, mais votre mandat, lui, vient à échéance l'an prochain.

Sur ce, le maire sortit en claquant la porte.

L'esprit du policier revint aux événements des derniers jours : était-ce le début d'une série ? Si ses appréhensions s'avéraient fondées, l'affaire allait être encore plus pourrie que le maire ne pouvait l'imaginer. Et avec les médias qui faisaient tout pour dramatiser les choses...

Son regard glissa vers la petite photo installée dans un cadre, sur le coin du bureau.

## 13 h 41

Le téléphone sonna à quatre reprises sur le bureau de Celik. Depuis quelques jours, ça ne dérougissait pas. Tout le monde semblait s'être donné le mot. Le responsable de l'actualité locale était littéralement débordé. Quand ce n'était pas un dépanneur dévalisé, c'était une agression dans le métro, le saccage d'un local politique ou une bataille entre bandes de jeunes !

— *Celik speaking*, fit le journaliste.

— Vous devriez poser des questions sur l'affaire de la piscine. Et sur celle du club Nautilus.

« *A damn frog* », songea Celik, qui passa immédiatement au français.

— Écoutez, si c'est une blague...

— Les autorités vont tout faire pour empêcher le scandale, poursuivit la voix anonyme. Ils ont un groupe qui travaille sur l'affaire.

— Quel scandale ?

— Une expérience qui a mal tourné. Il y a eu des fuites.

— *Shit !*

— Demandez-leur s'ils ont prévu quelque chose pour limiter la contamination.

— Écoutez, vous allez m'expliquer tranquillement ce que vous savez et on va...

La tonalité de l'appareil lui répondit. Le mystérieux interlocuteur avait coupé.

Une contamination ? songea Celik. L'hypothèse n'était peut-être pas folle. Ça pouvait expliquer le comportement subitement aberrant d'un aussi grand nombre de personnes. Mais contamination par quoi ? On n'était quand même plus à l'époque où la CIA s'amusait à mettre du LSD dans la nourriture des gens pour voir ce qui arriverait...

Le plus simple était d'aller poser la question directement au directeur de la police. À sa réaction, il verrait bien quel crédit accorder à ce tuyau.

### NEW YORK, 14 H 27

Le bureau dégageait une atmosphère de confort et de luxe. Même l'air semblait d'une qualité spéciale.

— Alors ? demanda Lady. Qu'est-ce que vous en dites ?

— Ce n'est sûrement pas pour avoir mon avis sur le décor que vous m'avez fait chercher, fit Blunt.

— Pas exactement, non... Mais avouez que c'est quand même mieux que les bureaux de l'Institut à Washington !

— De quelle manière est-ce que c'est censé se passer ? On fait un brin de causette comme si de rien n'était,

ensuite je suis pris en charge par l'équipe de *debriefing*.
Dans deux semaines, vous lisez le rapport et je finis tranquillement les quelques jours qui me restent dans une
maison de santé...

— Qu'est-ce que vous en pensez?

— Pas besoin de me raconter d'histoires. La probabilité du scénario est de 85 %.

— Quatre-vingt-cinq! fit-elle, sans pouvoir dissimuler un certain amusement. Et pourquoi un chiffre
aussi bas?

— L'état de mon dossier avant ma disparition... l'attitude des deux récupérateurs... l'opinion que vous avez
toujours eue à mon sujet... Autrement, j'aurais plutôt
opté pour 99 %. Un quatre-vingt-dix-neuf fort.

— Et maintenant, qu'est-ce que je dois répondre,
selon les probabilités?

La voix de Blunt se cassa.

— Ça n'a pas d'importance, fit-il. De toute façon, je
vais tout vous dire.

— Du moment que ce n'est pas trop long. J'ai un travail pour vous. Et... c'est un peu urgent.

Blunt la regarda, totalement abasourdi.

— Ce n'est pas sérieux, finit-il par dire.

— Oh, je ne dis pas qu'ils sont enthousiastes. Surtout
Kordell, comme vous pouvez vous en douter. Mais, étant
donné mon influence...

— Attendez, je ne marche pas. C'est un truc...

— Je me suis portée garante pour vous.

— Pour moi?... Mais puisque je vous dis que ce n'est
pas nécessaire! Je suis prêt à parler.

— Et moi, je suis prête à vous donner une chance. Les
options étaient simples: élimination avant interrogatoire,
élimination après interrogatoire ou... réintégration temporaire sous conditions.

— Quelles conditions?

— Tout d'abord, interrogatoire minimal pour s'assurer
que vous n'avez pas été retourné.

— Klamm?

— Oui.

— Il va vouloir utiliser des drogues.

— Légères.

— Jamais !

— Quelque chose à cacher ?

— Pas question que je laisse encore les fouille-merde du Bureau Huit patauger dans mon cerveau !

La femme le considéra un moment d'un air pensif, puis son visage s'éclaira comme sous l'effet d'une révélation.

— C'était pour ça...

— Chère mama ordinator ! Toujours aussi perspicace !

Il avait retrouvé spontanément le surnom qu'il lui avait attribué, à l'époque où il travaillait pour elle, et qui s'était immédiatement répandu dans tout le service.

Un cerveau électronique ambulant affligé d'un comportement de mère poule, disait-on dans la boîte. De fait, son pourcentage de pertes avait toujours été remarquablement peu élevé, pour le type d'organisation qu'elle dirigeait.

Blunt comprit pourquoi il avait été fasciné par le graffiti. La dernière instruction qu'il avait reçue de Klamm, avant de disparaître, était : « Mama ordinator. Nom de code, Maurice ».

Il sourit un instant pendant que la directrice de l'Institut l'observait d'un œil surpris.

— Comment avez-vous fait ? lui demanda-t-elle.

Blunt ignora la question.

— C'est sérieux, l'offre ? demanda-t-il.

— Très sérieux. Évidemment, comme je disais, c'est temporaire. Et il y aura des conditions.

— Autre chose que la séance avec Klamm ?

— Rapport aux 24 heures. À moi personnellement.

— Autre chose ?

— *Debriefing* en profondeur à la fin de la mission.

— Toujours avec Klamm ?

— Oui. Mais il aura des ordres stricts sur les limites à respecter.

— Des limites du genre : « Il faut qu'il soit encore capable de marcher, de manger par lui-même et de dire son nom. S'il peut sourire et dire merci en plus, tant mieux, mais ce n'est pas indispensable » ?

— *Cut the shit !* Si vous pensez que je risque ma crédibilité pour des petits jeux comme ça !

Surpris par l'éclat, Blunt resta silencieux un moment.

— C'est vraiment une offre ? finit-il par demander.

— Vraiment.

— Pourquoi ?

— Disons que j'ai horreur du gaspillage.

Blunt avait toujours eu avec elle des rapports privilégiés. Sans doute était-ce en partie ce qui lui valait un certain traitement de faveur. En partie. Car, si la directrice se permettait parfois certaines faiblesses, elle s'arrangeait toujours pour que ces écarts aillent dans le sens de ses intérêts.

— Les autres ? demanda Blunt.

— Oui ?

— Ils vont vouloir ma peau.

— Cela dépend des résultats... et de votre performance à l'interrogatoire. Si vous n'avez réellement aucun squelette dans vos placards...

— Aucun.

— Alors, ils vont accepter un délai.

— Un délai...

— À vous de voir à ce qu'il devienne permanent. C'est le mieux que je peux faire... Pour l'instant.

Blunt hésitait.

— Alors ? C'est oui ou c'est non ? insista la femme.

— C'est vraiment sérieux ?

— Est-ce que vous seriez devenu sourd ?

— Bon... C'est oui.

— Parfait ! Au travail ! Premièrement, vous m'expliquez comment vous avez fait pour vous volatiliser, puis on examine ensemble le dossier de votre mission. Ensuite, je vous abandonne à Klamm pour le reste de la journée... Il faut que vous soyez à Montréal demain matin.

— Montréal ?

— Je n'étais quand même pas pour envoyer un agent là-bas quand j'en avais déjà un sur place !... L'écologie ! Le recyclage !

— Les compressions budgétaires, vous voulez dire, fit Blunt, en lui rendant son sourire.

— J'avoue qu'il y a un peu de ça.

Blunt entreprit alors de lui raconter de quelle façon il avait réalisé son propre escamotage, après la mission de 86.

— Intéressant, se contenta-t-elle de dire, lorsqu'il eut terminé.

— Klamm ne s'est jamais douté de rien ?

— Pas que je sache. Il est tellement sûr de pouvoir contrôler tout le monde.

— Il avait tout mis par écrit... J'ai seulement eu à trafiquer la serrure de son bureau. Le classeur n'était même pas verrouillé.

— Et vous avez vécu dans la peau de la légende pendant toutes ces années ?

— Oui.

Les principales agences avaient toujours un certain nombre de « légendes » en réserve, pour les urgences. Ces biographies fictives, construites dans les moindres détails, fournissaient de nouvelles identités à des agents des services secrets ou à des témoins que l'on voulait protéger. Littéralement, on leur donnait une nouvelle vie. Cela allait de l'album de photos de famille au dossier de crédit, en passant par l'histoire scolaire et médicale, le numéro d'assurance sociale, le permis de conduire, les anciennes adresses et les voisins capables de parler d'eux.

Une fois assignée à quelqu'un, toute référence à la légende était effacée des archives. On inscrivait seulement, dans un fichier secret, le nom d'emprunt et celui de l'utilisateur, avec son ancien numéro d'assurance sociale et son nouveau. Ce fichier secret n'était relié à aucune banque de données et seules quelques personnes y avaient accès.

Après avoir découvert ce que Klamm lui réservait, Blunt avait non seulement pris les moyens pour contrer le traitement, mais il avait volé une légende, en prévision du moment où il choisirait de disparaître. Suivant la procédure, il en avait effacé toutes les traces dans les archives, mais il avait pris soin de ne rien inscrire dans le fichier de correspondance. On ne pourrait donc pas le retrouver. Du moins, pas par cette filière...

— Au moins, ça prouve que le département fait du bon travail, conclut la directrice.

— Et Venise ?

— Quand j'ai pris connaissance du texte de l'entente, j'ai compris la raison du traitement que Klamm me préparait, au retour. Et j'ai compris que les Russes seraient probablement plus expéditifs. Disparaître était urgent.

— Et l'homme qui avait votre passeport ?

— Rencontré dans un bar. Je l'avais payé pour construire une piste de trois jours, après quoi il devait disparaître. Je voulais gagner un peu de temps.

— Et bien, j'espère que vous n'avez pas perdu la main. Un verre ?

— Celui du condamné ?

— La Conseillante 1983.

Elle appuya sur un bouton de l'interphone.

— Firmin. Auriez-vous l'obligeance de m'apporter un La Conseillante 1983 ? Avec deux verres...

— Tout de suite, Madame, répondit à travers l'appareil une voix à l'accent français.

Elle releva les yeux vers Blunt qui la regardait, interdit.

— Un caprice de vieille femme, expliqua-t-elle malicieusement. J'avais toujours rêvé de m'offrir un maître d'hôtel français.

— Et ils vous laissent...

— Ça faisait partie des conditions, quand j'ai accepté. Le maître d'hôtel et la cave à vin.

— Les conditions... ?

— Lorsque l'Institut est devenu l'agence de renseignements privée de la présidence.

— Privée ?

— Personnelle, si vous préférez. Sans existence publique. En marge des autres services et de leur contrôle... Notre rôle est de nous occuper des problèmes à moyen et long terme. Ceux du pays, évidemment.

— Évidemment.

Quelques minutes plus tard, Firmin apportait la bouteille, procédait au décantage, servait les deux verres avec le cérémonial requis et s'éclipsait aussi discrètement qu'il était arrivé.

— Et alors ? demanda la femme, après que Blunt eut consciencieusement goûté la première gorgée.

— Remarquable. Je vais finir par croire que vous avez réellement l'intention de me réintégrer.

— Prêt à entendre ce que j'ai à vous proposer ?

— Si vous pensez que je suis fiable.

— Il ne devrait pas y avoir de problèmes. Ça n'a rien à voir avec le genre de choses qui s'est passé à Venise.

— Vous étiez au courant ?

— J'avais déconseillé de vous utiliser. Surtout avec le travail que vous aviez entrepris pour moi à la CIA.

— Alors pourquoi... ?

— Vous étiez un des meilleurs. Et comme vous possédiez le russe à la perfection...

— Ils n'ont pas tenu compte de vos objections ?

— La subtilité n'a pas toujours été leur fort.

— Et vous n'avez rien pu faire ?

— À l'époque, l'Institut n'avait pas encore la position qu'il occupe aujourd'hui.

— Et cette fois-ci, pourquoi croyez-vous pouvoir me faire confiance ?

— Parce que c'est votre seule porte de sortie. Et à cause de vos principes. C'est une des rares choses qui vous rend prévisible.

Elle but une gorgée de vin, prit le temps de déguster et lui tendit une chemise cartonnée. Pour l'essentiel, elle contenait un dossier de presse auquel on avait ajouté un résumé chronologique des événements : le drame de la piscine, le saccage du café du club Nautilus, l'émeute dans un magasin d'aliments naturels...

— En quoi est-ce que cela concerne l'organisation ? fit Blunt, lorsqu'il eut terminé de parcourir les articles.

— Au début, c'était seulement un « bleu ». À cause d'un recoupement entre deux informations, la Poubelle prévoyait quelque chose de potentiellement intéressant à Montréal. Mais, depuis hier, les événements ont l'air de se précipiter. J'ai fait préparer une analyse de la situation : au cas...

Elle lui tendit un autre dossier : une étude sur l'évolution de la criminalité à Montréal. Les chiffres montraient une hausse significative des agressions, du vandalisme, des suicides et des attentats sexuels au cours de la dernière semaine.

— Les diagrammes sont nets, fit-elle. Hausse régulière et soutenue depuis dix jours, dans tous les domaines.

— C'est peut-être seulement une effervescence temporaire. Ce ne serait pas la première fois.

— Possible. C'est d'ailleurs ce que pensent les Stats.

— Et les Graphs, eux ?

— Ils jurent que quelque chose de majeur se dessine.

— Il fallait s'y attendre.

Blunt songea que les querelles d'écoles n'avaient pas changé, à l'intérieur du service. Les Stats travaillaient sur des moyennes à long terme et les Graphs suivaient l'évolution des données au jour le jour – quand ce n'était pas d'heure en heure. Alors que les Stats s'efforçaient de dégager le sens des grandes tendances et d'en comprendre les causes, les Graphs prétendaient qu'il n'y avait rien à comprendre – du moins en temps utile. Pour la criminalité, prétendaient-ils, il fallait un instrument capable d'identifier les variations à très court terme.

Les deux écoles, qui avaient toutes les deux emprunté leurs instruments à l'analyse du marché boursier, les avaient complexifiées pour les adapter à l'ensemble des phénomènes de délinquance. De la même manière qu'il y avait la micro- et la macro-économie, il y avait maintenant la micro- et la macro-Graph, la micro- et la macro-Stat.

Les experts en micro s'occupaient de phénomènes limités, régionaux pour ainsi dire : les guerres entre bandes de jeunes dans une ville particulière, les réseaux locaux de marché noir, les bars clandestins... Les spécialistes de la macro, eux, s'intéressaient à des phénomènes plus larges tels que l'évolution du crime organisé aux États-Unis.

L'Institut travaillait également à développer un nouveau type d'analyse : la méga. Pour les experts de méga-Graphs et de méga-Stats, il s'agissait de suivre l'évolution de la déviance – terme volontairement plus large que la criminalité – à l'échelle de la planète. Ils s'intéressaient particulièrement aux phénomènes de subversion, de guérilla, de désinformation et de déstabilisation. Leurs analyses incluaient aussi bien les mouvements significatifs du marché de l'or que les grandes manœuvres du trafic de la drogue, aussi bien les opérations majeures des principaux services de renseignements que les guérillas africaines, le terrorisme international et l'évolution des profils nationaux de consommation.

— Il reste que c'est mince, reprit Blunt.

— Il y a autre chose.

Elle lui tendit une copie du message qu'avait reçu le secrétaire d'État à la Défense. Blunt le lut avec attention.

— Pour quelle raison nous diraient-ils de surveiller ce qui se passe à Montréal ?

— Votre hypothèse vaut la mienne.

— Autre chose ?

— Oui.

Elle lui fit entendre l'enregistrement de la conversation téléphonique entre Washington et Paris. Après l'avoir écouté, il lui demanda :

— C'est tout ou vous continuez le goutte à goutte ?

— C'est tout.

— Qu'est-ce qu'en disent les ordinateurs ? Suffisant pour un pattern ?

— Probabilité de 70 %.

— Et vous, qu'est-ce que vous en pensez ?

— Je pense que la quincaillerie ne déconne pas. Il y a vraiment quelque chose en cours.

— Suffisant pour justifier une intervention de l'Institut ?

— Assez pour justifier son intérêt.

— Si vous le dites.

À l'origine, la tâche de l'Institut était de coordonner toute l'information sur le terrorisme provenant des différentes agences de renseignements, mais l'organisation avait rapidement établi ses propres réseaux, en marge de ceux des autres services.

Au début des années quatre-vingt, alors que les formes de terrorisme s'étaient diversifiées, son mandat avait été élargi à la lutte contre toute forme d'activités subversives : espionnage, désinformation, guerre économique, contamination nucléaire et bactériologique, trafic de drogue...

Un autre mandat lui avait également été ajouté, plus secret celui-là : surveiller les autres agences de renseignements.

C'était pour ces raisons que l'Institut relevait directement du chef de l'État et qu'il échappait aux contrôles habituels. De telles tâches exigeaient de la discrétion. Aussi l'organisation cultivait-elle la façade d'un repaire d'intellectuels perdus dans leurs colonnes de chiffres, leurs graphiques et leurs hypothèses à long terme. Même les autres services de renseignements ignoraient l'étendue réelle de son mandat. Ces derniers, par contre, avaient tous été infiltrés par l'Institut à un très haut niveau et leurs banques de données piratées.

D'une certaine façon, l'Institut avait réalisé le mandat original de la CIA : transformer le contrôle de l'information en une arme au service du pays.

Évidemment, un tel organisme ne s'occupait que des problèmes vraiment sérieux. Des crises majeures. D'où la question que Blunt avait posée : est-ce que cela justifiait réellement une intervention de l'Institut ?

— Vous n'avez pas l'air convaincu, reprit la femme.

— C'est peut-être simplement un nouvel épisode de la guerre des gangs.

— Et la lettre reçue par le secrétaire à la Défense ?

— Un *freak*.

— Et la conversation téléphonique ?

— Coïncidence... Interprétation des faits...

— Ça fait beaucoup de coïncidences.

— Admettons... Et qu'est-ce que vous avez fait ?

— L'analyse des points communs entre les trois attentats est en cours. On aide discrètement les « locaux » en leur fournissant des experts pour analyser le corps des victimes : sang, peau, tissu cérébral, contenu de l'estomac... Tout le répertoire, quoi.

— Vous pensez sérieusement qu'il peut s'agir de... ça ?

— Folie collective à trois endroits. Vous voyez une autre explication ?

— Ils ne se risqueraient pas... Pas aussi près des frontières !

— J'aimerais bien en être sûre.

— Mais, les accords...

— Vous comprenez l'importance que ça pourrait avoir ?

Blunt eut un hochement de tête à la fois compréhensif et consterné.

— Côté renseignements ? fit-il après un moment.

— La NSA a eu la commande de s'occuper de la cuisine : ils vont contacter tous les services étrangers pour savoir s'ils ont entendu parler de quelque chose concernant Montréal.

— Le SCRS est dans le décor ?

— On n'est quand même pas suicidaire. Leur service est une vraie passoire.

— À ce point-là ?

— On s'en sert continuellement pour intoxiquer les Russes, les Chinois, les Arabes... Tout ce qu'on leur refile finit dans les mains de tout le monde.

— Et sur place ?

— À part la collaboration au niveau de l'analyse, rien pour l'instant. Tout est sous le contrôle des flics locaux. Le directeur du SPCUM travaille avec nous de façon strictement confidentielle.

— Ce que je ne comprends toujours pas, c'est... pourquoi moi ? Quel est votre intérêt ?

— Officiellement, nous n'intervenons pas sur le territoire d'un pays ami. On respecte sa souveraineté. Ceci implique évidemment que vous continuez sous votre identité actuelle... Et comme vous êtes au courant des accords, ça fait une personne de moins à mettre dans le secret.

— Une personne de moins à éliminer par la suite ?

— Vous croyez vraiment que c'est ce que j'envisage ?

— Non. Mais je ne comprends pas que les autres aient avalé ça.

— Comme je disais tout à l'heure, je leur ai un peu forcé la main.

— Et moi, dans tout ça?

— Ça vous donne du temps. Peut-être pas beaucoup, mais... Si vous produisez des résultats, nous serons en meilleure position pour négocier quelque chose de plus... durable.

— Et si je ne produis pas de résultats, votre belle conscience sera plus tranquille pour m'expédier à Klamm?... Charmantes perspectives d'avenir!

— Vous pourriez déjà être entre les mains du général et de son cher docteur!

— Vu sous cet angle...

— Est-ce que c'est pas merveilleux de pouvoir exister? ironisa la femme. Sous le nom de Blunt, évidemment. Parce que sous l'autre, vous n'existez plus. Remarquez, cela a des avantages: que peut-on faire contre quelqu'un qui n'existe plus?

— Si c'est vraiment une opération d'envergure qui se dessine, il y aura forcément des pots cassés. C'est inévitable.

— Je fais confiance à votre débrouillardise pour mettre vos précieuses fesses à l'abri.

— Je suppose que je dois être reconnaissant?

— Vous pouvez vous contenter d'être efficace. Comme je le disais tout à l'heure, si tout se termine de façon satisfaisante, nous devrions être en mesure de vous bricoler quelque chose d'un peu plus permanent.

— Peut-être...

— Vous préférez le *debriefing* en profondeur sans délai?

— Puisque j'ai le choix...

— Bon, trêve de marivaudage! On finit les verres et vous passez voir Klamm. Il vous attend de l'autre côté. Un avion vous ramènera à Montréal dans la nuit – si vous passez le test avec Klamm, bien sûr. Mais je suis certaine que ça ne posera pas de problème. Des instructions détaillées vous attendent déjà dans l'avion. Vous pourrez établir un premier plan d'opération pendant le trajet. Si vous avez besoin de quoi que ce soit, argent ou matériel, Plimpton s'occupera des détails pratiques. Pour le personnel, il faut vous débrouiller pour le recruter vous-même.

— Comme à la belle époque, quoi.

— Exactement. On ne peut pas se permettre d'être trop impliqué.

— Et si j'ai besoin d'un peu de pression sur les flics locaux ?

— Vous pensez à quelque chose ?

— Peut-être...

— Plimpton devrait pouvoir arranger ça. Sinon, je verrai ce que je peux faire.

— D'accord. Ça devrait aller... Une dernière chose.

— Oui ?

— Comment est-ce que vous m'avez retrouvé ?

— Pur coup de chance. Une photo, lors d'une manifestation. Vous passiez sur le trottoir, de l'autre coté de la rue. Deux semaines plus tard, vous étiez retrouvé et placé sous surveillance. Il ne restait qu'à attendre l'occasion de vous exfiltrer.

— Vraiment !... M'exfiltrer ?

— Vous avez un autre terme à suggérer ?

Blunt avait toujours été allergique au jargon euphémisant qui proliférait dans l'organisation.

— Je suppose qu'il est préférable de se faire «exfiltrer» que de se faire démettre de ses fonctions avec préjudice extrême...

Comme il sortait, la directrice lui lança une boutade :

— Méfiez-vous ! À force de vivre dans la légende, on finit par ne plus exister.

— Je suppose que vous en savez quelque chose.

Lorsqu'il fut sorti, elle se servit un autre verre. Un caprice de vieille femme, avait-elle dit pour le taquiner. Il y avait tout de même un peu de ça.

Puis son esprit revint aux événements de Montréal. Ils n'oseraient tout de même pas rompre les accords de Venise !

C'était trop... énorme. Trop inconcevable.

Et si ce n'étaient pas les Russes, c'était encore pire. Depuis l'écroulement de l'empire soviétique, plus aucun pouvoir n'était capable de discipliner les mafias et les éléments radicaux des groupes de libération nationale. Chacun y allait de ses improvisations les plus délirantes sans se préoccuper des conséquences.

# JOUR 3

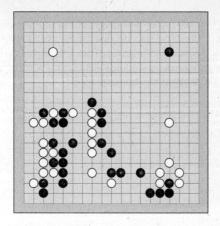

Une façon de protéger un territoire est de développer des **libertés intérieures**. Lorsque ces libertés ont la forme de deux yeux séparés mais connectés, le territoire ne peut pas être pris : il restera toujours vivant, même s'il vient à être complètement encerclé par l'adversaire.

Idéalement, il faut donner aux territoires une forme carrée ou rectangulaire, dans le but de les délimiter avec le moins de pierres possibles.

Blunt déjeunait au Van Houtte lorsqu'il la vit arriver. Il fit immédiatement les présentations.

— Mélanie... Stéphanie... C'est Kathleen.

La jeune femme tendit la main aux deux adolescentes.

— Tout le monde m'appelle Katie, dit-elle.

Puis elle se tourna vers Blunt.

— Tu es certain que je peux m'asseoir ? Je ne veux rien interrompre...

Le ton était chargé de sous-entendus.

— Ce sont mes nièces, fit Blunt, visiblement agacé par la plaisanterie.

— C'est ce qu'il nous a demandé de dire, enchaîna aussitôt Mélanie.

— Il s'ennuyait, expliqua l'autre.

— Quand il s'ennuie, il nous demande toujours de venir.

— On le sort un peu.

— C'est bon pour son humeur.

— On lui fait prendre l'air.

— Ça suffit ! trancha Blunt, plus abruptement qu'il n'aurait voulu.

Il se tourna vers Katie.

— Ce sont réellement mes nièces, reprit-il. Elles sont réellement chez moi pour trois jours. Elles repartent

réellement pour Ottawa aussitôt les trois jours terminés...
Et, s'il vous plaît, essayez de ne pas parler trop fort.

— Tu sais que je ne me mêlerais jamais de ta vie privée, poursuivit Katie, avec une sollicitude exagérée. Mais
il faudrait que tu te ménages.

— Il est rentré à cinq heures du matin, reprit Stéphanie.

— On aurait dit qu'il n'était pas rentré depuis trois
jours, enchaîna l'autre nièce.

Blunt songea ironiquement qu'elle avait raison. Le
voyage à Beaumont avait été prolongé de façon inattendue.

— Il ne nous attendait même pas à l'autobus, poursuivit Stéphanie.

— Heureusement que ses serrures ne sont pas trop
résistantes, ajouta sa sœur.

— Faites attention à ce que vous dites, les prévint
Blunt. Katie travaille pour la police.

La jeune femme le considéra d'un œil perplexe.

— Un jour, il faudra que tu me dises comment tu fais.

— Comment je fais quoi ? demanda Blunt, avec can-
deur.

— Pour nous distinguer.

Blunt expliqua alors à ses nièces que Katie avait une
jumelle identique, qu'elles s'amusaient à se faire passer
l'une pour l'autre et que personne ne réussissait à les distinguer. Personne sauf lui.

— Je suis certaine qu'il a un truc, fit Katie.

— Il ne se trompe jamais ? demanda Stéphanie.

— Presque jamais.

Il était comme le perroquet. Lui non plus ne se trompait
jamais. « Salut poulette » pour Katie. « Salut cocotte »
pour Cathy.

Blunt s'était amusé à les appeler ainsi devant l'oiseau
en leur disant qu'il finirait par retenir les noms. Il n'y
croyait pas vraiment, les jumelles non plus, mais Jacquot
Fatal avait quand même tout retenu. Par la suite, il ne
s'était jamais trompé.

— J'essaie de te joindre depuis hier, fit Katie. Où est-
ce que tu étais ?

— Des tuyaux à vérifier, répondit évasivement Blunt.

— Le genre de tuyauterie qui te retient jusqu'à cinq heures du matin ?

— Si je t'en disais davantage, tu ne me croirais pas.

— Essaie toujours.

— J'ai été enlevé par un commando d'élite, conduit à New York en hélicoptère, interrogé sur des questions concernant la sécurité mondiale, puis relâché... mais à condition que j'accepte une mission ici, à Montréal.

— La routine, quoi !

— Tu vois, il suffit de dire la vérité pour ne pas être cru.

— Il faudra que tu m'invites, une fois, à tes expéditions clandestines. Je sens que je serais intéressée.

— J'ai déjà pris des dispositions pour que tu fasses partie de la prochaine.

— Sérieux ?

Avec Blunt, il n'y avait jamais moyen de savoir. Ce qu'il pensait semblait aussi inaccessible que son passé.

Chaque fois qu'elle avait essayé d'en apprendre davantage sur lui, il avait répondu de façon évasive, changeant de sujet ou s'en tirant par une boutade. Sa vie ressemblait à une série de compartiments étanches. Ainsi, il n'avait jamais parlé aux jumelles de ses nièces : il avait fallu que Cathy tombe par hasard sur une carte postale pour découvrir leur existence. « Les ravageuses », s'était contenté d'expliquer Blunt. « Ce sont mes nièces ». Katie les rencontrait pour la première fois.

Pourtant, il ne faisait aucun doute que Blunt prenait plaisir à la compagnie des deux jeunes femmes. Mais leurs relations ne dépassaient jamais un certain niveau. Un jour, Cathy lui avait demandé, par jeu, laquelle des deux il préférait. Il avait répondu qu'il avait un faible pour tout ce qui allait par deux : les jumelles, les duos comiques, ses nièces, ses deux chats... Que c'était pour cette raison qu'il était aussi... réservé, avec chacune. Par mesure de représailles, les jumelles l'avaient alors surnommé : Huître discrète.

Au fil des années, ses rapports avec Katie s'étaient développés davantage. À cause du métier. Comme journaliste, il lui arrivait de refiler des informations à Katie. Et, quand l'occasion se présentait, elle lui renvoyait l'ascenseur.

Au début, pourtant, il était beaucoup plus près de Cathy. Il l'avait rencontrée lors d'un voyage à Québec, en train. Elle avait été intriguée par le jeu de go portatif sur lequel il étudiait un problème.

Par la suite, ils s'étaient revus. L'attirance avait été réciproque. Leurs relations auraient facilement pu devenir plus intimes, mais Blunt avait préféré les maintenir au niveau d'une amitié faite de réserve, de blagues occasionnelles et de sorties intermittentes.

Dans sa situation, toute relation trop personnelle aurait contribué à le rendre plus vulnérable : s'il prenait l'habitude de laisser tomber sa garde avec quelques personnes, il se laisserait imperceptiblement gagner par un faux sentiment de sécurité. Il relâcherait sa surveillance. Rien ne pouvait être plus dangereux.

Et puis, que pouvait-il promettre ? Il ne savait pas combien de temps encore il serait là. Et quand on le retrouverait, une des priorités serait de faire le ménage autour de lui. De s'assurer qu'il n'avait communiqué à personne ce qu'il savait.

Plus les gens seraient près de lui, plus ils feraient l'objet d'enquêtes insistantes. Et peut-être que les choses n'en resteraient pas au niveau des enquêtes, peut-être qu'on pousserait la prévention jusqu'à s'assurer de leur silence. De façon définitive.

Approcher quelqu'un, c'était non seulement se placer lui-même en situation de danger, mais exposer les autres au même risque. C'était pour cette raison que Blunt maintenait, avec tous ceux qu'il connaissait, une distance qui le faisait souvent passer pour secret, un peu froid.

Il n'y avait qu'avec ses deux nièces qu'il n'avait pas réussi à maintenir ce mur de réserve. Alors qu'il avait voulu utiliser les deux adolescentes comme un simple élément de sa couverture, tel que le prévoyait la légende, ces dernières avaient décidé d'en faire un véritable oncle et, pire, de prendre en charge sa « rééducation », de le ré-introduire dans le monde.

Dans l'univers de détachement et de simulation où il vivait, elles avaient apporté une bouffée de vie à laquelle il n'avait pu résister. Leur gaieté turbulente était contagieuse. Elles lui procuraient un point d'ancrage dans la réalité, l'aidaient à se sentir vivant.

Mais tout cela n'allait pas sans mauvaise conscience. Chaque fois qu'il les rencontrait, chaque fois qu'il pensait à elles, il ne pouvait s'empêcher de penser au danger qu'il avait introduit dans leur vie. C'était sans doute pour cette raison qu'il faisait preuve d'autant de patience à l'endroit de leurs fantaisies et de leurs débordements.

— Allez, je te laisse à tes ruminations, fit Katie. J'ai rendez-vous avec le super. Une nouvelle enquête.

— Quelque chose d'intéressant ?

— Probablement la routine habituelle. Si tu veux, je te revois après le souper. J'aurai peut-être un tuyau.

— D'accord.

— Méfie-toi, fit-elle en se levant. À ton âge, elles risquent de te faire mourir.

— Je te dis que ce sont mes nièces !

— On promet de ne pas le briser, fit alors Stéphanie, avec un air machiavélique.

— Promis, renchérit sa sœur.

— On va ménager son cœur.

— Surveiller ce qu'il boit...

— Ce qu'il mange...

— Tout ce qu'il fait !

Une demi-heure plus tard, en entrant dans le bureau du surintendant, que tout le monde appelait le super et que Katie s'était déjà risquée à appeler le « sans plomb », la jeune femme souriait encore : avec les deux « ravageuses », Blunt n'aurait pas trop de tout son sens de l'humour pour survivre.

— La perspective du travail qui vous rend si joyeuse ? lui demanda Boyd, sur un ton sinistre.

John Alistair Boyd était en fait « directeur » du service de police de la CUM. Mais, à cause de son emprise sur l'ensemble du service et de ses antécédents à Scotland Yard, il avait hérité du titre de surintendant.

— Parce qu'il y a du travail ? demanda candidement la jeune femme. Je croyais tout le monde en vacances.

— Nous travaillons dans un domaine où les gens ne prennent jamais de vacances.

— Quoi de neuf ? Une nouvelle catastrophe ?

— Trois. Pour l'instant...

— Vous en prévoyez d'autres ?

— Elles sont déjà dans les journaux, poursuivit le policier, ignorant la dernière question.

Il lui fit un bref résumé des trois affaires : la piscine sanglante, le saccage du café Nautilus, l'émeute au magasin d'aliments naturels... ainsi que du message que le maire avait reçu.

— Et c'est à cause de ce message que vous pensez que c'est lié ? Plutôt tiré par les cheveux, non ?

— Je vous l'accorde. Mais il y a plus.

— Quoi ?

— Une information confidentielle. À un très haut niveau.

Son regard se perdit au plafond.

— Dieu ? demanda Katie, avec une fausse naïveté outrancière.

— Plus haut.

— Les spectres ?

— Quelque chose comme ça.

— Merde !

— Comme vous dites.

Dans le jargon du métier, les spectres étaient des êtres qui avaient la réputation de ne pas exister. Enfin, pas au niveau de réalité que fréquente le commun des mortels. Leur existence pouvait seulement être théorisée à partir d'un certain nombre d'effets autrement inexplicables : une enquête suspendue sans raison, des informations qui surgissent de nulle part et qui permettent de résoudre une enquête, un coupable inattendu qui vient se livrer... La rumeur voulait que les divisions les plus secrètes des grandes agences de renseignements, américaines et internationales, abritent la majorité de ces êtres mythiques.

— Et vous voulez que je travaille là-dessus ! reprit Katie. Ce n'est pas mon rayon...

— Sait-on jamais ? Officiellement, il y aura trois enquêtes distinctes sur chacun des événements. La vôtre, qui recouvre les trois, sera secrète. Vous ne ferez rapport qu'à moi. En personne et de façon verbale.

— Mais...

— Les résultats des trois autres enquêtes vous seront communiqués sans délai à mesure qu'ils seront disponibles.

— Pourquoi moi ?

— Vous êtes peu connue. Comme vous le dites si pittoresquement, ce n'est pas votre rayon. En haut, ils ont particulièrement insisté sur le secret absolu qui doit entourer cette enquête.

Un nouveau mouvement des yeux vers le plafond ponctua le commentaire.

— Toujours les spectres ?

— Oui... Ils ont déjà envoyé un groupe d'experts pour « collaborer » avec nous. Un groupe sur la viande, pour voir s'il y a quelque chose de suspect qui se promène dans le corps des victimes : virus, produits chimiques... Un autre sur les biographies, pour éplucher la vie de chacune des personnes impliquées et voir s'il y a des recoupements. Un dernier sur la structure des événements, question de vérifier s'il y a des ressemblances avec d'autres types d'attentats...

— D'attentats ?

— Dans d'autres pays. Il s'agit de voir si les procédés ou les cibles se répètent.

— Mais... quel rapport ?

— J'oubliais, nous avons reçu un deuxième message.

Il lui tendit une chemise cartonnée dans laquelle il y avait une photocopie couleur des deux messages. Le deuxième était construit de manière semblable au premier : mêmes mots manuscrits découpés et collés sur une feuille rouge.

> *Et si toute l'île de Montréal était transformée en piscine ?... Et si c'était déjà commencé ?*
>
> *Le Pouvoir Mou*

Katie prit le temps de digérer l'information.

— Des comme ça, on en reçoit des centaines par année, fit-elle. S'il fallait tous les prendre au sérieux...

— Vous avez peut-être raison... mais ce n'est pas leur avis.

Le policier fit une pause. Comme il venait pour reprendre, Katie l'interrompit:

— Curieux que ce soit écrit à la main, non?

— Curieux, oui.

Lui aussi avait trouvé le fait étrange. Habituellement, les auteurs de messages anonymes utilisaient des mots découpés dans les journaux pour éviter qu'on puisse reconnaître leur écriture.

— Et vous êtes certain qu'il faut sortir le grand jeu? fit Katie.

— Ils doivent penser que c'est nécessaire. Autrement, ils ne nous auraient pas expédié leur équipe. Et s'ils pensent que c'est nécessaire...

Elle figea un moment avant de pouvoir objecter:

— Et moi, dans tout ça?

— Votre dossier est excellent. Vous connaissez bien la ville. Vous assurerez le point de vue extérieur... Je vous servirai personnellement de contact avec l'équipe d'analyse.

— Je ne les verrai pas?

— Pas à moins que ce ne soit nécessaire. Officiellement, ils ne sont pas à Montréal. Question de souveraineté du territoire... Je ne devrais pas vous le dire, mais ce sont eux qui ont suggéré votre nom.

— Quoi!

— De quoi vous plaignez-vous? Ils vont se payer pratiquement tout le travail de terrain et vous allez coordonner.

— Vraiment?

— C'est vous qui allez centraliser toute l'information et qui allez rédiger le rapport final.

— Je suppose qu'il va m'arriver tout écrit et que j'aurai seulement à le signer?

— Écoutez, si ça vous fait du bien de faire une crise de diva, je veux bien la supporter encore quelques instants mais, avec ce qu'on a sur les bras, il me semble qu'on aurait tous les deux autre chose à faire !

Un silence embarrassé suivit. Katie ne se souvenait pas d'avoir déjà entendu son chef employer un ton aussi cassant avec elle.

— Au risque de me répéter, reprit Boyd, d'une voix redevenue plus calme, tout ce que je vous dis doit absolument rester entre nous. De toute manière, la conversation que nous avons présentement n'a pas lieu. Vous êtes venue me demander un congé sans solde et je vous l'accorde. Après vous avoir rabrouée sur votre manque d'égards pour les intérêts du service, bien sûr... Des compensations financières adéquates sont prévues. Voici un billet de loto pour le tirage de samedi.

Devant le regard incrédule de la jeune femme, le directeur se crut obligé de préciser :

— Si le comité de surveillance du personnel fait enquête, vous serez couverte... Pour la provenance de l'argent.

— Est-ce que je comprends bien ?...

— Un billet spécial, confirma Boyd. Il devrait vous rapporter un montant suffisant pour couvrir vos frais, pendant le temps où vous travaillerez dans l'ombre.

Katie se cala dans son fauteuil, comme si elle s'installait pour une longue explication.

— Si vous recommenciez depuis le début ? fit-elle.

Boyd lui expliqua alors que l'adjoint du solliciteur général du Canada, accompagné du premier secrétaire d'ambassade des États-Unis, était débarqué à son domicile deux jours auparavant. Pour des raisons stratégiques, ils voulaient tenir l'enquête totalement secrète : il ne fallait pas créer de panique, surtout s'il y avait réellement une opération de terrorisme en cours. D'un point de vue diplomatique, le secret avait également des avantages.

— Une opération d'une agence américaine sur notre territoire, expliqua le chef, soulèverait toutes sortes de protestations. Ce serait le délire dans les médias, tant de leur côté que du nôtre.

— Mais pourquoi est-ce qu'ils ne s'adressent pas au SCRS ?

— Trop infiltré. Ça se retrouverait le lendemain dans tous les journaux. En faisant affaire directement avec nous, ils peuvent limiter au maximum le nombre de personnes impliquées.

— Et ils ont insisté pour que ce soit moi ?

— Ils ont analysé notre liste de personnel sur leurs ordinateurs et c'est votre nom qui est sorti. J'ai reçu l'information ce matin même.

— Vous êtes sûr que vous n'êtes pas en train de me monter un bateau ? demanda-t-elle, après une hésitation.

— Voici qui devrait venir à bout de vos doutes, répondit-il, en lui remettant une enveloppe. Cela devrait compenser pour votre diminution temporaire de salaire et vous permettre de tenir jusqu'au tirage de samedi.

Dans l'enveloppe, il y avait mille dollars en coupures de cent.

— Pour couvrir vos premiers frais, ajouta-t-il.

— Et vous ? Qu'est-ce qu'ils ont fait pour que vous acceptiez ? Avez-vous également reçu une enveloppe ?

Le directeur rougit. Avant de répondre, il jeta un coup d'œil au portrait de son fils, sur son bureau.

— Vous ne pensez pas vraiment ce que vous venez de dire, n'est-ce pas ?

— Non... Mais je ne comprends pas que vous ayez accepté aussi facilement.

C'est avec une réticence manifeste que le policier reprit :

— Comme vous l'avez deviné, ils nous donnent effectivement quelque chose en retour. Une collaboration, pour ainsi dire.

— De quel genre ?

— L'affaire Kirouac. Le réseau de vol de bateaux de plaisance... Vous savez de quoi je veux parler ?

Elle fit signe que oui.

— Il y a aussi l'affaire Buteau... et l'affaire Rémillard. Ils nous ont fourni des informations pour les régler. Discrètement. Et correctement.

— Rémillard, c'est bien le prof accusé par un groupe d'étudiantes qui veulent chacune lui faire payer leur avortement?

— Oui.

— Mais... comment?

— Il semble qu'il soit impliqué jusqu'au cou dans autre chose. On va pouvoir le forcer à régler hors cour, sans que les étudiantes soient obligées de témoigner.

Katie resta sans voix.

— Ils ont promis de poursuivre leur collaboration à mesure que l'enquête progresserait, reprit Boyd. Un échange de bons procédés.

— Pour quelle raison est-ce qu'ils s'intéressent aux trois... accidents qui viennent d'arriver?

— Des informations qu'ils ont reçues, comme quoi quelque chose d'envergure se préparerait à Montréal. Ils ne peuvent en dire plus sans compromettre leur source.

— Une belle façon de nous tenir dans le brouillard.

— Ce n'est pas exactement ça, se défendit Boyd.

— Je suppose que je n'ai pas le choix?

— Bien sûr. Vous pouvez toujours refuser l'argent, envoyer votre carrière par la fenêtre et compromettre nos chances de régler une dizaine d'affaires importantes. Vous êtes entièrement libre.

— Une dizaine?

Le directeur lui tendit une feuille. C'était la liste des dossiers sur lesquels « des informations susceptibles d'amener la résolution de l'enquête » seraient éventuellement disponibles.

— La CIA? demanda la jeune femme, en levant les yeux du papier.

— Plus haut, j'ai l'impression. Ils ont spécifié qu'il ne fallait à aucun prix communiquer avec les agences américaines ou le personnel régulier de l'ambassade. Mon seul contact autorisé est Plimpton...

— Plimpton?

— Le type qui est venu chez moi... L'adjoint du solliciteur général s'est contenté de me le présenter et il est parti. Même lui n'est pas au courant de l'affaire...

— C'est... C'est complètement dingue.

— Si vous acceptez, vous prenez le dossier sur mon bureau et vous me téléphonerez soir et matin à mon domicile. Si j'ai besoin de vous joindre entre-temps, je laisserai un message sur votre répondeur.

Comme elle venait pour se lever, il reprit:

— Une dernière chose. Peut-être rien, peut-être une petite complication... Celik est débarqué dans mon bureau à la première heure, ce matin: il voulait m'interroger sur les trois accidents, me demander s'il y avait un rapport. Il a aussi parlé de problèmes de contamination... J'ai pris au moins une demi-heure à m'en débarrasser.

— Donald Celik?

— Lui-même.

— Mais comment... comment est-ce qu'il a pu?

— J'aimerais bien le savoir.

— Une fuite?

— À part les Américains, nous sommes les deux seuls au courant... En théorie.

— Les équipes d'analyse?

— Elles ne sont pas sorties de leurs locaux. Elles y resteront jusqu'à ce que tout soit terminé.

— Ils les ont mises au secret? fit la jeune femme, incrédule.

— C'est vraiment les ligues majeures, se contenta de répondre Boyd.

— Si ce n'est pas une fuite, c'est donc...

— Exactement. On dirait bien que les mystérieux « terroristes » ont eux-mêmes averti la presse – auquel cas, pas besoin de vous expliquer ce qui risque de se produire... Voilà. Je vous ai tout dit.

Katie acquiesça d'un signe de tête et prit le dossier. Elle saisit alors le regard de son chef, accroché à la photo, sur le coin du bureau.

— Comment va-t-il? demanda-t-elle.

— Mieux.

Katie n'insista pas. Elle était une des rares personnes au courant. Le directeur avait un fils. Enfant unique. Depuis plusieurs années, il accumulait frasque par-dessus frasque : renvoyé de toutes les écoles, impliqué dans des bagarres, arrêté pour ivresse sur la voie publique...

Un jour, le directeur lui en avait parlé. Pour qu'elle en glisse un mot à Cathy. Discrètement. Il ne savait plus quoi faire. Peut-être pourrait-elle lui conseiller quelque chose... Comme psychologue, elle devait avoir l'habitude de ce type de cas.

Katie n'avait jamais trompé cette confiance. La divulgation de ce «problème» aurait été plus qu'embarrassante pour la carrière de son chef. C'était à se demander comment il avait pu garder tout cela secret.

Elle sortit sans dire un mot et passa l'après-midi chez elle, à lire et relire les documents contenus dans le dossier.

## 13 h 15

Horace accompagnait ses deux nièces dans les boutiques du centre-ville. Les deux ravageuses étaient partagées entre toutes les choses qu'elles auraient aimé se faire offrir et la retenue dont elles n'arrivaient pas à se départir tout à fait.

Cet oncle gâteau leur était arrivé d'Australie une dizaine d'années plus tôt. Elles savaient bien que leur mère avait un frère quelque part : quand elles étaient plus jeunes, elles recevaient régulièrement des cadeaux de Noël ou d'anniversaire. Mais elles ne l'avaient jamais rencontré.

Pourtant, elles s'étaient vite habituées à lui, à ses horaires imprévisibles, à son humour souvent acide. Un de leurs plaisirs était de l'embarrasser chaque fois qu'elles le pouvaient : une façon de rétablir l'équilibre, d'avoir le dessus à leur tour pour compenser les cadeaux qu'il leur payait chaque fois qu'elles faisaient une « descente » chez lui.

— Vous m'attendez un instant ? dit-il. Un coup de fil à donner.

— Du moment que tu n'oublies pas tes devoirs envers tes invitées, répliqua Mélanie.

— Tu ne peux pas rentrer tous les jours à cinq heures du matin, compléta sa sœur.

— On a promis de veiller sur ta santé.

— On n'a pas le choix.

— Si on veut que tu continues encore longtemps...

— ... à nous payer des razzias dans les boutiques.

Blunt savait que ses protestations ne serviraient qu'à les relancer. Il se crut tout de même obligé de préciser que c'était pour le travail.

— Tu te fais payer, maintenant ? renchérit aussitôt Stéphanie.

— Tu sais que tu ne nous donnes pas un très bon exemple, enchaîna l'autre. Pour un oncle qui est supposé...

— Je reviens tout de suite, coupa Blunt.

Il s'enferma dans la cabine téléphonique et composa le numéro du quotidien *La Presse*.

Après toute une série de déclics, le responsable du bureau des nouvelles s'identifia.

— Bernard Laplante.

— J'ai une information, fit Blunt en déguisant sa voix.

— Vous êtes Monsieur... ?

— Les policiers en savent plus long que ce qu'ils disent sur les derniers attentats.

— De quoi est-ce que vous voulez parler ?

— Je veux parler de l'histoire de la piscine, du café Nautilus, du magasin d'aliments naturels... Allez poser des questions à Boyd, le directeur du SPCUM.

— Des attentats, vous dites ?

— Demandez-lui pour quelle raison il n'a rien dit à la presse.

— Écoutez...

Blunt raccrocha.

En acceptant la mission, il savait qu'il se lançait dans une partie à handicap. L'adversaire avait un certain nombre de coups d'avance. Mais il venait de récupérer une bonne part de l'initiative en plaçant plusieurs pierres à des endroits stratégiques. À mesure que le jeu progresserait, ces pierres acquerraient de l'importance.

Pour le moment, il ne pouvait faire plus : les équipes techniques étaient sur place, Boyd avait accepté la proposition de Plimpton sur l'organisation de l'enquête et il venait de mettre en place son journaliste.

Il lui fallait maintenant être patient. Jouer la position et laisser à l'adversaire l'impression qu'il avait tout le champ libre. Avec un peu de chance, celui-ci allait s'enferrer dans son propre territoire pendant que sa position à lui se déploierait en souplesse.

En faire davantage n'aurait servi qu'à encombrer son propre jeu. Pire, à renseigner l'adversaire sur ses intentions. Une erreur qu'il devait éviter à tout prix. Car il ne pouvait se permettre de perdre cette partie. Son avenir en dépendait. Au sens strict.

Même si Lady avait mis son influence personnelle dans la balance pour le sauver, il ne se faisait pas d'illusion : les bonzes de la National Security Agency et des autres services de renseignements reviendraient à la charge. Quand l'opération serait terminée, ils exigeraient de le récupérer. Elle n'aurait plus le choix. Ils lui proposeraient quelque chose d'intéressant en échange de sa collaboration. Ce serait logique pour elle d'accepter. Blunt ne lui en voulait d'ailleurs pas : c'était son travail et elle le faisait toujours le mieux possible. Une véritable professionnelle. Elle n'aurait pas survécu, si elle ne l'avait pas été.

Il fallait donc qu'il songe non seulement à l'enquête, mais aussi à trouver un moyen pour s'en sortir. D'où l'idée du journaliste. Il ne savait pas encore précisément de quelle façon il l'utiliserait, mais il préférait établir tout de suite cette position. Ce serait une sorte de pion central, prêt à établir des connections dans toutes les directions.

Il eut alors une pensée pour son vieux professeur de go. Le maître l'aurait sans doute trouvé bien présomptueux de se lancer dans un *fuseki* chinois. Cette stratégie, basée sur l'occupation rapide du centre, n'était recommandée que pour les joueurs expérimentés. Mais la situation exigeait des mesures extrêmes.

Quand il sortit de la cabine, Stéphanie et Mélanie l'attendaient avec un T-shirt de Garfield.

— On t'a acheté ça, fit la première.

— Le dessin est assez tordu pour que ça t'aille bien, expliqua l'autre.

— Un peu classique, peut-être...

— Mais compte tenu de ton âge...

Blunt les considéra, un instant décontenancé, le temps de reprendre contact avec cette réalité-là.

## 14 h 02

Trente-cinq ans, petit, malingre, complet veston étriqué, le visage en lame de couteau, l'homme sentait le Brut à trois mètres.

— Depuis la dernière fois, j'ai regardé seulement six films d'horreur, se dépêcha-t-il de dire.

— On dirait que ça s'améliore.

C'était ce qui l'avait amené en thérapie, avait-il affirmé : il ne pouvait s'empêcher de regarder sans arrêt des films d'horreur, même si ça le rendait littéralement malade de peur.

Cathy l'installa dans un coin, assis par terre, et se mit à construire un mur de coussins autour de lui, jusqu'à ce qu'il soit complètement enfermé. Elle alla ensuite s'asseoir dans un fauteuil, à l'autre bout de la pièce.

— Vous me racontez les rêves éveillés que vous avez faits depuis la dernière fois, fit Cathy.

— Tous?

— Tous.

Derrière la compulsion qui l'amenait à revivre sans arrêt des situations de terreur, on pouvait deviner une crainte profonde d'être contrôlé. Presque tous ses fantasmes tournaient autour de situations où il était pris en otage. Tantôt il se voyait eunuque, prisonnier à vie dans un harem, tantôt immobilisé à la surface d'un océan de graisse flacottante, tantôt l'otage d'une créature visqueuse qui l'avait attiré dans son repaire...

Cathy le recevait en entrevue depuis quelques semaines. Jusqu'à présent, la thérapie se déroulait bien.

Pourtant, elle devinait une résistance. Tout un secteur de sa vie semblait demeurer dans l'ombre. Sans doute le petit réseau de secrets supposés honteux qu'il y avait au cœur de l'existence de la plupart des patients – de la plupart des gens, à vrai dire. Mais les patients, eux, réussissaient moins bien à s'en accommoder.

Une analyse traditionnelle aurait probablement révélé une obscure culpabilité, un besoin inavoué d'autopunition. Sans doute, aussi, le désir d'échapper à la liberté. Mais, à quoi bon l'analyse ? La mise en scène du fantasme était beaucoup plus efficace pour venir à bout de son caractère obsédant. Il s'agissait de l'avoir à l'usure plutôt qu'à l'analyse.

C'était pour cette raison que Cathy avait conçu l'idée du bunker. Une prison de coussins. Le travail se faisait à deux niveaux. Il y avait les questions, les silences, les réponses, les hésitations... tout ce qui est le lot habituel de la thérapie. Puis il y avait la mise en scène : s'il réussissait à transgresser ses blocages pour dire certaines des choses qu'il retenait en lui, à poser des gestes qui ébranlaient ses interdits, alors il pouvait enlever quelques coussins. Se libérer un peu. Sinon, elle attendait qu'il trouve. Et, lorsqu'il était vraiment trop bouché ou qu'il se trompait grossièrement, elle en remettait quelques-uns.

— La prochaine fois, je peux m'apporter une revue ? demanda-t-il.

— Pas question.

Il lui avait déjà fait le coup avec un livre... Après un silence de plusieurs minutes, elle s'était approchée pour voir ce qu'il fabriquait : il était plongé dans la lecture, comme s'il était parfaitement à l'aise derrière les coussins et qu'il entendait en profiter pendant le reste de la séance.

Autant il disait vouloir se libérer, autant son attitude trahissait souvent une intention contraire : on aurait dit qu'il aspirait à demeurer prisonnier des gestes et des décisions des autres. Sa prison était une sorte d'abri. Il pouvait s'y réfugier et ne rien faire. Fuir dans la lecture. Une autre activité dirigée. Une passivité déguisée en activité.

En ajoutant un coussin sur le mur, Cathy songea à la réaction qu'auraient eue certains de ses professeurs, s'ils l'avaient vue travailler. Eux et leur sacro-saint détachement!...

Non seulement intervenait-elle fréquemment dans le processus en refusant des réponses et en en suggérant à l'occasion, mais elle s'engageait personnellement dans le fantasme du patient pour accélérer sa cristallisation. C'était sans doute peu orthodoxe, mais c'était efficace. Et puis, c'était intéressant.

— Votre frère, il est vraiment si gros que ça? demanda Cathy.

Elle se demandait s'il établirait un lien entre la situation familiale et les fantasmes d'otage.

— Énorme.

— Vous le voyez souvent?

— Presque jamais : je ne peux pas supporter son odeur... Mais je lui téléphone, ajouta-t-il nerveusement.

— Parlez-moi de lui.

— Il... Il est gros.

— Et...?

— Rien. Il est gros. C'est tout. Ça l'occupe à temps plein.

— Mais encore?

— Tout ce qu'il fait tourne autour du fait qu'il est gros.

Il eut un petit rire avant d'ajouter :

— C'est avec ça qu'il remplit toutes ses journées... Si je peux me permettre.

## WASHINGTON, 14 H 25

L'homme avait insisté pour qu'ils se rencontrent dans les toilettes de ce cinéma. C'était une source que Kordell avait développée lui-même.

Huit mois auparavant, à l'occasion d'un cocktail, il avait été accosté par un homme disant avoir quelque chose d'intéressant pour lui. L'individu en question lui avait discrètement remis un papier sur lequel il y avait un nom, une date, un lieu et une heure. Le nom était celui de l'un de ses ennemis politiques au département d'État, le lieu une chambre d'hôtel, la date deux jours plus tard et l'heure 23 h 30.

Le général avait fait mettre la chambre sous surveillance électronique. Résultat : il avait pu entendre l'adjoint au secrétaire d'État raconter toutes sortes de choses confidentielles à une fille qui s'était avérée, après enquête, travailler pour les Russes.

Trois semaines plus tard, à une autre des innombrables réceptions mondaines de la capitale, le général avait à nouveau été abordé par le même individu. Celui-ci l'avait félicité pour l'efficacité de son intervention et lui avait offert une collaboration plus régulière. Le général avait admis être intéressé. Ils avaient alors convenu d'un rendez-vous dans un endroit plus discret pour discuter des termes de leur association.

Malgré ses efforts, Kordell n'avait pas encore réussi à découvrir la véritable identité de son informateur. Il le connaissait simplement sous le pseudonyme de Lazarus. Mais son matériel était toujours excellent : il lui avait permis de dévoiler plusieurs opérations des « camarades ».

Au début, Kordell avait cru avoir affaire à un transfuge. Lazarus lui avait répondu qu'il était seulement un courtier en informations. Quelque part, dans la bureaucratie russe, quelqu'un avait des informations à vendre. Moyennant un pourcentage, il acceptait de servir d'intermédiaire pour trouver un acheteur. Les Russes n'étaient d'ailleurs pas ses seuls clients.

Kordell n'avait pas été dupe. Lazarus devait lui-même être ce bureaucrate qui voulait profiter de la situation pour s'enrichir. Cependant, il lui avait laissé croire qu'il le croyait. Plus l'homme se compromettrait, plus il serait facile de le faire chanter par la suite pour le forcer à collaborer.

Puis, un jour, Lazarus lui était arrivé avec le plan *Double Hawk*.

D'abord sceptique, Kordell en avait parlé avec certains de ses amis de *l'American Institute for Defense and Security*, un groupe de pression d'extrême-droite comprenant plusieurs militaires de très haut rang. On lui avait répondu que, malgré leur aspect inattendu, les propositions soumises par Lazarus méritaient qu'on les examine.

Après deux mois de négociations et un échange de garanties entre les parties concernées, le plan avait finalement été accepté.

L'homme rejoignit Kordell dans les toilettes.

— Vos informations étaient on ne peut plus exactes, fit le général, avec une ironie amusée. Fry n'avait aucune chance.

— Vous ai-je déjà fait défaut ?

— Voici votre petite compensation.

Il lui tendit une enveloppe dans laquelle il y avait une centaine de billets de cent.

— Je devrais avoir autre chose sous peu, fit Lazarus.

— J'y compte bien, répondit le général en riant.

Kordell songea à la guerre qu'il menait depuis des années contre la directrice de l'*International Information Institute*. Il imagina la tête qu'elle ferait lorsqu'elle serait forcée de reconnaître qu'il avait raison sur toute la ligne.

Le plus agréable serait sans contredit le côté progressif de son triomphe. À la fin, il serait en position d'imposer ses propres vues au Président et il pourrait exiger le démantèlement de l'Institut. Désormais, ce serait lui qui détiendrait le vrai pouvoir, non pas les clowns des services secrets et encore moins les têtes d'œuf du département d'État.

Il était temps que l'armée retrouve la place qui lui était due.

## Montréal, 14 h 47

L'homme transpirait maintenant de façon marquée. Le mur avait baissé et sa tête était visible par-dessus les coussins.

— Je peux ? demanda-t-il en esquissant le geste d'enlever d'autres coussins.

— Je ne crois pas que ce soit très productif.

Il hocha la tête en signe de résignation.

— Et votre frère ? reprit-elle.

— Au diable mon frère !

L'instant d'après, il reprenait contenance. Mais la femme avait noté qu'il y avait là quelque chose à creuser.

— Vous vous sentez otage de lui ?

— Pas particulièrement.

— Si vous me parliez de l'effet que ça vous fait de vous sentir en otage ?

— Rien à dire.

— C'est assez particulier, non ? On dirait que vous désirez être en otage. Que vous êtes l'otage de votre désir...

— Tous les gens sont en otage ! ne put s'empêcher de protester l'homme derrière les coussins... Écoutez la radio, ajouta-t-il après un moment, d'une voix plus sourde. Il ne se passe pas une semaine sans qu'il y ait une nouvelle guerre ou des attentats : les extrémistes juifs ou musulmans, les Serbes, les guérillas africaines...

— C'est quand même assez loin, tout ça. Je sais que ce n'est pas une bien grande consolation, mais...

— Et les tireurs fous dans les centres commerciaux ou les écoles ? Et la pollution ? Et la menace de guerre nucléaire ?... Ce n'était pas pour tenir en respect les autres pays que les gouvernements l'utilisaient : c'était pour faire tenir tranquilles leurs propres citoyens. Vous allez voir, ils vont la ressortir. Ça ou le terrorisme... Et les compagnies qui prévoient le coût des accidents dans leurs prévisions budgétaires parce que ça coûte moins cher que de fabriquer des produits plus sûrs ? Ils ne prennent pas le public en otage ?... Tous les automobilistes sont des otages ! Chaque semaine, on en tue un certain nombre avec des freins mal construits, de mauvais dispositifs de sécurité, des routes mal dessinées... Même chose avec les produits industriels toxiques qu'on rejette un peu partout dans la nature. On est tous des otages ! Alors, otage pour otage...

Cathy fut surprise pas l'intensité du réquisitoire. Elle savait bien que les patients finissent tous par mimer leurs peurs les plus profondes à travers leurs fantasmes. Pour les apprivoiser. Comme le masochiste avec qui elle avait simulé de nombreuses scènes d'exécution. Il aimait sentir la lame du sabre sur son cou, la voir monter, descendre, puis s'arrêter exactement sur sa peau. Sans le couper.

Dans sa tête, il jouait pendant des heures avec cette image. Chaque fois, il parvenait à arrêter la lame. Sa jouissance lui venait de ce sentiment de pouvoir contrôler ce qui le terrorisait : la peur obsédante de la décapitation. Et, derrière elle, celle de la castration. Il avait débloqué lorsque Cathy lui avait proposé de modifier le rituel en le transposant au niveau de son sexe. Pour qu'il affronte sa véritable peur. Directement...

Mais, la thérapeute avait beau savoir tout ça, l'inquiétude du petit homme devant elle n'en demeurait pas moins étrangement communicative.

— Il y a tout de même une marge, non ? reprit-elle, après un long moment de silence.

— En êtes-vous certaine ? Qui vous dit que, à l'instant même, sans le savoir, les habitants de la ville ne sont pas tous pris en otage ?... Ça pourrait être n'importe quoi : une bombe nucléaire installée par un groupe de terroristes, du LSD dans l'eau de la ville, un virus fabriqué en vue de la guerre bactériologique...

Cathy était de plus en plus touchée par la véhémence dont il faisait preuve. Elle lui demanda pour quelle raison il parlait tout à coup de terrorisme, si cela avait rapport avec son frère.

Il parut encore plus troublé.

— Bien sûr que non, se dépêcha-t-il de protester. Il est gros, il est répugnant... mais il n'est pas dangereux.

— Vraiment ?

— Puisque je vous le dis ! explosa-t-il à nouveau.

Elle enleva un coussin du mur, histoire de dramatiser le déblocage qu'avait trahi l'intensité de sa réponse. Quelque chose, en lui, était en train d'émerger.

— Quand vous étiez jeunes, est-ce qu'il vous terrorisait ? demanda-t-elle.

— Nous n'avons pas été élevés ensemble. J'étais chez mon père, avec mon autre frère. Lui, il était chez ma mère.

Cathy avait soupçonné dès le début un lien entre ce fantasme et le rapport à la mère. Ce ne serait pas le premier patient à se sentir l'otage du désir maternel et à reproduire ce sentiment fondamental dans ses fantasmes. Ou dans ses relations avec les autres.

L'entrée en scène du frère avait un instant ébranlé son hypothèse. Puis elle songea au glissement possible, des profondeurs maternelles à la graisse enlisante du frère, ce frère qui était justement associé à la mère, qui avait pour ainsi dire reconstruit le sein maternel autour de lui, à l'intérieur de sa peau.

— Votre mère, vous la voyiez souvent ?

— Presque jamais. Mais ce n'était pas sa faute, se dépêcha-t-il aussitôt de préciser. Elle n'aurait pas demandé mieux. En fait, elle se plaignait toujours de ne pas nous voir plus souvent.

— Pourquoi ne pouvait-elle pas vous voir plus souvent ?

— On habitait trop loin. Il aurait fallu déménager... Peut-être qu'on aurait dû...

Cathy ne put s'empêcher de faire un lien avec ce qu'il lui avait révélé, dans une rencontre précédente, sur son ambivalence envers les femmes. Autant il était profondément attiré par elles, autant elles représentaient pour lui une impossibilité : quelque chose que ses gestes ou ses yeux ne parviendraient jamais à toucher tout à fait...

Inaccessibles et désirées. Attraction et répulsion. Toujours les deux mêmes éléments de base du conflit qui le paralysait. Elle enleva deux autres coussins.

— J'aurais beaucoup aimé poursuivre plus longtemps, dit-elle, mais l'heure est écoulée.

— Déjà ! Je vous revois quand ?... Demain ?

— Je suis désolée, mais c'est absolument impossible. Il va falloir que nous attendions après-demain.

Il importait de souligner le dernier élément de son histoire en l'actualisant directement dans leur relation.

— Croyez-moi, reprit-elle, le processus est bien amorcé. Nous allons bientôt pouvoir avancer beaucoup plus vite.

Elle enleva tous les coussins pendant que l'homme la regardait faire. Immobile. C'était dans le contrat sur lequel ils s'étaient entendus : elle seule avait le droit de toucher aux coussins. À moins qu'elle ne l'y autorise. Ce qu'elle n'avait jamais fait en fin de séance. Lorsqu'il prendrait l'initiative de le faire lui-même, de rompre le contrat, il aurait fait un grand pas vers la guérison.

L'homme se leva sans dire un mot, ramassa son imperméable, mit l'argent sur le bureau et sortit. Avant de refermer la porte, il se retourna un instant et lança, sur un ton étrangement convaincu :

— N'oubliez pas, vous aussi, vous êtes otage. Nous sommes tous otages !

Cathy resta un long moment à récapituler l'entrevue. Pas de doute qu'il y avait eu déblocage. La double contrainte commençait à apparaître, entre l'impossibilité d'atteindre l'objet de son désir et l'exigence impérieuse d'y parvenir. Par-delà les rationalisations sur la société, c'était probablement le rapport contradictoire à la mère qui était l'enjeu majeur chez son patient. Rapport compliqué et masqué par celui au frère.

Bien sûr, cela n'enlevait rien à ses remarques sur le terrorisme quotidien et l'état permanent de chantage dont il avait parlé. Avec une conviction d'ailleurs troublante, elle devait l'admettre. Mais, chez lui, telle n'était pas l'origine du fantasme : au contraire, c'était probablement à cause de ce fantasme qu'il était plus sensible à la situation sociale. Et puis, il y avait son nom : Désiré Laterreur.

Peut-être cela avait-il joué un rôle de déclencheur ? Peut-être était-ce l'élément autour duquel son fantasme avait cristallisé ? Serait-il condamné à actualiser dans son prénom, toute sa vie durant, le destin représenté par son nom ?

L'esprit de la jeune femme dériva ensuite sur le rapprochement que sa sœur avait effectué entre leurs deux métiers. Ce n'était pas tant une question de bêtise ou de délire que de censures : une qui les incarne pour contrôler les délinquants, l'autre qui les met en scène pour aider ses patients à les dissoudre. Et, derrière les censures, l'interdit, l'inaccessible, les frustrations qui en découlent... La mère ou le père qui en sont souvent la première figure. Puis la consommation, sous toutes ses formes. Les clients qui achètent l'image du produit pour faire passer leurs frustrations et qui se retrouvent ensuite avec le produit sans l'image – ce qui les frustre encore plus... et les rend encore plus vulnérables à l'image séduisante de produits gratifiants. Une roue sans fin...

Une grande part de son métier consistait à amener ses clients à affronter leurs frustrations essentielles. Plus directement. À les affronter et à apprendre à y survivre. Ce qui n'était pas toujours si simple.

En sortant du bureau, elle se dit qu'elle reparlerait de tout ça à Katie. La remarque que sa sœur lui avait faite l'avait dérangée plus qu'elle ne l'avait laissé paraître. Elle avait hâte de lui expliquer ses conclusions sur les vraies différences entre leurs deux métiers.

## 17 h 41

Katie arriva aux Deux Maries avant Blunt. Elle eut le temps de réviser une autre fois dans sa tête les principaux éléments du dossier qu'elle venait de parcourir à trois reprises.

Horace commanda un demi-pichet de sangria en passant à côté de la serveuse et vint s'asseoir devant Katie.

— Comment est la récolte d'informations ? demanda la jeune femme.

— Pas de récolte aujourd'hui. Pas eu le temps.

— Tes protégées ?

Il fit signe que oui, d'un air vidé.

— De toute façon, j'ai décrété que j'étais en vacances. C'est ce que je fais chaque fois qu'elles viennent.

— Tu es chanceux de pouvoir te le permettre.

Il lui avait déjà expliqué que s'il travaillait comme journaliste à la pige, c'était pour le plaisir. À son propre rythme. Avant de revenir à Montréal, il avait fait fortune en Australie. Ses placements lui permettaient de retirer une rente confortable pendant les trente prochaines années. Ensuite, il verrait... S'il y avait encore quelque chose à voir, avait-il précisé.

— Elles vont te faire mourir, fit Katie, reprenant la taquinerie du matin.

— Oui, mais pas de ce que tu penses. J'ai dû marcher quelque chose comme une douzaine de kilomètres dans les boutiques et les magasins.

— Tu as toute la soirée pour te reposer. De quoi te plains-tu ?

— Justement ! Ça continue... Elles ont décidé de me faire visiter le Vieux.

— Toi qui passes déjà la moitié de ta vie là !

— Je sais. Mais il paraît qu'avec elles ça va être différent, que je ne connais pas les bons endroits.

— Pauvre chou ! Elles vont finir par te faire croire que tu es une vieille chose !

— J'ai dû me battre pour ne pas m'acheter un pantalon fuchsia !

— Ça irait bien avec la sangria, non ?

— Tu as un tuyau ?

Pendant un instant, Katie eut l'air embarrassée. Le matin, elle pensait uniquement qu'elle allait travailler sur une nouvelle affaire. Comme à l'accoutumée, elle entendait en faire bénéficier Blunt. Mais l'enquête s'était révélée sans proportion avec le travail habituel.

— Je ne peux rien dire pour l'instant, finit-elle par expliquer. Mais il y a quelque chose de très gros en cours. Quand ce sera le temps, tu seras le premier informé. Une exclusivité qui pourrait se retrouver à la une.

— Si gros que ça ?

— Davantage.

Ils procédaient depuis des années à ce genre d'échanges. Souvent, par une sorte d'affection un peu rude, elle appelait Blunt son vidangeur. Il semblait avoir un appétit sans fin pour les informations les plus bizarres ou les plus sordides. Quand elle apprenait quelque chose susceptible de l'intéresser, elle le lui refilait. Réciproquement, chaque fois qu'il pouvait l'aider dans une enquête – une information insolite lue des années auparavant ou une confidence recueillie la veille dans un bar – il lui renvoyait l'ascenseur.

— Tu es certaine de ne pas pouvoir m'en dire davantage ? insista Blunt.

— C'est trop... trop chaud.

— Pire que le maniaque qui violait uniquement des femmes âgées de soixante-dix ans et plus ?

— Arrête de dire des horreurs.

— Il faudrait plutôt arrêter les gens d'en faire. Ce qui est d'ailleurs ton métier, si je me souviens bien.

— Je n'ai pas envie de jouer à ça.

— Ça va si mal ?... Je veux dire, de la connerie en gros, pas seulement au détail ?

— En gros, oui ! Tu peux le dire !

— L'affaire de la piscine ?

Elle ne put dissimuler totalement sa contrariété.

— Tu as un véritable instinct pour ce genre de choses, hein ?

— Rien d'humain ne m'est étranger !

— D'humain ?

— Alors, c'est quoi le nouveau drame ? La piscine n'était qu'un début ? Ils vont remettre ça toutes les semaines ? La prochaine fois, c'est les piscines municipales ? Ensuite, le fleuve ?

Katie le regarda sans pouvoir répondre. Le cabotinage de Blunt pouvait très bien être exact. Si la piscine et les deux autres événements s'avéraient le début d'une série...

— On dirait que j'ai mis le doigt sur quelque chose ? fit candidement Blunt.

— Tu te rends compte de ce que ça voudrait dire ?

— Laisse-moi deviner. Que s'est-il passé de particulièrement débile au cours des derniers jours ? Voyons... Mais bien sûr !

Il s'interrompit pour la regarder d'un œil moqueur.

— Tu hoches simplement la tête si j'ai raison, OK ? Comme ça, tu ne m'auras rien dit.

— D'accord, finit-elle par laisser tomber.

— Donc, il faut choisir parmi les débilités récentes. Voyons, voyons... Je parierais pour l'émeute au magasin d'aliments naturels. Probabilité : plus de 90 %.

Hochement de tête.

— La bataille générale au bar Chez ma tante... 70 %.

Aucun hochement de tête.

— Ma moyenne vient d'en prendre un coup, fit Blunt. Bon, un autre essai : disons... le saccage du café Nautilus. Lui, je le mettrais à 85 %.

Hochement de tête.

— Deux sur trois. Pas mal. J'arrête pendant que ma moyenne est au-dessus de cinq cents.

Il se versa un autre verre de sangria et regarda Katie d'un air satisfait.

— Dis-moi, demanda-t-elle. Comment est-ce que tu fais ?

— Simple : j'imagine le pire, puis j'en rajoute. La réalité dépasse toujours la fiction. Question de...

— Sérieusement ! l'interrompit la jeune femme.

— Les éléments communs. Comportement aberrant simultané de plusieurs individus réunis dans un endroit assez restreint... À mon avis, tu devrais regarder ce qu'ils ont mangé... De la vache enragée, peut-être. Ou du fondamentaliste !

— Tu penses vraiment...

— Du fondamentaliste ? Non. Ils seraient morts.

Pas à dire, songea Katie, la discussion avait fait du bien à l'humeur de Blunt. Comme à chaque fois qu'il se passionnait pour les dernières trouvailles de la bêtise militante, son regard devenait brillant et son esprit en effervescence.

— Tu penses vraiment que ça pourrait être quelque chose qu'ils ont mangé ? reprit-elle.

— Ou qu'ils ont bu. Est-ce que je sais ?... Si tout le monde se met à déconner en même temps, il doit bien y avoir un facteur commun, non? Peut-être qu'ils font partie d'une secte religieuse qui bouffe du LSD tous les matins en se levant.

— Et pourquoi ces victimes-là en particulier?

— Piscine, Nautilus, aliments naturels... Peut-être un rapport avec la santé. Je dirais une probabilité d'au moins 75 %. Qu'est-ce que tu en penses?

Katie ne répondit pas. Jugeant qu'il en savait déjà bien assez sur l'enquête en cours, elle fit dévier la conversation.

— Pour quelle raison est-ce que tu t'intéresses autant aux faits divers?

— Quelle réponse est-ce que tu veux?

— Si tu essayais la vraie?

— Il y en a plusieurs.

— La plus simple, alors.

— Quand on se concentre sur la bêtise au détail, on arrive parfois à oublier celle en gros. C'est quand même moins pire de craindre les jeunes délinquants du quartier que d'avoir peur de la guerre nucléaire, des pluies acides ou de la disparition de la couche d'ozone.

— Intéressant.

— Comme système?

— Comme réponse.

— C'est la seule manière d'éviter la paranoïa : voir petit.

— « Bouffe time »!... Il faut que j'y aille.

Il la retint une seconde.

— Montre, voir.

— Quoi?

Il examina le macaron attaché à la bandoulière de son sac à main. RECYCLED WOMAN.

Personnellement ou professionnellement? demanda-t-il.

— Un peu des deux.

Comment faisait-il pour toujours tomber aussi juste? Sans le savoir, il lui parlait de recyclage professionnel, comme s'il connaissait sa nouvelle affectation. Et, plus tôt, il avait tout de suite mis le doigt sur une piste intéressante pour son enquête. C'était un peu hallucinant la vitesse avec laquelle il avait été directement au cœur du problème. Mais était-ce vraiment sans le savoir ?

Elle songea alors à l'autre journaliste qui avait questionné le directeur. Était-ce une simple coïncidence ? Peut-être Horace était-il au courant ? Peut-être avait-il bénéficié du même tuyau que l'autre et qu'il avait essayé de lui tirer les vers du nez ? De se faire confirmer une information sans en avoir l'air... Chose certaine, il l'avait eue par surprise. Elle n'avait pas eu la présence d'esprit de s'inventer une couverture plausible.

— Si jamais ça sort dans les journaux, fit-elle un peu brusquement, tu peux t'attendre à des problèmes. Tu es le seul au courant.

Ce n'était pas très honnête, puisque Celik semblait déjà avoir certaines informations, mais elle devait s'assurer qu'il ne dise rien.

— Jusqu'à maintenant, je n'ai jamais rien sorti sans ton accord, répliqua plutôt sèchement Blunt. Je ne vois pas pour quelle raison je commencerais... Me mettre sur le dos toutes les fuites qui pourraient survenir, tu ne trouves pas que c'est un peu fort ?

— Il n'y a que le super et moi qui sommes au courant.

Blunt parut impressionné par l'information.

— Si gros que ça ? fit-il.

— Si gros que ça.

— C'est encourageant. Ça veut dire que Boyd a décidé de te faire gravir les échelons.

— Peut-être... Bon, il faut vraiment que j'y aille.

Lorsque Katie fut partie, Blunt prit le temps de déguster tranquillement le dernier verre de sangria. Il n'était pas mécontent de sa performance. Il l'avait orientée sur une hypothèse intéressante et avait rendu plausible son propre intérêt pour l'affaire. Restait le plus difficile : rentrer, prendre une douche et se préparer psychologiquement à suivre ses deux nièces dans le Vieux.

Il aurait préféré une soirée tranquille. Un bain chaud, la télé, ses problèmes de go... Et, surtout, se coucher de bonne heure. Il ressentait encore le contrecoup des diverses drogues utilisées par Klamm pour l'interrogatoire de routine. Mais il n'était pas réaliste de songer à échapper aux ravageuses : elles avaient estimé qu'il avait besoin d'aération et ses protestations n'auraient eu pour effet que d'allonger le traitement.

## 18 h 28

— Salut poulette !

Une fois de plus, Jacquot Fatal ne s'était pas trompé en saluant Katie. Cathy, elle, était déjà de retour du bureau.

— Grosse journée ? demanda Katie.

— Plutôt relax. Mais je me suis encore fait accoster par un de tes «ex».

— Ah oui... Qu'est-ce que tu as préparé pour souper ?

— Pétoncles... Il ne voulait pas croire que je n'étais pas toi.

— Le grand luxe, quoi !

— Il faut bien en profiter pendant qu'il en reste.

— Qu'est-ce qu'il voulait ?

— Ton ex ? Il pensait que je faisais semblant d'être moi. Je veux dire, de ne pas être toi. Pour l'éviter.

— Pourquoi, pendant qu'il en reste ?

— Les pétoncles ? À cause des nouvelles méthodes de pêche... Il voulait absolument que j'aille souper avec lui.

— Une dernière conversation, je suppose ?

— C'est ça, oui... Ils raclent le fond et ramassent tous les bébés pétoncles. Le problème...

— Pour s'expliquer ? Faire une dernière mise au point ?

— Je suppose... Et comme ils ne connaissent pratiquement rien sur leur reproduction, ni même sur le temps que ça prend pour renouveler les bancs...

— Comment est-ce que tu as réussi à t'en débarrasser ?

— Je lui ai dis que tu l'appellerais ce soir.

— Merde !

— Écoute, c'est ton « ex » à toi ! C'est à toi de t'en occuper. Le numéro est à côté du téléphone.

— Ce sont les « ex » qui devraient être une espèce en voie de disparition !

— Si tu faisais comme moi...

— Me contenter d'avoir des clients ? ironisa lourdement Katie.

— Ce serait peut-être une idée.

— Tu penses qu'ils vont disparaître ?

— Les « ex » ?

— Non, les pétoncles.

— Sûr. Toutes les espèces finissent par disparaître. La seule question, c'est quand.

— Je suis certaine que les « ex » vont être les derniers à partir. Il n'y aura plus rien d'autre sur la planète et il va continuer d'y avoir des « ex ».

— Ce serait une idée, ça, de les transformer en clients !... « Ex »-secours bonjour ! Quel est votre problème ?

— Pas besoin de leur poser la question : leur problème, c'est toujours le même. Avoir une baguette magique, je transformerais sur le champ tous les « ex » en pétoncles.

— Quelle raison ?

— Pour qu'ils s'éteignent !

— Tu dramatises. Les « ex », ça peut être charmant. Suffit de les maintenir à la bonne distance... Il faut que tu voies ça comme des clients qui continuent de payer une fois que le traitement est fini.

— J'ai plutôt l'impression que ce sont des incurables qu'on a jamais fini de soigner et dont on ne voit jamais le premier chèque.

— C'est parce que tu ne sais pas comment t'y prendre... À propos de clients, il faut que je te parle de celui que j'ai eu cet après-midi.

Tout au long du souper, Cathy lui raconta son entrevue avec l'otage, comme elle l'appelait.

— C'était la première fois qu'il te parlait de terrorisme ? demanda Katie, une fois qu'elle eut terminé.

— Oui. Il a eu une séance difficile. Plusieurs déblocages. Son frère, son rapport avec la graisse, sa mère, le sentiment d'être pris en otage...

— Et le terrorisme ?

— Ça, j'ai l'impression que c'est plutôt de l'évitement. Ça lui fait une cause qui a l'air rationnelle pour justifier son obsession.

— Selon toi, est-ce que ça pourrait en être un ?

— Un terroriste ? Tu délires...

— C'est plutôt lui, non, qui délire ?

— C'est rare que les patients vont jusqu'à ces extrémités-là. Leurs fantasmes leur servent justement à éviter de passer aux actes. Ils n'ont pas besoin d'affronter la réalité.

— S'il était poussé par quelqu'un ? Tu crois que ce serait possible ?

Cathy observa sa sœur avec une certaine inquiétude.

— Tu es sérieuse, hein ?... Tu penses à quelque chose en particulier ?

— Peut-être. Mais rien de précis encore.

— Une nouvelle enquête ?

— On peut appeler ça comme ça.

— Ça a l'air bien mystérieux.

— Compliqué, en tout cas. Théoriquement, je ne devrais même pas t'en parler.

— Alors, théoriquement, je n'entendrai rien.

## 20 H 47

Le directeur referma la porte de sa demeure sur l'intrus et poussa un soupir de soulagement.

Le journaliste l'avait relancé jusque chez lui. À chacune des questions, le policier avait opposé un démenti humoristique, les traitant d'élucubrations farfelues. Mais, intérieurement, il était secoué : un deuxième journaliste venait le questionner sur l'affaire la plus secrète à laquelle il avait jamais participé.

Évidemment, le chroniqueur de *La Presse* n'avait pas voulu dévoiler ses sources. «Téléphone anonyme», avait-il dit. Cela pouvait d'ailleurs être vrai. Si une opération terroriste d'envergure était en cours, ceux qui en étaient responsables pouvaient tout aussi bien utiliser les médias pour mettre de la pression sur les autorités.

Il n'eut cependant pas le temps de ruminer longtemps : le téléphone sonnait. Katie au rapport.

Boyd l'informa de la visite qu'il venait de recevoir.

— Qui était-ce ?

— Bernard Laplante. De *La Presse*.

— Ah...

Il sentit une certaine surprise dans sa voix.

— Vous pensiez à quelqu'un d'autre ? demanda-t-il.

— Non. Pas vraiment.

Elle décida de ne pas lui parler de Blunt. L'antipathie du directeur à l'égard des journalistes risquait de fausser son jugement.

— Autre chose, fit Boyd. Le maire a reçu un deuxième message en fin d'après-midi.

— En relation avec l'affaire en cours ?

— J'en ai bien peur. Je vous le lis... « Notre première exigence est de fermer tous les clubs Nautilus, tous les salons de bronzage et toutes les piscines publiques de l'île de Montréal. À défaut de vous y confirmer dans les vingt-quatre heures, nous serons dans l'obligation de hausser nos exigences et de prendre des dispositions plus contraignantes ».

— Seulement ça !

— Même écriture que le message précédent. Signé de la même façon : le Pouvoir Mou.

— Toujours aucune idée de sa provenance ?

— Je ne vois pas très bien qui pourrait s'adonner à ce genre de blague.

Katie songea à Blunt. L'humour noir foncé était son faible. Et il était au courant de l'affaire. Mais il n'irait quand même pas jusque-là...

— De votre côté, quoi de neuf ? demanda le directeur.

— Je tiens peut-être une piste. C'est un peu tiré par les cheveux, mais on ne sait jamais...

Elle lui résuma les conclusions auxquelles elle était parvenue, à la suite de sa discussion avec Blunt, mais sans lui mentionner quoi que ce soit à son sujet.

— Je suis assez de votre avis, acquiesça Boyd. Compte tenu du deuxième message, ça mérite d'être exploré plus à fond. Demain matin, je vous ferai transmettre les premiers résultats des groupes d'analyse... Essayez de bien dormir.

— Je vais prendre les moyens qu'il faut.

Après avoir raccroché, elle se laissa retomber sur son lit et ouvrit le roman policier qu'elle avait acheté en solde. Une parodie des *Dix Petits Nègres* d'Agatha Christie : *Quatorze Gros Mexicains*...

Quelques minutes plus tard, elle fermait la lumière.

« Dodo time ».

# JOUR 4

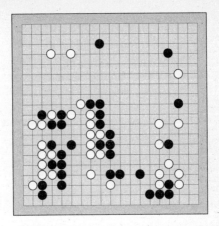

Une pierre exerce une **influence** sur les intersections qui l'entourent ; cette influence varie selon la position des pierres voisines, amies et ennemies.

Un **moyo** est un territoire prospectif, une zone d'influence. Dans la construction d'un moyo, il faut maximiser l'influence de ses pierres : elles doivent être assez éloignées les unes des autres pour couvrir le plus d'espace possible, mais assez rapprochées pour pouvoir se soutenir mutuellement, en cas d'attaque.

Normalement, un moyo est schématisé par un nombre assez réduit de pierres.

## Montréal, 3 h 42

Blunt s'écrasa sur le divan. Il laissait sa chambre aux deux nièces pendant leur séjour chez lui.

Une minute ou deux, il eut vaguement conscience que Mic et Mac, les deux Havana Brown, lui faisaient la fête pour son retour ; puis il sombra dans quelque chose d'extrêmement profond qui était davantage que l'oubli.

## 6 h 57

La sonnerie fracassa le cocon de néant dans lequel il s'était réfugié. D'une main tâtonnante, il finit par faire taire l'appareil.

Le téléphone était sur une petite table au bout du divan, justement du côté où il avait choisi de mettre l'oreiller.

Quinze secondes plus tard, le bruit recommençait.

Après avoir lutté pour enlever le sable collé sous ses paupières, il finit par décrocher.

— Blunt ? fit une voix de femme qu'il eut vaguement l'impression de reconnaître.

— Oui... probablement.

— J'attends toujours votre rapport. Celui que vous deviez me faire hier soir.

«Lady !» songea-t-il.

— Écoutez... euh... c'est-à-dire... quelle heure est-il ?

— Pratiquement sept heures.

— Quoi !

— J'aurais bien appelé plus tard, mais j'avais peur de vous manquer.

— Est-ce que vous savez à quelle heure je me suis couché ?

— Vous savez bien que non. Nous respectons la vie privée de nos agents.

— Non mais...

Ne lui laissant pas le temps de réagir davantage, elle enchaîna :

— Ce matin, j'affronte les fauves. L'essentiel de la discussion portera sur votre précieux appendice. Le postérieur, je veux dire. Et sur les moyens de le sauver, s'il y a lieu. Un peu de collaboration de votre part ne nuirait pas.

— Si vous pensez que...

— À part de ruiner votre organisme en le sollicitant jusqu'à des heures indues, est-ce que vous avez entrepris quelque chose digne de m'être communiqué ?

Sous l'humour ironique de Lady, il devinait un réel souci. La réunion ne devait pas s'annoncer de tout repos. Les militaires essaieraient de neutraliser son influence pour parvenir jusqu'à lui. Pas de doute que leur plus cher désir serait de lui « botter les fesses », comme elle y avait subtilement fait allusion.

— Écoutez... je peux vous rappeler d'ici une heure ?

— Au plus tard. La réunion est à neuf heures trente et je veux avoir le temps de voir venir.

— D'accord.

Encore groggy, Blunt se dirigea d'un pas chancelant jusqu'à la douche. Il s'octroya cinq minutes d'eau chaude, la tête appuyée contre la céramique, à essayer de récupérer le plus de chaleur et de bien-être possible, puis il abaissa progressivement la température de l'eau en s'efforçant de graduer le mieux possible la transition.

Vingt minutes plus tard, il sortait de la salle de bains, propre, rasé, quasi utilisable. Sous son crâne, les pulsations s'étaient stabilisées à une intensité supportable. Il suffisait qu'il bouge avec lenteur et précaution. Au moindre mouvement brusque, il avait cependant l'impression que sa boîte crânienne se déplaçait sans que l'intérieur de la tête suive.

Il se fit un café en jetant un coup d'œil sur les ravages effectués par les deux félins.

Mic et Mac s'ennuyaient. Et quand ils s'estimaient négligés, ils le manifestaient à leur manière : la position de joseki qu'il étudiait depuis une semaine, sur le jeu de go, était démolie ; quant à ce qui restait du coléus déraciné, aucune tentative de sauvetage n'aurait pu lui redonner le moindre semblant de vie.

Pendant que le café coulait, il se rendit au comptoir pour leur donner à manger. Les deux chats se pressèrent contre ses jambes, l'empêchant presque de marcher. Toute leur animosité avait disparu – pour l'instant. Ils avaient faim et le sens des priorités ne leur faisait jamais défaut. Repus, ils recommenceraient peut-être à bouder, mais pas avant que leurs estomacs n'aient obtenu satisfaction.

Lorsque le double ronronnement lui confirma que sa présence n'était plus requise pour la suite des opérations, il abandonna les deux estomacs ambulants à leur assiette et se versa un café.

Il fallait maintenant rappeler Lady. Aussi bien expédier la corvée tout de suite. Après cela, il pourrait peut-être profiter de quelques heures supplémentaires de repos.

Dix minutes plus tard, il achevait son rapport. La directrice de l'Institut l'avait écouté sans l'interrompre.

— Quelque chose que je peux faire ? demanda-t-elle, lorsqu'il eut terminé. Besoin de matériel supplémentaire ?

— Pas pour l'instant. Ce que j'avais commandé à Plimpton est déjà installé.

— Si vous avez besoin de quoi que ce soit, vous n'avez qu'à laisser un message sur le terminal.

— D'accord.

— Autre chose...

— Oui.

— Essayez de vous rappeler que vous ne travaillez pas seul... si ce n'est pas trop vous demander, bien sûr.

— Comme s'il était possible de vous oublier...

Après avoir raccroché, Blunt jeta un regard rempli d'appréhension en direction de Mic et Mac. Les deux terreurs à moustaches s'étaient installées pour leur sieste. Peut-être, après tout, profiterait-il réellement d'un répit...

Un moment, il caressa l'idée de faire irruption dans la chambre et de réveiller ses deux nièces. Mais cette vengeance finirait probablement par se retourner contre lui. Avec leur capacité de récupération apparemment illimitée, les deux adolescentes pouvaient tout aussi bien se précipiter vers la cuisine, fraîches et disposes, et se mettre à faire des plans pour ne rien perdre de la journée.

Autant les laisser dormir.

Il s'allongea sur le divan – juste quelques minutes pour finir de récupérer. Mais le café n'était pas de taille à soutenir la lutte. Le néant eut tôt fait de l'aspirer à nouveau.

## WASHINGTON, 9 H 42

Le secrétaire à la Défense examinait le nouveau message qui lui était parvenu.

Même procédé : une enveloppe lui avait été remise par un enfant à la sortie de chez lui. De nouvelles photos y étaient jointes. Avec des noms de lieux et des dates au verso.

Le message lui-même ne faisait que quelques lignes :

> *THINK ABOUT MONTREAL ? HOW'D YOU LIKE*
> *THE SAME THING HAPPENING IN THE STATES ?...*
> *SO MANY INTERESTING CITIES. YOU BETTER*
> *THINK FAST.*

Il lut le texte une deuxième fois, machinalement, puis s'attarda aux photos. Elles avaient été prises dans une des nombreuses maisons spécialisées de la capitale. Pourtant, il ne fréquentait que celles réputées les plus sûres.

Cette fois encore, il se demanda s'il s'agissait d'un chantage du SVR russe ou d'un autre service de renseignements du même type. Chose certaine, les expéditeurs disposaient de moyens importants. Pour l'avoir ainsi piégé dans deux maisons différentes...

À court terme, le plus sûr était d'obtempérer. Tant qu'ils auraient besoin de lui, il ne serait pas en danger. Cela lui donnerait le temps de rencontrer un ami, à la CIA ; celui-ci trouverait bien un moyen de régler son problème. Bien sûr, il serait ensuite en dette envers lui, mais ce serait moins inquiétant que ce chantage sur lequel il ne pouvait pas mettre de visage. De toute façon, à Washington, il n'y avait personne qui ne devait pas quelque chose à quelqu'un d'autre. Ou qui ne contrôlait pas quelqu'un d'autre. C'était la règle du jeu.

Pour transmettre le message, il décida d'employer la même stratégie que la fois précédente : l'envoyer à l'Institut puis en toucher un mot au Président. Il devait justement le rencontrer en fin d'après-midi. Une ouverture s'était finalement manifestée dans l'agenda présidentiel. Il pourrait enfin intervenir en faveur du fabricant de missiles avec qui il avait déjeuné en début de semaine. Ce serait tout de même le bouquet que les protégés du Pentagone remportent les contrats à tout coup. Et, dans la conversation, il lui mentionnerait les deux messages loufoques qu'il avait reçus, en précisant qu'il les avait transmis à l'Institut.... Puisqu'il voulait avoir son agence personnelle de renseignements, qu'il se débrouille !

Entre-temps, il essaierait de se renseigner sur ce qui se passait de particulier à Montréal. Il n'avait pourtant rien vu dans les journaux.

## MONTRÉAL, 10 H 58

Blunt fut tiré de son sommeil par le son de la télé. Les deux ravageuses étaient debout. Stéphanie bricolait un super déjeuner tandis que Mélanie, assise au bout du divan, épluchait le journal avec l'aide intéressée des deux chats. Cela n'augurait rien de bon pour la journée.

— La transition n'a pas été trop pénible ? s'informa Mélanie.

— Pas trop, répondit faiblement Blunt. Si je parviens à débrancher le marteau-piqueur que j'ai à l'intérieur du crâne, tout ira bien.

— Comment va le malade ? cria Stéphanie, à l'autre bout de la pièce. Toujours coma ?

Blunt plissa les yeux dans un mouvement d'autodéfense, comme si cela pouvait abaisser le volume de la voix.

— Doucement, fit-il. Parlez très très doucement.

— On n'osera plus te sortir, reprit Mélanie. À ton âge, ne pas être capable de boire...

— Chut... Écoute.

Il se tourna vers le poste de télé.

« ... QUE LA SÉRIE NOIRE CONTINUE. CE MATIN, SUR UN CHANTIER DE CONSTRUCTION, UN OPÉRATEUR DE GRUE A LAISSÉ TOMBER UNE CHARGE DE BLOCS DE CIMENTS SUR LA CABINE-ROULOTTE OÙ TRAVAILLAIT LE CONTREMAÎTRE. L'INCIDENT A FAIT DEUX MORTS ET SIX BLESSÉS. LOIN DE FUIR, UNE FOIS SON FORFAIT ACCOMPLI, LE PRÉSUMÉ COUPABLE EST DESCENDU DE SON ENGIN ET S'EST DIRIGÉ VERS LE LIEU DE LA CATASTROPHE AVEC UNE BARRE DE FER. SELON SES PROPRES TERMES, IL VOULAIT ACHEVER LE TRAVAIL À LA MAIN. »

— C'est prêt ! hurla joyeusement Stéphanie.

— Chut, fit Blunt, en grimaçant malgré lui à cause du retour du marteau-piqueur. J'écoute...

— Ça va refroidir, argumenta Stéphanie.

Blunt lui adressa un regard noir. Elle n'insista pas. Elle savait quand il était nécessaire d'effectuer un repli stratégique.

« ... MAÎTRISÉ PAR LES OUVRIERS ACCOURUS SUR LES LIEUX, L'HOMME A ÉTÉ PRIS EN CHARGE PAR LES REPRÉSENTANTS DES FORCES DE L'OR-DRE. INTERROGÉ QUELQUES MINUTES PLUS TARD SUR LES RAISONS DE SON GESTE, ALORS QU'IL ÉTAIT REDEVENU TOUT À FAIT CALME, L'INDIVIDU A RÉPONDU CE QUI SUIT : »

Le présentateur disparut de l'écran, cédant sa place à la tête de l'accusé, en gros plan. L'intervieweur lui tenait le micro tout près de la bouche, comme s'il le lui donnait à gruger.

*« JE LUI AVAIS DEMANDÉ S'IL VOULAIT PAR-*
*TICIPER À UN TIRAGE QUE L'ON ORGANISAIT,*
*DISAIT L'HOMME. ET IL NE M'A PAS RÉPONDU...*
*IL NE M'A MÊME PAS RÉPONDU... »*

La figure épanouie du présentateur reprit possession du petit écran.

*« L'INDIVIDU A ENSUITE RÉPÉTÉ CETTE PHRASE*
*PENDANT PLUSIEURS MINUTES, SUR UN TON DE*
*PLUS EN PLUS VIOLENT, JUSQU'À CE QUE LES*
*POLICIERS SOIENT À NOUVEAU OBLIGÉS DE LE*
*MAÎTRISER... »*

— J'ai trouvé ! fit brusquement Mélanie en lui braquant le journal devant les yeux. Regarde !

Surpris, les deux chats sautèrent en bas du divan et se mirent à galoper l'un après l'autre à travers la pièce.

— Tout à l'heure ! s'impatienta Blunt, en écartant le journal. J'essaie d'écouter !

Sa protestation se perdit dans un bruit de dégringolade. Mic et Mac se pourchassaient à travers les rayons de la bibliothèque.

Blunt regarda ses nièces, se demandant si elles étaient contagieuses.

— Je peux avoir la paix, deux minutes, oui ?

— Oui, Bwana.

— Tout de suite, Bwana.

— Femmes se wetiwer dans la kwouisine.

— Homme véni quand loui êtwe pwêt.

Devant le dialogue alterné de ses nièces, Blunt eut de la difficulté à conserver son air courroucé. C'était lamentable, elles le manipulaient pratiquement à leur guise.

Il revint à la télé.

*« ... ET C'EST LA QUESTION QUE PLUSIEURS SE*
*POSENT. SELON UN ARTICLE DE DONALD CELIK*
*PARU CE MATIN DANS THE GAZETTE, IL NE SERAIT*
*PAS IMPOSSIBLE QUE CETTE SÉRIE "D'EXPLOSIONS*
*IRRATIONNELLES", COMME LE JOURNALISTE LES*
*A APPELÉES, SOIENT RELIÉES. INCAPABLE DE*
*PRÉCISER LA NATURE DE CE LIEN, IL A TOUTEFOIS*
*LAISSÉ ENTENDRE QUE LES AUTORITÉS ÉTAIENT*

*ÉGALEMENT PRÉOCCUPÉES PAR CETTE "ÉPI-
DÉMIE" – C'EST LE MOT QU'IL A EMPLOYÉ – ET
QU'ELLES AVAIENT FORMÉ UN GROUPE SPÉCIAL
D'ENQUÊTE POUR SUIVRE L'AFFAIRE... »*

## 11 H 04

Katie crut avoir mal compris. Non seulement la nouvelle d'une relation entre les trois incidents était maintenant
dans tous les médias, mais Celik annonçait la formation
d'un groupe spécial d'enquête.

Ce n'était peut-être qu'un coup de sonde chanceux.
Pour l'intuition, il était comme Horace : une manière
presque perverse de mettre le doigt du premier coup sur
les scandales, d'ouvrir les placards où il y avait des sque-
lettes... À moins que ce ne soit Blunt. Lui et Celik étaient
assez liés et ils échangeaient régulièrement des informations. Il n'aurait tout de même pas osé !

Elle téléphona au bureau.

— Boyd à l'appareil.

— Katie.

— Inspecteur Duval, quelle surprise ! Je vous croyais
en vacances, aujourd'hui.

— Vous avez quelqu'un dans votre bureau ?

— Tout à fait exact.

— Vous êtes au courant de ce qui s'est passé ce matin
au chantier de construction ?

— Oui.

— Et de ce que Celik a sorti ?

— Ça aussi.

— Il faut que je vous parle.

— Ça pourrait se faire.

— Ce soir ? Vers 18 heures ?

— Plutôt 20. J'ai une entrevue à Radio-Canada.

— Pour l'affaire en cours ?

— Je vous expliquerai. Aussitôt que l'entrevue est
terminée, je passe vous voir.

— Chez moi ?

— Si ça vous convient.

— Aucun problème. Et pour les premiers incidents, vous avez les rapports des analyses ?

— J'étais en train de les parcourir lorsque j'ai appris la nouvelle.

— Ça confirme notre hypothèse ?

— J'en ai bien peur.

— Il faudrait aussi en reparler, ce soir.

— Sûrement.

Après avoir raccroché, Katie resta un moment figée, en proie à des sentiments contradictoires. S'il lui était difficile de croire que Blunt ait pu répéter à Celik ce qu'elle lui avait appris, elle ne pouvait cependant pas courir de risques. Il lui fallait considérer toutes les possibilités. Même celle-là. Et, pour la vérifier, il n'y avait qu'une façon : lui tendre un piège. Belle façon de traiter un ami ! Plus qu'un ami, en fait...

Force lui était d'admettre l'importance de la place qu'il avait prise dans sa vie. Malgré ses prétentions de n'aimer que ce qui allait par deux et de ne pouvoir choisir entre les jumelles, Blunt passait de plus en plus de temps avec elle et de moins en moins avec Cathy. Ils étaient plus que de vieux amis. À travers la longue série de ses «ex», il lui assurait une espèce de continuité. Sans doute parce qu'il n'en était pas un. Les choses avaient tourné autrement...

Mais il fallait qu'elle en ait le cœur net. Surtout après ce qu'elle venait de lire dans les rapports préliminaires.

Elle décida de lui donner un coup de fil.

L'appel cueillit Blunt juste à la fin du repas. Bien sûr, il avait du temps. En fin d'après-midi, ce serait parfait : il avait justement besoin d'une excuse pour s'arracher à la séance de magasinage que mijotaient les deux tornades. Il les abandonnerait vers seize heures pour aller la rejoindre. Cela ferait un compromis acceptable.

## WASHINGTON, 13 H 45

À la demande de Kordell, et malgré le peu d'entousiasme de la directrice pour la capitale, la réunion avait été déplacée à Washington et reportée au début de l'après-midi. Ils étaient réunis dans le bureau de la directrice de l'Institut : Stephen Kordell, président du *Joint Chiefs of Staff*, John Lester, directeur de la *National Security Agency*, mieux connue sous l'acronyme de NSA, et George Anthony Plimpton, second secrétaire d'ambassade des États-Unis à Ottawa.

La directrice présenta d'abord Plimpton aux deux autres, précisant qu'il lui servait de liaison personnelle avec l'équipe de terrain. Puis elle attaqua :

— Messieurs, pour les besoins de nos discussions, nous ferons référence à ce comité simplement sous le nom de comité restreint. Aucun enregistrement ni rapport écrit des réunions n'est autorisé.

Des hochements de tête lui répondirent.

— Alors, voici les faits.

Elle fit d'abord un résumé des «incidents», y compris celui survenu le matin même. Elle mentionna ensuite l'intervention d'un journaliste qui semblait bénéficier d'informations privilégiées. Puis elle leur présenta les deux ultimatums adressés au maire de Montréal, en les faisant apparaître sur l'écran mural.

Dans un second temps, elle dressa le bilan des événements «internes», ceux qui étaient survenus à l'intérieur des États-Unis. Elle commença par les deux messages reçus par le secrétaire à la Défense. Ils apparurent à leur tour sur l'écran.

— Ceci explique qu'il ne soit pas avec nous, fit-elle. Il pourrait représenter un risque pour la confidentialité de nos échanges.

Les trois autres acquiescèrent.

Elle leur présenta ensuite une transcription de la conversation interceptée dans une cabine téléphonique de Washington. Pendant que le texte déroulait sur l'écran, l'original était transmis par les micros encastrés dans la table. Il y en avait un devant chaque place.

— Nous en avons enregistrée une autre, fit-elle, lorsqu'ils eurent terminé. Mêmes interlocuteurs. Montréal-Paris, cette fois. Empreintes vocales iden-

tiques. Malheureusement, l'appel provenait à nouveau
d'une cabine téléphonique et, à l'autre bout, il s'agissait
d'un branchement pirate. Il n'a pas été possible d'identifier
l'expéditeur.

— Qu'en disent vos analystes ? demanda Kordell,
avec une certaine ironie.

— Les Graphs parlent d'une perturbation importante.
À les entendre, nous serions en pleine crise. Les Stats,
eux, sont d'avis que les perturbations sont trop anar-
chiques pour être significatives, surtout pour une si
courte période. Pour eux, il s'agit d'un simple phénomène
de bruit de fond un peu plus marqué.

— Ils vont se mettre d'accord uniquement lorsque
tout sera fini, remarqua Plimpton, avec un léger sourire.

— On devrait en faire cadeau aux «camarades», renchérit Kordell, pour qui le démantèlement de l'Union
soviétique n'avait aucunement diminué le danger que
représentaient les Russes. Avec trente ou quarante de nos
supposés experts, ils seraient paralysés pour un siècle !...
Dire que nous avons l'arme absolue et que nous ne l'uti-
lisons même pas.

Malgré la teneur du refrain anti-Russes, la tirade était
d'abord dirigée contre Lady, dont il avait toujours considéré le service comme un gaspillage et un empiétement
sur la responsabilité des militaires ; elle visait aussi
Lester, à qui il reprochait de négliger les opérations de
terrain au profit de la recherche de l'information pour
l'information.

— Général, si vous en avez terminé... Vous n'êtes pas
en conférence de presse et le Président m'a demandé de
lui soumettre un plan d'action avant six heures.

Le rappel à l'ordre était d'autant plus cinglant que le
ton de la femme était demeuré neutre, presque poli.

— Il « vous » a demandé ? répliqua Kordell, comprenant qu'il avait été court-circuité.

Lester vint à la rescousse de la directrice. Même si leurs
services étaient en quelque sorte rivaux et qu'il pestait
souvent contre les crédits qu'elle accaparait, il se devait
de faire front commun avec elle contre l'ennemi – lire :

les militaires. Au moins, Lady reconnaissait l'importance de l'information et elle était sensible aux subtilités
de la guerre subversive.

— Des rapports des experts sur place ? demanda-t-il,
pour faire dévier la conversation.

— Il semble qu'un virus soit présent dans le corps de
chacune des victimes. Le micro-organisme est encore
mal identifié et les recherches se poursuivent. Du côté
des biographies, on n'a rien pu découvrir, si ce n'est que
la plupart des victimes semblaient bénéficier d'une
excellente santé.

— Il va devenir dangereux d'être en santé, maintenant ! intervint humoristiquement Plimpton.

— Côté terrorisme ? reprit Lester.

— Zéro. Aucun lien avec qui que ce soit. Aucun
groupe international connu d'impliqué.

— Une nouvelle combine des « camarades », conclut
alors Kordell. C'est évident. Ils vont bénéficier du chantage sans même avoir à s'exposer.

— Chantage, je veux bien, répondit calmement Lady.
Mais pourquoi ? Qu'est-ce qu'ils peuvent bien vouloir ?

— Nous l'apprendrons bien assez vite, ce qu'ils veulent, répliqua le militaire. Pour l'instant, ils s'amusent à
nous laisser mijoter.

— J'y ai pensé, admit la directrice de l'Institut. Certains faits plaident effectivement en faveur de l'hypothèse
d'un complot d'envergure : l'importance des moyens
nécessaires pour réaliser une contamination biologique,
l'escalade des accidents, les messages au secrétaire à la
Défense... Mais tout cela reste encore très circonstanciel.
Il peut tout aussi bien s'agir d'une série d'événements
séparés : un illuminé qui écrit au secrétaire Fry, deux
financiers qui sont sur un coup plus ou moins légal à
Montréal, une contamination accidentelle montée en
épingle par un journaliste...

— Et les messages à Montréal ? objecta Plimpton.

— Justement. Le côté farfelu des exigences me fait
pencher en faveur d'un illuminé qui a saisi l'occasion.

— Ou qui la provoque ! rétorqua Kordell.

— Peut-être, admit Lady. Mais ça nous laisse assez loin des Russes, non ?

— Le côté farfelu pourrait être un écran de fumée, poursuivit le général. Une façade pour couvrir leur opération, qu'on ne puisse rien prouver contre eux, si jamais les choses tournaient mal.

— J'ai également songé à cette hypothèse, concéda la directrice. Mais elle demeure fragile.

Elle se tourna vers Lester.

— De votre côté, où est-ce que vous en êtes, sur les projets des Russes ?

L'homme de la NSA saisit la perche. Tout en lui venant en aide, il pouvait faire étalage de l'efficacité de ses services.

— Avec la dévastation de leur économie et la prolifération de la mafia qui sabote leurs efforts de réforme, ils ont absolument besoin de l'aide occidentale. Ils ne peuvent pas se permettre trop d'accrocs à leur image. Surtout qu'elle est déjà amochée par leurs interventions pour contrôler les conflits ethniques qui éclatent un peu partout... Et je ne parle pas seulement de la Tchétchénie.

— Qu'est-ce que vous faites de leur appui aux Serbes ? objecta Kordell.

— Ils n'avaient pas le choix. S'ils n'avaient pas joué la carte de la grande solidarité slave, Jirinovsky et les ultra-nationalistes auraient balayé les élections. Compte tenu des circonstances, ils ont pris une position plutôt nuancée, je trouve. C'est aussi pour cette raison qu'ils ont été si conciliants sur la question palestinienne.

— À vous entendre, on croirait que tous leurs services ont été mis en veilleuse !

— Pas du tout, mais leurs objectifs ont été réorientés. L'essentiel de leurs efforts est maintenant concentré sur la guerre idéologique, dans une perspective économique et commerciale. D'après nos synthèses les plus récentes, leur objectif prioritaire est l'effritement de la solidarité occidentale sur l'ouverture de l'OTAN à leurs anciens pays satellites. À ça, on peut ajouter des opérations de moindre envergure sur la déstabilisation de notre programme spatial – ce qui leur permettrait de commercialiser le leur – l'alliance qu'ils essaient de réaliser avec les fondamentalistes musulmans et l'exploitation de l'insatisfaction populaire dans les pays en crise, je pense au Mexique, au...

— Le Mexique ? coupa Kordell, surpris.

— Oui, le Mexique, fit doucement Lester. Si les militaires n'avaient pas les yeux rivés sur le Salvador et le Nicaragua, ils s'apercevraient que c'est aux frontières que ça risque d'éclater.

— Vous ne dramatisez pas un peu, non ? Il n'y a même pas de présence russe dans la région ! Seulement une bande d'Indiens excités par quelques jésuites défroqués.

— Pas besoin d'agitateurs russes, Wall Street et le Fonds monétaire international se chargent de faire le travail !

— Ce n'est quand même pas la faute de Wall Street si les Mexicains ont été assez stupides pour s'embarquer dans une stratégie suicidaire !

— Non ?... Et qui, pensez-vous, les a poussés à cette stratégie suicidaire ?

— Les méchants américains, je suppose...

— Le *Weston Forum*. Un groupe d'investisseurs américains où on retrouve entre autres Salomon Brothers, Soros... Et comme par hasard, ce sont eux qui ont fait des profits quand la crise a éclaté !

Kordell n'aimait pas le tour que prenait la discussion. Il n'était jamais très à l'aise dans les discussions financières. Aussi, il décida de faire diversion.

— Il me semble que, vous aussi, vous vous intéressez au Nicaragua...

— Je sais. Nous aussi, on a nos paranos qui fouillent dans leur soupe à la recherche de micros russes ou chinois.

— Ça n'explique toujours pas votre surprenante... « prophétie » sur le Mexique. Je veux bien croire que la révolte du Chiapas et la crise monétaire leur ont créé quelques problèmes, mais...

— Vous oubliez que ce sont des maisons de courtage et des agences de cotation américaines qui ont fabriqué cette crise. Des institutions qui, comme par hasard, ont profité de l'effondrement engendré par la politique qu'ils ont « proposée » ! Et quand je dis proposée... Leur taux de chômage est de cinquante pour cent ! Un touriste y est moins en sécurité qu'en Algérie. La semaine dernière, un ami de ma fille s'est fait attaquer en plein centre de Mexico, à la sortie d'un bar : un sac à poubelle rempli de bouteilles cassées dans le visage. Ils voulaient son portefeuille... Remarquez, c'est beaucoup moins cher et tout aussi efficace qu'une mitraillette. Et la victime a seulement perdu un œil au lieu de se faire tuer.

— C'est un cas, admit le général, condescendant.

— Il y en a des milliers... Avec le chômage qui grimpe en flèche et le FMI qui les force à abolir à peu près toutes les mesures sociales, la situation ne peut qu'empirer. Déjà, la plupart des agences de voyages éliminent le Mexique de leur liste de destinations, sauf quelques plages soigneusement gardées.

— Ce n'est quand même pas assez pour faire une révolution !

— Hélas non ! Parce qu'avec une révolution, on peut toujours s'arranger. Il faut y mettre le prix, mais on finit par s'entendre sur un mode de cœxistence. Ce qui risque plutôt d'arriver, c'est la violence sauvage. Désorganisée... Comme au Rwanda. Ou dans les restants de l'ancienne Union soviétique. Encore que là, ce soit moins pire : au moins, il y a une mafia en train de se constituer. Ça va sauvegarder un minimum d'ordre, d'organisation... Après ce que nous avons dit au sujet de Berlin, nous aurions l'air brillants d'être obligés de construire un mur pour empêcher les bandes mexicaines de venir faire des razzias en Californie.

— Messieurs, si nous revenions à notre sujet...

La directrice ne les avait pas interrompus tout de suite pour donner à Lester le temps de faire son numéro et aussi parce que la diversion lui permettait de détourner vers le chef de la NSA une partie de l'agressivité de Kordell. Sa position à elle paraîtrait ensuite plus souple, plus acceptable au président du *Joint Chiefs of Staff*.

— Voilà ce que je propose, poursuivit-elle. Premièrement, faire de l'analyse biologique la priorité numéro un. Si jamais c'est quelque chose qui doit un jour nous frapper, il vaut mieux être prêts. La deuxième priorité devrait être l'identification de ceux qui ont expédié les messages, autant ici qu'à Montréal. Je veux un *screening* complet de tous les *freaks* que nous avons en archives ainsi que de tous les messages répertoriés provenant de groupes terroristes : comparaison sémantique, graphologique s'il y a lieu... Troisièmement, il faut savoir à quoi s'en tenir sur l'implication des Russes. Passez tout au crible : récents mouvements de personnel, nouveaux thèmes dans leur matériel de propagande, agitation particulière dans les milieux qu'ils contrôlent... Général ?

— Oui ?

— Vous pouvez nous obtenir le portrait global du déplacement de leurs effectifs militaires au cours des derniers mois ?

— Vous pensez qu'ils se préparent à attaquer quelque part et qu'ils vont se servir de Montréal comme diversion ? demanda Kordell.

Quelque chose comme de l'espoir était apparu dans son regard.

— Ça m'étonnerait beaucoup, répondit la directrice, mais il ne faut rien négliger.

— Ce ne serait pas bête : créer une situation de crise près de nos frontières, puis reculer au dernier moment à condition que nous les laissions intervenir ailleurs. Peut-être qu'ils ont décidé de récupérer l'Ukraine ? Ou les pays baltes ?... quelque chose du genre.

— Je suis surtout intéressée à connaître leurs fuites d'armement. On a déjà de la difficulté à suivre leurs armes conventionnelles et atomiques, s'il faut en plus qu'ils commencent à laisser sortir du matériel bactériologique sur le marché !

— Ça va être difficile de tout contrôler, fit Kordell. Leur mafia est encore très décentralisée. On dirait Chicago, à l'époque des gangs. Selon les dernières informations, il y aurait au moins cinquante-trois groupes importants.

— Elle a beau dos, leur mafia. Une fois sur deux, ce sont les militaires eux-mêmes qui liquident du matériel pour financer leurs activités courantes !... La demande vaut pour vous aussi, Lester.

— C'est ce que j'avais compris.

— Pour bien faire, il faudrait aussi vérifier avec nos contacts dans le « milieu » local : il arrive que les « camarades » les utilisent pour effectuer certains contrats de nature plus délicate...

— C'est noté, fit simplement Lester.

— Vous êtes tous d'accord sur ces mesures ? demanda la directrice.

Ils firent signe que oui.

— Ce qui ne nous laisse qu'un seul point à régler... Monsieur le secrétaire, à ce stade-ci de la discussion, je vous demanderais de vous retirer. Je vous verrai personnellement après la réunion pour vous confirmer vos instructions.

Plimpton s'inclina et sortit.

— C'est au sujet de Blunt, reprit la femme. Je sais ce que vous pensez. Et je crois que nous pouvons parvenir à un compromis. Compte tenu de l'évaluation effectuée par Klamm, je suis d'avis que l'histoire qu'il nous a racontée est exacte. Je propose donc qu'on le maintienne sur l'affaire, quitte à ce que son dossier soit réexaminé de façon approfondie une fois l'opération terminée.

— Inadmissible, fit Kordell. Il est au courant des accords de Venise. Si jamais il décidait de rendre public ce qu'il sait...

— Il a déjà eu neuf ans pour le faire. S'il avait réellement voulu les divulguer... Par ailleurs, la connaissance qu'il en a est un avantage : il est au fait de toutes les implications du dossier sans que nous ayons besoin de mettre quelqu'un de nouveau dans la confidence.

— Là, je crois qu'elle a marqué un point, fit Lester.

Puis il ajouta, pour préserver une apparente neutralité :

— Mais je serais d'accord avec le général pour qu'il soit soumis à un *debriefing* intégral aussitôt sa mission terminée. Nos services pourraient s'en occuper conjointement. Je dois avouer qu'il y a des détails que j'aimerais

éclaircir sur la façon dont il s'y est pris pour se déprogrammer... et pour ensuite nous échapper pendant neuf
ans.

— Puisque tout est décidé, concéda Kordell.

— Général, est-ce que vous pourriez faire le point de
votre côté ? lui demanda la directrice. Je veux parler de
la situation à Montréal. Peut-être qu'une approche indépendante va nous faire voir quelque chose qu'on a négligé.
Un regard neuf...

Ça faisait surtout un excellent prétexte pour lui en révéler le moins possible, question de permettre ce fameux
regard neuf.

— D'accord, fit Kordell. Je vais donner des ordres
pour savoir ce qui se passe dans ce putain de pays. S'ils
avaient seulement des contrôles d'immigration civilisés
et un minimum de surveillance dans les aéroports... Ils
laissent n'importe qui entrer chez eux et c'est nous qui
devons ensuite ramasser les morceaux.

— On devrait peut-être les annexer, ironisa Lester.

— Et être obligés de les entretenir ? On a déjà assez
de nos nègres...

— Vous n'auriez pas à négocier pour aller faire vos
essais en basse altitude, continua d'ironiser Lester.

— Même pas foutus de comprendre, poursuivit
Kordell, qui enfourchait là son cheval de bataille favori.
Il faut leur demander la permission pour les défendre !
Et encore, ils nous le font payer ! Quand on a voulu faire
des essais de missiles *Cruise*, il a fallu faire des concessions sur le libre échange ! Et on ne peut même pas les
envoyer promener : si on ne s'en occupait pas, le pays au
complet deviendrait une succursale du KGB...

— Le KGB n'existe plus, lui rappela la directrice,
avec une pointe d'humour.

— Ils ont simplement changé de nom, s'obstina
Kordell. KGB ou SVR, ça revient au même... Est-ce que
les Russes ont eu à faire des concessions, eux, pour tester
les Lada sur leur territoire ?

— Il y a un dernier point qui m'intrigue, intervint la
directrice, pour couper court à la tirade de Kordell. Les

messages reçus par le secrétaire Fry. Je n'arrive pas à comprendre pour quelle raison il les a envoyés directement à l'Institut au lieu de les traiter comme n'importe quel *freak*...

— Se pourrait-il que ce soit uniquement pour vous embêter ? demanda Lester.

— Cette foutue tête d'œuf ne serait même pas capable de penser à ça tout seul, intervint Kordell. Le Président l'a nommé pour avoir une relique de sa jeunesse à portée de la main : ses deux seules qualités sont d'aimer le saxophone et d'avoir été à la même université que lui.

— Sans aller jusqu'à partager votre sévérité, j'aurais tendance à croire que vous n'avez pas totalement tort, admit la directrice... Lester, vous pouvez me faire un inventaire de tout ce que vous avez à son sujet ? Et collez-lui une surveillance sur le dos. Vingt-quatre heures sur vingt-quatre. Aucune intervention sous aucun prétexte : il ne faut pas qu'il se doute de quoi que ce soit. Mais je veux tout savoir sur ces messages. Il y a quelque chose de pas très « kascher » dans tout ça.

Les deux hommes la regardèrent, étonnés.

— Juste une expression, fit-elle aussitôt en riant. À force de vivre à New York...

— Prochaine réunion demain après-midi ? demanda Lester.

— Quatorze heures ? suggéra Kordell.

— Parfait en ce qui me concerne, fit la directrice de l'Institut. Mais je préfère New York. Nos bureaux sont mieux équipés, là-bas.

— D'accord pour New York, fit Lester.

— Disons que ça va pour moi aussi, reprit Kordell. Pour cette fois...

Comme ils sortaient, Lester gratifia la directrice d'un *shalom* presque radieux.

Elle se demanda s'il était simplement amusé de son expression précédente ou si sa bonne humeur avait à voir avec le rôle qu'elle lui avait aidé à tenir pendant la discussion.

Restait maintenant à donner ses instructions à Plimpton et à faire rapport au Président avant qu'il ne rencontre le secrétaire d'État à la Défense.

Mais, avant tout, il fallait qu'elle expédie un message à Montréal.

## MONTRÉAL, 15 H 19

— Oui ?

— Je voudrais parler à Katie.

— Elle-même.

— Dis à elle-même de venir. Question de boulot.

— OK, tout de suite.

Il y eut un éclat de rire à l'autre bout du fil et, quelques instants plus tard, une voix presque identique reprenait.

— Ici elle-même.

— Blunt.

— Du nouveau ?

— Pas vraiment. Il a fallu que je passe chez moi. Je serai en retard.

— Essaie de venir dès que tu peux. De mon côté, il y a de nouveaux développements.

— Je vais faire mon possible. Mais je ne pourrai pas rester plus d'une heure ou deux. J'ai promis de rejoindre les deux tornades. Souper, soirée, tout le kit...

— Elles vont vraiment finir par te faire mourir !

— Elles partent dans deux jours.

— Tu penses survivre jusque-là ?

— Ce n'est pas exclu.

En raccrochant, Katie s'en voulait un peu de l'aisance avec laquelle elle maintenait leur ton habituel de taquinerie tout en se préparant à lui tendre un piège. Elle se tourna vers Cathy, qui procédait à l'inspection quotidienne de son bestiaire à l'aide du télescope.

— Quoi de neuf ? demanda-t-elle.

— Pas grand-chose. Il faudrait que j'installe des micros.

— Tu peux me laisser seule avec Blunt, quand il va arriver ?

— Tiens tiens...

— Secret professionnel. Je t'expliquerai bientôt.

— Pas nécessaire, j'ai tout compris, continua de se moquer sa sœur.

— Ton cheptel se porte bien ? demanda Katie pour faire diversion.

— Comme d'habitude.

Cathy reprit le télescope pour achever l'inspection des appartements qu'elle avait identifiés comme intéressants.

Gustave Fafard, l'administrateur à la retraite, s'installait dans son fauteuil de lecture : il y séjournait au moins douze heures par jour : il s'était juré de lire tous les classiques avant de mourir. Plus loin, l'homme qu'elle avait baptisé Bretzel continuait de pratiquer ses trucs de contorsionniste sur le tapis de son salon, dans le plus simple appareil. « Idéal pour l'autosuffisance », se surprit-elle à penser. Un instant, elle eut l'idée d'en faire la remarque à Katie, mais celle-ci avait son air de milieu d'enquête lorsqu'elle butait sur un os : pas le temps de lui raconter ses élucubrations érotiques.

Elle passa au ciné-freak : c'était prévisible, il regardait un vidéo. Il passait le plus clair de ses journées devant son magnétoscope et, le soir, pour se reposer, il allait au cinéma.

Cathy s'était amusée à le suivre pendant plusieurs jours. Lui et plusieurs autres spécimens de sa collection. Cela lui avait servi d'exercice, lorsqu'elle s'était pratiquée à entrer dans le métier de sa sœur. Elle avait même effectué des enquêtes en bonne et due forme sur plusieurs d'entre eux. Mais son préféré demeurait Thomas Quasi.

Elle braqua le télescope en direction de sa fenêtre. Derrière elle, Jacquot Fatal se mit à répéter : « Ça suffit, là ! Ça suffit !... »

**15 h 56**

Blunt ferma le terminal. Les dernières informations transmises par Lady sur l'analyse des dépouilles renforçaient l'hypothèse d'une opération d'envergure, mais il y avait des incohérences. Spontanément, il se représenta les éléments sur un *goban*.

L'adversaire concentrait ses efforts sur le territoire montréalais. Mais c'étaient les coups qu'il avait joués aux États-Unis qui intriguaient Blunt. S'agissait-il de l'esquisse d'un nouveau territoire ? De pierres posées sans but apparent et qui prendraient plus tard leur signification lorsque reliées à d'autres ? Chose certaine, une des pierres de l'adversaire serait bientôt en échec. Sur ce point, il devait admettre que Lady n'avait pas mis de temps à voir clair et qu'elle avait pris les mesures qui s'imposaient. Mais il restait beaucoup à faire.

Sans avoir une idée précise de la stratégie globale de son adversaire, Blunt commençait à mieux percevoir son style. Il croyait même avoir percé à jour l'objectif principal de son ouverture.

Il n'était cependant pas question d'effectuer immédiatement une attaque frontale pour le contrer. Il continuerait plutôt d'augmenter l'influence de ses propres pierres et il se concentrerait sur la manœuvre de diversion qu'il avait entreprise. Plus l'adversaire aurait de sujets de préoccupation, plus il serait susceptible de faire des erreurs.

Il rinça sa tasse sous le robinet pour éviter que le résidu de chocolat chaud ne s'incruste et la rangea dans le lave-vaisselle. En passant devant le miroir, il y jeta un regard perplexe.

Derrière lui, les deux chats prirent note de son départ avec des miaulements où il crut discerner une nuance de moquerie.

## 15 H 59

Au même instant, Cathy regardait à travers le télescope.

— Quand est-ce que tu revois l'otage ? demanda Katie.

— Il t'intéresse ? Tu voudrais peut-être me remplacer ?

— Tu l'enregistres ?

— C'est la procédure standard.

Katie fit un signe de tête en direction des appartements d'en face.

— Toujours ton préféré? demanda-t-elle.

— Toujours... J'ai l'impression qu'il ne va pas très bien, aujourd'hui.

— Qu'est-ce qu'il a au programme?

— *Hara-kiri.*

Cathy croyait avoir déchiffré le comportement de Quasi : plus il avait l'air dépressif, plus il se payait un rituel de suicide élaboré. Cette fois, il avait reconstitué tout le cérémonial du *hara-kiri*. La situation ne devait pas être brillante.

Lorsqu'il eut enfoncé le sabre d'illusionniste dans sa poitrine, crevé la pochette de faux sang et exécuté soigneusement les mouvements en forme de croix avec la lame, il se laissa glisser par terre.

Après quelques minutes d'immobilité, il se releva, arrêta le magnétoscope et entreprit de tout nettoyer.

Il n'était pas mécontent : cela ferait une excellente tranche de vie, comme il appelait ses mises en scène.

Il enfila ensuite son manteau.

Il devait aller porter une lettre au Pèlerin, un café situé sur Ontario, près de Saint-Denis. À 17 h 30 précises. Encore son client mystère. Cette fois, Quasi devait laisser l'enveloppe sous la poubelle, dans les toilettes du café.

Avec un peu de chance, il aurait bientôt assez d'argent pour se consacrer pendant toute une année à écrire pour vrai. Peut-être cesserait-il alors d'être un quasi-écrivain et de ballotter d'une nouvelle inachevée à la suivante. Sans parler de toutes ses idées de romans qui s'éteignaient au bout de quelques paragraphes.

Il prit le lourd sac de cuir qui était à côté de son bureau et le mit sur son épaule. Il le traînait partout avec lui. Le sac débordait presque : toutes ses amorces de nouvelles, ses idées, ses bouts de textes griffonnés à la hâte y étaient entassés pêle-mêle. Il ne pouvait pas s'en séparer.

Lorsqu'il lui arrivait de partir sans son sac, il imaginait toutes sortes de catastrophes : une fuite d'eau qui viendrait tout abîmer, un incendie, un voleur qui partirait avec le sac et jetterait les papiers...

Mais le sac devenait de plus en plus lourd. À force de le traîner sur l'épaule, il s'était esquinté des articulations dans la colonne vertébrale. Au point de devoir consulter un chiropraticien. Le verdict avait été clair : il devait cesser de porter quoi que ce soit sur l'épaule. Sinon, les scolioses deviendraient chroniques et son dos serait de plus en plus déformé. Irréversiblement. Il deviendrait une sorte de Quasimodo. De presque bossu, songea-t-il. Pour un quasi-écrivain, ce serait parfait.

Mais il ne pouvait pas se résigner à abandonner ses textes. Partout où il allait, il traînait sur l'épaule cette charge symbolique comme si elle lui assurait un minimum d'identité.

Il avait même imaginé une nouvelle sur le sujet : un apprenti écrivain traîne dans un sac tout ce qu'il écrit. Aussitôt que quelque chose le dérange, l'inquiète ou l'empêche de vivre, il s'empresse de l'écrire. Pour s'en débarrasser. Et il le jette dans le sac. Mais le sac est de plus en plus lourd. L'homme finit écrasé sous un tas de paperasse et meurt étouffé.

Quasi s'était demandé si ce fantasme était lié au fait qu'il n'avait encore rien publié. Peut-être était-ce là la façon de se décharger les épaules ?... Mais peut-être, aussi, son personnage ne finirait-il pas complètement écrasé. Juste à moitié. Ou aux trois quarts... Quasi écrasé.

Avant de sortir, au moment de fermer la télévision, il suspendit son geste. Un bulletin spécial annonçait une émeute au pénitencier Parthenais. Déjà, il y avait trois morts.

Les prisonniers disaient protester contre les expériences auxquelles ils étaient soumis. On avait mélangé à leur nourriture un produit pour annuler leur libido, affirmaient-ils, dans le but de diminuer le nombre des agressions sexuelles à l'intérieur des murs. Selon le communiqué que les prisonniers avaient fait parvenir à un journaliste, leur principale crainte était que les effets de cette castration chimique soient permanents.

Suivait une brève entrevue avec Donald Celik, le journaliste contacté par les prisonniers.

— *MONSIEUR CELIK, EST-CE QUE VOUS Y CROYEZ, À CETTE MANIPULATION CHIMIQUE DES PRISONNIERS ?*

— *IL EST DIFFICILE DE SE PRONONCER. LES AUTORITÉS PÉNITENTIAIRES REFUSENT DE FAIRE LA MOINDRE DÉCLARATION ET ELLES S'OPPOSENT À UN EXAMEN DES PRISONNIERS PAR UN MÉDECIN INDÉPENDANT DE LA PRISON... DISONS QUE CE N'EST PAS IMPOSSIBLE.*

— *À VOTRE CONNAISSANCE, IL Y A DÉJÀ EU DES CAS SEMBLABLES ?*

— *LORS DE LA CONSTRUCTION DE LA DEW LINE, POUR NORAD, LES TRAVAILLEURS ÉTAIENT SOUMIS À CE GENRE DE TRAITEMENT. COMME, À L'ÉPOQUE, IL S'AGISSAIT D'UN SUJET BEAUCOUP MOINS SENSIBLE DANS L'OPINION, LA CHOSE EST PASSÉE À PEU PRÈS INAPERÇUE.*

— *ET CETTE FOIS-CI ?*

— *COMME VOUS LE SAVEZ, IL EST ARRIVÉ À PLUSIEURS REPRISES QU'ON UTILISE LA POPULATION CIVILE COMME COBAYE. CE NE SERAIT DONC PAS SI ÉTONNANT QU'ON AIT FAIT LA MÊME CHOSE AVEC DES PRISONNIERS.*

— *À QUELLES EXPÉRIENCES FAITES-VOUS ALLUSION ?*

— *AUX ÉTATS-UNIS, PAR EXEMPLE, ON A TESTÉ À PLUSIEURS REPRISES LA VITESSE DE PROPAGATION DES VIRUS À L'INTÉRIEUR DES VILLES : IL S'AGISSAIT DE RECHERCHES DANS LE CADRE D'UNE PRÉPARATION À LA GUERRE BACTÉRIOLOGIQUE. CERTAINES ESPÈCES DE VIRUS DE LA GRIPPE ONT ÉTÉ LÂCHÉES ET ON A OBSERVÉ LEURS PATTERNS DE DIFFUSION, SELON QU'ILS ÉTAIENT RÉPANDUS DANS L'AIR, DANS L'EAU OU PAR LE BIAIS DE DIFFÉRENTS ANIMAUX : CHIENS, CHATS, PIGEONS, RATS...*

— *CROYEZ-VOUS QU'IL Y A UN RAPPORT ENTRE CE NOUVEL INCIDENT ET LA RÉCENTE ÉPIDÉMIE D'ACTES DE VIOLENCE DONT VOUS AVEZ PARLÉ DANS VOS ARTICLES ?*

*— Je ne sais pas. Si on parvenait à décou-*
*vrir quelque chose dans l'organisme des*
*victimes... un produit chimique...*

Katie bondit de son siège. Pas possible, quelqu'un le renseignait. Ce qu'il évoquait, c'était exactement ce qu'avait suggéré Blunt, lors de leur dernière rencontre. Et comment se faisait-il que les prisonniers l'aient justement choisi, lui, parmi tous les journalistes, pour faire connaître leurs revendications ?

Ce n'était pas la première fois que son nom revenait dans cette affaire. Peut-être serait-ce une bonne idée de le mettre sur écoute ? Mais, avant d'en convaincre Boyd, il lui faudrait plus que de simples présomptions.

## Washington, 16 h 37

En sortant de son rendez-vous avec le Président, le secrétaire Milton Fry contenait difficilement sa fureur. Non seulement le chef du pays n'avait-il rien voulu entendre à propos du contrat des missiles, mais il était déjà au courant pour ce qui était des messages. Il lui avait demandé de transmettre sans délai à la directrice de l'Institut tout nouveau communiqué qu'il recevrait. Et, comble de malheur, son garde du corps avait été remplacé : il serait obligé de négocier de nouveaux arrangements pour obtenir le silence sur ses escapades nocturnes.

Washington était une ville où toute information avait son prix. Même l'absence d'information coûtait quelque chose. Le principal casse-tête, pour la plupart des hommes politiques, était de s'assurer de la discrétion de leurs gardes du corps sur certains aspects les plus privés de leur vie.

Son esprit revint à la directrice de l'Institut. Elle ne perdait rien pour attendre, cette vieille peau ! Lors de la prochaine étude des budgets, il coulerait les informations nécessaires pour que les projecteurs soient braqués sur son service et que l'on n'ait pas le choix de lui couper les crédits.

## MONTRÉAL, 16 H 51

— *Celik speaking*.

— Jusqu'à maintenant, vous vous débrouillez assez bien. Avez-vous posé des questions sur les résultats de l'autopsie ?

— Quelle autopsie ?

— Celle des victimes. J'ai l'impression qu'ils n'ont pas rendu toutes leurs découvertes publiques.

— Vous pensez à quelque chose en particulier ?

— Ça, c'est à vous de le découvrir. Mon rôle à moi est de vous garder dans la bonne direction.

— Écoutez, si nous pouvions nous rencontrer...

— Je ne crois pas que ce soit dans notre intérêt mutuel.

— Comment savoir si tout ça n'est pas un coup monté ? La manipulation des journalistes...

— Je ne vous dis pas quoi écrire, je vous indique seulement où regarder. À vous de vous débrouiller.

— Pourquoi moi ?

— Disons que j'aime votre style.

Aussitôt après avoir raccroché, Lubbock composa un autre numéro.

— Oui ?

— Ici votre bienfaiteur préféré.

— Je vous avais dit de ne plus m'appeler ici.

— Une fois n'est pas coutume. Je voulais vous annoncer personnellement la bonne nouvelle.

— J'écoute.

— Les trois témoins ne devraient plus vous causer de problèmes.

— Comment est-ce que vous pouvez en être sûr ?

— Vous n'écoutez pas les informations à la télé ? Il me semble avoir entendu parler d'une émeute à Parthenais.

— C'était vous ?

— À ce qu'on dit, le combat avec les gardes aurait fait trois victimes.

— Comment est-ce que vous avez fait ?

— Peu importe. Vous pouvez dire à qui vous savez qu'il peut dormir tranquille. Tant que vous tiendrez votre part du contrat, rien ne peut lui arriver.

— Si jamais...

— Cessez de vous en faire. Avec le peu que je vous demande...

— Que vous dites !

— Allez, je vous laisse. Vous recevrez les papiers comme convenu, dans une enveloppe, demain matin.

L'homme raccrocha sans laisser à son interlocuteur le temps de répondre.

## 17 h 02

Blunt s'accouda au comptoir, à sa place habituelle, et commanda une eau minérale. La serveuse le considéra d'un œil intrigué.

— Tu veux les bulles dans l'eau ou à part ?

— Eau minérale, se contenta de répéter Blunt, insensible à l'humour.

Quand elle posa le verre devant lui, elle lui demanda :

— Qu'est-ce qui se passe, tu es en désintoxication ?

— Je cherche Blenny. Il était censé me rejoindre ici. Tu l'as vu ?

Elle n'eut pas le temps de répondre, une main s'abattait sur l'épaule de Blunt.

— Salut, *man* !

Blenny tenait son nom des traces qu'avaient laissées sur son visage toute une série de maladies « intimes » mal soignées.

Blunt l'entraîna vers une table au fond du bar et lui expliqua ce qu'il attendait de lui.

— Combien ? demanda le ravagé, lorsque le journaliste eut terminé son explication.

— Deux mille.

— Américains ?

— Si tu veux.

— Quand ?

— Ce soir. Tu auras l'argent en même temps que le matériel. La livraison aura lieu à ton atelier.

— D'accord. C'est la même personne qui va faire la livraison?

— La même. Il te donnera les adresses et les numéros.

— Pas à dire, tu fréquentes du beau monde!

— Écoute, Blenny. Les trois quarts de ton salaire sont pour que tu la fermes et que tu ne te souviennes de rien. Tu ne l'as jamais vu. Compris?

Puis, sur un ton de confidence, il ajouta:

— J'ai réussi à les convaincre qu'on pouvait te faire confiance, alors, essaie de contrôler tes brillantes remarques. Si jamais ils pensent que l'argent ne suffit pas à te faire taire, je ne pourrai plus rien pour toi.

L'homme au teint douteux le regarda un instant, comme s'il n'était pas certain de bien comprendre.

— Merde, finit-il par dire. Dans quoi est-ce que tu m'as embarqué?

— Rien d'inquiétant... du moment que tu es capable de la fermer.

Blunt n'aimait pas trop jouer la carte de l'intimidation. Mais, avec Blenny, il ne fallait prendre aucun risque: il aurait été capable de raconter partout qu'il faisait un travail dont il ne pouvait pas parler, un travail pour des amis de Blunt, du monde très important. Normalement, il aurait utilisé quelqu'un d'autre pour ce type de travail, mais le temps lui manquait.

Blenny demanda encore quelques précisions sur ce qu'il avait à faire, puis il sortit sans s'attarder.

Blunt retourna au comptoir.

— Une autre eau minérale.

— Tu es en affaires avec Blenny, maintenant? fit la serveuse en lui apportant ce qu'il avait commandé.

— Pas vraiment. Juste un petit bricolage. Ça va lui faire de l'argent de poche.

— Il travaille toujours dans son magasin d'électronique?

— Toujours. Il est responsable de l'atelier de réparation.

— Dans le fond, c'est un bon gars, mais à le voir...
Dommage qu'il ne puisse pas se faire réparer lui-même.

Blunt acquiesça à nouveau d'un hochement de tête,
vida la moitié de son verre et le reposa sur le comptoir,
l'air dégoûté.

Pourvu qu'il ne se soit pas trompé en évaluant la
stratégie de l'adversaire et que le travail de Blenny ne
constitue pas une pierre perdue en territoire neutre.

Il paya, fit un vague geste de la main et sortit à la
recherche d'un taxi.

## 17 h 42

Désiré Laterreur entra dans le café et promena un
regard anxieux autour de lui. Il était en retard de onze
minutes et il n'y avait aucune table de libre.

Un client qui sortait faillit le renverser. Désiré bredouilla des excuses et se dépêcha de s'asseoir à la place
que l'autre venait d'abandonner.

Après s'être mis en règle en commandant une tisane,
il examina distraitement le journal abandonné sur sa
table. À côté de lui, un groupe de jeunes, probablement
des étudiants, parlaient de l'incident de la piscine. Il
était question d'épidémies, d'expériences secrètes faites
par l'armée, de drogue qui rend fou...

Après quelques minutes, il se leva pour se rendre aux
toilettes.

L'enveloppe était sous la poubelle, tel que convenu.
Il la mit dans sa poche intérieure d'imperméable et
attendit quelques instants pour ressortir.

Pendant qu'il finissait son tilleul-menthe à petites
gorgées, il pensait à toutes les directives qu'il devait
suivre, à toutes les précautions qu'il devait prendre pour
simplement aller chercher une lettre. Était-ce vraiment
nécessaire?

Mais son frère avait été formel. Le succès de sa mission dépendait de ces détails. Il fallait éviter à tout prix
qu'il rencontre l'expéditeur. Ainsi, on ne pourrait pas se
servir de cet intermédiaire pour remonter jusqu'à lui.

Au moment où il quitta le café, le client attablé à côté de la porte fit signe à la serveuse qu'il laissait l'argent de sa consommation sur la table et il sortit à son tour. Il faisait maintenant beau soleil. Sur son calepin, il avait biffé une nouvelle ligne.

## 17 H 51

— Bernard Laplante, s'il vous plaît, demanda une voix d'homme curieusement étouffée.

— Lui-même.

— Cher ami, *The Gazette* va encore vous damer le pion.

— Si c'est une plaisanterie...

— Le même genre de plaisanterie que la fois précédente, quand je vous ai parlé de la piscine et des autres accidents.

La voix du journaliste marqua une hésitation avant de reprendre :

— Qu'est-ce que vous me suggérez ?

— Revoir Boyd. Vous pourriez lui demander ce qu'ils ont découvert dans le corps des victimes.

— Et vous me dites ça par souci du droit à l'information ?

— Disons que j'en ai assez de voir toute la merde qui se brasse.

— Et de participer au brassage ?

— N'essayez pas de jouer au plus fin. Contentez-vous de profiter de ce que je vous offre. N'oubliez pas qu'il y a d'autres journalistes...

## 18 H 14

Lorsqu'il sonna à la porte de l'appartement, Blunt entendit une des deux jumelles crier :

— La ferme, espèce de sac à plumes !

Katie, semblait-il. Il sonna de nouveau.

— La ferme, j'ai dit ! La prochaine fois, je te coupe les ailes et je te les fait manger !

— C'est moi, Blunt ! cria-t-il à travers la porte.

Il entendit des talons claquer jusqu'à l'entrée et la porte s'ouvrit. C'était bien Katie.

— Désolée, fit-elle. Depuis ce matin, le perroquet imite la cloche d'entrée. Il va finir par me rendre folle. La semaine dernière, c'était le téléphone, cette semaine...

Elle ne put achever sa phrase et éclata de rire.

— Tes nièces, je parie ? reprit-elle en faisant tourner Blunt sur lui-même pour ne rien manquer.

— Elles m'ont réservé pour la soirée, se défendit-il. Il paraît que c'est l'uniforme obligatoire.

— Pas si mal. Le changement est un peu brutal, mais enfin... Tu vas peut-être finir par ressembler à un être humain !

Elle l'avait blagué un nombre incalculable de fois sur ses habitudes vestimentaires : un défilé à peu près ininterrompu de noir et de gris, entrecoupé de bleu plus ou moins jeans. Et voilà que, tout à coup, il ressemblait à un mannequin qui se serait enfui de la vitrine d'une boutique jeunesse.

— Tu fournis les verres fumés ou il faut se défendre par soi-même contre l'éblouissement ? demanda-t-elle.

Insensible à l'humour, Blunt la suivit à l'intérieur.

Jacquot Fatal salua leur arrivée d'un retentissant « Salut poulette ».

Lorsqu'ils se furent installés à la table, elle servit d'office deux verres de « Beaumes de Venise ».

— Pour fêter, dit-elle.

— Quoi ?

— Quelque chose me dit que je vais gagner à la loto, ce soir.

— Heureux les optimistes !

— Ils sont le sel de la terre !

— Plutôt l'engrais qui fertilise le sol des nobles causes !

— Toujours ton attitude positive...

— Un rapport avec le macaron ? demanda-t-il en désignant celui qui était épinglé à son revers.

— Oh, ça ? dit-elle en le tournant vers elle du bout des doigts, sans le détacher... Ça peut avoir plusieurs sens.

Le message disait : YOU LIKE IT ? SO DO I.

— Et si tu me parlais de ton tuyau ? fit Blunt.

— Premièrement, le maire a reçu deux messages en rapport avec les accidents.

— C'était à prévoir.

— Mais le plus important, c'est qu'ils pensent avoir repéré quelque chose dans le corps des victimes.

Elle lui expliqua de quoi il s'agissait. Elle lui donna également le contenu des deux messages ainsi qu'un aperçu des conclusions auxquelles étaient parvenus les différents groupes d'analyse.

Quand elle eut terminé, elle lui demanda tout de go :

— Tu as entendu les informations, cet après-midi ?

— Celik ?... Oui. Dans le taxi en m'en venant.

— J'aimerais bien savoir où il a pris ça. Tu es sûr de ne pas l'avoir un peu aidé ?... Entre vieux amis...

— Parole de scout, fit Blunt, en imitant le signe de façon approximative.

— Tout ce que je te dis, c'est pour que tu aies le temps de te préparer, si tu décides de faire un article, poursuivit-elle. Mais pas un mot avant que je te donne le feu vert. D'accord ?

Elle dut se retenir pour ne pas ajouter qu'il serait le seul à savoir ce qu'elle lui dirait.

— Tu me connais.

— Je sais, répondit-elle, un peu mal à l'aise. C'était juste pour être certaine...

— Est-ce que vous envisagez d'accepter leurs demandes ?

— Fermer les clubs Nautilus et tout le reste ? As-tu une idée des questions auxquelles il faudrait répondre ? De la panique que cela créerait ?

— C'est justement ce qui m'intrigue. On dirait que les exigences sont faites exprès pour que vous ne puissiez pas y répondre sans créer de panique... À mon avis, ils vont récidiver avec d'autres demandes encore plus loufoques.

— Pas à dire, c'est encourageant, parler avec toi !

— Toujours aucun lien entre les victimes ?

— Ils n'ont rien trouvé.

— Ça renforce l'hypothèse du complot... Une forme de chantage, de terrorisme...

— Décidément, pour remonter le moral !

Lorsqu'il partit, elle l'embrassa comme elle le faisait toujours, mais elle prit un peu plus de temps à s'écarter de lui.

Il lui jeta un regard interrogateur.

— Quelque chose qui ne va pas ?

— Non. Juste l'impression de ne pas voir le bout du tunnel avec cette enquête.

Il lui ébouriffa les cheveux et lui dit, comme s'il s'agissait d'un secret d'État :

— On va les avoir ?

— Qui ?

— Les Braves.

Il était un incurable partisan des Expos.

En refermant la porte, Katie se demanda si c'était la culpabilité qui l'avait fait se conduire de manière aussi... inattendue, au moment où il partait.

## 20 h 31

On sonnait de nouveau à la porte. Après un regard en direction du perroquet pour s'assurer qu'il n'était pas en cause, Katie se leva pour ouvrir.

C'était Boyd.

— Du nouveau ? demanda-t-elle.

— Oui. Mais je ne suis pas certain d'aimer beaucoup la façon dont les choses se développent.

Il s'installa sur la chaise qu'avait occupée Blunt quelques heures auparavant. Jacquot Fatal le gratifia d'une brillante imitation du thème musical d'une chaîne de restaurants spécialisés dans le poulet rôti : la Villa du Poulet.

Le policier dévisagea Katie d'un air contrarié.

— Quelque chose que vous lui avez appris pour la circonstance ?

— Pas du tout, protesta la jeune femme en étouffant un fou rire. Il a dû prendre ça à la télé. On la laisse ouverte quand on n'est pas là. Ça lui fait de la compagnie.

Comme pour lui donner raison, l'oiseau se mit à imiter le thème d'une série policière.

— Je vous jure, fit Katie en riant.

— Encore un an ou deux de ce régime-là et il va pouvoir voter, grinça le policier.

— Et puis? Radio-Canada? Comment ça s'est passé?

— Pas trop mal, compte tenu des circonstances.

— Qu'est-ce qu'ils savent?

— Ils ont commencé à faire une compilation des actes de violence qui se sont produits au cours des dernières semaines. Mais, pour le moment, ils n'ont aucune preuve que c'est relié... Le pire, c'est qu'il faut que j'aille demain à une tribune téléphonique. Gilles Proulx!

— Vous auriez pu refuser.

— Les relations publiques pensent que c'est mieux d'y aller. Pour ne pas donner l'impression qu'on a quelque chose à cacher.

Le directeur ponctua la fin de sa phrase d'un soupir et il ouvrit son porte-documents.

— J'ai ici le rapport des dernières analyses effectuées sur les victimes. Ça confirme la présence du virus qu'ils avaient identifié. Autant que vous lisiez vous-même.

Lorsqu'elle eut achevé, elle le regarda un moment en silence.

— C'est absolument sûr? finit-elle par demander.

— Absolument. Sauf qu'ils n'ont aucune idée comment ça fonctionne.

— Aucune idée...

— Ils savent que c'est présent dans tous les organismes analysés. Point, à la ligne.

## MONTRÉAL-PARIS, 23 H 18

— Oui?

— Tout se déroule comme prévu.

— Des problèmes avec la prochaine étape?

— Tout est prêt. Il envoie le message demain matin.

— Rien de neuf du côté des autorités ?

— Les enquêtes piétinent. Ce soir, le directeur de la police est passé à la télévision. Le journaliste l'a interrogé sur la vague de violence des dernières semaines.

— Excellent. Et les journaux ?

— Celik répond encore mieux qu'on ne le prévoyait. Il en rajoute. Aujourd'hui, il a fait un rapprochement entre la série d'accidents et l'émeute à la prison de Parthenais.

— Parfait. Assurez-vous qu'il continue de creuser dans la bonne direction.

— Aucun problème. Il est accroché à son histoire. On peut compter sur lui.

— Bon, je vous laisse. Et demain, essayez de téléphoner plus tôt. Vous savez l'heure qu'il est, ici ?

Lubbock n'eut pas le temps de répondre : son interlocuteur avait raccroché. Mais les petites vexations que lui imposait l'Obèse ne le touchaient pas.

Le plan se déroulait comme prévu. Les autorités de la ville ne pourraient pas tenir très longtemps. Coincées entre l'accumulation des catastrophes et la pression des journalistes, elles seraient obligées de tenter quelque chose. Et alors, il passerait à la deuxième phase de son plan.

À Paris, l'Obèse poursuivait une réflexion parallèle. Montréal n'était qu'un début. Rien n'empêcherait ensuite d'étendre l'opération. Ceux qui croyaient le contrôler, comme l'homme à la cicatrice, seraient dépassés par ce qu'ils avaient contribué à mettre en place. Il les aurait tous, si importants qu'ils puissent se croire.

# JOUR 5

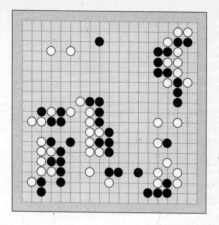

*L'influence s'exerce en restreignant l'activité des pierres ennemies.*

*Le **tsuke** est un contact direct avec une pierre ennemie. Il empêche l'adversaire de poursuivre un développement logique.*

*Le **hane** consiste à jouer une pierre en biais avec une pierre ennemie. Cet arrêt oblique est très utile pour réduire l'espace vital des territoires ennemis et limiter sa liberté de mouvement. Selon un proverbe japonais, le hane apporte la mort.*

— Encore un nouvel incident?

— L'article parle d'épidémie, répondit Cathy. Il y aurait quelque chose qui rendrait les gens fous.

— Le poison qui rend fou !... Tu te rends compte de ce que ça va donner dans le public?

— Vous avez seulement à dire que c'est celui du coup de foudre !

L'humour n'eut aucune prise sur Katie.

— Je le savais ! fit-elle. Je le savais !... Il n'y avait que lui, au courant !

— Qui lui?

— Blunt.

— En tout cas, l'article n'est pas de lui.

— De qui?

— Laplante. Dans *La Presse*.

— Il a dû lui passer l'information pour se couvrir... Je lui avais pourtant dit qu'il ne fallait pas que ça sorte ! J'avais promis de tout lui donner en exclusivité, quand ce serait le temps !

— Si tu l'as averti, ça m'étonnerait qu'il ait fait ça.

— Je lui avais donné des détails précis exprès pour le tester. Il n'y avait personne d'autre que lui au courant !

— Vraiment personne?

— Personne.

— Sauf...

— C'est sûr qu'il y avait le super, les équipes de recherche... Les responsables américains aussi, je suppose.

— Et moi !

— Tu as peut-être raison...

Les jumelles avaient terminé leurs exercices de T'ai Chi. Trois fois par semaine, elles y ajoutaient une session de baladi – pour le bassin et la colonne lombaire. Elles étaient rendues à leur pause-placotte.

— Sans compter Celik, reprit Cathy. La dernière fois, il a parlé de produits chimiques dans l'organisme des victimes. De là à passer aux virus...

— Ça n'a quand même pas de sens ! Chaque fois, la presse est informée en même temps que nous. Encore beau que mon nom ne soit pas dans les journaux...

— Si tu veux mon avis, il y a quelqu'un qui s'amuse à vous monter une campagne de presse.

— Pour mettre de la pression en créant de la panique ?... Ça se pourrait.

— À qui est-ce que ça pourrait bien profiter ?

— Aucune idée. Tu vois un point commun, toi, entre un party autour d'une piscine, un magasin d'aliments naturels et le café d'un club Nautilus ?... L'autre jour, Blunt parlait de santé. Mais, avec l'ouvrier de la construction et l'émeute de Parthenais... Moi, je n'y arrive pas.

— Ce soir, tu devrais prendre congé et venir danser. Ça t'éclaircirait les idées. Demain tu pourrais tout reprendre à tête reposée.

— Peut-être... s'il n'arrive pas de nouvelles catastrophes d'ici là.

Jacquot Fatal passa en rase-mottes au-dessus d'elles. C'était également son heure d'exercice. Tous les matins, elles le sortaient de son immense cage et le laissaient en liberté pour qu'il se dégourdisse les ailes. Il en profitait à tout coup pour tenter d'établir son rôle de perroquet dominant en effectuant des piqués au-dessus de leur tête. Maintenant, elles n'y prêtaient pratiquement plus attention. Ça faisait partie du rituel.

— Tu n'as jamais eu envie de sortir avec lui ? reprit Cathy, à brûle-pourpoint.

— « Sortir » comme dans... « sortir » ?

— Hun hun...

— Tu n'y penses pas ?... Horace !

— Il n'est pas si mal.

— Ce n'est pas ça. Mais, avec ma chance, il suffirait que je couche avec lui pour que tout se mette à aller de travers.

— Moi, j'avoue qu'il m'intéresserait.

— Vraiment ?

— Mais, comme il y a ma grande sœur...

— Dis, tu as fini de déconner ?

— Il est quand même particulier. Il parle beaucoup, mais on ne sait presque rien de lui. Il a comme une façon de rester étranger... As-tu remarqué, il vient assez souvent ici, mais on ne va presque jamais chez lui ? La dernière fois, c'était pour le Nouvel An vietnamien... ou tibétain, je ne sais plus...

Elles restèrent ensuite plusieurs minutes étendues, sans parler. Même Jacquot Fatal semblait avoir mis un terme à ses exercices et se nettoyait les plumes, perché sur la lampe de lecture.

— Je suis à peu près certaine que tu t'en fais pour rien, reprit Cathy. Ça ne peut pas être lui qui a donné le tuyau aux autres journalistes.

— Je suppose que tu as raison.

Damnée psychologue ! songea Katie. Tout ce détour pour en arriver là. Cathy avait évoqué Blunt dans un contexte familier et non menaçant pour renforcer ce qui, en elle, persistait à lui faire confiance.

— Mais je vais quand même essayer d'avoir le cœur net, reprit Katie. On est censés se voir en fin d'après-midi.

— Tiens, tiens ! Vous vous « voyez » beaucoup, ces temps-ci.

— Tu te fais des idées. C'est seulement pour le travail.

— On dit ça.

— Allez, « douche time ».

— « Bouffe time ! » se mit à répéter Jacquot Fatal, qui comprenait souvent avec son estomac.

Au même instant, Blunt soulevait précautionneusement le sac de glace qu'il avait sur le front.

Il était rentré plus tard que la veille, avait encore sauté son rapport et il se demandait avec inquiétude s'il survivrait jusqu'au départ de ses deux nièces. C'était tout de même hallucinant cette faculté qu'elles avaient de lui faire faire n'importe quoi !

Alors qu'il était un joueur de go quatrième dan, qu'il avait été un des meilleurs planificateurs d'opérations de l'Institut et que son métier consistait justement à savoir manipuler les gens, il se retrouvait à tout coup sans armes devant les deux adolescentes.

Toute la soirée, elles l'avaient traîné dans des boîtes où la fumée formait un rideau compact qui résistait à leur progression. Sans parler des décibels. Au retour, elles avaient poussé la plaisanterie jusqu'à enlever devant lui les boules de cire qu'elles avaient dans les oreilles.

— Kit standard de discothèque, avait dit Stéphanie, feignant de croire qu'il était impossible qu'il ne sache pas une chose aussi évidente.

— On pensait que tu voulais nous impressionner, avait renchéri Mélanie, avec un sourire encore plus moqueur que celui de sa sœur.

Quand Blunt ouvrit les yeux, les deux adolescentes le dévisageaient, comme si elles faisaient l'inspection des dégâts.

— Tu penses qu'il va survivre ?
— Pas impossible.
— Encore utilisable ?
— Ça, c'est moins sûr.
— Il faudrait peut-être appeler le médecin ?
— Je pencherais plutôt pour les pompes funèbres.
— À moins qu'on l'emballe et qu'on aille le porter. Il y a des pompes funèbres *drive-in*, maintenant.

— Et si on faisait une vente de trottoir?

— Dangereux. On risque d'être obligées de payer pour qu'ils l'apportent.

Blunt ferma les yeux dans l'espoir de cesser de les entendre.

— À mon avis, il faut une intervention radicale, continua Stéphanie.

— Tu penses que ça marcherait?

— Qu'est-ce qu'on risque à essayer?

— Nous? Rien... Mais lui?

— Tu penses qu'il peut vraiment être pire?

— C'est vrai, au fond.

Quelques instants plus tard, Stéphanie lui approchait un verre des lèvres et lui recommandait de boire d'une seule gorgée. Trop faible pour résister, Blunt s'exécuta.

Sur le coup, il sentit son cœur cesser de battre, les yeux et le nez se mirent à lui couler et il jura intérieurement de ne plus jamais les écouter. Même pour le choix d'une brosse à dents.

Se précipitant vers la cuisine, il engloutit deux grands verres d'eau. Le feu s'apaisa sensiblement et l'univers reprit progressivement sa cohérence.

Quelques minutes plus tard, il allait réellement mieux. La vibration qui lui secouait le cerveau depuis le réveil s'était assoupie.

— Dans ton état, ça prenait un remède de cheval, expliqua Stéphanie, en retenant avec difficulté un fou rire.

— Qu'est-ce que c'était? demanda Blunt.

— Du cognac. Juste une once... C'est les piments qui ajoutent à l'effet.

— Les quoi!

— Dépêche toi de t'habiller. On va déjeuner dans un café qu'il faut à tout prix essayer avant de partir.

— C'est que...

— Pas question. Tu nous avais promis quatre jours, objecta préventivement Mélanie.

— Mais tu as le droit à un coup de téléphone, ajouta Stéphanie.

— Bon... Je suis à vous dans une demi-heure.

Il s'arracha du divan avec effort et se dirigea précautionneusement vers la salle de bains, les deux chats collés entre les jambes.

« Vivre dans une légende », songea-t-il avec ironie. Il aurait eu quelques mots à dire à ceux qui avaient écrit la sienne.

Après avoir repris forme humaine, il contacta New York. Lady lui fit un compte rendu précis des derniers événements. Tous les détails seraient dans la banque de données et il n'aurait qu'à utiliser son terminal.

Blunt fit à son tour rapport des derniers événements locaux. Alléguant son état, il se contenta d'en dresser un tableau succinct et promit un rapport plus détaillé avant la fin de la journée. La directrice répliqua avec un commentaire sarcastique sur ses activités extra-professionnelles et la chance qu'il avait de vivre dans la légende.

Frappé par la façon dont leur pensée se rejoignait, Blunt grommela quelques confuses protestations et raccrocha.

Il descendit ensuite rejoindre les deux tornades.

Il négocia avec elles deux heures de liberté le midi et deux autres à l'heure du souper. En échange, il renonçait à toute censure sur le reste de l'emploi du temps.

## Paris, 15 h 24

L'Obèse repoussa son assiette et fit signe à un des jeunes pages de venir lui masser le cou.

La première partie du plan s'était déroulée sans anicroche. On avait même pu y incorporer des événements étrangers à l'affaire. Désormais, tout accident un peu spectaculaire serait automatiquement attribué au mystérieux chantage. La pression n'en serait que plus forte. Les autorités n'auraient pas d'autre choix que de céder. À l'heure qu'il était, le maire devait avoir reçu le troisième message.

Un point préoccupait cependant l'Obèse: Lubbock.

À l'exception de son intérêt marqué pour l'argent, tout semblait faux en lui. Il le soupçonnait de vouloir utiliser l'opération à ses propres fins. Par chance, l'organisation se renforçait tous les jours. Après le coup de Montréal, il aurait les moyens de se passer de ses services... Ce serait un véritable plaisir que de pouvoir disposer de lui.

## MONTRÉAL, 11 H 36

Le maire entra sans frapper dans le bureau du directeur Boyd et jeta une enveloppe sur son bureau.

— Un autre, dit-il simplement.

Il n'eut pas besoin d'expliquer à son interlocuteur qu'il le trouvait d'une suprême incompétence, que cette affaire ridicule n'avait que trop duré et qu'il ferait son possible pour que le moindre faux pas lui coûte son poste : le ton y suffisait.

Le policier ouvrit l'enveloppe et parcourut le message.

> *Puisque vous refusez d'être raisonnables, je me vois obligé de vous imposer de nouvelles conditions. Désormais, vous devrez interdire la vente de produits amaigrissants sur tout le territoire de la communauté urbaine.*
> *De plus, il faudra que les obèses soient représentés dans l'administration municipale selon un pourcentage égal à celui qu'ils ont dans la population.*
>
> *Le Pouvoir Mou*

— Même écriture, commenta le directeur du SPCUM.

— C'est dingue. Complètement dingue. Vous avez lu les journaux, ce matin ?

— Bien sûr. Ça fait partie de mon travail.

— Qu'est-ce que vous en concluez ?

— Quelqu'un leur refile les informations à mesure. Cela va de soi.

— Quelqu'un de votre équipe ?

— M'étonnerait. Nous sommes très peu à être au courant de l'ensemble de la situation... Seulement deux, en fait. Trois en vous incluant.

— Trop aimable. Et qu'est-ce que vous allez faire ?

— Mon travail, évidemment. Dès que vous serez sorti.

— À la réunion du Conseil, hier soir, l'opposition m'a tenu une demi-heure avec des questions sur «l'épidémie» de violence que connaît la ville. C'est rendu que tout le monde parle d'épidémie !

— Je ne peux quand même pas contrôler ce que disent les médias.

— Trois jours ! Je vous donne trois jours ! Après quoi, je me rends directement dans le bureau du Premier Ministre.

— Lequel ? demanda ironiquement Boyd.

— Le vrai !

— Il y en aurait un faux ?

Insensible à l'humour, le maire claqua la porte.

## 12 h 17

Installé devant son terminal, Blunt prit connaissance des dernières informations que lui avait transmises la directrice de l'Institut.

On avait identifié, sans en comprendre tous les détails, le mécanisme par lequel le virus affectait les sujets. On avait également intercepté une nouvelle conversation téléphonique Montréal-Paris. Cette fois, le contenu était plus explicite. On y annonçait même la date des prochains attentats.

Blunt ne put réprimer une certaine satisfaction. L'adversaire continuait son développement de façon prévisible : après avoir jalonné son territoire, il continuait de le consolider. Une pierre du côté «événements», une pierre du côté «médias». Peut-être cela valait-il la peine d'essayer un *hane* : un coup qui ne l'arrêterait pas, mais qui le forcerait à se développer de façon moins harmonieuse. Qui précipiterait le mouvement et qui le forcerait à encombrer de ses propres pierres le territoire qu'il convoitait.

Plus Blunt y pensait, plus il trouvait que c'était une bonne idée. Il n'aurait qu'à activer une des pierres qu'il avait déjà posées au cœur du territoire ennemi.

Mais il y avait également l'autre territoire. Après les deux messages du début, rien. L'adversaire ne semblait pas pressé de s'y manifester à nouveau.

C'était astucieux : esquisser une menace, puis se concentrer ailleurs. Laisser porter. Il ne faisait cependant aucun doute dans l'esprit de Blunt que cet autre *moyo* allait prendre de la valeur plus tard dans la partie, probablement par l'effet de territoires adjacents ; mais l'adversaire retardait le moment de s'y compromettre ouvertement.

Ayant revu l'ensemble de sa stratégie, il décida de poser trois nouvelles pierres. Il commença par entrer dans la banque de données un compte rendu des articles qui étaient dans la presse du matin. Ces articles confirmaient que l'attaque se poursuivait du côté médias.

Il demanda ensuite un supplément d'accessoires au département des effets spéciaux ainsi qu'une certaine quantité d'argent. Plimpton ne devrait avoir aucune difficulté à se charger de cette nouvelle commande.

Il ne lui restait plus qu'une pierre à poser, celle qui ferait le *hane*.

## 13 H 07

John Alistair Boyd détestait viscéralement avoir affaire aux médias. À ses yeux, les intervieweurs avaient pour seul but de le piéger, de lui arracher des commentaires qui fassent sensation. Leur intérêt pour la vérité était presque aussi inexistant que chez les politiciens : ils ne s'intéressaient qu'aux formules courtes, exprimées en mots simples, qui accusaient ou condamnaient sans nuances. Les cotes d'écoute avaient sans doute la même logique que celle des voix électorales.

Souffrant d'une allergie généralisée aux médias, le directeur du SPCUM avait une aversion plus marquée encore pour les tribunes téléphoniques. Ces émissions attiraient selon lui un public de désœuvrés, d'illuminés et d'incompétents en tous genres. À ses yeux, la formule de ce type d'émission pouvait se résumer en une phrase : « Même si vous n'avez rien à dire, votre opinion nous intéresse »...

C'est donc avec un inconfort qu'il avait peine à dissimuler qu'il prit place devant le micro, en face de Gilles Proulx, le célèbre animateur de CKAC.

— Comme vous le savez, débuta le commentateur, nous avons récemment été témoins d'une foule d'incidents qui ont propulsé Montréal à un niveau de violence que l'on aurait jadis cru l'apanage des New York, Washington et autres capitales américaines du crime. Après le carnage de la piscine sanglante, nous avons eu le saccage du club Nautilus. Et voilà qu'on nous annonce un massacre dans un magasin d'aliments naturels... Que se passe-t-il donc ? Pourquoi la police est-elle impuissante à empêcher cette montée de la barbarie ? Notre ville serait-elle devenue la cible de puissantes organisations criminelles ? Un repaire de terroristes ? D'aucuns prétendront que ce sont là les conséquences ordinaires de la détérioration du tissu social, qu'il faut y voir l'effet de la pauvreté et du chômage auxquels l'incurie des politiciens a réduit une grande partie de notre population... Policiers incompétents ou politiciens criminels ? Qui a raison ?... Ce sont là des questions que nos auditeurs peuvent légitimement se poser. Pour y répondre, nous avons avec nous monsieur John Alistair Boyd, qui est directeur du service de police de la communauté urbaine de Montréal. Il est également connu sous l'acronyme de JAB. Monsieur Boyd, sans mauvais jeu de mots, la police réussira-t-elle à mettre KO les responsables de cette flambée de violence ?

— Vous savez, Monsieur Proulx, même si toute violence est regrettable, il ne faut pas exagérer la signification des événements des derniers jours. D'un point de vue statistique, depuis cinq ans, le pourcentage d'actes violents a constamment diminué sur le territoire de la communauté urb...

— Monsieur Boyd, je vous arrête. Les victimes de ces accidents ne sont pas des statistiques. Elles ont toutes, qui un frère, qui une épouse, qui des enfants... C'est à ces gens qui sont dans le deuil que vous vous adressez. Pensez-vous que vos statistiques peuvent remplacer l'être cher qu'ils ont perdu ?

— Je ne voudrais surtout pas laisser croire que les drames personnels qui peuvent...

— Si vous le voulez bien, nous allons cesser d'accaparer le temps de parole des auditeurs et nous allons passer à un premier appel... Il s'agit de monsieur Germain Poirier, de Rimouski. Monsieur Poirier, la parole est à vous.

— Oui ?

— Monsieur Poirier ? On vous écoute.

— Est-ce que je parle à monsieur Proulx ?

— Oui, Monsieur Poirier. Avez-vous une question à poser au directeur de la police de la CUM ?

— Monsieur Proulx ?

— Oui ?

— Je veux vous féliciter pour votre beau programme.

— Merci, Monsieur Poirier. Est-ce que vous avez une question pour monsieur Boyd ?

— Non. Je voulais juste vous dire que j'aime beaucoup votre programme. Vous n'avez pas peur, vous, de leur dire des affaires...

— Merci, Monsieur Poirier. Si vous n'avez pas de question, nous allons passer à un autre appel...

## 13 h 14

— Bernard Laplante.

— Ici votre plombier préféré, fit la même voix étouffée que la veille. J'ai un autre tuyau.

— Vous continuez de les distribuer à la pièce ?

— Je ne peux pas vous les fournir avant de les avoir trouvés, non ? Mais, si ça vous ennuie, je peux contacter quelqu'un d'autre...

— Ça va, ça va ! Qu'est-ce que vous avez de nouveau ?

— Deux choses. Tout d'abord, vérifiez s'il n'y a pas eu de contamination biologique. Quelque chose du genre « fuite dans un laboratoire de recherche » et qui pourrait éventuellement contaminer toute la population de Montréal.

— Merde !

— Deuxièmement : les dates probables des deux prochains attentats.

Après lui avoir fait répéter les deux dates, pour éviter toute erreur, le mystérieux informateur coupa la communication.

Bernard Laplante demeura un long moment assis à son bureau, se demandant comment il pouvait concilier ces deux informations. Y avait-il contamination accidentelle ou bien attentats ? Pour quelle raison son informateur mêlait-il les deux ?

Autre problème : s'il y avait effectivement un *cover up* en cours et qu'il allait trouver les policiers avec son histoire, on ne lui permettrait certainement pas de publier une seule ligne. Par contre, il ne pouvait se résoudre à garder pour lui la date des deux attentats.

Il résolut son dilemme en faisant un téléphone anonyme à la police de la CUM pour leur communiquer les deux dates. Ensuite, pour se couvrir, il fit trois autres appels : à Celik, puis à un journaliste de ses amis, au Journal de Montréal, et finalement à un animateur de CBV, à qui il devait un service.

Réunion à dix-sept heures. Au Petit Moulinsart.

Un scoop à quatre valait mieux que l'exclusivité d'une accusation devant les tribunaux.

## New York, 13 h 32

— Messieurs, je vous remercie d'avoir consenti à vous déplacer et à avancer l'heure de la réunion. Je vais d'abord vous résumer les nouveaux développements et nous procéderons ensuite aux rapports.

« Elle veut que l'information passe par elle », songea Kordell, constatant que Plimpton n'assistait pas à la réunion.

— Où est Plimpton ? demanda-t-il.

— Il s'occupe de certains détails techniques concernant l'opération en cours. Je lui ai déjà fait un compte rendu, ce midi, pour que nous puissions procéder sans lui et gagner du temps.

Kordell ne croyait pas entièrement à cette version des faits. La directrice de l'Institut devait avoir planifié le déroulement de cette rencontre avec des intentions bien précises. Mais il ne pouvait pas l'accuser ouvertement.

— Pour commencer, reprit Lady, l'émeute de Parthenais. Il est peu probable que ce soit relié. Les prisonniers en sont maintenant à exiger une enquête publique sur ce qu'on met dans leur nourriture. La réaction maladroite du directeur de l'établissement n'a fait que jeter de l'huile sur le feu.

— Pourquoi est-ce que vous dites que c'est peu... probable ? demanda Kordell, en mettant l'accent sur le dernier mot. Il y a pourtant eu trois morts !

— Trop de détails qui ne collent pas. Tout d'abord, pourquoi des prisonniers ? Jusqu'à maintenant, il ne s'agissait que de citoyens parfaitement normaux, en pleine santé...

— Et quand pourra-t-on savoir à quoi s'en tenir ? l'interrompit à nouveau le militaire.

— Difficile à dire... Il faudrait procéder à d'autres analyses, plus en profondeur. Mais comme les personnes affectées se rétablissent assez vite, notre marge de manœuvre est limitée...

— On pourrait arranger quelque chose ? Un accident... Ça permettrait de faire d'autres autopsies.

— J'ai bien peur que nos voisins soient peu réceptifs à ce genre de suggestion.

— Un beau ramassis d'empotés !

L'allergie viscérale du général à tout ce qui se situait au nord du quarante-cinquième parallèle était légendaire. Des espèces de bâtards : des Européens mal américanisés qui parlaient anglais et français, flirtaient avec les Russes et confondaient l'étendue de leur foutu pays avec son importance.

— Il y a autre chose, continua la directrice. On a réussi à identifier ce qui affecte les victimes. Il semble qu'elles aient toutes été contaminées par un virus. Ce dernier aurait pour caractéristique de se concentrer dans le cerveau, plus particulièrement dans la région du corps calleux, et d'y amorcer la production d'une protéine qui bloque la régulation de l'hypothalamus par le cortex supérieur.

— Si vous nous traduisiez ? suggéra Lester.

— Pour résumer grossièrement, très grossièrement même, on peut diviser le cerveau en trois régions. Une de ces régions, que nous avons en commun avec tous les mammifères supérieurs et même avec les reptiles, contrôle les instincts primaires : la sexualité, la faim, l'agression... Le cerveau des reptiles étant constitué presque uniquement de cette région, on l'appelle parfois cerveau reptilien. D'autres préfèrent l'appeler – je m'excuse mon général – le cerveau militaire. C'est le cerveau du présent, de l'urgence.

Kordell réussit non seulement à s'abstenir de tout commentaire, mais à garder le sourire. Elle ne perdait rien pour attendre, celle-là. Quand cette opération serait terminée, il ne resterait plus grand-chose d'elle ni de son Institut.

— Le deuxième cerveau, reprit Lady est celui de la mémoire : seuls les mammifères en ont un suffisamment développé. Il permet le stockage de l'information. Autrement dit : les souvenirs, l'apprentissage, les sentiments.

— Les sentiments ? intervint Lester, surpris.

— Les goûts et les dégoûts, expliqua Lady. À force de voir des éléments associés à des stimuli plaisants ou déplaisants, il s'effectue un transfert sur le contexte. On aime ou on n'aime pas... La publicité ne fait pas autre chose avec les filles en bikinis et les bouteilles de bière. Les hommes s'en envoient une dans l'espoir de s'envoyer l'autre. Inconsciemment, bien sûr... On croit aimer les tomates et on aime le climat de bien-être qui entourait les tomates pendant notre enfance, lorsque notre mère nous les servait.

— Je déteste les tomates, fit Kordell.

— Ça peut aussi fonctionner dans l'autre sens, concéda Lady.

— ... et je ne vois toujours pas où cela nous mène, acheva le militaire.

— J'y arrive... Donc, la deuxième région est celle des banques de données... ambulantes ou non selon qu'il s'agit de mammifères ou d'ordinateurs.

Lester eut un sourire. Kordell continua de la regarder fixement. Il avait hâte qu'elle en vienne au fait.

— Bref, reprit la directrice, c'est la région du passé. Ou, pour revenir à notre image de tantôt, des services de renseignements.

Lester ne put s'empêcher de songer que cela mettait son secteur au-dessus de celui du militaire et il esquissa un nouveau sourire.

— Il y a une troisième région, reprit Lady. Celle de l'imagination. Elle est la propriété à peu près exclusive des êtres humains. Certains grands singes en ont une amorce. Cette région-là a quelque chose de spécial : elle crée de l'information nouvelle au lieu de se contenter de stocker ce qu'elle reçoit de l'extérieur. C'est le cerveau des stratèges, des créateurs en tous genres. Bref, le cerveau du futur...

— Et le virus dans tout ça ? fit abruptement Kordell, que ces détails semblaient ennuyer.

— N'ayez pas peur, général, j'y arrive... Donc, chez un individu normalement constitué, je veux dire socialisé, le cerveau mammifère et le cerveau proprement humain ont appris à contrôler et à utiliser le fouillis de pulsions qui origine du cerveau reptilien.

Elle avait résisté à la tentation de reprendre le « militaire ». L'allusion du début était déjà de trop. Il ne fallait pas saboter la réunion.

— Sans cela, poursuivit-elle, la vie serait un jeu de massacre perpétuel. Il n'y aurait pas d'humanité.

— Vous êtes tout à fait certaine que l'humanité maîtrise bien cette sorte de contrôle ? demanda sarcastiquement Lester.

— Et les virus ? insista à nouveau Kordell, agacé.

— Justement, il induit la fabrication d'une protéine qui a pour effet d'annuler ce type de contrôle. On soupçonne aussi qu'il amplifie les pulsions du cerveau reptilien.

— D'où l'agressivité, les batailles, les viols, les attentats... conclut Lester.

— Si j'ai bien compris, résuma Kordell à sa façon, c'est un virus qui rend fou.

— On pourrait présenter les choses comme ça, concéda la directrice.

— Vous auriez pu le dire tout de suite... Et vous êtes certaine que ça fonctionne?

— En tout cas, avec ce qui semble se passer à Montréal...

— Il faut absolument mettre la main sur ce virus! Vous imaginez l'impact que ça aurait dans l'équilibre des...

— Pour l'instant, il faut d'abord essayer d'y survivre, répliqua froidement la femme. Car ce sont les autres qui ont la main dessus, pour employer votre expression.

Le visage du général parut se durcir.

— Les «camarades»?

— Aucune preuve jusqu'à maintenant, mais ce n'est pas impossible.

L'ombre des accords de Venise passa dans la salle. Ils n'oseraient tout de même pas. Ils n'étaient pas assez fous pour ça...

— Si nous passions à la suite du rapport, suggéra la directrice. Général, vous étiez justement supposé vous occuper des «camarades». Quoi de neuf?

— Aucun mouvement militaire d'importance. S'il y a quelque chose, ils sont un peu plus calmes que d'habitude.

— Et pour ce qui est de leurs opérations secrètes? demanda-t-elle en se tournant vers Lester.

— Rien qui cadre avec ce qui se passe. Le Mossad, le MI 5 et Interpol n'ont rien non plus.

— Du côté du secrétaire à la Défense, je suppose que c'est négatif là aussi?

— Pas exactement, s'empressa de préciser Kordell. J'ai pris l'initiative de faire fouiller son bureau et...

— Mais, c'est hors de votre juridiction! protesta Lester. Ce type de surveillance relève...

— Pas plus de votre service que du mien, je vous l'accorde, l'interrompit le général. Maintenant, si vous voulez savoir ce que nous avons trouvé...

Il prit le silence qui suivit pour une reddition de la part de Lester.

— Dans son coffre, fit-il, il y avait des photos de lui prises dans des situations disons... compromettantes.

— Vous croyez qu'il s'amuse à se faire photographier? demanda la directrice, qui ne croyait rien de tel.

— Je pense qu'il s'agit de photos qu'il a reçues. Je pense qu'ils le tiennent au chantage.

— Qui, ils?

— Vous savez bien.

— Justement non. Que le secrétaire soit victime d'un chantage, c'est possible. Mais de là à conclure que, premièrement, les photos sont reliées aux messages et que, deuxièmement, ce sont les « camarades » qui le font chanter, c'est un peu rapide, je trouve! À Washington, il y a probablement plus d'hommes politiques qui reçoivent des photos du genre de la part du FBI ou de la CIA que de tous les services étrangers réunis!... Est-ce que votre surveillance a donné quelque chose?

— Rien pour le moment.

— Vous pouvez maintenir la couverture?

— Sans problèmes.

— Est-ce que vous avez laissé les photos en place?

— Bien sûr que oui.

— Vous effectuerez un tirage à partir des copies que vous avez certainement faites et vous les transmettrez à Lester. Il pourra peut-être en tirer quelque chose.

Kordell ne protesta même pas. À quoi bon nier? Ils ne croiraient jamais qu'il ait pu se priver d'une telle arme contre le secrétaire, qui était un de ses nombreux ennemis politiques.

— Il y a autre chose, reprit la directrice. Une complication supplémentaire.

Elle entreprit de leur expliquer en peu de mots en quoi consistait la complication supplémentaire. Lester fut le premier à s'en remettre.

— Ce serait... aléatoire?

— Peut-être. Peut-être aussi qu'il faut un déclencheur.

— Et ça se transmettrait comment?

— On l'ignore. Les spécialistes travaillent là-dessus à temps plein. Peut-être l'eau, l'air, la nourriture, le contact direct... On ne sait pas.

— Là-bas, ils sont au courant ?

— En partie. Mais j'ai attendu pour leur en parler.

— Peut-être qu'il y aura finalement un bon côté à toute cette affaire, intervint le général... Je veux parler de Blunt, ajouta-t-il, devant le regard intrigué des deux autres. C'était une brillante idée de l'envoyer là-bas.

Ce fut au tour de la directrice de se contrôler.

— Réunion demain, fit-elle. En début d'après-midi. Ça vous va ?

## MONTRÉAL, 13 H 56

— Avant de passer à un autre auditeur, je vous rappelle que le sujet d'aujourd'hui est la montée de la violence dont nous sommes présentement victimes. Monsieur Berberi ?

— Monsieur Proulx ? Je vous appelle pour vous faire le partage de mon avis sur le sujet de la question d'aujourd'hui.

— Nous vous écoutons, monsieur Berberi.

— Moi, mon opinion personnelle, c'est que je pense que la police est payée trop cher et que tant qu'à être même pas capable de contrôler les Noirs qui nous attaquent dans le métro, ils devraient faire appel à l'armée.

— Monsieur Berberi, je crois que vous manquez de nuances. La violence dans le métro n'est pas l'apanage de nos concitoyens africains. Je fais appel à votre modération...

— En tout cas, moi, c'est ce que je pense.

— Monsieur Berberi ?... Il a raccroché. Passons à un autre appel. Il s'agit cette fois de madame Choquette, d'Outremont... Bonjour, Madame Choquette.

— Bonjour, Monsieur Proulx. Je vous appelle pour vous dire tout le bien que je pense de votre émission. Pour ce qui est de votre question, je crois effectivement que la ville est devenue beaucoup plus violente. Pour ma part, je me déplace uniquement en taxi. Et je choisis soigneusement la compagnie : j'appelle seulement celles qui ont un service de limousine.

— Je vous remercie de votre opinion, Madame Choquette. Est-ce que vous avez une question pour le directeur Boyd?

— Oui... Monsieur Boyd, comment expliquez-vous que l'incident de la piscine ait eu lieu dans Notre-Dame-de-Grâce, et non pas dans un quartier populaire? Je pense à Montréal centre-sud, où ce genre d'événement aurait été beaucoup plus explicable! Est-ce à dire que nous ne sommes plus en sécurité nulle part?

— Monsieur Boyd, intervint l'animateur, qu'avez-vous à répondre à madame Choquette?

— Madame Choquette, tout en déplorant avec vous l'incident auquel vous avez fait allusion, je tiens à vous souligner qu'il n'y a pratiquement pas de piscines dans Centre-sud. Alors, techniquement, il était peu probable que...

— Est-ce que vous les avez arrêtés? l'interrompit l'animateur.

— L'enquête progresse et...

— Autrement dit, vous ne les avez pas encore arrêtés. Comment pouvez-vous nous garantir que ces événements ne se reproduiront pas ailleurs?

— Je vous répète que l'enquête progresse de façon satisfaisante. Je devrais pouvoir vous donner des réponses plus précises sous peu. En dire davantage risquerait de nuire au travail qui s'effectue présentement.

— Puisque vous nous promettez des résultats rapides... Nous avons le temps pour un dernier appel. Il s'agit de monsieur Charland, de Montréal. On vous écoute, Monsieur Charland.

— Toutes ces affaires-là, Monsieur Proulx, c'est arrangé.

— Arrangé? Dans quel sens?

— Dans le sens de arrangé. C'est rapport à la secte de l'Ordre du temple solaire.

— J'avoue que je vous suis difficilement...

— Ils ne sont pas tous morts. Il en reste encore qui étaient dans le gouvernement. C'est eux autres... Ils veulent se venger.

— Monsieur Charland, je vous remercie de votre opinion, mais c'est tout le temps que nous avons. On doit aller à la pause commerciale...

Vingt minutes plus tard, Boyd sortait épuisé de la station de radio. Le résultat n'était pas aussi catastrophique qu'il l'avait appréhendé. Une dizaine d'interventions avaient touché au cœur du sujet, mais il avait réussi à faire dévier les questions. La plupart des auditeurs en avaient surtout profité pour se défouler contre un représentant de la police.

## 14 h 30

Les yeux de Désiré Laterreur voyageaient entre l'écran et la thérapeute. Il guettait le moment où elle remettrait le vidéo en marche.

Il était rare que Cathy aille aussi loin dans la mise en scène des fantasmes d'un client. Mais son obsession de la graisse était proprement fascinante. Tout comme l'était son attraction-répulsion pour les femmes.

Il y avait là quelque chose à creuser. D'où le scénario qu'elle avait introduit : une sorte de jeu au cours duquel le client s'efforcerait de déchiffrer les règles d'apparition du corps désiré. Comme s'il devait découvrir un rituel, un cérémonial lui permettant d'y avoir accès.

Avec la télécommande, elle contrôlait le moniteur télé qu'elle avait installé dans le coin de la pièce. Il s'agissait d'un vidéo de strip-tease. Installé derrière le mur de coussins, Désiré continuait de la regarder puis de regarder l'écran.

— Ça s'arrête toujours quand ça devient intéressant, finit-il par dire.

— Ce n'est pas ce que vous voulez ?

Cathy vit la confusion se peindre sur le visage du petit homme.

— C'est toujours le client qui décide, reprit-elle. Moi, je ne fais qu'actualiser ses fantasmes.

— Mais... ça ne marche jamais !

— Et si c'était ce que vous désiriez ?

— Que ça ne marche pas ?

— Peut-être que vous n'avez pas encore assez payé. Il faut toujours payer pour ses objets fondamentaux... Ici, vous les payez avec des réponses.

— Payer... Pourquoi payer ?

— Parce qu'ils fonctionnent sur le mode de la marchandise.

L'important était de le désarçonner, d'introduire dans la conversation des idées qui le toucheraient en profondeur, mais à travers une logique qui lui échappait. Sans le contrôle de la raison, les mots fonctionneraient comme des sondes : ils éveilleraient toutes sortes d'associations à l'intérieur de son inconscient.

— Je vais payer longtemps ? fit Désiré, inquiet.

— Il est possible que vous n'ayez jamais fini. La marchandise absolue, ça se paie absolument.

— La marchandise absolue ?

— La beauté. Le désirable. Tout ce à quoi les gens accordent un prix. C'est votre premier objet fondamental.

— La beauté... Une marchandise ?

— Ça n'existe qu'en circulation. Question d'offre et de demande. De regard.

— Et l'autre objet ?

— La graisse. C'est le degré zéro de la marchandise : ça ne circule pas. Mais ça prolifère...

Puis elle ajouta, comme si ça expliquait tout :

— C'est une marchandise indéfinie. Alors, vous payez indéfiniment.

Désiré resta un moment sans voix.

— Autrement dit, je suis piégé des deux côtés, finit-il par dire.

— C'est un peu ça.

— Je ne comprends rien.

— C'est pourtant simple : objet de désir, objet de répulsion. Deux objets. Je les mets en scène.

— La femme sur l'écran ?

— C'est le premier objet.

— Et l'autre ?

— Vous ne devinez pas ?

— Mon frère ?

— Qu'est-ce que vous en pensez ?

Il était trop tôt pour l'amener au véritable strip, celui au cours duquel ce serait lui qui laisserait tomber les murs qui le dissimulaient à ses propres yeux pour regarder ses problèmes dans leur effrayante banalité.

— Et vous ?

— Je suis également un objet. Mais secondaire. Vous m'utilisez comme support de vos mécanismes pour les mettre en scène...

Cathy ne croyait pas beaucoup à toute cette mythologie psychologique qui se développait immanquablement au cours d'une thérapie. Mais là n'était pas la question. Ce charabia avait son utilité : il servait de diversion et permettait au client de se laisser aller plus librement. Pendant que son attention était fixée sur les choses dont il discutait, une relation s'établissait entre eux. Inaperçue. Au-delà des mots. Et c'est à travers cette relation qu'émergeaient les véritables conflits qui déchiraient le client. Seul le scénario, seule la mise en scène permettait de révéler ces conflits. Tout le discours ne réussissait, au mieux, qu'à les revêtir d'images approximatives.

— Comment est-ce que vous pouvez dire que vous êtes un objet ? fit-il tout à coup, comme s'il avait mis du temps à assimiler l'idée.

— C'est ce qui me donne du pouvoir, fit-elle en riant. Le jour où je ne serai plus un objet, je serai un sujet. Autant dire assujettie. Sujette à toutes les passions.

— Ce sont les objets qui ont le pouvoir ? reprit Désiré, manifestement incrédule.

— Toujours. Seul l'objet séduit. Le sujet ne peut que désirer.

— Et l'autre objet ? Le mauvais ?

— La même chose, mais en négatif. Seul l'objet répugne ; le sujet ne peut qu'éprouver de la répugnance.

— Et la guérison, c'est de ne plus avoir d'objet ?

— On a toujours besoin d'objets. C'est la fascination d'un objet exclusif qui crée des problèmes. D'où le but du scénario.

— Je ne comprends pas.

— User l'objet exclusif. Les deux objets, en fait, puisque c'est le même. L'un est l'envers de l'autre. Également fascinants.

— Tout le monde est pris en otage par des objets de ce genre ?

— Presque tout le monde. Mais la plupart se trouvent des objets plus commodes : femme, mari, enfants, carrière, Dieu, collection de timbres...

— De toute manière, ils le sont tous, otages, fit Désiré, avec une brusque véhémence.

— Vous voulez parler du terrorisme ?

— Entre autres.

Cathy se demandait combien de temps encore durerait le jeu. Combien de fois, il lui faudrait reprendre ce scénario avant qu'il soit usé.

— Quel rapport avec votre frère ? demanda-t-elle à brûle-pourpoint.

Elle se souvenait de la séance précédente.

— Aucun rapport. Pourquoi est-ce que vous parlez de mon frère à propos du terrorisme ?

Il n'avait pas fait d'éclat, mais elle ne l'avait jamais senti se fermer de façon aussi brusque. On aurait dit un animal qui se rétracte d'un seul coup dans sa carapace. Autant ne pas insister tout de suite. Mais elle y reviendrait. Il s'agissait manifestement du point le plus sensible qu'elle avait touché jusqu'à présent. Son frère devait incarner pour lui l'essence même de la terreur. Son frère, la graisse et, derrière tout ça...

Il faudrait qu'elle réécoute les enregistrements chez elle. Katie aurait peut-être des suggestions.


Lorsqu'il sortit du bureau, Désiré Laterreur était trop préoccupé par les dernières questions de la thérapeute pour remarquer la femme qui lui emboîtait le pas, à distance prudente.

Était-ce un simple hasard ? se demandait-il. Une association chanceuse ? Décidément, il faudrait qu'il se surveille mieux. Le plus raisonnable aurait été de tout interrompre immédiatement. Mais il ne pouvait se défendre d'une réelle fascination. La psychologue avait réussi à faire surgir de son inconscient des fantasmes auquel il lui était difficile de résister.

## 16 h 41

Blunt arriva au Saint-Alexandre en retard. Il avait eu de la difficulté à s'arracher à son rôle d'oncle martini. Ses deux nièces trouvaient l'expression plus adéquate et plus intéressante que celle d'oncle gâteau.

Lorsqu'elle l'aperçut, Katie ne savait toujours pas de quelle façon elle allait l'aborder. Ni ce qu'elle allait lui dire. Plus elle y pensait, moins elle l'imaginait refilant à d'autres journalistes les informations qu'elle lui avait confiées sous le sceau du secret.

D'un autre côté, si ce n'était pas de lui que venaient les fuites, c'était à désespérer...

Blunt l'avait toujours intriguée. Elle réalisait à nouveau à quel point elle le connaissait peu. Les rares fois où elle était allée chez lui, c'était toujours pour fêter un quelconque jour de l'An. Son appartement était rempli de calendriers : chinois, japonais, arabe, vietnamien, juif, inca... Il fêtait tous les Nouvel An qu'il pouvait.

« Le monde est une créature fragile », lui avait-il expliqué un jour, sur un ton de conspirateur. « Il faut le renouveler aussi souvent qu'on peut. Sinon, il se détériore... »

Il avait ensuite ajouté, avec un clin d'œil : « C'est comme les gens. C'est pour ça qu'il faut fêter autant qu'on peut ».

Cela le résumait d'ailleurs assez bien : il semblait ne croire à rien et il fêtait à tout propos. C'était une des choses qui avait toujours surpris Katie : comment faisait-il pour passer autant de temps dans les bars, les cafés et les restaurants ?

— Salut poulette, fit-il, imitant le perroquet.

— Le grand journaliste est de retour de la chasse ! Combien de scoops abattus, aujourd'hui ?

— Pas un seul. Je suis toujours en vacances. Quoi de neuf dans ton enquête ?

— Avant, il faut que je te parle de quelque chose. Tu ne devineras jamais.

— Quoi ?

— J'avais raison. J'ai gagné.

— Gagné ?

— À la loto.

— Gagné gagné, ou juste un prix d'encouragement pour continuer à acheter des billets ?

— Dans les cinq chiffres.

— En comptant ceux après le point ?

— Non. Sans les chiffres après le point... Quatre zéros.

— Pour vrai ?

— 41 000 $... et des poussières.

— Des poussières avec lesquelles tu pourrais me payer un café ?

— Autant que tu veux.

— Je promets d'être raisonnable.

Il se dirigea vers le comptoir et commanda un Mocha Matari pression.

— Je suppose que tu as vu les journaux, reprit-il, quand il revint s'asseoir. Le super doit être enchanté, on parle de lui partout.

— Dis-moi que ce n'est pas toi.

— Tu penses sérieusement que je trouve ça drôle ? Si ça continue, la seule exclusivité que je vais avoir, c'est d'être l'unique journaliste à n'avoir rien écrit sur le sujet !

Katie était fortement tentée de le croire. C'était vrai que ça n'avait pas beaucoup de sens qu'il sabote lui-même l'article choc qu'il aurait pu écrire. Et puis, elle avait besoin de faire confiance à quelqu'un. Quelqu'un d'autre que sa sœur. Elle commençait à se sentir à l'étroit dans leur monde de jumelles.

— Il y a eu d'autres développements, fit-elle, après avoir commandé un deuxième pernod.

— Un autre accident ?

Il avait retrouvé son ton attentif. Professionnel.

— Pire, d'une certaine manière. Mais il faut vraiment promettre de rien dire.

— Pas un mot.

— Bon...

Elle l'informa de ce qu'avaient trouvé les experts : une protéine inconnue à l'intérieur du cerveau des victimes décédées.

— Ils savent de quoi ça dépend ?

— Pas exactement. Ils pensent que ce serait lié à un virus, mais ils ont besoin de plus de temps pour terminer les analyses.

— Et comment ils expliquent que l'effet disparaisse après la crise ?

— Aucune idée. Peut-être que l'organisme élimine la protéine en question. Mais peut-être, aussi, qu'elle est toujours là, que le cerveau s'habitue...

— Autrement dit, ils pourraient tous avoir des rechutes.

— Ce que j'aime, c'est que tu vois tout de suite le côté encourageant des choses.

— Qu'est-ce qu'ils vont faire des victimes ?

— Qu'est-ce que tu veux qu'ils fassent ? Ils les ont gardées en observation aussi longtemps qu'ils ont pu, mais ils ne peuvent pas les mettre en quarantaine sans donner de raisons. Avec les rumeurs qui courent déjà...

— Du côté des messages, quelque chose de neuf ?

— Un autre.

Elle lui fit part des nouvelles exigences.

— Évidemment, vous n'allez pas céder, fit Blunt.

— Tu vois le maire expliquer au conseil municipal qu'il faut fermer tous les centres Nautilus et les magasins d'aliments naturels ?... Lui qui s'est fait élire comme le candidat de l'écologie !

— Sans parler des quotas sur les gros dans l'administration !

— On dirait que tu avais raison. C'est prévu pour qu'on ne puisse pas accepter. C'est à se demander si c'est vraiment nous qui sommes visés !

Blunt apprécia la perspicacité de la remarque, mais ne la releva pas.

— Je donnerais cher pour savoir où tout ça va aboutir, reprit Katie.

— On ne devrait pas tarder à le savoir. À mon avis, ils vont continuer encore un peu l'escalade, puis ils vont dire ce qu'ils veulent vraiment. Ils n'ont pas intérêt à faire durer l'impasse trop longtemps.

C'était de bonne guerre, songea Blunt. Ne jamais se précipiter pour prendre un territoire. Laisser la situation mûrir, la pression s'accentuer. Ajouter des pierres pour augmenter son influence sans trahir de façon précise ses intentions.

L'adversaire n'était décidément pas un débutant. La suite de la partie promettait d'être corsée.

## 17 h 23

Autour de la table, les journalistes se mirent rapidement d'accord. Ils sortiraient tous la nouvelle en même temps, le lendemain matin, et ils prétendraient avoir reçu l'information de façon indépendante.

Ils ne publieraient cependant pas les dates, se contentant de dire que d'autres événements étaient à craindre. De la même manière, ils parleraient de contamination possible, mais sans donner plus de précisions.

Ils convinrent également de se revoir le lendemain soir, même heure, même endroit, pour faire le bilan et aviser sur les suites à donner à l'affaire.

## 18 h 45

Lorsque Blunt et Katie se quittèrent, elle se pressa contre lui quelques instants, sans dire un mot, puis elle s'arracha d'un geste brusque et s'enfuit sans se retourner, ajoutant par là un autre motif de préoccupation à l'esprit déjà fortement sollicité de Blunt.

Il prit le métro en direction de chez lui.

Les deux tornades l'y attendaient. C'était leur dernier soir et elles entendaient profiter de chaque minute qui restait.

Blunt se demanda si elles pouvaient être contaminées. Ce n'était pas impossible. Comme on ne savait toujours rien des causes de cette espèce d'épidémie...

Au cours de la soirée, les deux adolescentes le regardèrent à plusieurs reprises d'un œil interrogateur. Elles ne l'avaient jamais vu aussi conciliant. Plus que conciliant : enthousiaste. Aucun ronchonnement, aucune protestation. Il était d'accord avec leur moindre suggestion et s'y jetait avec une gaieté un peu forcée, comme si c'était la dernière occasion qu'il avait de leur faire plaisir.

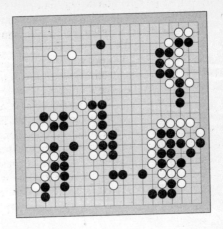

« Le point critique de l'adversaire est mon propre point critique. »

Ce proverbe japonais signifie que, souvent, le meilleur endroit où jouer une pierre est l'endroit où l'adversaire aurait intérêt à poser la sienne.

À chaque étape du jeu, c'est l'ensemble de la situation qui définit le point critique.

Attablée à un des innombrables Van Houtte qui quadrillent la ville, Katie avalait son croissant sans appétit. Le maire avait reçu un autre message. Au milieu de la nuit. Il n'avait rien eu de plus pressé que de réveiller le chef de la police.

Heureusement, celui-ci avait eu la gentillesse d'attendre jusqu'à sept heures avant de lui téléphoner. Il était ensuite passé la prendre avant d'aller au travail. Il lui offrait le déjeuner.

> *Vous l'aurez voulu. Les nouvelles conditions vous parviendront demain, après les prochains événements.*
>
> *Le Pouvoir Mou*

— Une idée où ça pourrait avoir lieu ? demanda Boyd, après lui avoir montré le message.

— Un endroit public, je suppose.

— Merveilleux, grinça le policier. Vous savez combien il y en a sur l'île ?

Katie ignora la remarque.

— Quelque chose qui a trait à la santé, à l'entraînement physique, reprit-elle. Ou au sport.

Boyd lui jeta un regard interrogateur.

— Jusqu'à maintenant, expliqua-t-elle, le seul point commun, c'est la santé, la bonne condition physique :

piscines, aliments naturels, clubs Nautilus... Même chose dans les messages: fermeture des club Nautilus, des salons de bronzage, interdiction des produits amaigrissants... Et toutes les victimes étaient en excellente santé. Au-dessus de la moyenne, disent les rapports.

— Qu'est-ce que vous faites de l'employé de la construction? de l'émeute de Parthenais?

— Je ne suis pas certaine que ce soit lié au reste.

— Ils ont pourtant retrouvé le même virus dans leur sang.

— Je sais bien, mais... ça ne colle pas. Je ne suis pas capable d'expliquer pourquoi. C'est juste que...

— Parce que le reste, vous trouvez que ça en a, du sens? ironisa le policier.

— Si vous avez une meilleure idée, répliqua froidement Katie.

— Excusez-moi... Je suis un peu surmené.

Pendant quelques secondes, le regard du chef de la police se perdit dans le vague. Ça ne devait pas être facile pour lui, songea la jeune femme: être obligé de composer avec les Américains sans pouvoir dire quoi que ce soit au maire.

— Il y a autre chose qui m'intrigue, reprit-elle. Ils s'attaquent à des endroits reliés au conditionnement physique, ils réclament leur fermeture et... ils revendiquent des droits pour les obèses. Peut-être qu'il y a un rapport...

— Si au moins on savait ce qu'ils veulent!

— Leurs demandes sont claires.

— Trop claires... Vous avez lu les journaux, ce matin?

— Pas encore.

Il en sortit plusieurs de sa serviette, qu'il lui tendit.

— Ça va vous intéresser, dit-il. Ils parlent tous de l'affaire.

Katie se mit aussitôt à la lecture en attendant que son deuxième café arrive.

Certains articles prévoyaient de nouveaux incidents, d'autres parlaient de contamination biologique, d'attentats...

Après avoir tout lu, elle en isola trois : un de *La Presse*, celui de Celik dans *The Gazette* et un dernier dans *Le Devoir*.

— Ceux-là m'intéressent, dit-elle. Les autres ne font que rabâcher, mais eux, ils annoncent de nouveaux incidents. Et ils parlent tous les trois de contamination... Je serais curieuse de savoir où est-ce qu'ils ont pris ces informations-là.

— Je les convoque pour le leur demander ?

Elle écarta l'idée d'un geste.

— Ils refuseraient de parler, fit-elle. Mais, si vous pouviez leur coller chacun un ange gardien...

— Je pourrais probablement arranger quelque chose, finit par concéder Boyd, mais seulement pour quarante-huit heures. Plus longtemps, il va falloir que je fournisse des explications.

— On devrait savoir à quoi s'en tenir d'ici là. Vous pouvez les mettre sur écoute ?

— À leur domicile, oui. Au bureau, c'est plus compliqué.

— Vous n'avez pas d'informateur sur place ? Peut-être qu'en fouillant dans leurs dossiers... ?

— On n'a aucun informateur chez les journalistes. C'est une chasse gardée du SCRS et de la SQ. En plus, si une chose comme celle-là sortait... Vous imaginez le bordel ?

— Il y a une façon simple de vous couvrir.

Pour toute réponse, le policier se contenta de hausser les sourcils d'un air interrogateur.

— Les Américains, fit Katie. Dites-leur que vous avez une piste et que vous avez besoin de personnel. Ils doivent bien avoir quelqu'un qu'ils pourraient utiliser.

— Être sûr qu'ils nous transmettraient ce qu'ils vont découvrir...

— Arrangez-vous pour qu'ils aient intérêt à le faire. Dites-leur que vous avez peut-être quelque chose, mais que vous avez des vérifications à faire avant de leur en parler.

— Ils vont protester.

— Oui, mais ils n'auront pas le choix. S'ils ont envoyé tous ces experts, c'est parce qu'il y a un enjeu important pour eux. Je suis certaine qu'ils ne vous ont pas tout dit.

Le directeur la considéra d'un œil approbateur. Après cette enquête, ce serait du gaspillage de la retourner à l'escouade des poules de luxe.

— Vous êtes certaine de ne pas avoir de visées sur mon poste ? fit-il.

— Aucun danger. Je suis allergique aux emplois où on se fait réveiller à trois heures de la nuit.

Et elle ajouta, comme s'il s'agissait d'un palier supplémentaire dans l'horreur :

— Par le maire.

Le policier éclata franchement de rire.

— Il faut que j'y aille, dit-il. Je vous revois ce soir pour le bilan des nouvelles catastrophes. Je vous informerai du résultat de mes démarches auprès des Américains.

Après le départ de Boyd, Katie resta un bon moment à méditer au-dessus de son café. Le directeur semblait presque avoir admis l'hypothèse de Blunt sur le lien avec la santé. Elle-même, le soir précédent, elle avait été réticente lorsqu'Horace lui en avait parlé. Mais, pour l'instant, c'était la seule piste qu'elle avait... à l'exception du client de Cathy.

Elle n'en avait pas parlé à Boyd. C'était une hypothèse encore beaucoup trop fragile. Un *long shot*, aurait dit Blunt.

La veille, sa sœur lui avait parlé de Désiré Laterreur. Elle lui avait fait entendre de larges extraits des deux dernières séances de thérapie. Le passage où il était question de graisse et de son frère l'avait particulièrement frappée, de même que ses remarques sur la situation d'otage. « Toute la ville est peut-être actuellement en otage et ils ne le savent même pas » avait-il dit.

Cathy en avait tiré des conclusions psychologiques prévisibles. Katie avait plus ou moins abondé dans le sens de sa sœur, mais elle lui avait quand même fait part des conclusions divergentes qu'elle était tentée de tirer. Si jamais Désiré était lié à l'affaire en cours...

Cathy avait immédiatement rejeté l'hypothèse.

Katie elle-même avait peine à y croire. La coïncidence aurait été trop incroyable. Pourtant, la veille, elle avait suivi l'étrange client de sa sœur, à la sortie de sa séance de thérapie. Elle avait découvert où il habitait.

Il y avait une façon simple d'être fixée.

## 8 H 41

Avant de quitter ses nièces, qu'il avait accompagnées au train, Blunt leur demanda machinalement ce qu'elles voulaient pour leur retour, dans un mois.

C'était devenu un rituel : la visite à la fin du mois et le cadeau. Il était pratiquement leur seule famille. Leurs parents étaient morts alors qu'elles n'allaient pas encore à l'école et elles avaient passé leur jeunesse dans différents foyers nourriciers. L'arrivée de Blunt, neuf ans auparavant, avait été pour elles une bénédiction : la possibilité leur avait été tout à coup offerte de liens affectifs durables avec, en prime, l'espoir d'évasions régulières dans un monde où elles n'avaient pas le sentiment de vivre en probation.

Telle était la légende et Blunt la respectait soigneusement. Il essayait de lui donner le plus de réalité possible. Et, même s'il avait parfois le sentiment de trop en faire, il préférait cela à l'impression lancinante qu'il avait de ne plus avoir de place nulle part – comme si le monde lui échappait et que toute l'agitation qui lui servait de vie était inutile.

— Une tante, répondit Stéphanie.

— Vous en avez déjà une, fit Blunt. Et, pour les fois que vous faites du camping...

— Avec deux jambes et une tête, précisa Mélanie.

— Et tout ce qu'il faut entre les deux, ajouta Stéphanie.

— Une tante *all dressed*.

Blunt essaya de protester.

— Vous voulez que...

— On peut te donner des cours, continua de se moquer Stéphanie.

— Peut-être que tu ne te rappelles plus comment faire ?

— Tu vas voir, ça revient vite.

— Même à ton âge.

— Comment elle s'appelle, déjà, celle qu'on a rencontrée au café ?

— Tu sais, la jumelle ?

— Non mais... de quoi vous vous mêlez ! coupa Blunt. Ça fait des années qu'on se connaît et nos rapports sont très bien comme ça.

— Je suis certaine que tu aurais une chance, poursuivit Stéphanie, ignorant l'interruption.

— Peut-être qu'il est timide, expliqua Mélanie à sa sœur, l'air très préoccupée par la chose. On pourrait rester. En le tenant par la main, pour lui montrer comment...

Blunt s'efforça de prendre un air courroucé.

— Ça suffit, dit-il. Vous allez manquer le train.

Avec le régime que ses nièces lui avaient imposé depuis trois jours, il avait besoin de récupérer. Et il y avait l'enquête, qui prenait de plus en plus l'allure d'un bourbier.

— Toi, c'est le bateau que tu risques de manquer, répliqua Stéphanie.

— N'oublie pas, reprit l'autre. Une tante !

— On a besoin d'une image qui puisse nous servir de modèle, se moqua Stéphanie, sur un ton exagérément sérieux. À notre âge, c'est important d'avoir un modèle positif de femme.

— Et quoi encore ? protesta Blunt, cette fois avec une réelle impatience.

— Une tante, insista Mélanie.

— Il faudrait quand même que tu sortes de l'adolescence avant nous, non ? renchérit l'autre.

Le train finit par les avaler et Blunt s'octroya un expresso pour récupérer.

Une tante ! Et Katie par-dessus le marché ! Non pas que la perspective lui eût paru dramatique. Au contraire. Mais enfin, Katie... c'était Katie.

Il avait bien remarqué un changement dans l'attitude de la jeune femme envers lui, ces derniers temps, comme si elle cherchait à se rapprocher. Mais c'était à cause de l'enquête, du stress causé par une situation qui devenait de plus en plus délirante.

De toute manière, dans sa situation...

Mais, si ses nièces s'étaient mises dans la tête de lui trouver quelqu'un, il n'avait pas fini. Heureusement, il avait du temps pour voir venir : d'ici leur prochaine visite, il devrait pouvoir trouver quelque chose.

Il finit rapidement son café et retourna chez lui. La journée promettait d'être chargée. D'abord, son rapport à Lady. Puis vérifier l'installation du matériel avec Blenny.

La situation continuait de se développer comme il le prévoyait. En attendant de voir la prochaine réaction de l'adversaire, il allait placer quelques nouvelles pierres. Mais discrètement. Pour plus tard.

## WASHINGTON, 8 H 47

Lorsque le secrétaire d'État à la Défense, Milton Fry, se fit remettre une enveloppe par un enfant, à la sortie de chez lui, il n'éprouva rien de plus que l'appréhension habituelle. Le coup d'œil circulaire dont il balaya les alentours ne révéla rien d'anormal.

Comme les fois précédentes, l'enfant s'enfuit en courant. Il devait avoir une dizaine d'années. Une vieille dame sur une bicyclette roulait tranquillement dans la même direction que lui.

En tournant le coin de la rue, le secrétaire fut intercepté par deux individus en civil. Ils lui montrèrent leurs insignes et le prièrent de les accompagner.

Quinze minutes plus tard, il se retrouvait dans un appartement anonyme, en banlieue. Malgré ses protestations, l'enveloppe fut ouverte devant lui. Les deux hommes en vérifièrent rapidement le contenu, puis la rangèrent dans une mallette qu'ils verrouillèrent.

Il eut ensuite droit à un interrogatoire rapide mais serré, après quoi on l'informa qu'il était libre de disposer. Aucune charge n'était retenue contre lui pour le moment.

En échange de sa collaboration, on s'arrangerait pour que les photos ne soient jamais rendues publiques. Dans les jours à venir, il devait poursuivre ses activités comme si de rien n'était et transmettre sans délai tout nouveau message. Pour communiquer, on lui donna un numéro de téléphone qu'on lui dit d'apprendre par cœur.

Une heure plus tard, Kordell prenait la navette pour New York en emportant la mallette avec lui. L'opération suivait son cours : le jeune messager avait été pris en filature jusqu'à un casse-croûte, où un homme lui avait remis dix dollars. Il s'agissait d'un individu de race blanche, mesurant environ un mètre cinquante et particulièrement gros.

Questionné, le messager avait déclaré ne pas connaître l'individu. Il l'avait rencontré au casse-croûte, la semaine précédente. L'homme y était tous les après-midi, à la même heure. Il lui avait demandé de remettre un message à un ami à qui il voulait jouer un tour. Après lui avoir donné cinq dollars, il lui avait dit de le rencontrer au même endroit, le lendemain matin, un peu avant huit heures. C'était à ce moment-là qu'il lui avait remis le message à porter, avec un billet de dix dollars.

Jusqu'à maintenant, il y avait eu trois messages.

Les policiers expliquèrent au jeune garçon qu'il avait été utilisé sans le savoir dans une tentative de chantage. Comme ce n'était pas sa faute, ils étaient prêts à lui donner une chance et à ne rien dire à ses parents. À une condition toutefois : si l'homme lui demandait de porter de nouveaux messages, il devrait le faire comme si de rien n'était. Il pourrait même garder l'argent. Ce serait son salaire pour avoir aidé les policiers. Mais il était absolument essentiel qu'il ne dise rien à personne.

L'individu en question, pour sa part, avait été suivi jusqu'à un hôtel des environs, où il habitait depuis deux semaines. Une surveillance avait été mise en place autour de lui, son téléphone branché sur écoute et sa chambre serait fouillée aussitôt qu'il sortirait.

Pas de doute, la situation s'annonçait de plus en plus favorable, songea Kordell. Il avait hâte de voir la tête que feraient les deux autres, en voyant qu'il avait repris l'initiative.

## Montréal, 8 h 50

Lorsque Désiré Laterreur sortit de chez lui pour se rendre au travail, il ne remarqua pas la femme qui se dissimulait dans l'entrée d'une boutique de fleurs, sur le trottoir d'en face.

Katie attendit quelques minutes pour s'assurer que Désiré ne reviendrait pas, puis elle téléphona et laissa sonner une dizaine de coups. Pas de réponse. Il semblait bien ne plus y avoir personne.

Elle traversa la rue, monta au huitième étage et frappa au numéro 837. Si quelqu'un avait ouvert, elle aurait prétendu s'être trompée d'étage.

Aucune réponse. L'appartement semblait désert. Elle sortit un trousseau de clés de son sac.

La veille, quand elle avait suivi Désiré, elle était venue en reconnaissance et elle avait identifié le type de serrure. Doigts de fée, le responsable du département des accessoires, lui avait garanti qu'avec le jeu de clés qu'il lui prêtait, elle n'aurait aucun problème. Compte tenu de la marque de la serrure, l'une d'elles devait fatalement l'ouvrir.

Au quatrième essai, le pêne glissa sans aucune résistance. Doigts de fée venait de se mériter le souper qu'elle avait dû lui promettre. Évidemment, le responsable des accessoires avait en tête bien davantage qu'un souper, mais c'était de bonne guerre. À elle de se débrouiller pour que les choses en restent au plan alimentaire.

À l'intérieur, la première chose qui frappa Katie, ce fut un immense poster : FAT IS BEAUTIFUL, avec la grosse de circonstance, débordante de graisse et l'air totalement satisfaite de son expansion tous azimuts. Également en évidence, une reproduction des montres molles de Dali et une autre de ses œuvres illustrant des objets dégoulinants.

L'ensemble de l'appartement dégageait une impression de mollesse et de rondeur qui n'était pas sans provoquer un certain sentiment d'étouffement. On n'y avançait pas, on s'y enfonçait. Pratiquement tous les angles étaient masqués par des rideaux ou des coussins. L'ensemble du mobilier était de forme vaguement ronde ou ovale. Les divans tout comme les chaises semblaient faits pour avaler leurs occupants.

Katie entreprit une fouille systématique. La bibliothèque recelait un nombre impressionnant de livres sur l'obésité. Il y avait même des dépliants d'une organisation vouée à la défense des droits des obèses : un groupe américain qui annonçait, dans un langage imagé, l'implantation prochaine d'une excroissance à Montréal.

L'obsession de Désiré ne semblait pas être un jeu.

Ce qui étonna cependant le plus Katie, ce fut la série de lettres qu'elle découvrit dans un tiroir du bureau. Une trentaine de lettres de menaces ou d'insultes. Elles étaient toutes adressées à Désiré Laterreur et celui-ci semblait les avoir soigneusement conservées. Elles étaient attachées avec un ruban, dans un tiroir pratiquement vide. Impossible de les rater.

Désiré Laterreur était-il victime de chantage ? Pour quelle raison pouvait-on bien s'en prendre à lui ?

Dans une des chambres, elle découvrit une énorme quantité de boîtes de conserves. La pièce avait littéralement été transformée en entrepôt. Un des murs était couvert de récipients d'eau empilés les uns sur les autres jusqu'à la hauteur du plafond. Laterreur se préparait-il à s'enfermer chez lui et à y soutenir un siège ? Était-il encore plus malade que les extraits d'enregistrement ne le laissaient croire ?

En sortant de l'appartement, Katie était perplexe. Le fait que Désiré ait affirmé que toute la ville était prise en otage lui avait fait croire qu'il pouvait être mêlé à son enquête. Mais ce qu'elle avait trouvé chez lui était plutôt la preuve d'un esprit dérangé. Un esprit que quelqu'un s'était appliqué à déranger, si on tenait compte des lettres de menaces qu'il avait reçues.

Elle n'avait pas le choix, il fallait qu'elle en parle à Cathy. Cette dernière serait certainement peu emballée par son initiative, mais il le fallait. Ne serait-ce que pour le bien de Désiré. Le plus simple était de passer immédiatement à son bureau.

Et puis, elle ne pouvait échapper au sentiment que quelque chose clochait dans toute cette histoire. Peut-être Cathy accepterait-elle de lui laisser écouter les enregistrements des séances précédentes avec Désiré...

Toute à ses réflexions, elle ne remarqua pas l'homme qui lui emboîtait le pas à la sortie de l'édifice. Ce dernier s'assura d'obtenir plusieurs photos d'elle au téléobjectif et il la suivit jusqu'au bureau. Il prit également une photographie de la plaque d'identification, sur la porte. Il se dirigea ensuite vers une cabine téléphonique. Utilisant une carte American Express, il demanda Paris.

Une fois son appel terminé, il héla un taxi dans lequel il se laissa aller avec un soupir. Il suait à grosses gouttes. Son poids ne l'incitait pas souvent à d'aussi longs déplacements à pied. Mais, lorsque l'alarme avait sonné, signalant que quelqu'un s'était introduit dans l'appartement d'à côté, il avait appliqué les consignes à la lettre : il avait photographié l'intrus – qui s'était avérée une intruse – et l'avait suivie jusqu'à un endroit où il serait éventuellement possible de la retrouver. Il avait alors téléphoné à Paris, au numéro prévu, à partir d'une cabine téléphonique. Pour payer l'appel, il avait utilisé la carte de crédit prévue pour la circonstance.

Pour l'instant, son travail était terminé. Il n'avait plus qu'à laisser l'appareil avec le film à l'endroit prévu. Quelqu'un les récupérerait dans l'heure suivante.

**11 H 20**

— *Celik speaking*.

— J'ai été impressionné par votre article, attaqua immédiatement la voix de l'informateur anonyme. Vous extrapolez avec une justesse qui m'étonne. Mais je saisis mal pourquoi vous refilez vos tuyaux aux autres... Une stratégie pour vous couvrir?

L'esprit en alerte, Celik se mit à réfléchir à toute vitesse. Cela voulait-il dire que ce n'était pas la même personne qui avait informé Laplante, de *La Presse*? Y avait-il un deuxième informateur?

Il n'était pas question de se compromettre au téléphone.

— Vous avez quelque chose à me communiquer? demanda-t-il d'un ton neutre.

— Réservez un espace dans l'édition de demain. Vous allez avoir quelque chose à vous mettre sous la dent pendant la soirée. Prévoyez un gros titre.

— Quelque chose qui va toucher beaucoup de gens?

— Rassurez-vous, vous n'êtes pas menacé. Connaissant vos habitudes, je sais qu'il n'y a aucun danger pour vous.

— Et ça va continuer longtemps?

— Ça dépend des autorités locales. Si elles le voulaient, tout pourrait être terminé très rapidement. Vous devriez leur en parler.

En raccrochant, Celik se demandait dans quel but on se servait de lui – et de l'ensemble des médias – pour faire pression sur les responsables de l'Hôtel de Ville.

Sa première idée fut de se rendre directement chez le maire, de lui donner une version expurgée des événements et de le menacer de révéler tout ce qu'il savait pour obtenir la vérité. Mais il choisit d'attendre après la réunion du soir avec les autres journalistes. Il essaierait de savoir s'ils avaient quelque chose de neuf, mais sans leur parler du coup de fil qu'il venait de recevoir.

## PARIS, 17 H 14

L'Obèse raccrocha avec des sentiments contradictoires. D'une part, le plan progressait comme prévu : les
journaux s'étaient résolument mis de la partie et les préparatifs pour la prochaine intervention s'étaient déroulés
sans heurts. Tout était en place.

Sauf qu'il y avait cette visite chez Désiré.

Jusqu'à ce jour, il avait toléré comme une excentricité
cette cure de fantasmothérapie : si ça pouvait lui servir
de béquille psychologique jusqu'à la fin de l'opération,
pourquoi pas ?... Mais il n'allait pas mettre en péril
l'ensemble du plan à cause des états d'âme d'un inadapté.
Il fallait que cette psychologue trop curieuse sorte immédiatement du décor. Désiré aurait tout le temps de faire
joujou avec ses fantasmes quand l'affaire serait terminée.

Si les psychologues en étaient maintenant à enquêter
chez leurs patients, à qui pouvait-on se fier ? Il s'était
toujours méfié de ces apprentis sorciers qui tripotent
l'intérieur de la tête des gens pour y trouver ce qu'ils
veulent. Néanmoins, c'était la première fois qu'il entendait parler d'enquête comme telle chez un client.
Sans doute une nouvelle mode venue des États-Unis. À
moins que la thérapie ne serve de couverture à une secte
quelconque. Ce ne serait pas la première fois... Pour plus
de sécurité, il demanderait à Lubbock de régler immédiatement le problème.

Pendant qu'il composait le numéro de téléphone, un
pli se creusa dans la graisse de son front. Un autre détail
le tracassait. Mineur, celui-là. Les journaux en étaient déjà
à parler de contamination. Avaient-ils trouvé cela tout seul ?
Était-ce seulement une hypothèse qu'ils avançaient ?

## NEW YORK, 15 H 23

À la demande de Kordell, la réunion avait été retardée
pour qu'il puisse présenter un rapport complet sur les
derniers événements.

Lorsqu'il entra dans le bureau, Lady surveillait le
mariage d'un membre de la famille royale à la télévision :

le militaire eut un sourire condescendant. Malgré ses grands airs, elle demeurait une femme.

La directrice de l'Institut saisit son regard ironique et elle eut une certaine difficulté à se retenir de sourire. Le général ne pouvait savoir que ce mariage représentait un de ses plus beaux succès : une agente à l'intérieur même de la famille royale.

Le premier sujet à l'ordre du jour était le cas de Milton Fry, le secrétaire d'État à la Défense.

Kordell y alla de son rapport.

— Incroyable, fit la directrice lorsqu'il eut terminé.

— Incroyable en effet, approuva Lester.

Étant lui aussi un spécialiste du renseignement, il avait tout de suite saisi ce qu'elle voulait dire et qui avait manifestement échappé au général.

— Vous avez trouvé quelque chose sur l'homme qui est impliqué ? demanda-t-il.

— William Lyall. Quarante-sept ans. Originaire de Miami. Marié. Trois enfants. Technicien en radiologie. Aucun casier. Il a une chambre depuis deux semaines dans un petit hôtel de la région.

— Affiliation à un parti politique ?

— Non. Membre des Lion's et du FATS.

— Qu'est-ce que c'est ? demandèrent d'un même souffle la directrice et Lester.

— Fats Are Terrific Society. Une association pour les droits des obèses. Ils sont regroupés sur une base plus ou moins religieuse.

— FATS ? répéta Lester, incrédule.

— On est à la veille d'avoir « *Quadriplegia is beautiful* », ironisa Kordell. Ils vont placarder leurs lits roulants avec des autocollants !

— Il faudrait regarder cette organisation de plus près, suggéra la directrice. On ne sait jamais.

— L'avez-vous arrêté ? demanda Lester.

— Bien sûr que non. Couverture 24 heures sur 24. On va essayer de remonter la filière... On a eu les informations en fouillant sa chambre et en faisant soulever son portefeuille par un pickpocket.

Devant le regard inquiet de Lady, Kordell se dépêcha d'ajouter :

— Inutile de vous inquiéter : son portefeuille a été retrouvé dans le hall de l'hôtel, moins de dix minutes plus tard. Tout y était, sauf l'argent. Il va croire que c'était un vol classique...

— Et Fry ? demanda la directrice.

— On l'a convoqué et on lui a montré les photos. On lui a dit qu'on savait tout.

— Il a craqué ?

— Presque tout de suite. C'est une histoire banale. Il s'est fait piéger dans une maison de la 33$^e$ Avenue et il a obéi au chantage. La seule chose qu'ils lui avaient demandée, c'était de transmettre les messages au Président... Je pense qu'il n'a rien d'autre à voir dans cette affaire.

— En tout cas, ça confirme le lien entre les messages et les photos, fit Lester.

— On dirait bien que vous avez gagné sur ce point, admit la directrice, en se tournant vers Kordell. Mais, je me demande... pour quelle raison voulaient-ils que le message se retrouve à l'Institut ?

— Une idée de Fry. C'est lui qui a choisi de passer par l'Institut avant d'en parler au Président. Pour vous mouiller et vous donner l'occasion de faire une gaffe... On dirait qu'il ne vous porte pas dans son cœur !

La directrice ignora la remarque et se contenta d'esquisser un sourire. Le temps des règlements de compte viendrait à son heure.

— À tout hasard, reprit Kordell, j'ai fait remplacer son garde du corps par un de mes hommes. C'est peut-être par lui qu'ils ont eu les tuyaux pour le faire chanter. Et, pour ce qui est de Fry, il va nous avertir sans délai dès la réception du moindre message. Par mesure de sécurité, j'ai fait mettre sa ligne sur écoute.

— Et le message ? demanda Lady.

Kordell lui tendit le papier. La directrice l'examina puis le passa à Lester.

*MONTREAL WAS FOR FUN. IT'S TIME TO GET SERIOUS, NOW. WASHINGTON, SAN FRANCISCO, NEW YORK, LOS ANGELES... YOUR CHOICE IS MINE.*

— À mon avis, tout est clair, fit Kordell. C'est une déclaration de guerre. Il faut avertir le Président.

— De quoi ? ironisa Lady. Que nous avons reçu trois bouts de papiers comme il en reçoit lui-même des centaines chaque mois ?

Elle caricaturait beaucoup et elle le savait. Le chantage contre le secrétaire à la Défense ainsi que ce qui se passait à Montréal, ce n'était pas simplement du *freak stuff* tel que celui auquel elle faisait référence. Mais, de voir l'autre s'imaginant déjà en train de mettre l'ensemble des troupes du pays en alerte... Les Russes s'en apercevaient aussitôt et répondaient par des mesures identiques, ce qui renforcerait la conviction du général et de tous ceux de son espèce que c'était bien un coup des « camarades ». Ils augmenteraient d'un cran les mesures dites préventives. Ce serait l'escalade...

— Vous savez très bien que c'est sérieux, répliqua Kordell.

— Admettons que ce le soit, concéda la directrice. On déclarerait la guerre contre qui, au juste ?

— Mais... les Russes !

— Avez-vous seulement un début de preuves ?

— Pour monter un chantage de ce genre contre Fry, ça ne peut pas être des amateurs.

— Non, mais les Russes ne sont pas les seuls à ne pas être des amateurs, que je sache... Écoutez, il se peut que ce soit une opération des « camarades », je veux bien l'admettre. Mais ça pourrait tout aussi bien en être une des Chinois ou des Arabes, pour nous faire croire que c'est les « camarades ». Ils ont tout à gagner à nous opposer. Vous voyez, c'est pour cela qu'il faut des preuves...

Lester intervint alors, pour alléger la tension.

— Si vous nous donniez les dernières informations en provenance de Montréal ? Quelque chose de nouveau ?

— Plutôt, oui.

Elle prit le temps de se servir un verre de porto avant d'en dire davantage. Lester l'imita. Kordell s'abstint : il croyait beaucoup à l'image de contrôle de lui-même qu'il devait afficher en tout temps.

— S'il faut en croire le dernier message que le maire a reçu, reprit finalement la directrice, il devrait se passer quelque chose d'important aujourd'hui. Ça coïncide d'ailleurs avec la prochaine date que nous avons.

Elle fit apparaître une copie du message sur l'écran mural.

Ils émirent alors les mêmes hypothèses que celles évoquées par Katie et parvinrent à la même conclusion : il était impossible de prévoir ce qui se passerait.

— On a également intercepté deux liaisons téléphoniques. Une nouvelle voix s'est ajoutée à notre collection.

Elle amena à l'écran une transcription du coup de fil que l'Obèse avait reçu ainsi que de celui qu'il avait donné. Les deux à Montréal.

— Les appels concernent une psychologue qui se serait introduite dans l'appartement d'un membre du groupe. L'interlocuteur de Paris a réclamé des mesures pour que ça ne se reproduise plus.

— Pas d'indication sur l'identité de la psychologue ? demanda Kordell.

— Non.

— Rien non plus sur le propriétaire de l'appartement ?

— Non plus.

— Les numéros de téléphone ? demanda Lester.

— Comme toujours, introuvables. Mais le premier appel nous a quand même permis d'apprendre quelque chose. Il a été porté au compte d'une carte de crédit.

— Une carte volée, je suppose.

— Pas exactement. Il s'agit d'une carte fantôme. Un numéro préactivé mais qui n'a pas d'utilisateur précis : elles sont conservées pour les besoins urgents de certaines organisations ou agences gouvernementales. Elles peuvent demeurer plusieurs mois sans être utilisées.

— Vous avez retrouvé l'organisation pour laquelle elle a été émise ?

— C'est là que les choses se compliquent. Suite à notre téléphone, Amex a constaté qu'une partie de leur fichier de référence avait été effacée : ils ont une centaine de cartes préactivées en circulation sans avoir la moindre idée de qui les détient.

— Qu'est-ce qu'ils vont faire ?

— Comme il peut s'agir de très gros clients, ils ne veulent pas courir le risque de les désactiver : ils préfèrent s'exposer à quelques pertes mineures.

— *Shit* !

— Il est clair qu'une organisation d'envergure est à l'œuvre à Montréal, reprit la directrice. Ils ont à leur disposition des moyens importants. Peut-être que vous avez raison et que ce sont effectivement les « camarades », ajouta-t-elle à l'endroit de Kordell. Si vous pouviez faire jouer vos contacts avec les autres services... Il faut absolument savoir ce qui se passe là-bas – je parle de Montréal – et surtout ce qui se prépare pour ici.

Après avoir repris son refrain traditionnel sur la négligence et l'amateurisme de la sécurité canadienne, Kordell promit de faire ce qu'il pourrait.

Lady n'en doutait pas : elle lui avait fait miroiter la possibilité d'un engagement des Russes – ce à quoi elle avait de la difficulté à croire malgré certains indices qui pointaient dans cette direction.

— Et votre agent ? demanda Lester.

— Il a mis certaines choses en place, répondit évasivement la directrice. Il prévoit obtenir des résultats concrets d'ici deux ou trois jours.

— D'ici deux ou trois nouvelles catastrophes, reprit ironiquement Kordell. Ce serait trop beau qu'il y soit impliqué. De près, j'entends.

— Un autre fait intéressant, poursuivit la directrice, sans s'occuper de la remarque, c'est l'intensification de la campagne de presse. Ils laissent entendre qu'il pourrait y avoir d'autres incidents et ils parlent d'une possible contamination.

— Où est-ce qu'ils ont pêché ça ? fit Kordell.

— Aucune fuite de notre côté. Tout a été vérifié. Les équipes d'analyse n'ont eu aucun contact avec l'extérieur et les seules autres personnes qui savent ce qui se passe sont le directeur de la SPCUM et son enquêteuse. Même le maire n'est pas au courant.

— Ils sont sûrs?

— Les deux locaux?

Kordell fit un signe de tête pour signifier que c'était bien d'eux qu'il parlait.

— Oui. Jusqu'à preuve du contraire, ils sont sûrs.

— Et Blunt?

— Vous n'allez pas recommencer!

Ils convinrent de se revoir le lendemain. Même heure, même endroit. Malgré le climat de crise, ils commençaient à avoir leurs habitudes.

Demeurée seule, la directrice songea à la réaction de Lester, identique à la sienne, lors de la description de la méthode utilisée pour transmettre les messages à Fry. C'était un recueil parfait des erreurs à éviter: utilisation du même procédé, du même messager, contact du messager au même endroit, utilisation inutile d'un intermédiaire... Du travail totalement salopé. Comment concilier autant d'amateurisme avec une opération qui semblait aussi importante?

Kordell, lui, n'avait évidemment rien vu. Son esprit raffiné ne devait rien percevoir en bas de vingt méga-tonnes.

## MONTRÉAL, 16 H 17

Katie avait marché une partie de l'après-midi. Pour réfléchir. Elle avait découvert plusieurs faits troublants, mais aucun indice ne lui permettait de relier Désiré à l'affaire en cours de façon certaine. Les recherches qu'elle avait demandé à Boyd d'effectuer n'avaient rien donné: Désiré Laterreur n'était fiché nulle part; aucune infraction, si mineure soit-elle, n'avait été retenue contre lui.

Peut-être s'agissait-il d'une fausse piste? Quand elle franchit les portes du café, elle était en avance. Comme d'habitude.

Blunt, pour sa part, avait eu une journée chargée. Il avait d'abord revu Blenny, puis il avait fait le tour de tous les endroits où celui-ci avait installé du matériel pour récupérer les enregistrements. Un simple bouton à pousser et, pourvu qu'il soit à moins de cinq cent mètres des appareils d'écoute, leur contenu était automatiquement transmis et enregistré dans son récepteur.

Lorsqu'il entra à son tour dans le café, son œil fut accroché par les tableaux qui couvraient les murs : des corps déformés, dans des tons de vert et de brun. Il ne s'en dégageait cependant aucune impression d'horreur ou de répulsion particulière, simplement celle d'une absence militante de talent.

— Si les clients se mettent à ressembler à ce qu'il y a sur les murs, dit-il en s'assoyant.

— J'ai l'air si basse que ça? ironisa Katie.

— Au contraire. Tu rends le reste supportable.

— Serait-ce une déclaration?

— Tu le sais, j'ai toujours eu un faible pour tout ce qui va par deux.

— Pas très original. Ça résume les fantasmes sexuels de la plupart des hommes !

La serveuse les interrompit.

Blunt prit un expresso avec du sucre. Katie prit le sien avec mauvaise conscience : c'était le troisième de la journée.

Elle lui raconta sa visite chez Désiré. Blunt se renfrogna en écoutant le récit de son entrée par effraction.

— Et si quelqu'un t'avait surprise ? fit-il, lorsqu'elle eut terminé. Imagine les titres des journaux... Une policière espionne les clients de sa sœur psychologue ! Les psychologues au service des policiers !...

— Je sais, je sais.... Changement de sujet, il semble que les effets du virus soient temporaires.

— Comment ça?

— La protéine qui annule le contrôle normal du cerveau est rapidement éliminée par l'organisme et elle n'est pas remplacée. Ça expliquerait pourquoi les victimes ont repris par la suite le contrôle sur elles-mêmes et qu'elles n'aient pas eu de rechute.

— Et elles sont encore porteuses du virus ?

— Oui.

— Vous allez les isoler ?

— Impossible, à moins de tout rendre public.

— S'ils sont contagieux...

— Peu probable, qu'ils disent. Ce ne serait pas aussi localisé... Mais ils pensent qu'il pourrait y avoir d'autres porteurs non déclarés.

— On va se retrouver avec de véritables bombes qui se promènent à travers la ville.

— Toujours optimiste !

— Je ne suis pas fâché que les deux ravageuses soient reparties à Ottawa.

— Pauvre toi, qu'est-ce que tu vas faire de ton temps ?

— Me reposer. Officiellement, j'ai encore deux semaines de vacances.

— Si je te proposais de travailler avec moi ? De m'aider dans mon enquête ?

Blunt fut quelques secondes sans pouvoir répondre. Il n'aurait pas pu imaginer lui-même meilleur arrangement. Il serait en position idéale pour lui transmettre ce qui viendrait de New York et accélérer ses démarches. Mais l'invitation l'intriguait.

Voyant qu'il ne répondait pas, Katie reprit :

— Les salaires étant ce qu'ils sont, ce serait évidemment juste pour le plaisir.

— Juste pour le plaisir, reprit-il. Ce sera tout à fait suffisant.

À côté d'eux, un groupe de Français parlaient depuis une demi-heure de leur visite sur une véritable réserve d'autochtones. C'était «tellement vrai, tellement typique». Pas comme Montréal ou Québec, qui étaient seulement des villes américaines comme les autres. Il y avait de «vrais» Indiens ! Avec de «vraies» plumes !

Katie les interrompit pour leur signaler qu'il y avait une autre réserve, encore plus typique, celle-là. Plus ancienne. On y marchait littéralement dans la préhistoire.

— Ah oui ? s'empressa de répondre un des Français, visiblement aussi intéressé par elle que par l'éventuelle réserve. À quel endroit est située cette petite merveille ?

— Saint-Pierre-et-Miquelon. Il paraît qu'ils ont encore de véritables Français, là-bas. Comme on voit dans les anciens films. Avec des neurones en forme d'hexagones.

Cela mit instantanément fin à la discussion.

— M'énerve, m'énerve ! fit Katie, en réponse au regard interrogateur de Blunt.

— C'est comme le mal de tête, fit doucement ce dernier, avec un sourire retenu.

— Je sais, je sais... ça va finir par passer.

Katie n'était pas exactement fière d'elle. D'abord sa décision impulsive d'offrir à Blunt de travailler avec elle, alors qu'elle le soupçonnait la veille encore de couler des informations à d'autres journalistes. Puis son éclat d'impatience.

C'était de vacances qu'elle aurait eu besoin. Pas de cette affaire loufoque qui semblait vouloir prendre des proportions monstrueuses.

— Tu sais, fit-elle, tu peux me le dire, si c'est toi qui as passé les informations... Je ne te mangerai pas.

— Tu penses sérieusement que ça vient de moi ?

— Je ne sais pas...

— Et tu veux qu'on travaille ensemble ?

— On dirait que le monde est en train de devenir complètement cinglé ! Laterreur qui transforme son appartement en entrepôt, comme s'il se préparait à une guerre nucléaire ! Les débiles que Cathy observe à travers son télescope ! Cette affaire complètement folle...

—... et les Français, ajouta Blunt, à la blague.

Leur conversation fut interrompue par une des serveuses qui monta le volume du poste de télé.

« ... *MOMENTANÉMENT NOS ÉMISSIONS POUR CE REPORTAGE SPÉCIAL, EN DIRECT DU STADE OLYMPIQUE.* »

— Je pense qu'on va avoir notre réponse, fit Blunt.

— Qu'est-ce que tu veux dire?

— La nouvelle étape dans l'escalade.

> « ... À LA FIN DE LA QUATRIÈME MANCHE, UNE BAGARRE A ÉCLATÉ DANS LES GRADINS SITUÉS AU-DESSUS DU BANC DES VISITEURS. L'ALTERCATION S'EST RAPIDEMENT ÉTENDUE ET DES SPECTATEURS ONT MÊME SAUTÉ LA CLÔTURE POUR S'EN PRENDRE AUX JOUEURS DE L'ÉQUIPE DES BRAVES.
> LES FORCES DE L'ORDRE ONT MIS PLUS DE VINGT MINUTES À MAÎTRISER LA SITUATION. LE BILAN PROVISOIRE EST DE TROIS MORTS ET DE DIX-SEPT BLESSÉS. PLUSIEURS DES VICTIMES FAISAIENT PARTIE D'UNE DÉLÉGATION DES ÉTATS-UNIS VENUE ENCOURAGER LEUR ÉQUIPE. REJOINT À SON BUREAU, LE CONSUL AMÉRICAIN À MONTRÉAL N'A PAS VOULU COMMENTER LES INCIDENTS AVANT D'AVOIR PRIS CONNAISSANCE DE TOUS LES FAITS. CERTAINS JOUEURS DE L'ÉQUIPE VISITEUSE AYANT ÉTÉ BLESSÉS, LA PARTIE A ÉTÉ SUSPENDUE ET LES AUTORITÉS DE LA LIGUE SERONT APPELÉES À STATUER SUR... »

— Tu penses que c'était ça? demanda Katie.

Mais ce n'était pas vraiment une question. Blunt acquiesça d'un hochement de tête.

— Toujours pas d'indices sur l'origine des messages? demanda-t-il.

— Non. Toujours un texte photocopié, avec la même écriture anguleuse, les mêmes mots séparés les uns des autres, comme si on les avait découpés pour faire un montage... J'ai une vague impression qu'elle me rappelle quelque chose... mais je ne sais pas quoi.

— Vous n'avez pas de banques d'écritures avec lesquelles vous pouvez comparer?

— Ça n'a rien donné.

— Du côté des groupes terroristes?

— Rien non plus.

Blunt lui demanda alors de tout reprendre avec elle depuis le début.

Ils aboutirent à la conclusion que le seul fil conducteur demeurait la santé, l'exercice physique et, par extension, le sport. Mais, comme le souligna Katie, ça n'expliquait toujours pas l'émeute de Parthenais ni le cas de l'employé de la construction...

— On devrait oublier ça pour ce soir, lança subitement Blunt.

— Tu as quelque chose de mieux à proposer ?

— Le restaurant. Puis le théâtre... Ou plutôt, dans l'ordre inverse.

— Je pensais que tu voulais te reposer ?

— Ce n'est pas obligatoirement fatigant.

— Il faut que je passe voir le super à 18 heures. Si tu veux, on peut se rejoindre vers 19 h 30.

— Parfait. Rendez-vous ici ?

— Qu'est-ce que tu veux aller voir ?

— La pièce de Robert Lepage.

— Bon, d'accord pour 19 h 30. Mais je t'avertis, je n'ai pas le temps de passer me changer... *What you see is what you get*, ajouta-t-elle, en lui montrant le macaron qu'elle portait.

— Je n'aurai aucune difficulté à m'en contenter.

## 17 h 14

Les quatre journalistes étaient réunis à une table du Petit Moulinsart, isolés dans un coin du bar.

À part le fait que Celik et Laplante avaient été convoqués par le directeur, il n'y avait rien de nouveau. Boyd leur avait demandé à quoi ils jouaient et il les avait vaguement menacés de poursuites, mais il ne semblait pas avoir l'intention de mettre sa menace à exécution.

Personne n'avait reçu de message de l'informateur anonyme. C'était pourtant aujourd'hui qu'il devait se passer quelque chose, s'il fallait en croire les dates qui avaient été communiquées.

C'est à ce moment que la nouvelle de l'émeute les rejoignit.

Le reste de la réunion fut très rapide. Ils convinrent que la situation était plus grave qu'ils ne le pensaient : il fallait qu'ils se rencontrent pour en discuter dans un endroit plus discret. Le lieu choisi fut le domicile de Laplante. Ils s'y rendraient en fin de soirée.

Lorsqu'ils se quittèrent, chacun entraîna dans son sillage l'ange gardien dont il avait hérité depuis le milieu de la journée.

## 19 H 12

— Vous avez reçu mon enveloppe?

— Je l'ai reçue.

— Comme vous voyez, je tiens mes promesses.

— Qui me dit que vous ne sortirez pas les originaux?

— Quel intérêt aurais-je à le faire?... Mais, dites-moi, où en sont les analyses?

— Ils pensent qu'il s'agit d'un virus.

— Je suppose qu'ils n'ont pas encore réussi à l'identifier.

— Ils y travaillent.

— Et l'enquête?

— Ça piétine. La seule hypothèse est le lien avec la santé. Mais c'est difficile de voir où ça mène.

— Rien d'autre qui mérite d'être signalé?

— Rien.

— Parfait. Je vous rappelle bientôt.

Lubbock raccrocha sans laisser à son informateur le temps de répondre.

Tout se déroulait comme prévu. Il ne prévoyait aucun problème important. Mais il valait quand même mieux être renseigné au fur et à mesure sur les activités de la partie adverse. Dans son métier, il n'y avait pas de précautions inutiles.

Il ouvrit son petit calepin noir, passa en revue les éléments qu'il avait rayés et s'attarda sur la dernière entrée qu'il avait inscrite dans la colonne réservée aux imprévus, quelques heures plus tôt. Un mot de trois lettres: Psy.

Ce contretemps serait réglé dans la soirée.

**19 H 29**

Katie se dépêchait pour ne pas être en retard. Elle prit subitement conscience de la présence de Blunt derrière elle, sur le trottoir.

— Tu me suivais?

— C'est plus fort que moi. De vieux fantasmes, comme dirait Cathy.

— Il va falloir que tu te décides à soigner ça.

— Parfois, le remède est dans la maladie.

— Faim?

— Pas tellement. Ça peut attendre après le spectacle. Mais toi?... Si tu préfères, on peut laisser tomber le théâtre et aller simplement au restaurant?

— Non, non. Ça va me faire du bien de me changer les idées.

Ils décidèrent d'y aller à pied. Blunt jeta un coup d'œil à son nouveau macaron: I'M BACK BY POPULAR DEMAND.

— Avoir su qu'il suffisait de demander pour recevoir, fit-il.

— Ça dépend de ce qui est offert en échange.

— Traduction?

— On verra ça tout à l'heure.

Tout en marchant, Katie l'informa de ce que Boyd lui avait appris.

Peu de chose, à vrai dire. Il était trop tôt pour connaître les résultats des analyses auxquelles étaient soumis les participants de l'émeute du stade. Par contre, il y avait un fait encourageant: quatre des journalistes qui couvraient l'affaire avaient tenu une réunion à 17 heures au Moulinsart; ils prévoyaient se rencontrer à nouveau en fin de soirée.

— Leur conversation a été enregistrée, fit-elle. Tu sembles hors de cause. Ils ont leur propre source.

— Tu pensais vraiment que ça pouvait être moi?

Katie ignora la question.

— Ils avaient une information que tu n'aurais jamais pu leur fournir, dit-elle. Moi-même, je l'ignorais.

— Ah oui?

— Ils savaient qu'il se passerait quelque chose aujourd'hui. Celik ou l'un des autres semble avoir obtenu la date des deux prochains attentats. De celui d'aujourd'hui et du prochain, je veux dire.

Ils firent un bout de chemin en silence. Ce fut Katie qui reprit.

— Qu'est-ce que tu en penses, qu'ils se regroupent pour partager les informations ?

— Curieux, fit Blunt. Des échanges, ça arrive. Mais travailler à quatre... Ils doivent se dire que c'est dangereux et ils veulent se couvrir.

— Tu penses qu'ils le savent, qu'ils sont manipulés ?

— Sûr. C'est la règle du jeu. Tout le monde qui fournit des informations à un journaliste le fait dans un but. S'ils avaient l'impression de ne pas pouvoir les manipuler, ils ne leur diraient rien.

— Tu as une idée de qui ça peut être ?

— Si tu es certaine que ce ne sont pas les experts américains, ni Boyd, ni toi... Il ne reste pas beaucoup de possibilités.

— Tu te rends compte de ce que ça signifie ?

— Oui. Ça veut dire que je vais avoir une histoire encore meilleure que je pensais.

— C'est une façon de voir, répliqua Katie sur un ton sec.

— Inutile de demander si vous allez enregistrer la prochaine réunion de la bande des quatre.

— Penses-tu qu'ils nous aideraient à identifier leur informateur ?

— Je n'ai pas l'impression que ça va être facile. Ils vont s'accrocher à l'espoir d'un super scoop. D'un scandale à la Watergate.

— Pour ce qui est des encouragements, tu te maintiens !

— Il faudrait forcer ceux qui sont derrière les attentats à se compromettre. Si seulement on savait ce qu'ils veulent.

Katie le regarda avec un curieux d'air.

— Comment est-ce que tu fais pour être aussi à l'aise ? dit-elle finalement. On dirait que tu as trempé toute ta vie dans cette atmosphère d'intrigues et de calculs.

— Peut-être à cause de tous les romans que j'ai lus. Ou du go...

Blunt considérait la phase de *fuseki* terminée. Le *chuban* s'engageait. L'adversaire semblait orienter ses efforts vers l'obtention d'une victoire locale : tous ses coups étaient concentrés sur le territoire de Montréal. S'il continuait de concentrer ses efforts dans cette région, son objectif deviendrait bientôt évident. De même que son style. Il serait davantage prévisible. D'un point de vue stratégique, cela pouvait lui être fatal. Surtout si son plan avait l'envergure que Blunt croyait... À moins que l'autre joueur n'ait déjà effectué de nouveaux mouvements ailleurs et que lui, Blunt, n'en ait pas encore eu connaissance. Il faudrait qu'il en discute avec Lady.

Il n'y avait cependant pas urgence. Blunt estimait qu'il serait en meilleure position pour agir, lorsque l'adversaire se serait davantage compromis. Une des principales différences entre un bon joueur et un joueur médiocre consistait justement à ne pas presser trop rapidement un groupe adverse, à ne pas séparer l'encerclement d'une position de la stratégie globale d'occupation du territoire.

Ce qu'il fallait, c'était un coup qui force l'autre à s'exposer davantage sans qu'il puisse deviner la provenance de l'attaque. Ou mieux, sans qu'il perçoive le coup comme une attaque de la part des autorités.

— En ce qui concerne les journalistes, dit-il, je ne ferais rien pour l'instant. Je veux dire, rien dont ils s'aperçoivent. Ils risquent de nous renseigner davantage s'ils sentent qu'ils ont les coudées franches.

— Je doute que le super soit d'accord...

— Il faut poser le plus de pierres possible sans que l'adversaire s'en rende compte. Jusqu'à présent, c'est lui qui a conservé l'initiative. Tous nos coups ont été dictés par les siens. Nous ne faisons que répondre. Ce qui serait important, ce serait de le mettre sur la défensive. Et la seule partie du territoire où nous pouvons l'atteindre, c'est le domaine des médias. Comme il semble vouloir s'en servir pour augmenter la pression...

— Tu ne voudrais quand même pas qu'on impose un black-out total sur le sujet?

— Au contraire.

— Je ne comprends pas.

— Si on censure l'information, il va savoir d'où vient le coup. Il va prendre des moyens pour nous contrer... En même temps, ça va le renseigner sur le fait qu'on commence à se sentir plus vulnérable.

— Qu'est-ce que tu proposes?

— Il faut le forcer à réagir... Mais je ne sais pas si tu vas apprécier.

— Dis toujours.

— Pourquoi ne pas lancer nous-mêmes de fausses rumeurs qui contrarieraient ses projets?

— Nous... lancer de fausses rumeurs?

— On pourrait attribuer les attentats à un groupe quelconque. Pourquoi pas la mafia, tant qu'à faire? Une tentative pour prendre en main tout le commerce de la santé: Nautilus, aliments naturels, sports... Ça éliminerait complètement la menace de panique liée à la contamination et ça fournirait des coupables à l'opinion publique. Ça pourrait même justifier par la suite l'interdiction de parler de tout nouvel attentat dans les médias – ce qui permettrait de neutraliser les journalistes. Le super devrait trouver ça de son goût, non?

— Tu te rends compte de ce que tu proposes?

— Tu me demandais ce que je pensais... Je pense qu'une stratégie de contre-feu est indiquée.

— Et c'est en jouant au go qu'on développe ce genre d'idées?

— En jouant au go, on développe tous les genres d'idées. En fait, on développe une attitude générale. Les idées, ça vient après.

— Et tu veux que je vende ça au super?

— Pas nécessairement. On peut très bien s'en occuper nous-mêmes. Pour l'instant...

— Tu es sérieux?

— Tu m'as offert de participer, je participe.

— Ce n'est pas exactement le genre de participation auquel je pensais. Tu me donnes jusqu'au restaurant pour réfléchir?

— L'idéal, ce serait de rejoindre les journalistes assez tôt, pour qu'ils soient capables de sortir la nouvelle demain matin.

— Pour appliquer ton plan jusqu'au bout, il va quand même falloir la collaboration du super.

— Si l'information est déjà dans les journaux, ce sera plus facile. Tu auras seulement à lui dire que ça t'a donné une idée.

Elle lui jeta un long regard chargé de perplexité.

— Ça pourrait probablement marcher, fit-elle après un moment.

Puis, après une nouvelle pause, elle ajouta:

— Je trouve ça quand même... malsain. Toujours manipuler, comme ça...

— Tu peux être certaine qu'il y a quelqu'un qui calcule tout de la même manière, de l'autre côté. En fait, il y a toutes les chances pour qu'il calcule mieux. Après tout, lui, ce doit être un professionnel.

— Toujours ton approche positive!

— Notre seul avantage, c'est qu'il ne sait pas que nous devinons une partie de son jeu. Il faut qu'il continue de se penser seul à jouer.

Au moment d'arriver au théâtre, ils firent une trêve. Plus un mot sur l'enquête avant le restaurant.

Pourtant, à l'entracte, Blunt avait obtenu l'accord de Katie.

Il sortit du théâtre, repéra une cabine téléphonique et réussit à rejoindre Laplante au journal.

— Une autre information, dit-il. Je connais les responsables.

— Vous avez des preuves? demanda simplement le journaliste, qui avait reconnu la voix étouffée.

— Qu'est-ce que vous pensez de l'idée suivante?...
La mafia décide de mettre la main sur un nouveau secteur:

l'industrie de la santé. Elle en profite en même temps pour consolider son emprise sur le sport professionnel avec l'incident du stade. En prime, elle s'offre l'émeute de Parthenais, provoquant une levée de boucliers en faveur des droits des détenus. Ils sortent gagnants sur toute la ligne !... Qu'est-ce que vous dites de ça ?

— Vous avez des preuves ? répéta Laplante.

— Si j'avais des preuves, je ne serais pas assez fou pour vous les donner. Je tiens à ma peau... Mais je peux vous donner un indice. Lors de la réunion que vous avez tenue, au Moulinsart, il y avait un micro. Vous pourrez toujours leur dire ça, lorsque vous rencontrerez les autres, tout à l'heure... Vous voyez, je joue franc-jeu ! Et quand l'affaire sera terminée, vous aurez une entrevue exclusive avec un membre du milieu. Moi, en l'occurrence. Il me reste quelques comptes à régler. Si vous avez les moyens de vous défendre, je vous refilerai des tuyaux sur une ou deux affaires qui n'ont pas été élucidées... Que diriez-vous, par exemple, d'inscrire un éminent constitutionnaliste à votre tableau de chasse ?

Ça, c'était une stratégie qu'il avait apprise de Plimpton. En plus de se construire un mobile plausible pour ses révélations, histoire de leur donner de la crédibilité, il offrait à son interlocuteur un appât supplémentaire.

— Qui me dit que ce n'est justement pas une histoire inventée pour régler des comptes ? objecta le journaliste.

— Croyez-vous que la série d'attentats est quelque chose que j'ai inventé ? Croyez-vous que le prochain, dont vous avez d'ailleurs la date, est une chose que j'ai inventée ? Avez-vous seulement le début d'une autre explication ?

— Les rumeurs d'épidémie, de contamination...

— Bien sûr, le fameux virus qui rend fou ! Mais juste certaines personnes et seulement à des moments précis...

L'autre ne répondit pas. Blunt l'avait visiblement ébranlé.

— Je vous rappellerai demain, fit-il. Après avoir lu le journal. Si vous décidez de donner suite à notre collaboration, bien entendu.

— Je vous préviens...

Blunt raccrocha.

Compte tenu des coups précédents de l'adversaire, il y avait tout à parier que son prochain mouvement viserait à renforcer la thèse de la contamination biologique. Et, s'il ne le faisait pas, il pourrait toujours le faire à sa place.

Après le théâtre, Katie et Blunt se retrouvèrent au Chao Praya sur la rue Laurier, près de Saint-Laurent. Ils commandèrent un numéro 79 et un numéro 81. Blunt lui fit ensuite un compte rendu épuré du coup de fil qu'il avait donné à Laplante et ils discutèrent de la meilleure façon d'aborder Boyd.

— À la santé de notre honorable adversaire, fit brusquement Blunt, en levant son verre de vin.

Katie le regarda, étonnée.

— Il ne faut jamais sous-estimer son adversaire, reprit-il en guise d'explication. Les cimetières sont pleins de guerriers aux idées généreuses qui croyaient que les méchants étaient forcément stupides.

— En tout cas, j'aimerais bien mettre un visage sur ce mystérieux adver...

— Regarde-moi, une minute, l'interrompit Blunt.

— L'inspection est satisfaisante ? demanda-t-elle sur un ton moqueur, au bout d'un moment.

— L'espace d'une seconde, j'ai eu l'impression que c'était Cathy.

— Ça me rassure. Ces derniers temps, je trouvais que tu devenais un peu trop infaillible.

— Il est presque minuit. Je te reconduis ?

— Je vais prendre un taxi. En arrivant, il faut que je téléphone pour avoir le rapport de la rencontre entre les journalistes, chez Laplante.

— D'accord. Et n'oublie pas : pour nous deux, pas un mot au super. S'il savait que je travaille avec toi...

— Je suis une tombe, promit Katie.

— C'est à donner le goût de se faire enterrer.

— Méfie-toi, c'est le genre d'expérience qui a tendance à durer un certain temps, à ce qu'on dit.

— J'amènerai des provisions.

Lorsqu'elle l'embrassa, avant de partir, elle fut presque obligée de le tirer pour qu'il se penche vers elle.

— Tu es gêné ou tu penses que je suis contagieuse ? fit-elle, après l'avoir gratifié d'un baiser nettement plus marqué qu'une accolade amicale.

— Probablement les deux, répondit Blunt, avec un rire embarrassé.

Il n'était pas fâché de se retrouver seul. Il avait encore quelques dispositions à prendre, qu'il aurait eu du mal à lui expliquer. D'avoir associé Katie à la partie « journaliste » de l'affaire allait lui simplifier la vie, mais il y avait d'autres aspects dont il n'était pas question qu'il lui parle. Du moins pour l'instant.

Entre autres, il fallait qu'il contacte New York. D'abord pour faire son rapport, mais aussi pour vérifier si l'adversaire avait posé de nouvelles pierres dans ce territoire, comme il le soupçonnait.

# JOUR 7

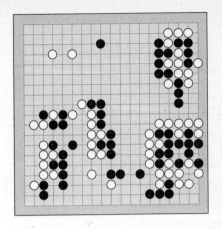

L'objectif du moindre coup doit être la conquête d'un territoire. Dès que l'objectif est atteint, il faut jouer dans un autre secteur du goban pour conserver l'initiative (**sente**).

Jouer un coup dans un territoire déjà consolidé a pour effet de céder l'initiative à l'adversaire et de se mettre en position passive (**gote**), où il faut se défendre en répondant aux attaques de l'adversaire.

Provoquer un affrontement direct rapide est presque toujours nuisible ; une attaque précipitée ne sert qu'à consolider le territoire adverse.

## MONTRÉAL, 0 H 04

L'homme héla un taxi et se fit conduire en face d'un restaurant, à deux cent soixante-sept mètres de son objectif. Il avait enfin l'occasion de poser un geste pour la cause.

Il jeta un dernier regard à la photo ainsi qu'à l'adresse inscrite au verso, puis il la mit dans sa poche. Avec son embonpoint, il y avait des années qu'il n'avait pas effectué une aussi longue marche. Mais les circonstances étaient exceptionnelles. Il devait se montrer à la hauteur de sa mission.

On lui avait demandé de garder le plus grand secret sur ses activités.

Il ne pouvait empêcher l'émotion de l'étreindre : son geste allait amorcer la longue reconquête de sa dignité. Et pas seulement la sienne propre : celle de tous les autres aussi était en jeu, celle de tous ceux qui, ostracisés comme lui sous le nom d'obèses, représentaient pourtant la majorité de la population.

Avant d'entrer dans l'immeuble, il vérifia à nouveau l'adresse au revers de la photo. Encore une de ces filles monstrueusement minces qui devait passer tous ses loisirs dans les instituts de beauté, les salons de bronzage et les clubs sportifs. Son archétype proliférait à la télévision. Lui-même n'était pas insensible à son charme et il y vit une preuve supplémentaire de l'urgence de son action.

Personne n'était à l'abri de leur propagande, songea-t-il : elle s'infiltrait dans l'inconscient de chacun, imposait des formes précises aux fantasmes les plus secrets, suscitait la culpabilité pour la moindre dérogation.

Les canons de l'acceptabilité physique étaient impitoyables. Pas moyen d'avoir un seul kilo en trop sans mauvaise conscience. Et la mauvaise conscience croissait de façon géométrique par rapport à l'embonpoint.

Le Maître avait raison : la graisse aussi peut être belle. Une orange est-elle moins désirable parce que sa peau ressemble à de la cellulite ? Des ris de veau sont-ils moins appétissants parce qu'ils manquent de fermeté ?... Les paroles du Maître lui revenaient sans difficulté à la mémoire. Il les avait lues si souvent. Combien de fois n'avait-il pas médité le recueil d'aphorismes qui était le livre de base de la Société ?

Personnellement, il n'avait jamais rencontré le Maître. Presque personne, d'ailleurs, ne l'avait rencontré. Aucune photo ne circulait de lui. Le Maître refusait le culte de la personnalité. Le seul idéal acceptable, à ses yeux, était la libération du corps humain. De tous les corps humains. Quelles que soient leurs formes. Aussi, c'était la photo d'un corps qui avait servi de symbole au groupe. Un corps obèse, dont le visage était caché et dont la photo révélait toute la majestueuse profusion. Certains prétendaient qu'il s'agissait du corps du Maître. Mais ce n'étaient que des rumeurs.

Quoi qu'il en soit, l'objectif, lui, était clair. Et cet objectif, il allait contribuer à sa réalisation.

Il prit une grande respiration et poussa la porte du hall d'entrée. Parvenu au neuvième étage, il sortit de l'ascenseur et inspecta le corridor.

Personne.

Il vérifia une dernière fois le numéro indiqué à l'arrière de la photo, repéra la porte qui y correspondait et sonna.

— Tu as encore oublié tes clés ! fit la jeune femme qui ouvrit la porte, sur un ton moqueur....

En apercevant le petit homme rond et joufflu qui se tenait devant elle, son expression se figea un instant, puis un sourire amusé revint sur son visage, nuancé d'un peu d'embarras.

— Je croyais que c'était quelqu'un d'autre... Je peux faire quelque chose pour vous ?

L'homme fut presque décontenancé par la gentillesse qui se dégageait de la jeune femme. Elle ne devait en être que plus dangereuse, se dit-il.

— Excusez-moi de vous déranger à cette heure, mademoiselle, mais je crois que vous avez perdu quelque chose.

Il fouilla maladroitement dans sa poche et en sortit une petite boîte noire.

— Je ne pense pas que ce soit à moi, fit la jeune femme, étonnée.

— À l'intérieur, insista le gros homme. Regardez.

Il avait l'air si maladroit et il semblait s'être donné tant de mal, elle pouvait au moins accepter de regarder, se dit la jeune femme.

Lorsque Cathy ouvrit la boîte, un faible bruit d'éclatement se fit entendre, comme si l'ouverture avait crevé un ballon faiblement gonflé. Un nuage de gaz incolore les enveloppa aussitôt. Ils s'écroulèrent tous les deux sur le sol.

Malgré ce qu'on lui avait dit, l'homme ne fut aucunement protégé contre les effets du gaz. Les filtres qu'il avait eu tant de peine à s'insérer dans le nez ne lui furent d'aucun secours. Il s'écroula aussi rapidement que sa victime, se demandant ce qui n'avait pas fonctionné.

Sa dernière pensée fut marquée par le regret : il ne pourrait pas s'acquitter de sa mission. Les précieux documents qu'il devait récupérer lui échapperaient. Sans doute les ennemis en profiteraient-ils pour les faire disparaître, peut-être pour les détruire, comme tout ce qui était contraire aux croyances dominantes.

Quelques minutes plus tard, Lubbock entrait dans la pièce, refermait la porte derrière lui et entreprenait de fouiller l'appartement.

Énervé par le bavardage du perroquet, il lui cria de la fermer.

« La ferme, sale bête ! », se mit à répéter le volatile.

L'homme résista à l'envie de lui tordre le cou et poursuivit ses recherches. Lorsqu'il eut découvert le classeur où étaient rangés les dossiers qui l'intéressaient, il alla directement à la lettre L, en sélectionna un et le mit dans son porte-documents.

Il se dépêcha ensuite de refermer le classeur, jeta un dernier coup d'œil aux deux corps étendus dans l'entrée et décida de ne pas les déplacer : cela ne ferait qu'ajouter au mystère.

Après avoir refermé la porte derrière lui, il enleva ses gants et appuya sur le bouton de l'ascenseur avec le coin de son porte-documents.

Il sourit intérieurement de l'histoire qu'il avait racontée à son opérateur. Des scientifiques avaient découvert qu'un fort pourcentage de graisse permettait un meilleur équilibre général de la santé, lui avait-il dit. On avait même identifié une substance contenue dans la graisse qui contribuait à assurer un meilleur équilibre cérébral. D'où l'air souvent plus épanoui et plus heureux des obèses.

C'était contraire à toutes les croyances établies. Et c'était pourquoi des gens essayaient d'étouffer le rapport. Heureusement, l'organisation verrait à ce qu'il soit publié.

Une serveuse qui rentrait de travailler croisa Lubbock à la sortie de l'immeuble ; elle fut impressionnée par son élégance, ses tempes grises ainsi que la prestance de sa démarche. Il rayonnait littéralement. Assurément un homme d'affaires à l'aise dans sa peau et gâté par le succès. Pas de chance qu'elle puisse rencontrer ce genre de client au café où elle travaillait. Ça faisait plus de trois ans que son mari était décédé. Il faudrait bien qu'elle s'occupe de se trouver quelqu'un.

## 1 h 38

— Horace ?
— Oui...
— Cathy. Il faut que tu viennes tout de suite.
— N'essaie pas, je t'ai reconnue...

— Vite. C'est sérieux.

Le ton, lui, ne trompait pas. Complètement bouleversé.

— D'accord, j'arrive.

Blunt ferma son terminal en vitesse, vérifia qu'aucune note compromettante ne traînait dans le bureau et prit un taxi.

Cathy l'attendait dans l'entrée de l'immeuble. En le voyant arriver, elle sortit et se jeta dans ses bras.

— C'est horrible, fit-elle. Horrible...

— Qu'est-ce qui est horrible ?

— Katie. Elle est...

— Elle est...

— Oui.

Ils restèrent immobiles quelques secondes, debout sur le trottoir, la tête de Cathy enfouie dans l'épaule de Blunt. Un passant les gratifia d'un sourire complice.

Serrés l'un contre l'autre, ils se taisaient. Pendant que Cathy essayait de maîtriser le mieux possible ses sanglots, l'esprit de Blunt était en ébullition : une partie de son cerveau ne pouvait s'empêcher d'analyser et d'échafauder froidement des hypothèses sur les implications des nouveaux événements, tandis qu'une autre se torturait pour avoir impliqué Katie dans cette affaire. En faisant en sorte que Boyd lui confie la coordination de l'enquête, il avait indirectement provoqué sa mort...

Cathy fit un geste pour l'entraîner à l'intérieur de l'immeuble.

— Maintenant ça va, dit-elle, sur un ton qui se voulait résolu.

À l'intérieur de l'appartement, les deux corps n'avaient pas été déplacés : Cathy avait immédiatement téléphoné à Blunt dès qu'elle les avait aperçus.

— Tu le connais ? demanda-t-il, en désignant l'homme.

— Jamais vu.

— Tu as touché à quelque chose ?

— Rien... Elle était avec toi, ce soir ?

— On s'est quittés un peu avant minuit.

— Tu penses que c'est à cause de son enquête ?

— Elle t'en avait parlé ?

— Oui.

— La dernière fois que tu l'as vue, est-ce qu'elle avait l'air inquiète ?

— Préoccupée, mais pas inquiète. Depuis quelques jours, elle était même de meilleure humeur... Tu la voyais assez souvent, ces temps-ci, si j'ai bien compris...

— Elle m'avait demandé de travailler avec elle sur l'affaire, se dépêcha de préciser Blunt.

— J'avais cru...

Elle n'acheva pas sa phrase.

À bien y penser, lui aussi avait cru. Il devait l'admettre. C'était curieux que ce soit précisément à ce moment-là qu'il ait commencé à les confondre.

À l'autre bout de la pièce, le perroquet se mit à crier : « La ferme, sale bête ! »

— Tu as prévenu la police ? demanda Blunt.

— Non. Je t'ai téléphoné puis je suis descendue t'attendre. Tu sais la première chose à laquelle j'ai pensé en la voyant ?... Que ça aurait pu être moi.

— Qu'on aurait pu te prendre pour elle ?

— Ou qu'il s'est trompé. Que c'était moi qu'il visait.

— Qui, il ?

— Un patient. Ça arrive, tu sais.

Blunt essayait de ne rien laisser paraître, mais une partie de son cerveau continuait de travailler sur une voie parallèle, analysant la situation globale.

Un de ses principaux territoires prospectifs menaçait de s'écrouler. Il aurait dû prévoir cette possibilité et faire protéger la jeune femme... Et il n'y avait même pas moyen de savoir si le coup était vraiment lié à la partie, ou s'il s'agissait d'une interférence extérieure !

À la différence du go, les parties qui se jouaient dans la vie réelle ne pouvaient jamais être complètement à l'abri des interventions externes. Mais Blunt était peu enclin à croire aux coïncidences. Dans son métier, cela arrivait rarement. Surtout qu'il semblait y avoir eu double meurtre. Le problème était maintenant de trouver une façon efficace de poursuivre le développement de son jeu. Et, pour cela, il devait évaluer correctement de quelle manière réagirait Cathy.

Jusqu'à maintenant, l'état de choc lui avait permis de fonctionner presque normalement. Combien de temps cela allait-il durer ? Dans certains cas, c'était une simple question de minutes avant que la personne s'effondre. Dans d'autres, le temps se mesurait en années.

Autant en faire le plus possible pendant qu'elle avait l'air de tenir le coup.

— As-tu vérifié s'il manque quelque chose dans l'appartement ? demanda-t-il.

— Non.

— Tu penses que tu pourrais refaire le tour avec moi ?

— Si ça peut aider à trouver un indice.

— Juste quelques minutes. Ensuite, tu appelles Boyd. Je suis certain qu'il va tenir à ce que tout se passe le plus discrètement possible.

Ils entreprirent l'examen du loft, en prenant soin de ne rien déranger et de toucher le moins de choses possible. Tout semblait en place. Aucune trace de lutte ni d'effraction.

Ils se concentrèrent ensuite sur les appartements privés de Katie. Là aussi, tout semblait intact. Les informations concernant l'affaire en cours n'avaient pas été touchées. Elles étaient dans une chemise cartonnée, sur la grande table de la pièce commune.

Ils inspectèrent finalement les appartements de Cathy. Il n'y avait aucune trace d'effraction.

— Les dossiers, fit tout à coup Cathy.

Elle montra à Blunt un tiroir du classeur qui était ouvert de quelques centimètres.

— Le tiroir est défectueux, expliqua-t-elle. Si on ne fait pas attention, il ferme mal et rouvre tout seul.

— Tu penses que quelqu'un a fouillé dans les dossiers ?

— Katie... Katie était très intéressée par un de mes patients, réussit-elle à dire, après un effort pour se contrôler.

Blunt ne dit rien. Mais Cathy saisit la question muette dans son regard. En principe, les dossiers sont confidentiels.

— Tu sais comment c'était entre nous deux, fit-elle. Je lui parlais de mes cas les plus intéressants et elle me parlait de ses enquêtes.

— Au point d'aller fouiller elle-même dans tes dossiers ?

— Ça, j'avoue que ça me surprend. Attends que je vérifie quelque chose...

Elle feuilleta rapidement les dossiers et s'arrêta au bout de quelques secondes.

— Il en manque un, dit-elle. Justement le patient qui l'intéressait. Désiré Laterreur.

— Elle l'a peut-être pris pour le lire ?

— Le dossier complet a disparu. Y compris le carton du classeur.

Ils inspectèrent à nouveau l'appartement. En vain. Le dossier avait bel et bien disparu.

— Ils devaient être deux, fit Cathy. Celui qui est mort et celui qui a pris le dossier.

— Au moins deux.

— Et c'était moi qui étais visée.

— Peut-être qu'ils voulaient seulement le dossier, risqua Blunt. Que le reste est arrivé parce qu'elle les a surpris.

Mais sa voix manquait de conviction. Il songeait à la conversation téléphonique que Lady lui avait mentionnée. L'appel provenait de l'homme de Paris. Il avait demandé à son interlocuteur de Montréal de s'occuper d'un problème : une psychologue qui s'était introduite dans l'appartement de leur contact mutuel.

Pas de doute, Katie avait été surprise quand elle avait visité l'appartement de Désiré. Ils l'avaient alors confondue avec sa sœur et, par une deuxième confusion, l'avaient éliminée en croyant avoir affaire à la psychologue. Difficile d'imaginer situation plus cruellement absurde.

Les sanglots de Cathy le ramenèrent à la réalité.

Après l'avoir gardée pendant quelques minutes contre lui, le temps qu'elle reprenne un fragile contrôle sur elle-même, il lui fit boire deux verres de rhum.

— Barbancourt cinq étoiles ! fit Blunt, en examinant la bouteille.

— Katie le gardait pour les grandes occasions, répliqua Cathy, se rendant compte après coup de l'ironie cruelle de la remarque.

Ses yeux s'embuèrent. Elle acheva de vider son verre et se dirigea vers la salle de bains.

À son retour, quelques minutes plus tard, elle avait les yeux rouges. Mais elle avait repris sa contenance.

La vraie crise serait pour plus tard, songea Blunt.

— Tu penses qu'ils vont découvrir les responsables ? demanda Cathy, sur un ton qu'elle voulait assuré.

— Pour Katie ?... Quand il s'agit d'un policier, ils sortent le grand jeu.

— Ils vont peut-être vouloir étouffer l'histoire. S'ils pensent que c'est relié à l'enquête sur laquelle elle travaillait...

— Publiquement, oui. C'est possible. Mais ils ne laisseront pas tomber.

— Tu penses qu'ils me laisseraient participer à l'enquête ?

— Ça m'étonnerait.

— Et si je prenais sa place ?

— La place de Katie ? Pour continuer l'enquête ?... Écoute, je comprends ce que tu ressens, mais...

— Pourquoi pas ? J'ai travaillé avec elle sur des enquêtes à plusieurs reprises. Je l'ai même déjà remplacée pour rencontrer Boyd, une fois qu'elle avait un rendez-vous.

— Mais là, tu serais seule.

— Je pourrais être avec toi. Si tu veux... Katie m'avait mise au courant d'une bonne partie de ce qu'elle avait fait. Avec ce que tu sais de ton côté et ses dossiers...

Blunt était tenté de saisir l'occasion, mais il hésitait à l'exposer à son tour. Il était cependant possible qu'elle le soit déjà. Comment savoir laquelle des deux jumelles avait été la cible réelle ? Et puis, maintenant, ils étaient prévenus...

— Ça pourrait peut-être fonctionner, finit-il par dire. Mais, ce que je me demande, fit Blunt, c'est s'ils savent que vous êtes deux.

— De qui parles-tu ?

— De ceux qui ont fait éliminer Katie. Peut-être qu'ils ont vu Katie à l'appartement et qu'ils ont décidé de l'éliminer. Peut-être qu'ils l'ont prise pour toi et que c'est toi qu'ils ont cru éliminer...

— Et si c'était simplement Désiré qui avait voulu récupérer son dossier ?

— Tu le crois capable de faire quelque chose du genre ? demanda Blunt.

Cathy hésita avant de répondre.

— Désiré ? J'étais certaine que non. Mais maintenant...

Elle se dirigea vers le classeur, ouvrit un autre tiroir et, après avoir fouillé, sortit une boîte de cassettes.

— Les enregistrements des séances, dit-elle.

— Tu lui en avais beaucoup parlé, de ton client, à Katie ?

— Oui. Quand on avait des cas difficiles, on faisait du boomerang.

— Du boomerang ? ne put s'empêcher de répéter Blunt.

— Celle qui avait un problème disait tout ce qui lui passait par la tête ; l'autre lui renvoyait à mesure ce qu'elle en pensait. C'était parfait pour essayer des idées, des intuitions...

— Je comprends.

Puis, changeant de sujet, il ajouta :

— Ce serait préférable qu'ils pensent avoir éliminé Katie. Ils vont se sentir moins menacés par une psychologue que par une femme policière.

— Et comment tu concilies ça avec le fait que je prenne sa place pour continuer l'enquête ?

Blunt expliqua ce qu'il envisageait.

Cathy l'écouta avec un certain étonnement exposer les grandes lignes de son plan. Ils mirent ensuite au point le détail de ce qu'ils feraient pendant les heures suivantes.

À mesure qu'ils discutaient, Cathy reprenait de l'assurance. Sa voix s'affermissait.

Blunt songea qu'il avait correctement évalué sa réaction. Le projet lui fournissait un objectif sur lequel concentrer toute son attention. Elle s'y accrochait pour éviter de s'effondrer.

Cathy téléphona d'abord à Boyd. Se faisant passer pour Katie, elle lui dit qu'elle venait de trouver le corps de sa sœur et d'un inconnu dans le salon de leur appartement. Elle avait jugé bon de l'avertir en premier.

Le directeur insista comme prévu pour ne pas ébruiter la chose. Il envoyait tout de suite une équipe prendre charge des corps et effectuer les constatations d'usage. Bien entendu, il comprenait qu'elle ne soit pas en état de discuter longtemps. Elle pourrait se réfugier chez un ami dès que les policiers seraient sur place et qu'elle leur aurait donné sa version des faits. Elle n'avait qu'à le rappeler le lendemain midi : il lui transmettrait le résultat des analyses et ils aviseraient pour la suite de l'enquête.

Le seul moment où il avait semblé réticent, c'était lorsqu'elle lui avait expliqué ce qu'elle envisageait de faire.

Après un long moment de silence, il avait accepté de jouer le jeu jusqu'au lendemain : officiellement, ce serait Katie qui serait morte ; de cette manière, elle pourrait poursuivre son enquête incognito, en assumant l'identité de Cathy.

— Parfait, dit-elle après avoir raccroché. Il est d'accord avec l'idée que l'agresseur l'a probablement confondue avec moi...

— Pourvu qu'ils n'aient pas décidé de vous faire disparaître toutes les deux par mesure de sécurité.

— Décidément, toi, pour les encouragements...

Blunt la regarda d'un air curieux. Au point qu'elle lui demanda :

— Qu'est-ce qu'il y a ?

— Katie m'a dit la même chose, tantôt. Presque textuellement !

— Si tu lui faisais le même genre de remarques...

Continuant d'assumer l'identité de sa sœur, Cathy raconta aux policiers qu'après avoir passé la soirée avec Blunt, elle l'avait invité à prendre un verre. En entrant, ils avaient découvert les corps. Ils avaient immédiatement appelé le directeur Boyd.

Dix minutes plus tard, ils abandonnaient l'appartement aux deux détectives pour aller chez Blunt, prenant soin d'emporter les dossiers de Katie qui traînaient sur la table.

Aucun des deux n'avait sommeil. Ils parcoururent les dossiers ensemble et Blunt raconta à Cathy tout ce que sa sœur lui avait appris. Il lui expliqua le plan qu'ils avaient échafaudé au cours de la soirée, avant de téléphoner à Laplante.

Quant ils eurent terminé, Blunt suggéra à Cathy de prendre un médicament avant de se mettre au lit, histoire de lui assurer un bon sommeil. Un reste de Valiums traînaient justement dans la pharmacie.

Elle commença par refuser. Elle avait toujours été réticente à l'emploi de médicaments. Surtout ceux de ce type, qui n'étaient au fond que des drogues. Elle jugeait psychologiquement plus sain d'affronter la réalité, même si c'était souffrant.

Blunt argumenta doucement... Il importait qu'elle soit en possession de tous ses moyens. Compte tenu du choc... Ce serait prudent, non ? Si elle voulait être en mesure de jouer son rôle dans le scénario qu'ils avaient élaboré... Plus tard, elle aurait tout le temps qu'elle voudrait pour pleurer... Et comme il s'agit de doses légères...

Elle finit par accepter.

— Mais dis-moi, lui demanda-t-elle, comment ça se fait que tu as ça ?

— Question de stress, se contenta de répondre Blunt, avec un vague geste de la main en guise de complément d'information.

Ils se couchèrent au moment où le soleil se levait. Blunt installa la jeune femme dans sa chambre et réintégra son divan, après en avoir disputé l'occupation aux deux félins.

De toute manière, il ne prévoyait pas dormir très longtemps. Il avait des choses à régler dès le début de la matinée.

**8 h 45**

Le chef de la police avait eu une nuit mouvementée. Le maire l'avait tiré du lit une première fois pour lui annoncer l'arrivée d'un nouveau message. Malgré les exhortations du policier à la prudence, le magistrat avait tenu à lui lire le message au téléphone, en plus de l'engueuler pendant une dizaine de minutes sur l'incompétence de la police locale.

À peine Boyd avait-il réussi à se rendormir que c'était Kathleen qui le réveillait. On venait d'assassiner sa sœur dans leur appartement. Il avait fallu prendre des dispositions, trouver des détectives dont il était sûr de la discrétion, contacter Plimpton.

Il s'était finalement recouché à 4 h 10.

À 8 h 09, les deux détectives sonnaient chez lui, au rapport. Les corps étaient à la morgue, l'appartement avait été photographié sous tous les angles et soigneusement ratissé par l'équipe technique, l'homme avait été identifié et un rapport préliminaire à son sujet était déjà disponible.

Le directeur les remercia. En échange de leur discrétion, les charges relevées contre eux ne seraient pas retenues. Toutes les mentions de sommes d'argent reçues pour fermer les yeux sur certaines maisons de passe disparaîtraient de leur dossier.

Les deux policiers sortirent sans ajouter un mot. Boyd prit le temps de finir son café avant de se rendre au travail.

À l'heure du dîner, il essaierait de rencontrer Kathleen. Elle semblait persuadée que c'était elle qui était visée : son désir de prendre la place de la morte le montrait bien. Elle était sûrement plus ébranlée qu'elle n'avait voulu le laisser paraître : il faudrait la manipuler avec soin, se montrer souple, s'il voulait qu'elle accepte de poursuivre l'enquête. Au téléphone, Plimpton avait été intraitable : il n'était pas question de confier l'enquête à quelqu'un d'autre. Il devait tout faire pour la garder.

Il faudrait aussi qu'il s'occupe de l'affaire du stade. Trouver le moyen de soumettre un certain nombre des personnes interpellées aux analyses des experts américains sans éveiller leurs soupçons.

Décidément, il y avait de ces jours, songea-t-il. Et il n'avait même pas encore lu les journaux !

Juste à ce moment, le téléphone sonna à nouveau. Boyd souleva le combiné avec appréhension.

## 10 h 40

Lorsque Cathy s'éveilla, Blunt rentrait.

À l'aide d'un appareil qu'il gardait dans son auto, il avait testé la ligne de Désiré Laterreur. Il lui avait suffi de brancher le récepteur d'une boîte téléphonique sur sa petite valise et de composer le numéro du suspect.

Quelques secondes plus tard, une lumière verte s'allumait. Il avait le contact. Puis, tout de suite après, une bleue et une rouge se mirent à clignoter. La rouge signifiait que la ligne était protégée par un brouilleur.

La bleue était plus troublante : elle signifiait qu'un branchement parasite avait été installé. On pouvait, en composant le numéro de ce branchement, rejoindre Désiré sans que l'appel ne puisse être retracé : il suffisait de connaître le code. Un numéro à l'intérieur d'un numéro.

Le problème serait d'expliquer à Cathy de quelle manière il était parvenu à la conclusion que Désiré était promu en tête de liste des suspects. S'il lui révélait l'existence du matériel qu'il avait utilisé, il faudrait qu'il lui parle de sa mission...

Il décida de reporter cette discussion à la fin de l'après-midi et de se concentrer sur la rencontre qu'elle allait avoir avec Boyd.

— Toujours décidée ? demanda Blunt, en déposant une pile de journaux sur la table.

— Oui.

Sa voix ne tremblait pas et elle semblait avoir une assez bonne maîtrise d'elle-même. Paradoxalement, c'était prévisible, songea Blunt. Pour l'instant, elle fonctionnait à l'adrénaline. Le vrai choc se ferait sentir plus tard, lorsque la pression de l'enquête se relâcherait.

Pendant qu'elle déjeunait, ils discutèrent de quelle façon elle aborderait Boyd.

À la question de savoir si le policier ne serait pas surpris qu'elle accepte de continuer, Blunt lui répondit que deux motifs suffiraient à le convaincre : le besoin de vengeance et celui de s'enterrer de travail pour ne pas avoir le temps de ruminer des idées noires.

— Mais n'insiste pas trop sur la vengeance, jugea-t-il bon de l'avertir. Il pourrait avoir peur que tu ne sois pas assez fiable.

— Évidemment, une femme...

— Autre chose. Demande-lui de te faire une récapitulation complète des événements. Dis-lui que d'entendre une affaire résumée par quelqu'un d'autre, ça peut t'aider à percevoir des détails qui t'auraient échappé.

Ce serait également une bonne façon de vérifier s'il y avait des choses dont Katie ne l'avait pas informé, songea-t-il.

Ils révisèrent une dernière fois le plan que Blunt avait élaboré.

La première étape était déjà réalisée : les journaux reprenaient tous l'hypothèse d'une offensive de la mafia avec une touchante unanimité.

Restait à convaincre Boyd de profiter de l'occasion.

— Deux choses sont importantes, résuma Blunt. D'abord convaincre le super que tu dois continuer l'enquête incognito en assumant l'identité de ta sœur – je veux dire la tienne...

Ça finissait par être mêlant.

— Ensuite, reprit-il, il faut lui faire accepter l'idée d'un complot de la mafia. C'est indispensable pour mettre l'adversaire sur la défensive : il faut qu'il sente que quelqu'un d'autre est en train de s'emparer de l'opération et que l'initiative lui échappe.

— Tu penses que Boyd va marcher ?

— Dis-lui que, dans leur prochain message, il y a de bonnes chances qu'ils menacent d'étendre la contamination. Si ça se produit, il aura un coupable à balancer à l'opinion publique... De toute façon, ça lui permet de gagner du temps.

— Et si le prochain message ne parle pas d'étendre la contamination ? objecta Cathy.

— Logiquement, il devrait.

Blunt ne risquait pas grand-chose. Pendant qu'il était sorti, il avait téléphoné à Plimpton et lui avait demandé de faire pression sur Boyd pour qu'il garde Katie sur l'enquête. Le secrétaire d'ambassade lui avait alors appris qu'un nouveau message était parvenu au maire de Montréal. La teneur du message était conforme aux « prévisions » qu'il avançait.

Plimpton l'avait également informé des derniers développements du côté des États-Unis. Il en recevrait un compte rendu détaillé à l'heure du midi, par la directrice.

Blunt avait raccroché avec une certaine satisfaction. La stratégie de l'adversaire commençait à devenir plus claire. Dans le territoire de Montréal, il avait réussi à prévoir son dernier coup. Pour ce qui était de Washington, l'influence qu'il y exerçait devenait également plus facile à identifier...

— Probabilités : 88 %, ajouta-t-il, avec un clin d'œil à l'intention de Cathy. On ne risque rien à essayer.

— D'accord.

Mais la voix de la jeune femme trahissait une certaine réticence.

Cela faisait beaucoup à avaler d'un seul coup, songea Blunt.

— Quand tu en auras fini avec le super, on va passer à l'appartement de Désiré Laterreur, ajouta-t-il, comme s'il s'agissait d'une chose évidente.

— À cause du dossier qui est disparu ? Tu penses que c'est lui qui l'a repris ?

— Je ne sais pas. Mais, après tout ce que Katie t'a raconté, je suis curieux de voir...

**11 H 08**

En voyant le contenu des journaux du matin, Désiré décida de communiquer immédiatement avec Paris.

— Une campagne de la mafia ? reprit l'Obèse, incrédule.

— C'est ce qu'ils disent tous.

— Où est-ce qu'ils ont été chercher ça ?

— Il faut dire que ça se tient. La façon dont ils présentent les choses...

Après quelques minutes de discussion, l'Obèse convint que le problème était sérieux et qu'il fallait s'en occuper sans délai.

— Il faut leur envoyer un nouveau message, dit-il. Tu peux t'en occuper ?

— Facilement, lui assura Désiré.

Avec le stock de lettres qu'il avait en réserve, ça ne posait aucun problème.

**PARIS, 17 H 11**

Malgré l'assurance qu'il avait démontrée dans sa conversation avec Désiré, l'Obèse ne parvenait pas à être certain de ce qui se passait. Était-ce une tentative de la police pour fournir un coupable au public et noyer le poisson ? Difficile de croire qu'ils se soient risqués à une mesure semblable : ça revenait à avouer l'existence de l'épidémie et à renforcer la panique qu'ils voulaient éviter.

Il n'avait pas le choix, il faudrait qu'il revoie l'ensemble de l'opération avec Lubbock. Il aurait préféré pouvoir s'en passer, de celui-là, mais Désiré n'était pas assez fiable. Il pouvait tout juste compter sur lui pour faire des rapports et transmettre les messages.

L'Obèse réussit à joindre Lubbock une heure plus tard.

Le travail qu'il lui avait demandé était déjà fait. La femme était morte d'une crise cardiaque, dans son appartement. Comme prévu, l'opérateur avait également été victime des événements. La piste était coupée.

La double mort n'était pas encore mentionnée dans les médias, mais il n'y avait aucune raison d'en douter. Lubbock s'en portait personnellement garant.

Un souci de moins, songea l'Obèse. Il entreprit alors d'expliquer à Lubbock le nouveau problème qui se posait. Malgré l'aversion qu'il éprouvait à son endroit, il ne pouvait pas lui reprocher de ne pas être efficace.

## Montréal, 12 h 25

Le directeur avait réservé une table à l'Actuel. Le restaurant était bondé et, chez les serveurs, l'atmosphère était à l'euphorie.

Après les condoléances d'usage, le policier demanda à Cathy de lui raconter dans ses propres termes ce qui s'était passé la soirée précédente.

Elle lui parla de sa sortie avec Blunt, puis elle reprit le récit qu'elle avait fait aux deux inspecteurs, la veille.

Le policier l'écouta sans l'interrompre, puis il lui demanda si elle était certaine de vouloir continuer.

Cathy acquiesça d'un hochement de tête.

Tout de suite, le soulagement se peignit sur le visage du policier.

— Vous savez, dit-il, normalement, je ne vous l'aurais pas demandé.

Elle fit signe qu'elle comprenait.

Elle lui demanda ensuite de tout reprendre à zéro. De tout lui raconter comme si elle ne savait rien. Ça l'aiderait à revoir l'ensemble de l'affaire. Il y avait peut-être des détails qui lui avaient échappé.

Boyd accepta sans se faire prier.

Quand ils eurent terminé la rétrospective des événements, ils discutèrent de la suggestion que la jeune femme avait faite, la veille, d'assumer l'identité de sa sœur.

— Il est probable que c'est après moi qu'ils en avaient, dit-elle. Autant leur donner satisfaction. Comme ça, je pourrai travailler plus librement.

Le policier n'était pas très enthousiaste, mais il finit par se laisser convaincre.

Il lui raconta ensuite les derniers développements de l'enquête. Tout d'abord, l'inconnu qui était mort chez elle avait été identifié : il s'agissait de Louison Bigras, un courtier en valeurs immobilières pratiquement à la retraite. Aucun casier judiciaire. Rien de particulier n'avait pu être relevé à son sujet, si ce n'est son appartenance à une curieuse association, le FATS.

— Qu'est-ce que c'est ?

— Fraternité des adipeux traumatisés... ou quelque chose comme ça. On a vérifié. Il s'agit d'une succursale québécoise d'une association américaine plus ou moins religieuse qui regroupe des obèses.

— Les obèses... Encore un lien avec la santé ?

— Possible... Le maire a reçu un nouveau message au cours de la nuit.

— Je suppose qu'il parle de contamination biologique.

Le policier immobilisa sa fourchette devant sa bouche et la considéra d'un air étonné.

— Comment avez-vous deviné ?

Elle lui servit le numéro que Blunt lui avait fait, quelques heures auparavant. Il y avait une campagne en cours dans les journaux pour augmenter la pression, tout tournait autour des drames créés par un agent contaminant... c'était logique.

Puis elle enchaîna avec le plan : étant donné qu'on n'arrivait pas à rejoindre l'adversaire sur un autre terrain, il fallait le contrer sur celui-là et se servir de la rumeur apparue dans les médias pour bloquer ses initiatives. Il serait obligé de réagir. Peut-être ferait-il une erreur...

Comme l'avait prévu Blunt, le policier ne résista pas très longtemps. Il fut particulièrement sensible à l'idée que ça lui faisait un coupable éventuel à balancer à l'opinion publique. L'enquête aurait l'air de progresser et le maire lui ficherait peut-être la paix pour quelques jours.

Au dessert, Boyd téléphona à son bureau et demanda de convoquer les journalistes pour deux heures : il donnerait une conférence de presse sur la mystérieuse série d'événements tragiques qui avaient marqué la ville. Il y aurait des révélations importantes.

— Dernier détail, précisa Cathy : il ne faudrait pas que les journalistes se doutent que nous les avons à l'œil. Nous en apprendrons davantage en leur laissant de la corde et en les maintenant sous surveillance.

Le directeur fut vite d'accord là-dessus.

Au moment de se séparer, Boyd offrit de lui assigner un garde du corps.

— J'en ai déjà un... d'une certaine façon.

— Celui avec qui vous êtes sortie l'autre soir ? Blunt ?

— Oui.

— Méfiez-vous. Les journalistes...

— Il est en vacances. Et quand il est avec moi, il a tendance à oublier son travail.

Le policier interpréta la remarque comme un signe encourageant : elle ne se laissait pas abattre. Il avait raison de lui faire confiance.

## 13 h 08

Lubbock caressait nerveusement la cicatrice sur sa main en attendant que son interlocuteur réponde. Celui-ci décrocha à la neuvième sonnerie, comme convenu. Toute réponse plus hâtive aurait signifié qu'il ne pouvait pas parler ouvertement.

— Oui ?

— C'est pour le travail dont je vous ai parlé. Vous avez le matériel ?

— Le colis doit arriver ce soir. Les cartes et tout le reste sont déjà sur place.

— Parfait. Ça devrait aller.

— Aucune difficulté à établir le pattern du type. Il va à l'appartement trois fois par semaine, pratiquement à heure fixe. On a deux journées complètes de jeu pour tout installer dans le coffre.

— Je vous rappelle pour vous donner le feu vert d'ici un jour ou deux. Trois au plus tard.

— On continue de le suivre ?

— Oui. On ne sait jamais.

— Entendu.

Lubbock raccrocha quelques secondes sans lâcher le combiné. Puis il fit un autre appel. À Washington, celui-là.

— Oui ?

— Je vais bientôt avoir quelque chose.

— À quel sujet ?

— Le FATS. À Miami. Je viens de prendre les arrangements nécessaires. D'ici quelques jours, vous devriez être en mesure d'obtenir toutes les preuves dont vous avez besoin.

— Il n'y a pas moyen de faire plus rapidement ?

— Désolé, général. Mais il reste encore quelques informations à recueillir.

— À votre place, je m'efforcerais de faire diligence. Dans votre position...

— Qu'est-ce que vous voulez dire ? demanda Lubbock, en s'efforçant de faire passer un peu d'inquiétude dans sa voix.

— Vous ne croyez tout de même pas que je suis dupe de l'histoire que vous m'avez racontée ?

— Je vous jure que je ne vous ai pas raconté d'histoires !

— Bien sûr, bien sûr... Et vous n'avez rien à voir avec ce bureaucrate des services secrets russes qui s'amuse à vendre des informations pour arrondir ses fins de mois.

— Mais...

— Dites-vous bien que vous ne contrôlez plus rien du tout. Si vous ne faites pas exactement ce que je vous demande, je transmets votre dossier à l'ambassade russe.

— Vous perdriez un informateur irremplaçable, fit Lubbock.

Le ton de sa voix laissait transparaître un certain désarroi.

— Je pourrais vous échanger, reprit le général. Ils seraient sûrement prêts à donner beaucoup, compte tenu de ce que vous êtes.

— Qu'est-ce que vous voulez ?

— Seulement vous rappeler qui mène le jeu. Je suis prêt à poursuivre notre association, mais à condition que vous produisiez des résultats.

— D'accord.

Cette fois, il n'y avait plus que de la soumission dans la voix de Lubbock.

— Pour ce qui est de Miami, reprit l'autre, je veux bien attendre quelques jours. Mais vous avez intérêt à faire rapidement.

— Je vais faire tout mon possible. Je vous appelle aussitôt que j'ai les informations qui manquent.

— Disons que ça va pour cette fois.

Lorsque son interlocuteur eut raccroché, Lubbock ne put s'empêcher d'éclater de rire. Le général s'imaginait le contrôler, alors qu'il travaillait depuis le début pour l'amener précisément à cette illusion !

Les militaires étaient décidément tous pareils, dans tous les pays.

## NEW YORK, 14 H 04

Ce serait une réunion houleuse. La directrice de l'Institut le sentait. Avec le rapport qu'elle allait faire aux autres...

— Si vous le voulez bien, dit-elle, nous entendrons d'abord le compte rendu de Plimpton sur les derniers événements de Montréal. Ensuite, nous ferons le point sur nos enquêtes respectives.

Lester et Kordell acceptèrent. Ils ne voyaient pas d'objections à laisser quelqu'un d'autre se mouiller en premier.

Plimpton, dans un style concis, les informa de ce qui s'était passé : l'émeute au stade olympique, la réunion secrète des journalistes, le nouveau message que le maire avait reçu demandant la fermeture du stade olympique et du Forum, ainsi que les derniers articles de journaux incriminant la mafia.

— Il semble que les autorités locales aient décidé d'accréditer cette version des faits pour se donner une marge de manœuvre, conclut-il.

La directrice enchaîna en évoquant la mort, dans des circonstances mystérieuses, de la femme qui était responsable de l'enquête. Mieux valait ne pas souffler mot de la substitution : l'idée paraîtrait farfelue et ne servirait qu'à discréditer davantage Blunt. Elle fit ensuite apparaître sur l'écran mural une transcription des conversations téléphoniques interceptées entre Paris et Montréal.

— Vous avez identifié le correspondant de Montréal ? demanda Kordell.

— Blunt affirme avoir une piste prometteuse, se contenta-t-elle de répondre, ne voulant pas divulguer tous ses atouts. Il l'a fait mettre sur écoute.

— Et du côté de Paris ? poursuivit le militaire.

— Rien.

— De votre côté à vous ? demanda-t-il à Lester.

— Le numéro de la carte American Express fait partie d'une liste que l'on croit être entre les mains du SVR. Nous n'avions pas prévenu la compagnie pour ne pas brûler le contact qui nous a transmis l'information : il s'agit de quelqu'un assez haut placé au consulat russe de New York.

— Autre chose ? demanda la directrice, voulant éviter de s'attarder sur le sujet.

— Le FATS est une organisation très curieuse. Légalement, elle a une charte religieuse. Commode pour les impôts. Mais, en creusant ses finances, on remonte à des fonds qui pourraient bien être fournis par les « camarades ». C'est la mafia canadienne-française de Miami qui aurait servi d'intermédiaire pour les transferts de capitaux. Peut-être qu'il s'agit d'une combine du genre de la Korean CIA, qui utilise la secte de Moon comme couverture et source de financement...

Kordell jubilait mais s'efforçait de ne pas trop le laisser paraître. Juste assez.

La directrice, pour sa part, se félicitait de ne pas leur avoir révélé le lien du présumé meurtrier de Cathy avec la filiale québécoise du FATS. Du coup, rien n'aurait pu empêcher le général de décréter une alerte jaune sur tout le territoire.

Non pas que les faits n'étaient pas incriminants pour les Russes. Au contraire, ils l'étaient presque trop.

Les « camarades » étaient-ils devenus si maladroits ? Ou si présomptueux ? Croyaient-ils les services américains tellement paralysés par les magouilles des médias, les tracasseries politiques et la bureaucratie, qu'ils se pensaient à l'abri de tout ?... Blunt avait raison : ce n'était pas là le KGB qu'ils connaissaient. Et ce n'était pas sa transformation récente, qui avait donné naissance au SVR, qui pouvait expliquer un tel état de choses.

— Que disent vos précieuses taupes ? demanda-t-elle alors à Lester.

— Peu de chose, je dois l'admettre, concéda immédiatement celui-ci. Tous nos contacts à Moscou déclarent qu'il n'y a aucune opération d'envergure sur notre territoire.

— Et vous ?

— Rien pour l'instant, fut contraint de renchérir le militaire.

— Nous avons donc, à peu de chose près, l'équivalent d'un complot du KGB sans KGB, conclut alors la directrice. Pardonnez-moi : du SVR sans SVR !... Un autre détail : les deux dernières victimes, la jumelle et son agresseur, étaient toutes deux porteuses du virus. Mais le cerveau ne présentait aucune trace de la fameuse protéine. Il semble donc que l'on puisse avoir des porteurs asymptomatiques.

— Qu'est-ce que les experts ont conclu sur la cause du décès ? demanda Kordell.

— Toutes les apparences d'un infarctus.

— Deux infarctus simultanés ? répliqua Kordell avec un haussement de sourcils sceptique.

— Des analyses des vêtements sont en cours, intervint alors Plimpton. L'hypothèse la plus probable pour l'instant est celle de l'acide prussique. Un peu vieux jeu, mais très efficace et pratiquement indécelable. À moins de savoir précisément ce que l'on cherche.

— Vous croyez que c'était bien la femme chargée de l'enquête qui était visée ? reprit Lester.

— C'est l'hypothèse la plus probable pour l'instant, répéta presque textuellement Plimpton.

— Et quand allez-vous pouvoir être plus précis ? demanda sarcastiquement le général. Au cas où vous l'auriez oublié, nous ne sommes pas à un banquet diplomatique.

— Selon Blunt, nous devrions assister à des interventions majeures de leur part d'ici quelques jours, intervint la directrice, voulant couper court à toute altercation. Hier soir, Plimpton a arrangé l'arrivée d'un groupe d'opérationnels à la demande de notre agent. Je ne peux pas vous en dire davantage pour l'instant, mais il se pourrait que nous voyions une des pistes se confirmer d'ici quarante-huit heures.

Le chiffre était gratuit, mais l'idée traduisait assez bien la conclusion à laquelle Blunt et elle étaient parvenus à l'heure du dîner.

Elle devait en donner crédit à Blunt : il avait magistralement retourné la situation. La substitution des jumelles était une brillante idée pour conserver l'initiative de l'enquête sans révéler son rôle aux autorités locales. Quant à son autre idée de lancer les journalistes sur la piste de la mafia, c'était un excellent coup tactique. L'adversaire n'aurait pas le choix de réagir.

Mais il n'était pas question qu'elle explique ces détails aux autres. Elle leur communiquerait simplement les résultats au moment opportun. Cela faisait partie du jeu que de savoir ménager ses effets. Une fois cette affaire terminée, la rivalité entre leurs organisations respectives continuerait. Il lui fallait se garantir le plus de prestige possible. À elle et à l'Institut. Lors du prochain renouvellement des budgets, ce prestige se convertirait en crédits supplémentaires.

Et puis, ils étaient biaisés par rapport à Blunt. Ils ne sauraient pas reconnaître ses initiatives à leur juste valeur. Autant leur réserver le choc du fait accompli.

— Et les gens impliqués dans l'émeute du stade ? demanda alors Kordell, à brûle-pourpoint. Ils avaient le virus ?

— Tous, répondit Plimpton. Du moins, ceux qui ont été soumis aux analyses. Ce qu'on ne peut pas savoir, c'est s'ils ont des traces de protéine dans le cerveau...

— Parce qu'ils en ont laissé partir sans les examiner?

— Ils n'avaient pas de prétexte, expliqua Plimpton. Comme ils ne voulaient pas créer de panique, ils ont procédé sur une base volontaire : ils ont offert un examen médical complet à tous ceux qui avaient été mêlés aux événements... Difficile de leur en demander davantage sans tout faire éclater dans la presse.

De son côté, Lester promit de poursuivre son enquête sur le FATS. Pour l'instant, c'était la seule piste qu'ils avaient : autant la suivre jusqu'au bout.

— On se revoit demain? demanda la directrice.

— J'y compte, reprit Kordell. Et je compte sur des résultats rapides. Je ne voudrais pas que nous nous transformions en comité permanent.

— Soyez sans crainte, il s'agit d'un sentiment partagé, répliqua la femme, sur un ton faussement enjoué. Pour l'heure, je vous aviserai : il est possible que je sois prise une bonne partie de l'après-midi.

## Montréal, 15 h 24

— Ça s'est bien passé? demanda Blunt.

— Le bureau a émis un communiqué. J'ai été retrouvée sans vie, à mon appartement, victime d'un arrêt cardiaque. Quand je dis moi, je parle évidemment de Katie. Conformément à mes dernières volontés, je serai inhumée dans l'intimité. Aucune cérémonie officielle. Juste quelques amis du service... À partir de maintenant, pour tout le monde sauf Boyd, je suis Cathryn Duval, psychologue de mon état et en vacances suite aux événements tragiques qui ont bouleversé mon existence... Vous pouvez essuyer une larme.

L'humour était plutôt grinçant. Blunt jugea bon d'orienter la conversation sur un sujet plus professionnel.

— Il ne s'est douté de rien?

— Le super? Non... En tout cas, il n'a rien laissé voir.

— Et pour le plan?

— D'accord sur tous les points. La conférence de presse confirmant les rumeurs au sujet de la mafia vient de se terminer.

— Il a clairement identifié la mafia comme responsable?

— Mieux: il a fait comme s'il voulait noyer le poisson; il a laissé les journalistes lui arracher des demi-aveux et des refus de confirmer pour ensuite finir par admettre que c'était une des hypothèses sur lesquelles il travaillait... Il a été très convaincant.

— J'imagine! fit Blunt, en laissant apparaître un sourire. Et en ce qui concerne les journalistes?

— Il est d'accord pour maintenir la surveillance sans intervenir. Les Américains ont accepté d'établir une couverture de vingt-quatre heures.

— Autre chose?

— Comme tu l'avais prévu, le maire a reçu un nouveau message. Ils exigent maintenant la fermeture du stade olympique, du Forum de Montréal et des installations aquatiques de la Ronde.

— Les installations aquatiques?

— La glissade, la marina...

— Des trucs payants. Ça devrait renforcer l'hypothèse du complot de la mafia.

— En tout cas, ça va leur faire un os à ronger. Le super dixit.

Le regard de Blunt s'attarda sur un vagabond qui venait d'entrer dans le restaurant et de s'asseoir au comptoir, à côté d'une dame d'un certain âge. Avant qu'elle n'ait eu le temps de réagir, il avait saisi son hamburger et l'avait englouti en deux bouchées.

Le gérant arriva trop tard: il ne put que constater les dégâts et sortir le vagabond *manu militari*. En lui criant de ne plus jamais remettre les pieds dans la place.

— Vous n'appelez pas la police? s'étonna la femme.

— Pour qu'ils le relâchent au bout de deux jours et qu'il revienne faire une crise?... Allez, la maison vous offre le repas gratuitement. Demandez ce que vous voulez sur la table d'hôte.

Blunt expliqua à Cathy qu'il existait une entente tacite entre le gérant et Roger, le vagabond. On tolérait ses excès à condition qu'il ne vienne pas plus d'une ou deux fois par semaine. Ça lui faisait quelque chose à manger et, en retour, il attirait une certaine clientèle. Il avait même un début de fan club qui suivait ses exploits dans tous les casse-croûte des environs.

Blunt lui fit ensuite part de la visite que Katie avait effectuée chez Laterreur.

— J'avoue que j'aimerais jeter un coup d'œil, conclut-il.

— Si on y allait tout de suite?

— On va entrer comment?

— J'ai récupéré ça dans la chambre de Katie.

Elle ouvrit son sac et en sortit un trousseau de clefs.

— Ça traînait sur son bureau. Je ne connais aucune des clés. À mon avis, c'est avec ça qu'elle a dû entrer...

— Et si ce n'est pas ce que tu penses?

— Il y a une seule façon de savoir.

Entraînant Blunt dans son sillage, Cathy se dirigea sans hésiter à l'appartement du huitième.

Avant de monter, ils avaient téléphoné. Par précaution. Normalement, Laterreur était retenu jusqu'à 17 h 30 à l'agence publicitaire où il travaillait, mais il valait mieux tout prévoir, disait Cathy.

Elle frappa à la porte. Aucune réponse. Elle sortit le trousseau de clés.

Au troisième essai, la porte s'ouvrit. Il ne semblait pas y avoir de système de sécurité.

Cathy esquissa un sourire de triomphe en direction de Blunt. Celui-ci insista pour entrer le premier.

Leur visite leur révéla à peu près les mêmes choses que ce que Katie avait découvert la fois précédente: la pièce remplie de conserves et de récipients d'eau, les lettres de menaces attachées ensemble par un élastique, l'affiche FAT IS BEAUTIFUL...

En le voyant, Blunt eut de la difficulté à dissimuler sa réaction. Le matin même, Lady lui avait parlé du FATS. Il existait donc bel et bien un lien entre ce qui se passait à Montréal et à Washington. Il devenait urgent de découvrir ce qui se cachait derrière cette association.

— Chacun ses goûts, finit-il par dire.

— Quand on pense à quel point il est mince, presque rachitique.

— Les fantasmes ! trancha Blunt sur un ton sibyllin. Mais ce n'est pas à toi que je vais apprendre ça.

— Il faudrait explorer les tiens un bon jour !

— En tant qu'experte, qu'est-ce que tu penses de la chambre à provisions ?

— Tendance paranoïaque, peut-être. Il se prépare à subir un siège... Plus probablement la peur de manquer. Un de mes clients était terrorisé à l'idée d'une grève des épiceries. Il avait rempli cinq congélateurs familiaux dans sa cave.

— Et les lettres ? Il t'avait dit qu'il en recevait ?

— Jamais un mot. Ça explique peut-être pourquoi il parle autant d'otages et de terrorisme. Il doit vivre continuellement en état de terreur.

Blunt avait l'impression que Désiré était autant du genre à répandre la terreur qu'à la subir. Le poster et les brochures qui le reliaient au FATS n'étaient pas une preuve décisive, mais son instinct lui disait qu'il était sur la bonne piste.

— On s'en va ? demanda Cathy, qui semblait tout à coup nerveuse.

— Juste un dernier coup d'œil.

Blunt regarda à nouveau les lettres. L'adresse sur les enveloppes confirmait qu'il s'agissait bien de lettres que Désiré avait reçues, et non qu'il s'apprêtait à envoyer. Quelque chose le tracassait à propos de ces lettres.

Ils se rendirent chez Cathy.

Toute trace des événements de la veille avait disparu. Jacquot Fatal les accueillit avec un retentissant « Salut Poulette », immédiatement suivi d'une série de «La ferme, sale bête ! »

Blunt lui jeta un drôle de regard, comme si une question hésitait à franchir ses lèvres.

— Le pauvre, je l'avais complètement oublié, fit Cathy.

Elle ouvrit la porte de la cage et l'oiseau transforma aussitôt la pièce en piste d'exercice, passant à plusieurs reprises à quelques centimètres seulement de la tête de Blunt.

Ce dernier n'avait jamais réussi à s'habituer au rituel territorial du volatile et rentrait involontairement le cou à chaque passage.

— Tu es sûr que ça ne te dérange pas de continuer à m'héberger ? demanda la jeune femme.

— Absolument certain, répondit Blunt, réprimant une grimace à l'idée des combats nocturnes qu'il allait devoir continuer de livrer aux chats pour la possession du divan.

— Je ramasse des choses pour quelques jours et j'arrive.

Quand elle sortit de la chambre, elle avait non seulement changé de vêtements, mais aussi de macaron. I AM THE OTHER WOMAN, disait le nouveau.

— Qu'est-ce qu'on fait de lui ? demanda Blunt, en baissant la tête devant l'oiseau qui faisait un piqué en sa direction.

— Tu penses que je pourrais... ?

— Avec les chats ?

— Tant qu'il est dans sa cage...

— Si tu me dégages de toute responsabilité.

— D'accord... pour ce qui est du perroquet.

— À l'abordage ! lança Jacquot Fatal, avec un à-propos qui laissa Blunt perplexe.

## PARIS, 23 H 49

L'Obèse avait reçu un autre appel de la part du membre qui maintenait la surveillance dans l'appartement voisin de Désiré. La psychologue supposément morte était revenue visiter l'appartement. Elle était accompagnée d'un homme. Ils étaient demeurés sur les lieux une vingtaine de minutes.

L'homme lui avait demandé s'il devait poursuivre sa surveillance.

— Inutile, avait répondu l'Obèse. Récupérez vos effets personnels et retournez chez vous. Votre travail est terminé. Quelqu'un s'occupera de disposer de l'appartement.

— Entendu.

Autre mauvaise nouvelle que lui avait apprise l'agent de Montréal : les policiers avaient pratiquement confirmé l'hypothèse de l'implication de la mafia dans la série d'incidents qui avaient touché la ville.

Il était temps de porter le coup final avant que tout se mette à aller de travers. Il leur donnerait trois jours. S'ils ne se rendaient pas à ses conditions dans ce délai, ils auraient une première vague d'incidents à travers toute la ville.

Mais d'abord, il fallait s'occuper de Désiré. De toute évidence, il avait éveillé des soupçons. Ignorant à quel point il était compromis, l'Obèse décida de ne prendre aucun risque. Il téléphona immédiatement à Montréal pour donner ses instructions : Désiré devait quitter la ville sans attendre et faire disparaître de chez lui tout papier compromettant.

Il ne lui restait qu'à appeler Lubbock pour lui dire de prendre la relève.

## NEW YORK, 19 H 14

Après avoir pris connaissance de la dernière conversation téléphonique, la directrice de l'Institut mit un message en priorité 1 sur l'ordinateur. Lorsque le voyant rouge s'éteindrait, cela signifierait que le message aurait été reçu sur le terminal de Blunt.

Elle se pencha ensuite sur les rapports qui venaient de lui parvenir concernant la curieuse association FATS. Il était de plus en plus évident que Kordell avait raison, le groupe avait des liens avec les « camarades ».

L'hypothèse de Blunt perdait des plumes.

## MONTRÉAL, 19 H 31

En entrant, Blunt se rendit immédiatement au terminal, en pestant contre les chats qui se pressaient entre ses jambes, miaulant moitié pour se faire flatter, moitié pour réclamer de la bouffe.

Il appuya rapidement sur quelques touches du clavier et le signal avertisseur cessa.

— Qu'est-ce que c'était? demanda Cathy.

— Un message. Je fais partie d'un club sur Internet. On échange des logiciels, des codes d'accès à des banques de données... Pour un journaliste, c'est idéal.

— Et tu peux recevoir des messages?

— Tous les membres du club ont un code personnel. Tu peux laisser un message confidentiel à un membre ou un message collectif. Il y en a qui se font adresser leur correspondance d'affaires par ce moyen.

— Et le signal t'avertit quand il y a un message...

— On ne peut rien te cacher.

Il l'aida à porter les deux valises dans sa chambre.

Le dernier à être introduit dans l'appartement fut Jacquot Fatal. Ils installèrent sa cage sur une petite table, dans un coin de la pièce. Le perroquet souligna à nouveau l'événement par un joyeux: « À l'abordage! »

Les deux chats s'empressèrent aussitôt autour de lui. Les deux ou trois premières fois que l'oiseau leur cria: « La ferme, sale bête! », ils reculèrent de quelques pas. Puis ils s'enhardirent.

Blunt et Cathy observaient la scène avec un mélange d'amusement et d'appréhension. Jusqu'où irait la persévérance des deux terreurs à poils.

Mic grimpa sur le fauteuil et sauta. Il réussit à s'accrocher du bout des pattes au bord de la cage, mais son succès fut temporaire. Un coup de bec lui fit lâcher prise et il alla se réfugier en miaulant sous le divan.

Quelques instants plus tard, Mac essayait à son tour: résultat identique.

— Pauvres petits, fit Cathy, ne pouvant s'empêcher de rire en voyant les deux têtes brun chocolat émerger avec prudence de sous le divan et jeter des regards inquiets vers la cage.

À l'intérieur, Jacquot Fatal pérorait avec entrain, comme s'il était conscient de sa victoire.

— Je pense qu'on n'a pas à s'en faire pour lui, conclut Blunt.

— Je ne l'ai jamais vu aussi excité.

— Si tu veux défaire tes bagages pendant que je m'occupe du courrier.

Après avoir pris connaissance du message qui était sur le terminal, Blunt ferma l'appareil, en proie à un dilemme. Il sayait que Laterreur allait essayer de se planquer au plus vite, mais il ne pouvait le dire à Cathy sans lui révéler d'où il tenait l'information... Si seulement il avait été sûr de trouver chez lui un indice le reliant au chantage ou des documents compromettants...

C'est alors qu'il eut l'idée.

Il fit irruption dans la chambre sans frapper, bredouilla des excuses pendant que la jeune femme se retournait pour boutonner sa blouse, fit un pas de reculons, esquissa un geste vers la serviette de cuir qui était sur le bureau et finit par dire :

— Je pense que j'ai trouvé quelque chose.

— On dirait bien, fit Cathy, s'amusant à le taquiner. Je commence à comprendre les raisons de ton invitation.

— Laterreur, poursuivit Blunt. Il faut se dépêcher.

— Je ne comprends pas.

Blunt saisit la serviette de cuir noir dans laquelle était contenu l'ensemble du dossier.

— Regarde, dit-il, après avoir fouillé quelques secondes pour trouver les documents qu'il cherchait. Ça te dit quelque chose ?

— Bien sûr. Ce sont les messages que le maire a reçus.

— L'écriture, je veux dire. Tu ne la reconnais pas ?

Après avoir observé le texte, elle releva les yeux vers Blunt.

— Tu veux dire que... ?

— J'en ai l'impression.

— Ce serait la même personne qui lui aurait envoyé les lettres et qui...

— Peut-être... mais il peut y avoir une autre explication.

— Je ne vois pas.

— Pourquoi est-ce que l'auteur du message s'est donné la peine de découper les mots ? Pourquoi ne pas avoir écrit directement ce qu'il voulait, si c'était son écriture...

— Tu veux dire que Désiré aurait...

— On devrait lui poser la question, non ?

— Tout de suite ?

— Tu avais d'autres projets pour la soirée ?

Ils mirent au point leur stratégie. Blunt lui expliqua qu'il était indispensable d'entourer convenablement un territoire avant de se risquer à le prendre.

Cathy téléphona ensuite au directeur. Celui-ci lui certifia que l'appartement serait sur écoute dans les trente minutes. Il ne lui précisa cependant pas que ce seraient les Américains qui s'en occuperaient.

D'un côté, il appréciait leur collaboration ; mais il trouvait de moins en moins drôle de les voir proliférer dans la ville. Il avait simplement demandé quelques hommes, pour faire un travail de surveillance, et on lui avait envoyé une véritable armée : équipes de filature, experts en surveillance électronique, interrogateurs, groupes d'intervention... Il y avait même un médecin parmi eux.

Plimpton était débarqué dans son bureau, la veille, pour lui annoncer cette collaboration additionnelle. En échange, Boyd avait reçu des informations sur trois nouveaux dossiers...

Le policier accepta avec la même facilité la deuxième partie du plan de Cathy : il y aurait deux hommes à l'endroit prévu dans une demi-heure et ils auraient pour instructions de suivre à la lettre les consignes que leur donnerait Cathy. Si elle croyait avoir une piste sérieuse, autant ne pas la laisser refroidir. Et il ne compléta pas sa pensée, à savoir que, s'il y avait des problèmes, ce serait aux Américains de se débrouiller.

Officiellement, il ne savait rien. La collaboration anonyme, ça fonctionnait dans les deux sens.

— Oui ? fit Désiré Laterreur, en ouvrant la porte.

Son visage se figea lorsqu'il aperçut Cathy.

— Vous ! Mais je croyais... Qu'est-ce que...

— C'est à propos de ma sœur.

— Votre sœur ?

— On était jumelles.

— Je ne comprends pas.

— Elle est morte..

— Assassinée, précisa Blunt. Hier soir. Vers minuit. Dans son appartement.

— C'est affreux, balbutia Laterreur.

Puis, comme s'il saisissait tout à coup le côté insolite de la situation, il demanda :

— Vous êtes là pour... ?

— Quelques questions, répondit Cathy.

— Je suis très occupé. Je dois partir dans quelques jours. Un voyage... J'étais justement en train de préparer mes valises et je...

Blunt l'interrompit à nouveau.

— Horace Blunt, fit-il, en lui montrant brièvement un insigne qu'il remit dans sa poche sans lui laisser le temps de l'examiner. Je travaillais sur une enquête avec mademoiselle Duval. Celle qui est morte. Elle était détective à la police de la CUM.

— Mais...

— Le soir où elle est morte, elle venait de vous rendre visite. Est-ce que vous pourriez nous dire de quoi vous avez discuté ?

— Je regrette, mais je ne l'ai pas rencontrée. Elle a dû venir pendant que j'étais absent.

— Elle avait des questions à vous poser. À propos d'une affaire en cours. Un réseau de chantage... Nous avons des raisons de croire que vous avez reçu des lettres de l'individu que nous recherchons.

— Des lettres ?

— Plusieurs personnes ont reçu des lettres de menaces... Dans un des messages, votre nom était mentionné.

— Mon nom ? s'enquit nerveusement Désiré. Qu'est-ce qu'on disait ?

— Que vous aviez refusé de croire aux menaces et que vous vous en étiez repenti. Il invitait le correspondant à venir vous en parler... Vous comprenez que cela nous ait intrigués.

— Ça n'a aucun sens, finit par protester Désiré, dont le regard allait sans arrêt de Blunt à la jeune femme.

— Vous avez des objections à ce que je jette un coup d'œil ? reprit Blunt. Mademoiselle Duval pourra servir de témoin comme quoi je suis demeuré dans les limites de la légalité.

— Vous avez un mandat ?

— Vous tenez vraiment à ce qu'on aille en chercher un ?

— Je regrette, mais si on ne commence pas soi-même par faire respecter ses droits...

— Comme vous voulez. Mais nous nous reverrons d'ici peu... Venez, Mademoiselle Duval.

Comme la porte se refermait sur eux, Blunt sourit de satisfaction. Tout avait fonctionné comme prévu. Désiré n'avait pas seulement avalé l'appât, mais toute la ligne avec. Il devait déjà être en train de ramasser tous les documents compromettants.

À la porte de l'ascenseur, ils croisèrent deux hommes qui camouflaient leur abondante musculature du mieux qu'ils pouvaient dans des vêtements sur mesure coupés spécialement à cet effet. Cathy fut à nouveau surprise de constater à quel point ils avaient peu le style habituel des armoires à glace.

— Il est à vous, leur dit-elle.

L'un d'eux lui remit une petite mallette noire et fit un bref signe de tête pour signifier qu'ils se chargeaient de la suite des opérations.

Blunt et Cathy descendirent attendre dans l'automobile. Blunt posa la mallette sur ses genoux.

À peine avaient-ils eu le temps d'ouvrir la mallette, qu'une lumière verte s'allumait. Désiré Laterreur venait de décrocher le téléphone.

— Oui, j'écoute.

— Ici Désiré. La police sort de chez moi.

— Qu'est-ce qu'ils voulaient?

— La psy n'est pas morte. C'est sa sœur. Elle était flic. Elle est arrivée avec un collègue. Je veux dire, un collègue de celle qui est morte, la flic...

— Mais qu'est-ce qu'ils voulaient?

— Le flic voulait fouiller. Pour une affaire de chantage. Il paraît qu'il y a un type qui a envoyé des lettres de menaces à des tas de gens. Il parlait de moi dans une des lettres. Il disait que j'avais refusé de prendre ses menaces au sérieux et que je l'avais regretté...

— Qu'est-ce que cette histoire?

— Il voulait fouiller, mais il n'avait pas de mandat. Il a dit qu'il allait revenir.

— Écoute-moi bien. Ce n'est pas demain matin que tu vas partir, c'est tout de suite. Ramasse tout ce qui est important et file.

— Mais...

— Pas de mais. Il faut que tu sois parti d'ici dix minutes. Appelle-moi dès que tu auras trouvé un hôtel. Je te dirai où aller ensuite.

— D'accord.

— Et surtout, essaie de garder ton calme.

La lumière verte s'éteignit. Blunt et Cathy continuèrent d'attendre.

Douze minutes plus tard, ils les voyaient sortir. Les deux agents escortaient Désiré vers une Oldsmobile noire. Ils l'avaient intercepté à la sortie de son appartement. Ils allaient l'amener dans une maison de sécurité en attendant d'avoir le feu vert pour procéder à l'interrogatoire.

Blunt et Cathy remontèrent à l'appartement. La porte n'avait pas été refermée à clé. Les bagages de Désiré étaient en évidence, sur la table de la cuisine, là où les policiers les avaient déposés. Juste à côté, il y avait ses effets personnels : porte-monnaie, cartes, pièces d'identité...

Blunt fit rapidement le tour de l'appartement pendant que Cathy effectuait l'inventaire des deux valises.

— J'ai l'impression qu'on a trouvé ce qu'il nous faut, dit-elle. Regarde.

Il jeta un bref coup d'œil aux lettres, ouvrit les deux premières pour vérifier que l'écriture correspondait bien à celle des messages, puis les rattacha avec l'élastique.

Il laissa ensuite partir un sifflement d'appréciation lorsqu'il découvrit une carte de l'île de Montréal avec une vingtaine de X ajoutés au crayon feutre rouge. Cinq de ces X étaient encerclés d'un trait bleu. Il y avait également un bref trait vert.

— Si c'est ce que je pense... dit-il.

— À l'œil, je dirais que ça correspond aux endroits.

Cathy appela Boyd pour l'informer de ce qu'ils avaient découvert. Plus besoin de prendre de gants blancs avec Désiré : ils pouvaient procéder à son interrogatoire.

— Je m'occupe immédiatement, fit le policier. Je ne pense pas que ça fasse de problèmes : les Américains ont un spécialiste qui vient d'arriver de New York. Un médecin. Il dit qu'il peut le casser en moins de trois heures.

— Il faudrait mettre quelqu'un sur l'identification des endroits marqués sur la carte, reprit Cathy.

— Je m'occupe de ça aussi. J'envoie tout de suite quelqu'un la récupérer, avec tout le reste. Aussitôt qu'ils arrivent, vous allez vous reposer. Je vous fais un rapport complet demain matin.

— Je pourrais peut-être...

— Avec ce qui vous est arrivé, un peu de repos ne sera pas un luxe.

— Puisque je n'ai pas le choix.

— Demain matin à mon bureau. 8 h 30. Ça vous va ?

— D'accord. Mais vous m'appelez s'il se passe quelque chose d'important.

— Promis.

Un peu plus de deux heures plus tard, Boyd leur télé-phonait. Les experts étaient catégoriques : non seulement les lettres de menaces retrouvées chez Laterreur et les messages expédiés au maire avaient été écrits par la même personne, mais ces derniers avaient été composés avec les mots découpés dans les lettres. Dans deux d'entre elles, on avait découvert des trous correspondant à tous les mots des messages.

Les résultats dépassaient les espérances de Blunt. Il venait de réaliser une première brèche importante dans le territoire de l'adversaire. Restait à savoir comment ce dernier réagirait et, surtout, s'il avait lui-même correcte-ment anticipé sa riposte.

Autre résultat : sur la carte de la ville découverte chez Désiré, les cinq X encerclés d'un trait bleu correspon-daient à l'emplacement d'une piscine, d'un centre Nautilus, d'un magasin d'aliments naturels, d'un chantier de cons-truction ainsi que du stade olympique. La prison de Parthenais, elle, était simplement cochée d'un trait vert.

Parmi les autres effets personnels de Désiré, ils avaient découvert une carte de membre honoraire du FATS au dos de laquelle un numéro de téléphone avait été griffonné, une boîte de petites pilules et un gadget électronique qui ressemblait à un sélecteur de postes télé. Autant d'objets sur lesquels les experts de l'équipe technique feraient leurs rapports, le lendemain matin.

En dépit de toutes ces bonnes nouvelles, un détail tracassait cependant Cathy : plusieurs lettres étaient écrites en anglais et on ne retrouvait nulle part les mots qui y avaient été découpés. Tous les messages étaient uniquement en français. Le surintendant n'avait pu four-nir aucune explication.

Blunt, lui, croyait savoir ce qu'étaient devenus ces mots. Mais il préféra ne pas en parler.

Cathy se fit couler un bain chaud et avisa Blunt qu'elle monopolisait la salle de bains pour au moins une heure.

Il en profita pour consulter son terminal et revoir l'ensemble du dossier. À deux reprises, il crut percevoir des sanglots étouffés qui perçaient à travers la musique de la radio que Cathy avait apportée avec elle dans la salle de bains. Il en fut presque soulagé : c'était une bonne chose que sa tension puisse sortir.

Il rédigea ensuite un rapport détaillé des derniers événements, le transmit à la banque centrale et appuya sur les touches qui déclencheraient le signal avertisseur, à l'autre bout. Aussitôt qu'elle lirait le message, Lady procéderait aux vérifications qu'il lui demandait de faire et elle avertirait Plimpton de lui transmettre sans délai ce que l'équipe d'interrogateurs pourrait extraire de Désiré.

Compte tenu des circonstances, il était difficile pour Blunt de téléphoner, mais il se reprendrait à la première occasion.

Il ferma le terminal, se retourna et se retrouva face à face avec Cathy. Un serviette de bain enroulée autour du corps, une autre en guise de turban pour les cheveux, elle semblait l'observer.

Les deux chats se frôlaient contre ses jambes.

— On dirait qu'ils t'ont adoptée, fit-il, du ton le plus anodin qu'il put.

— Qu'est-ce que tu faisais ?

Sa voix semblait parfaitement naturelle. Son attitude plus détendue. Il en conclut qu'elle venait juste d'arriver.

— Je revoyais le dossier.

— Tu as tout mis sur l'ordinateur ?

— Oui. Avec le scanner, on peut même reproduire les photos. C'est ce que j'ai utilisé pour les messages écrits à la main. Demain, il faudrait que tu m'obtiennes une photo de Désiré et de l'homme qui est mort en même temps que Katie.

— Tu montes toujours tes dossiers de cette façon-là ?

— Maintenant, oui. Tu veux voir ?

— Demain matin. On regardera tout ça ensemble avant de faire le programme de la journée.

— Je peux quand même te donner un premier résultat.

— Déjà ?

— Le numéro au dos de la carte : code régional de Miami. Numéro désaffecté.

— Ça commence bien.

Lorsqu'elle se retira dans la chambre, les chats ne voulurent rien savoir de la laisser. Ce fut donc Blunt qui hérita du perroquet.

Il fut obligé de mettre un drap sur la cage pour réussir à le faire taire.

Avant de s'endormir, il eut amplement le temps de songer à l'adversaire. Il n'arrivait toujours pas à lui associer un nom ou un visage, mais sa technique se précisait de plus en plus. Il avait hâte de connaître les résultats de l'interrogatoire de Désiré.

Par ailleurs, il ne pouvait pas s'empêcher d'éprouver une certaine satisfaction quant à son propre jeu. Les pierres qu'il avait placées dès le début dans cette zone d'influence ennemie s'étaient avérées stratégiquement déterminantes. Quelques jours plus tôt, l'adversaire semblait en voie de consolider son territoire et, maintenant, celui-ci était en train de s'effriter.

Il ne fallait cependant pas se faire d'illusions. Ce ne serait pas suffisant pour gagner la partie. Blunt le sentait. Au mieux, il y aurait neutralisation de ce secteur et perte d'énergie pour l'adversaire. Mais ce n'était qu'un engagement local. Qui savait combien de coups l'adversaire avait déjà eu le temps de jouer, dans la zone américaine, avant qu'on s'aperçoive de son manège ? Peut-être avait-il eu le temps d'y consolider un territoire. Peut-être même celui de Montréal avait-il été sacrifié délibérément... Et peut-être y avait-il d'autres ébauches de territoires, ailleurs sur la planète, qu'il ne soupçonnait même pas.

Cathy, elle, s'endormit assez rapidement. Par mesure préventive, elle avait pris une autre valium. Avec ce qui s'annonçait, elle ne pouvait pas se permettre une nuit sans sommeil. Qui savait les nouvelles catastrophes qui allaient leur tomber dessus dans les jours à venir ? Et puis, il y avait Blunt : non seulement semblait-il un peu trop à l'aise à travers tout ce qui se passait, mais, quand elle était sortie de la salle de bains, elle avait eu nettement l'impression qu'il avait cherché à lui dissimuler quelque chose sur le terminal. Quel jeu jouait-il donc ?

Était-ce son fameux entraînement de go qui lui faisait tout accepter avec un tel naturel ? Peut-être en savait-il plus qu'il ne le disait ? Et si tel était le cas, d'où pouvaient bien lui venir ses informations ?

La question s'affaiblit doucement comme un écho dans son esprit et elle sombra dans un sommeil agité de cauchemars dont elle ne garda au réveil qu'une impression vague mais intense de panique.

# JOUR 8

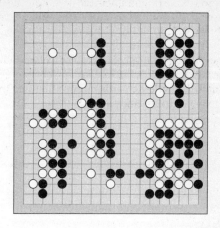

Le **chuban** est le milieu de partie. Comme à toutes les étapes du jeu, on peut s'inspirer de principes, mais il n'y a pas de règles absolues qu'il suffirait d'appliquer.

Ce qui est inutile est nuisible... Une attaque directe d'une position forte a souvent pour seul effet de la renforcer... Un coup qui a plusieurs objectifs est toujours préférable... Un excès de concentration dans un secteur abandonne le reste du goban à l'adversaire...

La main de Blunt s'abattit sur l'interrupteur du radio-réveil, mais les voix ne semblaient pas vouloir s'arrêter. Il lui fallut un certain temps avant de comprendre.

Les jumelles lui avaient souvent dit que c'était le matin que Jacquot Fatal était au meilleur de sa forme. Il s'en faisait administrer la preuve. La couverture qui couvrait la cage semblait sans effet

Quelques instants plus tard, Cathy émergeait de la chambre, précédée des deux chats. Le perroquet la salua d'une cascade de « Salut Poulette » entrecoupée de « Salut Cocotte ».

Blunt jeta un regard surpris en direction de l'oiseau. Les jumelles lui avaient bien dit qu'il lui arrivait parfois de se tromper, mais de là à le voir osciller entre les deux surnoms, comme s'il ne parvenait plus à le reconnaître !

Son attention fut ensuite attirée par les deux terreurs à moustaches qui faisaient un sprint vers leur assiette.

— Pas trop de problèmes avec les monstres ? demanda-t-il, en les désignant d'un signe de la tête.

— Ils n'ont pas bougé d'un poil de toute la nuit.

— Tu leur as donné un tranquillisant ?

Il pensait à Mic qui avait l'habitude de lui chatouiller le nez pour le réveiller. À Mac qui lui piétinait vigoureusement l'estomac jusqu'à ce qu'il se lève.

Les journaux du matin contenaient leur lot habituel de drames et de catastrophes diverses. Blunt en entreprit l'énumération à haute voix :

— Curé accusé de crimes sexuels, l'évêque l'avait caché dans une paroisse reculée du Témiscamingue... gérant de banque déchiqueté par une bombe dans sa voiture... un père tue ses deux enfants dans une crise de rage contre son épouse... un prisonnier meurt lorsqu'un condom rempli d'héroïne lui éclate dans l'estomac... une femme se fait offrir 3500 $ comme compensation pour son fils tué par erreur... un chirurgien distrait lui avait oublié des ciseaux dans le ventre... un couple martyrise son bébé de deux ans et demi... adolescent de quinze ans émasculé...

Blunt replia le journal :

— La routine, fit-il, sur un ton vaguement sarcastique, vaguement dégoûté. Rien de relié à la santé ou au sport.

Il courut après Mac qui s'enfuyait avec une de ses pantoufles. Aussitôt qu'il revint s'asseoir à la table, Mic prit la relève : assis à distance prudente, immobile comme une potiche égyptienne, il entreprit de guetter à son tour la pantoufle en équilibre au bout de son pied.

— On fait le programme de la journée ? suggéra Cathy.

Blunt acquiesça d'un signe de tête, avala le reste de son café et débarrassa la table.

— Ce matin, fit-elle, je passe voir le super. Ensuite je passe au bureau.

— C'est vrai, tes clients...

— J'ai une amie qui peut s'en occuper. Elle va prendre les cas les plus urgents et prévenir les autres que je serai absente pour quelques semaines... Si tu veux, on dîne ensemble.

— Au Shangaï ?

— D'accord. Je te raconterai comment ça s'est passé avec Boyd. Ensuite il va falloir que je m'occupe de l'enterrement.

— Si je peux faire quelque chose...

— Pour ça, j'aime mieux être seule.

— Comme tu veux.

Sous la table, les chats étaient maintenant deux à guetter la moindre distraction de Blunt pour sauter sur la pantoufle. Un truc qu'ils semblaient avoir appris en jouant avec les nièces.

— Quand on aura les résultats de l'interrogatoire, reprit Blunt, ce sera plus facile de savoir où on va.

— Je me demande s'ils ont réussi à identifier tous les endroits marqués d'un X.

— Avec Laterreur pour les aider...

— Tu penses qu'on va finir par en voir le bout ?

— Bien sûr, fit Blunt, sur un ton qu'il voulait confiant.

Mais il ne fournit aucune explication à l'appui de son optimisme, se contentant d'abandonner la pantoufle aux chats et d'aller s'habiller dans la salle de bains.

Lorsqu'il en sortit, Cathy était sur le point de partir. Sur son gilet, elle avait accroché un macaron qui ne laisserait aucun doute aux éventuels raseurs sur le comportement à adopter à son égard : LEAVE ME ALONE. I AM HAVING A CRISIS.

## 8 H 30

— Il faudrait en acheter une caisse et les distribuer à l'intérieur du poste, fit le directeur, lorsqu'il aperçut le macaron.

Cathy ne put faire autrement que sourire.

— Pas trop de difficulté à entrer ? demanda-t-il.

— Non. Mais je n'ai pas très bien compris pourquoi ils manifestent.

— Ils sont là depuis sept heures ce matin. Une sorte de secte. Ils annoncent la fin du monde pour le mois prochain et nous accusent de cacher la vérité sur « l'épidémie de folie meurtrière ». Disent que c'est un signe...

— Tant qu'il s'agit seulement d'un groupe d'illuminés...

— Malheureusement, j'ai l'impression que c'est en train de se répandre... Seulement hier, on a reçu plus de deux cents appels. Des gens qui veulent savoir si c'est contagieux, de quelle manière on peut se protéger.

Puis, sur un ton plus grave, comme s'il changeait de sujet, Boyd ajouta :

— Il faut que je vous parle du rapport.

— C'est intéressant ?

— Intéressant, oui. Mais il reste beaucoup de trous à combler.

— Est-ce que Désiré a parlé ?

— Plus moyen de l'arrêter.

— Je peux le voir ?

— Je crains que ce ne soit pas très utile. Il n'est plus en état de vous répondre.

— Qu'est-ce qu'ils lui ont fait ?

— Le docteur Klamm dit que ce sont des effets secondaires imprévisibles. Un genre d'accident...

— C'est brillant ! explosa Cathy. Le premier témoin que je vous apporte, vous le bousillez !

— Le mot est exagéré. Il serait plutôt... dysfonctionnel pour un temps indéterminé. Ce sont les termes du docteur Klamm...

— Qui est-ce ?

— Le médecin de New York dont je vous ai parlé. Très efficace. Votre client a parlé pendant plus d'une demi-heure. Il répondait à toutes les questions.

— Et ensuite ?

— Il a continué de parler, mais ça n'avait plus aucun sens. Aucun moyen de l'arrêter. Selon Klamm, c'est comme si un barrage inconscient avait cédé et que tout un réservoir se déversait. Il faut attendre qu'il se vide.

— Vous avez essayé de l'endormir ?

— Klamm pense que nous obtiendrons des résultats plus rapides si nous le laissons se vider.

— Et il délire depuis cette nuit ?

— Oui. Il ressasse sans arrêt des histoires de graisse, d'otages englués, de fin du monde, d'enlisement... Il parle assez souvent de son frère, aussi. À tout hasard, on enregistre. On ne sait jamais. Il pourrait laisser échapper un indice.

— Vous pouvez me faire un résumé de ce que vous avez appris ?

— Un : il n'était responsable que d'une partie mineure de l'opération. Deux : tous les agents font partie d'une espèce de club social vaguement religieux appelé FATS. Trois : c'est lui qui a expédié les messages, mais ce n'est pas lui qui a communiqué avec les journalistes.

Cathy ne put s'empêcher de songer à Blunt.

— Quatre : ce n'est pas lui non plus qui a supervisé l'implantation des appareils de contamination. Selon le plan initial, il devait y avoir plusieurs attentats encore, de plus en plus spectaculaires, avant le déclenchement de la phase finale. Mais ils ont décidé d'accélérer les choses.

— Pour quelle raison ?

— Nous ne savons pas. C'est à ce moment-là que le témoin est devenu dysfonctionnel.

— Ça nous laisse combien de temps ?

— Le maire a reçu un autre message hier soir. Directement par téléphone, cette fois. Trois jours pour remplir toutes les conditions. Autrement, ils déclenchent des incidents à la grandeur de la ville.

— Quoi !

— Ils ont aussi ajouté deux nouvelles conditions. Je vous ai préparé une copie de l'enregistrement.

Cathy parcourut rapidement les quelques feuilles que Boyd lui tendait.

— Vous n'avez pas identifié l'appel ? demanda-t-elle, en relevant les yeux.

— Une cabine téléphonique sur des Pins. Près du consulat russe.

— Et pour la carte ? Ils ont trouvé quelque chose ?

— À quelques endroits. Des sortes de distributeurs greffés sur le réseau de distribution d'eau. Avec une minuterie doublée d'un récepteur télécommandé. Ils peuvent les reprogrammer à distance.

— Une idée de ce qu'ils contiennent ?

— Les analyses sont en cours. Pour ce qui est des autres endroits, les recherches se poursuivent.

— Avez-vous continué les vérifications du côté de Laterreur ? Ses relations, ses comptes de téléphone...

— Les Américains doivent me fournir un premier bilan en fin de journée.

— Demandez-leur donc de faire une vérification de routine sur Blunt.

— Vous le soupçonnez ? Pour le coulage d'informations ?

— Pas vraiment. Mais comme je vais rester chez lui pendant quelques jours, autant être certaine.

Le directeur lui jeta un bref regard de désapprobation, mais s'abstint de tout commentaire. Il fouilla ensuite dans un tiroir et en sortit une petite serviette de cuir.

— Les derniers éléments du dossier, dit-il. Évidemment, ce n'est pas pour les yeux de votre ami journaliste.

Cathy jeta un bref coup d'œil au contenu.

Le message au maire se terminait par la menace d'une « vague de folie à la grandeur de la ville ».

— Vous croyez qu'ils en ont les moyens ? demanda-t-elle.

— Et vous ?

## 8 H 37

Après le départ de Cathy, Blunt avait communiqué avec Lady.

Plimpton avait déjà fait un rapport sommaire à la directrice et elle était anxieuse de connaître les détails. En particulier, elle voulait savoir ce qui les avait amenés à s'intéresser à Désiré Laterreur.

L'explication que lui fournit Blunt, comme quoi il était un client de Cathy, lui parut suspecte.

— Vous croyez à ce genre de coïncidences ? demanda-t-elle.

— Ça peut arriver. Un coup de chance... Mais je suis d'accord avec vous, ça tombe presque trop bien.

— Laterreur, qu'est-ce que vous en pensez ?

— Personnage plutôt particulier, fit Blunt.

— De toute façon, avec Klamm qui s'occupe de lui, s'il ne l'était pas...

— Klamm !

— Ça me prenait quelque chose pour calmer Kordell, il est persuadé que c'est un coup des « camarades ». Il voulait alerter le Président. Avec Lester qui n'est pas loin de partager son avis, je n'avais pas le choix. J'ai accepté que Klamm se joigne à l'équipe de Montréal.

— Vous, qu'est-ce que vous en pensez ?

— De quoi ? Des « camarades » ?... Pas impossible. Avec la carte de crédit qui mène aux services secrets russes, le numéro de téléphone désaffecté à Miami et le FATS qui semble financé par eux... Mais, d'habitude, ils travaillent mieux que ça.

Elle lui dit ensuite de quelle façon les messages étaient envoyés à Fry.

— Ils auraient voulu se faire prendre, ils n'auraient pas fait autrement, conclut-elle.

— Kordell doit être aux anges.

— On le serait à moins.

— Qu'est-ce qu'il raconte ?

— La même chose que d'habitude : les Rouges sont à nos portes et il faut leur botter le derrière.

— Plus précisément ?

— Il se base sur les messages reçus par Fry. Il est persuadé que toute l'opération de Montréal vise uniquement à faire un exemple, à montrer ce qui attend les villes américaines. Que c'est pour ça que les revendications n'ont aucun sens.

— Surprenant qu'il ouvre son jeu comme ça. Il faut qu'il soit vraiment sûr de lui. Il doit savoir des choses qu'on ne sait pas.

— J'avoue que je suis parfois tentée de partager son avis. J'ai de la difficulté à voir quel autre objectif il peut y avoir derrière tout ça.

— On ne devrait pas tarder à l'apprendre. Ici, la situation est à la veille d'aboutir.

— J'ai fait remettre la réunion de coordination à ce soir. Si vous avez quelque chose d'ici là...

— OK.

— Du côté des surveillances ?

— Tout le matériel est en place. Jusqu'à maintenant, les résultats sont négatifs.

— Et votre protégée? Comment se comporte-t-elle?

— Comme si c'était la vraie.

— À ce point-là?

— Elles avaient l'habitude de prendre la place l'une de l'autre.

— Je ne comprends pas.

— De se faire passer l'une pour l'autre quand elles allaient voir des amis, quand elles allaient travailler...

— Et personne ne s'est jamais aperçu de rien?

— Pas que je sache.

— Intéressant... Et comment est-ce qu'elle réagit au choc?

— Presque trop bien. Pour l'instant, elle est « sur le pilote automatique ». À mon avis, le fait de participer à l'enquête l'aide à tenir.

— Prenez garde que ça ne devienne pas trop personnel: elle pourrait faire des bêtises.

— Difficile que ça ne le soit pas, personnel, non?

— J'ai dit «trop». À vous de juger.

## PARIS, 16 H 35

— Oui?

— Quelque chose de nouveau? fit la voix toujours un peu froide et détachée, à l'autre bout du fil.

À chaque appel que l'Obèse recevait de Lubbock, il ressentait le même malaise. Plus vite l'opération serait terminée, plus vite il serait débarrassé de lui. De façon définitive. La lutte qu'il poursuivait ne pouvait pas s'accommoder des calculs et manigances de l'homme à la cicatrice.

Pour ce dernier, il s'agissait uniquement d'une opération commerciale. Le premier coup ne serait pas très rentable, soit, mais il servirait à créer un pattern, à forger l'organisation. Ensuite viendrait la phase d'expansion et alors les profits commenceraient à rentrer plus sérieusement.

L'Obèse était d'accord avec cette analyse – à un détail près. Une fois la première opération terminée, il prendrait personnellement le contrôle total de l'organisation. Il n'y aurait plus de place pour Lubbock. Car, pour l'Obèse, l'argent n'était pas le principal motif. Il y avait d'abord la Cause. Les profits seraient consacrés exclusivement à l'expansion du Pouvoir Mou.

L'humanité entrerait dans une phase de vie facile. Terminé le régime de la santé forcée et de la forme obligatoire ! Terminée la discrimination pour les déviants du schéma corporel imposé ! Il était temps que l'expansion cesse d'être uniquement réservée aux sociétés et qu'on la permette aux individus. Après la croissance du PNB, ce serait celle du tour de taille. Et de tous les autres tours...

Mais on n'en était pas encore là. À Montréal, la situation se compliquait. La visite à l'appartement de Désiré avait exigé des mesures urgentes. Il n'avait pas d'autre choix que d'en parler à Lubbock.

Même s'il envisageait de se débarrasser de lui, l'Obèse ne sous-estimait pas les moyens que Lubbock avait à sa disposition. Ni sa compétence. Lors de leur première rencontre, ce dernier lui avait dit avoir plusieurs années d'expérience dans le cadre d'organisations parallèles : espionnage industriel, contrebande... terrorisme, avait-il même laissé entendre. L'efficacité avec laquelle il avait aidé à mettre le FATS sur pied en témoignait.

— C'est au sujet de Montréal, laissa tomber l'Obèse, à travers un soupir. Il y a quelques problèmes.

— Tiens ! Vraiment ?

Toujours la même ironie un peu méprisante.

— Rien qui puisse compromettre le résultat final. Mais il va falloir que vous preniez la relève pour une partie de l'opération.

L'Obèse lui apprit que ce n'était pas la psychologue qui était morte, mais sa jumelle, la femme flic. C'était probablement elle qui avait été surprise à fouiller l'appartement de Désiré, la première fois.

— Je peux savoir de quelle manière vous avez appris tout ça ?

— Désiré m'a téléphoné hier. Il venait de recevoir la visite de la psychologue. Elle était accompagnée par un policier, un ami de sa sœur. Ils voulaient fouiller l'appartement.

— Ils lui ont dit pourquoi ?

— Ils cherchaient des lettres reliées à une affaire de chantage. Désiré aurait été parmi les victimes... Comme ils n'avaient pas de mandat, il a refusé de les laisser perquisitionner. Il m'a téléphoné tout de suite après leur départ. Je lui ai dit de prendre tous les papiers compromettants et de partir sans attendre.

— Et... ?

— Il est censé se trouver un hôtel quelque part. J'attends son coup de fil pour lui expliquer comment se tirer de là.

— Espérons qu'il n'ait pas fait de folies.

— Vous allez devoir vous charger seul de la suite des opérations, y compris des relations avec les autorités.

— Je mettrai ça sur ma note de frais.

— Pensez-vous qu'il faudrait s'occuper de l'autre sœur ?

— Maintenant que Désiré est parti, il n'y a plus grand risque.

— J'espère que vous avez raison. De votre côté, quelque chose de nouveau ?

— J'ai accéléré le déroulement et j'ai fait parvenir l'ultimatum final.

— Aux mêmes conditions ?

— Aux mêmes conditions.

— Les modules sont toujours en place ?

— Normalement, oui. Désiré ne connaissait pas leur localisation exacte.

Cela aussi avait été une bonne idée, songea l'Obèse ; il devait l'admettre. Au début, il s'y était opposé, mais Lubbock avait eu raison : avec des émetteurs pouvant déclencher les modules dans un rayon de cinq cents mètres, il n'était pas nécessaire que les cartes indiquent l'emplacement précis des appareils. Cela diminuait d'autant les risques de fuite.

— Si Désiré est vraiment en sécurité, ça devrait aller, conclut Lubbock, sur un ton qui semblait exclure toute autre discussion. Mais nous leur donnerons quand même un petit avertissement d'ici la fin du délai.

Un déclic apprit à l'Obèse que son interlocuteur avait raccroché. Il posa le récepteur à son tour.

Lubbock pouvait bien jouer les durs, il ne l'emporterait pas en paradis. L'Obèse avait contre lui une arme que l'autre ne soupçonnait pas. Le moment venu, il n'aurait que quelques mots à glisser au bon endroit pour le faire retirer de la circulation.

Bien sûr, il perdrait par le fait même son pourvoyeur de jeunes pages. Mais il n'y avait personne d'irremplaçable. Le plus difficile était d'ailleurs fait. Il avait réussi à prendre contact avec l'intermédiaire par lequel les jeunes pages « usagés » étaient acheminés discrètement hors du pays, jusqu'au Soudan, où ils disparaissaient sur les marchés de Shendi. Cette ville était la plaque tournante du trafic d'esclaves depuis des siècles ; l'intermédiaire connaissait bien l'endroit et il était prêt à prendre la relève.

Restait à trouver une nouvelle source interne d'approvisionnement. Là non plus, il ne devrait pas y avoir de problèmes ; les pourvoiries de ce genre abondaient, en France, pour qui en avait les moyens.

Une fois ces détails réglés, plus rien ne le retiendrait de se débarrasser de Lubbock.

## MIRABEL, 11 H 58

Lubbock raccrocha l'appareil et ouvrit son calepin. Les deux coups de fil avaient été fructueux. Surtout le dernier : son informateur avait beau être réticent, il n'avait pas le choix. Ses renseignements étaient toujours de première qualité. Presque de première main, songea Lubbock, avec un sourire.

Il fit d'abord un trait à côté des mots « ultimatum » et « téléconteneur ». Il en fit ensuite un autre à côté des mots « arrestation du fou ». De ce côté-là, il y avait eu un petit accrochage, mais rien de sérieux.

Sur la ligne suivante, il y avait un nom de personne : Thomas Quasi. Lui aussi ne tarderait pas à être coché.

Il y avait également eu de l'imprévu, comme cette réaction d'attribuer les attentats à la mafia, mais le plan était suffisamment souple pour s'y adapter. Et l'Obèse avait bien réagi.

Pauvre gros, il devait croire qu'il avait encore la situation en main ! Autant lui laisser ses illusions : le jour approchait pour lui de jouer son dernier rôle.

Un détail tracassait toutefois Lubbock : cette histoire de jumelle tuée à la place de la psychologue était pour le moins étrange. Il fit un nouvel appel pour vérifier l'information.

Après avoir obtenu confirmation que la victime était bien Kathleen Duval, policière et sœur jumelle de la psychologue, il raccrocha et retourna quelques instants la question dans sa tête. Un sourire effilé apparut finalement sur ses lèvres. Tout bien considéré, peu importait de savoir laquelle des deux avait visité l'appartement de Désiré : il y avait une façon simple de régler la question. Une façon qui accroîtrait encore un peu plus la pression sur les autorités, qui constituerait une excellente diversion.

Il composa un nouveau numéro. Lorsqu'un répondeur s'enclencha, son sourire se rétrécit. Puis il songea que ce serait encore mieux, que ça ferait plus inaccessible.

Il dicta alors lentement son message et raccrocha.

## 12 h 19

Blunt avait commandé du saké avec son repas. Cathy avait refusé de l'accompagner, prétextant que ça goûtait l'eau de Javel.

— Il nous reste trois jours, finit-elle par dire.

— Trois jours ?

— Le maire a reçu un nouveau message : dernier ultimatum. Trois jours pour satisfaire à toutes les demandes précédentes...

— Ou bien ?

— ... ou bien ils déclenchent des crises d'hystérie à la grandeur de la ville.

— Seulement ça !

— Ils ont aussi ajouté deux nouvelles conditions. La première, c'est une sorte d'impôt inversement proportionnel au taux de graisse des gens. Plus quelqu'un est mince, plus il paie ; à partir d'un certain seuil, ça s'inverse : les sommes perçues sont redistribuées aux obèses... en proportion de leur pourcentage de graisse ! Ils disent que c'est une forme de péréquation selon le principe que tout le monde a des droits égaux et que nul n'est responsable de son métabolisme.

— L'autre condition ?

— La fermeture de toutes les usines d'armement sur le territoire de Montréal et de sa banlieue, ainsi que de tous les centres de recherche liés de près ou de loin à l'industrie militaire... Tu vois un rapport ?

Blunt demeura songeur un moment. La lutte pour le contrôle du territoire montréalais tirait à sa fin ; la dernière condition était probablement une pierre qui établissait une connexion avec celles posées depuis le début du côté américain. Il imaginait la réaction de Kordell, lorsqu'il prendrait connaissance du message. Il n'y aurait plus moyen de le retenir. Tous les faits semblaient venir renforcer l'hypothèse d'un complot des « camarades ».

Il devenait urgent de découvrir ce que fabriquait le FATS, ainsi que l'identité de l'homme de Paris. C'était par eux que tout passait.

— Non, dit-il finalement. Je ne vois pas.

Cathy fit alors un résumé des autres développements, y compris de l'interrogatoire de Désiré Laterreur.

À la mention de Klamm, elle crut distinguer une réaction sur le visage de Blunt.

— Tu le connais ?

— De nom, répondit-il de façon évasive.

— Il l'a complètement bousillé, enchaîna-t-elle. Désiré a répondu à toutes les questions pendant une demi-heure, puis il a craqué. Il délire sans arrêt depuis ce moment-là.

— Est-ce qu'ils ont récupéré ce qu'il y avait aux endroits marqués sur la carte ?

— Deux seulement. Des espèces de conteneurs télécommandés : le laboratoire est en train de procéder aux analyses.

— Les autres ?

— Même Désiré ne sait pas où ils sont. Les croix indiquent les endroits où il faut se poster pour déclencher l'ouverture des conteneurs avec la télécommande.

— Quelle portée, l'appareil ?

— Environ cinq cents mètres.

La serveuse apporta le saké. Blunt lui dit que ça allait, qu'il ferait le service lui-même.

— Du côté du virus, quelque chose de nouveau ? demanda-t-il.

— Une fois la crise terminée, les victimes reprennent leur état normal. Ils les ont examinées au scanner et tout semble rentré dans l'ordre : le corps élimine les protéines de façon graduelle en l'espace de vingt-quatre heures.

— Et ils continuent de demeurer porteurs ?

— Du virus ? Oui.

— Et ils pourraient avoir de nouvelles crises ?

— Ce n'est pas exclus. Mais ils pensent que c'est peu probable. C'est fréquent, avec les virus, il paraît. La plupart des gens contaminés apprennent à les contenir sans aucun symptôme extérieur. Seuls quelques-uns sont affectés de façon visible.

Ils mangèrent avec un appétit qui semblait tout ignorer de la situation dans laquelle ils étaient.

— Quelque chose sur Laterreur ? demanda Blunt, au café. Vie personnelle, je veux dire...

— Rien encore. Ils achèvent d'éplucher son appartement.

— Qu'est-ce que tu fais cet après-midi ?

Pour toute réponse, elle se contenta de lui montrer son macaron.

Quelques instants plus tard, elle ajoutait :

— *Life goes on*. Même pour les morts... Je vais m'occuper des formalités...

— Dix-neuf heures à l'appartement ?

— Dix-neuf heures.

Elle sortit. Blunt resta pour terminer le saké.

Après tout, il était censé être en vacances. Lady pouvait bien attendre une demi-heure de plus pour le rapport.

Et puis, si c'était pour être les derniers jours de sa vie, autant en profiter. Du moins, un peu.

## 16 h 38

Blunt avait dû se résoudre à partager le divan avec les chats. Il se reposait en regardant distraitement le Giunta sur le mur. Son esprit imaginait des lignes pointillées de blanc et de noir qui se mouvaient les unes au travers des autres. Les notes épurées du koto distillaient dans la pièce une atmosphère de sérénité.

La somnolence dans laquelle il s'était enveloppé fut déchirée par la sonnerie du téléphone.

Mic et Mac réagirent en amorçant une poursuite tous azimuts, comme si on avait subitement actionné un interrupteur. Le perroquet reprit pour sa part une version modifiée de la sonnerie.

— Blunt, fit-il, sur un ton peu amène.

— Cathy, fit simplement la voix dans l'appareil. Je voulais savoir si tu étais à l'appartement. Il faut que je te voie tout de suite.

— Quelque chose de nouveau ?

— J'ai peut-être une nouvelle piste. J'arrive.

Une vingtaine de minutes plus tard, lorsqu'elle entra, le salon avait retrouvé son calme.

— Regarde, dit-elle, en lui tendant une carte de visite.

Blunt y jeta un coup d'œil.

---

*T H O M A S   Q U A S I*

**ÉCRIVAIN PUBLIC**

**DOLÉANCES, RÉCRIMINATIONS
ET LETTRES DE BÊTISES INC.**

Les jumelles lui en avaient parlé à plusieurs reprises. C'était un des préférés de Cathy. Thomas Quasi et ses innombrables quasi-suicides.

— Où est-ce que tu as trouvé ça? demanda-t-il.

— Dans une des boîtes de paperasse qu'ils ont ramassées à l'appartement de Désiré.

— Qu'est-ce qu'il en dit?

— Dans l'état où il est...

— Tu penses que Laterreur se serait fait écrire les lettres par lui?

— Je ne sais pas... Si seulement Klamm ne l'avait pas bousillé!

— Est-ce qu'ils l'ont interrogé?

— Quasi? Ils ne sont pas au courant.

Blunt lui jeta un regard surpris.

— Je ne leur ai rien dit, expliqua Cathy... Avec les Américains dans le décor, je suis reléguée au rôle de couverture. J'ai décidé de leur montrer qu'ils ne sont pas les seuls à pouvoir...

— Un pas de plus vers la grande collaboration de toutes les polices!

Blunt se rappelait l'avertissement de Lady sur le risque de transformer l'enquête en vendetta personnelle.

Cathy sentit sa réticence.

— Ce doit être mon foutu caractère, je suppose, concéda-t-elle pour désamorcer.

Blunt les avait taquinées à d'innombrables reprises sur leur doux caractère d'Irlandaises.

— On peut toujours lui payer une visite. À Quasi, je veux dire...

— Sous quel prétexte?

— Lui dire qu'on a reçu des lettres. Qu'on pense qu'elles ont été écrites par lui.

## 17 H 20

— Ça, je ne peux malheureusement pas vous répondre, fit Thomas Quasi en leur redonnant les photocopies. La maison garantit une totale confidentialité à ses...

— Même si les documents sont des pièces à conviction dans une affaire de meurtre? coupa Blunt.

— De meurtre?

Le visage de Quasi se figea.

— Nous enquêtons sur un cas d'homicide et les documents ont été retrouvés sur les lieux du crime, fit Blunt. Cela s'est passé tout près d'ici. Une femme qui demeurait dans l'immeuble en face.

— Une femme....

— La sœur de mademoiselle Duval. Sa sœur jumelle. Elle était policière à la CUM.

La figure de Quasi acheva de se décomposer.

— Vous pensez que je.. que c'est moi qui aurais...

— On a retrouvé les lettres chez elle, abrégea Blunt.

— Mais c'est impossible, je...

— Oui?

Quasi eut l'air d'un condamné qui jauge le confort de la chaise électrique avant de s'asseoir.

— Je me souviens très bien de cette série de lettres, dit-il finalement. Elles étaient toutes adressées à un homme. Toujours le même.

— C'est vous qui les avez envoyées?

— Le client exigeait que j'aille les porter moi-même dans différents endroits publics, où il les récupérait.

Subitement, Blunt comprit ce qui l'avait intrigué dans ces lettres, sans qu'il arrive à savoir exactement de quoi il s'agissait. Les enveloppes étaient ni affranchies, ni oblitérées.

— Vous l'avez déjà rencontré? poursuivit Cathy.

— Jamais. Je déposais les lettres... par exemple, sous une poubelle, à telle heure, dans la toilette de tel ou tel restaurant... ou bien dans une boîte à fleurs, le long d'une rue... Il m'avait prévenu qu'il me connaissait et qu'il ne voulait pas que je traîne sur les lieux une fois la lettre déposée.

— Et vous ne pouvez rien nous dire de plus à son sujet?

— Non. Tout s'est réglé par téléphone et je recevais l'argent à l'avance par la poste.

— Vous vous rappelez son nom?

— Il ne me l'a pas dit, mais il avait un accent étranger. Un peu guttural. Comme les imitations d'accent russe ou allemand qu'on voit dans les films.

— On pourrait peut-être le retrouver par les chèques? suggéra Cathy. La plupart des banques conservent une copie de toutes leurs transactions sur microfilm.

— Ce n'étaient pas des chèques. Toujours de l'argent. En coupures de 20 $... Moi aussi, j'ai essayé de découvrir qui il était. Mais je n'ai rien trouvé.

Devant leur regard étonné, il ajouta:

— Il m'intriguait. C'est à cause des lettres. Il insistait pour me dicter des bouts de phrases et il fallait que je construise quelque chose qui se tienne autour... Ça... ça aurait pu faire un bon sujet.

Devant le regard interrogateur des deux autres, il se dépêcha d'ajouter:

— Pour une nouvelle... J'écris un peu.

Cela confirmait que les lettres avaient été rédigées de manière à être utilisées dans les messages. Était-ce Désiré qui se les était fait envoyer lui-même pour brouiller les pistes?

— Je crois que ce sera tout pour cette fois, fit Cathy, après avoir consulté Blunt du regard. À moins que vous ayez autre chose à nous dire.

— Je ne vois pas.

— Nous reviendrons, avertit Blunt. D'ici là, vos souvenirs se seront peut-être améliorés.

— Et soyez prudent, fit Cathy en sortant. Un suicide est si vite arrivé.

Ils sortirent, laissant Thomas Quasi totalement interdit: ils ne pouvaient tout de même pas savoir! À moins que...

Son regard parcourut l'immense façade de verre qui se dressait de l'autre côté de la rue. Si elle et sa sœur habitaient un de ces appartements...

Thomas Quasi songea avec tristesse que son intimité était sans doute affectée d'un inachèvement semblable à celui qui grugeait le reste de sa vie.

Même sa naissance, il la fantasmait à travers l'image de cet inachèvement définitif : le fruit d'un oubli de quelques secondes et d'une lâcheté de quelques mois. D'où sa conception de la vie comme coït mal interrompu. Du moins la sienne. Et, jusqu'à ce jour, tous ses efforts avaient visé à ce qu'elle soit le moins possible interrompue.

De là son obsession des suicides inachevés : pour apprivoiser la mort, c'est-à-dire l'inachèvement dont la mort était pour lui l'image la plus aiguë.

C'était sans doute aussi pour cette raison que, pendant son enfance, il avait souvent imaginé un jumeau qu'il était seul à voir et qui lui servait de compagnon de jeu. À la longue, bien sûr, il avait fini par admettre qu'il n'existait pas, mais il ne s'était jamais vraiment consolé de sa perte. C'était lui qu'il essayait obscurément de ressusciter à travers ses tentatives de nouvelles. Comme si l'écriture pourrait un jour lui donner la vie que le monde lui avait à moitié refusée.

Et voilà qu'une jumelle débarquait chez lui, qu'elle lui annonçait qu'il était probablement mêlé à son insu au meurtre de sa sœur, qu'elle faisait allusion à ses suicides comme si elle les avait observés...

Son esprit se mit à dériver sur l'idée de jumelles. Sur le jeu de mots facile qu'il y avait là : des jumelles qui l'observaient avec des jumelles... Toute la structure de l'histoire cristallisa dans sa tête. Un récit tout en trompe-l'œil et en doubles fonds. Il le tenait, son roman. Il pourrait enfin en finir avec les nouvelles inachevées. Tout était clair. À la fois net dans les grandes structures et précis dans ses ramifications.

Son prénom finirait par triompher de son nom. Il avait souvent médité sur le sujet. Thomas pour la croyance, pour l'espoir. Quasi pour l'inachèvement.

Il n'avait jamais connu pareil moment d'exaltation.

C'est sur cette impression de plénitude que ses fonctions cérébrales coagulèrent, lorsque la balle lui fit exploser le crâne : il allait enfin accomplir quelque chose.

Il n'était plus en état de savoir que c'était sa mort.

Lubbock déposa son pistolet sur la table et ferma soigneusement les rideaux du salon. Il s'occupa ensuite pendant plus d'une heure à réaliser ce qui deviendrait la mise en scène du dernier suicide de Thomas Quasi.

Le dégât que produisait inévitablement ce genre d'événement ne réussit pas à effacer le sourire qui affleurait sur son visage avec une persévérance froide et inquiétante.

Le plan continuait de se dérouler comme prévu. Le rôle de l'écrivain public était terminé. Un autre indice venait de tomber en place.

Une fois la mise en scène achevée, il fit un trait à côté de deux autres lignes dans son petit calepin noir : carte de visite et balle.

Puis il sortit.

Il avait encore à faire.

## NEW YORK, 18 H 30

Lady ne se cachait pas que la réunion risquait de lui échapper. Les preuves s'accumulaient en faveur de l'hypothèse de Kordell et ce dernier n'était pas du genre à s'embarrasser de subtilités. Elle avait gagné un peu de temps en expédiant son protégé, Klamm, à Montréal, mais ce n'était que partie remise.

S'il y avait vraiment quelque chose de particulièrement tordu en cours, comme Blunt le craignait, il lui faudrait apporter des preuves bientôt. Des preuves solides. Car l'avis de Blunt, même si elle avait tendance à y ajouter foi, ne pèserait pas lourd. Surtout dans la situation où ce dernier se trouvait.

Fort d'avoir réussi à débusquer un complot des «Rouges», Kordell serait en position d'exiger que Blunt soit confié à Klamm. Pour être «sécurisé».

Derrière ce terme en apparence anodin, elle savait trop bien quelles pratiques se dissimulaient. Et nul doute que, pour Blunt, Kordell demanderait le traitement maximum. «Prophylaxie maximale des risques de fuite» serait l'expression qu'il utiliserait. Cela équivalait à implanter une identité dans la conscience du sujet, puis une autre par-dessus celle-là, comme leurre. De telle sorte qu'en croyant lutter pour vaincre son amnésie et retrouver sa véritable identité, le sujet s'accrochait à celle qu'on lui avait fabriquée.

Sur papier, c'était magnifique. Le seul problème était que l'expérience n'avait réussi qu'une fois. Avec Caméléon. Un sujet tout à fait hors de l'ordinaire qui semblait doté de structures de personnalité flottantes. Klamm s'était amusé à le restructurer une bonne dizaine de fois. C'était son patient favori. Avec les autres, il avait eu moins de chance : ils en étaient tous réduits à avoir besoin d'aide pour manger.

Il faudrait jouer serré, songea la directrice. Si Lester sentait le vent tourner, il protégerait ses arrières et refuserait de s'opposer ouvertement à Kordell. En échange, il pourrait même obtenir le soutien du militaire, lorsque viendrait l'heure de la répartition des budgets de sécurité. Une répartition qui pourrait se faire en faveur de la NSA et au détriment de l'Institut.

— Messieurs, un peu de porto avant de commencer ? dit-elle.

— Avec plaisir, s'empressa d'accepter Lester.

Il savait que ça faisait partie de la mise en scène, mais il n'avait jamais pu résister. Elle avait le don de trouver des bouteilles surprenantes.

— Qu'est-ce que c'est, cette fois ? demanda-t-il, sur le ton d'un habitué.

— Da Silva 44. Une petite merveille pour le prix. Je l'ai découverte à Venise.

— À quel endroit ?

— Le marchand de vin, juste à côté de la gare.

— On commence ? s'impatienta Kordell.

Lester acquiesça, mais sans parvenir à dissimuler un certain agacement. Le geste n'échappa pas à Lady. Elle venait de marquer un point. Lester adorait littéralement le porto et le militaire avait gâché son plaisir.

— Si vous nous disiez ce que vous avez trouvé ? suggéra-t-elle à Lester.

Au début de l'après-midi, elle lui avait téléphoné pour lui demander de faire des vérifications de son côté : peut-être pourrait-il découvrir quelque chose sur Laterreur ?

Kordell les regarda tous les deux d'un air surpris.

— Aucun antécédent judiciaire, commença Lester, heureux de paraître en position de force par rapport à l'autre. Deux frères vivants. L'un vit à Miami, l'autre à Paris.

— Paris et Miami ? reprit Kordell, subitement inté-ressé.

— Celui de Miami s'appelle Fabien Laterreur. Entre-preneur spécialisé dans les travaux de génie civil : cons-truction de routes, d'égouts... Il est déménagé de Montréal à Miami il y a quatre ans pour des raisons d'affaires. Il a décroché des contrats importants dans plusieurs villes américaines. Aujourd'hui, il est plus ou moins à la retraite. Il semble s'être recyclé dans l'industrie du vieux : con-dos, placements, soins et produits de santé...

— Quelque chose d'illégal ? demanda Kordell. Des rapports avec la pègre canadienne-française de Miami ?

— Quelques rumeurs, mais rien de tangible. Il y a cependant un fait intéressant : au cours des dernières an-nées, il a fait don de montants considérables au FATS.

— Quoi !

Les deux autres avaient immédiatement saisi l'impor-tance de la chose.

— Et celui de Paris ? demanda le militaire. Il est lié à cette espèce de société lui aussi ?

— Celui-là, c'est plus compliqué, répondit Lester, un peu mal à l'aise de devoir avouer une lacune dans ses informations. Son nom est Aimé Laterreur...

— Famille passionnante, fit observer la directrice, qui était plus familière que Kordell avec le français.

Lester eut un sourire entendu avant de poursuivre :

— Il s'agit d'un très riche financier qui a pris sa retraite il y a quatre ans.

— Quatre ans lui aussi ! releva Kordell.

Il n'en ratait pas une, songea Lady. Par chance qu'elle avait eu le réflexe de faire effectuer les recherches par

Lester au lieu de leur apporter elle-même les résultats. Ce dernier avait été flatté d'obtenir l'information avant Kordell et il appréciait visiblement le rôle qu'elle lui demandait de jouer. Il serait mieux disposé à son endroit, quand viendrait le moment de décider de la suite des opérations.

— Depuis, poursuivit Lester, il vit dans un endroit inconnu. Il semble qu'il ait complètement disparu de la circulation.

— Vous n'avez rien d'autre sur lui ?

— Rien, fut forcé d'admettre Lester. Si vous pensez que ça vaut le coup, je peux toujours essayer d'encaisser de vieilles dettes auprès de collègues dans d'autres services.

— Ce serait une bonne idée, répondit la directrice. De mon côté, je vais faire la même chose.

— Moi, j'ai quelque chose de nouveau, intervint Kordell. Au sujet du FATS. Le FBI est sur leur trace depuis plusieurs mois par le biais de la filière de l'argent. Il est presque certain qu'ils servent de couverture à un réseau des « camarades ».

Lady encaissa sans rien laisser paraître. Elle était au courant du fait depuis la première fois que le nom avait été mentionné, les ordinateurs de l'Institut ayant accès aux banques de renseignements de tous les autres services. Elle avait eu tôt fait de découvrir l'existence de cette enquête, mais elle aurait préféré que l'information sorte à un autre moment.

— Ils ont quelque chose de concret ? demanda-t-elle simplement.

— Au cours du dernier mois, une vingtaine de leurs membres ont été aperçus en train d'effectuer du travail de terrain classique : relevé de boîtes aux lettres, courriers, filature de personnel diplomatique... Rien de très sérieux. Ça ressemble plutôt à du travail d'entraînement. J'ai l'impression que le groupe comme tel est étranger à l'affaire : les membres ordinaires servent de couvertures et de source de financement aux agents actifs. Une structure classique.

— On dirait bien que vous avez mis le doigt sur quelque chose, dut convenir la directrice.

— Et vous ? Si vous nous faisiez part de ce qui s'est passé à Montréal ? rétorqua le militaire.

La directrice ouvrit son dossier et leur brossa un tableau rapide des derniers événements : l'arrestation de Désiré Laterreur, le résultat de son interrogatoire, le nouveau message reçu par le maire...

— Pour l'instant, conclut-elle, il est difficile d'en savoir davantage. Il semble que le docteur Klamm se soit laissé emporter par son enthousiasme, ce qui a eu pour conséquence que le suspect n'est plus « disponible » pour interrogatoire.

Elle fit une courte pause avant de conclure.

— Et ils n'ont aucune idée s'il pourra l'être un jour.

Une pierre dans le jardin de Kordell, qui ne jurait que par Klamm.

— Et les lieux identifiés sur la carte ? reprit le militaire.

Visiblement, il avait été informé de tous les détails par le bon docteur, songea la directrice. Un coup d'œil à Lester lui confirma qu'il était parvenu de son côté aux mêmes conclusions. Tant mieux, tout ce qui pouvait augmenter la complicité entre elle et Lester était bienvenu.

— Ils ont récupéré deux des appareils à ouverture télécommandée, fit-elle. Les autres sont introuvables.

Elle fit apparaître sur l'écran une photo des appareils ainsi que de la télécommande saisie chez Désiré.

— Modèle connu, se contenta de faire remarquer Kordell.

— On peut savoir ce qu'ils contenaient ? demanda Lester. Le fameux virus ?

— C'est assez compliqué. Dans les capsules, il y a une sorte de produit chimique assez corrosif. Mais, dans l'eau, près des conteneurs, ils ont trouvé des traces de virus. D'un autre virus.

— Un autre virus ?

— Il pourrait avoir pour action d'activer le premier. Un virus parasite, en quelque sorte. En lui-même, il serait inoffensif, mais il multiplierait l'efficacité de l'autre des milliers de fois lorsqu'ils sont ensemble.

— Une sorte de catalyseur biologique, risqua Lester.

— Un détonateur? fit le général.

— En gros, c'est ça. Quand le deuxième virus vient à manquer, parce que l'organisme l'élimine assez vite, le premier cesse de fonctionner et redevient dormant. Ça expliquerait que les gens redeviennent normaux.

— Le premier virus, d'où vient-il? insista Kordell.

— Vous pouvez vous préparer à une surprise.

Lorsqu'elle leur eut expliqué de quoi il s'agissait, les deux hommes restèrent muets pendant quelques secondes.

— Vous voulez dire que...? fit Lester, qui fut le premier à réagir.

— Tous, confirma la directrice.

— Toute la ville? insista Kordell.

— Oui.

— Et ailleurs?

— Rien.

— Ils savent d'où ça vient?

— Non. Mais ça ne s'attrape pas par contact. Ne me demandez pas pourquoi, je ne sais pas.

— Et Blunt? renchérit Kordell.

— Il est probablement contaminé lui aussi, si c'est ce que vous voulez savoir.

— Je vous l'avais dit! Vous avez eu une bonne idée, en l'expédiant à Montréal!

La directrice ne répondit pas à sa provocation. Autant lui laisser des victoires symboliques, ce serait ensuite plus facile de le faire céder lorsque viendrait l'enjeu majeur de la réunion.

— Là-bas, est-ce qu'ils savent? reprit Lester.

— Pour le moment, nos spécialistes et Plimpton sont les seuls au courant.

— Vous comptez informer Blunt? demanda insidieusement le militaire.

— En tant que responsable de l'opération, répondit-elle sur un ton uni, il ne devrait pas tarder à être informé.

— Et il n'y a toujours pas moyen de savoir comment ils ont répandu cette saloperie ? intervint Lester.

— Les épidémiologues travaillent sur le sujet. Pour l'instant, ils ont exclu toute propagation aérienne : le virus meurt immédiatement au contact de l'air.

— L'eau ? suggéra Lester.

— C'est l'hypothèse qu'ils examinent. Mais ce n'est pas simple. Même s'ils identifient le virus dans l'eau à certains endroits, il peut s'agir d'une contamination secondaire. Il faut qu'ils prélèvent des échantillons un peu partout sur le territoire.

— Je crois que ça nous amène au cœur du problème, conclut alors Kordell. Nous avons une contamination bactériologique majeure à nos portes. On nous menace de subir le même sort. Une association qui sert de couverture aux « camarades » est omniprésente dans le portrait. Sans parler des autres indices... La conclusion est évidente, il me semble.

— À savoir ? demanda la directrice.

— Que Montréal est l'exemple de ce qui attend les villes américaines.

— Vous avez trouvé ça tout seul ?

— Les messages sont clairs, il me semble. Et pourquoi est-ce que vous pensez que la dernière condition est de fermer toutes leurs industries reliées à la Défense ?

— Ça fait partie de leurs lubies : ils veulent abolir l'industrie militaire de la même manière qu'ils veulent éliminer le sport professionnel, les clubs Nautilus et les salons de bronzage. Ils sont contre toutes les contraintes liées à la santé et à la performance physique.

— Vous croyez sérieusement à leur charabia ? s'emporta Kordell.

— Il n'a peut-être pas complètement tort, intervint Lester pour temporiser.

— Vous savez aussi bien que moi que ça n'a aucun sens ! répliqua la directrice.

Il importait de paraître légèrement décontenancée pour donner à Kordell l'impression d'une certaine victoire.

— Quel intérêt auraient-ils à monter ce genre d'opérations, reprit-elle.

— Regardez les faits, poursuivit Kordell.

Il montra d'un geste de la main l'image des distributeurs et de la télécommande, sur l'écran.

— La quincaillerie vient tout droit des «camarades», poursuivit-il. Ils n'ont même pas pris la peine de maquiller la forme des appareils. La carte de crédit fait partie d'un lot qu'on les soupçonne d'avoir piraté. Et le chantage sur Fry est tout à fait dans leur style. À ce sujet, j'ai du nouveau : c'est par son chauffeur que ceux qui le faisaient chanter ont obtenu leurs informations. Il a avoué avoir fourni un rapport sur les activités de Fry à un homme dont la description est celle d'un « camarade » recensé dans nos dossiers. Enfin, il y a les virus : même les terroristes n'ont habituellement pas accès à ce genre de matériel.

Lady se dit qu'il était encore heureux que Kordell ignore l'épisode concernant Thomas Quasi : avec le mystérieux correspondant à l'accent russe dans le décor, ce serait le bouquet.

— Qu'est-ce que vous proposez ? demanda-t-elle.

— Ça me semble évident, il faut avertir le Président.

— Pour lui dire quoi ?

— Presque rien. Seulement que nous risquons une guerre bactériologique, que les Russes sont impliqués jusqu'au cou et qu'ils ont probablement violé à plusieurs reprises les accords de Venise.

— Est-ce que ce n'est pas un peu excessif ?... Ou à tout le moins prématuré ?

Lester se dépêcha d'intervenir.

— Je sais bien que le général a parfois tendance à voir la réalité un peu plus rouge qu'elle ne l'est. Mais, cette fois, il n'a pas tout à fait tort. Même si j'hésiterais à parler de guerre, il est probable qu'ils ont une opération en cours. Il s'agit peut-être uniquement d'un test pour évaluer nos réactions.

— Contaminer plus d'un million de personnes ? fit Kordell. Un test ?

La violence de son ton confirma les craintes de la directrice : ça laissait présager de joyeux débats.

— Ce que je ne comprends cependant pas, reprit Lester, c'est l'intérêt qu'ils ont à ce genre de provocation. Là-dessus, la directrice a raison.

« Bravo, Lester », songea Lady. Il va lui faire avaler un compromis.

Ce dernier poursuivait :

— Tous les rapports confirment qu'ils sont incapables de sauver leur économie sans aide internationale. Même les vôtres, général... Pourquoi iraient-ils compromettre davantage leur situation économique en se lançant dans des opérations militaires coûteuses. Ils n'ont pas les moyens financiers de pousser vers la militarisation. Surtout qu'ils en ont déjà plein les bras avec leurs conflits nationaux internes et que le pouvoir de leur armée a sérieusement été affaibli par les dissensions. Quant à l'image « pacifiste » qu'ils ont tenté de se construire dans l'opinion publique avec leur « glasnost » et leur offensive sur le désarmement de l'Europe, je n'en parle même pas. Après leur intervention en Tchétchénie, ils n'ont plus de marge de manœuvre s'ils veulent que les Occidentaux continuent de croire à leurs bonnes intentions.

— Et si tout ça était de la désinformation ? répliqua Kordell, après avoir regardé curieusement son interlocuteur. Si toute leur propagande sur la paix et le redressement de leur économie avait justement pour but de nous empêcher de voir l'évidence ? De nous empêcher de croire à ce qui se passe sous nos yeux avant qu'il ne soit trop tard ?... Peut-être qu'ils ont compris que leur économie était au-delà de toute récupération. Qu'ils croient que le seul terrain où ils ont une chance, c'est celui de la guerre. Alors, ils nous préparent une guerre chez nous, puis ils acceptent de reculer ici, mais ils gardent une partie de l'Europe... C'est peut-être ça, leur plan : se financer en razziant l'Europe !

— Vous oubliez seulement une chose, intervint la directrice. Il n'y a pas que nous et les « camarades ». Pour ma part, je peux imaginer une bonne douzaine de pays qui auraient intérêt à ce qu'une guerre éclate entre les Russes et nous. Surtout si cette guerre conservait un caractère limité.

— Vous sombrez dans le roman d'espionnage, jeta Kordell avec condescendance.

— Je faisais référence à une analyse du Pentagone publiée au début de l'année. Vous devez vous en souvenir puisque vous y avez apposé vos initiales et numéroté les cinq copies en circulation à titre de responsable de la circulation restreinte du document.

— Comment est-ce que... ?

— Là n'est pas la question, l'interrompit la directrice. Le fait est que plusieurs autres pays pourraient avoir intérêt à un tel conflit. Je commence par les Arabes, qui y verraient le moyen d'avoir un soutien plus actif des Russes dans leur guerre contre Israël. Sans compter que les États-Unis pourraient se replier sur leur propre continent et cesser de défendre l'État juif... Il y a aussi la Chine, qui verrait d'un bon œil l'affaiblissement réciproque de ses deux principaux compétiteurs. Ça fait plus de mille ans qu'ils pratiquent ce genre de politique... Je ne parle pas des nombreux pays sud-américains qui espèrent que la lutte contre les fantômes du communisme prenne le devant de la scène pour que les États-Unis se montrent plus coulants sur la question des droits et libertés... Et la Corée du Nord ? Vous croyez qu'elle est satisfaite du dernier règlement ? Vous croyez qu'ils ne seraient pas heureux d'avoir les mains libres pour s'occuper de leurs voisins du sud ? Pensez seulement aux simagrées qu'ils nous ont faites avec leur programme nucléaire !... Et je ne parle pas non plus de l'industrie militaire, qui a toujours mis le poids de son lobby contre la moindre initiative de paix. Vous devez en savoir quelque chose, général, puisque vous siégez à plusieurs de leurs conseils d'administration. Ce n'est pas moi qui vais vous apprendre le rôle qu'a joué cette industrie dans le déclenchement et l'entretien des principaux conflits depuis cinquante ans. À commencer par la Deuxième Guerre mondiale qui a fait la fortune de Krupp et de ITT.

Kordell ne pouvait pas riposter sur ce terrain. Tout ce qu'elle avançait, il l'avait lui-même signé. Il n'avait pas le choix de contre-attaquer dans une autre direction.

— Votre analyse des motifs présente assurément un certain intérêt académique. Mais les faits que nous avons, eux, ne sont pas des théories.

— Sur ce point, vous avez raison, concéda la femme. C'est pourquoi je serais assez d'accord pour en parler au Président. Mais je n'irais pas jusqu'à lui faire une recommandation concrète d'action contre les « camarades », il y a encore beaucoup trop d'hypothèses et de preuves uniquement circonstancielles.

La manœuvre n'était pas très subtile, mais elle fut efficace.

À peine remis du choc de voir son rapport ultrasecret dévoilé, Kordell se voyait offrir une victoire partielle facile : Lady admettait qu'il avait raison sur le fond et elle acceptait d'en référer au Président.

Il accepta la suggestion. De toute manière, il était assuré d'une victoire finale complète. Aussi bien prendre le temps de la savourer morceau par morceau.

— Si vous voulez vous charger du rapport, lui offrit-il. Du moment que j'en reçois une copie pour mes dossiers...

C'était un beau geste. Mais c'était surtout un geste habile. Plus tard, il pourrait toujours s'en dissocier, prétextant que l'analyse était incomplète, que la rédaction du texte avait trahi l'esprit des discussions.

— Si cela vous arrange, je veux bien m'en charger, fit la directrice. Mais je crois qu'il serait indiqué que nous rencontrions le Président ensemble pour le lui remettre.

Dans toutes les organisations, le pouvoir appartient en bonne part à ceux qui écrivent les textes. Une fois l'entente faite autour des grands principes ou des principaux objectifs, c'est souvent à l'écriture que se décide la portée réelle, l'orientation et les biais d'une politique, d'une prise de position ou d'un rapport. Mais il faut également savoir se couvrir. En présentant le rapport ensemble, les deux autres pourraient moins facilement le remettre en question, plus tard.

Elle était tout sauf naïve...

— Demain, nous pourrions tenir la réunion à Washington, suggéra-t-elle. Si nous rencontrons le Président en soirée, cela nous permettra de faire le point ensemble juste avant. De cette façon, s'il y a de nouveaux développements...

— Moi, ça me va, fit Lester.

— Moi aussi, enchaîna le général, tout heureux à l'idée de se retrouver dans la capitale.

La directrice de l'Institut ferma ses dossiers.

— Je devrais pouvoir arranger ça sans problème, dit-elle.

Par chance, le nouveau président était différent des précédents sur de nombreux points. Le plus connu du grand public était son goût pour le saxophone. Le plus important aux yeux de la directrice, et sans doute un des moins publicisés, était le fait qu'il était un fan des jeux stratégiques. Il en avait une collection impressionnante, qui allait des Donjons & Dragons aux reconstitutions historiques les plus savantes des grandes batailles du passé. Il serait sensible aux arguments qu'elle pourrait lui apporter quant aux invraisemblances et aux incohérences de cette pseudo-opération.

Le général Stephen Kordell, pour sa part, sortit de la réunion satisfait. Son point de vue avait triomphé dans les grandes lignes. Ce n'était plus qu'une question de temps avant qu'il puisse déclencher l'opération *Red Boots*. Il était temps que l'armée reprenne la place qui était la sienne. Les civils avaient déjà trop fait de dégâts au cours des dernières années dans le domaine de la défense.

Il décida de retourner à Washington en automobile. Il adorait conduire sa BMW. Ça le détendait. De plus, ça lui permettrait de téléphoner de façon discrète à son contact pour l'informer des derniers développements et voir ce que l'autre avait découvert de son côté.

## Montréal, 19 h 06

Lorsqu'il entra, Blunt fut consterné par le spectacle : le perroquet jappait à en perdre ses plumes tandis que les deux chats, le poil hérissé, avaient trouvé refuge dans un coin du salon et surveillaient fixement la cage.

Après avoir rétabli un semblant de paix en recouvrant la cage d'un drap, il se fit un thé et s'installa sur le divan. Cathy ne tarderait certainement pas.

De fait, elle entra quelques minutes plus tard, l'air ravagée. Elle avait changé de macaron : I'M BACK BY POPULAR DEMAND.

— Quelque chose de neuf ? demanda prudemment Blunt.

— Oui. Quelque chose de neuf.

Elle laissa le plus proche fauteuil l'avaler, enleva ses souliers et se mit à caresser les deux chats qui s'étaient précipités sur elle.

— C'est encore plus débile que tout ce qu'on aurait pu imaginer, finit-elle par dire.

— Si tu précisais un peu.

— Laterreur avait raison. On est tous des otages. Tous.

— De qui ?

— On est tous contaminés par ce foutu virus.

Elle lui raconta ce que Boyd lui avait dit, lorsqu'elle lui avait téléphoné.

Ils avaient découvert la chose en utilisant des sujets témoins supposés sains pour valider leurs expériences. Il s'était avéré qu'ils étaient tous contaminés par le virus. En fait, toute la population de l'île de Montréal l'était. Plus d'un million et demi de bombes se promenaient, inconscientes, sans que personne ne sache quand elles allaient exploser.

— Ils ont même découvert un deuxième virus, ajouta-t-elle.

— Un deuxième ? Qu'est-ce qu'il provoque, celui-là ?

— Ils pensent qu'il pourrait activer le premier et déclencher la réaction.

— Ils ont trouvé les appareils ?

— Seulement deux.

Blunt vint s'asseoir à côté d'elle et lui prit la main, malgré les protestations de Mic qui se trouvait momentanément privé de caresses. En guise de représailles, le chat se mit à égratigner le dessus de la main de Blunt, avec de petits coups de pattes à la limite entre le jeu et la protestation ouverte.

— Ils les ont trouvés où ?

— À l'hôtel Méridien et à la Place Versailles. Dans des placards.

— Ça n'a pas de sens.

— Pourquoi ?

— Ils auraient dû être greffés sur le système de distribution d'eau. Ça aurait été plus normal, non ? Tu actionnes l'ouverture télécommandée et les capsules sont libérées dans l'eau où elles se dissolvent.

— Peut-être qu'on devrait vérifier le réseau de distribution de la ville ?

— Tu as une idée du travail que ça représente ?

— Si on avait un moyen de savoir à quel endroit précis creuser...

— Ça pourrait expliquer qu'on en ait retrouvé seulement deux. Les autres seraient déjà installés.

— Je vais téléphoner au super... Pour lui refiler le tuyau, ajouta-t-elle avec un sourire forcé.

— Il avait quelque chose de neuf ? lui demanda Blunt, quand elle eut raccroché.

— Non, rien.

Elle ne lui parla pas de l'enquête qu'il avait effectuée, à sa demande, sur un certain Horace Blunt.

« Rien à dire », avait conclu le policier. « Biographie irréprochable. Presque trop parfaite ».

— Est-ce que tout le système de distribution d'eau n'a pas été refait il y a quelques années ? demanda Blunt. Y compris l'usine de filtration ?

— Tu penses que... ?

— C'est l'endroit le plus stratégique.

— Ça fait quatre ans ! Ils n'auraient quand même pas préparé leur coup depuis tout ce temps-là !

— On ne sait jamais...

Il ne pouvait lui en dire davantage, Cathy ignorant tout des prolongements américains de l'affaire. Il n'avait aucun prétexte pour lui parler de Fabien Laterreur, entrepreneur de travaux publics retiré à Miami depuis quatre ans. Ni d'Aimé Laterreur, financier à la retraite, lui aussi depuis quatre ans.

Subitement, il se mit à éternuer.

— La grippe ? demanda Cathy.

— Non, les chats. Je suis un peu allergique.

— Pourquoi est-ce que tu en gardes ?

— Ce n'est sûrement pas la première fois que quelqu'un est allergique à ce qu'il aime...

— Oh la phrase profonde !

Elle se leva et se dirigea vers le téléphone.

— Il est temps que je prenne mes messages.

Le répondeur s'enclencha après la deuxième sonnerie, signifiant qu'il y avait des messages. Elle composa le code d'accès.

> « CHÈRE MADEMOISELLE DUVAL, UNE INTRU-
> SION DANS LA VIE PRIVÉE D'UN CLIENT EST UNE
> CHOSE GRAVE. ELLE PEUT AUSSI ÊTRE UNE
> CHOSE DANGEREUSE. JE NE SUIS PAS CERTAIN
> DE SAVOIR LAQUELLE DE VOUS DEUX S'EST
> PERMIS CET ÉCART. À VRAI DIRE, CE N'EST PAS
> SANS IMPORTANCE. PAR CONTRE, IL EST ESSEN-
> TIEL QUE CETTE SORTE D'INTERFÉRENCE CESSE.
> IMMÉDIATEMENT. IL Y VA DE VOTRE INTÉRÊT. JE
> DIRAIS MÊME, QU'IL S'AGIT, POUR VOUS, D'UN
> ENJEU VITAL. À BIENTÔT, MADEMOISELLE
> DUVAL. »

Le visage livide, elle recomposa le numéro, refit le code d'accès et tendit le combiné à Blunt.

— Écoute, dit-elle.

Après avoir raccroché, Blunt prit Cathy dans ses bras. Il fallut plusieurs minutes pour qu'elle cesse de trembler.

Ce soir-là, au moment où il se préparait à entreprendre sa guerre nocturne avec les chats pour la possession du divan, Cathy vint chercher son oreiller en lui disant de la suivre, qu'il serait mieux dans son lit.

À un moment, pendant qu'ils faisaient l'amour, Blunt l'appela Katie. Elle s'efforça simplement de le faire taire avec de nouvelles étreintes, de nouvelles caresses.

Leur acharnement était moins à se rejoindre qu'à abolir le monde extérieur.

## 20 h 51

Lubbock raccrocha le téléphone et cocha plusieurs lignes sur sa liste.

Il avait correctement estimé son opérateur de Washington. Pour le pouvoir qu'il lui avait fait miroiter, ce dernier irait jusqu'au bout – d'autant plus qu'il n'avait aucune idée de son véritable rôle et qu'il croyait tout contrôler !

À Miami, la mise en place s'effectuerait au cours de la nuit. L'opération pourrait avoir lieu le lendemain, au moment que choisirait le général.

Quelques ajustements avaient été nécessaires, mais, en fin de compte, le plan se déroulait comme prévu.

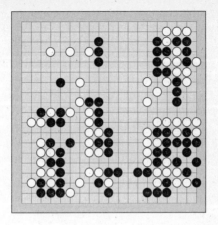

Chaque pierre posée doit permettre de gagner un territoire, attaquer des groupes ennemis ou défendre ses propres groupes. Idéalement, elle doit contribuer au moins à deux de ces trois grands objectifs.

De façon générale, augmenter son influence est préférable à la capture d'une pierre ennemie.

Lorsque Blunt sortit de la chambre, les deux chats lui filèrent entre les jambes et sautèrent sur le lit où Cathy tentait d'arracher quelques minutes supplémentaires au sommeil.

Après avoir piétiné un peu partout pour célébrer leur arrivée, ils se lovèrent contre elle comme si la nuit commençait.

Blunt jeta un coup d'œil par la fenêtre du salon, fit une moue à cause de la température puis ouvrit la radio. Il se dirigea ensuite vers la cuisine. Une odeur de café ne tarda pas à se répandre dans l'appartement.

Quelques minutes plus tard, Cathy apparut à la porte de la chambre, enveloppée dans une couverture. Le perroquet célébra son arrivée d'un timide « Salut Poulette ».

— Étrange, non ? fit Blunt, en lui jetant un drôle de regard.

— Quoi ?

On dirait qu'il ne te reconnaît plus, fit-il, en désignant Jacquot Fatal. Ça fait deux ou trois fois qu'il te confond avec Katie.

— J'avais remarqué. Depuis qu'elle est... partie, il alterne entre les deux, on dirait.

Avant de terminer sa phrase, elle avait dû faire un effort pour avaler sa salive et contrôler sa voix.

Blunt s'en voulait du tour qu'avait pris la conversation.

— Il a probablement été traumatisé, se contenta-t-il de répondre, comme si le sujet ne méritait pas de plus amples développements.

— Pauvre chou...

Puis elle enchaîna, sur un ton qu'elle s'efforça de rendre plus gai :

— Mais peut-être qu'il est intelligent, qu'il a réalisé que j'avais changé de métier... Non ?

Blunt marmonna un vague accord.

Apercevant la table mise et le déjeuner presque prêt, Cathy ne put s'empêcher de le taquiner.

— Je ne savais pas que le déjeuner était compris dans le service. Tu te lances dans le *Bed and Breakfast* ?

— Ma nouvelle carrière...

— Quel temps fait-il ?

— L'automne.

— Tu n'exagères pas un peu ?

— L'été, ça n'existe pas, au Québec. C'est une invention du ministère du Tourisme pour attirer les étrangers.

— Je reviens dans deux minutes, fit-elle en allant vers la salle de bains. Le temps de me rendre présentable.

— C'est déjà fait.

— Tu ne m'auras pas à la flatterie.

Les chats la suivirent et s'enfermèrent avec elle en ronronnant. Que pouvait-elle bien leur avoir fait, eux qui s'acharnaient habituellement à persécuter les visiteurs ?

Pendant le déjeuner, la conversation roula sur des sujets anodins. Par une espèce d'accord tacite, leur intimité de la nuit précédente fut reléguée à l'arrière-plan de leur mémoire et ils mangèrent avec la complicité tranquille des anciens amants revenus de tout, y compris de leurs ruptures.

— L'affiche dans la salle de bains, tu l'as trouvée où ?

— Une caricature de *Mad* que j'ai fait agrandir.

Il s'agissait de deux images juxtaposées représentant chacune un arbre en coupe transversale : le premier avait un tronc immense dont les racines minuscules s'enfonçaient de quelques centimètres seulement dans la terre ; le deuxième, tout petit, avait des racines énormes qui creusaient le sol sur plusieurs mètres. La jeunesse et la vieillesse.

— Ça t'obsède, les racines, on dirait.

— Pourquoi ?

— L'image de l'arbre, dans le passage.

Il s'agissait d'un arbre sans feuilles dont le réseau de racines émergeait de l'eau, comme s'il s'en servait pour marcher.

— Une des espèces les plus anciennes qui existe, fit Blunt. Il tire directement sa nourriture de l'environnement sans avoir besoin de la respiration par les feuilles.

— Je me serais attendue à voir le contraire : un arbre sans racines qui vit uniquement par ses feuilles.

Blunt lui jeta un regard inquisiteur.

— Tu ne parles jamais de ton passé, reprit Cathy. Quand on se voit, j'ai l'impression que tu viens de commencer à exister une minute ou deux avant et que tu vas disparaître tout de suite après !

— Ça m'apprendra à déjeuner avec une psychologue ! marmonna Blunt, pour dissimuler son malaise.

Elle avait mis dans le mille. Et deux fois plutôt qu'une. Non seulement avait-elle correctement identifié le mur de silence à l'abri duquel il avait construit sa nouvelle vie, mais elle avait touché du doigt le problème qui le tracassait le plus : la perte du sentiment d'être « réel ».

De plus en plus, son existence lui semblait une immense simulation. Il voyait le moindre événement comme le résultat d'une mise en scène, percevait les phrases qui sortaient de sa bouche comme des répliques préfabriquées et, lui-même, il se sentait vaguement comme un personnage de jeu vidéo précipité d'un niveau à l'autre à mesure que le jeu progresse. Il n'était plus certain de savoir qui il était vraiment, ni quelles auraient été ses véritables réactions, dans telles ou telles circonstances.

C'était l'envers de sa réussite à assumer la vie de Horace Blunt.

> « ... LE NOUVEAU DRAME SURVENU HIER SOIR. LORS D'UNE FÊTE POUR CÉLÉBRER UN ENTER-REMENT DE VIE DE GARÇON, LE « JUBILAIRE » A

*ÉTÉ CASTRÉ. TROIS DES PARTICIPANTS, IVRES MORTS, ONT PORTÉ EN TRIOMPHE LEUR TROPHÉE SANGLANT PENDANT UNE DIZAINE DE MINUTES AVANT QUE LES POLICIERS N'ARRIVENT SUR LES LIEUX.*

*SELON UN TÉMOIN, LES TROIS AGRESSEURS CHANTAIENT À TUE-TÊTE : " UN DE MOINS QUE LES FEMMES VONT AVOIR. ON VA RESTER ENTRE CHUMS ! "*
*UNE FOIS DÉGRISÉS, LES INDIVIDUS, TROIS JEUNES PÈRES DE FAMILLE, N'AVAIENT PLUS AUCUN SOUVENIR DE L'ÉVÉNEMENT... »*

— Tu crois que ça recommence ? demanda Cathy, après un moment de consternation.

— Peut-être pas. Il est arrivé la même chose il y a trois ans. Les gars étaient simplement saouls... Ça laisse libre cours aux débordements de l'amitié virile !

— Tu me fais marcher !

— Je te jure, c'était dans tous les journaux.

*« ... INTERROGÉ À CE SUJET, LE PORTE-PAROLE DE LA FORCE POLICIÈRE S'EST REFUSÉ À TOUT COMMENTAIRE. LA QUESTION RESTE DONC OUVERTE QUANT À SAVOIR SI CET INCIDENT EST RELIÉ À LA VAGUE DE... »*

— Les journalistes sautent maintenant sur tout ce qu'ils peuvent pour l'associer à la série d'incidents, fit remarquer Cathy.

C'était prévisible, songea Blunt. Cela devait faire partie du plan de l'adversaire : une fois la structure d'interprétation mise en place, il n'y avait même plus besoin de l'alimenter. Dans un ville de la taille de Montréal, il se passe suffisamment de conneries chaque semaine pour fournir tout le matériel nécessaire.

— Encore beau qu'on ait pu les brancher sur la piste de la mafia, répondit-il.

— Tu n'as pas l'impression de trahir tes confrères ?

— Pourquoi ? Ils ne sont pas moins manipulés : juste autrement. Si nous n'étions pas intervenus, c'est l'autre qui aurait continué de les manipuler à sa guise.

— L'autre ?

— L'adversaire.

— Tu penses décidément toujours à l'enquête comme à une partie de go...

— Déformation professionnelle, marmonna Blunt.

— Et où en est la partie ?

— Je ne suis pas sûr. Je te le dirai ce soir.

Pendant qu'il s'occupait des ruines du déjeuner, Cathy fit son T'ai Chi sous le regard médusé des chats. Les deux boules de poil s'éloignèrent précautionneusement à mesure que les gestes prenaient de l'amplitude.

Après être passée sous la douche, la jeune femme s'enferma dans la chambre. Quand elle en sortit, dix minutes plus tard, elle était habillée d'un tailleur et arborait une fois de plus un nouveau macaron : BORN TO SHOP.

— Le programme de la journée ? demanda Blunt, avec un mouvement de tête en direction du message.

— En gros, oui. Je passe voir le super en début d'avant-midi. Il y a l'enterrement en fin d'après-midi. Entre les deux, je vais faire de la saine compensation.

— Tu as fait un héritage ? demanda Blunt.

Puis il se rendit compte de sa gaffe.

— Je voulais dire... marmonna-t-il d'un air embarrassé.

— Non, pas d'héritage, l'interrompit Cathy, avec un sourire. Juste le bon vieux plastique. À la fin de la journée, mes cartes de crédit vont être brûlantes.

Au moment où elle passait près de lui, Blunt la prit dans ses bras.

— Tu es certaine que ça va ? lui demanda-t-il, en la regardant longuement dans les yeux.

— Oui.

— Sûr ?

— Promis.

Il hésita avant de lui poser la question suivante.

— As-tu pris un comprimé ?... Au cas où...

— En me levant, tantôt... Tout à coup, je me suis sentie... comme si ça voulait pleurer de partout en moi... Je me suis dit que j'étais mieux de ne pas courir de risque.

Blunt la serra contre lui.

— Tu n'as pas à t'inquiéter, dit-elle, la tête dans le creux de son épaule. Je vais prendre le temps de me payer une bonne séance de défoulement, tantôt... Avant l'enterrement.

— Je vais rester ici la plus grande partie de la journée. Si tu veux appeler...

— Je ne laisserai certainement pas un message anonyme m'empêcher de vivre !

— Ce n'est pas une raison pour ne pas prendre de précautions.

— S'ils voulaient m'éliminer, pourquoi est-ce qu'ils m'auraient prévenu ? Il me semble qu'on était d'accord, hier soir, qu'il y avait toutes les chances que ce soit une stratégie d'intimidation pour gagner du temps.

— C'est bon, fit Blunt, sur un ton résigné. J'irai te rejoindre là-bas.

Elle avait probablement raison, songea-t-il. C'était ce qui s'accordait le mieux avec le style de l'adversaire : faire diversion pour fixer leur attention sur une partie marginale du territoire... Mais si jamais ce n'était pas ce qu'ils croyaient, si la menace était réelle...

Elle fit un vague signe d'assentiment, lui répéta l'adresse du salon funéraire et sortit, accompagnée des salutations d'usage de Jacquot Fatal.

Cette fois, le perroquet ne s'était pas trompé.

Après avoir tourné en rond quelques minutes dans l'appartement, Blunt téléphona à Plimpton pour lui demander de maintenir une couverture sur Cathy. Protection éloignée. Même en cas de danger, ils devaient s'efforcer d'intervenir sans qu'elle s'en aperçoive – si c'était possible, bien sûr.

## 9 h 20

— Est-ce que c'est lié ? insista Celik.

— À quoi ? répliqua le directeur du SPCUM, avec une totale mauvaise foi.

— Vous le savez bien, à quoi ! À la campagne de la mafia pour prendre le contrôle de tout ce qui touche à la santé et au sport.

— Ridicule. Qu'est-ce que vous voulez qu'un enterrement de vie de garçon ait à voir avec la mafia ?

— Je ne sais pas. C'est à vous de me le dire.

— Pure spéculation.

— Et je suppose qu'on ne connaît toujours pas la cause officielle de l'émeute du stade. Ni des autres incidents.

— Pour l'instant, je ne peux pas vous en dire davantage. Et si vous poussez trop loin le harcèlement dans les journaux, je vous fais arrêter pour entrave à la justice.

Il ajouta ensuite, sur un ton radouci :

— Je vous donnerai un coup de fil aussitôt que vous pourrez publier quelque chose sans nuire à l'enquête. Je vous garantis la primeur.

C'est à ce moment que Cathy entra.

— Je regrette, fit le policier à l'endroit de Celik, mademoiselle avait rendez-vous.

— Vous êtes... fit ce dernier.

— Ma sœur, répondit simplement Cathy.

— Je suis désolé.

— Moi aussi.

La réplique coupait court à toute tentative de poursuivre la discussion. Le regard du journaliste tomba alors sur le macaron qu'elle portait. Elle venait de le changer avant d'entrer dans les locaux du service de police : LEAVE ME ALONE, I'M HAVING A CRISIS.

— Mademoiselle Duval est ici à ma demande, reprit Boyd. Elle vient régler certains détails personnels suite à la mort de sa sœur. Si vous voulez bien nous laisser.

— Je suis désolé, répéta Celik en sortant. Vraiment désolé.

Lorsque la porte fut refermée, Boyd ordonna à sa secrétaire de ne plus laisser entrer personne. Il entreprit ensuite d'informer Cathy des derniers développements.

— Pour le stade, c'est confirmé, dit-il. C'était dans la bière.

— Comment est-ce qu'ils ont fait ?

— Le même produit. Perte de contrôle doublée d'un accès d'agressivité. Grande instabilité émotive.

— Au stade, c'est de la bière en bouteille qu'ils servent, non ?

— Un enduit dans le fond des verres de plastique. La bière le dissout en moins d'une minute.

— Ça veut dire que...

— Exactement. Ils ont bricolé des verres spécialement pour l'occasion.

— Et le tuyau que je vous ai refilé hier ?

— J'ai tiré de son lit le responsable municipal du traitement des eaux.

— Mauvais jeu de mots, l'interrompit Cathy.

— Quoi ?... Quel jeu de mots ?

— Tirer de son lit... les eaux...

— Les eaux ?... Ah, les eaux ! Oui, évidemment.

Boyd écarta la digression d'un geste de la main. Katie avait l'habitude de l'interrompre à tout propos avec ce type de jeu de mots. C'était une des choses auxquelles il avait fini par s'habituer.

— Lorsque je lui ai montré les croix sur la carte, poursuivit-il, il a tout de suite reconnu une série d'embranchements secondaires. Ce sont des jonctions à partir desquelles les conduits rayonnent par secteurs dans l'ensemble des quartiers.

— Quoi ?

— Il a ajouté que l'hypothèse d'un empoisonnement de toute la ville n'avait aucun sens. À cause de la dilution. Avant que n'importe quelle substance n'arrive au robinet, elle serait tellement diluée qu'elle serait inoffensive.

— C'est pour ça qu'ils y vont au niveau des embranchements de secteurs.

— Ça expliquerait aussi qu'ils aient mis le produit directement dans les verres.

— Et ça pourrait expliquer les réserves de nourriture de Désiré Laterreur. Ils envisagent peut-être de passer par des produits de première nécessité : lait, pain, beurre...

— On n'a pris aucun risque. Les travaux d'excavation ont débuté ce matin à sept heures. À chaque embranchement où il y a une croix sur la carte.

— Les autres incidents ?

— Toujours rien.

— Et le type qui a été castré ?

— Négatif. Mais il y a eu un autre cas, hier, que les journaux n'ont pas révélé. Une bataille entre deux équipes de baseball amateur. Les verres étaient trafiqués de la même façon qu'au stade. Comme la plupart buvaient à même la bouteille, ils ont pu maîtriser les autres... De votre côté, quelque chose de neuf?

— Peut-être, mais c'est encore très vague. Si ça prend tournure, je vous en parlerai demain.

Le policier joignit les mains du bout des doigts et fixa la jeune femme pendant plusieurs secondes.

— Je dois vous confier quelque chose, finit-il par dire. Quand vous avez été choisie comme responsable de l'enquête, je n'attendais pas vraiment de résultats. Il fallait seulement une couverture pour le travail que faisaient les Américains.

— C'est bien ce que j'avais compris.

— Je suis agréablement surpris de m'être trompé. Vous avez d'abord déniché Laterreur, puis la piste des tuyaux. Je suis impressionné par ce que vous avez fait. Et par ce que vous continuez de faire. Je tenais à vous le dire.

— Est-ce qu'il faut que je réponde quelque chose?

— Ce n'est pas indispensable... J'ai pris la liberté de poursuivre les recherches sur Blunt. Un peu par curiosité personnelle, je dois dire.

— Et alors?

— Il n'y a vraiment rien. Pas le plus petit détail contre lui. Sa vie ressemble à une biographie modèle. Vous êtes certaine qu'il est humain?

— C'est l'impression que j'ai eue, répondit Cathy avec un demi-sourire, en songeant à la nuit précédente.

— Vous me téléphonez chez moi ce soir?

— D'accord.

Avant de sortir, elle enleva son macaron et le remplaça par le premier: BORN TO SHOP.

## WASHINGTON, 11 H 50

Fry attendit que son garde du corps soit prêt à prendre l'extension en même temps que lui pour soulever l'appareil. Cela faisait partie des conditions qu'il s'était vu imposer.

— Écoutez-moi sans m'interrompre, fit une voix monocorde. Je ne répéterai pas deux fois.

— Si vous me disiez d'abord...

— Les conditions sont les suivantes. Un : arrêt de toutes les recherches biologiques, chimiques et nucléaires liées à l'armement. Deux : arrêt de tout appui aux régimes répressifs d'Israël, des Philippines, de la Corée du Sud, de la Turquie, du Bangladesh et de l'Égypte. Trois : engagement présidentiel à consacrer les sommes ainsi économisées à la lutte contre la pollution. Quatre : le président américain doit offrir au Brésil de lui accorder un remboursement total et immédiat de sa dette aussitôt que ce dernier accepte de cesser de brûler la forêt amazonienne.

Un déclic mit fin au message. L'instant d'après, le garde du corps informait le général Kordell.

Dans les minutes qui suivirent, les recherches révélèrent que l'appel avait été fait depuis l'aéroport de Miami et qu'il avait été porté au compte d'une carte de crédit faisant partie du même lot que celle utilisée à Montréal.

Une demi-heure plus tard, une autre bonne nouvelle tombait sur le bureau de Kordell. On avait identifié la voix de la personne qui avait téléphoné à Fry. Le chef de la DIA venait de lui transmettre l'information par fax. C'était trop beau ! Il avait pratiquement plus de preuves qu'il ne lui en fallait.

Kordell se sentait maintenant en position de force. Il pouvait convoquer une réunion d'urgence du comité restreint. Avec les informations sur lesquelles il venait de mettre la main, en plus de celles qui lui était parvenues de Paris quelques instants plus tôt, les deux ronds de cuir du renseignement n'avaient plus aucune chance. Ils allaient voir de quel bois il se chauffait. Il ne détestait pas l'idée de les battre sur leur propre terrain.

À la dernière réunion, Lester avait commencé discrètement à se ranger de son côté. Lady ne tarderait plus à être isolée. Ce n'était qu'une question de temps avant qu'il ne la raye définitivement de la carte – et tout son service avec elle.

## MONTRÉAL, 12 H 52

Pour faire le vide, Blunt s'était concentré pendant plus d'une heure sur une partie de go. Les chats s'étaient d'instinct tenus à l'écart. Même Jacquot Fatal semblait avoir compris et s'était limité à quelques commentaires sporadiques, à voix basse.

Par la suite, Blunt s'était installé à son terminal et s'était concentré pendant une autre heure sur des équations de probabilité.

Quelque chose clochait.

Évidemment, les résultats ne pouvaient pas prétendre à une exactitude renversante ; la quantification d'événements stratégiques et de décisions humaines était toujours approximative. Mais, de là à aboutir invariablement à des probabilités frôlant le zéro ou à des incompatibilités, il y avait une marge.

D'ailleurs, le simple bon sens corroborait le résultat de ses équations. Quel intérêt les Russes auraient-ils eu à procéder de la sorte ?... Sans parler des incohérences. On aurait dit le jeu combiné de deux adversaires ayant chacun un plan différent. Pourtant, tous les événements étaient liés : FATS, les messages, l'identité des voix à Washington et Montréal... Avait-il affaire à un malade ?

Blunt décida de retourner à son jeu de go.

À mesure qu'il posait les pierres, qu'il voyait les zones d'influence s'ébaucher, se consolider selon des lignes de forces mouvantes, une idée se faisait jour.

La grande question derrière chacun des coups, c'était toujours celle de l'objectif global, de la pertinence par rapport au résultat final. Et le résultat final, si le plan amorcé à Montréal se poursuivait jusqu'à son terme, ce serait la guerre.

Qui avait intérêt à la guerre... ou à l'imminence de la guerre ?

La question qu'il venait de formuler le laissa pantois durant quelques secondes, tellement la réponse était évidente. Si on excluait les complots d'une éventuelle troisième puissance, il n'y avait que trois possibilités : l'industrie militaire, les militaires eux-mêmes et les financiers spéculant sur l'or et les matières stratégiques.

La troisième possibilité était la moins probable : elle aurait supposé la concertation d'un trop grand nombre d'acteurs appartenant à trop de groupes différents.

Moins probable donc, mais pas exclue. Restaient les deux autres : les militaires ou l'industrie militaire.

Blunt retourna au terminal et introduisit dans la banque de données les nouvelles conclusions auxquelles il était parvenu, accompagnées de suggestions à l'intention de Lady.

Son rapport terminé, il sortit.

Il était temps de prendre des nouvelles de Blenny.

## WASHINGTON, 13 H 05

Kordell se lança d'emblée à l'attaque, visiblement assuré de renverser tous les obstacles.

— J'ai été saisi de certaines informations qui nécessitent une réévaluation complète de la situation. Et de notre stratégie.

Il promena un instant son regard sur les deux autres, jouissant à l'avance de ce qu'il allait leur dire.

— En creusant un peu du côté de Fabien Laterreur, j'ai découvert qu'il avait effectué plusieurs contrats pour la Libye.

— Ça ne serait pas le premier, fit remarquer la directrice. C'est le nouveau sport national, dans l'industrie, de traiter en sous-main avec la Libye. Ou l'Irak...

— C'est aussi le sport national du KGB d'effectuer ses paiements par le biais de contrats bidons en Libye.

— Il n'y a plus de KGB, reprit doucement la directrice.

— Du SVR, si vous voulez.

— Est-ce la seule information nouvelle que vous avez ?

— Fry a reçu un nouveau message. Cette fois, leur intention ne fait plus aucun doute. Vous avez seulement à écouter.

Il posa sur la table un magnétophone compact qu'il sortit de sa poche et enclencha le bouton de départ. Les deux autres écoutèrent en silence.

— Qu'est-ce que vous en concluez ? demanda prudemment Lester, lorsque la bande fut achevée.

— C'est clair, il me semble. Le premier point vise à bloquer notre développement militaire dans un domaine où ils vont pouvoir prendre rapidement une avance décisive. Le deuxième a pour but : a) de nous couper de nos principaux alliés ; b) de compromettre notre réseau de bases de surveillance à travers le monde. Le troisième équivaut à nous saigner budgétairement en pure perte. Le dernier crée un précédent pour tous les pays du tiers monde et nous entraîne dans un engrenage de chantage... Est-ce que le but de tout ça n'est pas évident ?

— Entièrement d'accord, intervint la directrice. C'est tout à fait évident. Et c'est justement ce qui me gêne. Les croyez-vous vraiment si stupides ?

— Votre problème à vous, c'est que vous les croyez trop intelligents ! Tenez, on a retracé l'appel qui a été fait au secrétaire Fry pour lui transmettre le message et...

— Laissez-moi deviner, coupa la directrice. Il venait de Miami, vous avez identifié la voix dans la banque d'empreintes et il s'agit de quelqu'un lié au FATS. Probablement aussi à la compagnie de Laterreur, pour faire bonne mesure. Je me trompe ?

— Mais comment... ?

— Et tant qu'à faire, je suppose que l'appel a été porté à une carte de crédit appartenant au même lot que la précédente. Non ?

— Vous avez des informateurs chez nous ! explosa Kordell.

— Pas du tout. Il s'agit simplement d'une tactique standard que j'aurais pu moi-même utiliser si j'avais voulu vous faire croire à un complot. Une tactique sans grande imagination, d'ailleurs.

Se tournant vers Lester, elle ajouta :

— Expliquez-lui, très cher, qu'il s'agit de travail de routine dans notre métier.

— Je dois admettre qu'elle a raison, concéda le chef de la NSA. C'est le type de procédés qu'on utilise dans le but de discréditer certains de leurs éléments. Parfois ça fonctionne, parfois non...

— Alors, nous disions, général ? reprit la directrice. Un nouveau membre du FATS impliqué dans l'affaire. Une autre carte de crédit présumée piratée par le SVR. Un message qui compromet les Russes jusqu'aux yeux. Et l'ombre des Libyens qui plane au-dessus de tout ça... J'ai bien compris ?

— Vous avez beau persifler, on verra bien ce que le Président en dira !

— Vous voulez qu'on lui propose un plan d'intervention, je suppose ?

— Parce que vous, vous croyez qu'on peut se permettre de ne rien faire ?

— Allons allons, fit Lester.

Se tournant vers le Kordell, il lui demanda :

— Qu'est-ce que vous nous proposez, général ?

— *Red Boots*, finit par répondre celui-ci.

— Rien que ça ? ironisa la directrice. Pourquoi ne pas carrément leur déclarer la guerre, tant qu'à y être ?

— Vous préférez sans doute la perdre avant d'avoir pu la déclarer, répliqua Kordell.

— Allons, allons ! reprit Lester d'un ton plus ferme. Il y a certainement moyen de nous entendre. Si nous commencions par dresser une liste des mesures qu'on peut prendre pour identifier plus précisément à quoi nous avons affaire.

— C'est ça, essayez de la défendre, lança le général, frustré de voir que Lester continuait de la soutenir.

— J'essaie simplement de faire en sorte que nous parvenions à une position commune, riposta froidement le chef de la NSA. Si nous nous présentons devant le

Président avec trois positions, il va nous envoyer promener et demander à quelqu'un d'autre de lui faire une
synthèse. Je ne pense pas que ce soit à l'avantage de
personne.

Un moment de silence succéda à cette mise au point.
Ce fut Kordell qui le rompit.

— Une première chose serait d'interroger Fabien
Laterreur. Je peux m'en occuper. J'ai déjà pris des dispositions en ce sens. Un simple coup de fil à effectuer
pour donner le feu vert... J'ai pensé qu'il était préférable
de faire le travail nous-mêmes plutôt que de passer par
le Bureau.

— Sur ce point, je suis d'accord avec vous, fit la directrice, dans un geste manifeste de conciliation.

Elle non plus, elle ne voulait pas que le FBI soit mêlé
à l'affaire.

— Il faudrait aussi une enquête serrée sur ses finances,
reprit Kordell. Peut-être que Lester...

Ce dernier fit un bref signe d'assentiment. Puis il enchaîna :

— Il faudrait également vérifier auprès de nos sources
à l'étranger. Lady, vous avez bien quelques tuyaux par
là-bas ? En Libye, je veux dire.

— Je devrais pouvoir trouver quelque chose.

— En ce qui concerne *Red Boots*, reprit Lester, je
serais d'accord avec la directrice pour dire que c'est prématuré. D'ici un jour ou deux, quand nous aurons interrogé
Laterreur et que nous en saurons davantage sur ce qui se
passe à Montréal...

— Quelque chose de neuf, là-bas ? l'interrompit
Kordell.

— Ils ont de bonnes raisons de penser que la contamination s'est faite par le système de distribution d'eau,
répondit la directrice.

— Il faudrait faire sortir les plans des principales
villes du pays, fit aussitôt Kordell. Si jamais ils nous
préparent quelque chose du genre ici...

— À Montréal, ils ont trouvé autre chose ? demanda
Lester.

— Pas vraiment.

— Et votre agent spécial ? insista Kordell.

— Il se débrouille.

— Jusqu'à présent, les résultats sont plutôt minces.

— La piste de Laterreur, le FATS, le plan de la contamination...

— C'est justement ce qui m'inquiète, reprit Kordell. Chaque fois qu'il trouve quelque chose de nouveau, l'affaire se complique. Vous êtes certaine qu'il n'est pas téléguidé ?... Ça aussi, c'est une de vos tactiques préférées, il me semble, de fournir un lot d'informations disparates à l'adversaire pour qu'il ne sache plus où donner de la tête...

Lester les rappela à nouveau à l'ordre.

— Si nous regardions ce que nous pouvons proposer au Président comme action, dit-il.

— Le minimum, fit Kordell, c'est un avertissement sur le téléphone rouge. Pour dire à Eltsine de rappeler ses zèbres, sans quoi il va les recevoir par retour du courrier, emballés dans des missiles ICBM.

— Et si ce n'étaient pas les Russes ? objecta à nouveau la directrice. Vous avez une idée de ce que votre initiative provoquerait ?

Comme le militaire ne répondait pas, elle enchaîna :

— Ils concluraient que nous sommes dans les emmerdements jusqu'au cou et que c'est l'occasion rêvée de nous attaquer sur tous les fronts conventionnels pour que nous soyons débordés. C'est ça qu'ils concluraient... Ou encore, ils prendraient notre menace au sérieux et, voyant qu'ils ne peuvent rien faire parce que ce n'est pas eux qui sont impliqués, ils lanceraient leurs missiles les premiers. Pour être sûrs de ne pas se faire avoir.

— Pur jeu de l'esprit, fit Kordell, avec condescendance.

L'argument ne l'avait nullement ébranlé et il continuait de rayonner.

— Vous prenez la responsabilité des conséquences ? lui demanda Lady.

— Bien sûr.

— D'accord. Je ne contesterai pas votre recommandation devant le Président. Mais ne comptez pas sur moi pour soigner vos précieux doigts, si vous vous faites taper dessus à coups de marteau.

La réunion fut ajournée. La reprise était prévue pour le début de la soirée, une heure avant la rencontre avec le Président.

La directrice n'était pas mécontente, même si elle avait conscience d'avoir été obligée d'y aller un peu fort. Il semblait de plus en plus probable que les Russes étaient d'une certaine façon impliqués dans l'affaire. Mais elle voulait donner la chance à Blunt de faire valoir ses intuitions.

Car il était possible qu'il ait raison. Les arguments qu'elle avait lancés à la tête de Kordell n'étaient pas tous sans fondement. C'était vrai que ça faisait beaucoup de maladresses des « camarades », pour une opération aussi soignée.

Comment expliquer qu'ils aient été aussi raffinés dans l'élaboration de leur plan et aussi négligents, pour ne pas dire grossiers, dans sa réalisation ? Ils auraient voulu gaffer qu'ils ne s'y seraient pas pris autrement !

## MONTRÉAL, 14 H 50

La cérémonie se déroula dans l'intimité. Quelques parents éloignés y assistèrent, ainsi qu'une poignée de policiers. Tous en civil. Ceux qui étaient les plus proches de Katie et qui avaient travaillé avec elle.

Cathy arriva une quinzaine de minutes avant la cérémonie pour recevoir leurs condoléances.

Blunt fut présenté comme un ami.

En sortant, ils surprirent une conversation sur le *rigor mortis*. Un des policiers expliquait à un confrère pour quelle raison la rigidité n'apparaissait qu'après un certain temps et pourquoi elle finissait ensuite par disparaître. Quelque chose comme l'arrêt de la formation d'ATP qui entraînait une soudure des fibres musculaires responsables de la contraction, puis une lente détérioration des structures musculaires lors du relâchement.

— Ils ont le même problème lors de la conservation des carcasses de viande, conclut celui qui s'était mis en frais d'instruire son collègue. Ils ne peuvent pas congeler immédiatement après l'abattage. Il faut qu'ils attendent la résolution du *rigor mortis*.

Blunt et Cathy échangèrent un regard.

— Je t'invite à prendre quelque chose ? demanda-t-il.

À l'intérieur du bar, ils se laissèrent aller dans un des vieux fauteuils, près de l'entrée. Durant l'après-midi, l'atmosphère y était toujours aussi tranquille, comme si l'agitation de la rue Saint-Denis attendait le soir pour y pénétrer.

— Si tu veux, on se repose pour le reste de la journée, offrit Blunt, en lui apportant du bar un Tia Maria avec un verre de lait.

— Ça va aller, fit-elle, en vidant presque la moitié de son verre. Aussitôt que j'ai terminé ça, on retourne voir Quasi... Peut-être qu'il aura quelque chose de nouveau.

À l'appartement de l'écrivain public, ils furent accueillis par un policier qui présenta ses condoléances à Cathy : il n'avait pas travaillé avec Katie, mais il la connaissait.

Il s'informa ensuite du but de leur visite.

— Une connaissance, dit simplement Blunt. On venait lui rendre visite.

Le policier consentit à leur dire qu'il y avait eu suicide et que le corps était en route vers la morgue. Voyant sa réticence à leur en apprendre davantage, Cathy resta quelques instants à le regarder en silence, comme si elle soupesait la décision qu'elle allait prendre, puis elle se dirigea vers le téléphone.

— Un problème, dit-elle. La piste dont je vous ai parlé vient de se faire refroidir. Peut-être un suicide.

— Vous voulez que j'envoie quelqu'un ? offrit Boyd.

— Ils y sont déjà. Si vous pouviez arranger les choses. Peut-être leur expliquer que je travaille sur une opération de renseignement... Sans entrer dans les détails, bien sûr. Blunt est avec moi.

— Très bien. Passez-moi l'officier en charge.

Le policier, qui avait suivi la conversation, prit le récepteur que Cathy lui tendait d'un air soupçonneux.

Quelques instants plus tard, il raccrochait.

— Vous aussi ! fit-il, en la regardant d'un air étonné.

— Des collaborations spéciales de temps à autre. Rien de régulier.

— Quelque chose que je peux faire pour vous ?

— Je suis désolée de piétiner vos plates-bandes, fit Cathy. J'aimerais simplement savoir ce que vous avez trouvé jusqu'à maintenant et faire le tour de l'appartement. Pour le reste, rien de changé : vous faites comme s'il s'agissait d'un cas régulier.

Elle pouvait lire une certaine contrariété sur le visage du policier.

— Une piste sur laquelle on travaille depuis des mois, reprit-elle, comme si sa propre déception devait compenser pour l'intrusion qu'elle effectuait dans l'enquête de son collègue.

— Quel sujet ? fit l'autre, saisissant l'offre de complicité.

— Quelque chose en rapport avec les fédéraux.

— Narcotiques ?

Elle se contenta de ne pas le contredire. L'autre comprendrait qu'il avait deviné juste, mais qu'elle ne pouvait rien confirmer.

Le policier leur expliqua que le corps avait été trouvé avec une balle dans la tête. La cause du décès était évidente : la victime avait bricolé une variante sophistiquée de roulette russe. Il s'agissait d'une roulette de casino reliée à un pistolet. Lorsqu'elle s'immobilisait sur le 13, le coup partait.

— Plutôt malade, le type. Il se filmait. Nous avons découvert toute une série de vidéos. Rien que des suicides simulés...

— Je suis au courant, fit Cathy. Il y a déjà un moment qu'on le surveillait.

— Vous n'avez pas eu peur qu'il vous claque dans les mains ?

— Il n'avait jamais fait de véritables tentatives. Uniquement des simulations. Le numéro de la roulette, il l'avait déjà fait à plusieurs reprises : deux fois avec balle à blanc et trois fois en utilisant un projectile mou avec imitation de sang. Quelque chose qu'il avait pêché dans une revue d'effets spéciaux.

— Peut-être qu'il a craqué...

— Possible.

— Vous avez retrouvé la cassette de son suicide ? demanda Blunt, à brûle-pourpoint.

Le policier lui jeta un regard intrigué avant de lui montrer une pile de cassettes.

— Elles sont là, dit-il.

— Ça m'étonnerait qu'il l'ait rangée avec les autres, se contenta d'observer Blunt.

Il se dirigea vers la caméra vidéo qui était à l'autre bout du salon et l'ouvrit.

— Vide, dit-il. Nous avons donc un *freak* qui simulait des suicides pour les enregistrer et, tout à coup, il se suicide pour de bon sans rien enregistrer... Vous êtes absolument certain qu'il s'agit d'un suicide ?

Le policier avait maintenant l'air embarrassé.

— Vous ne pouviez pas savoir, fit Cathy, pour atténuer l'effet du commentaire de Blunt. Peut-être avez-vous remarqué quelque chose de particulier ?

— Rien. Tout avait l'air tellement évident.

— Dès que le rapport est prêt, donnez un coup de fil au directeur Boyd. Je suis certaine qu'il va apprécier.

— Sûr.

— Pas besoin de vous dire que vous ne devez parler à personne de mon implication avec le service.

— Bien sûr, je comprends.

Ils fouillèrent le reste de l'appartement à la recherche d'indices, mais ne trouvèrent rien.

En partant, Cathy décida d'apporter avec elle le sac où la victime conservait l'ensemble de ses écrits inachevés.

— On ne sait jamais, fit-elle. Il y a peut-être un indice là-dedans.

Elle n'y croyait pas vraiment mais, depuis le temps qu'elle le voyait écrire à travers le télescope, elle était curieuse de voir ce qu'il faisait. De toute façon, ça ne pouvait pas nuire d'en apprendre davantage sur lui.

Ils se fixèrent rendez-vous pour 19 h 30, au 917, un des restaurants favoris de Cathy. Entre-temps elle irait faire un rapport à Boyd, pendant que Blunt passerait à la maison s'occuper de la ménagerie et remettre un minimum d'ordre dans l'appartement.

## 16 h 37

Après avoir nourri les deux estomacs sur pattes qui lui miaulaient entre les jambes, Blunt s'installa au terminal. Il inséra les nouvelles informations dans la banque de données et enclencha le signal avertisseur qui préviendrait Lady.

Il apporta ensuite la cage du perroquet dans le salon. Aussitôt, celui-ci se mit à hurler : « La ferme, sale bête ! » Les chats semblaient s'être habitués à lui, mais se tenaient quand même à distance respectueuse.

Blunt renouvela consciencieusement la réserve de graines de tournesol du volatile, puis il s'allongea sur le divan pour réfléchir.

Le sommeil le gagna presque instantanément.

## 17 h 21

Boyd écouta l'exposé de Cathy sans dire un mot.

— Vous êtes certaine qu'il s'agit de la même écriture ? fit-il, lorsqu'elle eut terminé.

— Oui.

— Et ce n'est pas Laterreur qui a commandé les lettres ?

— À moins qu'il ait déguisé sa voix. Mais ça m'étonnerait... Parlant de lui, est-ce qu'il va mieux ?

— Non. On a finalement dû lui administrer des sédatifs pour le calmer.

— Et Quasi ?

— Rien dans les archives sur son compte. Probablement un simple intermédiaire.

— C'est ce que je pense.

— Vous croyez au suicide ?

— Non.

— On aurait donc voulu le faire taire sans laisser de traces ?

— On dirait bien.

— Ouais...

— Quelque chose de neuf sur les appareils de contamination ?

— Tous du même modèle et tous dans des jonctions qui desservaient de petits secteurs. Le faible volume d'eau limite la dilution...

— Ils les ont tous trouvés ?

— Tous ceux qui étaient sur la carte.

— Leur contenu ?

— Mêmes capsules à temps de dissolution variable.

— On dirait qu'on va pouvoir respirer un peu.

— Il y a un problème... Les capsules ne contiennent pas le deuxième virus. À la place, ils ont trouvé une sorte de produit chimique. Très corrosif.

— Un acide ?

— Techniquement, c'est un peu différent. Mais ça produit le même genre d'effet.

— Et le deuxième virus ? D'où est-ce qu'il vient ?

— Aucune idée.

Cathy prit le temps de digérer l'information.

— De nouveaux incidents pendant la journée ? finit-elle par demander.

— La routine. Pas de drames particuliers. Mais les téléphones continuent. Encore presque deux cents, hier...

— Toujours la même chose ?

— Toujours. Ils veulent savoir si c'est contagieux, s'il y a des parties de la ville où il y a moins de risques...

— Du côté des journaux ? Ils ont l'air de se calmer, on dirait.

— Faites-leur confiance, ils vont sûrement trouver quelque chose pour...

Boyd n'eut pas le temps de terminer. Celik débarquait dans le bureau.

— Je m'excuse, mais comme la secrétaire n'était pas là...

Il s'interrompit en apercevant Cathy.

— On dirait que nous sommes faits pour nous rencontrer, reprit-il.

— Pour nous croiser, rectifia Cathy. Je sortais.

Puis elle ajouta à l'endroit du directeur :

— Je vous téléphonerai en fin de soirée ou demain matin pour régler les derniers détails.

Aussitôt qu'elle fut sortie, le policier s'adressa à Celik sur un ton bourru :

— Vous voulez louer une chambre sur place pour éviter les déplacements ?

— J'y ai songé. Mais je ne trouve pas l'endroit assez... écologique.

— Qu'est-ce que vous voulez ?

— Savoir ce que ça signifie, ce défoncement des rues à la grandeur de la ville ?

Boyd lui jeta un regard noir.

— Vous vous foutez de moi ou quoi ?

— Vous savez bien que je n'oserais jamais.

— La voirie municipale, vous connaissez ? C'est à eux qu'il faut...

— Ce que je veux savoir, c'est s'il y a un rapport entre cette vague d'excavations et les rumeurs voulant qu'il y ait des problèmes avec l'eau ?

— Vous voulez parler des rumeurs que vous avez lancées ?

— Je parle des rumeurs voulant que la mafia poursuive son chantage en s'en prenant à l'eau de la ville.

Le policier le considéra un moment sans bouger, puis il se leva, verrouilla la porte de son bureau, mit la clé dans sa poche et réintégra son fauteuil.

— Maintenant, fit-il d'une voix très douce, vous allez me dire exactement ce que vous savez. Tout ce que vous savez.

Le journaliste confessa qu'il avait reçu un appel anonyme l'informant de la vague subite d'excavations et d'un possible empoisonnement des eaux.

— Votre source a mentionné explicitement la mafia?

— Non mais...

— C'était la même voix que pour vos informations précédentes?

Celik le regarda, interloqué.

— Vous avez osé! fit-il.

— Vous n'avez aucune idée de l'engrenage dans lequel vous avez mis le doigt. Vous et vos amis du Moulinsart avez été les complices d'une vaste opération de manipulation. Complices involontaires, je veux bien, mais...

— Vous...

Le journaliste semblait partagé entre l'incrédulité et l'indignation.

— Vous avez maintenant le choix, poursuivit Boyd. Ou je vous expédie en tôle pour complicité avec un groupe terroriste et refus de transmettre des informations qui auraient pu sauver des vies, ou vous collaborez pleinement. Dans ce cas, je pourrais être en mesure de vous aider.

— Vos accusations n'ont aucun sens!

— Nous avons la preuve que vous avez connu à l'avance la date d'au moins deux attentats et que vous ne nous en avez pas informés.

— Quelle preuve? Ce ne sera jamais accepté en cour. Écoute illégale...

— Qui vous parle d'aller en cour? Quand les gens sauront que vous connaissiez les dates à l'avance et que vous avez laissé mourir des gens pour ne pas rater un scoop... Vos patrons n'auront pas le choix. Vous serez viré, votre carrière sera détruite... Remarquez, personnellement, c'est la solution que je préférerais : je serais débarrassé d'un des pires emmerdeurs que j'ai rencontrés.

Il fit une pause pour enlever une poussière sur son veston.

— D'un autre côté, reprit-il, je ne dois négliger aucun moyen de résoudre cette affaire au plus tôt. Si vous acceptiez de collaborer, je pourrais faire en sorte d'accélérer le déroulement de votre carrière.

— C'est du chantage.

— De la négociation.

— Et si je refuse?

— Malheureusement, je sais que vous ne me ferez pas ce plaisir.

Dix minutes plus tard, lorsque le journaliste sortit, Boyd songea avec satisfaction qu'il venait à la fois de se débarrasser d'un problème et d'acquérir un nouvel informateur: une fois que Celik se serait compromis davantage en effectuant quelques travaux pour lui, il le tiendrait encore mieux.

Son cas était réglé.

## MIAMI, 17 H 38

Fabien Laterreur se dirigeait vers le lieu de la réunion. Ce soir, il devait recevoir un cadeau à titre de membre fondateur honoraire de la section locale de l'association.

Il n'avait jamais trop pris au sérieux le mouvement fondé par son frère, mais il devait admettre que, financièrement, c'était une bonne idée. Depuis qu'il se servait de cette organisation religieuse comme couverture fiscale, ses affaires ne s'étaient jamais aussi bien portées. Sans compter tous les contrats que lui avaient valus les multiples contacts de son frère, tant aux États-Unis qu'à l'étranger.

Lorsque le camion s'immobilisa devant sa voiture, il eut un mouvement d'impatience. La circulation dans les rues de la ville devenait de plus en plus congestionnée.

Il monta le volume de la radio pour fournir un dérivatif à son besoin de stimulation et il ferma un instant les yeux. Lorsqu'il les ouvrit, deux hommes pénétraient dans son auto: un à l'avant, l'autre à l'arrière. Celui de l'avant tenait un pistolet appuyé contre ses côtes.

— Pas de geste que vous pourriez regretter, fit l'homme. Vous retournez à votre appartement.

— Chez moi?

— Non. L'appartement qui est enregistré au nom de votre secrétaire et où vous emmenez vos maîtresses.

Laterreur le regarda, abasourdi.

— Qu'est-ce que ça signifie? finit-il par demander.

— On retourne à l'hôtel chercher vos affaires. Vous avez un rendez-vous à Washington.

— Impossible, je suis...

— Vous êtes ce que je décide que vous êtes.

Une fois dans l'appartement, Fabien fut autorisé à mettre des effets personnels dans une valise.

— Vous oubliez quelque chose, fit l'homme au revolver. Les plans.

— Quels plans?

— Ceux des villes où votre compagnie a effectué des travaux sur les canalisations d'eau.

— Ils ne sont pas ici...

— Ouvrez le coffre, fit l'autre.

— De quel droit...?

— Le coffre. Derrière le faux Wyeth.

Quand la porte du coffret de sûreté fut ouverte, l'homme au pistolet fit signe à Laterreur, avec son arme, de s'écarter. L'autre s'empara des rouleaux de papier contenus dans la cachette et les mit sur le bureau. Il étala ensuite un des rouleaux et montra à son collègue les X ajoutés sur le plan au crayon feutre rouge.

— Je crois que nous avons trouvé ce qu'il nous faut, dit-il.

— Je ne comprends pas, protesta Laterreur.

L'homme au pistolet lui dit de se taire. L'autre retourna au coffre et en sortit avec précaution une mallette de cuir brun fermée par une serrure électronique et deux cadrans numériques.

— Regarde ce que j'ai trouvé dans le fond, dit-il.

— Merde, fit l'autre. Un incinérateur.

— Je n'ai jamais vu cette chose, continua de se défendre Laterreur.

Sa voix avait des accents de sincérité auxquels les deux hommes furent cependant insensibles.

— Moi non plus, renchérit celui qui l'avait découvert. Je n'ai jamais rien vu de tel. Sauf en photo.

Le seul véritable risque aurait été d'essayer d'ouvrir la mallette : elle était conçue pour exploser et incinérer tout ce qu'elle contenait à la moindre tentative d'ouverture sans la clef ni les codes prévus. La bombe au phosphore qui y était incorporée lui permettait également d'incendier ce qui se trouvait dans un rayon de plusieurs mètres.

— C'est un malentendu ! cria Laterreur. Vous ne pouvez pas m'arrêter !

— Notre travail consiste seulement à vous ramener à Washington, fit l'homme au pistolet. Vous vous expliquerez avec eux. L'avion nous attend.

— L'avion ?

— Aussi rapidement que possible, ils ont dit. Et ne vous inquiétez pas pour la serviette : nous avons été avertis. Nous n'avons aucune intention d'essayer de l'ouvrir.

Laterreur cessa de protester, complètement dépassé par les événements.

Les deux contractuels, qui travaillaient de façon régulière pour le Pentagone et diverses organisations gouvernementales, étaient satisfaits. Il y avait longtemps qu'un contrat n'avait pas été aussi facile à exécuter. Et aussi lucratif. Il ne restait qu'à remettre l'homme, avec les plans et le porte-documents, à ceux qui l'attendaient à l'aéroport de Washington. Ils encaisseraient alors le reste de leurs honoraires et tout serait terminé pour eux.

Le général était décidément le client idéal. Les affaires qu'il leur confiait étaient toujours préparées avec soin : l'homme était sorti de son bureau pratiquement à la seconde prévue, le camion n'avait eu aucune difficulté à immobiliser son véhicule et la mallette avait été exactement à l'endroit indiqué, avec les plans.

La préparation, c'était vraiment cela qui distinguait les professionnels. La préparation et l'information.

Une demi-heure plus tard, Lubbock observa l'avion décoller de Miami et sortit un calepin noir de sa poche intérieure de veston. Il fit un crochet à côté des mots «Laterreur-F» et «incinérateur».

## Paris, 0 h 47

La sonnerie tira l'Obèse d'une de ses occupations favorites: se faire laver par les jeunes pages.

Il songea un instant à ne pas répondre, mais l'appel était sur la ligne d'urgence. Il demanda qu'on lui apporte le récepteur.

— Qu'est-ce que c'est? demanda-t-il d'une voix bourrue.

— Kaufman. De Miami. On a un problème.

L'Obèse eut tout de suite le pressentiment que les choses allaient encore se compliquer.

— Nous avons perdu le patron, fit la voix à l'autre bout.

— Quoi!

— Il est parti vers 17 heures de son bureau pour venir au club. Il y avait une réception en son honneur. Il n'est jamais arrivé.

— Vous avez vérifié partout?

— Partout.

— Vous êtes allés à l'appartement de sa secrétaire?

— Oui. Rien ne semble avoir disparu.

— Mettez tout sous clé. Absolument tout. C'est très important. Préparez une liste de ce que vous aurez trouvé dans son bureau et dans son coffre. Vous me téléphonez aussitôt qu'il y a quelque chose de nouveau.

— Entendu.

Après Désiré, Fabien. Décidément, les autorités n'avaient pas perdu de temps à faire le lien. Est-ce que toute l'organisation allait se démanteler au moment même où elle aurait enfin pu prendre son essor?

À son insu, Fabien détenait plus d'informations qu'il ne croyait. C'était lui qui avait effectué les travaux de Montréal. Et même s'il ne savait pas exactement à quoi ils avaient servi de couverture...

Des mesures urgentes s'imposaient.

L'Obèse téléphona au répondant de Montréal pour lui ordonner d'activer sans délai plusieurs appareils. Ce qu'il apprit acheva alors de le démolir. La voirie avait creusé à l'emplacement de tous les distributeurs et les avait récupérés.

Cela voulait dire qu'ils avaient les plans – ce qui était pourtant impossible ! Fabien venait juste de disparaître : ils ne pouvaient pas avoir eu le temps. Quant à Désiré, il ne les avait jamais vus, les plans : il recevait ses ordres par téléphone et ne s'occupait que des messages.

Comment avaient-ils pu savoir où creuser ?

Mais tout n'était pas perdu. Le virus, lui, courait encore dans le sang de toute la population ; il lui restait une durée de vie utile de neuf jours. De quoi leur bricoler une belle série de catastrophes. Si c'était ce qu'ils voulaient, ils allaient être servis.

Il continuerait le combat seul. Enfin, seul avec Lubbock. Il n'avait pas le choix. Il devrait se contenter d'agir par son intermédiaire. Si les flics de Montréal avaient été aussi rapides pour remonter à Fabien, ils devaient déjà être sur sa trace. Mieux valait ne pas courir de risques.

Heureusement, il s'était toujours méfié de tout le monde. Y compris de ses deux frères. Personne ne connaissait le lieu de son refuge. Sauf Lubbock. Un détail dont il lui faudrait s'occuper aussitôt que ce dernier aurait perdu son utilité.

En attendant, il lui révélerait ce qu'il avait appris sur son compte : ce serait suffisant pour lui enlever toute velléité de résistance.

## MONTRÉAL, 23 H 46

Lorsque Blunt et Cathy entrèrent, les deux chats étaient debout sur le clavier du terminal, essayant d'attraper à coups de pattes le message qui clignotait à l'écran. Le bip d'avertissement se faisait entendre aux quinze secondes.

Blunt dut user de persuasion intensive pour convaincre les deux terreurs à poils de retourner par terre.

## CALL BACK – GRANDMA – ANYTIME

— Je ne savais pas que tu avais une grand-mère, fit Cathy.

— Tout le monde a une grand-mère. C'est le minimum. Habituellement, on en a deux.

Blunt fit disparaître le message de l'écran et appuya sur une série de touches.

— Grandma est un nom de code, reprit-il. C'est quelqu'un qui fait partie du club dont je t'ai parlé, sur Internet. Je ne sais même pas son nom.

Tout en composant les codes d'accès, il avait inversé les deux dernières lettres pour avertir que la réception n'était pas libre et de ne pas envoyer de message en clair.

Pour toute réponse, une série de chiffres qui semblait être un numéro de téléphone s'imprima sur l'écran.

— Code régional des États-Unis, fit remarquer Cathy. Région de Washington.

Blunt obtint immédiatement la communication.

— Je désespérais de vous joindre, fit Lady.

— On arrive du restaurant.

— Je vois. Vous me répondrez comme vous pouvez.

— D'accord. Quel est le problème ?

— Premièrement, on a mis la main sur le frère de Laterreur. À Miami. Il a effectué des travaux de voirie et de canalisation d'eau dans plusieurs grandes villes américaines. À son appartement, on a retrouvé des plans identiques à ceux de Montréal, avec les mêmes X rouges.

— Vous avez été voir ?

— Des travaux d'excavation ont été entrepris partout. Jusqu'à maintenant, ils n'ont rien trouvé. Et rien non plus dans l'eau des villes.

Cathy lui fit signe qu'elle allait se changer. Blunt lui répondit d'un hochement de tête.

— Peut-être qu'il a été pris de court, reprit-il, en s'adressant à la directrice. Peut-être qu'il n'avait pas encore eu le temps de s'en occuper.

— J'ai l'impression qu'il s'agit de projets, de villes cibles.

— Possible.

— Surtout qu'il conservait d'autres documents dans un incinérateur. On pense que ce sont les plans des villes où les distributeurs sont déjà en place.

— Comment est-ce que vous avez trouvé ça?

— L'incinérateur? Ce sont les gorilles de Kordell qui l'ont découvert. Il s'agit d'un modèle utilisé de façon courante par les Russes dans les ambassades... La section technique ne pense pas être capable de l'ouvrir. Sans la faire exploser, je veux dire.

— Merde!

— Autre sujet de réjouissance, Kordell a découvert que la compagnie de Laterreur avait effectué plusieurs contrats en Libye. Procédure standard pour virer des fonds compromettants.

— Et lui? Qu'est-ce qu'il en dit?

— Laterreur?

— Oui.

— Que les États-Unis sont toujours le pays de la libre entreprise et qu'il n'a exporté aucun matériel interdit. Il reconnaît que ce sont les plans de travaux qu'il a effectués, mais il ne sait pas qui a tracé les X rouges dessus. Quant à l'incinérateur, il jure ne jamais l'avoir vu de sa vie.

— Et qu'est-ce que vous pensez de tout ça?

— Que ça va être de plus en plus difficile de contrer Kordell. L'histoire de Quasi a fini par filtrer, y compris l'existence du mystérieux commanditaire à l'accent étranger qui téléphonait à partir d'une cabine située près du consulat russe. Kordell est arrivé avec l'information, à la dernière réunion.

— Vous pensez qu'il a un contact là-bas? Je veux dire, autrement que par Klamm.

— J'en ai l'impression.

— Plimpton?

— Ça, ça m'étonnerait... Avant que j'oublie, il y a autre chose.

Elle lui lut le dernier message reçu par Fry. On avait réussi à identifier celui qui l'avait transmis: un ingénieur travaillant dans la firme de Laterreur et membre lui aussi du FATS. L'arrestation de l'individu était une simple question d'heures, selon Kordell.

— Ce sont toutes ces belles choses que nous avons transmises au Président, conclut-elle.

— Qu'est-ce qu'il en dit ?

— Il va communiquer avec son homologue russe et lui donner vingt-quatre heures pour transmettre tous les plans de contamination des villes américaines. Sinon, il déclenche une opération de représailles.

— Quel genre d'opérations, vous avez dit ? demanda Blunt, songeant à l'explication médicale qu'il donnerait de sa conversation à Cathy, si jamais elle l'interrogeait.

— *Red Boots*. Occupation de l'ambassade russe, de leurs consulats et arrestation de tout leur personnel.

— Ils vont faire la même chose, non ?

— Oui, mais ils ne trouveront pratiquement personne d'important. D'un point de vue stratégique, je veux dire. Depuis les événements d'Iran, tous nos réseaux des pays à risque ont quitté leurs abris officiels pour entrer dans la clandestinité. Les têtes de réseaux travaillent de l'extérieur, à proximité des frontières. Nous avons un accord avec les Chinois à ce sujet. C'est d'ailleurs une des raisons pour lesquelles notre réaction aux événements de la place Tienanmen a été aussi souple.

— Il reste quand même des gens sur place !

— Uniquement de vrais diplomates, et presque tous de rang moyen ou inférieur. En termes de renseignements, les dégâts devraient être presque nuls. Tandis que pour eux...

— C'est tout ?

— À la première attaque sur n'importe quelle ville américaine, il y aura résiliation automatique des accords de Venise et riposte sur des villes russes.

— Et si ce n'étaient pas eux ?

— Je comprends votre point de vue. Je suis d'accord avec ce que vous affirmez dans votre rapport : c'est surprenant de les voir travailler comme des cochons et saboter une opération aussi importante. Mais les faits sont là. Jusqu'à preuve du contraire, tout semble montrer que ce sont bien les « camarades » qui s'amusent à nos dépens.

— Vous n'avez pas moyen de vérifier... directement ?

— Ce serait difficile.

— Dans le temps, vous aviez des relations, là-bas.

— Les temps changent. Les relations aussi.

— Je suis certain que ça vaudrait la peine.

— D'accord, je veux bien procéder à quelques vérifications. Et je vais également commencer à creuser du côté du troisième Laterreur. Il se peut que vous deviez aller à Paris.

— Je me disais justement que ce serait une bonne idée.

— Comment se comporte votre collaboratrice ?

— Bien.

— Il y a eu une demande d'informations à votre sujet. L'organisme émetteur de la demande était le service de police de la CUM.

— Et... ?

— Bien entendu, vous en êtes sorti blanc comme neige. Mais ça veut dire qu'il y a quelqu'un près de vous qui commence à avoir des soupçons.

— Difficile de faire autrement.

— Est-ce que vous pensez que vous pourriez la convaincre de vous accompagner à Paris ?

— Je ne vois pas...

— Il faudrait que vous la mettiez au courant, bien entendu.

Blunt ne répondit pas.

Cathy revenait. Elle était en robe de chambre. Elle s'appuya contre lui.

— Je comprends vos réticences, reprit la directrice. Elle sera davantage exposée. Mais il est probable qu'elle soupçonne déjà quelque chose. À mon avis, il vaudrait mieux lui avouer votre véritable mission et en faire une alliée sûre.

Blunt ne répondait toujours pas.

Cathy avait mis une main dans son cou. Du bout des ongles, elle dessinait lentement de mystérieux entrelacs sur sa peau.

— Je vous fais confiance pour lui dire uniquement ce qui est indispensable, reprit la directrice. Et si jamais, par la suite, elle voulait faire carrière chez nous...

Elle avait ajouté cela pour qu'il comprenne que l'offre était sérieuse, qu'elle ferait son possible pour protéger la jeune femme. Car il y avait seulement deux façons possibles de continuer, une fois que vous étiez au courant de certaines choses : soit à l'intérieur de l'organisation qui vous employait, protégé par elle ; soit seul, à la merci de toutes les autres organisations désireuses de vous arracher la moindre bribe d'information à laquelle vous auriez pu avoir accès. Cela expliquait le taux particulièrement élevé d'accidents parmi les agents qui abandonnaient en cours de carrière.

— Vous êtes certaine que c'est une bonne idée ? finit par répondre Blunt.

— Si vous en avez une meilleure...

— Je vous rappelle au plus tard demain matin. D'ici là, vous en saurez peut-être davantage sur votre ami Kordell.

— Vous avez quelque chose en tête ?

— Je ne sais pas. Mais je trouve qu'il a beaucoup de chance, lorsqu'il s'agit de découvrir les preuves dont il a besoin.

— Au point de m'intéresser électroniquement à lui ?

— Au point de s'intéresser à lui de toutes les façons possibles.

— Entendu, je m'en occupe. Je vous tiens au courant dès que j'ai quelque chose.

Blunt raccrocha.

— Grandma a des ennuis ? demanda Cathy, en l'observant avec curiosité.

— On peut appeler ça comme ça.

## Washington, 22 h 58

Après avoir raccroché, Lady resta un bon moment songeuse. Si l'hypothèse de Blunt s'avérait juste, les « camarades » étaient peut-être sur un tout autre genre de coup que ce qui paraissait à première vue.

Ça pouvait être une opération montée d'un bout à l'autre pour échouer. Une opération pour donner du crédit à une de leurs taupes qu'ils voulaient faire monter dans la hiérarchie

Kordell, un agent des Russes ? Peu probable. Idéologiquement, il était plus près des dictatures latino-américaines. À moins que ça ne soit justement une couverture... De la même manière que ses propres agents infiltraient les groupes radicaux en rivalisant d'extrémisme avec les autres membres, de la même manière il était logique qu'une taupe du SVR essaie de battre les ultraconservateurs sur leur propre terrain.

Mais comment Kordell aurait-il pu monter plus haut ? On lui prêtait bien de vagues ambitions politiques, mais ses racines dans l'un et l'autre des grands partis étaient trop faibles pour qu'il aspire à une candidature de premier plan.

Il y avait toujours l'autre possibilité, celle à laquelle elle songeait depuis un certain temps déjà : peut-être que tout ce brouhaha à propos de Montréal était un simple abcès de fixation, un moyen de river l'attention des services américains sur une pseudo-opération pendant que les camarades vaquaient tranquillement à leurs véritables occupations ailleurs. Le SVR était passé maître dans cette technique qui consistait à maintenir ses adversaires constamment occupés par un conflit supposé imminent, question d'expédier en toute quiétude les affaires courantes.

Et si tous ces raisonnements s'avéraient du pur bricolage intellectuel ? S'il y avait réellement une guerre en cours ? Une guerre bactériologique, sous forme de guérilla urbaine, sans que personne s'en soit encore avisé ?

Mais une guerre déclenchée par qui ? Et au profit de qui ? Il était loin d'être évident que les Russes aient quoi que ce soit à gagner dans un tel conflit. Sans oublier les accords de Venise !

Pour en avoir le cœur net, il y avait une façon. Le téléphone gris. Ce n'était pas sécuritaire à cent pour cent, mais ça valait le coup d'essayer.

À l'époque de son installation, les journaux avaient largement fait état du téléphone rouge, grâce auquel les dirigeants de l'Union soviétique et des États-Unis pouvaient communiquer directement et négocier une résolution rapide des crises. Ce qui n'avait cependant pas été rendu public, c'était la mise sur pied d'un deuxième téléphone reliant le bureau de la directrice de l'Institut à celui du directeur du KGB.

Le téléphone gris, sarcastiquement dénommé ainsi par les quelques personnes au courant de son existence, reliait vingt-quatre heures sur vingt-quatre les deux responsables des services de renseignements. Son emploi, pour curieux qu'il puisse paraître à première vue, était beaucoup plus fréquent que celui du téléphone rouge. Dans le monde du renseignement comme dans celui de la politique, les intérêts des deux grandes puissances concordaient fréquemment. La dissolution de l'Union soviétique n'avait rien changé à la situation. C'était encore souvent par son intermédiaire que s'effectuait l'arbitrage des conflits que leurs partenaires mutuels s'efforçaient d'entretenir.

Les deux pays étaient dans la même situation : otages d'alliés qui essayaient de les entraîner dans des conflits généralisés pour régler des problèmes locaux. Or, l'univers du renseignement est un monde de spécialistes, de rigueur et de discipline. Pas d'exaltés. La seule utilité de ces derniers est de servir d'instrument occasionnel. Chaque fois qu'ils sortent de ce rôle et prétendent ériger leurs lubies particulières en objectif principal, les catastrophes ne sont jamais loin. Pour tout le monde.

D'où l'utilité du téléphone gris.

Il servait à éteindre les feux, à civiliser les rapports réciproques et à maintenir une règle du jeu minimale.

Ce genre de contact avait d'ailleurs toujours existé. Tous les pays dominants, au cours de l'histoire, avaient été forcés de maintenir des relations non officielles mais suivies entre leurs responsables respectifs. Spécialement lorsqu'il s'agissait de pays ennemis.

L'innovation consistait à avoir institutionnalisé ces rapports. De la même façon que le monde avait été partagé à Yalta, de la même façon le partage continuait d'être aménagé chaque semaine par le biais du téléphone gris.

Les chefs d'État avaient d'ailleurs souvent profité de ce canal pour passer leurs messages : laissez tomber le soutien aux rebelles en Afghanistan et nous ne ferons que des protestations symboliques au sujet du Salvador. Ou bien, de l'autre côté : laissez-nous régler nos problèmes internes aux Falkland (lire : conserver la mainmise sur les îles de l'Atlantique qui nous servent de bases d'observation) et nous ne dirons pas un mot sur la manière dont vous réglez votre problème arabe (lire : comment vous essayez de contrôler plus du tiers de votre population).

Les informations étaient presque toujours transmises à demi-mot, de façon à ce que chaque partie puisse nier avoir exprimé une position claire sur les sujets abordés. Mais, de chaque côté, la lecture entre les lignes et l'art de l'insinuation étaient des habiletés élevées au niveau de la virtuosité. Pourquoi dire, quand on peut tout aussi avantageusement laisser entendre ?

Telle était la règle du téléphone gris. Non écrite, bien entendu.

Utiliser ce moyen en dehors de la journée prévue pour le bilan des litiges et griefs réciproques équivalait à devenir débiteur : toute information, tout service devait être compensé un jour ou l'autre.

Après avoir hésité jusqu'au milieu de la nuit, la directrice estima qu'elle n'avait plus le choix. Elle ouvrit la valise de communication, fit jouer les boutons de déverrouillage, introduisit son code d'accès et prononça les trois mots d'identification.

Quelques instants plus tard, sur l'écran de cristaux liquides situé à l'intérieur du couvercle, une figure apparut : celle d'Arkady Akmajian. Son visage portait les marques d'un sommeil écourté.

— Chère camarade directrice, que me vaut l'honneur d'un appel aussi matinal ?

— Mon cher Arkady, j'ai une mauvaise nouvelle. J'ai l'impression que nous avons accidentellement grillé un de vos réseaux. Au complet.

— Vous savez que nous n'avons aucun réseau dans votre pays. Seuls les impérialistes yankees se permettent une telle ingérence dans les affaires intérieures des autres pays. Nous n'avons que des collaborateurs spontanés soucieux de l'avenir de l'humanité et que notre position...

— Trêve de plaisanteries, Arkady. C'est sérieux. Un réseau complet. Et, pour tout vous dire, j'aimerais savoir s'il est bien à vous.

— Curieuse question, camarade directrice. Vous désirez que je regarde rapidement autour de moi pour voir si je n'aurais pas égaré par mégarde un de mes réseaux ? Après tout, peut-être une distraction...

— Les ententes de Venise, Arkady.

— Ah, les ententes...

Pour la première fois, la voix du Russe se fit soucieuse.

— Vous songez à rompre les accords ? demanda-t-il.

— Ce ne sera pas nécessaire. Il semble que votre réseau l'ait déjà fait.

— Vous êtes certaine qu'il ne s'agit pas d'une autre brillante invention de votre agence de façade ?

Le ton conservait sa bonhomie, mais il y perçait un certain agacement.

— Peut-être qu'ils veulent se rendre intéressants ? ajouta-t-il. Qu'ils se sentent délaissés par vos médias...

L'agence de façade, c'était la CIA. Dans le milieu, tout le monde savait qu'elle servait principalement à occuper le public et, occasionnellement, d'os à ronger aux politiciens. Pendant ce temps, la NSA et quelques autres agences faisaient le vrai travail. Et puis, il y avait l'Institut.

— J'aurais personnellement tendance à vous croire. Mais les preuves sont là. En fait, il y en a presque trop. Habituellement, vous ne travaillez pas de façon aussi grossière – si je peux me permettre.

— Vous êtes bien bonne.

— C'est ce qui m'a mis la puce à l'oreille. Alors, si vous voulez bien vérifier. Il s'agit d'un réseau contrôlé à partir de Miami. À l'heure qu'il est, les arrestations doivent être à peu près terminées.

— D'accord, je vérifie et je vous rappelle.

— Vous avez intérêt à faire vite. Notre joueur de sax est sur le point de contacter votre alcoolo en chef. Pour un ultimatum : qu'il arrive quoi que ce soit à une des villes américaines et il y aura des représailles automatiques. Sans délai et sans aucune négociation préalable.

— Vous croyez sérieusement qu'il risque d'y avoir un incident justifiant ce genre de représailles ?

— Je ne crois pas : j'en suis certaine. Quelque chose dans le genre de ce qui se passe à Montréal.

— Pas cette bouffonnerie... Vous vous rendez compte de ce que ça peut signifier ?

— Pourquoi croyez-vous que je vous ai appelé ? Si vous avez des informations à me faire parvenir ou des dispositions à prendre pour annuler certaines initiatives, vous avez intérêt à vous dépêcher.

— Vous nous croyez sincèrement assez fous pour nous être lancés dans ce genre d'histoires ?

Cette fois, le ton n'avait plus aucune aménité. La directrice s'empressa de temporiser.

— Il peut s'agir de l'action inconsidérée de l'un de vos subalternes... D'une initiative douteuse de l'un de vos alliés.

— Comprenez que j'apprécie votre collaboration. Mais je doute qu'un de mes collaborateurs se soit aventuré dans une opération aussi contraire aux intérêts de nos deux peuples... ou à sa carrière !

La rhétorique de façade était revenue, mais le ton n'avait plus le même détachement enjoué.

— Tous les peuples ont leurs exaltés, reprit la directrice.

— C'est regrettablement vrai, admit le Russe.

Il songea que l'essentiel de son travail consistait maintenant à contenir les groupes extrémistes qui proliféraient, inspirés par la rhétorique de Jirinovsky et ses émules. Le nationalisme russe devenait aussi explosif que celui des multiples composantes ethniques constitutives de la mosaïque nationale.

— Je vous rappelle aussitôt que j'ai quelque chose de précis, fit-il.

Lady interrompit la communication. Elle avait fait tout ce qu'il lui était possible de faire sur ce front.

Ou bien il s'agissait d'une opération des «camarades» et ceux-ci, informés des intentions arrêtées des États-Unis, rappelleraient l'opération; ou bien il s'agissait d'un coup monté par un de leurs alliés, lequel se ferait joyeusement taper sur les doigts.

Mais il se pouvait également que ce soit quelqu'un d'autre qui ait monté l'opération en voulant donner l'impression qu'il s'agissait d'une initiative des Russes. Si tel était le cas, il fallait découvrir au plus vite de qui il s'agissait, car le responsable du *Joint Chiefs of Staff* ne se contenterait pas des dénégations du SVR, même officielles. Et le Président n'aurait pas tellement le choix de suivre son avis.

Elle fit alors un autre appel. À Paris, celui-là, histoire de préparer l'arrivée de Blunt. Peut-être y aurait-il moyen de découvrir quelque chose du côté du troisième Laterreur...

En France, son interlocuteur était le patron officieux, et donc réel, de la Direction générale de la sécurité extérieure. Pour se protéger contre les attentats terroristes, tous les chefs des principaux services français avaient été remplacés par des doublures officielles. Celles-ci expédiaient la routine et transmettaient les instructions que leur communiquaient les dirigeants réels mais effacés des organisations. Les doublures savaient qu'une partie de leur salaire servait à couvrir les risques de l'emploi et c'est en toute connaissance de cause qu'ils acceptaient la situation.

Dix minutes plus tard, le «colonel», pseudonyme sous lequel Lady connaissait le chef de la DGSE, mettait en branle ses propres contacts pour localiser Aimé Laterreur, le célèbre financier à la retraite. Il ordonna également toute une série d'investigations parallèles: si la directrice de l'Institut s'intéressait à Laterreur, il devait y avoir des lièvres intéressants à débusquer dans son entourage.

Lady fit un dernier appel. Le plus risqué des trois. Il s'agissait d'un appel local.

Le chef du Mossad pour le secteur nord américain répondit à la deuxième sonnerie.

— J'ai besoin de vous, dit-elle de but en blanc. De votre organisation, je veux dire.

Le major Shimon Pavel – alias Aaron Markowitz, conseiller technique en informatique auprès de l'ambassade d'Israël – marqua une pause avant de répondre.

— Vous êtes certaine de ne pas vous tromper de numéro ? finit-il par demander.

— Aaron, vieux babouin, vous pouvez arrêter votre cirque, c'est moi.

Il comprit aussitôt sans qu'elle ait besoin de se nommer. Lady était la seule à l'appeler ainsi ouvertement, même si c'était le surnom qu'on lui avait attribué dans tout son service.

— Chère amie ! En quoi puis-je vous être utile ?

— Une surveillance complète et continue sur un vénéré membre de notre establishment. En plus : une enquête approfondie sur ses relations, éventuellement douteuses, particulièrement parmi les camarades et leurs succursales.

— Vous savez bien que nous n'effectuons aucune opération de cette sorte sur le sol d'un pays ami.

— C'est sérieux, Aaron. Et c'est urgent.

— Que me vaut le privilège d'une telle offre de collaboration ? Habituellement, vos services sont assez chatouilleux sur l'inviolabilité de leur territoire national.

— Disons que les circonstances ne sont pas habituelles... En retour, j'oublierai les circonstances entourant la disparition, en pleine mer, d'un navire contenant dix-huit tonnes de matériel hypersophistiqué destiné à la construction de radars.

C'était un gros atout à brûler, mais elle voulait s'assurer que le travail serait fait en profondeur et sans que personne des services américains soit alerté. Pour ce faire, il n'y avait qu'un moyen : passer par Aaron et lui souligner l'importance du travail par l'importance du prix qu'elle était prête à payer.

— Puisque vous me prenez par les sentiments. Qui sera l'heureux bénéficiaire de mon attention ?

Lorsqu'il eut obtenu réponse à sa question, l'Israélien ne put réprimer une exclamation.

— Vous êtes sûre de ce que vous faites ?

— Tout à fait.

— Je veux dire, si tout vous saute à la figure, je ne détesterais pas être couvert.

— Vous n'aurez qu'à changer de climat. Votre pays feindra de présenter des excuses, le mien feindra d'y croire.

— Et je feindrai de ne pas m'apercevoir que ma carrière est foutue.

— Vous dramatisez.

— Cela peut exiger une certaine quantité de personnel. Il existe un risque de fuites...

— Vos subordonnés ne sont pas obligés de connaître les raisons de cette opération.

— C'est vrai qu'en répartissant le travail entre plusieurs groupes... C'est bien par amitié pour vous que j'accepte de m'intéresser à cet individu.

— Comme si ça ne faisait pas partie de vos occupations courantes d'assurer un suivi des allées et venues de vos alliés !

— Je vous rappelle dès que j'ai des résultats.

— Je ne vous oublierai pas non plus. Ou plutôt, j'oublierai les événements auxquels j'ai fait référence.

— Votre générosité spontanée et votre désintéressement m'ont toujours beaucoup ému.

Quelques minutes plus tard, la directrice de l'Institut se couchait avec le sentiment de ne pouvoir en faire davantage, tant pour dénouer la crise que pour donner sa chance à Blunt.

Le prix à payer en termes d'informations et de services à rendre plus tard était élevé, mais c'était le moyen le plus sûr d'obtenir des résultats. Des résultats rapides. Car le temps devenait une denrée de plus en plus rare.

Des imbéciles risquaient de déclencher une mécanique qui conduirait à la guerre, par pure ignorance ou par bêtise, et d'autres s'y laisseraient entraîner par une espèce d'aveuglement à base d'intérêts à courte vue, de manque d'imagination et d'étroitesse d'esprit.

Le pire, songea-t-elle, c'était que, malgré tout cela, elle aimait son travail. Qu'il la passionnait.

# JOUR 10

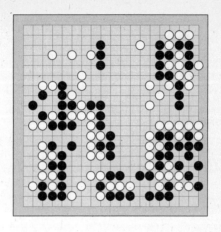

Trois clés : conserver l'initiative, coordonner au mieux ses groupes et disperser ses pierres de façon optimale pour maximiser leur influence.

Il en résulte une harmonie, une beauté qui est le signe du jeu des meilleurs joueurs.

Blunt analysait le déroulement de la dernière partie de go qu'il avait jouée dans un café, contre un adversaire d'occasion. Mais c'était à l'autre partie que revenait sans cesse son esprit, celle qui se déroulait sur l'ensemble du continent et dont il entrevoyait une partie seulement des enjeux.

En apparence, il venait de marquer un coup décisif : tout le territoire de Montréal échappait maintenant à l'adversaire. Même son contrôle sur le territoire américain semblait compromis, avec la contre-attaque sur les points forts de Washington et Miami.

Pourtant, son instinct de joueur lui disait de se méfier. Ces échecs régionaux n'affectaient peut-être pas le plan d'ensemble de l'adversaire. Ils pouvaient même s'inscrire dans sa stratégie globale.

Blunt avait hâte de poser un nom ou un visage sur cet adversaire énigmatique, de connaître le but qu'il poursuivait. S'agissait-il de l'insaisissable Aimé Laterreur ?

Quel rapport y avait-il entre les deux séries d'exigences : celles concernant le sport et la santé, puis celles liées à l'armement et l'économie ? La première servait-elle à dissimuler l'autre, comme l'affirmait Kordell ?

Probablement.

Et probablement aussi que l'apparence écologique de certaines revendications servait uniquement à masquer leur portée géopolitique. C'était ce qui avait le plus de sens.

Mais Blunt n'arrivait pas à se satisfaire de cette explication. Il y avait eu trop de maladresses, trop d'amateurisme : cela ne cadrait pas avec l'image qu'il commençait à se faire de son opposant.

Car il s'agissait certainement d'une personne minutieuse, planifiant à long terme et disposant de moyens importants.

Les faits et gestes des frères Laterreur laissaient croire à une préparation d'au moins quatre ans : Fabien s'était établi aux États-Unis à cette époque, Aimé avait pris sa retraite au même moment et Désiré avait alors réduit son horaire de travail à deux jours et demi par semaine.

C'était également de cette période que dataient les contrats libyens qui avaient donné à la compagnie de Fabien les moyens de s'imposer sur le marché et d'arracher des contrats dans plusieurs villes importantes des États-Unis.

Donc, un plan d'envergure, préparé avec soin et dont le secret avait été hermétiquement préservé : du travail de professionnel. Et puis, au dernier instant, l'amateurisme le plus grossier !... Pour quelle raison avoir fait de tels efforts, avoir investi le temps et la compétence de professionnels remarquables, pour ensuite procéder de façon aussi négligente, comme si toute l'organisation était subitement devenue un ramassis d'amateurs ?

Cela ne cadrait décidément pas.

D'ailleurs, une série de bévues et d'imprévoyances comme celles commises au cours des derniers jours ne cadrait pas non plus avec les capitaux qu'avait dû nécessiter la mise en œuvre de l'opération. Avec de telles sommes en jeu, le supplément à payer pour s'assurer les services des meilleurs professionnels était dérisoire. Il aurait été stupide de s'en priver. Or l'adversaire ne semblait pas du tout stupide... sauf depuis le déclenchement des incidents à Montréal.

Y avait-il deux adversaires, l'un stupide et l'autre pas ? Un qui aurait pris la relève de l'autre au moment de passer à l'exécution du plan conçu par le premier ?

Il y avait également une autre partie que Blunt devait mener à terme : celle pour sauver sa propre peau. Ou, du moins, le libre fonctionnement de ses neurones.

Car c'était ce que prévoyait sa programmation initiale : après le retour de sa mission à Venise, un séjour de plusieurs semaines à la clinique de Klamm. Le bon docteur voulait le « stabiliser » pour neutraliser tout facteur de risque.

Avant de partir en mission, Blunt avait réussi à déjouer son conditionnement. Mais il doutait de pouvoir répéter l'exploit. Mieux valait ne pas retomber entre les mains de Klamm.

Depuis neuf ans, il avait pratiqué une sorte d'amnésie volontaire et consciente, mettant toute son application à vivre dans la peau d'Horace Blunt.

Avec succès.

Il avait tellement pris racine dans la biographie imaginaire bricolée par les techniciens de l'Institut, il avait tellement étoffé la légende de départ au cours des années, qu'il n'était plus certain de vouloir en sortir. Il s'était refait une vie.

Mais il ne s'était pas refait lui-même. Au contraire, il avait essayé de préserver intérieurement ce qu'il était. D'où le dilemme. Comment demeurer soi-même dans une vie qui n'était pas la sienne ?

Résultat : malgré tous ses efforts pour s'adapter à sa nouvelle vie, malgré toutes les racines par lesquelles celle-ci tenait à lui, elle n'était jamais vraiment devenue la sienne. Quant à lui, il avait beau durer, il se sentait de plus en plus étranger, parallèle à sa propre existence.

Peut-être était-ce de là que venait sa fascination pour tout ce qui allait par deux, songea-t-il. Cathy... Katie...

Curieusement, malgré l'habitude qu'elles avaient de se faire passer l'une pour l'autre, leur allergie aux histoires de jumeaux était viscérale. Toute cette mythologie, où chacune aurait dû trouver dans sa contrepartie un miroir privilégié, leur portait souverainement sur les nerfs. La seule utilité d'avoir une jumelle, à leur avis, était de les aiguillonner, de les pousser à devenir des individus toujours plus distincts, plus autonomes. D'où l'utilisation de leur ressemblance : pour entrer dans des milieux où elles n'auraient pas eu accès, faire de nouvelles expériences... Comme si chacune avait voulu, à elle seule, être la somme de deux vies.

Katie... Cathy... Jusqu'à quel point pouvait-il la mettre au courant de ce qui se passait ?

Lady suggérait de tout lui dire, sauf la partie concernant les accords. Mais tout lui dire, cela signifiait lui avouer qu'il l'avait trompée depuis des années. Qu'il avait trompé tout le monde...

Comment réagirait-elle en prenant connaissance de l'univers auquel il était lié ? Est-ce que cela détruirait le rapprochement qui s'était produit entre eux ?

Il ne pouvait tout de même pas lui demander de but en blanc de travailler pour l'Institut sans lui donner un minimum d'explications ! Elle en réclamerait. Elle voudrait tout savoir. Pour ça, il pouvait faire confiance à sa curiosité. À sa méfiance, aussi. Elle voudrait être certaine de ne pas être trompée une seconde fois.

Et plus elle en saurait, plus elle serait exposée. Même les Américains la considéreraient comme un facteur de risque. Le simple fait qu'elle soit liée à lui inciterait Klamm et ses employeurs à réclamer des mesures préventives la concernant, une fois l'opération terminée. Il pouvait déjà entendre Kordell expliquer rationnellement la nécessité de prévenir tout risque de fuite, si improbable qu'il fût.

— Ton délai est expiré, fit Cathy en entrant dans la salle de bains.

Elle repoussa la petite table sur laquelle il avait installé son jeu de go et s'assit sur le bord du meuble-lavabo.

— J'avais peur que tu te dissolves complètement dans l'eau.

— Je t'aurais manqué ?

— Je ne voulais pas rater les explications que tu m'as promises avant ta séance de trempage.

— J'y pensais, justement.

— Ça fait une demi-heure, tu dois avoir eu le temps de trouver une façon de me présenter les choses.

— J'essayais surtout de trouver une façon de me faire à l'idée.

— Tu es impliqué dans toute cette histoire, n'est-ce pas ?

Son ton s'était fait brusquement sérieux.

— Oui.

— Avec Celik ?

— Celik n'est qu'un pion, comme tous les autres journalistes. Dans ce genre d'affaires, c'est forcé.

— Et toi, tu n'es pas un pion ?

— Disons un pion plus... central.

— Si tu parlais en clair. Au rythme où tu es parti, la glace va avoir le temps de prendre sur ton bain.

— D'accord. Premièrement, mon nom n'est pas Horace Blunt. C'est une couverture que j'ai prise il y a neuf ans.

Tant qu'à faire, autant commencer par le plus gros morceau, songea Blunt. Le reste passerait ensuite plus facilement.

— Qu'est-ce que c'est ?... 007 ? Colombo ? Batman ?

— Strain. Nicolas Strain.

— Et tes nièces ?

— Elles allaient avec la couverture.

— Mais...

— Elles ne se doutent de rien. Pour elles, je suis réellement un oncle récupéré d'Australie quelques années après la mort de leurs parents. Un oncle qui les approvisionne en cadeaux et qui leur offre un pied-à-terre à Montréal.

— Pourquoi une couverture ? Pour qui est-ce que tu travailles ?

— J'ai été obligé de fuir.

— Est-ce que tu as... ?

— C'est une longue histoire.

Elle le regarda un moment, comme si elle hésitait sur une décision à prendre.

— Tu veux que j'aille faire du café?

— Laisse. Et non à l'autre question aussi. Je ne suis pas recherché pour meurtre. Ni rien du genre.

— Pourquoi, alors?

— À cause de ce que je sais. De ce que j'ai vu...

— Juste un peu voyeur, quoi.

Blunt hésita, comme s'il cherchait ses mots.

— Ce n'est pas facile... Il y a des choses que je ne peux pas dire sans te compromettre. Il faut que je t'en dise assez pour que tu comprennes et que tu me croies. Mais, en même temps, je ne veux pas faire de toi quelqu'un qui en sait trop.

La meilleure défense contre les préventions qu'elle pourrait avoir à son endroit consistait à les verbaliser à l'avance. Il s'en voulait d'utiliser les recettes du métier pour la manipuler, mais il devait à tout prix paraître sincère. Il ne pouvait pas se permettre le luxe de dire les choses comme elles lui venaient. La moindre gaffe pouvait la braquer définitivement.

Cathy continua de le regarder d'un œil soupçonneux.

— Je saisis mal le rapport avec ce qui s'est passé ces derniers jours.

— Autrefois, je travaillais pour une agence américaine. Une agence très secrète.

— Comme la CIA?

— Non, justement. Une agence qui n'avait pas d'existence officielle. Enfin, pas à l'époque. Même aujourd'hui, les gens ne connaissent pas la vraie nature de ses activités. Un jour, j'ai été amené à assister comme traducteur à une réunion de niveau très élevé. Vraiment très élevé.

— Tu es sûr que tu n'inventes pas?

— Après la dernière réunion, je devais voir Klamm.

— Le même qui...

— Oui. Déprogrammation et sécurisation était le jargon officiel. Tu as pu constater les résultats qu'il a obtenus avec Laterreur?

Cathy, qui jouait nerveusement avec une pierre du jeu de go, ramena brusquement son regard vers Blunt.

— C'était le même genre de traitement qui était prévu pour moi, reprit-il. J'avais cinquante pour cent de chances de réussite. Lire : chances de survie du cerveau. Le traitement, lui, avait cent pour cent de chances de réussite. D'une façon ou d'une autre, je n'aurais plus eu aucun souvenir des rencontres auxquelles j'avais participé. La sécurité de l'État aurait été sauve... J'ai réussi à mettre la main sur une légende et je me suis tiré.

— Une légende ?

Il lui expliqua alors qu'une légende était une biographie fictive que l'agence prenait des années à monter. Documents officiels à implanter, personnes pour tenir le rôle du personnage lors de tel ou tel événement, loyer à entretenir, comptes à payer, cartes de crédit à utiliser, famille et amis à créer... Cette dernière partie était la plus difficile. Le problème était habituellement résolu en utilisant un homme ou une femme qui avait peu de famille et qui était mort à l'étranger. L'agence prenait alors la relève pendant plusieurs années, jusqu'au moment où un agent à peu près ressemblant pouvait se glisser sans trop de difficulté dans la peau du personnage.

Dans son cas, ses deux nièces avaient perdu leurs parents trois ans avant qu'il ne prenne la légende et elles n'avaient pratiquement pas d'autre famille que lui. C'était la situation idéale. Il était le frère de leur père, parti en Australie avant même leur naissance et qui revenait s'installer au pays.

— Et tu n'as jamais revu personne d'avant ? D'avant ta vie à toi, je veux dire.

— Mes parents me croient mort. J'ai aperçu mon père une fois ou deux, de loin. Il a beaucoup vieilli. Il reste dans une petite ville de la Côte Est. Mais il n'est pas question que j'aille le voir. Pour commencer, je ne saurais pas comment lui expliquer : ils lui ont dit que j'avais disparu au cours d'une mission. Et puis, il y a régulièrement des agents en surveillance autour de chez eux, au cas où je reviendrais.

— À part tes parents, quelqu'un d'autre ?

— Une femme, tu veux dire ?

Cathy acquiesça d'un hochement de tête.

— Oui, reprit Blunt. Elle est mariée, maintenant. Pendant plusieurs années, je suis passé devant chez elle en automobile. Pas souvent, à cause de la surveillance, mais de temps en temps. Je regardais la maison. Juste pour regarder. Comme si ça me donnait un point d'ancrage. Un peu de permanence... Je n'y suis pas retourné depuis son deuxième enfant.

Pendant quelques instants, seul le bruit de l'eau du robinet tombant goutte à goutte dans celle du bain brisa le silence.

Il n'était jamais aussi sincère que lorsqu'il inventait. C'était sa façon à lui de toucher les gens.

— Est-ce qu'ils ont des chances de te retrouver ? demanda finalement Cathy.

La voix de la jeune femme trahissait une réelle inquiétude.

— Ils m'ont retrouvé, justement. Pour sauver temporairement ma peau, j'ai accepté de m'occuper de l'affaire de Montréal.

— L'affaire sur laquelle Katie travaillait ?

— Oui. Je m'étais arrangé pour que Boyd lui confie l'enquête. Remarque, lui ne m'a jamais vu. Tout s'est fait par l'intermédiaire des Américains.

— Elle travaillait pour toi !

— Elle était l'agent local de couverture. C'est la procédure standard, quand des organisations étrangères interviennent sur le territoire d'un autre pays. Normalement, elle n'aurait pas dû être impliquée dans l'affaire autrement que pour servir de façade.

— Tu veux dire qu'elle se farcissait tous les rapports et les résultats d'analyse pour rien ?

Cette fois, l'indignation était évidente.

— Au début, c'était ce qui était prévu, répondit Blunt. Mais les choses se sont déroulées autrement. Elle a commencé par dénicher Laterreur. Puis Quasi...

— Tu penses que c'est pour ça qu'elle a été...

— Possible.

— Et le message sur le répondeur ?

— Possible aussi. Mais, de ce côté-là, je pense que tu avais raison : tu n'as pas grand-chose à craindre.

— Qu'est-ce qui te fait dire ça ?

— Tu es couverte par une équipe de protection. Ils n'ont rien détecté. Personne de suspect n'a essayé de t'approcher, ni d'approcher de chez toi, de ton bureau ou de ton auto.

— Tu veux dire que je suis suivie... Mais, je n'ai rien vu !

— Normal. La pire des choses, ce serait qu'ils se fassent remarquer... ou que toi, tu les fasses remarquer en essayant de les repérer.

Elle prit le temps de digérer l'information.

— Je n'ai vraiment rien vu, reprit-elle.

— Des Américains, expliqua Blunt. Les meilleurs qu'ils pouvaient trouver dans les circonstances.

— Mais pourquoi les Américains s'intéressent-ils à ce qui se passe ici ?

— Ça, c'est la deuxième partie de l'histoire.

Il lui parla des événements qui avaient eu lieu à Washington, New York et Miami. Des décisions qui étaient sur le point d'être prises.

— Nous sommes peut-être au seuil d'une guerre bactériologique, fit-il pour conclure.

— Et tu veux que je croie que toi, que moi, nous sommes mêlés à tout ça ?

— D'ici peu, on risque de tous y être mêlés. Pourtant...

— Pourtant quoi ?

— Il y a quelque chose, quelque part, qui cloche.

Il lui fit à nouveau un résumé de l'affaire, cette fois coup par coup, comme s'il s'agissait d'une partie de go. Tous les éléments qu'il connaissait y passèrent, y compris le compte rendu que Lady lui avait fait des discussions à Washington.

— Sens-tu que quelque chose ne colle pas ? lui demanda-t-il, lorsqu'il eut terminé.

— Je ne sais pas.

— Quelqu'un qui se donne autant de mal pour préparer minutieusement chacun de ses coups ne peut pas subitement se mettre à jouer comme un pied.

— Un excès de confiance ?

— Il y a autre chose. Par exemple, la facilité avec laquelle nous tombons sur toutes les preuves... Au go, c'est comme lorsque tu mènes une bataille pour conquérir un territoire important, que tout va bien et que tu sens pourtant que tu cours à la catastrophe.

Cathy fit une moue sceptique.

— C'est justement ce qui m'est arrivé dans la partie que je revoyais, reprit Blunt. Au moment où j'ai posé la dernière pierre qui m'assurait le contrôle du territoire pour lequel je combattais depuis une vingtaine de coups, je me suis aperçu que je venais de perdre l'initiative sur le reste du *goban*. J'ai eu toutes les misères du monde à récupérer pendant toute la suite de la partie.

— Tu crois qu'il est en train de se passer la même chose ?

— Une sorte de pressentiment.

— Et moi, dans tout ça ? Pour quelle raison est-ce que, tout à coup... ?

— J'ai besoin de ton aide. Il faut que j'aille à Paris.

— L'autre Laterreur ?

Il fit signe que oui.

Elle descendit du meuble-lavabo et souleva le bouchon du bain.

— Quand la mission va être finie, je suppose qu'ils vont vouloir te récupérer. As-tu pensé à quelque chose ?

— C'est à ça que je pensais. Il va falloir que je disparaisse à nouveau.

— Pour l'instant, essaie donc de ne pas disparaître avec l'eau du bain.

Il y avait toujours un moyen, songea Blunt. Un chantage. Si la moindre chose lui arrivait, les informations qu'il détenait sur Venise referaient surface dans la presse. Pour faire bonne mesure, elles seraient également communiquées à divers services secrets ennemis. Mais il ne pouvait s'y résoudre. À cause des conséquences. Il était bêtement moral. Et, malheureusement, les autres le savaient. Ils savaient que ses principes l'empêcheraient de se livrer à ce genre de chantage. Toutefois, ils ne voudraient prendre aucun risque. Les révélations qu'il était en mesure de faire étaient trop explosives. Même s'il était moral, d'autres services secrets pouvaient toujours s'emparer de lui et le faire parler. D'où la nécessité de l'intervention de Klamm. Pour le « stabiliser ».

— Ça dépend, reprit Blunt. Si je pouvais me mettre en position de les tenir, moi aussi, avec quelque chose que je puisse révéler...

Le bain avait fini de se vider. Elle lui tendit une serviette.

— Essuie-toi. Ce n'est pas en restant assis dans un bain vide que tu vas sauver la planète.

— Tu acceptes ?

— De sauver la planète avec toi ? Pourquoi pas. Je n'avais justement rien à faire dans les jours qui viennent.

Après une heure et demie d'explications supplémentaires, Cathy consentit à éteindre la lumière.

— Au fait, comment est-ce que tu t'appelles, déjà ? demanda Cathy.

— Ça a de l'importance ?

— J'ai des principes. Je ne couche jamais avec des inconnus.

Une heure plus tard, ils dormaient, épuisés, en se tenant par la main.

## PARIS, 6 H 28

— Très bien, fit le relais. Les instructions seront appliquées dès ce matin.

L'homme raccrocha et retourna à son lit. Pour ce qu'il avait à faire, on le payait bien. Il servait uniquement de relais : son rôle se limitait à recevoir des messages de la part de gens qu'il ne connaissait pas et à les transmettre à d'autres qu'il ne connaissait pas davantage. Du travail facile. Les instructions qu'il avait à retransmettre par téléphone n'étaient jamais compliquées.

Cette fois, il y avait deux messages. Le premier concernait des rumeurs qu'il s'agissait de répandre dans la communauté arabe. Le deuxième demandait de laisser filtrer une information : l'adresse de quelqu'un.

Pour plus de sécurité, il avait écrit les messages. À huit heures, il les transmettrait par téléphone à partir d'une cabine téléphonique. Son travail serait alors achevé.

Il lui restait encore près d'une heure pour dormir.

À des milliers de kilomètres de là, Lubbock fit deux nouveaux crochets dans son calepin. Tout achevait de se mettre en place.

## WASHINGTON, 5 H 49

La directrice fut réveillée par le signal sonore particulier du téléphone gris.

La voix du directeur du SVR était plus graveleuse que la veille.

— Êtes-vous bien certaine de ne pas avoir affaire à une colonie d'utérites ou de mormons ? attaqua le Russe.

— Tout à fait. Pourquoi ?

— Parce qu'il n'y a aucune trace nulle part d'un tel réseau. À moins qu'il ne soit apparu subitement dans les quatre derniers jours, je ne vois pas...

— Vous avez vérifié auprès de vos contacts ?

— C'est ce que je viens de vous dire.

— «Tous» vos contacts ?

— Si ça peut vous satisfaire, sachez que ni les islamistes algériens, ni la Libye, ni le Hezbollah ne sont impliqués. J'ai vérifié personnellement.

— Mon cher Arkady, je crois que nous avons un problème.

— C'est aussi mon avis.

— Est-ce que vous savez de quelle façon ils peuvent s'alimenter en matériel des services secrets russes ?

— Vous êtes vraiment certaine que ce n'est pas un coup de la CIA ?

— Absolument. De votre côté ? Le GRU...

— Ça m'étonnerait. Mais, si jamais c'est le cas, la situation est encore pire que ce que vous pouvez imaginer...

Il n'eut pas besoin d'expliquer davantage. C'était de connaissance commune que l'armée résistait fortement aux tentatives de reprises de contrôle par le Parlement et que les camarades galonnés digéraient mal la mise à l'écart de leurs principaux porte-parole.

Ce que Gorbatchov avait déjà réussi de façon relativement facile avec le KGB, en nommant à sa direction un de ses principaux fidèles, s'avérait beaucoup plus ardu pour l'actuel président avec les militaires. Les complots succédaient aux complots et, malgré la belle image que le nouveau pouvoir essayait de maintenir dans l'opinion publique internationale, la situation dans les forces armées était loin d'être aussi calme et harmonieuse qu'il aurait bien voulu le faire croire. La remise en liberté de Routzkoï n'avait été que la péripétie la plus visible de la lutte larvée qui subsistait au sein de l'appareil militaire.

— Une faction dissidente à l'intérieur du SVR ? risqua la directrice.

— Ridicule ! Et d'abord, d'où viendraient les fonds ? On exerce un contrôle sur tous les mouvements de devises étrangères. Et ce n'est sûrement pas avec des roubles qu'ils peuvent se payer ça !

— Et les fonds provenant du marché noir ?

— Est-ce que vous n'avez pas déjà écrit, dans un rapport à circulation très restreinte, que le marché noir était en grande partie contrôlé par le KGB ?... Cela devrait vous rassurer, me semble-t-il !

Malgré son humour, la voix du directeur n'arrivait pas à paraître rassurante.

— Les choses changent, Arkady.

— Chez vous, peut-être. En Russie, il n'y a que les noms et les visages qui changent. Depuis les tsars, le système est demeuré fondamentalement le même... Si vous me permettez à nouveau de vous citer !

Ils promirent de se tenir mutuellement informés de tout nouveau développement et de communiquer l'un avec l'autre quelques heures après que les deux chefs d'État se soient parlé. Ils arrangeraient alors ensemble les éventuels détails relevant de leur compétence.

Ils s'efforceraient, aussi, de ramasser les morceaux.

## 8 H 17

Le secrétaire Fry était sur le point de sortir de chez lui lorsque le téléphone sonna. Il reconnut immédiatement la voix un peu saccadée.

— Il vous reste soixante-douze heures pour satisfaire aux conditions qui vous ont été communiquées. Passé ce délai, ce sera une ville par jour. Vous pouvez toujours essayer de deviner laquelle. Et ce ne sont pas les petites extravagances que vous avez faites à Miami qui vont y changer quelque chose. Shalom, Monsieur le secrétaire.

Milton Fry n'eut qu'à raccrocher.

Moins de deux minutes plus tard, le message était enregistré et classé dans l'ordinateur central du DIA. À partir de là, l'information fut acheminée à Kordell, qui s'empressa de la transmettre à chacun des membres du comité restreint.

Tout se passait comme il l'avait prédit. Ce n'était plus qu'une question de jours, peut-être même d'heures, avant que les autres ne soient obligés de se rendre à son point de vue.

## MONTRÉAL, 10 H 21

Lorsque Blunt se réveilla, il tenait encore Cathy par la main. Le soleil s'acharnait à percer les rideaux et les chats grattaient dans la porte.

«D'abord nourrir les deux estomacs», songea-t-il.

Pendant qu'il ouvrait une boîte de conserve, il pensa à quel point il appréciait ces gestes quotidiens, à quel point ils lui manqueraient.

Les chats, eux, ne se posaient aucune question métaphysique. Ils se jetèrent sur leur plat avec une voracité qui était en elle-même un reproche à la paresse de Blunt, qui les avait fait attendre.

Aussitôt qu'il eut enlevé le drap sur la cage de Jacquot Fatal, ce dernier le salua par une série de vociférations : « La ferme, sale bête ! La ferme !... »

Où est-ce qu'il avait bien pu prendre ça ? se demanda Blunt. Ce n'était quand même pas les jumelles qui l'avaient élevé de cette manière.

Il s'assit ensuite devant le terminal. Un signal clignotait à l'écran. Il appuya sur les touches donnant accès à son courrier et un message apparut :

*MIRABEL... VOL 870... 19 H 00... PARIS*
*BILLETS RÉSERVÉS AUX NOMS DE*
*MONSIEUR ET MADAME HORACE BLUNT*

Il décida de laisser le message affiché à l'écran pour que Cathy en ait la surprise en se levant. Il alla ensuite préparer le déjeuner.

Les deux chats, qui avaient sauté sur le comptoir, s'intéressaient à tout ce qu'il touchait. Seul le bruit du mélangeur, pour terminer la pâte à crêpe, réussit à les tenir en respect.

Lorsque Cathy apparut dans la cuisine, Blunt lui montra d'un geste le terminal.

— Une amie qui nous veut du bien nous offre un voyage, dit-il.

Elle approcha de l'appareil et lut les quelques mots.

— Qui nous veut du bien ?

— Elle nous offre un voyage, non ?

## WASHINGTON, 10 H 15

Aussitôt que le Président fut arrivé, Lester présenta son rapport sur les derniers événements.

L'ensemble du réseau de Miami avait été arrêté au cours de la nuit. On avait retrouvé une bonne quantité de matériel russe standard chez plusieurs suspects. Ils niaient tous être impliqués dans des activités de renseignement, mais on avait découvert, dans le coffre de l'un des individus appréhendés, une liste de noms de codes permettant de joindre les dirigeants locaux du FATS dans les principales villes américaines.

Pour ce qui était de l'incinérateur, il continuait de résister à toutes les expertises. Les spécialistes étaient d'avis qu'il n'y avait réellement aucun moyen de l'ouvrir sans les clés appropriées. Autrement, tout sauterait.

Quant à Fabien Laterreur, son rôle semblait avoir été celui d'un simple exécutant. Il connaissait l'existence des cartes, mais il ignorait la signification des X tracés à l'encre rouge, ne connaissait rien des activités de son frère à Montréal et encore moins celles de son autre frère à Paris... À croire qu'il s'agissait d'un véritable réseau zombie.

Lester leur fit ensuite lecture du dernier message qui avait été transmis au secrétaire Fry.

Il mentionna finalement que la situation à Montréal semblait momentanément sous contrôle, bien que toute la population soit encore porteuse du virus. À son avis, une nouvelle attaque sur place était peu probable : maintenant que la ville avait joué son rôle d'exemple, l'affrontement allait se transporter sur le territoire américain.

La directrice se déclara en accord avec le résumé de Lester.

— En conclusion, fit alors Kordell, il nous reste trois jours pour leur river leur clou. Sinon, ce sont les villes américaines qui vont commencer à tomber.

Tous les faits semblaient plaider en faveur des thèses du militaire. Même l'existence du réseau zombie. C'était logique que, dans une telle opération, les participants aient été recrutés sous faux pavillons et qu'ils ignorent à peu près tout des enjeux réels. Aussi, la directrice décida de ne pas se risquer à une opposition de front.

— Il semble bien que des gens disposant de matériel russe aient effectivement monté cette opération, commença-t-elle. Je suis d'accord, Monsieur le Président, avec la suggestion du général. Il faut contacter immédiatement le président de la Russie et lui servir un ultimatum. Toutefois, il serait préférable que cet ultimatum lui laisse une porte de sortie pour qu'il puisse sauver la face...

— Quoi ? rugit Kordell. Vous voulez lui permettre de nous...

— Si vous la laissiez terminer, suggéra doucement le Président.

Kordell rougit et s'interrompit net. Pour la première fois depuis le début de la réunion, son sourire se voila. Brièvement.

La directrice songea qu'elle l'avait rarement vu d'aussi bonne humeur. Plus la crise s'aggravait, plus il rayonnait.

— Donc, poursuivit-elle, je pense que vous pourriez lui présenter la chose de manière à ce qu'il puisse attribuer la faute à des éléments incontrôlés. Un groupe extrémiste ultranationaliste, une faction radicale à l'intérieur de l'armée... Vous n'êtes pas sans savoir que de telles factions existent dans toutes les armées du monde.

Pour toute réponse, le Président lui jeta un regard dans lequel elle crut discerner un éclair de malice.

— Bien entendu, poursuivit la directrice, si vous lui offrez le moyen de tirer avantage des événements en réglant un problème domestique, il se rendra beaucoup plus facilement à votre argumentation.

— Vous voudriez peut-être qu'on lui présente des excuses, lança Kordell, en ricanant.

Cette fois, le Président ne le rappela pas à l'ordre. Ce fut Lester qui vint au secours de la directrice.

— Vous pourriez lui servir un ultimatum sévère et catégorique tout en lui laissant une porte de sortie, fit-il. L'un n'empêche pas l'autre.

— Je suis tout à fait en faveur d'un ultimatum sévère, renchérit Lady. Je veux simplement qu'on mette toutes les chances de notre côté pour qu'il se rende à notre ultimatum. L'important, ce n'est pas de faire la guerre avec éclat, c'est de la gagner.

— Est-ce que vous ne confondriez pas guerre et lobbying ? ironisa à nouveau Kordell.

— Vous voulez sans doute parler de celui de l'industrie militaire ? répliqua la directrice. Je suis certaine que c'est un sujet sur lequel vous avez des connaissances approfondies.

— Si on décidait plutôt de ce qu'on doit faire, suggéra le Président.

— Je pense que nous sommes tous d'accord avec le projet d'ultimatum proposé par le général, fit aussitôt Lester. Personnellement, je serais d'avis de donner également suite à la suggestion de la directrice.

— Et vous ? demanda le Président, en regardant la directrice de l'Institut.

— D'accord.

— Général ?

À contrecœur, Kordell fit signe qu'il se ralliait.

— Et maintenant, enchaîna le Président, qu'en est-il de la mallette explosive ? Il n'y a vraiment aucun moyen de l'ouvrir ?

— Aucun, fut obligé d'admettre le militaire.

— Aucun, renchérit Lester.

— Il y aurait peut-être une solution, fit la directrice. Je ne promets rien, mais si vous me donnez vingt-quatre heures, il se peut que je trouve le moyen de...

— Impossible, décréta Kordell. Il n'y a que ceux qui l'ont fermée qui peuvent....

Il s'arrêta net et considéra brusquement Lady d'un œil rond avant de laisser tomber :

— Non ! Vous n'allez pas...

— Il faudrait que j'aie la mallette à ma disposition, poursuivit la directrice, sans s'émouvoir des protestations du militaire.

— Elle va laisser les Russes la tripoter ! continua celui-ci. Elle va leur donner la mallette !

— Est-ce que c'est ce que vous envisagez de faire ? demanda toujours aussi calmement le Président.

— J'ai l'intention de faire ce qu'il faut pour ouvrir la mallette, obtenir les documents et sauver les villes américaines qui risquent d'êtres contaminées.

— Vous vous en portez garante ?

— De la mallette, non. Du contenu, oui.

— Je vois.

Il s'agissait pour elle d'un risque politique majeur. Si elle échouait, Kordell ne la raterait pas. Même Lester s'arrangerait pour profiter de la situation. Mais c'était aussi une occasion de consolider de façon définitive sa position auprès du nouveau président.

Accessoirement, cela pourrait même l'aider à tirer Blunt du pétrin, si elle pouvait faire en sorte qu'une partie du mérite de l'opération lui revienne.

Lorsque la réunion fut terminée, Lester s'approcha d'elle et lui murmura à l'oreille :

— Vous m'en devez une, ma chère.

— C'est vous qui allez bientôt m'en devoir une. En vous rangeant du bon côté, vous vous êtes évité des ennuis futurs... Mais, soyez rassuré, je ne vous oublierai pas.

Ils retournèrent chacun à leur suite, dans l'hôtel où ils avaient établi leur quartier général.

Kordell, pour sa part, s'éloigna en direction du centre-ville. Il n'accorda aucune attention aux quatre voitures qui alternèrent devant ou derrière la sienne, ni à la femme avec un enfant dans les bras qu'il dépassa sur le trottoir, ni au jeune en patins à roulettes qui zigzaguait devant lui, ni à l'homme d'affaires qui le suivit et qui entra derrière lui dans le bar.

Il ne les connaissait pas.

Eux non plus ne le connaissaient pas. Par contre, ils avaient tous mémorisé sa photo et ils avaient pour mission d'enregistrer la moindre de ses paroles, de signaler toute rencontre qu'il aurait avec qui que ce soit, de signaler tout ce qui pourrait ressembler à l'envoi d'un message. Il était une cible de priorité Un et l'équipe qui le couvrait se composait de quatorze personnes.

Le directeur du Mossad n'avait pas lésiné sur les moyens. Rendre un service à la directrice n'était jamais un mauvais placement. En prime, il découvrirait proba-blement des choses intéressantes, des choses susceptibles d'être utilisées plus tard, lorsque la poussière entourant cette affaire serait retombée.

## Montréal, 13 h 17

Lorsque Blunt raccrocha, Cathy était plongée dans sa lecture. Elle parcourait les manuscrits de Quasi dans l'espoir de trouver un indice.

— Quoi de neuf ? demanda-t-elle.

— Quelqu'un à qui j'avais demandé de faire un petit travail. Il pense avoir découvert quelque chose, mais il ne veut pas en parler au téléphone... Toi, des choses intéressantes dans les textes ?

— Difficile à dire. Il n'y en a pas un seul de terminé. Peut-être que je vais finir par trouver quelque chose dans le reste.

— Je reviens au plus tard dans une heure. Plimpton va nous reconduire à Mirabel.

— Plimpton ?

— Premier secrétaire d'ambassade à Ottawa. Il est responsable de la liaison avec les Américains pour tous les aspects techniques.

## WASHINGTON, 15 H 39

La directrice posa le *Washington Post* sur le bureau pour prendre la communication. En page trois, un titre s'étalait sur quatre colonnes.

# BIOGATE

Elle ouvrit la valise de communication et amorça les procédures d'identification.

Akmajian avait les traits encore plus tirés que la veille.

— Comment ça s'est passé, à votre bout ? demanda-t-elle.

— Mal. Ils pensent qu'il s'agit d'une manœuvre de votre part et j'ai pour mandat prioritaire de découvrir de quoi il s'agit.

— Et vous, qu'est-ce que vous croyez ?

— Je leur ai dit qu'il n'y avait aucune trace de ce réseau dans aucune de nos archives. Ça les a convaincus qu'il s'agit d'un coup monté. Notre alcoolo en chef, comme vous dites, est persuadé que vous voulez profiter de la fragilité de sa position à l'interne pour tenter un coup de force.

— Coup monté, je veux bien, mais par qui ? Les preuves continuent de s'accumuler. Si la moindre contamination a lieu, je ne pourrai pas empêcher les représailles.

— Et moi, je ne pourrai rien faire pour empêcher la suite. Ils sont dans le même état qu'en 1980, après l'élection de Reagan. Toutes nos défenses seront placées en alerte jaune à partir de demain.

— Ici, ils vont interpréter ça comme le fait que vous vous préparez à attaquer.

Elle lui parla ensuite de la mallette incinérateur.

— Nous avons deux jours pour l'ouvrir, dit-elle. Vous pouvez me dire comment faire?

— Hors de question. Mais si vous nous l'envoyez, nous essaierons de l'ouvrir. Nous verrons si elle contient bien ce que vous prétendez, auquel cas nous vous remettrons les documents.

— Trop long. Envoyez votre serrurier directement à New York.

— Pour que vous lui fassiez ouvrir les cinq autres sur lesquelles vous avez réussi à mettre la main depuis deux ans?

— Si vous voulez, il pourra rester dans l'avion de l'*Aeroflot*. Vous pouvez même laisser les moteurs en marche, si vous le voulez. Je l'y rejoindrai avec la mallette.

— Personnellement? s'étonna le directeur du SVR.

— Personnellement.

Elle vit qu'elle l'avait ébranlé. S'il avait encore des doutes sur le sérieux de l'affaire en cours, le fait qu'elle accepte de se rendre en personne à bord d'un avion de l'*Aeroflot* dont les moteurs seraient en marche emporta ses dernières hésitations.

Elle risquait beaucoup plus que lui, elle dont la photo ne figurait dans les dossiers d'aucune agence et dont l'identité réelle était un secret d'État.

— Demain matin, dit-il. L'appareil arrivera à New York à 9 h 45.

— Entendu. Et sur le réseau fantôme, vous n'avez vraiment rien trouvé?

— Absolument rien dans nos archives. J'ai cependant vérifié vos informations auprès de certaines sources et il semble bien que les événements se soient passés comme vous l'avez dit. Si vous aviez seulement un ou deux indices, que je puisse procéder à d'autres vérifications...

— Rien d'autre que ce que je vous ai déjà dit. Du matériel russe standard, des exécutants recrutés sous faux pavillon, mais pas de tête de réseau...

— Espérons que nous aurons bientôt des arguments suffisants pour convaincre nos chefs respectifs. Sinon...

Lorsque la valise de communication fut refermée, la directrice songea à l'information qu'Akmajian lui avait donnée : le lendemain, les troupes russes seraient en alerte jaune.

Pas de doute, en lui donnant cette information en primeur, Akmajian avait voulu lui fournir une preuve de sa bonne foi. Mais il y avait également une part de calcul dans ce geste, il ne fallait pas être naïve. Si le directeur du SVR lui permettait de renforcer sa position personnelle en paraissant mieux renseignée, il avait ses raisons. L'homme ne faisait jamais rien gratuitement. Il devait croire qu'elle avait mis le doigt sur quelque chose d'intéressant. D'où cette aide indirecte. Pour qu'elle continue à creuser. Ce ne serait pas la première fois que l'un des deux essaierait d'amener l'autre à faire une partie de son travail. Mais, du moment qu'elle y trouvait son compte...

Elle songea avec ironie que leur position à tous deux était étrangement similaire, malgré leur opposition, et que cela les amenait à interpréter la réalité de la même façon. Une façon qui échappait habituellement aux politiques et aux militaires. C'étaient pourtant leurs services à eux qui, au jour le jour, faisaient la véritable guerre, gagnaient ou perdaient des batailles et décidaient, par leurs stratégies, des limites réelles de leurs rapports de force.

Son regard revint à l'article du *Washington Post*. On y faisait état d'une contamination des eaux publiques un peu partout à travers l'Amérique du Nord ; des expériences bactériologiques étaient mentionnées comme cause probable. L'auteur citait le cas de Montréal, où les autorités semblaient avoir réussi à étouffer l'affaire en attribuant la contamination à un complot de la pègre locale.

«La stratégie de l'adversaire se maintient», songea la directrice. Intervention dans les médias pour attirer l'opinion publique sur le sujet et ainsi augmenter la pression sur les dirigeants politiques.

Le lendemain, il y aurait probablement un autre article qui reprendrait de façon plus explicite le thème de la contamination. On parlerait ensuite d'expériences effectuées dans des instituts de recherche, de problèmes de sécurité... Le pattern était prévisible et il n'échapperait pas aux membres du comité. Ils y verraient une preuve supplémentaire qu'il s'agissait d'une stratégie visant à désarmer les États-Unis. Aussi bien prendre les dispositions pour amener l'incinérateur à New York avant que les autres ne deviennent trop nerveux et que le Président ne revienne sur sa décision.

## MONTRÉAL, 14 H 17

Junkie l'attendait à la brasserie. Blunt lui offrit son traditionnel jus de tomate et commanda une Boréale.

Contrairement à ce que son surnom laissait entendre, l'informateur de Blunt ne buvait jamais d'alcool et ne prenait aucune drogue. Plus maintenant. Pendant sa jeunesse, il était devenu un spécialiste des drogues ordinaires : peau de banane râpée, opium de racine de laitue, fleurs de pavots... Il écumait sans cesse les potagers et le jardin botanique de la ville à la recherche de plantes à triturer. Son surnom datait de cette époque.

— Du nouveau ? demanda Blunt.

— Une conversation téléphonique.

— Enregistrée ?

— Oui.

— Quand ?

— Ce matin. J'en ai une copie sur mon baladeur.

Il lui passa le casque d'écoute.

Blunt l'installa et mit l'appareil en marche.

Il ne fut pas surpris de reconnaître une des deux voix : elle appartenait à la personne qu'il avait fait mettre sous surveillance. Mais l'autre, elle, éclairait l'affaire d'un tout nouveau jour : il s'agissait du mystérieux interlocuteur de l'homme de Paris, sur les appels interceptés par l'Institut.

— Alors, du nouveau ?
— Qu'est-ce que vous voulez ?
— Absolument rien, bien sûr. Vos informations précédentes ont satisfait tous mes besoins.
— Ça vous amuse de poursuivre votre jeu ?
— Je vous appelle pour vous faire part d'une information. Vous pourriez montrer un peu de gratitude.
— Une information ?
— Il vous manque encore la tête. Pour cela, il va falloir que vous alliez à Paris.
— Totalement hors de ma juridiction. Qu'est-ce que vous voulez dire par la tête ?
— Aimé Laterreur, frère de Désiré et Fabien Laterreur, chef occulte du mouvement FATS et concepteur du plan de contamination avec lequel vous vous débattez... Vous ne pouvez pas dire que je ne vous traite pas bien !
— Et c'est par pure gentillesse que vous me faites part de cette information ?
— Disons que je paie mes dettes. Pour les informations que vous m'avez transmises, je veux dire...
— Permettez-moi d'être sceptique.
— Pour tout vous dire, il se trouve que j'ai moi aussi un léger contentieux avec cet individu et que sa neutralisation me serait agréable.
— Vous voulez que je vous sois agréable ?

— DE QUOI VOUS PLAIGNEZ-VOUS ? EN MET-
TANT UN POINT FINAL À L'AFFAIRE, VOTRE
CARRIÈRE EN PROFITERA.
— ET COMMENT VOULEZ-VOUS QUE JE LE
TROUVE À PARIS ?
— TOUT SIMPLEMENT EN ALLANT À
L'ADRESSE QUE JE VAIS VOUS INDIQUER.

Blunt écouta la cassette jusqu'à ce qu'un déclic signale
la fin de la conversation. Il enleva le casque d'écoute.

— Mieux que ce que j'espérais, dit-il.

— Ravi que notre émission vous ait plu, fit Junkie.
Je suppose que je continue pour le prochain épisode?

— Tu es disponible?

— Même tarif?

— Même tarif.

— À ce rythme-là, je vais me ramasser un voyage
avant la fin du mois... Maintenant, il faut que j'y aille.

— N'oublie pas: tu oublies tout à mesure.

— Oublier quoi?

Il sortit la cassette du baladeur, la posa devant Blunt
et sortit.

Ce dernier l'empocha et termina sa bière en pensant
à l'échange téléphonique qu'il venait d'entendre.

Primo, une de ses hypothèses était confirmée: il y avait
eu une fuite et c'était de cette manière que les adversaires avaient pu identifier Katie.

Cela, c'était une chose.

Mais il y avait le contenu du message: quel intérêt avait
donc le mystérieux correspondant à dénoncer Laterreur?
Voulait-il couvrir ses propres traces en faisant tout assumer
par l'autre?

C'était plausible. Mais si le SVR était réellement impliqué et qu'il essayait de couvrir ses traces, toute sa
théorie de l'intervention d'un tiers tombait à l'eau. Il n'y
avait plus rien à comprendre... À moins qu'il n'y ait justement, chez Laterreur, la preuve définitive de l'implication
des Russes... Pas de doute, il fallait qu'il se rende au plus
tôt en France.

Lorsqu'il rentra à l'appartement, Cathy l'accueillit à la porte, une valise à la main, un des chats sur une épaule et l'autre qui se tortillait entre ses jambes.

Une fois de plus, elle avait un nouveau macaron : IS IT 5:00 YET ?

— Il y a eu de nouveaux développements, dit-elle. Tu ne devineras jamais...

— Tu as reçu un coup de fil ; on t'a demandé d'aller à Paris.

Elle le regarda, interloquée.

— Ma petite vérification, expliqua-t-il. J'avais fait mettre Boyd sur écoute.

— Mais... comment est-ce que tu as fait ?

— Pour le mettre sur écoute ?

— Non. Pour deviner que c'était lui.

— Il était le point clé.

— Toujours tes stratégies de go ?

Blunt acquiesça.

Pendant qu'il ramassait des vêtements et quelques articles de toilette pour le voyage, il exposa à Cathy les conclusions auxquelles il était parvenu.

— Et eux ? demanda-t-elle, lorsqu'ils furent sur le point de sortir, en désignant les chats et le perroquet.

— Je me suis arrangé avec la voisine. Pour les chats, elle a l'habitude...

— Tu penses qu'elle survivra au perroquet ?

— Ce n'est pas exclu.

## WASHINGTON, 17 H 41

Lady s'octroyait un porto en relaxant dans son bain. Elle arrivait d'une entrevue privée avec le Président, entrevue où elle avait dû déployer toutes ses ressources pour lui arracher la promesse que rien d'irréversible ne serait fait dans les prochaines heures.

L'annonce qu'une alerte jaune serait déclenchée en réaction à son ultimatum avait ébranlé un instant le chef de l'État. Puis il avait réagi en évoquant d'autres possibilités : il pouvait s'agir de désinformation pour les empêcher de réagir ; ou encore, les Russes avaient déjà décidé de déclencher l'alerte jaune comme suite à leur opération dans les villes américaines et ils profitaient de l'occasion pour rejeter la responsabilité de ce geste sur eux.

Finalement, le Président avait accepté un sursis de vingt-quatre heures en attendant de voir ce que donnerait la collaboration des Russes pour l'ouverture de la mallette piégée.

Si les résultats s'avéraient positifs, il se pencherait avec attention sur l'hypothèse de l'intervention d'un tiers.

Lorsqu'on sonna à la porte, elle pensa qu'il s'agissait du service aux chambres et qu'on lui apportait son dîner. Elle s'enroula simplement dans sa robe de chambre pour aller ouvrir.

— Par exemple, Samuel ! Si vous voulez bien excuser ma tenue.

— Moi qui pensais que c'était à mon intention que vous vous étiez préparée !

— Avoir su, je me serais mise au régime depuis deux mois.

— Comme si vous en aviez besoin !

— Ce n'est plus de la flatterie, c'est de la science-fiction ! Vous n'obtiendrez aucune information de moi de cette manière.

Une vingtaine d'années plus tôt, elle et Samuel Shapiro avaient eu une relation brève mais passionnée. Chacun, cherchant à séduire l'autre pour le compte de son propre pays, avait été pris au jeu. Après une rupture rendue inévitable par la nature de leur travail, il était résulté de leur relation une complicité qui avait survécu aux différentes crises qui avaient agité le monde du renseignement.

Lorsqu'ils en avaient l'occasion, chacun aidait la carrière de l'autre en lui fournissant le seul carburant qui alimentait l'avancement dans leur milieu : de l'information. Car il y avait beaucoup de renseignements qu'il leur était possible de se refiler mutuellement sans qu'il en résulte de tort pour leurs employeurs respectifs.

Au cours des ans, ils avaient gravi les échelons chacun de leur côté, à peu près au même rythme. Alors qu'elle dirigeait maintenant une des plus puissantes organisations américaines de renseignement, il était responsable du Mossad pour tout le secteur nord-américain, ce qui était considéré comme l'antichambre permettant d'accéder à la plus haute fonction.

— Vous en voulez un? demanda-t-elle, en lui montrant son verre.

— Je ne vous laisserai pas affronter seule les périls de l'alcool.

— Et alors? demanda-t-elle, lorsqu'ils furent installés sur le divan. Qu'est-ce qui me vaut cette visite pour le moins inattendue? Si nos employeurs nous voyaient ensemble dans cette situation... Vous avez été prudent, au moins?

— Rassurez-vous. Personne ne m'a vu entrer. Et je repartirai de façon aussi discrète.

— Ce n'est pas que je n'apprécie pas votre visite, mais si des rumeurs se répandent...

— Vous n'avez pas à vous excuser, l'interrompit Shapiro. La situation est la même pour moi. Mais, compte tenu des circonstances...

— Quelles circonstances?

— C'est à propos du petit travail que vous m'avez demandé. C'était uniquement un coup de sonde ou vous saviez à qui vous aviez affaire?

— Un peu des deux. Qu'est-ce que vous avez bien pu dénicher?

Pour toute réponse, il lui tendit une photo. Il s'agissait d'un individu au teint cuivré, aux cheveux et à la moustache noire, aux yeux gris, dont le complet trois pièces semblait fait sur mesure. Il était photographié au moment d'entrer dans un des hôtels les plus chic de Washington.

— Vous le connaissez? demanda-t-il.

— Non. On dirait un banquier.

— En son genre, c'en est un. Jusqu'à ce matin, nous n'avions qu'une vieille photo assez floue de lui. Un de ses pseudonymes est Lazarus Lubbock. Selon les rumeurs, il pourrait s'agir de son vrai nom. Son action, par contre, est très bien documentée: c'est le coordonnateur spécial

du SVR pour tous les groupes terroristes qu'ils super-
visent; il a fait ses armes au Moyen-Orient. Aucune action
d'importance ne se décide sans son accord.

— Et il est ici! À Washington!

En guise de réponse, Shapiro lui tendit une autre
photo. Cette fois, l'homme était représenté en train de
prendre un verre dans un bar. L'individu assis sur le
tabouret à côté du sien était le major général Stephen
Kordell. Les deux semblaient en pleine discussion.

— Joli, n'est-ce pas?

— Vous pouvez me les laisser?

— Qu'est-ce que je ne ferais pas au nom de notre
vieille amitié!... Et vous, vous allez m'expliquer, bien
sûr, de quoi il s'agit. Toujours au nom de notre vieille
amitié.

Aucun des deux n'était dupe de ce marivaudage. Chacun devait y trouver son compte pour que l'équilibre soit
maintenu.

— D'abord une question: est-ce que vous avez maintenu la surveillance?

— Sur Kordell, oui. L'autre nous a échappé. Mais vous
pouvez être certaine que, la prochaine fois, il ne s'en tirera
pas. Maintenant que nous savons à qui nous avons
affaire...

— Il y a quelqu'un qui menace de déclencher une
guerre bactériologique, dit-elle de but en blanc.

Elle lui résuma la situation, évitant toutefois de faire
mention des accords de Venise.

— Ça concorde, fit Shapiro, lorsqu'elle eut terminé.
Ce genre de terrorisme à grande échelle est tout à fait le
type d'opération qu'il pourrait monter. Tous les éléments
y sont: le réseau parallèle pour couvrir les traces du
réseau régulier, la menace de frapper les grandes villes
pour faire un coup d'éclat, les exigences qui visent à
vous affaiblir militairement en plus de vous mettre vos
alliés à dos... Ils ont même un agent à l'intérieur de vos
rangs, on dirait.

— Il y a un seul hic. Akmajian affirme ne pas être au
courant.

— Vous le croyez?

— Je serais plutôt tentée, oui. Il dit ne pas avoir la moindre trace du réseau dans ses dossiers et n'avoir aucune idée à partir de quels fonds un plan d'une telle ampleur aurait pu être financé.

Malgré l'entente particulière qu'il y avait entre elle et Samuel Shapiro, elle ne pouvait pas lui révéler jusqu'où allait la collaboration avec les Russes, car elle voulait être sûre que les Israéliens n'interviendraient d'aucune façon, le lendemain matin, à l'aéroport. Le Mossad aurait donné n'importe quoi pour mettre la main sur les clés qui ouvraient les fameux incinérateurs.

— Autre chose, dit-elle. La réaction des Russes à l'ultimatum du Président a été de décréter une alerte jaune sur tout leur territoire à partir de demain matin huit heures.

— Et il reste moins de trois jours? Si jamais une contamination éclate quelque part, vous ne pourrez pas faire autrement que de riposter.

— Je sais. Ce sera l'engrenage.

— Vous êtes vraiment convaincue que le SVR ignore tout de l'affaire?

— Je suis convaincue que les structures officielles du SVR ignorent tout de l'affaire.

— Une initiative indépendante de leurs radicaux?

— Possible.

— Ou alors une stratégie délibérée pour déclencher la guerre.

— À votre avis?

— Qui aurait avantage à prendre cette sorte de risque?

— Le type de la photo, est-ce le genre à faire cavalier seul? Je veux dire: à monter ce plan à l'insu de ses supérieurs?

— Peut-être, mais je ne vois pas l'intérêt. À moins que...

Pendant plus d'une demi-heure, ils analysèrent les différents aspects de cette hypothèse.

Shapiro revit avec elle la liste des candidats possibles au rôle de tiers manœuvrant dans l'ombre pour provoquer une guerre entre les deux superpuissances. Les Arabes étaient une possibilité évidente.

— En cas de guerre déclarée entre les États-Unis et la Russie, quel est le scénario que vous estimez le plus probable, en ce qui concerne votre situation avec vos voisins ?

— Tout ce que je peux dire, c'est que ni eux ni nous n'y avons intérêt.

— Est-ce également leur avis à eux ?

— Pour la plupart, oui. On les a laissé mettre la main sur nos évaluations secrètes. Dans aucune de nos hypothèses, ils ne sont gagnants.

— Ce qui nous laisse les groupes les plus radicaux.

— Si ce ne sont pas les Palestiniens, il reste une seule possibilité : une faction clandestine à l'intérieur de l'appareil russe.

— L'armée ?

— Depuis la tentative de coup d'État ratée, ils se tiennent plutôt tranquilles. Les éléments les plus radicaux ont été contrôlés...

— Contrôlés, oui. Mais la plupart sont encore en poste. Certains ont même été promus. Depuis que Routzkoï a été libéré, ils doivent sûrement rêver de revanche. Et ce n'est pas l'ascension de Lebedev qui suffira à les contenir.

— Vous y croyez ?

— Je ne suis plus certaine de ce que je crois. Tout ce que je sais, c'est qu'il reste trois jours pour éviter la contamination. Alors, tout ce que vous pouvez apprendre sur Kordell et son contact...

— Bien sûr. Toujours notre vieille amitié... Autre chose avant que je m'éclipse ?

— Vous gardez un embargo sur tout ce que je vous ai dit. Pendant quarante-huit heures.

— C'est long.

— Notre vieille amitié, vous disiez.

— Disons que je vais essayer.

— D'accord. Et la prochaine fois, je ferai un effort pour mieux vous recevoir.

— C'était tout à fait... satisfaisant.

Lorsqu'elle fut seule, la directrice téléphona au Président pour demander un rendez-vous. De toute urgence. Puis elle s'habilla.

Ironiquement, ce que Shapiro lui avait appris apportait un argument supplémentaire en faveur des idées soutenues par Kordell.

Malgré les hypothèses qu'elle avait examinées avec l'homme du Mossad, elle ne croyait plus beaucoup à l'existence d'un tiers manipulant dans l'ombre pour provoquer un conflit. Ou bien c'était le SVR ou bien c'était une faction à l'intérieur de l'appareil russe qui opérait sous le couvert du SVR et à l'insu de son directeur.

Dommage pour la théorie élaborée par Blunt, mais les faits étaient les faits. Une fois l'opération terminée, il faudrait trouver une autre façon de lui sauver la peau – si c'était encore possible.

Au moment où elle mettait la main sur la porte pour sortir, le téléphone sonna. Plimpton.

— Votre protégé m'a remis un message avant de décoller de Mirabel, fit-il.

— Urgent à ce point?

— Vous apprécierez vous-même. Il s'agit d'un enregistrement... Est-ce que votre téléphone est sûr?

Elle eut un regard vers l'appareil de contrôle qui avait pour double fonction de brouiller la communication et de dépister toute tentative d'écoute, puis elle lui dit qu'il pouvait y aller.

Après avoir écouté l'enregistrement, elle lui demanda de lui en expédier une copie dans les plus brefs délais.

— Il a dit que vous comprendriez ce que ça signifie, ajouta Plimpton. Il vous demande de préparer les choses pour son arrivée à Paris.

— D'accord. Est-ce que vous savez s'il a pris des dispositions pour maintenir la surveillance à Montréal?

— Oui. Il a aussi demandé de faire une recherche complète sur cette personne dans les banques de données.

— Vous pouvez vous en occuper?

— Bien sûr.

Ainsi, il y avait quelqu'un qui jouait le même jeu avec Boyd qu'avec Kordell. Dans un cas, ils avaient sa photo ; dans l'autre, ils avaient sa voix. Si jamais c'était la même personne, il y avait de fortes chances qu'ils réussissent à la retrouver. Par ailleurs, le fait d'attirer l'attention sur Aimé Laterreur et de fournir l'adresse de son refuge constituait une autre preuve d'une réelle implication du SVR : ils essayaient manifestement d'enterrer leur piste en fournissant un bouc émissaire.

Décidément, la théorie de Blunt avait de plus en plus de plomb dans l'aile. Et c'était lui-même qui semblait en voie de clouer les derniers clous du cercueil.

— Autre chose, fit Plimpton.

— Quoi ?

— Les experts ont examiné le contenu des distributeurs récupérés.

— Et alors ?

— C'est un produit très corrosif.

— Et c'est ça qui agit sur le virus ?

— Sous forme concentrée, il le détruit. Mais, une fois dilué, il perd tout son effet.

— Le produit lui-même, quel effet peut-il avoir sur les gens du quartier ?

— Probablement rien de perceptible.

— À cause de la dilution ?

— Exactement.

Si les distributeurs libéraient un produit sans effet sur le virus, pourquoi s'être donné tout ce mal pour les installer ? Pour protéger la vraie source de contamination en les lançant sur une fausse piste ? Si tel était le cas, les distributeurs que l'on pourrait éventuellement récupérer dans les villes américaines ne les mettaient aucunement à l'abri. Il faudrait découvrir la véritable source de contamination.

Une heure plus tard, la directrice rencontrait l'homme qui avait le pouvoir de décider s'il y avait lieu ou non de déclencher une riposte nucléaire... ou bactériologique.

La discussion fut mouvementée. D'abord incrédule, lorsqu'elle lui montra la photo de Kordell avec le Russe, le Président voulut ensuite provoquer une confrontation immédiate avec le militaire.

La directrice parvint à lui arracher un délai : Kordell était le seul moyen de remonter jusqu'à l'opérateur du SVR et elle tenait à se servir de lui comme appât. Si cette histoire de faux distributeurs s'avérait fondée, ils ne devaient négliger aucun moyen de parvenir à la véritable source de contamination. Et, pour cela, la clé demeurait l'élusif Lubbock.

Après un quart d'heure de discussion animée, le Président accepta de reporter sa décision concernant Kordell jusqu'au lendemain midi, une fois qu'ils seraient fixés sur le contenu de l'incinérateur. Mais, pour ce qui était des Russes, il était visiblement convaincu de leur implication ; il ne serait pas facile de lui faire différer très longtemps des mesures de représailles, mesures auxquelles les Russes seraient eux-mêmes contraints de répondre.

Une fois l'escalade amorcée, elle ne voyait pas comment il serait possible de l'arrêter.

Pour l'instant, le plus urgent était de se préparer à la rencontre avec les Russes, le lendemain matin. Elle décida de donner un coup de fil au seul agent que l'Institut ait jamais accepté de mettre à la retraite. Comme opérationnel, sa carrière était définitivement terminée. Mais il demeurait un analyste précieux. Hors du commun. Elle avait recours à ses conseils lorsqu'une situation lui semblait particulièrement tordue.

# JOUR 11

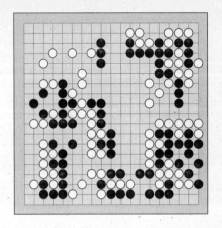

*L'encerclement est préférable à l'affrontement.*

*Un véritable encerclement ne se réalise pas à partir d'une base unique, mais se construit indirectement, par l'effet conjugué de la pression de nombreuses zones apparemment non liées.*

*Plutôt que de construire des places fortes, il faut être comme l'eau qui s'infiltre en suivant les lignes de moindre résistance ; l'eau qui monte, établit un réseau de liens et isole progressivement les places fortes ennemies.*

*Briser des connexions permet l'encerclement, l'encerclement permet l'anéantissement.*

L'avion se posa avec deux heures de retard. Blunt avait dormi pendant presque tout le trajet. Cathy, elle, avait d'abord achevé ses deux romans d'espionnage avant de se résigner au sommeil.

«Des romans dont on n'est pas obligé d'être le héros», avait-elle dit à Blunt en les achetant. *Embrassades à l'ambassade* et *Ris, poulet.* Des classiques du genre.

— C'est rassurant de voir le héros survivre à n'importe quoi, fit Cathy, en abandonnant les deux livres à côté de son siège.

— Inquiète?

— Un peu. Qu'est-ce que tu penses qu'on va trouver?

— Le frère de l'autre. Des deux autres, en fait.

— Tu crois que c'est la bonne adresse?

— Oui. Ce qui me dérange, c'est l'informateur. J'aimerais être certain des raisons qui le poussent à nous donner ces renseignements.

Les lumières d'avertissement s'éteignirent et les passagers détachèrent leurs ceintures.

Blunt et Cathy sortirent parmi les derniers pour éviter la cohue. Un officier en civil les attendait. Crâne dégarni, moustaches fines, légion d'honneur et complet bonne coupe, il correspondait à l'image romancée du chef de réseau français : distingué, vaguement aristocratique et une trace de machiavélisme dans le regard.

— Colonel Sébastien Frappier, dit-il. Ma présence n'a rien d'officiel, mais je collaborerai avec vous dans toute la mesure de mes moyens.

— Horace Blunt, fit simplement celui-ci en lui tendant la main.

— Cathryn Duval, fit à son tour la jeune femme.

— Je vous ai réservé un appartement, poursuivit le colonel. Ce sera plus pratique. Et plus discret.

Une fois qu'ils furent à l'intérieur de la limousine qui les attendait, le colonel leur demanda :

— Vous désirez vous reposer quelques heures ou vous préférez que l'on commence immédiatement ?

— Si vous nous disiez d'abord ce que vous avez trouvé ?

— Peu de chose, à vrai dire. Aimé Laterreur semble avoir pris une retraite dorée il y a quatre ans. Il a abandonné le poste qu'il occupait dans un des principaux groupes financiers du pays, a démissionné des nombreux conseils d'administration où il siégeait et a liquidé la plupart de ses avoirs. Les fonds ont disparu par la filière habituelle : comptes suisses, Liechtenstein, Bahamas... Il a aussi vendu son appartement à Paris, sa villa sur la côte, près de l'Italie, ainsi que sa résidence sur les rives de la Loire. Puis il a disparu. Aux fins d'impôt, il n'est plus résident de ce pays.

— Et pour les fins de votre service ? demanda Blunt.

— Vous savez, il y a quelque chose de très curieux. Peu après votre demande, deux de nos informateurs nous ont rapporté des rumeurs touchant l'individu qui vous intéresse.

— Des rumeurs qui venaient d'où ?

— La communauté arabe. Plus précisément, certains groupes que l'on croit manipulés par les Libyens.

Blunt et Cathy échangèrent un regard. Leur geste n'échappa pas au Français.

— Est-ce que j'aurais mis le doigt sur quelque chose ? dit-il.

— Vos rumeurs, qu'est-ce qu'elles disaient ?

— Qu'un gros coup est en préparation. Un financier très connu est censé fournir les fonds. Un nommé Fabien Laterreur...

— Vous connaissez cette adresse ? fit alors Blunt, en lui tendant une feuille.

— On dirait bien que vous n'avez pas perdu de temps, dit le Français. Ce matin, nous sommes également entrés en possession de cette adresse. Et il y a plus.

Il prit le temps d'allumer sa pipe.

— Un autre de nos informateurs a obtenu des renseignements sur un supposé trafic d'enfants, dit-il. Relié lui aussi à Laterreur. Ça faisait des mois que nous enquêtions sur cette affaire sans aboutir nulle part.

Nouveau regard entre Blunt et Cathy. L'homme des services secrets acheva d'allumer sa pipe.

— Maintenant, fit-il, si vous me disiez pour quelle raison vous vous intéressez à ce représentant émérite de la finance française ?

— Rien qui relève de votre juridiction, se contenta de répondre Blunt. Aussitôt que nous en aurons terminé avec lui, vous pourrez en faire ce que vous voulez.

— Et le coup qui se prépare ?

— Une rumeur, je dirais. Pour attirer notre attention. Quelqu'un semble avoir décidé de se débarrasser de lui en nous le livrant.

— Plutôt inhabituel. Il risque de parler. Normalement, la procédure est plus expéditive.

— Peut-être qu'on veut précisément qu'il parle, répondit Blunt. Que c'est quelqu'un d'autre qui est visé à travers lui.

Si tel était le cas, songea-t-il, il y avait de fortes chances que tout le faisceau de preuves incriminant le SVR soit effectivement un coup monté. Alors...

Alors le problème restait entier. Si le SVR était un faux coupable sur la piste duquel on voulait les enfermer, qui manœuvrait dans l'ombre ? Qui avait intérêt à provoquer l'escalade entre les deux plus grandes puissances mondiales ?...

Arrivés à l'appartement qui leur était réservé, ils trouvèrent une enveloppe contenant un message de Lady, accompagné d'une photo en haut de laquelle était inscrit un nom : Lazarus Lubbock.

La mise au point du plan d'intervention ne fut pas trop difficile. L'essentiel du travail avait déjà été fait par les policiers, à la suite du coup de fil de Lady.

L'adresse fournie par l'informateur de Boyd se trouvait en plein cœur de Paris, dans un immeuble de grand luxe. Cela rendait l'opération à la fois plus simple et plus délicate. Plus simple à cause du nombre réduit des accès et de la facilité d'intervention, mais plus délicate, compte tenu des susceptibilités de ce genre de clientèle, dont une bonne partie collectionne les relations en haut lieu.

Comme il s'agissait d'une opération fantôme, c'est-à-dire n'ayant aucune existence officielle, il ne fallait surtout pas qu'un des résidents aille protester auprès d'un ami politicien ou journaliste. Depuis l'affaire du *Rainbow Warrior*, les autorités étaient particulièrement chatouilleuses sur ce genre de choses. Le colonel voulait bien avoir un geste en faveur de « sa vieille amie », mais il ne voulait pas se retrouver dans l'eau chaude, ni que ses meilleurs hommes s'y retrouvent.

Finalement, une histoire suffisamment cohérente pour servir de couverture fut élaborée et l'heure de l'opération fut fixée à 16 h 30.

Cela laissait quelques heures à Blunt et Cathy pour achever de récupérer.

## New York, 10 h 21

Après avoir atterri, le Tupolev se dirigea vers une voie de garage et s'immobilisa. Personne n'en descendit et la porte fut ouverte uniquement lorsqu'une limousine s'approcha de l'avion.

Deux personnes montèrent à bord de l'appareil : un Eurasien en chaise roulante dont la quarantaine avancée était atténuée par un sourire désarmant, et une femme qui tenait à la main une valise de cuir brun roux.

À l'intérieur, une surprise les attendait. Le directeur du SVR les accueillit en personne. Sa présence était une indication que la situation était vraiment aussi critique qu'ils le croyaient... ou que les Russes étaient prêts à tout pour continuer leur bluff.

— Si je peux vous accueillir dans mon modeste bureau volant, dit-il.

— La technologie russe progresse à un rythme stupéfiant, fit remarquer la directrice, en inspectant l'intérieur de l'appareil.

L'homme du SVR ne rata pas l'ironie voilée du commentaire. Plusieurs des appareils, de même que le design global du bureau, étaient des copies conformes d'équipements occidentaux dûment protégés par des brevets.

— Si vous me montriez la chose en question, fit Akmajian. Je ne doute pas que votre temps soit encore plus précieux que le mien et, comme il semble y avoir une certaine urgence...

La directrice ouvrit sa valise, sortit la mallette de cuir qu'elle contenait et la tendit au Russe. Ce dernier la posa précautionneusement sur son bureau et commença à l'examiner.

— Elle semble authentique, fit-il après un moment.

Son air contrarié était un aveu flagrant.

— Si vous permettez, reprit-il, j'ai fait installer un petit dispositif en prévision d'un tel événement.

Il ouvrit le rideau qui couvrait tout le fond de la pièce. Le mur complet était une immense baie vitrée derrière laquelle des gens s'affairaient sur des ordinateurs.

— De l'autre côté, la vitre est un miroir, expliqua le Russe. Nous pouvons les observer en toute tranquillité. Les micros de communication déforment également nos voix... Autre mesure de sécurité, ils ignorent tout de leur mission, ne savent pas qui est dans l'avion avec eux et encore moins où ils sont. Seuls les pilotes sont au courant de la destination de l'appareil, mais ils ignorent qui est à bord et pourquoi.

Il ouvrit un guichet dans la baie vitrée.

— Pour ce qui est de la mallette, ils vont débloquer le mécanisme d'ouverture sous vos yeux et nous la retourner sans regarder son contenu.

Il inséra la mallette dans la case de verre. Il appuya ensuite sur le bouton de l'interphone et donna un ordre en russe avant d'ajouter, à l'intention de la directrice:

— Avantage supplémentaire: si jamais un accident devait survenir, nous serions relativement protégés par la vitre blindée.

De l'autre côté de la cloison, deux experts avaient entrepris d'étudier la mallette. Au bout de quelques minutes, un des deux hommes émit un bref commentaire.

— Le numéro d'identification a été effacé, traduisit le directeur du SVR. Cela risque de compliquer les choses.

Le regard interrogateur de ses deux interlocuteurs l'incita à s'expliquer davantage.

— Comme vous savez, le mécanisme est conçu pour que l'introduction d'une mauvaise clé provoque l'explosion immédiate de la mallette.

— Vous croyez pouvoir parvenir à l'ouvrir?

— L'embêtant, c'est que le dispositif de sécurité est également prévu pour déjouer toute tentative visant à identifier les mécanismes de protection au moyen de rayons X ou de quelque procédé du genre. Mais tout n'est pas perdu: il existe un nombre limité de ces objets et ils ont des caractéristiques extérieures qui les différencient légèrement les uns des autres.

De l'autre côté de la cloison, un des deux techniciens se mit à faire défiler des listes sur l'écran d'un terminal. Au bout de quelques minutes, il fit rapport par l'interphone.

— Ils ont restreint les possibilités à une série de soixante-trois appareils, fit le chef du SVR. Ce sont les seuls où les quatre boutons qui servent de support à la mallette sont recouverts d'un plaqué doré. C'était la première série. Par la suite, le plaqué or a été remplacé par quelque chose de plus... disons... prolétaire.

— Ça fait quand même soixante-trois clés, objecta la directrice. Moins de deux pour cent de chances.

— Dans cette première série, il n'y a que sept clés. Le modèle de serrure était changé à tous les neuf articles. Ils vont vérifier combien ils peuvent en retrouver.

Quelques instants plus tard, l'autre expert faisait à son tour un commentaire en direction de ce qui était pour lui un miroir.

— Deux des sept lots ont été retirés de la circulation parce que défectueux, traduisit Akmajian. Sabotage lors de la production. Notre pays a tellement d'ennemis...

— Qui l'aurait cru ?

De l'autre côté du miroir, l'expert continuait son rapport, que le chef du ṢVR traduisait à mesure.

— Trois autres lots ont été répartis entre diverses ambassades, dit-il. Un sixième est toujours en stock.

— Et le dernier ?

— Il semble que certains de nos amis arabes aient eu des documents très délicats à protéger.

— Vous croyez qu'il s'agit de ce lot-là ?

— C'est le seul pour lequel nous n'avons pas une liste de localisation à jour.

— Parlant de vos amis arabes, je suppose que vous connaissez cet homme ? fit tout à coup la directrice, en lui montrant la photo qu'elle avait obtenue par le responsable américain du Mossad.

Le visage du Russe accusa le coup et il eut un instant de flottement avant de reprendre contenance.

— Ma mémoire ne me permet pas d'affirmer avec certitude avoir déjà rencontré cet individu, dit-il. Mais je serais très intéressé à savoir à quel endroit, vous, vous l'avez vu.

— Washington. Il semble qu'il soit relié de près aux événements qui nous préoccupent. Je me demandais si cela ne vous fournirait pas un indice quant au lot dont il peut s'agir.

Le directeur du SVR la considéra un moment sans répondre, puis il donna un ordre bref par l'interphone. Un des experts fit aussitôt sortir une liste sur une imprimante et lui passa la feuille par l'intermédiaire du guichet.

Akmajian la saisit et y jeta un coup d'œil. Après une hésitation, il la montra à la directrice.

La feuille comportait neuf lignes numérotées de 1 à 9. Il s'agissait des codes pour les deux combinaisons électroniques de chacune des mallettes.

— Tous les codes sont obligatoirement enregistrés, expliqua-t-il. Si la mallette fait partie de ce lot, les codes des serrures sont nécessairement sur cette feuille.

— Il ne pourrait pas les avoir modifiés ?

— Pas de lui-même. Les codes sont choisis par les usagers, mais ils ne peuvent être inscrits dans l'appareil sans l'aide du Centre.

Une remarque de l'un des experts l'interrompit :

— Les appareils 1, 4 et 7 ont déjà rempli leur fonction, traduisit le directeur. Il ne reste donc que six appareils.

Il raya trois lignes de sa liste, puis se leva.

— Vous prendrez bien quelque chose, dit-il, en enfonçant presque la partie supérieure de son corps dans le réfrigérateur. Une rencontre aussi exceptionnelle que la nôtre mérite d'être soulignée.

Il exhiba finalement une bouteille de Yquem 59 et une boîte de foie gras.

— Déplorable influence de la culture occidentale, reprit-il, faisant mine de s'excuser. Je n'ai plus de caviar ni de vodka. Mais vous devriez apprécier...

Quelques minutes plus tard, l'expert transmettait une autre information.

— Les numéros 5 et 6, traduisit le Russe.

Et il raya deux nouvelles lignes.

— Rien qui ne vous dise quelque chose, dans ce qui reste ? demanda-t-il à la directrice, en lui tendant la feuille.

Elle s'absorba un bon moment dans la série de lettres et de chiffres. Sans succès.

Dix minutes plus tard, deux autres lignes avaient été rayées. Il ne restait plus que deux possibilités.

— Pile ou face ? demanda l'homme du SVR. Avec les informations disponibles, nous n'avons pas les moyens de faire plus.

— Montrez-moi encore une fois la liste.

```
2-  3MONT98R1 4F2LBK3S7
3-  3P3MIA217 3B8USA5T4
```

Elle avait beau se concentrer, elle ne voyait pas. Elle tendit alors le papier à l'Eurasien qui l'accompagnait et qui n'avait pas encore dit un seul mot. L'homme en chaise roulante scruta la feuille en silence pendant près d'une minute.

— Si le misérable assistant peut se permettre une modeste suggestion, dit-il finalement, je crois qu'il s'agit de celui-ci.

Le Russe le regarda d'un œil suspicieux.

— Mon ordinateur personnel, fit la directrice, avec un sourire amusé.

— Je suppose qu'il s'agit d'une variante biologique du boulier... Vous l'avez fait programmer il y a combien de siècles ?

L'Eurasien se pencha vers elle et lui indiqua du doigt certains signes dans la liste.

— Je crois qu'il a raison, fit alors la directrice.

Ce fut à son tour d'être couverte d'un regard sceptique par le chef du SVR. Elle lui relaya l'information indiquée par l'Eurasien.

— Et vous êtes prête à prendre le risque ? demanda alors le Russe.

— Oui.

Le directeur du SVR s'octroya un moment de réflexion, le temps de prendre sa propre décision, puis il donna un ordre aux experts. Une certaine inquiétude couvrit aussitôt leur visage.

L'un des deux sortit alors une clé d'un petit coffret et l'introduisit dans la serrure. Au deuxième tour, une lumière fixée sur la plaque de métal de la serrure se mit à clignoter. Une lumière rouge.

— Petit raffinement, expliqua le Russe. S'il s'était agi d'une lumière verte, il nous aurait resté cinq secondes pour nous mettre à l'abri.

L'autre technicien se mit alors à composer la première série de chiffres et de lettres sur le cadran situé immédiatement à côté de la serrure et il s'arrêta juste avant le dernier chiffre. Il composa ensuite la deuxième à l'exception encore du dernier chiffre.

— Le dernier chiffre de chaque série déclenche l'explosion, je suppose? fit la directrice.

Akmajian confirma d'un signe de tête.

Le premier expert fit alors tourner la clé d'un quart de tour vers la gauche et l'enfonça légèrement. Un claquement sec se fit entendre.

Un soulagement visible se peignit sur le visage des deux experts. Ils redéposèrent la mallette dans le guichet et le firent coulisser.

Le chef du SVR s'empressa de la récupérer, ouvrit le couvercle et retira immédiatement la clé.

— Dernier raffinement? demanda la directrice.

— Quelque chose comme ça, répondit-il, visiblement contrarié qu'elle eut surpris son geste.

Puis son visage prit un air stupéfait. Il fouilla nerveusement dans la mallette, saisit les quelques feuilles qu'elle contenait, les regarda un moment, puis les tendit à la directrice.

Des feuilles blanches.

— Message caché? demanda-t-il.

— Ça m'étonnerait, fit la directrice. Ce n'étaient pas des documents destinées à être transmis, mais à être consultés régulièrement.

— Qu'est-ce que ça signifie? Vous devez savoir que ce sont habituellement des documents importants que l'on met dans ce genre de... contenant.

— Si mon humble personne peut se permettre une indigne considération, intervint l'homme en chaise roulante, peut-être les honorables feuilles n'étaient-elles pas destinées à être lues.

— J'ai l'impression que votre ordinateur déraille, fit le Russe, qui n'appréciait manifestement pas l'assistant de la directrice.

— Si l'inestimable citoyen camarade veut pardonner ma déplorable maladresse, s'empressa de répondre l'Eurasien. Ma bouche malhabile essayait seulement de suggérer que les honorables feuilles étaient destinées à être retrouvées, mais à l'état de cendres. Après l'explosion.

Lady regarda son assistant, puis le Russe. Aucun ne dit quoi que ce soit pendant plusieurs secondes.

— Quel avantage ? finit par demander l'homme du SVR.

— Laisser croire que les plans étaient bien dans la mallette, répondit la directrice. Ça permet de les conserver tout en donnant l'impression qu'ils ont été détruits.

— Pas impossible, concéda Akmajian. Ça expliquerait peut-être l'autre mallette manquante.

— Si on revenait à la photo que je vous ai montrée tout à l'heure. Quelque chose m'incite à penser qu'il s'agit d'une personne spécialisée dans des activités à très haut niveau de risque...

— Pas impossible, répéta le chef du SVR.

— Et si cet individu avait voulu se tailler un fief personnel – strictement personnel, j'entends – en aurait-il eu les moyens, compte tenu de sa position ?

— Ça, c'est plus difficile. Il lui aurait fallu des appuis. Des appuis haut placés.

— Un chef d'État, peut-être ? Un chef d'État enturbanné, habitué au rôle d'intermédiaire pour les opérations délicates du grand pays en question...

— Possible, mais douteux. L'intérêt ne serait pas évident.

— C'est là l'essentiel du problème, concéda à son tour la directrice. Qui a intérêt à provoquer un tel bordel et les moyens d'y mettre un tel acharnement ?

— Dès mon retour à Moscou, que j'ai officiellement quitté pour un bref séjour à la campagne, je vais m'informer le plus rapidement possible au sujet de cette très improbable hypothèse. Bien entendu, je vous communique sur-le-champ toute information que nous pourrions mettre à jour.

Après une autre vingtaine de minutes de discussion sur les moyens de juguler la crise qui s'annonçait, ils convinrent de se séparer et de retourner le plus rapidement possible auprès de leurs dirigeants respectifs.

La tâche qui les attendait ne serait pas de tout repos. Tous les événements, tous les faits qu'ils pourraient invoquer de part et d'autre seraient inévitablement interprétés dans un sens contraire par les deux côtés. Chacun y verrait la preuve d'un complot ourdi par l'adversaire.

La directrice elle-même, en son for intérieur, ne pouvait pas écarter totalement cette interprétation. Ce serait un coup magnifique, de la part de son adversaire, que d'avoir monté tout ce stratagème et ce réseau de fausses preuves trop évidentes dans l'unique but de convaincre les États-Unis de ne pas riposter. Un tel coup de poker était-il vraiment impensable ?

Et, de leur côté, songea-t-elle, ils pouvaient bien croire à une opération montée par les services américains pour les discréditer et justifier des représailles dans l'espoir qu'ils n'oseraient pas riposter.

Chacun des deux savait que l'autre envisageait de telles hypothèses. Chacun des deux savait que l'autre savait. Cela faisait partie de leur métier : sans cesse prendre des décisions, en se fondant sur des hypothèses toujours plus ou moins certaines, avec le soupçon permanent que c'était une des autres hypothèses qui était la bonne.

On les payait pour prendre quotidiennement de tels risques. Et les faire courir à l'ensemble de leurs pays.

### Paris, 16 h 47

Procéder à l'arrestation d'Aimé Laterreur avait pratiquement été un jeu d'enfant. C'était d'ailleurs le cas de le dire car, à l'exception du financier lui-même et d'un serviteur, il n'y avait que des enfants dans l'immense

appartement. Une dizaine d'enfants. Sa garde personnelle.

Tout le monde comprit rapidement de quoi il s'agissait.
Après avoir été questionnés de façon sommaire, les enfants furent dirigés vers un foyer d'accueil pendant qu'on
se mettait à la recherche de leurs parents.

Le serviteur, lui, s'enferma dans un mutisme total.
Les policiers n'insistèrent pas : ils auraient tout le temps,
plus tard, de le faire parler. Le plus urgent était d'interroger Laterreur.

Laissant les policiers achever la fouille de l'appartement, Blunt se concentra sur l'Obèse. Il commença par
l'arracher à son fauteuil et le ligoter sur une chaise droite.

Cathy et le colonel se contentaient momentanément du
rôle d'observateur.

— Vous n'avez pas le droit ! protesta le financier. Je
vais appeler mon avocat !

— Vous n'allez rien faire du tout, l'interrompit Blunt.

— C'est inadmissible. Savez-vous à qui vous parlez ?
J'ai des relations et...

— Vous aviez des relations, rectifia Blunt. Personne
ne sait que vous êtes ici. En fait, personne ne sait où
vous êtes. Ni même si vous existez encore. Et lorsqu'ils
apprendront, au sujet des enfants...

— Les enfants sont ici librement. Je ne sais pas ce que
vous voulez insinuer.

— Si on vérifiait avec la liste des enfants disparus...

— C'est un coup monté.

— De toute façon, l'interrompit Blunt, là n'est pas la
question. C'est autre chose qui nous intéresse.

L'Obèse le regarda avec méfiance. Il suait à grosses
gouttes et l'effort de demeurer droit sur la chaise lui
coûtait manifestement.

— Détachez-moi, dit-il. Je suis claustrophobe.

— Quand vous nous aurez dit ce que nous désirons savoir. Pour commencer, comment fait-on pour ouvrir votre
coffre ?

— Il n'y a rien de valeur. Toutes mes affaires sont...

— Le coffre, trancha Blunt. Le jeu est fini.

— D'accord, j'ai compris. Quel est votre prix ?

— Vous n'avez rien compris du tout. Désiré est hors-circuit et Fabien est en train de raconter sa vie au quart de minute près. Le réseau de Miami est foutu. Les engins distributeurs de Montréal ont tous été neutralisés. Thomas Quasi est mort. Le FATS est liquidé... Il vous faut autre chose ?

Blunt avait asséné ses informations lentement, les unes après les autres, pour augmenter l'impact de chacune par la suivante. Voyant que l'Obèse ne répondait pas, il le relança.

— Vous n'êtes pas curieux de savoir de quelle façon nous vous avons trouvé ?

L'Obèse s'agitait de plus en plus à l'intérieur de ses liens.

— Il faut que vous me détachiez, dit-il.

— C'est vous qui allez devoir vous habituer, répliqua Blunt. Imaginez ce que ça fait de se retrouver en cellule pour le reste de sa vie.

— Qu'est-ce que vous voulez ?

— À Montréal, vous avez été dénoncé par un coup de fil anonyme. L'informateur nous a même fourni votre adresse. Ici, à Paris, les indics ont été inondés de rumeurs sur vos rapports avec la Libye et sur votre trafic d'enfants... Il y aurait quelqu'un qui ne vous aime pas beaucoup que je ne serais pas étonné. Quelqu'un qui souhaite vous voir à l'ombre pour longtemps.

— Vous bluffez. Vous essayez de m'avoir à l'intimidation.

Blunt, qui avait opté pour une stratégie d'interrogatoire directe, sortit son baladeur de sa poche et fit jouer pour l'Obèse le début de la cassette qui s'y trouvait.

Il ne fallut pas longtemps pour que l'autre comprenne. Son visage, dégoulinant de sueur, devint encore plus crayeux.

— Vous avez certainement reconnu une des deux voix, reprit Blunt. La deuxième était celle du chef de la police de Montréal.

Blunt lui montra ensuite la photo que lui avait transmise la directrice de l'Institut.

— Au cas où vous auriez des problèmes de mémoire, dit-il, voici sa photo. L'homme avec qui il discute est un des plus hauts gradés de l'armée américaine.

— Vous pouvez me détacher, fit l'Obèse, d'une voix étouffée.

— Vous avez le choix, poursuivit Blunt. Ou bien vous collaborez, et nous ferons alors notre possible pour alléger votre sort ; ou bien vous prenez tout sur vos épaules et vous écopez au maximum.

— Je vous dirai tout ce que je sais. Vous pouvez être certain qu'il ne s'en tirera pas comme ça.

Blunt défit ses liens et lui permit même de réintégrer son fauteuil. Laterreur s'y installa avec des mouvements de tout son corps, comme s'il reprenait contact avec les recoins d'un univers familier.

Lorsqu'il eut achevé son tour du propriétaire, il leva les yeux vers Blunt.

— Je suis prêt à répondre à vos questions.

— Premièrement, le coffre.

— Le vrai est derrière le miroir de la salle de bains. La clé est dans le deuxième tiroir du bureau. La combinaison est FATS-2024. Vous faites F, trois tours à droite ; A, quatre tours à gauche ; T, deux tours à droite ; S, un tour à gauche. Vous introduisez la clé sans la tourner et vous tirez la poignée vers le bas avant de faire les chiffres.

Cathy lui demanda de répéter et prit en note les instructions. Elle fit signe qu'elle s'en occupait.

Blunt poursuivit :

— Vos revendications, dans quel but ?

— Rétablir les droits des personnes obèses, quoi d'autre ? Éliminer la tyrannie des stéréotypes et de la forme physique parfaite qui condamnent quatre-vingts pour cent de la population à une vie misérable.

Blunt le considéra en silence. C'était bien ce qu'il pensait : l'homme était sérieux et Lubbock l'avait manipulé d'un bout à l'autre.

— Si vous nous parliez de celui qui vous a dénoncé ? reprit Blunt.

— Lazarus Lubbock. Il a des contacts dans les milieux terroristes. Il m'a aider à monter l'organisation. Il s'occupait du matériel et de la main-d'œuvre spécialisée pour les opérations... «délicates».

— C'est lui qui a eu l'idée de l'organisation ?

— Bien sûr que non. Lui, il ne s'intéressait qu'à l'aspect financier de l'entreprise. L'idée du FATS est de moi.

— Il n'a jamais mis en question les buts du mouvement ?

— La seule chose qui l'intéresse, c'est son pourcentage sur chaque transaction.

— C'est lui qui vous a fourni les virus ?

— Oui.

— Et les appareils distributeurs ?

— Oui.

— C'est lui qui s'occupait des messages ?

— Il s'est occupé de faire écrire les lettres nécessaires pour construire les messages. Pour le contenu des messages eux-mêmes et leur envoi, Désiré suivait mes instructions. Lubbock, lui, s'occupait surtout du travail de terrain.

— Vous auriez vraiment contaminé toute la ville ?

— Bien sûr que non. Juste assez pour forcer les autorités à céder. On n'allait quand même pas tuer la poule aux œufs d'or.

— Et votre demande de faire de Montréal une zone libre de toute recherche biologique et chimique ?

— Nous sommes pour le libre épanouissement du corps et contre tout ce qui peut lui porter atteinte : ça inclut non seulement les diètes, le sport forcé et le design corporel, mais aussi l'alimentation triturée en laboratoire, les manipulations génétiques...

— Et pour éviter de lui porter atteinte, vous lâchez votre virus ?

— Nécessité pédagogique. Pour que les gens se rendent compte de ce qui risque de leur arriver en cas de contamination accidentelle.

— Et les messages à Washington ?

— Quels messages ? fit Laterreur, l'air de ne pas comprendre.

— Ceux que vous leur avez envoyés.

— Il n'y a eu aucun message à Washington. Si l'expérience de Montréal avait réussi, je ne dis pas que nous n'avions pas prévu d'étendre nos activités, mais...

— Et le réseau monté par votre frère à Miami ?

— C'était l'avenir. Seule une organisation bien à nous pouvait nous permettre de nous passer de Lubbock.

— Et vous ne savez rien de ce qui s'est passé à Washington ?

— Puisque je vous le dis. S'il s'était passé quelque chose là-bas, Fabien m'en aurait parlé.

— Lubbock n'a jamais protesté contre l'organisation du réseau de Miami ?

— Pas du tout. Il nous a aidés à le mettre sur pied. Lui, du moment qu'il peut faire de l'argent... Il travaille aussi pour les Russes.

— Les Russes ?

— Je l'ai fait suivre. On l'a vu à trois reprises entrer dans l'ambassade russe.

— Ça ne prouve rien.

— Croyez-moi, ce n'est pas le genre d'individu à aller quelque part sans bonnes raisons. Des raisons financières, j'entends.

Blunt avait tendance à le croire. Si Lubbock travaillait pour le SVR, certaines choses devenaient plus compréhensibles. Il imaginait même comment les choses avaient dû se passer.

C'était une stratégie classique ; on programme un groupe sur un objectif, en l'occurrence Montréal, et on s'en sert à l'intérieur d'un plan plus vaste dont le groupe ignore tout : le chantage contre le gouvernement américain.

Cathy revint avant qu'il ait eu le temps de reprendre son interrogatoire. Elle déposa le contenu du coffre sur une petite table.

Il y avait des capsules semblables à celles découvertes dans les distributeurs, des copies de tous les messages expédiés à Montréal, une liste d'adresses incluant celle des deux autres frères Laterreur, un dossier de presse couvrant les opérations de Montréal ainsi qu'un Tokarev, pistolet de fabrication tchèque.

— Rien sur ce qui se passe aux États-Unis ? demanda Blunt.

— Rien, fit Cathy.

— Il affirme qu'il n'est pas au courant de cette partie-là.

— À ton avis ?

— S'il savait quelque chose, il le dirait.

Blunt se tourna vers l'Obèse.

— Comment faisiez-vous pour joindre Lubbock ?

— Règle générale, c'était lui qui me contactait. En cas d'urgence, j'avais un numéro. Il est dans mon agenda. Dernière page. Il suffit de lire les chiffres à l'envers.

Blunt trouva le numéro et le transmit au colonel Frappier. Ce dernier fit immédiatement effectuer une vérification. Le numéro n'était plus en service.

Une heure plus tard, Blunt et Cathy étaient parvenus à diverses conclusions. À la suggestion de cette dernière, ils les mirent en ordre sur une feuille.

C'était une habitude qu'elles avaient, elle et sa sœur : après une séance de « mur », où chacune essayait des idées sur l'autre pour voir comment elles lui revenaient, elles faisaient le point en dressant une liste de leurs conclusions.

1. AIMÉ LATERREUR EST BIEN LE CERVEAU DERRIÈRE L'OPÉRATION DE MONTRÉAL.
2. IL EST ÉGALEMENT L'ÉMINENCE GRISE DE L'ORGANISATION FATS.
3. LUBBOCK LEUR A OFFERT UN SOUTIEN LOGISTIQUE ET IL A INVESTI UNE PARTIE DES FONDS NÉCESSAIRES À L'OPÉRATION.

4. L'OPÉRATION A ÉTÉ UTILISÉE À L'INSU DES PARTICIPANTS DANS LE CADRE D'UN PLAN PLUS VASTE DIRIGÉ CONTRE LES ÉTATS-UNIS.

5. LA NATURE DU MATÉRIEL FOURNI LAISSE CROIRE À DES LIENS ÉTROITS AVEC LES RUSSES.

6. LUBBOCK A ÉTÉ VU À L'AMBASSADE RUSSE, CE QUI AUGMENTE LA PROBABILITÉ D'UNE IMPLICATION DU SVR.

7. LUBBOCK A DÉLIBÉRÉMENT SACRIFIÉ TOUTE L'ORGANISATION DES FRÈRES LATERREUR DANS LE BUT DE BROUILLER LES PISTES.

8. LES JOURNALISTES, DE MÊME QUE LE DIRECTEUR DE LA POLICE DE LA CUM, ONT ÉTÉ ADROITEMENT MANIPULÉS, CE QUI LAISSE DEVINER UNE CERTAINE EXPÉRIENCE DANS LE DOMAINE DE LA DÉSINFORMATION ET DE LA GUERRE SUBVERSIVE.

9. DES TECHNIQUES SIMILAIRES ONT ÉTÉ UTILISÉES AUX ÉTATS-UNIS, NOTAMMENT CONTRE LE SECRÉTAIRE D'ÉTAT À LA DÉFENSE.

10. KORDELL SEMBLE ÊTRE DE MÈCHE AVEC L'INDIVIDU QUI A MANIPULÉ BOYD.

La somme de tout ça faisait que l'implication des Russes devenait de plus en plus probable. Pourtant, certains détails continuaient de tracasser Blunt.

Pourquoi Lubbock avait-il été négligent au point de ne pas s'apercevoir qu'il était surveillé ? Pourquoi avait-il poussé l'imprudence jusqu'à se rendre à l'ambassade russe à plusieurs reprises ? Pourquoi n'avait-il pas utilisé du matériel maquillé, dont il aurait été impossible d'identifier l'origine ?

Sur le *goban* où Blunt se représentait spontanément la situation, le nombre de pierres avait considérablement augmenté. Il avait désormais acquis la maîtrise du territoire montréalais, neutralisé la principale tête de pont adverse sur le continent européen et considérablement augmenté son influence sur le territoire américain. Cette dernière bataille n'était cependant pas gagnée.

La situation lui rappelait désagréablement une des dernières parties qu'il avait jouée avec son maître. Celui-ci l'avait manœuvré d'un bout à l'autre de la partie, lui concédant successivement la victoire dans toute une série d'engagements locaux, jusqu'au moment où, d'une seule pierre, il avait fait s'écrouler l'ensemble de sa position.

Le maître n'avait pas eu besoin de lui expliquer que c'était une leçon; qu'il aurait probablement pu le défaire dans chacune des batailles locales. Il avait préféré, en se concentrant uniquement sur la stratégie d'ensemble du jeu, rendre la partie plus intéressante. Et plus instructive.

Éclaircir la situation d'ensemble : voilà ce qu'il fallait. Et, pour cela, il y avait un seul moyen : retrouver Lubbock. Lui seul semblait en mesure d'expliquer dans quel but tout ce réseau avait été monté. Plus important encore, il était leur seule piste pour retrouver les plans de contamination des villes américaines.

Une conversation avec Lady s'imposait. D'abord pour l'informer des derniers développements. Et aussi parce qu'il croyait avoir trouvé un moyen d'atteindre Lubbock.

## WASHINGTON, 12 h 08

Le message du président russe à celui des États-Unis avait été très clair. L'ultimatum américain était une agression caractérisée. La Russie se devait d'y donner une réponse énergique. Si la paix et l'aide commerciale de l'Occident avaient pour prix l'humiliation du peuple russe, ils préféraient se tenir debout. La Russie demeurerait le rempart des peuples en voie d'émancipation face à l'impérialisme américain.

Le président des États-Unis, sensible à l'argumentation des militaires et soucieux de les ménager, répondit sur un ton tout aussi ferme : il déclencherait à son tour une alerte jaune. Et il réitéra sa menace initiale : à la première attaque

terroriste contre une ville américaine, des armes bactériologiques seraient lancées contre des régions russes équi-
valentes. En cas de riposte à cette réaction, ce serait
l'escalade. Il acceptait le risque d'un conflit total.

«Ils vont protester, mais ils vont reculer», avaient dit
les militaires. C'était de cette façon que Kennedy avait
résolu la crise des missiles... Il avait fini par se rendre à
leurs arguments. Et si jamais, malgré leurs prévisions,
l'escalade se poursuivait, il avait toujours en réserve la
possibilité de se tourner vers F et l'Institut.

Malgré les démentis officiels, la nouvelle de la tension
accrue entre les deux superpuissances filtra rapidement
dans les médias. Cela se traduisit par une hausse spectaculaire du prix de l'or. Les actions des secteurs industriels
liés à l'armement connurent également une forte hausse.

Au Pentagone, tous les services étaient en effervescence. Subitement, les journalistes s'arrachaient le moindre
gradé pour tenter d'obtenir une interview.

Peu après sa communication avec le chef de l'État
russe, le Président convoqua Lester, Kordell et la directrice
de l'Institut. Il voulait être au fait des derniers développements et, surtout, il tenait à tirer au clair les allégations de
la directrice au sujet de Kordell.

Elle arriverait de New York dans moins de deux heures,
avait-elle dit au téléphone. Ils pourraient alors procéder
à une analyse globale de la situation.

Entre-temps, il devait rencontrer les militaires. Ceux-
ci lui exposeraient leurs plans pour répondre à ce qu'ils
appelaient une menace identifiée et confirmée contre
l'intégrité du territoire.

## PARIS, 18 h 21

Blunt et Cathy avaient pris des dispositions pour que
l'Obèse soit détenu à l'ambassade américaine en attendant d'être expédié clandestinement à New York.

Ils s'apprêtaient à aller souper lorsque Lady rappela.

Elle écouta sans un mot le récit des événements que lui fit Blunt, puis les conclusions et les questions auxquelles ce dernier était parvenu.

Ils parlèrent ensuite du produit corrosif découvert dans les distributeurs ainsi que des fouilles effectuées dans les villes américaines et qui n'avaient rien donné. Elle l'informa enfin de sa rencontre avec son équivalent russe : pages blanches dans la mallette et confirmation que l'homme de la photo était un agent russe de haut rang.

Blunt lui demanda d'en expédier une photo par fax à l'ambassade : il essaierait de la faire identifier par Aimé Laterreur.

— Je m'en occupe tout de suite.

— Du neuf sur les réseaux de Miami ?

— La plupart des membres arrêtés croyaient appartenir à une organisation privée d'extrême-droite. Leur but était de faire le ménage dans le pays.

La convergence habituelle entre l'extrême-droite et l'extrême-gauche, songea Blunt, les uns faisant continuellement le jeu des autres.

— Et le matériel russe ? demanda-t-il.

— Acheté à Miami sur le marché noir. Qu'ils prétendent.

— Ils ont trop regardé *Miami Vice*.

— On dirait bien que ce sont les Russes, conclut la directrice. Tout pointe dans leur direction.

— Les Russes... ou certaines personnes qui voudraient se faire passer pour les Russes.

— Toujours votre hypothèse ?

— Il me semble que, si les «camarades» avaient voulu utiliser le réseau des Laterreur comme couverture, ils n'auraient pas laissé traîner autant d'indices qui le reliaient à eux.

— Il y a peut-être une explication...

Ça faisait décidément beaucoup trop de maladresses et de ratés, songea Blunt. Les « camarades » ne travaillaient pas si mal que ça.

Son esprit transposa automatiquement la situation sur un jeu de go. Plusieurs des pierres éparses, qui apparaissaient jusqu'à maintenant comme des coups erratiques, esquissaient tout à coup une importante zone d'influence. Son intuition lui disait que c'était dans ce territoire prospectif que l'engagement final prendrait forme. L'adversaire n'avait pas joué tous ces coups pour rien.

Dans cette perspective, l'ensemble des faits trouvait plus facilement un sens. S'il s'agissait d'une mise en scène montée par un tiers pour provoquer un affrontement, ça pouvait expliquer beaucoup de choses : entre autres, qu'on n'ait rien trouvé en creusant dans les villes américaines. Et ça pouvait aussi expliquer les distributeurs inutiles à Montréal et les feuilles blanches dans l'incinérateur...

La principale inconnue était l'agent russe identifié sur la photo. Pour le compte de qui travaillait-il vraiment?...

La voix impatiente de la directrice le tira de sa réflexion.

— Blunt, est-ce que vous m'écoutez?

— Je m'excuse, je pensais à quelque chose. Qu'est-ce que vous disiez?

— Kordell. Il a réussi à s'en tirer pour le moment.

— Quoi?

— Quand je lui ai montré la photo de Lubbock, il ne s'est absolument pas défendu. Au contraire, il a reconnu tout de suite qu'il s'agissait de l'un de ses informateurs et il m'a suggéré en termes plutôt crus d'enlever mes gros sabots de ses plates-bandes.

— Un informateur? Le responsable du SVR pour tout le terrorisme à l'échelle de la planète serait son informateur?

— Il a dit que c'était une source qu'il cultive depuis près d'un an. C'est grâce à lui, paraît-il, qu'il a réussi à faire progresser l'enquête aussi vite, en particulier sur le réseau de Miami et sur le secrétaire à la Défense. Il avait l'air très fier de son coup... Heureusement qu'il ne sait pas de quelle manière j'ai obtenu l'information à son sujet.

— Ça n'a aucun sens.

— Comme preuve de ce qu'il affirme, Kordell a invoqué l'argent qu'il a versé à Lubbock et les papiers que l'autre a accepté de signer pour se compromettre.

— Et si tout ça faisait partie du plan de Lubbock pour se couvrir ?

— Un plan dans quel but ? Déclencher une guerre totale ?

Blunt ignora la remarque.

— Une autre question, fit-il. Pour quelle raison Kordell ne nous a-t-il pas donné l'opération en bloc, s'il avait la tête du réseau ?

— Il voulait protéger son agent. Il utilise seulement les informations qui peuvent être couvertes par d'autres sources, pour ne pas attirer de soupçons sur lui. Il ne veut pas compromettre son utilité future... Ça se tient, vous savez. Lester et le Président ont été impressionnés.

— On est sur le bord d'une guerre mondiale et ils font du calcul à long terme !

— Ils n'y croient pas, à la guerre. Ils sont sûrs qu'il s'agit d'un coup monté de la part des Russes et qu'il suffit de ne pas céder pour qu'ils reculent. Comme à Cuba avec les missiles... Le Président leur a transmis notre position finale : nous répliquerons à toutes les mesures adverses par des mesures identiques. Quelles que soient les conséquences.

— Ils n'ont pas pensé qu'il pouvait s'agir de manipulations faites par une troisième partie ?

— Je leur ai parlé de votre théorie. Ils ont dit que ça ne pouvait prouver que deux choses : ou bien vous êtes ramolli au point de n'être même plus capable de reconnaître les traces du SVR quand toutes les preuves sont là, ou bien vous travaillez pour eux.

— Comment est-ce qu'ils expliquent le voyage d'Akmajian à New York ?

— Une manœuvre de plus pour semer la confusion et nous faire hésiter à déclencher une riposte.

— Et vous, qu'est-ce que vous en pensez ?

— Je pense que, si vous avez des preuves, il va falloir que vous les produisiez au plus vite. Tout ce qu'ils voient, c'est que les Russes sont en train de les avoir en reniant les accords de Venise et ça ne les rend pas d'un abord particulièrement facile... Vous savez, je ne suis pas loin de penser comme eux.

— Le temps de prendre l'avion et j'arrive avec Laterreur numéro trois. N'oubliez pas d'expédier la photo par fax dans les prochaines minutes. Et puis, j'ai peut-être une idée... Ça ne sauvera pas tout, mais on va peut-être pouvoir empêcher le pire. Voici ce qu'il faudrait faire...

Lorsqu'il eut fini d'expliquer son plan, il demanda à la directrice ce qu'elle en pensait.

— Que si ça ne marche pas, ce n'est pas seulement votre tête, c'est aussi la mienne qui va tomber.

— De toute manière, toutes les têtes risquent de sauter ! Mais on peut s'arranger pour que je prenne tout sur mes épaules. Comme ça, vous pourrez rester pour ramasser les morceaux.

— Votre optimisme est réconfortant.

— Vous pouvez vous occuper de faire les contacts pendant que j'arrive ?

— D'accord. Mais, pour le reste, vous continuez comme un grand. Je ne veux rien avoir à faire avec cette histoire.

— Entendu. Mais il y a quand même quelque chose que vous pourriez faire. Votre ancienne flamme du Mossad...

— Je n'ai aucune ancienne flamme au Mossad, trancha assez sèchement la directrice.

Puis elle ajouta, sur un ton où la fierté contenue le disputait à l'indignation feinte :

— Imaginez que la rumeur se répande. Les Juifs sont déjà accusés de contrôler la majeure partie du gouvernement par leur lobby ! De quoi est-ce que ça aurait l'air ? Vous voyez les titres dans les journaux : « Directrice des services secrets dans le même lit que le responsable américain du Mossad » ?

— Aucun danger. Officiellement, vous n'existez pas.

— Le danger, pour vous, c'est justement que vous cessiez d'exister. Et pas seulement de façon officielle.

Il y avait une réelle inquiétude dans sa voix. C'était une façon de lui rappeler qu'il ne lui restait plus beaucoup de temps pour se fabriquer une couverture.

— Appelons-le votre contact, concéda Blunt. Il faudrait que je le rencontre. J'ai quelques petits services à lui demander. Il y trouverait lui aussi son profit. Vous croyez qu'il marcherait ?

— Peut-être. Il a toujours eu un faible pour les opérations qui sortent des sentiers battus.

— Le temps est un facteur crucial. Il faut prendre les Russes de vitesse.

— Blunt ?

— Oui ?

— Si tout saute, je veux que vous sachiez que j'apprécie ce que vous faites.

Blunt demeura quelques instants sans pouvoir répondre. La directrice ne l'avait pas habitué à ce genre de démonstration. Car, pour elle, c'en était une.

— J'apprécie également, finit-il par répondre.

— Et comme tout ne sautera pas, je ferai tout ce que je peux pour vous trouver une nouvelle couverture. Permanente.

— Sur ce point, j'ai également pensé à quelque chose...

— J'oubliais, l'interrompit la directrice. À Montréal, ils ont confirmé que le produit contenu dans les capsules n'a aucun effet sur le premier virus. Sauf les détruire lorsque la concentration est trop forte.

— Et l'autre virus ? Celui dont ils ont retrouvé des traces près des modules et dans les verres ?

— Ils pensent toujours qu'il peut s'agir du catalyseur, mais ils sont moins certains. Il se pourrait que le premier agisse seul : certains porteurs réagiraient fortement, la plupart pas du tout... Au fond, ça risque d'être une bonne nouvelle. Pour vous et pour la population de Montréal, je veux dire.

— Possible. Mais ça peut aussi vouloir dire qu'il n'y a pas besoin d'agent extérieur, que ça peut se déclencher tout seul, à n'importe quel moment...

Quelques minutes plus tard, Blunt racontait à Cathy ce que lui avait appris la directrice.

— Des bombes, conclut-elle sombrement. Nous sommes tous comme des bombes qui attendent d'exploser.

— Nous l'avons toujours été. Tout le monde.

Cathy lui jeta un regard impatient.

— Ca veut dire quoi ?

— Qu'on finit toujours par sauter. Il y a seulement la longueur de la mèche qui varie. Vingt, trente, quarante ans...

— Belle consolation.

— Pendant mon entraînement, il y avait un instructeur qui nous répétait cela à tout propos. Pour lui, dans toutes les situations, il fallait écouter brûler la mèche. Pour évaluer correctement de combien de temps on dispose.

Quelques heures plus tard, à bord de l'avion, Blunt se pencha vers Cathy. Elle avait l'air soucieuse.

— Qu'est-ce qui se passe ?

— Rien. J'écoutais brûler la mèche.

## WASHINGTON – NEW YORK, 18 h 13

La section première classe était presque vide. Lubbock sortit son petit calepin noir de la poche intérieure de son veston et passa en revue tous les éléments de l'opération.

La plupart étaient suivis d'un double crochet à l'encre rouge : le premier pour la mise en place, le second pour la réalisation.

Quelques mots avaient été rajoutés à côté des éléments de la liste initiale : tout en conservant son axe directeur, un plan devait être souple, pouvoir s'adapter aux circonstances. Il avait notamment apporté des modifications pour renforcer la fausse piste qu'il avait créée. Quand les autres s'apercevraient de ce qui s'était passé, il serait trop tard.

Un détail pourtant le chicotait : Blunt. Ses initiatives et celles de la fille de Montréal avaient rendu la manipulation des Américains beaucoup plus délicate. Par chance, leurs réticences et leurs enquêtes avaient tourné à l'avantage de Kordell. Désormais, les dirigeants exigeraient des preuves avant de modifier leur opinion, des preuves que plus personne n'aurait le temps d'apporter.

Restait Kordell. C'était le seul qui connaissait son visage. Du moins, un de ses visages. Mais il avait intérêt à se taire. Et si jamais il parlait, ses révélations ne feraient que renforcer la thèse qu'il voulait implanter chez les Américains. Jamais ceux-ci ne voudraient accepter l'histoire que le général était en mesure de leur raconter.

Donc, pas de problème de ce côté.

Après avoir soupesé l'ensemble de la situation pendant quelques minutes, il décida qu'un dernier correctif s'avérait nécessaire pour prévenir une éventuelle faille dans le scénario. Sitôt ce détail réglé, il gagnerait le refuge qu'il s'était aménagé aux Marquises.

Là, il n'aurait plus qu'à attendre que la poussière retombe. Lorsqu'il reviendrait, la situation aurait changé de façon dramatique. Un nouvel ordre mondial serait possible. Et, pour un homme de ses compétences, les occasions seraient nombreuses de se faire valoir. De travailler à la cause qui lui tenait à cœur. Le monde verrait de quoi Lazarus Lubbock était capable.

Son esprit dériva alors sur le chemin qu'il avait parcouru depuis toutes ces années. Ses deux carrières. Celle, officielle, où il avait gravi presque tous les échelons de l'une des hiérarchies les plus dangereuses. Puis l'autre...

Quant il pensait à tout cela, au mépris constant qu'il avait subi à cause de ses origines, Lazarus ne regrettait qu'une chose : de ne pas être là pour voir la tête qu'ils feraient. Mais cela n'aurait pas été prudent.

Ils l'avaient toujours traité comme un rebut. Déjà, leur racisme à l'égard des arabes était en passe de devenir pire que leur antisémitisme. Mais, pour le fruit du viol d'une Palestinienne par un conseiller soviétique ivre mort, le mépris avait été total. Sans l'aide providentielle d'un protecteur, il n'aurait même pas franchi le premier échelon. Par la suite, une fois son protecteur mort, les autres avaient continué de l'utiliser. Car il était efficace. Irremplaçable, à vrai dire. Un superbe instrument.

Ils ne le méprisaient pas moins. Mais ils reconnaissaient son utilité, son enthousiasme à s'acquitter des pires travaux. Ça prenait des gens comme lui pour se salir les mains pendant que les autres discutaient de stratégie et planifiaient leurs «interventions».

Le fossoyeur. Le vidangeur. Le broyeur à déchets... Autant de surnoms dont il avait successivement hérité à l'intérieur du service.

Il était celui qui faisait disparaître les problèmes embarrassants. Surtout lorsque ces problèmes s'adonnaient à coïncider avec des personnes précises. Un expert en effets spéciaux. Le terme visait à parodier la manie américaine d'utiliser des noms humoristiques pour désigner leurs opérations clandestines.

Puisqu'ils aimaient le cinéma, ils allaient être servis...

Un jour, Lubbock avait disparu. Officiellement, il était mort en service, au cours d'une opération qui avait mal tourné. En fait, il avait mis sur pied le directorat des effets spéciaux. La fameuses ligne K, responsable des opérations de dernier recours.

Ce directorat n'était mentionné dans aucun document du KGB ou du SVR et son existence n'était connue que des plus hauts dirigeants. Même les fonds, pour cette occasion, avaient échappé au contrôle bureaucratique habituel : les sommes initiales avaient été prélevées sur une cinquantaine d'organismes différents, à titre de services personnels rendus à divers membres du politburo. Par la suite, le directeur du KGB avait lui-même débloqué les fonds nécessaires à son fonctionnement.

À mesure que les réseaux s'étaient développés et qu'ils étaient devenus opérationnels, les contrats avaient pris la relève. Contrats auxquels s'ajoutait le moyen de financement habituel de toutes les organisations clandestines le moindrement efficaces, moyen que les Américains avaient eux-mêmes utilisé au Sud-Est asiatique et que tout le monde utilisait depuis : le trafic de la drogue.

Plus tard, il avait commencé à monter des réseaux à l'intérieur des réseaux, à prendre des contrats de tous les côtés – y compris pour les États-Unis, l'Afrique du Sud et les multinationales – afin de se constituer des fonds secrets pour financer ses réseaux personnels.

Qu'il s'agisse d'abattre un dictateur ou un chef révolutionnaire, de mettre sur écoute la résidence d'un colonel ou le quartier général d'un syndicat, de compromettre un sénateur ou un leader noir radical, il suffisait d'y mettre le prix.

Ses chefs à Moscou avaient parfois eu vent de certaines de ces activités parallèles, mais ils y trouvaient leur compte. D'un point de vue économique, c'était un juste retour des choses que l'argent des impérialistes américains finance leur propre perte. D'un point de vue stratégique, il valait mieux que le terrorisme apparaisse comme une aberration liée au fonctionnement du monde moderne, sans allégeance ou étiquette idéologique, qu'un instrument utilisé de façon systématique par l'une des parties.

Lorsque la nouvelle équipe s'était installée au pouvoir, avec ses réformes et son «ouverture à l'Ouest», Lubbock avait achevé de camoufler ses réseaux secrets. Plus personne, à l'intérieur de l'appareil, n'était en mesure de le contrer.

Officiellement, il avait suivi la nouvelle ligne politique : les groupes de libération populaire qu'il organisait et subventionnait avaient eu comme consigne d'apparaître conciliants, de se montrer ouverts à des solutions politiques.

Mais, de façon clandestine, il poursuivait son propre plan. Il n'avait pas oublié la mort de son protecteur. Le jour de son enterrement, il avait gravé ses initiales sur le dessus de sa main, avec un couteau. Il avait ensuite entretenu la blessure pour s'assurer qu'elle reste marquée.

Bien qu'il ait été un Russe blanc, son protecteur était un des seuls hommes qui avaient eu une sympathie réelle pour son peuple. Au début, il avait veillé sur sa carrière. Il lui avait montré comment éviter les pièges tendus par les apparatchiks pour faire obstacle à l'ascension des nouveaux. Il lui avait tout appris. Souvent, ils parlaient de ce que lui, Lubbock, serait en mesure de faire pour son peuple, quand il aurait atteint une position suffisamment élevée. Et ils l'avaient tué.

Ils avaient tué son protecteur pour une mesquine question de pouvoir personnel, d'influence à l'intérieur du parti. Ils l'avaient fait disparaître pour affaiblir la position d'un autre membre plus influent qu'on le soupçonnait d'appuyer. Au cas où une nouvelle alliance soit en train de se dessiner...

Les Russes n'étaient décidément pas mieux que les Américains. Ils étaient tout aussi corrompus. Et lui, Lubbock, il allait se servir de cette corruption pour les amener à s'éliminer les uns les autres. Les deux blocs.

Alors seulement, il y aurait de l'espoir pour des gens comme lui. Pour les peuples comme le sien.

Les risques étaient grands, bien sûr. Peut-être la destruction irait-elle plus loin que prévu. Peut-être n'y aurait-il pratiquement plus de chances pour personne. Mais, de toute façon, pour son peuple et les autres peuples comme le sien, les chances actuelles étaient nulles. Mieux valait un espoir, même fragile, que la certitude de voir le mépris et la misère aller en augmentant.

Lorsque plus aucune chance de survie ne luit à la surface, il faut savoir devenir un rat et s'enfoncer dans l'obscurité des égouts.

C'était cette raison qui l'avait poussé à donner des noms d'espèces de rats à plusieurs de ses réseaux. Ils étaient les rats de la survie, ceux qui préparaient l'espoir de demain dans les égouts d'aujourd'hui.

À ce titre, le choix de l'Obèse comme figure centrale de l'opération l'avait toujours amusé. L'individu incarnait à lui seul à peu près tous les motifs de répugnance imaginables : une immense prolifération visqueuse, perpétuellement préoccupée d'avaler et de salir tout ce qui l'entourait, dans le seul but de pouvoir se répandre encore davantage et de jouir de son expansion. Il était l'image caricaturale du système à détruire. Jusqu'au credo imbécile de son organisation pseudo-religieuse qui reprenait le vice fondamental de ce système : proliférer.

Tout comme les capitaux, la pollution, les autoroutes, le cancer, le crime organisé et le *fast food* – la graisse proliférait. Librement. Elle se répandait. Même les images et les sons envahissaient tout.

L'état ordinaire de l'Américain moyen était celui de noyé, au milieu d'une masse sans cesse grandissante de proliférations diverses : nourriture, informations, gadgets, spectacles, lois, fantasmes... La monstrueuse liberté d'expansion d'une société déjà obèse de partout.

Quant aux Russes, c'était l'envers de la médaille : la corruption. La voracité sans cesse grandissante d'un pouvoir qui rongeait tout aussi bien le moral du peuple que les industries, et qui achevait de dévorer les dernières réserves du pays après avoir saccagé celles des pays « amis ». La dernière blague en date, chez les paysans, était qu'il fallait se dépêcher de manger la terre pour ne pas mourir de faim, pendant qu'il en restait encore.

Toutes les institutions avaient connu la même érosion que le parti communiste : à tous les niveaux, les luttes clandestines et les réseaux parallèles de pouvoir minaient les rares initiatives de l'appareil officiel. Pour survivre, le système en était réduit à se vendre aux Occidentaux. Toute la « transparence » et la *perestroïka* de Gorbatchev n'avaient été rien d'autre qu'une tentative désespérée de marketing pour attirer les capitaux américains. L'argent des capitalistes était leur seul espoir de prolonger leur agonie.

La Russie, c'était les États-Unis à qui il manquait un tiers monde à saccager : après avoir détruit les ressources des pays satellites, ils avaient été obligés de tourner contre eux-mêmes leur voracité. Les dirigeants officiels avaient amorcé le travail, la prolifération des mafias ne faisait que l'achever.

Prolifération incontrôlée, voracité incontrôlable : les deux aspects d'un même cancer qui grugeait tout. Un cancer qu'il allait essayer d'arracher. Quel que soit le danger de l'opération.

L'hôtesse les avisa qu'il restait dix minutes avant de se poser à New York.

Il regarda la cicatrice sur sa main et songea qu'il devrait essayer de se reposer un peu. Le dernier détail dont il avait à s'occuper exigerait qu'il ait un esprit clair et un corps reposé.

Après cela, Blunt et les autres n'auraient plus le choix. Ils ne pourraient que constater leur défaite.

# JOUR 12

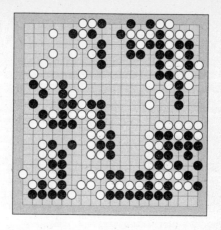

*Dans les manœuvres de fin de partie (**yose**),
l'initiative (**sente**) est souvent le facteur décisif.*

Ils avaient tous survécu.

Ce simple fait en disait déjà long sur leur habileté à se mouvoir au milieu des intrigues qui tissaient la vie politique de leur pays.

Ils étaient le nouveau pouvoir.

La réunion avait été convoquée à la demande du chef de l'État, dans une de ses *datcha* en banlieue de Moscou. Après en avoir discuté avec Akmajian, il avait convenu avec lui que le sujet méritait une réunion du « Groupe des 7 » avant d'être amenée au Conseil de sécurité.

Le Président n'était pas tout à fait convaincu des conclusions auxquelles était parvenu son protégé, mais ce dernier était l'homme qui avait réalisé la reprise en main du KGB et sa transformation ultérieure en plusieurs services distincts, dont le SVR. Il était également parvenu à museler en bonne partie le service rival, le GRU. Son avis ne pouvait être ignoré.

Le Président croyait à la nécessité de froisser le moins possible ses collaborateurs : il avait trop vu de camarades dont la carrière avait connu une fin abrupte parce qu'ils avaient ignoré cette règle. Un subordonné frustré est l'homme le mieux placé pour mener sa vengeance à terme : il a accès aux secrets de son chef, il connaît ses points faibles...

Mais il y avait autre chose : même s'il ne partageait pas les conclusions de son directeur du SVR, les faits que ce dernier lui avait rapportés étaient néanmoins inquiétants.

Le général Kemenev, qui était son homme de confiance dans l'armée, ainsi que Bulgakov, qui supervisait toutes les questions de développement économique, furent les premiers à arriver. Le mandat de ce dernier incluait également la négociation d'accords avec différentes mafias : il était l'architecte des alliances qui permettaient à l'État de s'appuyer sur certains des groupes interlopes parmi les plus puissants pour contrer les autres et préserver une partie de son pouvoir.

Kirilov les suivit de peu. Ce dernier dirigeait le comité responsable de la politique intérieure. En gros, sa tâche consistait à permettre au pays de survivre à ses déchirements.

Les Russes ne pouvaient se permettre d'oublier qu'ils étaient minoritaires, même à l'intérieur de la Russie. La mosaïque de nations, de langues et de religions constituant le pays n'avait jamais été aussi près de l'éclatement.

Depuis le début des négociations avec la Tchétchénie, la situation s'était à peu près stabilisée, mais tout pouvait encore exploser à n'importe quel moment.

Bien sûr, la menace avait toujours été latente. Mais, depuis la désintégration de l'URSS, le pouvoir central réussissait de moins en moins bien à la conjurer. Avec la *glasnost*, les tensions nationalistes avaient dégénéré un peu partout en conflits ouverts et la nouvelle liberté d'expression n'avait fait que permettre au mécontentement populaire de dénoncer les faux espoirs de la *perestroïka*. Conflits raciaux en Uzbekhistan, grève des mineurs en Sibérie, révolte des Tatars, soulèvements musulmans un peu partout, grève des chemins de fer... Au Parlement, les « démocrates » ne cessaient d'attaquer le Président, sous l'œil ironique et amusé de la vieille garde.

Sans s'en rendre compte, tous ces contestataires faisaient le jeu des ultraconservateurs qui rejetaient la nouvelle orientation du pays. Ces derniers ne souhaitaient rien d'autre qu'un maximum de désordre public. Ils alimentaient eux-mêmes la contestation. Au pire de la crise, ils invoqueraient alors le chaos social pour faire un nouveau coup d'État et rétablir l'ordre par la force. La stratégie n'était pas nouvelle, les Américains l'avaient employée au Chili pour renverser Allende.

Ce qui était inquiétant, c'est qu'ils avaient désormais une figure de ralliement en la personne de Jirinovsky. Le pouvoir de ce dernier ne cessait de croître. Une partie importante de l'armée et du SVR était prête à le suivre. Ce n'était pas seulement une question de privilèges et d'avantages personnels à reconquérir. Plusieurs étaient convaincus que c'était la seule manière de sortir le pays du bourbier dans lequel il était enfoncé. Mieux valait un système de privilèges clairement identifié, et contenu dans des limites civilisées, que cette explosion de criminalité qui menaçait la sécurité physique du moindre citoyen et qui compromettait toute reprise économique.

D'où le mandat prioritaire du groupe de Kirilov. Élaborer des réponses à toutes les crises qui éclataient. Et, s'il en avait le temps, proposer des politiques pour les prévenir. Il fallait à tout prix éviter de donner des armes aux instigateurs éventuels d'un nouveau coup d'État. Car, cette fois, la population ne descendrait pas dans la rue pour défendre le Parlement. Une bonne partie applaudirait même à leur exécution.

Dans les discussions courantes, le groupe de Kirilov était appelé le secrétariat des pompiers. Kirilov lui-même était souvent désigné comme le secrétaire-pompier en chef. Le problème, c'était qu'il y avait de plus en plus de feux et de moins en moins de pompiers...

Un jour, il faudrait peut-être en venir à rétablir l'ancienne troïka qui avait autrefois maintenu la stabilité de l'URSS : le Parti, le KGB et l'armée. Pour composer avec l'histoire récente, on substituerait sans doute le Parlement au Parti, à l'intérieur de cette alliance. Il y avait déjà plusieurs mois que le président envisageait cette solution. Ça permettrait de contrer les ultra-nationalistes sur leur propre terrain.

Bien sûr, le prix à payer serait lourd. Pas de doute que l'Occident riposterait par des sanctions économiques. Du moins pour un temps. Ils crieraient à la dictature. Et, avant qu'ils se ravisent, il serait trop tard. La population se révolterait. Il faudrait rétablir l'ordre. Ce qui antagoniserait davantage les Occidentaux. Peut-être faudrait-il en venir à la guerre – du moins une certaine forme de guerre – pour canaliser les insatisfactions et sortir le pays de l'ornière économique où l'avaient jeté les tenants de la « transition rapide » à une économie de marché. Avec un peu de chance, le conflit demeurerait limité : les États-Unis ne s'impliqueraient pas directement. Son principal allié sur ce point était le peuple américain lui-même, de plus en plus réticent à envoyer les « boys » se faire massacrer à l'étranger...

Tant qu'une autre solution serait possible, évidemment... Mais voilà que cette histoire de terrorisme menaçait de ruiner tous ses calculs, de les jeter dans un affrontement direct avec les États-Unis !

Et on se demandait, ensuite, pourquoi il buvait !

Leontiev, lui, était le nouvel idéologue du pouvoir. Il était retenu par une réunion où se décidait le plan de propagande interne pour les trois prochaines années. Le Président le verrait personnellement à l'heure du dîner et son ralliement ne ferait aucun problème.

Quant à Michkine, il arriverait en retard comme toujours, probablement à cause d'un problème d'échecs dont il n'arrivait pas à sortir. C'était le seul membre du Groupe des 7 qui n'avait pas de fonction officielle précise. Ses compétences tenaient à la stratégie. Sa formation de grand maître échiquéen et son doctorat en politique internationale, spécialisation en histoire des conflits militaires et guerre psychologique, en faisaient un auxiliaire précieux.

Il y avait vingt ans que le Président s'était attaché ses services. Et son amitié. Chaque fois qu'un problème important survenait, il avait recours à ses conseils. Il était l'expert à qui il demandait invariablement, au bout du compte, quelle était, dans les circonstances, la stratégie la moins risquée ? Ou la plus rentable ? Quels étaient les complications qui risquaient de survenir à plus ou moins long terme ?

Il ne semblait pas y avoir de problèmes pour lesquels Michkine ne trouvait pas de stratégie. Contrairement à la plupart des génies échiquéens, son remarquable talent ne se diluait pas, une fois franchies les limites des soixante-quatre cases de l'échiquier.

Son surnom était l'homme des coups tordus. C'était lui qui avait imaginé le coup du faux transfuge, plusieurs années auparavant : l'affaire Borisenko.

Les Américains s'étaient retrouvés, en pleine conférence de presse internationale, avec un major du KGB qui, au lieu de faire des révélations incriminant les Soviétiques, avait accusé la CIA de l'avoir séquestré. Borisenko avait raconté aux journalistes de quelle manière il avait été forcé de signer de fausses confessions, à témoigner sous la menace, comment on avait essayé de lui laver le cerveau.

Au terme de la conférence de presse, à laquelle assistait l'ambassadeur soviétique, le faux transfuge avait réclamé la protection de ce dernier pour rentrer dans son pays. Le gouvernement américain n'avait pas eu d'autre choix que d'obtempérer.

Le résultat avait été triple : discréditer les États-Unis dans l'opinion publique internationale ; découvrir, à partir des questions posées au faux transfuge, ce que les Américains savaient à leur sujet et ce qu'ils ignoraient ; et, surtout, rendre plus difficile la prochaine désertion. À l'avenir, les Américains seraient extrêmement méfiants avant d'accueillir un nouveau transfuge ; quant aux déserteurs, ils y penseraient à deux fois avant de faire le saut, sachant qu'ils risquaient d'être retournés chez eux comme agents provocateurs et de faire face au peloton d'exécution.

De plus, pendant les deux mois de son *debriefing*, le faux transfuge en avait profité pour confirmer toute une série de renseignements que les Américains avaient obtenus par d'autres sources, certains manifestement faux et d'autres tout à fait exacts. Tout ce que le faux transfuge avait confirmé étant désormais soupçonné d'être de la désinformation, les Américains se retrouvaient avec tout un stock de renseignements à peu près inutilisables.

Michkine était l'homme qui avait conçu ce plan. C'était pour cette raison que le chef de l'État avait hâte d'obtenir son avis sur les faits que rapportait Akmajian. S'il y avait quelqu'un pour démêler les fils embrouillés de cette affaire, c'était bien l'homme des coups tordus.

Le Président sortit une bouteille de Stolichnaya de sa réserve personnelle, fit la tournée des verres et porta un toast à la *Rodina*. Tous prirent le temps d'apprécier la vodka. Si on pouvait lui reprocher son éthylisme souvent spectaculaire, au moins, il ne lésinait jamais sur la qualité.

Les cinq hommes écoutèrent ensuite avec attention ce que leur rapporta le directeur du SVR.

Ce dernier procéda méthodiquement, leur racontant d'abord le premier appel de la « femme américaine », ainsi que leur rencontre. Il leur dressa ensuite un résumé des événements qui s'étaient passés à Montréal et aux États-Unis. Il enchaîna avec la revue de toutes les preuves de l'implication russe qu'ils avaient recueillies. Il termina en leur révélant l'identité de l'homme apparaissant sur la photo que lui avait fournie l'Américaine.

Lorsque le directeur du SVR se tut, un long silence suivit.

— Vous, vous y croyez ? demanda finalement Kemenev.

— Au niveau des faits, tout ce que j'ai pu vérifier jusqu'à maintenant est confirmé. Je parle de ce qui s'est passé à Montréal et aux États-Unis.

— Ce Lubbock, fit le secrétaire général, vous êtes certain de son identité ?

— Oui. Il est responsable de la ligne K.

— Je croyais que ses activités avaient été mises en veilleuse, depuis votre arrivée...

— Officiellement, oui. Mais, s'il s'agit d'une opération fantôme, comme le suggère l'Américaine...

— Vous, Michkine ? demanda le Président, en se tournant vers le joueur d'échecs. Qu'est-ce que vous en pensez ?

— Curieux, répondit l'homme des coups tordus. Par certains côtés, on dirait une opération remarquablement montée. Mais il y a des erreurs... étranges. On dirait une partie de grand maître où un coup de temps à autre serait joué par un amateur saoul. Le plan d'ensemble est incontestablement brillant...

— Sauf qu'il est en violation avec les accords de Venise, objecta le Président.

— C'est justement là que réside le problème. Il y aurait eu moyen de tout réaliser sans que rien puisse jamais nous être attribué. Toutes les erreurs semblent avoir pour but de nous incriminer. Et lorsque quelqu'un fait des erreurs qui vont toujours dans la même direction, je commence à soupçonner qu'il ne s'agit pas d'erreurs.

— C'est-à-dire ?

— À mon avis, c'est une opération très bien orchestrée. La question est de savoir par qui. Je ne vois que deux candidats possibles : la ligne K, comme le camarade Akmajian le suggère, ou les Américains eux-mêmes.

— Mais la photo ! objecta le directeur du SVR.

— Suprême habileté. Supposons un instant que Lubbock, le responsable de la ligne K, ait été retourné ; supposons qu'il travaille de concert avec le général Kordell. Dans un premier temps, il monte de toutes pièces une opération que l'autre pourra démolir dans les meilleures conditions ; puis il se protège en se faisant accuser par les Américains. De cette façon, si quelqu'un a surpris leurs rencontres, Lubbock est couvert. Davantage même, il pourra continuer à travailler pour lui... L'échec de l'opération provoquera son rappel au pays et il sera blâmé pour ses initiatives non autorisées. Mais, comme il s'agit d'un opérateur compétent, pour ne pas dire irremplaçable, il sera réintégré. Par mesure de prudence, on l'affectera alors à Moscou. Et, même s'il est retrogradé, il est encore relativement jeune – surtout dans notre pays ! – il pourra se refaire une carrière. Imaginez le magnifique agent que les Américains pourraient avoir d'ici une dizaine d'années... Par contre, il se pourrait aussi que l'hypothèse du camarade Akmajian et de l'Américaine – je m'excuse de vous associer de cette manière – s'avère la bonne. Un problème vraiment très intéressant...

Pendant l'explication de Michkine, le Président avait de nouveau rempli les verres. Il vida la moitié du sien d'une gorgée et prit la parole avec une certaine humeur :

— Je vous rappelle que nous devons contenir notre discussion à l'intérieur des heures qui viennent. Par la suite, notre intérêt risque d'être accaparé par des événements plus... explosifs.

Bulgakov profita du malaise qui suivit pour lancer la discussion sur un autre sujet.

— Est-ce qu'on a retracé la source des virus utilisés à Montréal ? demanda-t-il. Si jamais ils pouvaient remonter jusqu'à nous...

Kemenev lui répondit sans la moindre hésitation.

— D'après la description qu'en a donné Akmajian, il s'agit d'une arme qui fait partie de nos moyens de dissuasion depuis quelques années déjà.

Un lourd silence tomba alors sur l'assemblée.

— Mais ils peuvent très bien nous l'avoir «empruntée», poursuivit Kemenev. Notre sécurité étant maintenant ce qu'elle est...

Inutile d'insister. Ils étaient tous au fait des conditions de vie déplorables des militaires et des trafics en tous genres que favorisait cette situation. Sur le marché noir, il suffisait maintenant de demander : tous les types d'armes et d'équipement étaient disponibles. Il suffisait d'y mettre le prix.

— Match nul, fit ironiquement Michkine.

Le Président reprit :

— Le problème que nous avons à résoudre est simple : nous sommes la victime d'une attaque extrêmement habile et il s'agit de décider si elle vient de l'intérieur ou de l'extérieur.

Michkine, qui se méfiait toujours des simplifications, ne jugea pas nécessaire de s'opposer. C'était simplement une manifestation de l'impatience présidentielle devant la perspective de voir les débats s'éterniser.

Après plus d'une heure de discussion, ils décidèrent de recommander au Conseil de sécurité une action modestement agressive : rappel des ambassadeurs des principaux pays de l'OTAN pour consultation, dénonciation de l'attitude agressive des États-Unis et ultimatum personnel au président américain l'intimant de faire cesser immédiatement les magouilles de la CIA. En ne l'impliquant pas personnellement, ils lui donnaient la possibilité de se situer au-dessus de la mêlée et de s'en tirer en désavouant l'initiative malheureuse de quelques têtes brûlées... ou des ordinateurs.

Un peuple fascinant, les Américains, songea le Président. Comment pouvaient-ils survivre alors que leur plus grande source de plaisir semblait être de mettre des bâtons dans les roues de toutes leurs institutions et de leurs militaires ? Il n'y avait décidément aucune raison de déclarer la guerre aux Américains : ils se chargeaient de se la faire eux-mêmes ! Et mieux que quiconque !

La réunion du Conseil de sécurité, quelques heures plus tard, fut houleuse, mais la recommandation du Président fut adoptée à l'unanimité. Les opposants voulaient voir venir avant de se risquer à un affrontement ouvert.

Tous attendaient avec anxiété la réaction américaine. Ils n'avaient pas encore lu la manchette du *Washington Post* et du *New York Times*.

**NEW YORK, 8 H 47**

# B I O W A R

SOVIET MASTERSPY RUNS
WILD — USA TAKEN HOSTAGE

WORLD WAR III : THE CLOCK
STOPPED 41 HOURS SHORT

Le titre s'étalait sur les six colonnes de la une. Juste au-dessous, la photo de Lubbock était accompagnée d'une vignette expliquant ses activités. Il était identifié comme l'ex-responsable russe de l'aide aux mouvements de libération à travers le monde.

Suivait une description « arrangée » des événements de Montréal, description expurgée du chantage qui avait été exercé contre Washington et de l'escalade qui menaçait de s'amorcer entre les deux superpuissances.

La photo des frères Laterreur figurait un peu plus bas, dans le cadre d'un article sur l'utilisation du FATS comme couverture pour le réseau fantôme de Lubbock.

Même si la référence aux Russes était claire, l'auteur de l'article précisait que le super espion semblait avoir rompu tout lien avec son employeur et travaillait pour son propre compte – de quoi permettre à la Russie de dégager sa responsabilité tout en lui expédiant un message clair.

Aucune mention n'était faite du rôle joué par Kordell et Fry. Inutile de fournir deux traîtres supplémentaires pour alimenter le masochisme américain, avait jugé Blunt.

Après avoir terminé la lecture des articles, il posa le journal sur la table avec le sentiment d'avoir fait ce qu'il pouvait.

Lady avait dû utiliser toutes les ressources à sa disposition pour réussir à amener les journalistes à collaborer. La réunion avait eu lieu dans une suite de l'hôtel Pierre, à New York. Elle avait envoyé une limousine chercher l'éditeur du *Times* à son bureau. Celui du *Post* avait eu droit à un jet privé qui l'attendait à l'aéroport de Washington, prêt à décoller. L'escorte d'agents secrets, qui avait piloté les deux hommes jusqu'au lieu de la réunion, faisait également partie du scénario destiné à frapper leur imagination.

Pourtant, au premier abord, les éditeurs en chef des deux journaux avaient été incrédules. Ils n'y croyaient tout simplement pas. Il avait fallu leur raconter les événements par le détail, leur montrer des copies de certains documents, leur en dire beaucoup plus que ce qu'il était possible de dévoiler dans l'article, leur expliquer les raisons pour lesquelles il était indispensable que leur article sorte dès le lendemain matin.

À mesure que Blunt avait développé son explication, il avait vu s'accroître l'attention des deux hommes.

— Finalement, avait-il conclu, le fait que l'autre journal soit impliqué est une protection pour chacun de vous. Votre crédibilité pourra difficilement être mise en doute. Et, du point de vue du tirage, vous ferez tous les deux une bonne affaire sans nuire à l'autre.

Mais il en avait fallu davantage pour emporter leurs dernières résistances. La directrice avait dû leur monter en hâte un dossier qu'ils s'engagèrent à ne pas rendre public et qui contenait des preuves qu'ils pourraient utiliser en cas de poursuites par le gouvernement.

Pour les rassurer davantage, on leur avait dit que le Président était d'accord avec l'opération, mais que, pour des raisons politiques évidentes, il ne pouvait pas s'impliquer officiellement : il était impensable que le commandant en chef de toutes les forces armées du pays avoue publiquement son impuissance à arrêter la guerre, impensable qu'il se tourne vers les journaux pour leur demander de lui venir en aide. Le grand public, peu au courant des subtilités de la guerre de subversion et des techniques de désinformation, ne comprendrait pas. Il interpréterait le geste comme un aveu de faiblesse. Électoralement, ce serait suicidaire.

Par ailleurs, il y avait tout le problème de l'utilisation des médias à des fins politiques et militaires. L'opération devait donc demeurer secrète et il était hors de question que le moindre lien puisse être établi avec la présidence.

Plus encore, le Président n'aurait pas le choix de critiquer publiquement les journaux, une fois l'opération terminée. Son image l'exigerait. Mais il n'y aurait aucune poursuite réelle. Tout au plus en entreprendrait-on pour la forme, pour ensuite les laisser tomber. À cette occasion, d'autres poursuites déjà en cours contre les deux journaux seraient également abandonnées et un grand spectacle de réconciliation du Président avec la presse aurait lieu. Tout le monde y gagnerait. Surtout que le spectacle se trouverait à avoir lieu un peu avant le début de la campagne électorale.

Les éléments étaient donc en place. Restait à savoir de quelle façon réagiraient ceux à qui le spectacle était principalement destiné. D'abord les Russes. Mais aussi Lubbock et ses éventuels complices.

Si le coup réussissait, l'adversaire serait battu sur son propre terrain, victime des tactiques de désinformation et de guerre subversive qu'il avait lui-même voulu utiliser. Il avait commis une erreur fatale en précipitant son attaque. Son territoire était trop vaste et le centre n'était pas gardé. C'était donc là que Blunt avait frappé : dans l'article, il avait dévoilé l'ensemble de ses stratégies, l'avait attaqué personnellement en dévoilant sa photo et il lui avait attribué un objectif lié à la guerre sainte menée par les factions arabes les plus radicales.

Sur ce dernier point, il n'était pas certain d'avoir raison, mais le passage avait une utilité précise : en plus de rendre l'explication vraisemblable aux yeux du public, il s'agissait d'un message aux dirigeants de Moscou.

Ces derniers ne voudraient jamais croire qu'un tel article ait pu être publié sans l'accord du gouvernement américain : ils l'interpréteraient donc comme un message officieux et comprendraient qu'on leur offrait une porte de sortie leur permettant de ne pas être incriminés directement.

Mais le comprendraient-ils ? Et, si oui, accepteraient-ils la perche tendue ?

Cathy apparut à la porte de la chambre et vint se pencher sur l'épaule de Blunt pour jeter un coup d'œil au journal.

— Tu penses que ça va marcher ?

— Croise les doigts.

— Des nouvelles de Montréal ?

— Non. Mais je suis certain qu'ils vont faire du travail de professionnel. Ce sont les meilleurs dans le métier.

Convaincre les gens du Mossad d'effectuer le travail dans un aussi court laps de temps n'avait pas été une sinécure. En échange, la directrice avait dû leur céder du matériel important. Au rythme où les événements se déroulaient, sa réserve d'informations privilégiées allait bientôt être à sec.

Après s'être fait tirer l'oreille, les Israéliens avaient finalement accepté le marché. Il ne restait plus qu'à attendre.

— C'est vraiment un coup dans le brouillard, fit Cathy.

— Normalement il devrait réagir. Il n'y a que lui qui peut nous fournir les plans.

— Et tu crois qu'il va tomber dans le piège ?

— D'après sa façon de jouer, oui.

Blunt avait beaucoup réfléchi au style de son adversaire. Il était certain d'avoir en face de lui un joueur acharné, qui n'abandonnerait pas la lutte avant d'avoir infligé le maximum de dommages à son opposant. Menacé de perdre la guerre, il voudrait avoir la consolation de gagner une dernière bataille. C'était précisément le terrain de cette bataille que Blunt avait délimité dans son article : il en avait fait une question personnelle, une question de compétence et de conflit de valeurs.

S'il ne s'était pas trompé et s'il avait correctement joué ses coups-tests, l'autre aurait à la fois besoin de se justifier et de montrer qu'il pouvait être le meilleur au niveau de la stratégie. Il voudrait le rencontrer. C'était sur cela que Blunt comptait. Restait maintenant à savoir d'où la riposte viendrait. Il croyait avoir verrouillé tous les territoires encore relativement ouverts. Il ne pouvait plus rien faire d'autre que d'attendre.

— Ça va ? demanda Blunt.

— Ça va.

Le pire, c'était qu'elle avait réellement l'air d'aller assez bien. Blunt ne s'était pas trompé en la recrutant. En plus d'acquérir une aide précieuse, il avait fourni à la jeune femme un moyen de surmonter temporairement son traumatisme.

Depuis le meurtre de sa sœur, il semblait s'être effectué chez Cathy une sorte d'anesthésie, comme si elle avait mis toutes ses émotions entre parenthèses pour se vouer au travail de l'enquête. À sa vengeance. Elle n'avait pas repris de Valium.

Après le premier soir, ils avaient continué de dormir ensemble. Mais sans faire l'amour. Elle avait seulement besoin de présence, de quelqu'un pour la tenir dans ses bras et la protéger contre la nuit. C'était le seul moment de la journée où elle se laissait aller, le seul moment où, sans abandonner son masque, elle laissait deviner qu'elle ne le contrôlait pas totalement. Leur relation de la première nuit n'avait servi que de prélude à cette intimité.

Une façon d'ouvrir mutuellement leurs territoires, songea Blunt.

— J'ai cru pendant un temps que tu travaillais pour eux, dit-elle.

— Je sais.

Il prit la main qu'elle avait posée sur son épaule.

— Pour quelle raison est-ce qu'ils te poursuivent ? demanda Cathy.

— Ça te mettrait inutilement en danger de le savoir.

— Tu ne penses pas que c'est à moi de décider de ce genre de choses ?

— D'accord. Quand l'affaire sera finie, je te le dirai.

Plusieurs minutes passèrent sans que l'un ou l'autre bouge.

— Ça ne t'arrive jamais de ne plus vouloir faire partie de l'humanité ? demanda tout à coup Cathy.

— Tu sais, c'est encore ce qu'on a inventé de moins pire.

— Est-ce que tu penses qu'on va finir par oublier tout ça ?

— L'oublier, non. Mais s'y habituer. On peut s'habituer à n'importe quoi... Même à ne pas exister, ajouta-t-il avec un rire forcé. Prends moi, par exemple.

— Viens, on descend déjeuner.

Elle épingla un nouveau macaron à son gilet.

Lorsqu'il le vit, il en fut inquiet et soulagé à la fois. Soulagé que sa carapace de froideur commence à donner des signes de relâchement, mais inquiet de la vulnérabilité que cela mettait à jour.

Leur dernière conversation donnait un relief particulier au message du macaron : WHEN NOTHING WORKS, EAT !

## WASHINGTON, 9 H 12

Piotr Alexandrovich Kuzmin, surnommé Old Pak par ses collègues, était le plus vieil employé de l'ambassade russe à Washington. Depuis bientôt vingt et un ans, il épluchait chaque jour les principaux journaux américains. Comme la plupart des agents de renseignements travaillant aux États-Unis, il n'avait pas besoin de faire d'espionnage au sens populaire du terme. Pourquoi courir des risques alors que pratiquement tout ce qu'il cherchait se trouvait dans les journaux et les revues spécialisées. Autant laisser les journalistes prendre les risques !

Au cours des ans, l'exhibitionnisme fondamental du peuple américain avait été pour lui une source constante d'émerveillement. C'était davantage qu'un trait ethnique : le principe même de leur mode de vie. Tout ce qui a existé, existe ou risque un jour d'exister doit s'afficher, être offert au regard public sous peine d'inexistence. Ce supposé pays de la vie privée était le pays où tout le monde se sentait le droit de fouiller dans la vie personnelle de chacun, où tout devait se discuter publiquement, comme si l'ensemble de la nation était à la recherche d'un secret obsédant.

Nulle part ailleurs autant de gens en payaient autant d'autres pour fouiller à l'intérieur de leur tête dans l'espoir d'être enfin exposés, révélés à eux-mêmes, élucidés. Psychanalystes, astrologues, gurus, conseillers matrimoniaux, tireurs de cartes, spécialistes de l'analyse informatique du caractère, graphologues, auteurs de tests pour s'analyser soi-même... Au moins, dans son pays à lui, les gens qui étaient ainsi analysés l'étaient à leur corps défendant par les psychologues de l'État. Il fallait les surveiller pour découvrir leurs secrets. Et si le nouveau président semblait sacrifier à la mode américaine de l'ouverture et des relations publiques, c'était certainement une simple opération de propagande destinée à endormir l'Occident.

Ici, au contraire, chacun semblait être mu par le besoin de se révéler, à soi et aux autres, d'être enfin « exposé ». Ils avaient d'ailleurs un terme pour cela : « exposure ». Tout le monde courait après « l'exposure ». Vus sous cet angle, les États-Unis étaient certainement le pays le plus fondamentalement pornographique, le plus obsédé par le besoin compulsif de tout montrer. Le suivi médiatique du procès de O.J. Simpson était un exemple frappant de cette compulsion de dévoilement. Ils avaient même des audiences publiques où leurs services secrets devaient rendre des comptes ! Et ils se surprenaient que les services de renseignements ne veulent pas tout rendre public !

Dans son travail, cette situation était pour Old Pak un avantage majeur. C'était comme si des milliers de journalistes avaient travaillé nuit et jour pour lui apporter chaque matin un résumé complet des événements susceptibles de l'intéresser. L'équivalent gratuit d'un réseau bien discipliné et absolument sécuritaire.

Avec le temps, Kuzmin avait développé un système de cotes qui couvrait les principaux journalistes des quotidiens importants. Sur les sujets les plus susceptibles de l'intéresser, il savait lesquels étaient les plus fiables, vers lesquels se tourner pour des analyses en profondeur, lesquels lancer sur des pistes pour mettre à jour une information secrète.

C'est ainsi qu'il avait fait assumer par un agent du KGB le rôle de *deep throat*, lors du scandale du Watergate. À cette époque, les Soviétiques avaient décidé qu'ils seraient beaucoup mieux avec les démocrates que les républicains. En conséquence, ils avaient entrepris de révéler l'espionnage auquel s'était livré Nixon. Ils avaient calculé que cela pourrait lui coûter son poste ou, du moins, compromettre les chances du candidat républicain aux élections suivantes. Par contre, ils s'étaient bien gardés de révéler la surveillance identique à laquelle les démocrates s'étaient adonnés contre Nixon, par le biais de l'agence de renseignements et de relations publiques de Robert Maheu. Au contraire, ils avaient utilisé cet ex-agent du FBI, tantôt homme de main de Howard Hughes, tantôt agent de liaison entre la CIA et la Mafia, pour établir les premiers contacts avec les journalistes.

C'était cette habileté à exploiter son réseau de journalistes qui faisait la force de Kuzmin, tant au niveau de l'information qu'il recueillait que de celle qu'il leur transmettait pour les orienter. Un réseau qu'il manipulait adroitement, sans qu'il lui en coûte un sou et sans que ses agents soient impliqués dans quoi que ce soit d'illégal. Aucun des journalistes n'avait d'ailleurs connaissance de travailler pour lui. Les plus prometteurs se voyaient simplement gratifiés régulièrement d'informations anonymes les mettant sur des pistes intéressantes ou leur permettant de dénouer une affaire qui s'enlisait. Old Pak avait toute une écurie de journalistes dont il avait ainsi aidé la carrière à leur insu.

Mais, si habitué qu'il fût à l'exhibitionnisme américain, la première page du *Washington Post*, ce jour-là, le laissa complètement abasourdi. Il dut lire, puis relire tout l'article, pour être bien sûr de ne pas avoir rêvé.

Lorsqu'il fut certain qu'il ne s'agissait ni d'une erreur de sa part ni d'un canular, il rédigea en hâte un compte rendu, le fit coder et le transmit en toute priorité à son chef direct, le général Arkady Akmajian. Une copie intégrale du texte accompagnait le message.

Décidément, les Américains étaient fous, songea-t-il. Si jamais un conflit nucléaire éclatait, leur principal souci serait sans doute qu'il soit retransmis en direct sur tous les écrans de télé du pays afin que personne ne puisse rien manquer ! Était-ce après cela qu'ils couraient ? Le spectacle de leur propre mort, faute de pouvoir s'en donner un de leur naissance qui soit suffisamment glorieux ? Effacer un génocide fondateur par le fantasme anticipé d'un anéantissement collectif ?

Les Américains étaient vraiment de drôles de créatures...

Mais ce n'étaient pas là des pensées utiles pour le moment. Il lui fallait entreprendre en toute priorité un ratissage des autres journaux pour étoffer cette rocambolesque histoire de super espion russe et de guerre mondiale évitée de justesse. Les trois grands réseaux de télévision ne manqueraient certainement pas de reprendre la nouvelle.

## 9 h 27

Immobilisé dans sa limousine en plein centre-ville, Kordell avait eu tout le temps d'écouter les commentaires à la radio sur l'histoire d'espionnage qui faisait la une du *Post*.

Lorsqu'un jeune camelot profita de l'embouteillage pour offrir ses journaux, il demanda à son chauffeur d'en prendre un exemplaire.

Après avoir lu l'article, ses pires craintes furent confirmées. Son nom n'apparaissait pas, mais on mentionnait l'existence d'un important lobbyiste de l'industrie militaire qui aurait eu des liens avec l'espion russe. Pour le reste, c'était un compte rendu concis mais assez fidèle de l'ensemble des événements, sauf pour la conclusion, où les Russes étaient pratiquement blanchis.

C'était signé. Seule cette vieille peau de l'Institut pouvait avoir eu le culot de sortir sa propre version de l'histoire dans les journaux pour faire triompher son point de vue. Mais, cette fois, elle était allée trop loin. Le Président ne pourrait plus la défendre. Pas avec ce qui se préparait du côté des «camarades».

Il se mit alors à songer à la façon dont l'histoire pourrait être récupérée. La prochaine réunion avait lieu dans moins de deux heures. Compte tenu de ce qu'il avait à faire, cela ne lui laissait pas beaucoup de temps. Et l'auto qui continuait d'avancer à pas de tortue...

Il relut le passage de l'article concernant Lubbock. L'auteur y affirmait que, d'après ses sources, l'espion avait réussi à quitter le pays. Probablement pour trouver refuge parmi les groupes terroristes qu'il avait coordonnés.

C'était la preuve que toute l'histoire avait été inspirée par la directrice de l'Institut, songea Kordell. Elle bluffait. Son informateur lui avait téléphoné la veille pour l'informer des derniers développements. Il lui avait même fixé un rendez-vous pour lui transmettre certains documents. Et la circulation qui restait bloquée !

À bout de patience, il avisa son chauffeur de le rejoindre à destination : il ferait le reste du chemin à pied.

### 9 H 51

Dans l'avion qui l'amenait à Montréal, Lubbock passait en revue les détails de son plan d'évasion. Pour l'instant, il était en relative sécurité : il avait rasé sa moustache, ses cheveux avaient une coloration châtain clair et sa peau était maintenant plus pâle grâce à l'utilisation d'un fond de teint.

L'opération n'était pas vraiment en danger. Les Américains n'avaient toujours pas les plans pour décontaminer leurs villes et les Russes répliqueraient à toutes représailles. Mais Lubbock n'appréciait pas d'avoir été ainsi percé à jour. Une action rapide s'imposait.

Tout d'abord, neutraliser Blunt. Pour cela, dès son arrivée à Mirabel, il ferait un saut à Ottawa. Quelques heures lui suffiraient pour mener à terme ses préparatifs. Il pourrait être de retour à Montréal en fin d'après-midi. Il n'aurait plus alors qu'à donner un coup de fil et tout serait en place pour l'étape finale.

Pendant ce temps, à Moscou, ses amis continueraient de maintenir la ligne dure. Au besoin, ils prendraient même quelques initiatives pour forcer la situation. Les Américains, pour leur part, seraient probablement plus tentés de proposer un compromis. Mais, s'il pouvait compenser l'affaiblissement de la position de Kordell en minant celle de la directrice, tout pouvait encore facilement être sauvé. Il lui suffisait de gagner un peu de temps. Avec ce qu'il avait laissé à Kordell, il ne devrait pas y avoir trop de problèmes : le militaire devrait pouvoir tenir le temps nécessaire.

**11 h 02**

— Avant d'aborder le principal point de notre réunion, fit le Président, il y a une question à régler. Je laisse la parole à la directrice de l'Institut.

Celle-ci résuma en peu de mots la surveillance qui avait été exercée à l'endroit de Kordell et distribua des copies des photos incriminantes.

Le général réagit en produisant un compte rendu de toutes ses rencontres avec Lubbock, des papiers justifiant toutes les sommes qu'il lui avait payées ainsi que des mémorandums adressés à deux de ses assistants avec qui il avait mené l'opération.

— Voici des reçus pour toutes les sommes versées à cet informateur au cours des deux dernières années ! fit-il.

Les documents firent le tour de la table.

Les révélations dans les journaux, conclut Kordell – probablement l'œuvre de la directrice – avaient saboté une des plus brillantes opérations d'espionnage des dernières années. Ils avaient perdu la chance d'avoir une taupe à un très haut niveau à l'intérieur de l'appareil d'espionnage russe.

La directrice contre-attaqua en le taxant de naïveté et en lui reprochant d'avoir été manipulé alors qu'il croyait manipuler l'autre.

Le Président conclut temporairement le débat en disant qu'on ne pouvait pas prouver, pour l'instant, ni que Kordell avait été manipulé, ni que la directrice de l'Institut soit responsable de la fuite. Les deux points seraient cependant soumis dans les plus brefs délais à un examen minutieux.

— Si ce n'est pas elle, c'est Blunt, fit alors Kordell. Et elle en est responsable.

— Ça peut également être une manœuvre supplémentaire de votre petit camarade, objecta la directrice. S'il n'est pas idiot et qu'il est informé de l'état de nos débats, il sait qu'il risque d'être exposé...

— Vous m'accusez !

— Pas du tout, j'émets des hypothèses.

— Suffit, laissez-la parler, intervint le Président.

— Donc, reprit la directrice, si on fait l'hypothèse qu'il n'est pas stupide et qu'il est informé de l'état de nos discussions – quel que soit le moyen par lequel il puisse l'être – il saura tout de suite que je serai la première soupçonnée, en cas de fuite dans les journaux. Que ma crédibilité en sera diminuée d'autant et la vôtre renforcée. Il vous serait alors plus facile d'imposer votre thèse comme quoi c'est vous qui le manipulez... Qui vous dit que ce n'est pas lui qui a orchestré la fuite ? Ce serait un très bon calcul de sa part. Il nous offre la vérité sur un plat d'argent pour nous forcer à la refuser.

— Aucun sens, objecta Kordell. Pure absurdité. Personne ne songerait sérieusement à des calculs aussi tordus.

— Monsieur le Président, fit alors la directrice en se tournant vers l'intéressé, dites-lui que c'est possible. Dites-lui que vous avez vous-mêmes bricolé à quelques reprises des plans encore plus tordus, dans les différentes simulations auxquelles vous avez participé.

— C'est vrai, général, confirma le Président. Et je les avais « bricolés », comme dit la directrice, à la suite d'une étude approfondie des principaux succès que nous avons obtenus dans le domaine du renseignement.

Puis il enchaîna :

— Le *Joint Chiefs of Staff* est réuni dans une autre pièce. Je dois les rencontrer avec Kordell tout à l'heure. Alors, si vous avez des suggestions, c'est le moment de les faire valoir.

— D'après moi, fit aussitôt la directrice, les « camarades » sont pris dans la même situation que nous. Ils savent qu'ils sont dans leur droit, mais ils ne sont plus certains que nous sommes les agresseurs. Autrement, ils auraient répondu sans délai par des mesures plus vigoureuses : par exemple, de nouveaux mouvements de troupes. Alerte orange dans les postes de défense les plus avancés, peut-être.

— Et le rappel pour consultation de leurs ambassadeurs dans les principaux pays occidentaux ?

— Ils ne pouvaient pas faire moins, répliqua la directrice. Vous êtes le mieux placé pour comprendre qu'ils étaient forcés de le faire.

— J'aimerais bien que vous m'expliquiez ça...

— Eux aussi, ils ont leurs militaires. Il fallait qu'ils leur donnent un os à ronger pour les faire tenir tranquilles.

Kordell ne releva pas la remarque, mais le regard qu'il jeta à la directrice se passait de tout commentaire.

— J'ai peut-être une solution, intervint Lester. Pour commencer, je crois qu'il est important de ne pas paraître reculer. On pourrait rappeler notre propre ambassadeur de Moscou. Ensuite, le Président pourrait les avertir que tout nouveau geste agressif de leur part sera immédiatement contré par le déclenchement d'une alerte orange de tout le système de défense américain. Troisièmement, on se déclare prêt, sur proposition de leur part, à une annulation simultanée de l'alerte jaune.

— Ils sont déjà en train de profiter du délai pour achever la préparation de leur attaque ! objecta Kordell. Il faut maintenir l'alerte tant qu'on n'aura pas les plans de contamination de toutes les villes visées.

— Vous avez peut-être raison sur ce point, concéda Lester. Mais il faut trouver quelque chose qui fasse la preuve de notre souplesse pour contrebalancer les deux premiers points.

— La preuve de notre souplesse ! hurla pratiquement Kordell. La preuve de notre souplesse, c'est que nous ne les attaquions pas alors que, eux, ils sont déjà en train de le faire !

Il ajouta ensuite, sur un ton moins véhément.

— Si vous perdiez moins de temps à discuter avec les... « camarades », vous en auriez peut-être pour les empêcher d'empoisonner nos villes !

— Général, intervint doucement la directrice, pourquoi votre super agent n'essaie-t-il pas de vous contacter ? Si votre version des faits est la bonne et qu'il est réellement un double à l'emploi de votre service, pour quelle raison est-ce qu'il ne court pas se réfugier sous votre aile, maintenant qu'il est découvert ?

— Vous pensez qu'il va encore me faire confiance après avoir vu son nom, sa photo et ses activités étalées à la une des journaux ? Il est peut-être même déjà mort.

La discussion se prolongea jusqu'à la limite. La décision finalement arrêtée comprenait les trois points mentionnés par Lester. À la suggestion du Président, on y avait ajouté l'offre d'une collaboration entre les deux pays pour retrouver Lubbock et mettre fin aux activités de son réseau.

Une heure plus tard, le *Joint Chiefs of Staff* avait agréé à la proposition du Président ; l'offre de collaboration avait toutefois été limitée à la mise sur pied d'un comité de coordination, sans aucun statut officiel, et dont l'existence ne serait jamais rendue publique.

Le Président se plia de bonne grâce à l'amendement des militaires, sachant qu'il y allait pour eux de leur prestige, qu'ils ne pouvaient accepter sans modification une recommandation qui venait des conseillers personnels de la présidence.

Il s'écoula à peine vingt-sept minutes entre ce moment et celui où le message tombait du téléscripteur, au Kremlin.

## MOSCOU, 22 H 48

Le président russe lut le message pour la troisième fois. Il lui restait douze minutes avant de rencontrer le Conseil de sécurité. Pas le temps de consulter le Groupe privé. La position américaine lui posait encore plus de problèmes qu'il n'en avait déjà : elle fournirait des arguments à toutes les factions, selon l'interprétation qu'ils en feraient.

Il mit le message dans son dossier, s'installa dans son fauteuil, ferma la lumière avec une commande à distance et appuya sur un deuxième bouton. La musique de Mozart envahit la pièce. Dans la vie du dirigeant russe, il y avait deux choses qui lui avaient toujours donné un plaisir tout à fait particulier : Mozart et les gadgets. Mozart, à cause du calme et de la sérénité que sa musique lui permettait de retrouver – un véritable détergent universel pour les neurones encrassés. Et les gadgets – sans doute à cause de sa passion de jeunesse pour Léonard de Vinci, l'homme qui s'intéressait au fonctionnement de tout ce qui bouge, vivant ou non. Sa formation d'ingénieur spécialisé en électroacoustique avait été une tentative de synthèse de ses deux passions.

À 23 h 17, lorsqu'il se fut assuré que tous les autres étaient déjà arrivés, il prit un dernier verre de vodka et passa prendre Akmajian.

L'atmosphère, déjà nerveuse, se tendit lorsqu'on les vit entrer ensemble dans la salle du Conseil.

— Messieurs, fit le Président, étant donné les circonstances, je propose de couper court à toute formalité et d'entendre immédiatement le rapport que j'ai demandé à notre camarade des services de renseignements de nous présenter.

Sans attendre que les hochements de tête prudemment affirmatifs aient fini d'acquiescer, il fit distribuer un dossier à chacun des membres.

— Notre camarade directeur va vous expliquer de quoi il s'agit.

Les têtes se penchèrent un instant sur le contenu du document puis se relevèrent toutes en direction de Akmajian, avec un regard interrogateur plus ou moins mêlé d'effarement.

L'homme des services secrets attaqua sans attendre.

— Il s'agit d'un article qui est paru ce matin dans le *Washington Post* et le *New York Times*. Selon nos sources locales, la plupart des faits allégués sont exacts. La photo et l'identité de l'homme sont confirmées, de même que la description voilée de ses fonctions. Le camarade Lubbock était responsable de la supervision de tous les « groupes de libération » que nous contrôlons, service habituellement désigné sous le nom de ligne K. Le fait peut paraître surprenant à certains d'entre vous, mais il semble y avoir eu aux États-Unis un réseau complet, instrumenté par nous, utilisant nos codes et nos techniques, et dont nous ignorions totalement l'existence.

Aucune trace dans nos archives. Un camouflage d'une telle ampleur a difficilement pu se faire sans d'importantes complicités internes. Complicités antérieures et postérieures à mon entrée en fonction à titre de directeur. Et je ne parle pas seulement de complicités à l'intérieur des services de renseignements ; il s'agit là d'un problème qu'il faudra aborder plus tard. Pour l'instant, je désire soumettre à votre attention les deux principales questions que nous pose cet article dans l'immédiat : d'abord, pourquoi est-il sorti ? qui a eu intérêt à le faire sortir ? Et, deuxièmement, quelles conclusions doit-on en tirer relativement à la crise actuelle avec les Américains ?

Akmajian savait assurément qu'il prenait un risque, songea le Président. Avouer que la partie la plus secrète et peut-être la plus importante de son service avait échappé à son contrôle pouvait s'avérer suicidaire. Il y avait quand même plusieurs années qu'il était à la tête du SVR.

Mais, d'autre part, il n'était pas du tout inconcevable qu'un groupe de résistance à la nouvelle équipe de dirigeants se soit formé à l'intérieur des services de renseignements. C'était peut-être parce que ça lui permettait de régler des comptes et de nettoyer son service qu'Akmajian avait adopté aussi facilement l'hypothèse américaine.

Chose certaine, le directeur du SVR jouait gros jeu.

Suivit une période de discussions houleuses, de questions piégées, d'insinuations prudentes et d'attaques masquées, période au terme de laquelle les points de vue se polarisèrent autour de deux positions.

Les durs voyaient dans l'article une émanation directe des stratèges militaires américains pour amener la Russie à céder et faire la preuve de sa faiblesse.

— De la pure désinformation, conclut le général Koutousov, représentant de la vieille garde de l'armée.

De l'autre côté, il y avait ceux qui voyaient dans l'article une autre manifestation des tendances suicidaires du peuple américain.

— Ils s'ennuient du Watergate et ils se cherchent des plaies à gratter, résuma Bulgakov. L'Irangate ne leur a pas suffi. C'est juste si l'article ne nous excuse pas. Vous avez vu l'insistance qu'ils mettent à décrire Lubbock comme un élément qui nous a échappé et sur lequel nous n'avons plus le moindre contrôle ? Ce n'est pas son existence qu'ils nous reprochent, c'est de ne plus être capables de le contrôler !... Ce qui n'est d'ailleurs pas complètement faux, s'il faut en croire notre camarade directeur.

Cette sortie de Bulgakov ne surprit pas le Président. C'était une manœuvre qu'il lui avait vu effectuer à quelques reprises déjà : prendre une position à peu près plausible, qui ferait appel à leurs préjugés anti-américains, mais manifestement exagérée. Son but était que quelqu'un d'autre puisse ensuite se poser en médiateur.

Ce fut Michkine qui saisit l'occasion.

— À mon avis, commença-t-il, il ne faut pas écarter d'emblée l'hypothèse du général Koutousov. Il est possible que les articles aient été téléguidés par le gouvernement américain lui-même...

Les représentants de la position dure prirent un air un peu plus confiant devant ce soutien inattendu. Mais leur sourire demeura prudent : ils connaissaient bien la ruse de Michkine.

Comme pour donner raison à leurs doutes, ce dernier ajouta :

— ... ou par certains de ses représentants.

Les expressions se refermèrent d'un cran.

— Que voulez-vous dire, au juste ? demanda le Président, qui tenait à lui fournir l'occasion de développer son argument.

— Supposons un instant, fit alors Michkine, qu'ils soient placés devant la situation de vouloir faire marche arrière mais de devoir sauver la face en même temps. L'article serait pour eux une excellente façon de nous faire savoir qu'ils ne nous tiennent pas responsables de ce qui s'est passé et qu'ils sont prêts à trouver un terrain d'entente.

— Que voulez-vous dire par sauver la face ? objecta violemment un des représentants du groupe radical. Ce sont eux qui nous ont menacés, ils ne s'en tireront certainement pas sans payer la note.

— Ils sont peut-être pris dans un engrenage, continua d'argumenter Michkine.

— Leur démenti de l'article est très ambigu, intervint alors Akmajian. Je viens d'en recevoir une copie, il y a quelques minutes. Un simple communiqué de presse disant que la Maison blanche : 1- refuse de confirmer les allégations de l'article ; 2- regrette que les journalistes se croient autorisés à construire des hypothèses fantaisistes à partir de bribes d'informations mal vérifiées ; 3- avisera sur les mesures qu'il convient de prendre à l'endroit des deux journaux.

— Si vous voulez, reprit le Président, je vais maintenant vous donner lecture du message que j'ai reçu du président des États-Unis, juste avant la réunion.

Lorsque la lecture du communiqué fut terminée, les discussions du début reprirent, aboutissant à la même polarisation.

— Ils veulent simplement gagner du temps ! fit Koutousov. Leur pseudo-ouverture, c'est de la frime. S'ils tenaient réellement à collaborer pour régler le problème, ils n'insisteraient pas pour que tout demeure secret. Ils veulent se justifier de monter d'un autre cran dans l'escalade. Ils ont probablement déjà arrangé eux-mêmes un accident. Ils vont s'en servir comme prétexte pour déclencher une attaque limitée et tester notre volonté de riposte.

— S'ils avaient tenu à riposter, pourquoi toute cette mise en scène dans les journaux ? intervint doucement Michkine. Si ce sont bien eux, comme vous le dites, qui sont à l'origine de cet article, pourquoi ne pas avoir présenté les faits pour nous incriminer jusqu'au cou ? Ils avaient tout le matériel pour le faire...

— Je vous l'ai déjà dit : pour gagner du temps ! répliqua Koutousov.

Mais sa voix n'avait plus tout à fait la même assurance.

— Si on analyse le contenu du message, reprit Michkine, il est évident que le premier point vise à rétablir l'équilibre. Ils ne pouvaient pas ne pas riposter à notre retrait. Le deuxième point est plus délicat : il peut s'agir d'une simple démonstration de force destinée à montrer qu'ils ne céderont pas, ou bien d'une stratégie pour se mettre eux-mêmes en situation d'être obligés de poursuivre l'escalade. Cela dépend de l'évaluation qu'ils font de notre réponse et de la lecture qu'ils pensent que nous allons faire de leur proposition.

— À votre avis ? demanda le Président.

— La deuxième hypothèse a l'inconvénient de mal s'accorder avec le fait de la publication de l'article.

— Le but de leur message est clair, jeta abruptement Koutousov. C'est de nous faire divaguer en discussions et interprétations pendant qu'ils achèvent de préparer leur attaque.

Manifestement, le clan des radicaux s'était concerté et avait délégué Koutousov comme porte-parole. De cette façon, si la décision tournait à leur désavantage, il serait le seul perdant plutôt que tout le groupe. Quant à Koutousov, il pourrait se réfugier derrière l'image du vieux militant irascible que les débats intellectuels exaspèrent. Ses interventions seraient officiellement interprétées comme des mouvements d'humeur plutôt que comme une contestation ouverte du Président.

— Continuez, je vous prie, fit ce dernier, à l'intention de Michkine.

— Le troisième point est encore plus délicat, commença par admettre le joueur d'échecs. D'un côté, on peut y voir une réelle offre d'ouverture des négociations : ils sont prêts à faire une désescalade à certaines conditions. Mais il y a le fait qu'ils se réservent le choix de décider de façon unilatérale si nous avons effectué ou non une agression contre eux. Je crois que cette condition est inacceptable et ils doivent le savoir également. Que n'importe quel illuminé s'avise de faire des ravages sur leur territoire et ils pourraient déclencher des représailles contre nous ! Il s'agit peut-être d'une marge de manœuvre qu'ils se sont donnée pour engager les négociations.

— Vous pensez sérieusement qu'ils négocieraient sur ce point ? demanda le Président.

— À mon avis, oui – dans l'hypothèse où ils veulent réellement régler la crise. Ça pourrait être un test.

— Et le comité secret de coordination ?

— Sur ce point, je diffère d'opinion avec le général. On peut y voir une demande dissimulée d'assistance. Ils croient peut-être que nous pouvons les aider à localiser Lubbock et découvrir les plans de contamination... Ils ne peuvent évidemment pas formuler leur demande en ces termes, car ce serait un aveu d'impuissance de leur part. D'ailleurs, même nous, est-ce que nous serions prêts à aider les Américains de façon aussi ouverte. J'ai l'impression que plusieurs de nos partenaires exigeraient de très longues explications. Il y a une marge entre la dénonciation verbale du terrorisme, dénonciation qu'ils savent que nous devons faire pour des raisons d'image, et une lutte active en compagnie de ceux qu'ils considèrent comme leur pire ennemi.

À l'air renfrogné de Koutousov, Michkine vit qu'il venait de gagner un point.

— Par ailleurs, reprit-il, je voudrais attirer l'attention du comité sur un dernier détail. L'utilisation dans l'article de l'expression « terrorisme biologique sur le territoire national ». Si je me souviens bien, il s'agit de l'expression exacte utilisée dans certains accords destinés à demeurer secrets. S'ils estiment que nous avons provoqué, ne serait-ce qu'en contrôlant mal nos subalternes, une rupture de ces accords, nos ennuis ne font que commencer.

Akmajian encaissa en silence la flèche lancée en sa direction. C'était lui qui avait mal contrôlé ses subordonnés. Mais il comprenait que Michkine n'avait pas le choix. Cette attaque était le sucre pour faire avaler la pilule. Le joueur d'échecs préservait ainsi une certaine apparence de neutralité et se situait dans une position de compromis en rejetant une partie du blâme de chaque côté et en acceptant des éléments des deux positions.

Après son intervention, le débat fut assez bref et porta sur les moyens d'atteindre deux objectifs : ne pas céder et ne pas compromettre les chances d'une éventuelle résolution politique de la crise.

Au terme de la réunion, il était résolu unanimement, à l'exception de Koutousov qui s'était abstenu par fidélité à son personnage, de : 1- retourner l'ambassadeur russe aux États-Unis mais de continuer à garder pour consultation les ambassadeurs des autres pays de l'OTAN ; 2- assurer au président américain qu'aucun geste agressif ne serait posé par la Russie contre la population de son pays ; 3- lui faire savoir qu'ils étaient prêts à collaborer pour identifier et neutraliser l'éventuel responsable de cette crise, même si les journaux américains avaient identifié à tort ce responsable comme un agent russe ; 4- accepter que cette collaboration n'ait rien d'officiel ; 5- rappeler au Président que la Russie entendait respecter toutes les ententes qu'elle avait signées, sans aucune exception.

La personne choisie comme responsable de la collaboration technique en cas de réponse positive fut Akmajian.

— Il va peut-être pouvoir ramasser ses propres dégâts, marmonna Koutousov.

Si l'on faisait exception de la formulation, l'opinion était largement partagée. Rien n'aurait servi au directeur du SVR de protester que Lubbock avait été recruté par son prédécesseur et que ses opérations avaient débuté une quinzaine d'années auparavant. S'il ne pouvait pas contrôler ses subordonnés, quelles que soient les raisons, il n'était pas à sa place dans la fonction qu'il occupait. Sa seule porte de sortie était de profiter de l'occasion pour faire le ménage.

Le texte fut expédié immédiatement sur le téléscripteur qui tenait lieu de téléphone rouge. On y annonçait l'arrivée de l'ambassadeur russe à Washington, dans les prochaines heures, pour porter un message personnel du président de la Russie et prendre réception de la réponse. Il serait accompagné par le directeur du SVR, lequel verrait à mettre aussitôt sur pied le comité de coordination technique, en cas de réaction positive des Américains à la proposition russe.

Un délai de douze heures leur était accordé pour faire connaître leur réponse.

## MONTRÉAL, 16 H 28

Boyd décrocha l'appareil avec un mouvement d'humeur : il était debout pour aller prendre sa pause-café qu'il retardait depuis près d'une heure.

— Ici votre informateur préféré, fit une voix que le policier reconnut sur-le-champ. Ça s'est bien passé à Paris ?

— Qu'est-ce que vous voulez encore ? l'interrompit Boyd.

— Que vous fassiez un message de ma part à Blunt, l'ami de votre charmante subordonnée.

— Blunt ? Comment voulez-vous que je sache où il est ?

— Vous pouvez certainement joindre mademoiselle Duval. Elle le lui transmettra.

— Et pour quelle raison est-ce que j'accepterais de vous servir de courrier ?

— Pour les mêmes raisons que vous avez déjà accepté de me rendre de petits services... Avouez que j'ai tout de même fait des efforts pour limiter mes demandes. Juste une information de temps à autre. Et je vous en fournis autant que je vous en demande.

— D'accord, d'accord ! Qu'est-ce que vous voulez que je leur dise ?

— Que je l'attends chez lui. Seul. Après minuit. Dites-lui que c'est au sujet de Nicolas Strain et des accords dont il a été témoin. Dites-lui également que Mélanie et Stéphanie vont bien. Que nous pourrons discuter de tout ça quand nous nous verrons. Et surtout, pas un mot à qui que ce soit d'autre. Si jamais vous ne suivez pas exactement mes instructions et qu'il y a des policiers, je ne suis plus responsable de ce qui peut arriver... Nous nous comprenons bien ?

— Oui, oui, répondit Boyd avec brusquerie. Vous avez terminé ?

— Je crois que c'est tout pour cette fois. Au plaisir de vous entendre à nouveau.

Après le déclic, le directeur du SPCUM resta un instant immobile, le combiné toujours collé à l'oreille. La tonalité de l'appareil le ramena brusquement à la réalité.

Quelques secondes plus tard, il rejoignait Cathy et lui transmettait le message. Il descendit ensuite au casse-croûte. Un café, peut-être un sandwich, et il remonterait. Il avait encore du travail.

À son retour, deux individus l'attendaient dans son bureau. Ils n'eurent pas besoin de lui présenter d'insignes pour qu'il devine qui ils étaient. Il leur suffit de faire repasser les premières phrases de sa dernière conversation téléphonique.

— Qu'est-ce que vous voulez que je fasse ?

Ils le lui expliquèrent.

Il commença alors à leur parler de son fils.

## NEW YORK, 18 H 28

— L'entente dont il parle, c'est lié au secret pour lequel ils te poursuivent ? demanda Cathy, après avoir fait part à Blunt du message.

— Oui.

— Qu'est-ce que tu vas faire ?

— Y aller. Je n'ai pas le choix.

— C'est probablement un piège.

— C'est sûrement un piège. Mais il a Mélanie et Stéphanie.

— Elles sont peut-être seulement sorties.

— Lubbock n'est pas un individu à faire des menaces à la légère. Il n'y a jamais de bluff dans son jeu. Au contraire, il a plutôt tendance à cacher ce qu'il peut faire.

— J'y vais avec toi.

— Inutile de t'exposer pour rien. De toute manière, j'ai déjà pris mes dispositions. Il n'y a pas tant de danger que ça.

— C'est mon enquête autant que la tienne.

— Plus maintenant. À Montréal, tout est réglé.

— Tu oublies Katie.

Blunt ne répondit pas

— Tu es sûr qu'il n'y a rien que je peux faire? insista Cathy.

— Si tu veux, finit par répondre Blunt, il y aurait peut-être quelque chose...

# JOUR 13

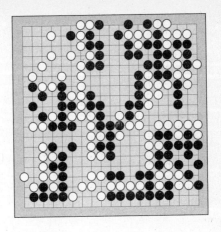

*Lorsqu'il n'est plus possible de constituer de nouveaux territoires et qu'il n'y a plus de territoires ennemis susceptibles d'être attaqués, la partie est terminée.*

L'avion spécial que la directrice avait mis à leur disposition se posa à l'aéroport de Dorval avec dix-huit minutes de retard. Le contrôleur les avait fait tourner en rond pendant un quart d'heure, le temps de dégager un corridor d'approche.

Deux agents du Mossad les attendaient. Ils les amenèrent dans une maison située à la frontière d'Outremont et de Westmount. Le surintendant Boyd y était gardé par deux autres agents.

Lorsqu'il vit entrer Blunt et Cathy, il rougit, esquissa un geste de la main sans l'achever, comme s'il ne savait pas quelle contenance prendre.

Son histoire était banale. Il avait un fils, vingt-six ans, qui semblait collectionner les frasques. Un jour, il s'était trouvé mêlé à une histoire de drogue : trafic d'héroïne. Le produit avait été « allongé » avec de la strychnine, plusieurs clients étaient morts. Trois hommes avaient été arrêtés. Par une chance surprenante, son fils avait échappé à la rafle. Dès le lendemain, avant même que la machine judiciaire ne se mette en marche, Boyd avait reçu un appel. L'interlocuteur lui avait expliqué en détail de quelle manière son fils était compromis. Puis il lui avait offert de régler le problème. À certaines conditions.

Boyd avait accepté.

Deux jours plus tard, l'émeute avait éclaté à Parthenais, la prison où les présumés trafiquants attendaient leur procès. Il y avait eu trois morts.

Le lendemain de l'émeute, le surintendant avait reçu à son domicile une enveloppe contenant toute une série de photocopies : le témoignage signé par les trois victimes de l'émeute où elles reconnaissaient la participation de son fils au trafic ; plusieurs clichés où ce dernier avait été photographié à son insu en train de distribuer de la drogue à des petits revendeurs connus ; des chèques et le nom du fournisseur chez lequel il s'approvisionnait, ainsi qu'un accusé de réception par lequel un contractuel s'engageait à éliminer les trois témoins pour la somme de 225 000 $.

Pour Boyd, il n'était pas difficile de comprendre dans quel piège il se retrouvait. Tout avait dû être préparé de longue main.

Pourtant, les exigences du maître chanteur l'avaient surpris : il ne voulait pas d'argent. Simplement des informations. Il désirait être tenu au courant de tout ce qui se passerait dans l'affaire des contaminations. En échange, son interlocuteur s'engageait même à lui fournir certains renseignements pour faire avancer l'enquête.

— Je suis désolé, finit par dire Boyd.

— S'il leur arrive quoi que ce soit, vous serez beaucoup plus que désolé, répliqua Blunt.

— Arrive quoi que ce soit à qui ?

Manifestement, il ne comprenait pas. Blunt lui demanda alors de tout leur raconter depuis le début : de quand datait le chantage ? quelles informations le surintendant avait-il transmises ? à qui ?... Tous les détails dont il se souvenait.

En écoutant le récit du policier, ils furent surpris de découvrir à quel point le maître chanteur semblait avoir été informé de tout à l'avance. Boyd avait eu, lui aussi, la même impression.

— On aurait dit qu'il téléphonait pour vérifier des choses précises, dit-il. Pour confirmer des détails auxquels il s'attendait.

Blunt se tourna vers Cathy.

— Toute l'opération de Montréal était construite pour être percée à jour. Pour nous faire remonter la piste jusqu'à Washington, Miami et Paris.

— Pourquoi est-ce qu'il a tué Quasi, s'il voulait que nous remontions la piste ? Et Katie...

— À mon avis, il voulait qu'on la remonte, mais pas trop vite. Et puis, il avait peut-être besoin de temps pour terminer ses préparatifs aux États-Unis.

— Pour Katie ? demanda-t-elle, avec un geste de la tête pour désigner Boyd. Tu penses que c'est lui qui l'a donnée ?

— Ça m'étonnerait. Lubbock avait ses propres sources d'information, directement à Washington. Le rôle de Boyd, c'était de le tenir à jour sur le déroulement de l'enquête... Mais il y a quelque chose que je ne comprends pas : s'il refilait des tuyaux à Boyd pour faire avancer l'enquête, pourquoi éliminer Katie ?... À moins que ce soit pour la crédibilité...

— La crédibilité ?

— Plus quelqu'un est obligé de se donner de mal pour découvrir quelque chose, plus il a tendance à y croire sans aucune critique.

— Tu n'exagères pas un peu le genre de calcul que tu lui prêtes ?

— Oh non ! Tu peux être certaine qu'il sait très bien ce qu'il fait. Son plan est de plus en plus clair. J'ai juste le temps avant d'aller le rencontrer... Mais il faut d'abord que j'expédie tout ça à Lady.

— Tu es sûr que ce n'est pas trop risqué ?

— S'il voulait simplement me tuer, il n'aurait pas eu besoin de toute cette mise en scène... Non, il veut me voir. Il veut me parler.

— Mais pourquoi ?

— À cause de l'article. J'étais certain qu'il ne pourrait pas résister.

— Il doit être furieux.

— Pourquoi est-ce qu'il le serait ? À l'heure qu'il est, il est certain de gagner. Non, c'est la curiosité qui doit le pousser. Et le besoin de faire étalage de sa victoire devant quelqu'un capable d'apprécier.

## 2 h 04

Au moment d'entrer chez lui, Blunt avait une boule au creux de l'estomac. Pourtant, il était certain que Lubbock n'essaierait pas de le tuer. Du moins, pas tout de suite.

Lubbock l'attendait au salon. Il avait mis de la musique. Un air de Metallica, *Sad but True*.

> « … *YOU'RE MY MASK*
> *YOU'RE MY COVER, MY SHELTER* »

Blunt s'immobilisa dans l'entrée du salon pour l'observer. Hetfield, le chanteur du groupe, continuait de marteler les paroles.

> « … *HATE*
> *I'M YOUR HATE*
> *I'M YOUR HATE WHEN YOU WANT LOVE*
> *PAY*
> *PAY THE PRICE*
> *PAY, FOR NOTHING'S FAIR…* »

Lubbock avait délibérément choisi le fauteuil qui tournait le dos à la porte. Lorsque la pièce musicale s'acheva, il dit, sans même se retourner :

— Venez vous asseoir, monsieur Blunt. Nous avons une longue conversation devant nous.

Blunt alla vers le système de son, enleva le disque et alluma le lecteur de cassettes.

— *Passion et mort du Christ selon saint Luc*, dit-il, au moment où la musique se faisait entendre. De Penderecki.

— Un peu mélo, mais assez pertinent, commenta Lubbock, pendant que Blunt enfermait les chats dans le bureau et revenait s'asseoir en face de son adversaire.

Ils prirent le temps de se regarder pendant que les voix tissaient dans la pièce une atmosphère de fin du monde.

— Je voudrais d'abord vous rassurer, fit Lubbock. Vos nièces ne sont aucunement en danger. Enfin, pas plus que le reste de la planète.

— C'est bien ce que j'avais compris.

— Je dois admettre que vous êtes un excellent joueur... Je m'appelle Lubbock. Lazarus Lubbock.

Blunt ne répondit pas. La musique de Penderecki envahissait la pièce, heurtant les rythmes biologiques, créant une impression de malaise et d'irréel. Du fond de sa cage, Jacquot Fatal répétait sporadiquement : « La ferme, sale bête ! »

— Selon votre analyse, quelle est la situation ? fit subitement Lubbock.

— Encore incertaine. Les luttes sur les différents territoires ont à peu près terminé de se fondre dans l'engagement global...

— Engagement qui est pratiquement terminé, lui aussi.

— Mais au profit de quel camp ?

— Ni l'un ni l'autre. Les deux doivent disparaître pour que d'autres camps puissent exister.

— Et si c'est toute la planète qui disparaît ?

— C'est un risque à courir. De toute manière, pour ce qu'ils en font, de la planète ! C'est juste une question de temps.

Les voix de Penderecki reprirent possession de la pièce.

Ce fut Blunt qui relança la conversation.

— Et si tout disparaît ?

— Ils vont s'arrêter avant. Ils vont se détruire mutuellement un certain nombre de villes, ruiner leurs économies, dévaster l'Europe au passage, mais ils vont finir par s'arrêter. Ils ne sont pas fous.

— Vous en êtes certain ?

— Autrement, ils n'auraient pas signé les accords. Ils sont prêts à faire la guerre, mais en autant que ce soit rentable. Au moins à moyen terme.

— Et si ce n'était pas une question de folie ? Que c'était plutôt une question de système ?... Vous connaissez certainement la théorie des jeux.

— Les jeux à somme négative, vous voulez dire ?

— Exactement. Chacun pourrait gagner quelque chose. Par exemple, en faisant confiance à l'autre. Mais le risque serait plus grand. Alors, chacun y va pour la sécurité. Pour le risque minimum. Même si ça veut dire qu'au total, chacun y perdra. Que personne ne gagnera rien. Une perte certaine, mais mineure, est moins pire que la possibilité, même peu probable, d'une perte plus grande. Car il s'agit d'abord de tenir l'autre en échec. De s'assurer qu'il ne gagnera rien.

Penderecki occupa à nouveau seul la pièce.

Blunt était maintenant certain d'avoir misé juste quant à la principale faiblesse de Lubbock. Comme tous ceux qui avait désespérément ruminé seuls des plans dans leur tête, coupés de tout contact avec les autres, il avait besoin d'un témoin.

— Vous croyez sérieusement que ça pourrait aller jusqu'au bout? fit Lubbock.

— Pas vous?

Lubbock eut l'air de prendre le temps de digérer la question. Puis il changea de sujet.

Il expliqua à Blunt de quelle manière il avait monté l'opération. Comment il avait manipulé les frères Laterreur. Comment il les avait utilisés pour créer le FATS, lequel lui avait ensuite servi de couverture.

— Il était au courant des opérations américaines? demanda Blunt.

— Qui? Aimé?... Non. Seulement celle de Montréal.

— Et les groupes américains?

— Des projets à long terme pour répandre le mouvement.

Lubbock eut un rire sec avant d'ajouter:

— Il espérait se servir de cette association pour se passer de moi. Imaginez! Il pensait même pouvoir m'éliminer en me vendant aux Français... Il ne se doutait pas que c'était moi qui lui avais laissé découvrir mes liens avec les Russes!

— Pour qu'il puisse les révéler?

— Exactement. Ça faisait une preuve supplémentaire. Ce n'était pas vraiment indispensable, mais...

— Une dernière précaution?

— Si vous voulez.

— Et qu'est-ce que vous auriez fait si on n'avait pas découvert la piste de Désiré Laterreur. C'est par lui qu'on est remonté aux autres.

— Comptez sur moi, Boyd l'aurait découverte ! Vous m'avez simplement facilité les choses.

— Et Quasi ?

— Même chose.

— Pourquoi l'avoir tué ? S'il avait pu parler...

— Il n'aurait pas pu vous apprendre grand-chose de plus. Et puis, il fallait que je vous encourage à suivre la piste. Quoi de mieux qu'un témoin qui meurt juste au moment où il va parler ?

— Et si on n'avait pas découvert que ce n'était pas un suicide ?

— Allons ! Il ne faut pas vous sous-estimer !

— Et l'autre Laterreur, celui de Miami. Je suppose que vous vous êtes servi de son entreprise pour trafiquer les réseaux de distribution d'eau des villes américaines ?

— Bien entendu... Vous voyez qu'il ne faut pas vous sous-estimer !

— Simple curiosité, comment est-ce que vous avez procédé ?

— Même chose qu'à Montréal.

— Vous me faites marcher. Les distributeurs de capsules sont de la frime. Le produit est sans effet sur le virus.

— Vous avez découvert ça ? fit Lubbock, avec un regain d'intérêt.

— Il faudra que vous trouviez autre chose si vous voulez que je vous croie.

— Ce sont les tuyaux eux-mêmes qui sont trafiqués. Une couche d'enduit protecteur qui se dissout lorsqu'elle est exposée au produit contenu dans les distributeurs. Le virus déclencheur est alors libéré.

— Astucieux. Vous avez prévu des interventions dans plusieurs villes ?

— Seulement trois. Ce sera très suffisant...

La musique et les voix reprirent possession de la pièce.

Blunt se demandait comment amener son interlocuteur sur le sujet qui l'intéressait. Il ne pouvait se permettre de le brusquer. La voix de Lubbock interrompit le cours de ses pensées :

— Votre choix musical est tout à fait approprié.

— Vous trouvez ?

— La planète doit passer par la passion et la mort pour ressusciter.

— Et qui seront les porteurs de la résurrection ?

— Ceux que les deux grandes puissances empêchaient d'exister.

— Ça ne me semble pas évident.

— Une fois les peuples du tiers monde libérés des Russes et des Américains, ils vont pouvoir prendre les choses en main.

— Au profit de qui ?

— D'eux-mêmes. Les Arabes vont se débarrasser d'Israël, les pays d'Amérique latine vont éliminer leurs dictatures...

— Et tout recommencera, l'interrompit Blunt. La répartition des territoires sera changée, les acteurs ne seront plus les mêmes, mais ce sera toujours le même affrontement. Comme au go.

— Ce n'est pas un jeu...

— Vous en êtes sûr ? On peut déjà imaginer quels pays seront les nouvelles superpuissances.

Lubbock se contenta de le regarder d'un air interrogateur.

— Une alliance de la Chine, du Pakistan et de l'Afrique du Sud contre le Japon, l'Inde et l'Australie. Avec les deux Corées chacune de leur côté, probablement. Plus l'hémisphère Nord sera ravagé, plus ces nouvelles puissances seront fortes. La seule inconnue, c'est de savoir où pencheront les puissances montantes d'Amérique du Sud : le Brésil et l'Argentine. Probablement qu'elles choisiront chacun un bloc différent à cause de leurs oppositions territoriales. Quant à ce qui restera des Arabes, ils continueront de se déchirer entre eux et d'être l'enjeu des grands blocs.

— Vous avez beaucoup trop d'imagination.

— Pas du tout. Vous pouvez retrouver ça dans tous les manuels standard de stratégie militaire. C'est un des scénarios les plus plausibles, selon les experts. L'exemple est utilisé pour expliquer la mécanique des alliances : puissances continentales contre puissances insulaires, unions avec des pays éloignés contre des voisins menaçants, rôle d'enjeu et de balance du pouvoir des puissances montantes...

— Je ne crois pas à votre scénario, objecta Lubbock. C'est la solidarité de race et de culture qui va jouer. Même s'ils ne s'aiment pas beaucoup, le Japon et la Chine vont se retrouver dans le même bloc. Face à eux, l'Inde n'aura pas d'autre choix que de se tourner vers l'Australie. Et ce sont les Arabes qui détiendront la balance du pouvoir. Peut-être avec les Sud-Américains comme alliés...

— Vous oubliez la distribution des vents sur l'ensemble de la planète.

— Les vents ?

— Même si les combats États-Unis-Russie ont une dimension nucléaire limitée, cela se traduira par des retombées importantes au Sud. On évitera peut-être l'hiver nucléaire, mais ce sera minimalement l'automne. Et ceux qui écoperont le plus des retombées, ce seront les Arabes. Suivis du nord de la Chine et de l'Amérique centrale. L'Australie et l'Afrique du Sud sont les régions qui devraient s'en tirer le mieux. C'est ça que vous voulez ?... Et quand je parle de ce qui restera des Arabes, je suis généreux !

— Vous exagérez, fit Lubbock, tout de même mal à l'aise. Le conflit n'ira pas jusque-là.

Blunt se leva pour faire jouer à nouveau un passage du disque. En se rassoyant, il demanda à l'autre, comme s'il s'agissait d'une confidence à partager entre deux amis.

— Kordell ? Comment est-ce que vous avez réussi à lui mettre la main dessus ?

— Et vous, quand est-ce que vous avez deviné ?

— Assez rapidement. Son enquête avançait trop vite. Autant ici que là-bas. Je n'avais jamais vu autant de journalistes si bien informés. Ni de militaires si efficaces. Lorsqu'il est arrivé avec son dossier sur Fry, j'ai compris que quelqu'un s'occupait de le tenir renseigné.

— Je dois admettre qu'il n'a pas été très difficile à manœuvrer. Un cas standard de bâton et de bonbon.

— Un scandale ?

— Si on veut. La preuve que plusieurs des épidémies étrangement virulentes qui ont frappé les États-Unis depuis la fin des années soixante – virus de Hong-Kong, virus des Philippines, maladie du Légionnaire – résultaient d'expériences faites par un groupe de recherche de l'armée. Un groupe qu'il dirigeait. Ils faisaient des expériences pour étudier les patterns de propagation.

— Et le bonbon ?

— Vous allez rire. Une alliance avec des militaires russes. Les deux ont intérêt à provoquer un engagement limité. Plus la situation devient tendue, plus leur pouvoir est important – et plus les budgets qu'on leur accorde augmentent. Ce sont les seuls, avec les industries militaires, qui ont un intérêt réel à maintenir un climat de conflit général imminent.

— Et vous serviez de relais ?

— En partie. Mais ils ont également mis sur pied une société qui servait de couverture à leurs contacts. Grâce à mes bons services, je dois dire. L'*American Institute for Defense and Security*. AIDS... Vous voyez, même les militaires peuvent avoir le sens de l'humour.

— Et vous avez des preuves de tout ça ?

— Bien sûr. C'est ma police d'assurances. Qu'il m'arrive quoi que ce soit de suspect et tous les détails seront publiés.

— Pour quelle raison est-ce que vous n'avez pas rendu publics les accords de Venise ? Ç'aurait été plus simple, non ?

— Je n'avais pas assez de preuves pour que ce soit utilisable : je n'y avais pas assisté et je n'avais pas le texte de l'entente.

— Comment est-ce que vous avez eu connaissance de son existence ?

— J'ai eu à m'occuper de votre vis-à-vis. L'autre interprète. Pour éliminer tout risque de fuite. Et puis, il y avait la consigne stricte de ne faire aucun terrorisme sur le territoire américain. À force de mettre ensemble des fragments d'information...

— Vous n'êtes pas loin de la vérité, fit Blunt.

— C'est plus tard que j'ai eu la confirmation de tout. Par Kordell.

— Avez-vous pensé que nous pourrions être sur écoute ?

— Ça ne changerait pas grand-chose, fit Lubbock, en regardant sa montre. À l'heure qu'il est, plusieurs mouvements de troupes ont déjà commencé en Russie.

— Vous en êtes certain ?

— J'ai communiqué il y a moins d'une heure avec le général Troubetzkoy... Désolé, mais vos « révélations » dans les journaux ne marcheront pas. Quand les Américains vont voir les manœuvres auxquelles se livrent les Russes, ils vont conclure à l'imminence d'une attaque et ils vont être obligés de franchir un nouveau pas dans l'escalade. Les Russes n'auront alors pas le choix de répondre... Plus rien ne peut empêcher l'engrenage. Vous voyez, malgré tout, je crois que je vais gagner. Et, dans deux heures, j'ai un avion en direction du Mexique. Puis, de là, vers le Pacifique Sud.

## Moscou, 17 h 47

Tous les regards se tournèrent vers le général Troubetzkoy.

— C'est absurde, fit ce dernier. Toute cette retransmission est de la pure provocation.

Le Président se tourna vers Kemenev.

— Vous êtes responsable de toutes les activités militaires, dit-il. Arrêtez-moi cette sinistre bouffonnerie.

— Tout de suite.

Il se leva et sortit rapidement, dissimulant mal son triomphe. Le Président reprit :

— Le général Troubetzkoy vient de se sentir très mal et je propose que le Conseil, dans un geste humanitaire, accepte sur-le-champ sa demande de mise à la retraite.

Personne ne s'opposa à la motion. Si jamais il s'avérait que le chef de l'État se soit trompé, il serait toujours temps de faire volte-face et de retourner la situation contre lui. Mais, pour le moment, il était bien installé au pouvoir et il contrôlait parfaitement la situation. La retransmission en direct, par satellite, de la conversation entre Blunt et Lubbock les avait tous pris à contre-pied.

Le Président n'avait cependant pas précisé que l'opération était une gracieuseté du Mossad. Cela aurait nui à la crédibilité de l'événement. Puis, dans le genre de poste qu'il occupait, il était prudent de posséder de nombreux secrets, de bénéficier de multiples appuis invisibles et de disposer de sources occultes d'information. Cela exerçait un effet prophylactique sur l'agressivité des rivaux potentiels.

Sur un ordre de l'assistant-directeur du SVR, exceptionnellement admis à la réunion en l'absence d'Akmajian, deux colonels entrèrent et escortèrent Troubetzkoy à l'extérieur.

— Si nous retournions maintenant à cette passionnante conversation, fit le Président en remontant le volume du transmetteur. Ce monsieur Blunt est vraiment un interrogateur de premier ordre. Compte tenu de sa situation, ce pourrait être un candidat intéressant...

### WASHINGTON, 9 H 58

— Je veux être informé de tout changement dans l'état de leur mobilisation à la minute même où il se produit, fit le Président.

— Leur déploiement se poursuit toujours, répondit le général Moore, responsable à la NSA de la surveillance par satellite du dispositif russe. D'ici quelques heures, il faudra déclencher le plan d'évacuation.

— Tout ça, c'est de la poudre aux yeux, explosa Kordell. Ils essaient de nous empêcher de réagir à temps pour disposer d'un avantage décisif au moment de l'attaque. Depuis le début que leur stratégie vise à annuler toutes nos réactions !

— Le dénommé Lubbock ignore que la conversation est retransmise, fit la directrice.

— Vous oubliez Blunt ! Allez-vous finir par comprendre qu'ils l'ont retourné ! Il vous a tous emberlificotés. Il faut déclencher notre riposte au plus tôt. C'est la seule façon de les arrêter.

— Nous ne tarderons pas à être fixés sur ce point, répondit Lady. Cette conversation est également retransmise au Conseil de sécurité du gouvernement russe, qui est actuellement en réunion. S'ils ne prennent pas de dispositions pour arrêter leur déploiement, nous saurons à quoi nous en tenir.

— Quoi ! Vous avez...

Kordell s'étouffa sur le reste de sa phrase. Les autres ne dirent rien. Mais tous les regards se posèrent sur la directrice.

— Une dette dont certains amis se sont acquittés, se contenta-t-elle d'expliquer. Akmajian, qui est actuellement à New York, s'est chargé de la retransmission.

## MONTRÉAL, 10 H 04

— Ce que je ne suis toujours pas certain de comprendre, fit Blunt, ce sont les raisons pour lesquelles vous me dites tout ça.

— Vous êtes dans la même situation que moi : une victime de leurs machinations. Il n'est pas trop tard pour vous en tirer. Ce serait dommage de voir disparaître un joueur aussi remarquable.

— Vous avez besoin d'un spectateur pour que votre victoire soit complète.

— Ça pourrait être la vôtre aussi. Une fois que cette affaire sera terminée, que pensez-vous qu'ils vont faire de vous ?

— J'ai pris mes précautions.

— Vous ne serez en sécurité nulle part.

— Je les tiens, moi aussi. J'ai un moyen de les forcer à me laisser en paix.

— Un chantage ? Ils ne vous croiront pas.

— Je vous assure qu'ils n'auront pas le choix.

— Les aider à régler cette crise, c'est signer votre arrêt de mort. Vous leur avez prouvé que vous êtes incapable de les dénoncer, que vous avez peur des conséquences que vos révélations pourraient avoir. Pour quelle raison se gêneraient-ils ?

— Il n'y a pas que les accords, fit Blunt. Tout le matériel que vous avez utilisé pour faire chanter Kordell, tous les dossiers que les deux pays se sont échangés...

— Mais vous ne les avez pas... Vous ne pouvez pas les avoir !

— Vous avez bien réussi à les obtenir, vous ! Et il y a aussi certaines informations que nos propres services ont obtenues, les uns contre les autres. C'est l'avantage d'avoir plusieurs services qui se surveillent mutuellement. Et d'avoir un président qui a fait des frasques pendant sa jeunesse...

— Vous avez réussi à obtenir quelque chose sur lui ?

— Il n'y a personne qui n'ait pas de dossier quelque part. Mais je suis sûr que je ne vous apprends rien. Je serais surpris que vous ayez procédé autrement de votre côté.

— De toute manière, cette discussion est purement théorique. Vous ne pouvez plus rien faire pour empêcher l'affrontement.

— Vous croyez ?

— Nous avons juste le temps de prendre l'avion. Ils vont commencer à se jeter l'un sur l'autre d'ici quelques heures.

— J'ai l'impression que vous commencez à compter vos territoires avant que la partie ne soit terminée.

Lubbock considéra Blunt avec une inquiétude passagère. Puis son visage reprit son assurance.

— Vous bluffez, dit-il.

— Qui sait... Je peux téléphoner ?

— Là, vous exagérez. Ce n'est pas parce que je me montre compréhensif que...

— Juste un ami. Vous pouvez écouter sur l'autre appareil... Une simple information à vérifier.

— D'accord. Mais il faudra ensuite songer à prendre l'avion. J'ai pris la liberté de vous faire réserver des billets.

— «Des» billets? reprit Blunt.

— Vous n'abandonneriez quand même pas vos deux nièces ainsi que mademoiselle...

— Vous êtes sérieux?

— Je ne suis pas un monstre. Faire s'anéantir réciproquement des militaires est une chose. Sacrifier sans raison des innocents en est une autre.

— Et les quelques millions de victimes?

— On ne fait pas d'omelettes sans casser d'œufs. Mais je me suis efforcé de limiter le plus possible les retombées secondaires de l'opération.

Il parut très satisfait de son trait d'esprit.

— Et Katie? C'était une retombée secondaire?

— Une regrettable nécessité. Il fallait vous garder motivé, vous rendre les choses un peu moins faciles. Autrement, vous vous seriez méfié. Méfié davantage, je veux dire.

Jacquot Fatal saisit l'occasion pour recommencer à répéter ses «La ferme, sale bête!» Lubbock se leva et se dirigea vers la cage. L'oiseau se mit à pérorer de plus en plus fort.

— On dirait qu'il ne m'aime décidément pas, fit Lubbock, en revenant s'asseoir.

— On se demande pourquoi.

## Moscou, 18 h 19

Lorsque le général Kemenev revint à la réunion du Conseil de sécurité, il n'eut pas besoin de demander le silence pour que l'on écoute son rapport.

— Les ordres ont été donnés pour reprendre le contrôle de la situation. À quelques endroits, cela risque d'être un peu compliqué. Il y a certains îlots de résistance à l'intérieur de la chaîne de commandement. Voici une première liste d'officiers qui sont relevés de leurs fonctions. Nous ne pouvons rien faire de plus pour l'instant. Si les nouveaux ordres arrivent partout à temps, ça devrait aller.

— Comment vous êtes-vous procuré cette liste ? demanda soupçonneusement Koutousov.

— Le général Troubetzkoy a aimablement collaboré. Nous aimons tous les deux beaucoup l'opéra. Et comme l'opéra risquait de perdre un de ses jeunes ténors...

Il y eut quelques sourires malgré la gravité de la situation. Tout le monde comprit. Troubetzkoy avait un « protégé » qui était premier ténor à l'opéra de Moscou. Il avait sans doute consenti à livrer la liste de noms en échange de l'immunité pour son « protégé ».

Il restait à espérer que des éléments radicaux ne décident pas de provoquer un accident pour forcer la situation, songea le Président. Si l'un des officiers qui avaient conspiré pour déclencher la guerre était en position de faire lancer des missiles, il n'y aurait plus de négociation possible avec les Américains.

## WASHINGTON, 10 H 27

— Il faut le faire arrêter immédiatement, fit Kordell. Autrement, nous ne retrouverons jamais les secrets dont il s'est emparé. Imaginez le pouvoir de chantage qu'il va avoir avec ces enregistrements.

— Je ne sais pas où il se trouve, répondit la directrice. Cela fait partie de ses précautions.

Personne ne la crut tout à fait, mais il n'y avait aucune façon de prouver le contraire.

— Kordell, fit le Président, compte tenu des informations que nous avons eues à votre sujet, vous auriez intérêt à vous faire un peu plus discret.

— Mais c'est de la désinformation ! protesta Kordell. Ils n'ont aucune preuve !

— Ça suffit ! Si vous n'êtes pas coupable, c'est que vous êtes un imbécile et que vous vous êtes laissé manœuvrer comme un enfant ! Ce qui est encore pire !

— Mais...

La conversation fut interrompue par un commentaire du responsable de la surveillance par satellite.

— Ils bougent, dit-il en s'adressant au Président. Une escadre de bombardiers vient de décoller.

— Quelle direction ?

— L'Europe.

— Je vous l'avais dit ! triompha Kordell.

— D'autres mouvements à signaler ? demanda le Président.

— Non. Partout ailleurs, la situation est redevenue stable. La plupart des déplacements terrestres ont été interrompus.

— Faites projeter les cartes sur le mur, avec le parcours des avions en temps réel.

— Alerte rouge ? demanda l'officier responsable de la liaison avec le *Joint Chiefs of Staff*.

— Orange, fit le Président. Uniquement sur les bases européennes.


## MONTRÉAL, 10 H 33

— Où est-ce que vous en êtes ? demanda Blunt, après que son interlocutrice se fut identifiée.

— Terminé. Les deux filles sont en sécurité.

— Vous avez trouvé la mallette ?

— Oui. Elle portait le numéro que vous avez indiqué.

— Tu peux me le répéter ? Simple vérification.

— 2- 3MONT98R1 4F2LBK3S7.

— Parfait. Expédiez-la d'urgence à l'aéroport. Akmajian devrait arriver là-bas d'un instant à l'autre.

Blunt raccrocha et se retourna vers Lubbock, dont les yeux luisants étaient rivés sur lui.

— Vous avez reconnu la voix ? demanda-t-il.

Pour toute réponse, le Russe mit la main dans sa poche de manteau et sortit un Tokarev.

## Moscou, 18 h 34

— Et alors? demanda le Président. Où est-ce que vous en êtes?

— La plupart des manœuvres ont été interrompues. Un groupe de bombardiers nucléaires a cependant décollé en direction de l'Europe. Nous ne parvenons pas à les joindre.

— Dans combien de temps traverseront-ils la frontière?

— Trente-neuf minutes, répondit Kemenev en regardant sa montre. J'ai donné l'ordre de les faire intercepter. Des chasseurs viennent de décoller de la première ligne de défense pour venir à leur rencontre.

— S'ils refusent de se poser à la première sommation, qu'ils les abattent. Communiquez également l'ordre au système de défense sol-air.

— Tout de suite.

## Washington, 10 h 36

Un nouveau groupe de points clignotants apparut sur l'écran.

— Une autre série de décollages, commenta le général Moore. Plus près de leur frontière, cette fois... Mais ça n'a pas de sens, ajouta-t-il, après quelques instants. Regardez!

Il pointait des endroits sur la carte murale.

— Au moment où ils lancent la deuxième vague, ils diminuent presque tous leurs systèmes de défense. Sauf dans la région que survolent les bombardiers, toute l'activité est redevenue normale.

— Comment est-ce que vous interprétez cela?

— Peut-être de la confusion...

— C'est encore une tactique pour nous endormir! s'écria Kordell. Et vous marchez! Vous marchez tous!

## Montréal, 10 h 36

— Je suis désolé de devoir interrompre notre entretien, fit Blunt. Mais, comme vous avez pu le constater, d'autres obligations m'appellent.

— Pas question que vous me quittiez, répliqua Lubbock en lui faisant signe avec son pistolet de retourner s'asseoir.

— Puisque vous tenez à prolonger la conversation...

— De toute manière, même s'ils réussissent à ouvrir la mallette, il est trop tard. Les premiers affrontements doivent déjà être sur le point de commencer.

— Vous voulez parier ?

— Vous bluffez. Mais je dois reconnaître que vous êtes un joueur plus fort que je ne pensais. Comment est-ce que vous avez fait ?

— Vous jouez aux échecs, je suppose ?

— Bien sûr.

— Je préfère le go.

— Quel rapport ?

— Ça aide à développer une vision plus large des choses... à faire des connexions entre des éléments à première vue étrangers...

— Je ne vois pas.

— Boyd. Il était sur écoute.

Lubbock accusa le coup sans répondre.

— Il fallait que vous ayez une source à l'interne. J'ai d'abord éliminé les Américains : vous ne pouviez pas savoir qui ils enverraient. Restaient Boyd et l'inspecteur Duval. Mais, elle non plus, vous ne pouviez pas savoir qu'elle serait impliquée. Après sa mort, je n'ai plus eu aucun doute. Boyd était bien le point clé du territoire. Tout est devenu clair lorsque vous lui avez téléphoné pour lui refiler le tuyau sur Paris.

— Pour vos nièces, Boyd n'était pas au courant.

— Quand j'ai lancé l'histoire dans les journaux, j'étais certain que vous essaieriez de m'atteindre. Et la façon la plus facile de le faire, c'était en vous servant de mes proches. Les candidats n'étaient pas nombreux. D'abord Cathy : peu probable parce que trop bien protégée. Puis mes deux nièces. C'est par elles qu'ils vous ont retrouvé. Dès que vous êtes parti pour venir à notre rendez-vous, ils ont forcé l'appartement, les ont libérées et découvert la mallette.

— Qu'est-ce qui vous a donné l'idée de faire rechercher la mallette?

— Les feuilles blanches contenues dans la première.
Et puis, c'était la seule qui manquait dans les inventaires.

— Vous avez eu la collaboration des Russes! Comment est-ce que vous avez fait?

— Le téléphone gris. Akmajian est venu en personne
ouvrir la mallette d'incinération. Très astucieux, l'idée
des feuilles blanches. Si la mallette brûlait, on aurait pu
croire avoir détruit les plans. En plus d'avoir une nouvelle preuve incriminant les Russes.

— Tout ça ne vous servira à rien. Est-ce que vous
savez combien de temps il reste avant le déclenchement
de la première attaque?

Blunt poursuivit, sans s'occuper de la question.

— Je suis certain qu'ils vont découvrir une foule de
choses intéressantes dans la deuxième mallette, fit-il.
Par exemple, des plans pour retrouver les fameuses
canalisations qui risquent de contaminer l'eau des villes
américaines.

— De toute façon, il est trop tard. Ils ne peuvent rien
faire.

— Vous pouvez téléphoner, lança alors Blunt, à la
cantonade, comme s'il s'adressait à de nombreux spec-
tateurs invisibles.

À peine quelques secondes plus tard, l'appareil sonnait.

— Toute notre conversation a été enregistrée, reprit
Blunt.

— Que vous croyez. J'ai désactivé les micros... J'ai
également pris la liberté de confisquer les deux pistolets
que vous aviez dissimulés dans la chambre et la cuisine.

— Vraiment?

— Aux échecs aussi, on développe un certain sens de
la stratégie et de l'anticipation.

— Les micros étaient des leurres. Le vrai, je l'ai acti-
vé en allumant le lecteur de cassettes.

— Brillant, mais ça ne vous servira à rien.

— Enregistrée et retransmise en direct à Washington,
poursuivit Blunt. Par satellite.

— Et alors ? Ca n'arrêtera pas l'attaque russe...

— Notre conversation est également retransmise à Moscou. À l'heure qu'il est, je suis certain que plusieurs de vos petits camarades sont déjà en train de répondre à des questions très insistantes.

— Vous continuez de bluffer. Vous ne pouviez pas savoir...

— Mes pierres étaient posées depuis longtemps aux bons endroits. Dès que j'ai reçu le message que vous aviez demandé à Boyd de me transmettre, j'ai pris des dispositions pour la surveillance de la maison par micro laser. J'ai aussi prévu la retransmission par satellite. Le camarade Akmajian a été très coopératif.

— En tout cas, vous, vous ne vous en tirerez pas.

— Auparavant, est-ce que je peux au moins vous dire quel a été mon dernier coup ?

— Si ça vous fait plaisir.

— Vous avez fait une erreur, ce matin. Vous avez pris le métro.

— Et alors ?

— Vous ne vous rappelez pas avoir été un peu bousculé ?

— Euh...

— Le métro est le terrain de chasse privilégié des pickpockets.

Lubbock le regarda sans comprendre.

— Rien de plus facile que de faucher un pistolet dans un imperméable, d'enlever les cartouches et de le remettre en place.

Au moment où l'autre regardait son arme pour vérifier, Blunt plongea la main entre les coussins du fauteuil et tira à bout portant, deux séries de deux coups, à quelques secondes d'intervalle. Lubbock fit feu presque simultanément. Le corps de Blunt recula sous l'impact pendant que Lubbock s'écroulait par terre.

Dans la pièce, les voix et la musique atonale de Penderecki tissaient inexorablement leur étrange mélopée.

## Washington, 10 h 43

— Confirmé, dit le général Moore. Le deuxième groupe d'appareils suit une trajectoire d'interception par rapport au premier groupe.

— L'avion d'Akmajian vient de se poser à Montréal, fit Lester, en posant un téléphone.

— Tous les autres dispositifs sont revenus à la normale, reprit Moore. L'hypothèse d'une faction radicale dissidente a l'air de se confirmer.

Le Président relut le télex que lui avait fait parvenir son vis-à-vis de Moscou par le biais du téléphone rouge. « Un problème technique de communication avec un groupe en manœuvres », disait-il. « Il ne faut pas interpréter le geste comme une provocation ».

— S'ils réussissent à les arrêter, annulez immédiatement l'alerte orange.

C'est à ce moment que les coups de feu se firent entendre : deux brèves séries, presque simultanées. Toutes les conversations cessèrent instantanément et les regards se tournèrent vers les haut-parleurs qui retransmettaient la conversation entre Blunt et Lubbock.

— Un Tokarev et un Glock, fit Lester.

Moore fit un signe d'assentiment de la tête.

À l'exception du disque de Penderecki, ils n'entendirent plus rien.

— Il n'y avait personne avec lui pour le couvrir, n'est-ce pas ? fit le Président.

— Cela faisait partie de ses exigences, répondit la directrice.

— Qui va s'occuper de faire ouvrir la mallette par les Russes ?

— Plimpton.

— Et Lubbock ?

— On dirait bien que c'est déjà réglé.

## Moscou, 18 h 45

Après les détonations, aucun bruit, aucune conversation ne vint troubler les voix qui racontaient l'agonie du

Christ. Tous les assistants écoutèrent en silence pendant plusieurs secondes, comme saisis malgré eux par la force de l'œuvre.

— Vous pouvez interrompre la retransmission en direct, fit le président russe, à l'endroit du technicien. Nous réécouterons l'enregistrement plus tard. Pour l'instant, nous avons plus urgent. Où en sont les appareils ?

— Interception dans quatre minutes.

## MONTRÉAL, 10 H 47

George Anthony Plimpton tendit la mallette à Akmajian. Ce dernier l'examina et esquissa un sourire : le numéro d'identification n'avait pas été limé.

La même procédure que la fois précédente se répéta, mais plus rapidement : la mallette passa à travers le guichet, les spécialistes introduisirent la clé, composèrent les codes, firent jouer le mécanisme et la retournèrent à travers le guichet sans en examiner le contenu.

Akmajian la posa entre lui et Plimpton.

— Nous sommes bien d'accord, dit-il. Vous gardez les plans et autres documents qui ont trait à cette affaire, nous conservons le reste.

— C'est bien ce qui était convenu, acquiesça Plimpton, très protocolaire.

— Nous avons nous aussi un peu de nettoyage en cours, crut bon de préciser Akmajian.

L'inventaire ne fut pas très long. Ils trouvèrent les plans de contamination de trois villes américaines de moyenne importance. Plimpton se demanda s'il s'agissait d'un choix destiné à limiter les représailles ou si l'opération avait simplement été plus facile à effectuer dans ces villes.

Pendant qu'il poursuivait l'exploration du contenu avec le Russe, un des deux gardes qui accompagnaient Plimpton faxait à mesure les informations à Washington.

Finalement, Akmajian, hérita des dossiers concernant les contacts de Lubbock à Moscou tandis que l'Américain se réservait ceux impliquant des personnalités politiques et militaires des États-Unis.

Quant au dossier sur les tractations secrètes entre des militaires des deux pays, ils en conservèrent chacun une copie et se divisèrent les originaux en parts égales.

## WASHINGTON, 10 H 50

Le Président ordonna de suspendre l'alerte orange au moment où le dernier clignotant représentant un bombardier s'éteignit. Dans les minutes qui suivirent, ils purent suivre les chasseurs qui rebroussaient chemin et regagnaient leur base.

— On l'a échappé belle, soupira Lester.

— Il reste toujours les attaques contre les trois villes, répliqua Kordell.

Quelques minutes plus tard, les documents de Montréal tombaient du téléscripteur. Plimpton avait fait diligence.

Des ordres furent aussitôt donnés pour fermer le système d'alimentation d'eau des zones dangereuses et entreprendre d'urgence des travaux d'excavation.

L'instant d'après, le Président faisait annuler l'alerte jaune sur tout le territoire.

— Et maintenant, dit-il, nous avons nous aussi du nettoyage à faire. Lady, vous vous occupez de ramasser tout ce qui reste à régler à Montréal ?

La femme acquiesça d'un signe de tête.

— Lester, je veux un rapport complet sur tous les officiers impliqués dans les tractations avec les Russes. Lady va vous transmettre les informations dès qu'elles arriveront de Montréal. Passez également au peigne fin tous les membres de l'organisation AIDS. Commencez par mettre le général Kordell au secret.

Kordell vint pour protester, mais le Président l'interrompit.

— Si l'enquête devait vous blanchir, vous aurez droit non seulement à des excuses personnelles de ma part, mais à une promotion à la mesure de l'injustice qui vous aurait été faite. Mais, pour l'instant, nous ne pouvons courir aucun risque. Je suis sûr que vous-même, dans des circonstances similaires, n'agiriez pas autrement.

Kordell avala sa salive.

Se tournant vers les autres, le Président ajouta :

— Je vais donner des instructions à mon porte-parole pour qu'il prépare une déclaration sur toute cette affaire, Je veux que ça sorte demain matin. Dans les grandes lignes, ce sera un réseau mineur d'un des ex-pays de l'Est.

— Vous avez raison, intervint Lady. Inutile d'accuser les Russes. Les Bulgares feraient très bien l'affaire. Laissez entendre que les Russes les ont eux-mêmes remis au pas. Pour ce qui est de la contamination, trouvez quelque chose de bénin, dans une seule ville. Niez tout rapport avec les événements de Montréal et prenez contact avec eux pour coordonner nos déclarations. Il faudrait qu'ils nient eux aussi toute hypothèse de complot et réduisent l'affaire à une série d'incidents sans rapports... Plimpton devrait pouvoir vous arranger ça.

— Est-ce que vous pouvez revoir le texte final, une fois que le porte-parole aura terminé de le rédiger ?

La directrice fit signe que oui.

— Je vais convoquer les éditeurs en chef du *Post* et du *Times* deux heures avant la conférence de presse, reprit le Président. Avec un contrat de publicité substantiel pour le reste de l'année, ils vont certainement consentir à des accommodements.

Il se tourna ensuite vers Lester.

— Je serai dans mes appartements privés pour quelques heures. Vous me faites parvenir sans délai toute information en provenance de Montréal.

— Il y a encore un détail, intervint celui-ci.

— Lequel ?

— Blunt. Qu'est-ce que vous allez faire de lui ?

— Après ce que nous avons entendu tout à l'heure et le rapport de Plimpton, je ne vois pas ce que nous pouvons faire d'autre que de lui payer des funérailles.

— Il faudrait vérifier qu'il n'a pas mis par écrit ce qu'il savait sur les accords de Venise.

— Je vais m'en occuper, fit la directrice.

Puis, se tournant vers le Président, elle ajouta :

— J'aurais besoin d'un entretien privé avec vous, avant d'aller à Montréal régler les derniers détails.

— Tout de suite ?

— Ce serait préférable.

Lorsqu'ils furent seuls, la directrice prit quelques minutes pour expliquer au Président la proposition qu'elle avait à lui faire. Celui-ci l'écouta sans l'interrompre.

— Vous êtes certaine qu'il a ces informations en main ?

— Pratiquement certaine.

— Comment est-ce qu'il a pu déterrer ça ?

— Il a toujours fait preuve de beaucoup d'initiative.

— Et personne d'autre n'est au courant ?

— Personne. Il a fait disparaître toutes les traces qui restaient.

— Et s'il ne les avait pas ?

— Êtes-vous prêt à courir le risque ?

Le Président hésitait.

— Vous vous portez garante du résultat ? finit-il par demander.

— Vous n'en entendrez plus jamais parler.

— Bon. D'accord. Après ce que vous venez de réaliser, j'aurais mauvaise grâce à ne pas faire confiance à votre jugement.

La directrice esquissa un sourire. La prochaine répartition des budgets s'annonçait sous un jour prometteur.

Il restait maintenant à ramasser les morceaux et à tenir les engagements qu'elle avait pris envers Blunt.

# BLUNT

# 1995

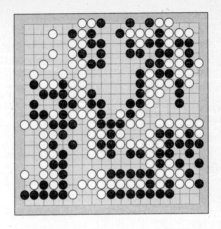

*Sans connexions, il n'y a pas de groupes ;*

*Sans groupes, il n'y a pas de territoires ;*

*Sans territoires, il n'y a pas de libertés intérieures ;*

*Sans libertés intérieures, il ne peut y avoir d'yeux ;*

*Sans des yeux séparés et connectés, il n'y a pas de vie.*

## THE MAN WHO DIED TO STOP THE WAR

Une photo de Blunt extrêmement embrouillée accompagnait l'article. Selon le journaliste, le réseau terroriste avait été mis sur pied par un transfuge russe d'origine bulgare ayant fui vers les pays arabes les plus radicaux. Leur but était de provoquer un affrontement entre les superpuissances afin de pouvoir plus facilement disposer d'Israël. Par chance, les services canadiens et américains étaient intervenus à temps ; la sécurité des deux pays n'avait jamais été véritablement menacée.

Cette action décisive, disait le journaliste, avait été possible grâce à l'action remarquable d'un agent clandestin qui avait remonté la piste jusqu'à la tête du réseau. Malheureusement, l'homme avait péri en même temps que le chef terroriste, lorsqu'il avait tenté de l'appréhender.

— Voilà ce qui sera désormais la vérité, fit Blunt, en posant le journal. C'est comme ça qu'on écrit l'histoire.

— Et s'il n'avait pas tiré au cœur ? S'il avait visé la tête ? Tu aurais eu beau avoir tous les gilets pare-balles du monde...

— Les probabilités étaient de mon côté.

— À cause de sa façon de jouer, je suppose? se moqua Cathy.

— Il n'avait pas le style à viser la tête, confirma Blunt.

Cathy le regarda un instant, puis détourna les yeux vers la plage.

Blunt l'observait de façon attentive. Maintenant, elle allait mieux.

Au lendemain de la conclusion de l'enquête, elle s'était écroulée, comme si la tension qui la soutenait avait cessé de la protéger. Elle avait alors senti tout le choc de la mort de sa sœur. Elle avait dû passer trois jours dans une maison de repos, puis quelques semaines de convalescence chez elle.

C'était une de ses premières sorties...

— Je ne comprends toujours pas comment tu as pu y aller tout seul, fit-elle. Je veux dire, sans personne pour te couvrir.

— J'avais caché une arme dans le divan. Il y a une déchirure dans la doublure, sur le côté, en dessous du coussin. Ça fait comme un compartiment secret.

Puis il ajouta, comme si ça expliquait tout:

— Il avait fait l'erreur d'engager la dernière bataille en plein centre de mon territoire.

— Et comment est-ce qu'on se sent, une fois mort?

— Après deux fois, on commence à avoir l'habitude.

— Libéré?

— Oui, je suppose.

— Tu penses que tes nièces vont trouver ça difficile?

— Pas vraiment. Les jeunes sont des animaux pratiques. Mieux vaut un oncle sous un nom différent que pas d'oncle du tout... De toute manière, pour elles, j'avais toujours vécu dans un monde un peu en marge.

— Et la femme de New York? Pour quelle raison est-ce qu'elle a accepté? Les autres t'auraient éliminé, non?

— C'est justement ce qui fait sa force: elle sait toujours à qui, et jusqu'à quel point, elle peut faire confiance à quelqu'un. Par exemple, quand je lui ai parlé de mes soupçons au sujet de Kordell, elle a tout de suite compris. Elle avait dû sentir la même chose de son côté.

— À part elle, qui est au courant ?

— Seulement le Président. Lester se doute peut-être de quelque chose, mais il n'a pas le choix de fermer les yeux.

— Tu peux leur faire confiance ?

— Ils savent que c'est le prix à payer.

— Ils vont peut-être croire que tu n'oseras pas parler.

— Sur l'entente secrète, non. Mais il y a le reste.

— Si tu n'as rien dit sur la première...

— Ce n'est pas la même chose. Les magouilles des militaires et leurs expériences sur la population, ou les frasques du Président, ils savent que ça me ferait plaisir de mettre ça dans les journaux.

— Et tu retrouves ton ancienne identité ?

— Ils ont effacé toutes les traces dans les archives : pas de photos, pas d'empreintes digitales ou vocales... Il ne reste plus une seule référence à Nicolas Strain dans aucun de leurs ordinateurs.

— Comment est-ce que tu peux en être sûr ?

— Lady s'en est occupée en personne, hier. Elle a tout vérifié.

Cathy resta silencieuse un moment.

— Tu as l'intention de la revoir ? finit-elle par demander.

— Lady ? Bien sûr. Elle m'a même déjà offert un emploi... Mais seulement de l'analyse, se dépêcha de préciser Blunt, voyant le regard réprobateur de Cathy.

— Ça t'intéresse ?

— Plus tard, peut-être. Pour l'instant...

Il sortit un petit livret noir de sa poche.

— Qu'est-ce que c'est ?

— L'agenda de Lubbock. Il notait toutes ses actions, tous les détails de son plan.

— Montre, voir.

— Le plus intéressant est à la fin.

Cathy ouvrit le livret et se dépêcha d'aller aux dernières pages. Une enveloppe pliée en deux tomba dans le sable.

— Des billets d'avion, fit Blunt, avant qu'elle n'ait eu le temps de l'ouvrir. Pour les îles Marquises.

— Je ne comprends pas...

— Lubbock prévoyait s'en servir. Je me suis dit que ce serait fou de ne pas en profiter.

## 19 h 07

Le soleil se couchait sur le fleuve. Cathy mit son veston sur ses épaules. Au revers, un de ses éternels macarons proclamait : BE NICE. I COULD BE YOUR NEXT DIVORCE.

— Tu as vu ? demanda Blunt, en lui tendant le journal.

— Quoi ?

Il lui montra un article au bas de la deuxième page : toute une escadrille de chasseurs de l'armée russe avaient explosé au cours d'un vol d'entraînement. Pendant que les experts se perdaient en conjectures sur cette inexplicable catastrophe, les autorités russes se bornaient à parler de tragique erreur humaine.

— Ils couvrent leurs traces, fit Blunt.

— Qu'est-ce que tu veux dire ?

— Il s'agit probablement des chasseurs qui ont abattu les bombardiers... Des témoins embarrassants viennent de disparaître.

Cathy le regarda sans répondre.

— À propos, reprit Blunt, devine ce qui attend Kordell ?

— Aucune idée. La prison ?

— Trop de publicité... Klamm va s'occuper de lui.

— Klamm !

— À Washington, ils veulent tout savoir de la conspiration avec les généraux russes. Le bon docteur va certainement s'en donner à cœur joie... Je vais finir par croire qu'il y a parfois une certaine forme de justice...

Leur conversation fut interrompue par les deux tornades qui arrivaient d'une longue marche sur la grève.

— Ne vous dérangez pas pour nous, les amoureux.

— On fait juste passer.

— Prêtes pour le souper ? leur demanda Blunt.

— Pas le temps, répondit Stéphanie.

— On rencontre deux gars, de l'autre côté de la petite baie, compléta sa sœur.

— Soyez sages, reprit Stéphanie.

Les deux adolescentes poursuivirent ensuite leur conversation comme si elles étaient seules.

— Ils ont fini par se décider, dit Stéphanie.

— Ils y ont mis le temps, fit l'autre.

— S'ils ont toujours été aussi vites à se décider, ils devaient être encore vierges à 25 ans.

— Tu exagères. Moi, je dirais plutôt... 22-23.

Blunt et Cathy échangèrent un regard de complicité qui avait dû être celui des derniers dinosaures, quelques jours avant leur disparition, lorsqu'ils regardaient l'agitation des jeunes mammifères.

Plus tard, couchés sur une couverture à côté du feu de grève, ils finissaient le vin du souper.

— Les fameux accords secrets, c'était quoi ? demanda Cathy.

— Donnant donnant ?

— Qu'est-ce que tu veux dire ?

— Pour quelle raison est-ce que je suis toujours porté à t'appeler Katie ?

— Parce que tu es grossier et que tu es comme tous les hommes, fit-elle en riant.

— C'est-à-dire ?

— Que tu considères les femmes comme les instruments à peu près équivalents d'un plaisir plus ou moins semblable.

— Proust, répondit Blunt. Citation approximative.

— Et alors, l'entente secrète ?

Après un moment d'hésitation, Blunt finit par répondre :

— Un accord entre les États-Unis et la Russie. Pour limiter le terrorisme. Tout ce qui a trait aux armes chimiques, biologiques et nucléaires.

— Je ne vois pas comment ça peut leur créer des problèmes.

— Ils ne l'interdisent pas partout. Seulement sur le territoire de la Russie et des États-Unis.

— Tu veux dire que...

— Ils s'entendent pour se faire la guerre sur le territoire des autres. Uniquement sur le territoire des autres.

— Quoi !

— Comprends-tu, maintenant, pourquoi il n'y a jamais eu de véritables attentats terroristes à New York ou Washington ?

— Et le World Trade Center ?

— Pourquoi, penses-tu, que ça n'a pas vraiment réussi ?

Cathy le regardait, interloquée. Blunt reprit :

— Les Russes font ce qu'ils peuvent pour empêcher les attentats. Et quand ils ne réussissent pas, ils refilent les informations qu'ils ont aux Américains... Les États-Unis font la même chose pour les Russes. Tu comprends pourquoi ils n'ont jamais voulu soutenir les groupes sécessionnistes tchétchènes ou autres ?...

— Ça n'a pas de sens !

— Comme responsable de la supervision du terrorisme, Lubbock était nécessairement au courant des accords de Venise. Il comptait sur leur rupture pour provoquer une guerre. C'était la raison pour laquelle il voulait faire croire à une opération de terrorisme biologique montée par les Russes.

— Les accords sont encore valides ?

— Jusqu'à ce que quelqu'un les transgresse.

— C'est monstrueux.

— Ils disent que c'est le prix de la survie... À ton tour maintenant.

— Quoi ?

— À ton tour de répondre. Cathy ou Katie ?

— Qu'est-ce que tu en penses ?

— Que le perroquet te dit « Bonjour poulette » une fois sur deux ; que tu t'es débrouillée de façon remarquable avec l'enquête ; que j'ai souvent tendance à t'appeler Katie alors que je ne me trompais presque jamais auparavant ; que tu as référé tous tes patients à des collègues et décidé de fermer ta clinique de façon définitive ; que Boyd ne s'est jamais douté de la substitution... C'est à se demander s'il y en a réellement eu une, non ?

— Tu vois que je suis bonne comédienne !

— Sérieusement ?

— Quelle raison est-ce que j'aurais eue de faire ça ?

— Je ne sais pas. Peut-être une manière de garder les deux options ouvertes, de pouvoir être une ou l'autre à volonté... Une façon de la garder un peu en vie.

Cathy se mit à pleurer.

Blunt ne pouvait s'empêcher de se demander sur laquelle des deux elle pleurait.

Un peu plus tard, après qu'ils eurent fait l'amour, il lui reposa la question.

— C'est toi qui disais, l'autre jour, que tu voulais savoir avec qui tu couchais. Moi aussi.

Elle répliqua, avec un regard malicieux :

— De toute façon, sait-on jamais avec qui on couche ? La plupart du temps, on ne connaît ni l'une ni l'autre des deux personnes impliquées.

— Tu dis ça pour me faire croire que c'est la psy qui parle ?

— Ou pour que tu penses que je veux te faire croire que c'est la psy qui parle, se moqua la jeune femme.

Il se pencha vers elle et l'embrassa. De la main qu'il avait libre, sans qu'elle s'en aperçoive, il approcha le livre qu'elle avait apporté avec elle et l'ouvrit à la première page.

Un coup d'œil rapide lui permit de lire le nom qu'elle y avait écrit quelques heures plus tôt... et de se rendre compte qu'il venait de se faire avoir de façon magistrale.

Ils éclatèrent tous les deux de rire.

Sur la page de garde, il n'y avait qu'un seul mot, griffonné à la plume.

## *KATHY*

## JEAN-JACQUES PELLETIER...

...enseigne la philosophie depuis plusieurs années au cégep Lévis-Lauzon.

Écrivain aux horizons multiples, sa grande passion pour le thriller ne l'empêche pas d'explorer de belle façon l'univers du fantastique – à preuve *la Bouche barbelée*, nouvelle d'une rare intensité avec laquelle il remportait, en 1993, le concours de nouvelles de Radio-Canada.

Outre ses activités d'enseignant et d'écrivain, Jean-Jacques Pelletier s'intéresse de très près à la gestion financière des caisses de retraite, à l'univers des médias... et à ses deux chats, Philomène et Bunji.

# CATALOGUE ALIRE

**PELLETIER, JEAN-JACQUES**

### *Blunt – Les Treize Derniers Jours*

Pendant neuf ans, Nicolas Strain s'est caché derrière une fausse identité pour sauver sa peau. Ses anciens employeurs viennent de le retrouver, mais comme ils sont face à un complot pouvant mener la planète vers l'enfer atomique, ils tardent à l'éliminer : Strain pourrait peut-être leur servir une dernière fois...

**ROCHON, ESTHER**

### *Aboli*

Une fois vidé, l'ancien territoire des enfers devint un désert de pénombre où les bourreaux durent se recycler.
Mais c'étaient toujours eux les plus expérimentés et, bientôt, des troubles apparurent dans les nouveaux enfers...

### *Ouverture* (AVRIL 1997)

**VONARBURG, ÉLISABETH**

### Tyranaël

#### 1- *Les Rêves de la Mer*

Eïlai Liannon Klaïdaru l'a « rêvé » : des étrangers viendraient sur Tyranaël...
Aujourd'hui, les Terriens sont sur Virginia et certains s'interrogent sur la disparition de ceux qui ont construit les remarquables cités qu'ils habitent... et sur cette mystérieuse « Mer » qui surgit de nulle part et annihile toute vie !

#### 2- *Le Jeu de la Perfection* (NOV. 1996)

#### 3- *Mon frère l'Ombre* (MARS 1997)

#### 4- *L'Autre Rivage* (SEPT. 1997)

#### 5- *La Mer allée avec le soleil* (NOV. 1997)